光尘
LUXOPUS

Great Circle

大圆

MAGGIE SHIPSTEAD

[美] 玛吉·希普斯特德————著　蔡丹青————译

北京联合出版公司
Beijing United Publishing Co.,Ltd.

献给我的哥哥

我的人生轨迹，犹如不断延展的圆

环遍全世界

这一次，我恐怕无法完满谢幕

但我仍义无反顾

我以上帝为中心、圣塔为原点

已不知疲倦地盘旋千年

但仍不知：我是一只鹰隼

一场风暴，还是一曲颂歌

——赖内·马利亚·里尔克①《时间之书》

---

① 赖内·马利亚·里尔克（Rainer Maria Rilke，1875—1926），奥地利诗人、小说家。

若是将一个球体切为大小均匀的两半，那么每个半球的截面周长叫作大圆。换而言之，就是在球体上能够画出的最大的圆。

赤道是一个大圆，经线圈也是大圆。在地球这样的球体表面，任意两点之间的最短距离是一道弧线，它也是大圆的一部分。

在地球表面找到相互对称的两点，比如南极点和北极点，在这两点之间，你能画出无数个大圆。

1950 年
玛丽安飞行地图

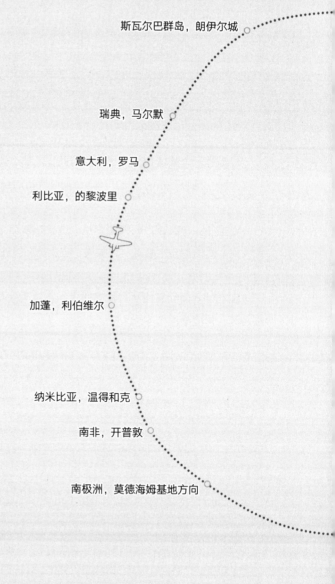

斯瓦尔巴群岛，朗伊尔城

瑞典，马尔默

意大利，罗马

利比亚，的黎波里

加蓬，利伯维尔

纳米比亚，温得和克

南非，开普敦

南极洲，莫德海姆基地方向

N

阿拉斯加州，巴罗

阿拉斯加州，费尔班克斯

阿拉斯加州，科迪亚克岛

夏威夷州，瓦胡岛

莱恩群岛，圣诞岛

库克群岛，艾图塔基岛

新西兰，奥克兰

南极洲，"小美洲"

　　我生来就注定是个浪人。我之于这座星球，就如同海鸟之于浪涛。有些鸟儿不断翱翔，至死方休。我曾对自己许下诺言：我不会在绝望的坠落中结束一生，而会像果决的塘鹅般，孤注一掷地冲向深海。

　　我即将启程。我的目标是从地球底端向北航行，最终回到环形之旅的起点。我多希望我的轨迹能定格为一条流畅的子午线，一个完美、紧凑的圆。但现实并不尽如人意：飞机需要时时补充燃料，而岛屿和停机坪却不总能适时出现。

　　我无怨无悔，至少现在不该怅恨。我只顾得上我的飞机、风，以及千里之外的海岸。天气正在好转，我们已尽最大努力处理了漏油问题，我马上就要起飞。我讨厌无尽的白天，阳光仿佛一只穷追不舍的秃鹫。我渴望星空显现。

　　圆环的奇妙之处在于周而复始，一切循环更迭都美妙至极。但永无止境也让人痛苦万分。我义无反顾地追逐着那遥不可及的地平线。我的行为固然愚蠢，但我别无选择。

------

* 出自《海洋、天空与群鸟：玛丽安·格雷夫斯的遗失手记》最末篇，该书由纽约 D. 温塞斯拉斯父子出版社于 1959 年出版。

现在，只差最后一段令人生畏的海洋，圆环就将闭合。我本期待着阅尽千帆，却发现生命在世界面前无足轻重。我本憧憬着有所作为，但现在怀疑这世上本无收获可言。我本以为自己无所畏惧。我妄图超越自我，结果却发现自己不如预期。

以上的话不应公之于世。我的人生是我唯一的财产。

话虽如此……

洛杉矶

2014 年 12 月

我为何会知道玛丽安·格雷夫斯这个名字呢？小时候，我叔叔的一个女朋友总喜欢把我扔在图书馆里，有一次，我随手拿起一本书，书名好像叫《翱翔天空的勇敢女士》。我的父母死于空难，而这本书中好几位勇敢的女士也同样遭此厄运。这让我起了兴致。当年的我可能一直期待有人对我说，死于空难其实并没有那么可怕——但如果真有人这么对我说，我只会觉得他在糊弄我。读到玛丽安那个章节时，里面提到她是由叔叔带大的，我浑身都起了鸡皮疙瘩，因为我也算是由叔叔养大的。

一位好心的图书管理员帮我找出了玛丽安的《海洋、天空与群鸟》，我潜心阅读，就如占星家钻研星象图一样，希望从玛丽安的人生中找到与自己重合的轨迹，从中发现未来的启示。她写的大多数东西我都没怎么看懂，不过倒是让我产生了一种隐隐的信念——既然我也是孤身一人，何不来场冒险呢？我在日记本第一页上重重地写下："**我生来就注定是个浪人。**"可惜，这句气势磅礴的开场白并没有任何后续，毕竟当年的我还只是个十岁的小女孩，除却在叔叔位于凡奈斯大道的宅邸度过的时光，唯一的人生阅历就是参加电视广告试镜了。

还掉那本书后，我把玛丽安和剩下那几位勇敢的女士抛到了九霄云外。除了 20 世纪 80 年代几部玄乎的电视纪录片，以及个别狂热粉丝对其失踪之谜的津津乐道，玛丽安已淡出了人们的视线，名气比不上阿梅莉亚·埃尔哈特 [①]。最起码，人们至少以为自己了解阿梅莉亚的生平逸事，尽管事实并非如此，人们怎么可能对一个人知根知底呢？

我常被扔在图书馆这事儿，其实也算是因祸得福。同龄人在学校上学，我却辗转于大洛杉矶地区各大面向白人小女孩的海选试镜（有的试镜表面上没有人种要求，但实际上只偏好白人）。当年陪伴我的，是形形色色的保姆和叔叔米奇的女友，有时是保姆兼女友。在我看来，有的女友主动提出要照顾我，以此来彰显自己的母性特质和成为贤内助的潜力，不过在情场老手米奇面前，这可算不上什么维持火花的明智伎俩。

我两岁时，父亲驾驶的赛斯纳飞机在苏必利尔湖坠毁，母亲当时也在机上。或者说，这是大家的猜测。残骸和遗体一直没有找到。当时，他们正飞赴某个朋友位于不知何处的林中小屋，准备开启浪漫假期，用米奇的话来说，我父母打算重温旧情。小时候他就曾告诉我，我母亲生前可没少勾三搭四，这是他的原话。我想，米奇可能觉得，在小孩面前大可以口无遮拦。他还加了一句："但他们还是选择长相厮守。"米奇喜欢在标题上做文章，他从执导庸俗的电视电影起家，作品包括《为爱买单》（主人公是一个高速公路收费员）和《情人节血案》（故事情节就留给大家去猜吧）。

空难发生前，父母把我交给了芝加哥一位邻居照看，不过根据遗嘱，米奇成了我的监护人。事实上，也没有别的人选。我父母没有别的兄弟姐妹，祖辈要不就是已故或早已和家族断了联系，要不就是压根儿靠不住。米奇人倒不坏，但他在纸醉金迷的好莱坞浸淫多年，于

[①] 阿梅莉亚·埃尔哈特（Amelia Earhart, 1897—1939），美国女性飞行员、女权运动者。（如无特殊标示，本书注释均为译者注。）

是，在收养我短短几个月后，就通过人脉给我安排了出演苹果酱广告的机会。他给我找来经纪人雪文后，我便开启了稳定的演艺生涯，出演广告和电视电影（在《情人节血案》中饰演主角之女），还客串了一些影视剧。在记忆中，我不是在演戏，就是在试镜。摄影机启动后，我一次又一次地把塑料小马放到塑料马厩里，在陌生成年人的指导下，露出观众想看的笑容——这对我来说就是家常便饭。

我十一岁那年，米奇进军了音乐电视圈，并且还在努力成为独立电影导演。我则迎来了演员生涯的重大突破：在穿越题材儿童电视剧《了不起的凯蒂·麦基》中扮演凯蒂·麦基。

在片场时，我的人生天真美好、异彩纷呈。在灼热的弧光灯下，身穿华丽戏服的我照着剧本念出精心编写的台词，在阵阵背景笑声中摆出可爱又夸张的肢体动作，恰如一副十一二岁小姑娘的完美扮相。不用工作时，我几乎为所欲为——这要感谢我玩忽职守的叔叔。玛丽安·格雷夫斯在她的书中写道：小时候，我和弟弟几乎没怎么被管教过。很多年来，我都觉得自己想做什么都可以，想去哪儿都行，没有人会阻拦我。我对她的话感同身受，不过，比起玛丽安，小时候的我大概更加肆无忌惮——我觉得世界在我脚下，自由任我玩弄，当生活为难我时，我可以将之踩碎捏烂，任意妄为。

到了我十三岁那年，《凯蒂·麦基》火到连周边产品都被疯抢，同时，米奇又因为电影《止血带》迎来事业腾飞，于是我们搬进了贝弗利山庄。从那时开始，《凯蒂·麦基》中扮演我哥哥的男孩介绍我认识了几个痞气十足的有钱高中生，他们开车带我到处兜风，参加各种聚会，然后顺势让我宽衣解带。米奇很可能并未发现我总是夜不归宿，因为他自己也经常不知所终。我们隔三岔五地在凌晨两三点碰巧同时到家，一脸醉容地相互点头致意，有如两个刚刚结束同一场乱战的参会者，在酒店走廊擦肩而过。

不过，那段时间也有好事儿。《凯蒂·麦基》的现场指导老师算是有心人，他们建议我报考大学，我欣然应允。于是剧集播完后，我凭借二线电视明星这一加分项进入了纽约大学。临走前，米奇因吸毒过量而死。如果当时没有选择进入校园，我很可能会一直留在洛杉矶，死于狂欢。

还有件事儿不知是好是坏：一学期后，我得到了出演电影《大天使》第一部的机会。有时我不禁想，如果当初我念完大学，告别演员生涯，彻底被观众遗忘会是什么样。但卡特里娜这个角色的高额片酬是我无论如何都无法拒绝的诱惑，所以说这些也没什么意义。

在短暂的高等教育经历中，我学习了"哲学导论"，了解了杰里米·边沁①提出的圆形监狱理论。他设想了一个牢房呈环形排列的巨大监狱，只需一名狱卒守在圆环中央便能掌控一切。原因是，对囚犯来说，这名狱卒可能随时都在监视他们，而心理上被监视的威力要远远大于实际上被监视。在此之上，福柯引申出了另一个理论：束缚一个人或一群人的方法是，让他们认为自己有可能正被监视着。能看出来，当时课上的那位教授希望我们明白圆形监狱的恐怖之处。但《大天使》让我大红大紫后，我真想坐上《凯蒂·麦基》里的那台荒谬的时光机回到那堂课，让他想象一下相反的情况：你代替那个狱卒来到监狱中央，你的周围是随时都在——或者是也许在——监视你的千万双眼睛，你根本无处可藏。

当然，我没敢向教授请教任何问题。作为凯蒂·麦基，在学校里我无时无刻不引人注目，我感觉那些目光是在暗示我配不上这所学校。也许我确实不配，但公平没有量化标准，你无法确知你是不是配得上某件事。就算不配，那又如何？因此，得到卡特里娜这个角色是一种释然，我将再次承担起作为演员不得不接受的各种义务，任由别人为我制订每天的日程。在学校的时候，字典一样厚的课程目录常让

---

① 杰里米·边沁（Jeremy Bentham, 1748—1832），英国法理学家、哲学家和经济学家。

我晕头转向，在餐厅面对各色食品、沙拉吧台、堆成小山的百吉饼、罐装麦片和冰激凌机时，我也常常感到手足无措，仿佛在解一盘生死迷局。

后来，雨果·伍斯利爵士（大名鼎鼎的雨果爵士碰巧是我的邻居）跟我讲起他投拍的传记电影，并从手提袋中拿出玛丽安那本与我阔别了十五年的书。那一刻，我感觉一下子回到了儿时的图书馆，眼前那本薄薄的硬皮书可能装着一切问题的答案。我似乎想要知道答案，虽然我弄不清自己究竟想要什么，甚至连想要的确切含义都不太明白。亲身经历告诉我，渴望等冲动，它说不清道不明、不切实际，又自相矛盾。我想像玛丽安一样消失不见，想声名大噪，想展现出勇气和自由，想拥有勇气和自由，但我不明白它的含义——我只知道如何假装明白，那就要靠表演了。

今天是我在《游隼》剧组的最后一天。我坐在滑轮机吊起的"玛丽安的飞机"上，飞机即将在一片人造水池上失去平衡，然后下坠。我穿着无比沉重的鹿皮大衣——打湿后还会加重千万倍——极力隐藏自己的恐惧。导演巴特·奥洛夫松之前把我叫到一边，想确认我是否真想亲自出演这场戏，还提到了我的父母。我回答说：我想要直面恐惧，这样就能跟过去做个了断。他伸出一只手按住我的肩，用一种灵魂导师般的目光凝视我的眼睛，说，你是一个坚强的女人。

不过，了断是不存在的，所以我们永远都在寻求了断。

扮演领航员艾迪·布鲁姆的演员同样身穿鹿皮大衣，前额画了防水的血妆，他将被气流击倒。影片的编剧是一对满面春风的兄弟，两人无论是发型，还是长相，都让人联想起被洗脑的希特勒青年团。在现实中，艾迪一般坐在玛丽安身后，但两位编剧为了营造戏剧性效果，决定让艾迪坐到前排。好吧，随便，想怎么来都行。

不过，反正我们在讲的这个故事本就不符合史实，这我心里有数。但我不会妄称自己了解玛丽安·格雷夫斯失踪的真相，真相只有她自己知道。

一共将有八台摄影机负责拍摄我的坠落：六台在固定机位，两台由潜水员操作。计划是一次拍摄过关，最多两次。这个镜头成本很高，而我们已经耗尽了原本并不宽裕的预算。但事已至此，唯一的选择就只能是坚持到底。最理想的情况是花一整天拍这场戏，最糟糕的情况是我不幸溺水身亡，落得跟父母同样的下场。所不同的是，我将葬身于一架飞机模型和一片人造海洋中，连个真正的目的地都没有。

"你确定亲自上？"

特技安全员检查了我的护具，把手探到我的胯部，确保埋在粗硬的鹿毛中间的绳带和搭扣已经系好。他皮肤粗糙，身穿皮革工作服，走路一瘸一拐，看起来像是经历过几次不太成功的手术。

"没问题的。"我回答。

他确认完毕后，滑轮机将我们升起，把机身甩了出去。水池远处铺有一片薄棉布，用来制造出海平面的效果。我化身南冰洋上方的玛丽安·格雷夫斯，看着指向零的油量表，知道自己已经在劫难逃，只能葬身于这片海洋。我不知道海水有多冷，要过多久我才会失去意识。我把所有选项在脑中过了一遍，想起了对自己许下的诺言："像塘鹅般冲向深海。"

"开拍"两个字透过耳机传来。我推下"飞机"的操纵杆，准备向地心俯冲。滑轮机使机头歪斜，我和飞机往下坠落。

约瑟芬娜·伊特纳号

苏格兰，格拉斯哥

1909 年 4 月

这是一艘未完工的船。船身基本成形，但烟囱尚未建好。她停靠在滑道上，上方支着钢架，下方压有垫木。在船尾两对死气沉沉的螺旋桨之下，流淌着克莱德河的幽幽绿水。此刻的阳光倒是格外灿烂。

从船底龙骨到吃水线之间的船身呈锈红色，水面以上的部分则为下水仪式（以及出于登报考虑）特意刷成白色，宛若冰清玉洁的新娘。等镁光灯熄灭，待她泊靠河岸以便舾装，船身两侧将降下木板托起工人，船板和铆钉将换上亮黑色的新装。

她的两座烟囱将被高高吊起，与船身绑定。她的甲板将铺上柚木，走廊和船舱则是红木、胡桃木和橡木。船内将添置沙发、躺椅、床、浴缸、装裱在镀金框架里的海景画，还有青铜和雪花石膏雕像。头等舱将以镶金瓷器作为装饰，上刻金色船锚（劳欧航运公司标识），二等舱的瓷器将饰有蓝色船锚和镶边（公司主打色），三等舱则将配备纯白色陶器。货车将运来水晶、银器和瓷器，外加锦缎和天鹅绒织品。三台装在悬袋中的钢琴将如同被捕的巨兽般由吊臂升起，棕榈叶盆栽则将被送上舷梯。一道登船亮相的，还将有水晶吊灯，以及折叶处酷似开口短吻鳄的折叠椅。在吃水线下方、远离精美客舱的燃料舱，第一批煤炭将通过船身底部的孔隙送入。在她的熔炉深处，第一簇火苗将被点燃。

但在下水仪式当天，她还只是一具船形的钢铁躯壳。船体掩映之下，是熙熙攘攘的人群：造船工高声交谈，平民百姓驻足观望，衣裳褴褛的年轻小贩兜售着报纸和三明治。天空分外湛蓝，犹如一面旗帜在头顶飘扬。在这座雾霾和煤灰终年不散的城市，这样的天色一定是个好兆头。一支铜管乐队正演奏着欢快的乐曲。

这场仪式的主角是玛蒂尔达·费弗，这艘船的新任美国主人罗伊德·费弗之妻。此刻，她正站在一个挂有蓝白彩旗的平台上，腋下夹着一瓶苏格兰威士忌。"我们难道不该用香槟吗？"先前，她这么问丈夫。

"格拉斯哥可不兴香槟。"他回答。

玛蒂尔达今天的任务是在船身上击碎酒瓶，用那个她不愿去想的名字给新船施洗。她巴不得一切能尽快结束，但现在她只能等待。出现了一些延误。罗伊德坐立不安，与身边的船舶技师偶尔低语几句，后者表情严肃又焦躁。几个头戴圆顶礼帽、神情不快的英国人在平台上转来转去。她还认出了两个造船厂的苏格兰人，剩余几张脸则十分陌生。

1906 年，罗伊德从父亲恩斯特手中继承了 1857 年成立的劳欧航运公司，随后收购了投运这艘客轮的英国公司，当时它已是半竣工状态。无论罗伊德再怎么提醒要将这船称为"她"，玛蒂尔达还是坚持认为所有船都是"它"。那家英国公司在外板制作到一半时遇到了经营问题，幸亏罗伊德及时接手、采购钢材，工程才得以继续。那几个不满于晴朗天气的英国人设计了这艘船，而罗伊德无视了他们给船起的名字。此刻，头戴精致拉绒礼帽的男子站在彩旗飞扬的平台上，而在他们脚下，铜管乐队高奏激昂的进行曲——一切都毫无生气。滑道上涂了气味浓郁的动物油脂，玛蒂尔达感到那熏臭透过衣衫，覆满肌肤。

罗伊德原本想造一艘全新的客轮，重振劳欧公司。恩斯特去世时，公司拥有的船只都老旧不堪，大多数是用于沿海贸易的不定期货船，外加几艘跨大西洋行驶的客货两用船，以及在太平洋上运输谷物和海鸟粪肥的腐朽帆船。这艘船不会成为欧洲最大、最快或是最豪华的客轮，她无法比肩白色之星公司正在贝尔法斯特建造的那几艘庞然大物，但罗伊德告诉玛蒂尔达，自己的投资已经足够体面。

"现在到底是什么情况？"罗伊德的咆哮吓了她一跳。他问的是站在一旁的艾迪森·格雷夫斯船长。这位身材高大的男子习惯性地微微驼背，似乎希望缓解对他人造成的压迫感。他异常清瘦，但骨骼却粗壮有力。

"出了点儿小问题，"他对罗伊德说，"应该快修好了。"

罗伊德看着船皱起了眉头。"她本该属于大海，现在却禁锢于此，你说是吗，格雷夫斯？"他的情绪忽然高昂起来，"你不觉得她很壮丽吗？"

船头如利刃般耸立在两人面前。"她挺不错的。"船长语气温和地说。

除了这位即将上任的首任船长，与费弗夫妇共同见证新船首次下水的，还有他们四个年幼的儿子——老大亨利今年七岁，最小的利安德还未满周岁，老二老三分别是克利福和罗伯特。四个孩子由两位保姆在一旁照看。玛蒂尔达一直想找机会，跟格雷夫斯聊聊即将到来的处女航——他为人并不冷酷，举止也彬彬有礼，却一向矜持寡言。即便她斗胆一探他的内心世界，也一无所获。格雷夫斯船长，是什么吸引你投身航海业呢？她在一次晚餐时如是问。他的回答是：费弗夫人，不管去往何方，只要走得足够远，都会来到大海边。这让她一时失语。于她而言，他代表了男性深不可测的一面。至于罗伊德，他对格雷夫斯情深意切，这份厚爱似乎独一无二，玛蒂尔达当然是无福消受。罗伊德说过无数次：我欠他的，一辈子也还不清。有一次，她忍不住反驳道：你总不能为了还债而生吧，不然，又谈何生命的意义、生命的救赎呢？但罗伊德只是一笑置之，还问她有没有想过当个哲学家。

格雷夫斯和罗伊德年轻时，曾在同一艘三桅帆船上当过船员。当时，格雷夫斯是一名全职水手，而刚从耶鲁大学毕业的罗伊德只是试试水而已。在罗伊德的父亲恩斯特看来，子承父业的前提是从最基本的做起。罗伊德曾在智利不幸落水，多亏格雷夫斯果断扔下绳索，才将他从死亡边缘救起。打那以后，罗伊德就奉格雷夫斯为救世主。玛蒂尔达却说，但你才是抓住绳子的那个人，你能活下来，是因为你没有放弃。经历智利之行后，罗伊德在公司的地位扶摇直上，格雷夫斯也顺势平步青云。

先前有树荫遮挡的平台现在暴露在了阳光下。玛蒂尔达的紧身胸衣被汗濡湿，她的皮肤体验到阵阵刺痛。罗伊德好像想当然地认为，掷瓶礼[1]是一种与生俱来的技能。"蒂尔迪[2]，把瓶子往船头上砸就是了，"他说，"很简单的。"

她能分辨出信号吗？他们会记得提醒她吗？她只知道，等船开始滑行后，会有人（不确定是哪个人）向她示意，然后她便要挥起威士忌酒瓶，在船头上把瓶身砸碎，让这艘船正式成为约瑟芬娜·伊特纳——取自她丈夫情人的名字。

几个月前，她在吃早餐时问罗伊德准备给船起什么名字，当他说出答案时，报纸仍定定地拿在手上。

玛蒂尔达将杯子稳稳地放回碟子，至少她可以为这一点而稍感宽慰。

她在二十一岁时嫁给了三十六岁的罗伊德，年纪尚小（但也不算太小）的她清醒地认识到，罗伊德选择的是自己的财富和生育潜力，他并不爱她。她唯一的要求便是，丈夫至少能顾及自己的情面。订婚前，他认真地听完她的一番肺腑之言，对婚姻中夫妻应各自保留隐私的观点表示赞同，还指出，他这个长年习惯单身生活的人尤其重视这一点。"那我们两个都了解了彼此的心意。"他庄严地握住她伸出的一只手，给了她绵长一吻——这番举动让她不由自主地爱上了他。真不走运。

但她不会食言。她尽力对罗伊德的风流韵事淡然处之，将注意力投到孩子们身上，精心打理自己的衣着和形象。罗伊德待她深情款

---

[1] 船舶初次下水前的仪式，往往由一位重要女性（多为船长夫人）通过将酒瓶掷在船头上砸碎的方式来完成。（编者注）
[2] 玛蒂尔达的昵称。

款，对于他在床上的表现，她猜想他要比其他丈夫更温柔体贴。不过她也清楚，自己绝不是他喜欢的类型。他钟情于那种喜怒无常、难以取悦的女人。这些女人比玛蒂尔达成熟，年龄甚至常常大于罗伊德本人。但这艘船的同名人年仅十九岁。这个小名叫乔的姑娘轻浪浮薄，有着小麦色的皮肤。不过，玛蒂尔达很清楚，能让人跌落深渊的，往往是与众不同的那个情人。

这艘船的名字辜负了她的忍让和大度。在外人和仆人看不见的地方，她曾偷偷地落泪，但马上又会振作起来，恢复如初。她一向如此。

平台上，罗伊德向她转过身来，神色焦急。"到点了。"

她试图进入状态。但酒瓶颈太短，瓶子从她戴着缎面手套的手中滑落，砰的一声落地，险些掉到平台边缘。她弯腰去捡时，有人碰了碰她的肩。是艾迪森·格雷夫斯。他轻轻地拿过酒瓶，提醒道："您最好把手套摘了。"等她取下手套，他拿起她的一只手握住瓶颈，同时将另一只手掌按在瓶塞上。"像这样，"他演示了一个侧着画弧线的动作，"别怕，再用点儿力，如果瓶子没被砸碎，可不是个好兆头。"

"谢谢。"她喃喃自语。

她站在平台边等待信号，但什么动静都没有。巨大、孤傲的船头岿然不动，高高耸起。神色紧张的英国人不断地交头接耳，设计师急匆匆地跑开了。酒瓶愈发沉重，她的手指开始变得酸痛。在远处的人群中，有两个男人在相互推搡，引起一片哗然。她看到其中一人向另一人脸上挥了一拳。

"蒂尔迪，还站着干什么？"罗伊德在扯她的胳膊。船头已经开始移动。她没料到，如此庞然大物行动起来竟能这般迅捷。

她探出身体，十分别扭地将胳膊往上一甩，将酒瓶投向后退中的那块铁壁。酒瓶没能被船身击碎，而是被弹回来后摔碎在了滑道上，溅起一片玻璃碴儿和琥珀色液体。约瑟芬娜号驶远了。船尾激起的绿色水浪化作飞沫四散而落。

北大西洋

1914 年 1 月

四年零九个月后

　　约瑟芬娜·伊特纳号在夜幕中向东航行，犹如乌黑绸缎上缀着一枚珠宝胸针，幽暗洞壁上孤悬一块莹亮水晶，广袤天空中划过一颗绮丽彗星。

　　蜂巢状的船舱被灯光照亮，锅炉工在赤焰与黑烟之间辛勤劳作，密密麻麻的藤壶覆满船底龙骨。船下游过一大群鳕鱼，它们在黑暗中扭动身子，眼睛鼓得大大的，却只望见了漆黑一片。鱼群之下是水压极高的寒冷深海，幽幽海水望不到尽头，奇异的发光生物漂浮其间，追逐着星星点点的食物残渣。再往下，则是海底的砂层，顽强的虾类和盲眼的蠕虫在此留下唯一的生命痕迹，它们永远不会知道光为何物。

　　客轮驶出纽约的第二晚，艾迪森·格雷夫斯在晚餐时遇到了邻座的安娜贝尔。他从悄然无息的舰桥来到人声鼎沸的餐厅，脸上没有太多神采。潮湿闷热的空气里混合着食物和香水的味道。先前覆满羊毛制服的寒意瞬间蒸发殆尽，他很快便浑身是汗。艾迪森来到自己的餐桌边，把帽子夹在胳膊下欠了欠身。旅客们纷纷笑逐颜开，眼神热切。他边就座，边说了声"晚上好"，然后摊开了餐巾。他很少以交谈为乐，而与这群有资格和船长同桌就餐的达官贵人闲话家常，更是让他兴味索然。起初，他只注意到了安娜贝尔的浅绿色裙子。他的另一侧是一位年纪稍长的棕裙女士。身穿燕尾服的侍者端着精致的菜肴走出厨房，漫长的晚宴就此开始。

罗伊德·费弗一接手劳欧公司，马上就将艾迪森提拔为船长，老费弗在那不久前才刚刚入土。任命是罗伊德在德尔莫尼科餐厅向艾迪森下达的，对于这一消息，艾迪森只是点了点头，掩饰住了自己的满腔喜悦。从今往后，他就是格雷夫斯船长了！多年前那个悲惨的伊利诺伊农场男孩将一去不复返，他用锃亮的鞋跟把不堪的过去踩得稀烂，抛向大海。

不过，罗伊德表达了一丝担忧。"格雷夫斯，你得表现得亲切一点儿，你得学着去交际。船长与乘客的互动也是服务的一部分。别摆出一副这样的表情，这又不会要了你的命，"他稍作停顿，面露忧色，"你觉得自己能行吗？"

"能，"艾迪森回答，他的野心战胜了深藏的恐惧，"我当然能行。"

侍者端上了清炖肉汤。在艾迪森右侧，不知名的棕裙夫人滔滔不绝地讲着儿子们的故事，慢条斯理，拿腔拿调，像是在宣读什么协议条款。接下来的两道菜是羊排配薄荷酱和烤鸡。吃沙拉时，棕裙夫人话音落下，艾迪森终于找准机会，侧身向绿裙女子攀谈。刚才她介绍自己叫安娜贝尔。她看起来相当年轻。他问她，是不是第一次前往英国。

"不是，"她回答，"我已经去过几次了。"

"这么说，你很喜欢英国？"

一阵沉默后，她冷淡地答道："不算特别喜欢，但我和父亲觉得，我还是暂时离开纽约比较好。"

这一答复真是出乎意料。他更仔细地观察起她来——此刻，她把头埋低了一些，仿佛一心扑在餐食上。她比他刚开始料想的要年长几岁，大约二十八九，肤色十分明澈，但胡乱涂抹的腮红和唇彩却让她的妆容略显脏乱。她的头发是浅金色的，很像帕洛米诺马的毛发，睫毛和眉毛更是浅得几乎难以辨别。忽然间，她抬起头，撞上了他的目光。

她淡蓝色的虹膜镶有光斑似的浅色光环。他从那对瞳仁中读出了一丝明晃晃的欲求。不可能弄错，他对这样的目光并不陌生：树荫下坦胸露乳的南太平洋女子，港口城市小巷间身姿半掩的妓女，还有领他走向昏昏灯烛的那些唐行小姐①，都曾向他投来过相似的眼神。他瞥了一眼餐桌对面女子的父亲，这个精壮、面色红润的男人正侃侃而谈，似乎对女儿毫不在意。

"你瞧不起这些人，"安娜贝尔低声说，"你不屑于跟他们聊天，我能看出来，因为我跟你一样。"

在用甜点前，艾迪森以公事为由向众人请辞。他离开餐厅，往上走了两层，哐当一声推开写有"旅客止步"的门扇，来到舰桥后方的一片露天甲板上。

他将手肘依靠在扶栏上。四下无人，海面涌起碎浪，银河在清朗无月的空中划出一道大理石条纹般的弧线。

他刚才礼貌地否认了年轻女子的判断，然后转向他另一侧的邻座，恳请她再分享一些子女趣事。但安娜贝尔却如火焰一般，一直在他周围熊熊燃烧。绿色连衣裙，浅色睫毛，她的眼神是如此不同寻常。她是一簇蓝色火焰，肆无忌惮，游离世外。

舰桥肃穆的工作氛围和午夜送到他舱房的咖啡让他重新静下心来。但那簇火焰还在燃烧。洗澡时，他将瘦削的膝盖露出水面，一只手不由自主地向下腹探去，一边想着她潮红的脸颊，以及散落在颈背上的浅金色秀发。

---

① 19 世纪后半叶日本对前往中国和东南亚等地卖身的妇女的称呼，另一称呼为南洋姐。

当她敲响他的房门时，已经过了午夜。她还穿着那身浅绿色连衣裙，如同一个幽灵。他不知她是如何找到这里的，但她轻快地走了进来，仿佛此举稀松平常。她比他想象的要娇小，仅到他的胸口处。她在剧烈地颤抖着，肤色微微发青，寒气逼人。头几分钟，他甚至无法伸手去触碰她。

纽约

1914 年 9 月

九个月后

孩子们在哭。

但安娜贝尔不予理会。此刻，她站在艾迪森的红砖别墅内（这栋沿河而立的住宅有着黑色窗檐、黑色大门和黄铜色门环），从卧室窗户望着街对面三楼窗口熟睡的黑猫。它总躺在那儿。有时候，它一边慵懒地摇着尾巴，一边观望楼下水沟里啄食的鸽子。安娜贝尔会下意识地跟随猫尾巴摆动的节奏摇动手指，当猫尾巴不再摆动时，她也会停下。夜不能寐时，她会不停地重复这个动作，直到手指发紧、酸痛。

孩子响亮的哭声开始变得撕心裂肺起来。

最好还是留在窗前，不要靠近那对双胞胎，不然她眼前会浮现出地狱般的画面。她不该去厨房，那里有刀，她也不该靠近枕头或是水盆。她更不该把他们抱在怀里，不然，她可能会把他们抛出这扇窗外。龌龊，她仿佛听到了母亲的声音，这两个字在她耳边不断地回响。

她还在寄宿学校那会儿，一场冻雨过后的清晨，她小心翼翼地走出宿舍门廊，踩着湿滑的地面，进入一个令人目眩神迷的冰封世界。

22

学校中央花园的每棵枫树都被冰凌紧紧地包裹着。当孩子们哭喊时，她就像那些被牢牢地冻在原地的树一般。孩子们无助的哭号似乎远在天边，犹如眼看巢穴被冻成冰却无能为力的鸟儿发出的哀鸣。

孩子们出生时，艾迪森正随约瑟芬娜号出海。安娜贝尔从9月4日开始分娩，比预产期提前了整整三个星期，漫长的分娩耗费了一天多的时间。双胞胎终于在9月6日破晓前出生，那是马恩河会战①的第一天。她还没来得及想好名字。助产士提议女孩叫玛丽安，医生提议男孩叫詹姆斯（小名杰米），她摆了摆手，以示默许。

对安娜贝尔来说，分娩的可怕与战争的恐怖交织在了一起，她领教了嘶吼和流血有多痛苦。放松戒备时，她马上又会想起分娩时的艰难，眼前再次出现泪泪鲜血，还有手术刀、产钳和针线。她想起两个婴儿血淋淋、湿漉漉的紫色身体，好像小狗一样，想起看到他们时内心的惊恐之情。她一度误以为医生手里捧着的是从自己体内取出的脏器。助产士先前告诉她，分娩会很痛苦，但熬过阵痛后，她会被喜悦淹没。要么就是那个女人撒了谎，但更有可能的是，安娜贝尔不是当母亲的料。

艾迪森在孩子们出生五天后回到家中。他先是一脸困惑地看着摇篮，然后将目光投向了躺在一边的安娜贝尔——她整个人被汗水浸湿，头发乱作一团。她拒绝洗澡，因为医生说温水有助于产奶，而她决意要让自己的乳汁干涸。

"那就用凉水洗，"照料她的护工说，"能让您舒缓一下。"

安娜贝尔告诉她，她宁愿去死也不愿洗冷水澡。"你的工作是看孩子，不是照顾我。别来管我。"

没等夫妻二人打破沉默，艾迪森次日便匆匆离开。

"您这就是有点儿产后抑郁，"护工说，"我见过这样的情况，您

---

① 指发生于1914年9月5日至12日的第一次马恩河战役，是第一次世界大战西部战线的一次战役。

很快就会恢复正常的。"

正常。

她脑海中出现了幼时模糊的记忆。窗帘被月光染成蓝色，父亲坐在她身边，接着又把她抱在怀里。之前，她从没被人抱过。从另一个身体传来的温度令她沉醉。她本能地抓住他的缎面睡袍，感到他在颤抖。记忆到此戛然而止。

七岁那年，她站在位于默里山别墅的餐具室，让厨师大约十一岁的儿子钻进裙底。门口突然有人发出一声令人肝胆俱裂的大喊，只见穿着黑裙、身材丰满的保姆冲进狭小的房间，如同一只乌鸦挤进了麻雀的屋子。厨师的儿子被狠狠地踹了一脚，痛得大叫起来。保姆喘着粗气把安娜贝尔拖上楼梯，锁进衣柜里。

衣柜里黑黢黢的，她透过钥匙孔看到走廊那头自己的房间——床上的黄色被褥，还有脸朝下被扔在地上的娃娃。"我做错了什么吗？"她隔着门问保姆。

"这点你心里清楚，"保姆回答，"你这个小姑娘真不害臊，你应该感到无地自容才对。"

保姆的话让蹲在簸箕和家具抛光剂中的安娜贝尔陷入了思索。如果她做的事情如此令人难堪，那为什么父亲——这个比母亲和保姆权力更大的一家之主——可以摸自己的那个被保姆叫作"花蕾"的地方？而厨师的儿子只不过想用一片柠檬作为交换，看一眼那里。父亲叮嘱她，千万不能将他们单独相处的事情告诉母亲，因为父女俩深深相爱、彼此依偎的事实会让母亲醋意大发。

她给厨师儿子看自己的"花蕾"那天，母亲把她的大腿和背部痛打了一顿，还不停地骂她龌龊。

第一位医生开的处方是每天洗冷水澡，吃素食。

保姆拒绝回答任何与龌龊有关的问题。"讨论这种事情只会让你更不安分。"

不过有一次，安娜贝尔问她，男孩的"花蕾"是不是也不是好东西，保姆忍不住回答："傻姑娘，男孩没有花蕾，只有胡萝卜。"

看来，醒醒是植物才会有的事儿。

后来，独自一人在房间或浴室时，安娜贝尔开始不由自主地抚摸起自己的"花蕾"。她对此颇有些忐忑不安，而且完全不知道自己为什么会这样。在令人意乱神迷的愉悦畅快之中，她不再去想那些令她不悦的事物：比如她在厨房见过的耷拉着舌头、被剥了皮的羊，还有骂自己醒醒的母亲。这种感觉甚至压制住了她想到父亲时内心的波澜。父亲说他的举动出于善意，如果他的到来令她感到恐惧，那肯定是她自己的问题。她得试着去克服。

九岁的一天，一阵寒风将她弄醒，她在清晨的阳光下迷迷糊糊地睁开眼，发现被子被人拽走了。紧接着，她看见母亲抓着她的被子站在身边，好像斗牛士拿着斗篷。来不及了，安娜贝尔意识到自己的双手在睡梦中游了睡裙内侧。真醒醒，母亲暴跳如雷，如同一把斧子要把她砍成两段。第二晚，保姆将她的手腕绑到一起，临睡时她像祈祷那样交叉起了手指。

"你母亲是个好女人，"父亲拍了拍她手腕上的绳子，但没有解开，"但她不理解我们之间的感情。"

"我很醒醒吗？"安娜贝尔问。

"我们每个人都有点儿醒醒。"父亲回答。

第二位医生很像一条老猎犬，下垂眼、长耳垂、皮肤上长满斑点。他用钳子从玻璃瓶中取出一条蚂蟥，然后狠狠地掰开了她的双腿。

她的耳朵里嗡嗡作响。一道暴风雪般的刺眼白光让她晕厥了过去，但马上她又被刺鼻的嗅盐激醒。医生走出去跟母亲交流，房门没有关上。

是过度兴奋，他说，很严重……但还有救。

医生开了每周洗冷水澡和涂抹硼砂溶液的处方，并嘱咐不能让她接触香料、明亮的颜色、快节奏音乐，以及其他任何活泼和刺激性的事物。睡前，她必须从一个琥珀色瓶子中喝一勺糖浆，然后便会陷入深度睡眠。有几个早晨，她伴着枕头上的烟味醒来，却什么都不记得。

十二岁的一天，睁开睡眼的她惊恐地发现床褥被鲜血染红。母亲说她没有生命危险，但以后每个月都会流血，这是在提醒她要时刻警惕一件事：当然还是龌龊。

那段时间还发生了另外两件事：首先是有一阵子她再也没闻到枕头上的烟味，还有就是她被送去了寄宿学校。别的女孩总是相谈甚欢，她们爱看书，睡前做祈祷，经常想家，给母亲写信，她们一起跳欢快的舞蹈，为了发型而烦心，还喜欢把脸颊掐到红扑扑的——这些都让形单影只的她自惭形秽。她愤怒地意识到，世界对她而言是如此陌生，她错过了太多。

她要怎样才能弥补这可怕的无知？

留心窥探、竖起耳朵，寻找蛛丝马迹。她从图书馆疯狂借书，还偷其他女孩的藏书，尤其是她们私藏的禁书。她读了《呼啸山庄》《金银岛》《海底两万里》和《月亮宝石》。她还读了《德古拉》，精神病院的怪人雷恩菲尔德让她噩梦连连：他喂蜘蛛吃苍蝇，喂鸟吃蜘蛛，还把鸟当成自己的食物，巴不得所有生灵都变成食物。她偷了一本《觉醒》①，梦见自己走入一片大海，在此之前，她唯一的下水经历便是洗澡了（即使在学校里，她洗的也是冷水澡）。从这些书中，她认识到，羞耻和龌龊这两个词并不只有母亲给的那一种定义。直觉告诉她，有些女人希望男人的触摸（女孩们会躺在枕头上对一些书发出"真浪漫"的感叹，可她们眼中的怪人安娜贝尔却并不这么认为）。当确定其他人都睡着以后，她再次将手探向下体，那里不再是青涩、迟钝的"花蕾"，而是已被唤醒、正待绽放的私处。手指带来的感觉愈

---

① 美国女作家凯特·肖邦出版于 1899 年的小说，讲述了女主人公为打破传统女性桎梏与当时的道德斗争的故事。

渐强烈，神经好似被锐物钩缠，身体开始不受控制地上下起伏。一股幽微、绵密的电流将她穿透。

一位年轻的钢琴老师每周来一次学校。安娜贝尔坐在钢琴凳上，他在她身后俯下身，修长的手指弹奏出低沉、悠扬的琴音。他的头发是澄亮的金色，几乎跟她的一样，眉毛带有明显的弧形，金发间的梳齿痕迹清晰可见。有一天，她抓起他的一只手放在她裙子外面私处的位置。他眼中的恐惧令她困惑。

这件事带来了不良影响，她被送到了一所更小的学校，但不到一个月就因为母亲过世回到了家中。父亲对她敬而远之，似乎已经忘记了曾经的温存。她问起不知去向的保姆，父亲说，安娜贝尔已经过了需要保姆的年纪，不是吗？她洗了个让她不习惯的热水澡，出浴后觉得自己仿佛熟透了一般。

直到后来，她在葬礼上无意听到闲言碎语，才知道母亲喝下了一整瓶安眠药。

她转去了第三所学校，就是她被冻雨后的枫树迷住的那所学校。她的历史老师比第一所学校的钢琴老师要年长，但他并不怕她。他总能找到各种理由把她叫到办公室。"你现在可是如鱼得水，"他在一张下陷的沙发上夺去了她的童贞，"我能看出来，我就知道你会这样。"

"您这话是什么意思？"

"是你的眼神，你不是在勾引我吗？"

"应该是吧。"其实，她并不完全了解自己的意图。她只不过回应了他的目光，接受了他，在他面前感到了一股隐约、涌动的压力，促使自己宽衣解带。事后，她穿过学校花园，一种与他人接触带来的无可避免的伤感将她擒住。但这次体验不可谓不愉悦，于是后来她又屡次回应了他的召见。在身体接触前，他背过身去抚弄自己，说自己不想在一个孩子面前这样。随着反复练习，她渐渐从与他的体验中感受到了那幽微、绵密的电流。但事后，她还是会伤感。

"我们私奔吧。"他说。她坐在沙发上，疑惑不解地看着他，惊讶于他的不切实际。

这一次她没有被退学，而是在十六岁时顺利毕了业。回到纽约的她改头换面，化身为大家闺秀，陪伴父亲出席各种餐宴和聚会，一同旅行。她试图洗心革面，压制自己那龌龊的念头，但在欲望面前还是败下阵来。她身边情人不断，他们的习性各不相同。

"也许你该考虑找个人嫁了。"父亲向她提议。

两人都知道，尽管他富甲一方，但纽约没人会动娶她的念头。

云雨之事确实让她欣慰，却也带来了羞耻、谣言和鄙夷。她想从头再来，做个洁身自好的女人，不被黑暗压迫，也不受肉欲控制，但她的努力无疾而终。在纽约没能做到的，到了伦敦、哥本哈根、巴黎和罗马也相继落空（父亲所憧憬的未来女婿，在英国、丹麦和法国都未能寻觅到，而到了意大利，他对此事已闭口不提）。而在约瑟芬娜号上，她再次失败了。她从没想过自己会怀孕，她曾认定自己的子宫被龌龊的习性毁掉了。

"孩子的父亲是艾迪森·格雷夫斯。"在确定自己怀孕后，她告诉了父亲。

"谁？"

"船长，那艘船的船长。"

遇见艾迪森那晚，安娜贝尔的父亲在用完晚餐后去了吸烟室，将她留在了女子客舱。她轻轻松松地就从那里溜了出去。她来到约瑟芬娜号的船尾，凝望墨黑的海面，看着螺旋桨搅起银色的泡沫。恐惧骤然来袭，她紧紧地握住了扶手。她开始想象狂啸的海风、刺骨的海水、迅速旋转的巨大螺旋桨叶，还有客轮上不断消失的灯光。

她还能看到船消失在海平面上吗？她会不会就此孤独地漂泊在黑黢黢的无人之境？沉默无垠的星空会不会是定格在她视线的最后一幕？再没有什么更孤独、真切的了。过往的经历告诉她，与他人肌肤相亲并不会减少孤独。她想象着自己的身体不断地往下沉，直到坠落海底。这将是她的最后一场冷水浴，将浇灭她残存的火苗。

海风灌透了她的衣裙。她不知自己还剩多少意志力，但那一晚，她的醌醍拯救了她，将她带离客轮的尾流，引她来到艾迪森的房间。晚餐时，他看透了她的真面目，那种了然仿佛一记结实的耳光打在了脸上。

护工提议，如果她抱一抱孩子，也许就会发现他们有多可爱。能有两个健康的孩子是件幸事，毕竟有些母亲生下的是死胎，那些可怜的人哟。"上帝创造女人就是为了让她们当母亲。"

"如果你有一点儿脑子，如果你爱你的上帝，那你就不会让我接近他们。"安娜贝尔的回答让护工大惊失色，她抱起孩子离开卧室，关上了房门。

不顾医生劝阻，她在双胞胎出生前就在报纸上刊登了乳母招聘启事，并雇用了最早报名的两个女人。两人都自称已婚，对自己为何会有奶水也都未作解释，不过安娜贝尔并没有过问。"我觉得，这种行为跟卖淫别无二致，"医生对他说，"这些女人为了把奶水换成钱，让自己的孩子身处极为恶劣的环境，她们的品格可能不太端正。"但安娜贝尔根本不在乎什么品格。

那天清晨她离开艾迪森的舱房，回到房间时，她的父亲正坐在他的房间里，旁边放着一个空玻璃杯和一个满是烟蒂的烟灰缸。他还打着领结，穿着礼服，两间舱房之间的连接门敞开着。"安娜贝尔，"他看上去苍老又疲惫，"当年我应该做点儿什么，你才不会是今天这副样子？"

"你不该在我睡觉的时候来碰我。"她重重地关上了门。

纽约

1914 年 10 月

一个月后

　　哀悼中的罗伊德·费弗跟心情舒朗时的他没什么两样。他的外套和帽子一尘不染，领口洁净而坚挺，领结系得一丝不苟。他走路时步态轻盈。

　　但是，过去这一个月来，这个看起来跟平常没什么两样的罗伊德·费弗只不过是一具空壳。表面上他照常检视货单，跟煤炭商讨价还价，享用纽堡烩蟹，与情妇寻欢作乐，但内心却住着另一个孪生体，一个向外窥探的暗灵。随着儿子利安德过世，曾经那个利落又苛刻，永远谈笑风生、精神焕发的男人已一去不复返。

　　幼子被白喉病夺去了年仅六岁的生命。

　　玛蒂尔达依然卧床不起（两人有单独的卧室，中间被各自的更衣室和共用的起居室隔开），几乎滴食未进。两人剩下的三个儿子亨利、克利福和罗伯特由保姆单独照料，他不知道几个小家伙是在哭哭啼啼，还是在嬉笑打闹。他从未关心过孩子们的日常生活，也从未料到，失去一个孩子的痛苦会是这般令人难以承受，仿佛浓黑的油液从身体里喷涌而出。

有一晚，十二岁的亨利来到他的书房，说自己想回学校。罗伊德没有应允，而是告诉儿子，母亲需要他陪在身边。

"但她连见都不想见我，"亨利说，"我每次敲门她都不开。"

罗伊德回答："女人会夸大自己的情绪，好证明自己更重感情，纵容只会让她们的行为变本加厉。等她觉得继续这样下去徒劳无益的时候，她就会出来的。"

儿子沮丧地离开了。凌晨时分，罗伊德还是无法入睡，他掀开被子，大步穿过更衣室和起居室，来到玛蒂尔达的卧室，想将她从麻木中唤醒，命令她振作起来。没等他开口，躺在床上的蒂尔迪一言不发地扬起双臂，于是他投入她的臂弯，在她胸前痛哭起来。这是他第二次为丧子而哭泣，第一次是在悲剧发生当天——那天，他在浴缸里蜷起身体，把脸埋进水中哀号不止。他早已忘了，多久没有跟妻子拥抱过了。这会儿，她轻抚着他的头发，他在哭泣中渐渐入眠。

早上，他离开她的房间时只字未留。但第二晚，他又回到了她身边，让她的温暖化开自己冰封的内心。第三晚，他将她的睡裙掀起，两人进行了久违的房事。

自那之后又过了一星期，他的日夜几乎颠倒了过来。夜晚，统治白日的暗灵在妻子身体的抚慰下消失无踪。他不知道蒂尔迪对这些日子的同床共枕持怎样的想法，不过这天早上他离家时，看到她跟孩子们一起坐在餐桌边。她脸色苍白，一言不发，但她笔挺的身姿告诉他，她决定活下去。

司机将罗伊德送到百老汇大道的尽头，这里离曼哈顿海滨不远。第三个孩子罗伯特出生后，罗伊德和玛蒂尔达卖掉了葛莱美西公园的别墅，跟其他上流人士一起北迁，在五十二街安了新家，这增加了他的通勤距离。劳欧公司的部分业务已经转移至切尔西码头，他还曾考虑将办公室往城外挪一挪，但一想到要远离船运业务和票务大厅云集的市中心，他又陷入了犹豫。

接着，他又担心起自己开始像父亲那样裹足不前。当年，即便财富见涨，恩斯特仍不愿搬离一家人位于珍珠街的狭小公寓。他觉得一个孩子就够他受的，于是坚决不让妻子再要一个。他缺乏远见，错过了用蒸汽船取代帆船的最佳时机。他在家只讲德语，读的报纸都是德文，这个他移居的国家似乎丝毫引不起他的兴趣，仅仅被他视为一台巨大的造钱机器而已。

八点整，司机将车停在一栋富丽堂皇的石灰岩大楼前，罗伊德下了车。他没有理睬热情问候他的看门人，快步径直穿过柱式大厅，上了电梯。时间尚早，九楼办公室空无一人。墙上挂着标有航线的巨大地图，船只的位置由星星点点的图钉表示，并且每天都会调整。剩下不多的空间被罗恩船队的装饰画占据，其中最为瞩目的便是约瑟芬娜·伊特纳号和她的新姐妹玛丽亚·福特纳号，这个名字来自一位罗伊德迷恋的年长女高音歌唱家。

他的助理已将几份早报在他的桌上摆好，这是一个极不起眼的年轻人。罗伊德通常会一边喝茶，一边迅速地浏览一遍报纸。可今天，他一动不动地坐着，怔怔地盯着头版的战争新闻。德军在比利时烧杀抢夺，士兵被活埋在战壕里。整个欧洲大陆已深陷战争泥潭。

他突然感到怒火攻心，如同燃烧的煤炭一般迸发出烈焰。他想看到德国战败，名声扫地，如果父亲死而复生并见证这一切该有多好。他希望所有人都体会痛失爱子的滋味。他想看到哀恸如浓黑的油液四处漫延，淹没整个世界。

数千人从纽约返回祖国浴血奋战，掀起了一场反向移民浪潮。不过，这波高涨的激情已经退去，劳欧公司东行船只目前的载客率还不足一半。罗伊德不禁想象，如果恩斯特还在世，他会不会回到德国，用他苍老、枯瘦的双手举起步枪。也许他会。但他也许会通过某种掩人耳目的方式资助祖国：当间谍，或者偷运物资和军火。又或许，他太过冥顽不化，对摆在面前的生财之道都无动于衷。

他转身向窗外望去。往西看，哈得孙河在楼宇的缝隙间依稀可见。迟些时候，约瑟芬娜号将驶过这里，前往切尔西码头。他也许会瞥见她。虽然他觉得她战时的素黑装扮十分丑陋，但还是希望能看她一眼。他想跟艾迪森·格雷夫斯喝上一杯。

眼下，罗伊德的德国血统是件麻烦事儿。他的中间名威尔海姆变得十分扎眼，这对公司造成的破坏得归咎于他的父亲。但这场战争也可能会带来新的机遇，也许他能做些什么。他跟他的父亲毕竟不同。

这时候，他的眼前浮现出亨利离开时轻轻地带上书房门的画面，但马上他又转念思考起了别的事情。

"你妻子怎么样？"罗伊德问艾迪森。他不愿提那对新生儿，他们出生没几周，利安德就去世了，老天爷真残忍。

艾迪森凝视着杯里的威士忌。"老实说，只有天知道。她好像整天都躺在床上。护工说她对孩子们毫无兴趣，不给他们洗澡，也不喂奶。护工还说，有些母亲产后会遇到一些问题，但还没人像安娜贝尔这样让她害怕。她说这是'可怕的忧郁症'。"

"我们家也感染了这种忧郁。看来，有必要给忧郁家庭的门上做记号了，就像当年瘟疫那样。"

"我很抱歉。你收到我的慰问信了吗？"

"哦，应该收到了吧，我不太确定。"比起威士忌，罗伊德更喜欢金酒，他喝了一大口，"我恐怕这些都无济于事，但还是谢谢你。安娜贝尔为什么会这样？是双胞胎有什么问题吗？"

"不，他们非常健康。"

"那是她病了吗？"

"她拒绝看医生，她讨厌医生。我觉得她没病，至少不是身体的原因。感觉她简直是在为孩子们的出生哀悼，就好像……哎，我也不理解。"

"让她去看医生。"

"好的，也许我确实该这么做。"

"你出海太频繁了。"

"在船上的时候我才知道该干些什么。"

艾迪森面部的骨骼比以前更加外凸，颧骨和下巴之间看起来空荡荡的，仿佛只剩皮囊，眉骨投下的阴影遮住了眼睛。暗灵在罗伊德体内苏醒，他对安娜贝尔心生恨意，她成日卧床不起，让丈夫忧心忡忡，对新生儿不管不顾，自然也无法对他和玛蒂尔达的丧子之痛感同身受。他忽然想念起玛蒂尔达轻抚自己头发的感觉，渴望回到家中。他从未告诉过艾迪森，在他结婚之前，自己曾在社交晚宴上与安娜贝尔有过几面之缘，还对她令人咋舌的情史有所耳闻。

"你不能一味忍耐，"他对艾迪森说，"得让她打起精神，做点儿有用的事。女人需要有事情做。要让她认识到自己有多幸运，让她换换心情，告诉她，她不是行尸走肉。"他感到自己的脸涨得通红，语气也变得恶狠狠的，"万不得已的话，用铲子把她从床上撵下来。"

艾迪森抬起头，他的表情难以捉摸。是责怪？还是担忧？只听他轻声说："也许你说得对。"

约瑟芬娜·伊特纳号在燃烧。它的船身正被熊熊大火吞噬。它缓缓地向右舷倾斜，仿佛要投身于大海。

乌黑的海水如镜面般平静 。一片浓密的蓝色晨雾冲淡了火光。

水面之下，破损的铁板和脱落的铆钉四处散落，灌入锅炉房的海水浇灭了炉火，劳工溺死水中。货舱被完全淹没，从水槽、管道和马桶涌出的水流经由走道冲向电梯井，缓缓地将整艘船引向大海，船头开始下坠。它的引擎已经熄火，螺旋桨不再转动。滚滚黑烟从楼梯井间升起，白色睡服在水波中飘动——穿着它们的人再也不会醒来。

艾迪森打算献身大海。他会不慌不忙地站在甲板上，等待海水上涨，漫过外套上一枚又一枚的扣子，漫过他的肩章，把他带走。每当他想象这一刻，他确信自己会坦然赴死，但他以前从没想过自己的妻子也会在船上，更没想过还有两个年幼的孩子。是他坚持让安娜贝尔来的。罗伊德给他的建议未免有些简单粗暴，但他确实该做些什么。"你不能一直这样消沉下去。"他对她说。

"我不觉得这有何问题。"她回答。

吹吹海风对她有好处，他语气坚定，内心却很犹疑。他向她下达了命令：坐船出去透透气。她同意了。他还要求她不能带护工，必须自己照看两个孩子。她也同意了。她如一件沉重的行李般悄无声息地上了船，行动迟缓又笨拙。

这次实验有所收效。出行前，安娜贝尔没有尽过一天母亲的责任。但上船以后，她学会了裹襁褓、换尿布、喂孩子们喝营养液——这是她根据夜间护工写下的配方制作而成的牛奶、糖和鱼肝油的混合液，存放在船上的厨房里。这差点儿让艾迪森觉得自己做了正确的决定，但安娜贝尔的表现还是不免有些异样：她面无表情，举手投足间仿佛一台机器。有一晚，他发现她独自一人在船尾俯视着深不可测的大海。

爆炸发生时，他们在海上航行了五天，离利物浦还有一整天的航程。由于大雾不散，他们的速度减慢了，驶入了一片潜望镜和水雷遍布的海域。

船上仅有五百二十三位乘客，是满载量的三分之一，比船员的数量还少。

爆炸是在黎明前发生的。当时艾迪森已经醒来，坐在床上，将双胞胎之一抱在臂弯。孩子之前哭闹不停，安娜贝尔在给另一个喂食，于是他拿起奶瓶，抱起这个孩子上了床。

橡胶奶嘴刚塞进嘴里，孩子马上就安静了下来，浅色的瞳仁紧盯着他不放。艾迪森松开襁褓，一双斑驳的粉红色小手露了出来，抓住了奶瓶。"这是哪一个？"他问。

安娜贝尔坐在一边，她的脸被阴影笼罩。"我不知道，"她回答，"这不重要。"

孩子的身体在他的腿上有节奏地起伏。他握着瓶子的小小手指微微张开。

听到爆炸声前，他的耳膜感到压力骤变。巨响席卷而来，穿透空气、地板，还有他的身体。船身猛烈摇晃，开始扭曲变形。轰的一声过后，海水从天花板倾盆而下。下一瞬，一切又倏然安静了下来。

"怎么回事儿？"安娜贝尔的声音尖厉，但听不出有任何恐惧。

他迅速地穿上衣服。

右舷栏杆的一部分严重损毁，他想上前查看，却被浓烟和蒸汽逼退。火灾报警器的啸叫声无比刺耳。他来到舰桥，下令驾驶台通过车钟向引擎室传递**停止**指令，不过引擎早已熄火。他让三副下去查看。船身向右舷的偏斜已是肉眼可见。他一动不动地站着，低头看着靴子，在心里盘算起来。水雾如黑布一般紧紧地贴住了舰桥的窗户。"准备救生艇，"他指示道，"向全船拉响警报。"

无线电操作员用莫尔斯电码发送出求救信号。离他们最近的船只是三十海里①之外的一艘商船，它正**全速驶来**，但还需两个小时才能抵达。

他的脑中逐一闪过火光、倾斜的右舷、蓝雾和漆黑海面。"弃船。"他对大副下令道。这两个字层层下达，形成了一种怪异的回音，音量非但没有减弱，反而愈发洪亮。

甲板上一片混乱。船员用扩音喇叭向惊恐的乘客大声发出指令，救生艇吊架正在升起，蒸汽的"嘶嘶"声持续不断。艾迪森来回穿梭于船头与船尾间，奋力维持秩序。他决定偷偷地离开一小会儿，只不过想确认安娜贝尔和孩子们已前往救生艇的方向，然后与他们做最后的简短告别。

在浓烟和纷乱间，他向船舱的方向找去。

在一片混沌中，他意识到：安娜贝尔不在舱房。摇篮里的双胞胎啼哭不止。扶手椅和床上都不见安娜贝尔的身影。她也不在浴室里，海水正从家具的缝隙间涌出。孩子们的小脸因为惊恐而扭曲、发紫，

---

① 三十海里相当于 55.56 公里。（编者注）

粉嫩的舌头在咧开的嘴里紧紧地缩起。他打开衣柜，安娜贝尔当然不在里边。他来到走廊，呼喊她的名字。

艾迪森很久以前就养成了当机立断的性格。如果当年他在向罗伊德扔下那根绳子之前哪怕有半点儿犹豫，他都会与一位挚友失之交臂。可现在，他却迟疑了。他站在房间中央，盼望事情出现转机，企望有什么解决办法能从天而降。终于，他在游移不定间从衣柜取出手枪，上了膛，将手枪放进大衣口袋。接着，他将两个孩子从摇篮里抱起。

他奔下歪斜的楼梯，用手肘按下一扇沉重铁门的门闩，又用一侧肩膀把门顶开。双胞胎绵软的脑袋令他惶恐不安，他们幼虫似的身体沉甸甸的。他来到甲板，挤过惊慌失措的人群向船尾跑去，四处张望、旋转，寻找安娜贝尔的身影。她在哪儿？这个问题在他脑中响个不停，震耳欲聋，直到他身体里冒出一个低沉的声音：你找不到她的。她根本就不打算回来了，不然她不会离开的。

人群拥向甲板上剩余的救生艇，其他的船艇要么已被大火吞噬，要么是已经出发，或是搁浅在左舷船身的斜坡上。右舷的救生艇不断地偏离客轮边缘，一道危险的裂缝正缓缓地张开。

一艘下降中的救生艇在绳子上摇晃着，随后失控翻倒，乘客跌入水中，与先前的落水者一道在水中绝望地挣扎。艾迪森来不及为他们默哀。人们正在死去，但很快他也会死去。

他在 12 号救生艇前停下了脚步。裂缝还在继续扩大。现在仅剩下最后几艘船。他用一侧胳膊夹着两个孩子，同时用另一只手掏出枪，向空中扣动了扳机。

乘客们尖叫连连，向后退去，如同茂草被狂风吹倒。

他推开人群，来到甲板边缘，一边挥舞手中的枪。往后，他命令所有人，全都往后退！他清出一片半月形区域，给即将登船的乘客腾出助跑空间，这样他们便能跨越漆黑海面上方的那道缝隙。吊架边的船员用带弯钩的杆子尽力地把船稳住——他们自己可能也难逃厄运。

孩子们在哭喊，但艾迪森置若罔闻。

　　他开始挑选有资格逃生的乘客，将她们一个个拉出人堆，通过鸣枪发令示意她们起跑、跳跃。全是女人和孩子。女人们提起裙摆，向前跃起。没有人掉下船。在这些陌生的面孔中，他试图找到一个能让他放心将孩子托付的女人。

　　12号救生艇已经装满了逃生者，但还没有出现任何一张让他放心的脸。这些陌生的女人眼神惊恐，不是在语无伦次，就是在瑟瑟发抖。他怀里的双胞胎即将成为一对孤儿。他来到客轮边缘，抓住其中一个孩子的襁褓，准备把它递出去。他不知道这是双胞胎中的哪一个。他渴望卸下重负，让上升的海水将自己覆没。

　　向孩子的脸投去一瞥是个错误的决定，他的内心在绝望中纠结成团。这一瞥让他头晕目眩，好像被人狠狠地击中了下巴。海水退潮，将他甩了出来。他怎能随随便便地把孩子们交给一艘摇晃小船上的陌生女人？他怎能忍得下心让他们被水中疯狂挣扎的落难者重重包围？他的眼前浮现出救生艇翻落水中的画面，白色襁褓布缓缓地沉入海底，这让他想起自己当水手时用帆布裹尸布裹住死者，然后把他们推下船的情景。不行，他必须知道孩子们的下落，他必须亲眼看着他们获救，或是死亡。

　　他将双胞胎抱在胸前，两大步跳上了救生艇。挤作一团的女人们一下散开，他险些摔倒在她们中间，同时弯下身体保护怀里的两个孩子。恢复平衡后，他站直身体，向惊愕的船员咆哮道："降船！"

　　也许是习惯了服从指挥，也许是还未从枪声的震慑中恢复过来，他们听命操作起嘎吱作响的滑轮。满载女人、孩子，还有一个男人的12号救生艇便这样告别了人群和火光，离开了魔爪般盘绕于舷窗边缘的烈焰。它在摇摇晃晃中徐徐下降，伴着轻柔的水花声落到了海面上。

纽约

1915 年 7 月

七个月后

　　费弗夫妇的又一个儿子在夜里出生，这次分娩没用太久。婴儿
的脐带被剪断后，发出了第一声啼哭。他被洗净并裹上襁褓，然后喝
起了母乳。小家伙的名字是乔治，跟国王一样。他是家里的第五个儿
子，不过费弗五兄弟永远不会有机会在这世上团聚了。

　　罗伊德躺在玛蒂尔达身边，他穿戴整齐，但还未打理衣领。小乔
治躺在两人中间。"你感觉怎么样？"他问她。

　　"很累。但我很快乐，这让我松了口气。那种强烈的幸福感，生
前几个的时候我都体会过，但这一次我倒不太确定。"听起来，她对
自己的话有些难以置信。

　　他伸出一根手指抚摸婴儿的脸颊。玛蒂尔达是在约瑟芬娜号失事
前不久发现自己怀孕的，自那以来，出于赎罪和迷信的双重原因，罗
伊德没再出去寻花问柳。过去这八个月，完全忠于一个女人的生活让
他变得清心寡欲，如获新生。不过，鉴于他在战争中大发横财，所
以这也不能算作是跟物欲横流的过去划清了界限。

　　他对约瑟芬娜号的管理绝非无懈可击。他太过急功近利，行事

也不无纰漏，这要归结于仇父情结和丧子之痛。他也因此付出了惨重的代价。不过，跟死于非命的数百名乘客相比，这实在不值一提。还有，艾迪森·格雷夫斯被送进了辛辛监狱[①]。

罗伊德只不过想为阻击德军的大业出一份力。他欣然采纳了友人杰拉德·德雷弗斯爵士的提议，用自己的商船走私军火到英格兰。在匆忙之下，他没有广纳群言，也未能采取恰当的防护手段。他甚至没有告诉艾迪森箱子里装的是什么，而只是恳请他——更准确地说，是要求他——对信息缺失的货单睁一只眼，闭一只眼。

不过，现在他明白了，军火不是像棉花那样可以随随便便放到船上的东西，但他还是没弄清究竟是什么引发了爆炸。箱子应该是安全的，那些人跟他保证包装很严密，他觉得存放方式也并无不妥。一定是出了什么别的问题，但具体原因已不可考。一定是什么偶然事件触发的，那应该不是他自己的问题造成的，至少他没有直接责任。

"是因为我没能打碎那个瓶子，"爆炸发生的头几天，玛蒂尔达十分自责，"是我带来了噩运。"

"这与你无关。"

"你不该用那姑娘的名字命名这艘船。"

"你说得对，"他回答，"我真的很抱歉。"

在这之前，他不记得自己跟她道过歉。约瑟芬娜号出事的消息刚传来时，两人未出世的孩子成了无边恐惧中支撑他的唯一希望。他还记得天亮前接到的那通紧急电话、电报发来的生还者和遇难者人数、一串串的名单、一次次令人揪心的修改，还有挤满营救货船甲板的生还者的照片，其中一张是艾迪森·格雷夫斯，还有他的一对双胞胎。

出事后，罗伊德很快意识到，艾迪森会引发民愤（媒体称他为"懦夫船长"），而有关那些应自己要求被从货单上隐去的神秘货箱，

[①] 美国纽约州一所拥有最高的防范级别的知名监狱。（编者注）

他一定会守口如瓶。艾迪森将再次救自己一命。他有愧于这位朋友，但除了歉疚，他又能怎么办呢？艾迪森一定不愿看到劳欧公司付之一炬，也一定不会让罗伊德本人面临牢狱之灾。对于运给杰拉德·德雷弗斯的那些货箱，玛蒂尔达当然被蒙在鼓里。她已经原谅了自己太多次。他不能再让她承受更多打击。

约瑟芬娜号失事五个月后，另一艘叫作卢西塔尼亚号①的客轮也葬身大海。这确实是一起可怕的悲剧，但罗伊德不能否认，就他的处境而言，这起事件犹如雪中送炭。约瑟芬娜号的沉没也许同样要归咎于德国佬的鱼雷偷袭，完全有这种可能性，这有可能还是一场受大雾影响的误击，只不过他们没承认罢了（罗伊德对几名记者提出了自己的理论，并拿出高额报酬诱使他们宣传这种观点）。有谣言称，卢西塔尼亚号失事时同样装载了军火。人们对阴谋论津津乐道，而正如他们所以为的那样，轮船的货舱确实是藏匿秘密的理想之地。

事故发生以来，罗伊德再没运输武器。其实也没有这个必要。劳欧船队有的是货物可运：钢铁、木材、橡胶、小麦、牛肉、医用物资、羊毛，还有马匹。他还收购了几辆油轮，并借机涉足石油业。他在得克萨斯州悄悄成立了一家小型子公司，建立了一个规模不大的基地，并雇用了两名地质学家、几个勘探员，还有一名负责荒地租用的谈判人员。罗伊德将这家新公司命名为自由石油公司。

玛丽亚·福特纳号成了加拿大远征军的军事运输船，他向英国政府开出的价格诚意十足（这并非纯粹的利他行为：他仍保有对货舱的控制权）。原本素净的船身被涂得乱七八糟：遍布杂乱无章的条纹和方格，还有用来迷惑测距仪的假船行波。美国大有可能加入这场战争，到时将会需要更多船只。罗伊德会为此做好准备。

他可能会在这场战争中失去部分船艇，但他对损失已有一定的免

---

① 英国客轮，于 1915 年 5 月 7 日第一次世界大战期间被德军的鱼雷炸毁。

疫力。暗灵已经离他而去，又或许，它在不经意间成了他的一部分。他的心伤还未痊愈，但心脏仍在跳动。他的领口依旧洁净，步履仍然迅捷。他不再耽于美色，也告别了骄奢淫逸的生活，如今的他只求秉节持重（虽然他下定了决心，但这段婚姻忠诚期还是在战后画上了句号）。他将曾经用于欢场的精力投入到商场。他将成就一番伟大事业，他已经站在一个新的开端。第一缕晚风拂过熟睡中的新生儿。这个小生命也意味着一个新的开始——他是全新的罗伊德·费弗的长子。

蒙大拿州米苏拉附近

1923 年 5 月

约瑟芬娜号沉没八年零五个月后

　　玛丽安和杰米·格雷夫斯沿着小溪一前一后地走着。两个孩子比同龄人要高，长得几乎一模一样，唯一的区别是玛丽安有一条辫子。这对瘦削的金发双胞胎在树林间时隐时现，夹杂着粉尘的阳光斜射在他们身上。两人穿着法兰绒衬衫和带围嘴的背带裤，裤脚塞进橡胶靴里。靴子是他们叔叔的挪威管家贝丽特给买的，此刻正拍打着他们的小腿前侧，发出"啪啪"的响声。

　　他们的叔叔华莱士坐在溪边，面前放着水彩颜料和一沓厚厚的硬画纸，他正往纸上描绘溪流、树木和山脉的模样。星星点点的白色空隙点缀其间，那是水面和岩石反射出的光斑。他的目光追随着手中的画笔，对周遭的一切都充耳不闻。他作画时总是心无旁骛，仿佛并不记得自己收养了一对年幼的孩子，还把他们像识路的小狗一样放到野外。他不受干扰的状态表明，他并未多记挂这两个孩子。

　　顺流而下，在冰河时期形成的古老湖床（即今日的米苏拉）中央，靠近这条响尾蛇溪的下游处，立着一栋安妮女王风格的尖顶建筑，门廊装有纱窗，塔楼呈圆柱形。这是华莱士和双胞胎居住的房子。贝丽特大多时候也住在这儿，负责清洁工作。房子外观陈旧，剥落的墙漆和脱落的瓦片一览无遗，家具也破烂不堪，但她照样把家中收拾得一尘不染、井井有条。后院，一匹名为菲德勒的骟马 [①] 拥有自己的单间马厩和一片小围场，另外还有一间小平房，这里是华莱士为（因与妻子吵架或缺钱所以临时）无家可归的朋友们准备的栖身之处。

房子另一头，响尾蛇溪穿过铁路桥，流入克拉克福克河，河流通过小镇去往西北方。克拉克福克河与黑脚河、比特鲁特河和汤普森河一同汇入庞多雷湖，然后并入哥伦比亚河，最终成为太平洋的一部分。

华莱士告诉两个孩子，所有的河流都会去往更宽广的地方。

"但世界上最大的地方是海。"玛丽安对叔叔说。

"是天空。"华莱士纠正道。

双胞胎知道，如果他们继续逆流而上，就会经过一个棚屋和一段湍流，最后会欣喜地发现一辆锈迹斑斑的废弃福特T型敞篷车。它有时倚在岸边，有时浸入水中，这要看河水涨得有多高。

这辆车的来历是个未解之谜。通往溪边的道路狭窄而崎岖，只适宜步行或骑马。华莱士和贝丽特没有答案。华莱士大学里那几个落拓不羁的朋友来过这里几次，提出了各种异想天开的猜测，但也仅仅只是猜测而已。

经过棚屋后，姐弟俩都默默加快了步伐。因为不想被对方识破，所以他们还是继续揣着口袋，装作闲庭信步的样子，其实两人都想抢占那辆福特的驾驶座，坐在破损的方向盘前扮演司机。动作慢的那个人会扮演机械工、强盗或者是仆人，也都挺有意思，但远比不上司机来得威风。他们偶尔会换个花样，把车当成船，轮流扮演父亲掌舵。有时候，这艘船会遇险，于是他们便会跟着一起沉没。

---

① 阉割过的马。（编者注）

双胞胎知道外界对父亲有什么样的评价,这位出了名的懦夫害年幼的姐弟俩生活在嘲笑中,他们恨父亲,而母亲则从未出现在他们的游戏中。

他们绕过最后一个弯,拔腿奔跑起来,伸出细细的胳膊相互推搡。但跑出树林后,他们没有像往常那样发起最后的冲刺,而是停住了脚步。

溪面因积雪融化而明显上升,那辆车在水中陷得更深了,车轮几乎被浸没,车底盘也已部分落入了水中。车前轮颤颤巍巍地卡在岩石间,车身随着水流摇晃。

"这样开车,就好像车真的在动!"玛丽安对弟弟说。

"你不觉得车有可能会滑下去吗?"杰米发出疑问。

"你是害怕了吗?"

"没有,但我也不想淹死。"

"不会淹死的,只是一条小溪而已。"

杰米一脸狐疑地观察起了水面。小溪最中间黄褐色的区域奔腾起伏,水底暗流向上卷起,在岩石周围冲出白浪,溅起冰冷的水沫。

"我们可以去棚屋玩。"

"你害怕了。"

他走进水里,用实际行动做出了回应。还没等他走到车旁,溪水已经灌进了他的靴子,但他没有停下,犹如拖着巨石奋力前行的劳工。姐弟俩都会游泳,但那辆车不宜与裸露在外的皮肉直接接触:表面的金属和铁锈凹凸不平,车里的皮革毛毛糙糙,绒面处羊毛残缺不全,露出锈钝的弹簧。于是,杰米只能忍受着灌满水的靴子和湿答答的背带裤。他抬起一条沉重的腿登上车侧脚踏板,爬进驾驶座。刹车杆像芦苇似的探出水面。

车在杰米瘦小的身体下晃动起来,白浪拍打着保险杠,好像华莱士那辆凯迪拉克陷在泥里的样子。这让玛丽安开始紧张起来。

"害怕就别过来，"杰米向她喊道，"我不会嘲笑你是胆小鬼的。"

但玛丽安还是踩入了水中。水流湍急，河床高低不平，她伸开双臂试图保持平衡。冰冷的溪水灌进她的靴子里。

"坐过去。"她走到车边对弟弟说道。

"为什么老是你开车。你到那边去。"

"那边水太深了。"

"那就从我身上爬过去。"

当玛丽安抓住后排座椅破损的边缘时，车身失去了平衡，先前被岩石卡住的右前轮松脱了。她松开手退回到小溪里。车身前后扭动起来，翻滚的水流涌入车内。杰米一脸惊恐，眼睁睁地看着战车继续摇晃，滑向更深、更急的溪流。眼下，车身已经漂在水中，无力地随着波浪起伏不定，发动机水箱一点点地消失在水面。

车没漂多远。车轮再次被岩石卡住，水浪向杰米猛扑过去。玛丽安在岸边小跑起来，大声呼喊着弟弟的名字。他的脑袋时而钻出水面，激流携着他小小的身体渐渐远去。岸边的小径凹凸不平，于是玛丽安一路上时不时地就会被绊一下，她跟不上溪流的速度，一度看不到杰米的踪迹。她气喘吁吁，猫着腰躲过低矮的树枝，拐过一个弯。终于，他出现在前方的一片沙堤上。只见浑身湿透、光着脚的他站起身，大口喘着粗气。接着，他发出一声满怀狂喜的号叫，这种声音她只听成年男子喊出过。他跺了跺脚，捡起一块石头，抬起瘦伶伶的胳膊把它投进小溪里。一股强烈的嫉妒将她填满——她想要成为死里逃生的那一个。

纽约州奥西宁

1924 年 8 月

一年零三个月后

　　艾迪森走出辛辛监狱的大门时，他的律师切斯特·范恩就在外边。后者正全神贯注地读着手里的书，身上的三件式西装一如既往地皱皱巴巴。切斯特是从城里坐火车来的，他跟艾迪森一同坐火车回程，两人一言不发地望着车窗外的哈得孙河。这些年来，切斯特是唯一去看过艾迪森的人。再往前追溯，罗伊德·费弗曾在一个星期日出现，但艾迪森拒绝与他见面。后来，食堂的工作人员告知艾迪森，罗伊德往他的账户上存了四十美元，这笔钱他在狱中分文未动。罗伊德还给他寄过几封信，他没打开就全扔了。此外，在又一个周日，切斯特转达了罗伊德高价购买艾迪森房产的意愿。

　　"费弗先生要我向您转达，这是他最起码该做的。"切斯特在拥挤的接待室对他说。两人各自坐在一把木椅上，中间被一块齐腰高的隔板隔开，切斯特还是那身皱巴巴的西装，艾迪森则身着灰色狱服。"他说他想为双胞胎做点儿什么。"

　　"双胞胎不需要他的钱。"

　　"有一天可能会用得上。费弗先生从来没有指责过您，也没把您当成过'替罪羊'，至少，没公开这么做过。他对您的支持不言自明。"

"年轻时我曾经把他从海里拉上来，这被他记在了心上。"艾迪森用掌根揉了揉眼睛，"不行，我要把房子卖了，但不能卖给费弗。把房子里能卖的都卖了，剩下的全扔了。"

"都卖了吗？没什么值得留念的东西吗？没什么母亲的东西要留给孩子吗？"

"没有。"

当艾迪森获释时（经过切斯特·范恩的不懈努力，他提前六个月出了狱），离开监狱的他身上只有两件物品：一个信封，里面装有从食堂账上取出的 43.66 美元，他把信封放进了衣服内侧口袋，还有一个用细绳捆扎的纸质文件盒。

切斯特·范恩在纽约中央火车站完成了自己的使命，他跟艾迪森握手并祝他好运，接着递上一张火车票，然后脱帽告别。艾迪森环顾四周。幽幽的光线从高高的窗户洒下来，抬头仰望，华丽的星座图案和金色星尘点缀着静谧的青色穹顶。距离他上一次站在真正的星空下，已经过去了九年。

在他周围，铺着大理石地面的车站大厅人来人往、熙熙攘攘，行人在通道中来去匆匆的样子像极了平放的滚珠轴承。他感到手足无措，面对密密麻麻、来去自如的人群，他甚至有些恐慌。他已经习惯了日夜被监视的生活，以为自己回归社会后，还会是那个臭名昭著的约瑟芬娜·伊特纳号的懦弱船长。他想象人群聚集在辛辛监狱门口对他冷嘲热讽，想象自己所到之处尽是横眉冷对。然而，现实中他迎来的却是各自奔忙的陌生人，他们对他毫不在意。在这片人造的星空下，他内心发出一阵苦笑，明白自己已经成为历史。

他买了一个火腿三明治，把罗伊德·费弗的40美元施舍给了一个乞丐，随后走入一条通道，登上了前往芝加哥的 20 世纪快车①。到达芝加哥后，他等待了将近一整天，没有离开车站一步，最终等来了去往米苏拉的列车。

这是一个清朗、温暖的皓月之夜。华莱士·格雷夫斯在火车站等候。陪伴他的是一条黑白相间的长腿家犬，此刻人和狗正一起低头望着铁轨。火车前灯不断地变大，汽笛声愈发嘹亮。降速下来的火车头经过时扬起一阵白烟，车轮与铁轨摩擦发出刺耳声响。黄色的铁路信号灯闪烁着，站台上的人们或是站着，戴上帽子，或是提起随身行李。车门打开，乘客纷纷下车，搬运工扛下沉重的货物。华莱士认出了站台上艾迪森微驼、瘦高的身影。他举起一只手，艾迪森冲他点了点头，仿佛看到的只是某个认识的人，而不是快二十年没见的亲弟弟。华莱士上前拥抱他，感觉怀里抱着的像是一具大号骷髅。

"你的行李呢？"他问。

艾迪森弯腰摸了摸狗。"我没有行李。"

"这不是吗？"华莱士指了指艾迪森腋下的文件盒，"里面是什么？"

艾迪森清了清嗓子。"有你寄的信和照片，还有你给孩子们画的画。"

艾迪森从未对华莱士寄出的几十张肖像画有过任何回应，多年来华莱士一直担心它们都被扔进了监狱的垃圾桶。那些画不过是用墨笔和水彩草草完成的一些素描，但作品被肆意销毁的念头还是让他倍感消沉。现在，看到这个仔细捆好的文件盒，他不由得喉头一紧。

当年艾迪森离家出海时，华莱士尚在幼年。哥哥比他年长十岁，母亲在两人之间还生过几个孩子，但都腹死胎中，这些孩子被葬在胡桃树旁的空白墓碑之下。十一年后，华莱士同样逃离了安分守己的父母和一贫如洗的农场之家，他的落脚处则是艾迪森每年写来的简短家

---

① 20th Century Limited，往返于纽约和芝加哥的特快客车，曾被誉为"世界上最著名的火车"。（编者注）

书左上角那个字迹潦草的地址。

那是哈得孙河附近的一栋红色砖房。艾迪森自幼少言寡语、令人捉摸不透，但他收留了华莱士，兄弟两人就居住在这栋装饰简陋的房子中。房中为数不多的陈设包括艾迪森从世界各地带回的、千奇百怪的纪念品。他甚至还负担了华莱士艺术学校的学费。

华莱士指了指站厅方向。"来，走这边。"

他心爱的那辆车身狭长的灰色凯迪拉克正停在车站门口。这辆车是1913年他在赌桌上手气爆棚赢来的战利品。在那一个月间，他先后辗转多个煤矿小镇，不仅赢了这辆车，还赢了大把金子，这些财富足以支撑他在旅途中过上夜夜笙歌的生活，此外，他还购置了一栋房产（这笔投资后来被证明是一个明智的决定，因为在两年后的1915年，他连遭败绩）。他特意把车停靠在路灯下，好让艾迪森能更清楚地欣赏它——虽然是一辆开了十年的旧车，黑色的饰边依旧闪亮如新，黑色顶篷可以向后折叠，厚实的轮胎方便他经常驾车到野外写生，前后排座椅的黑色皮革上是清晰可见的狗爪印。

"玛丽安可喜欢这车了，"他告诉艾迪森，"这孩子挺有意思的。我总见她在给车抛光，或者在引擎周围转悠。我去修车的时候会带上她一起，让她在边上看着。"

"你在信里提过。"

"但你从来没回过信，"华莱士动作夸张地打开右侧车门，示意哥哥上车。小狗率先蹿了进去，跳到了后座，"你一定等不及要见双胞胎了。他们也想一起来的，但我说，三个人在车站把你团团围住可能会有点儿夸张。时间也晚了，到家的时候两个小家伙应该已经睡了，但你可以偷偷地看上他们一眼。天气不冷的时候他们会睡在门廊，我是说，没那么冷的时候。"

"这我知道，"艾迪森关上了车门，"你的信我读了。"

"但你都没回复。"华莱士走到另一侧，坐进驾驶座。艾迪森只有在万不得已的情况下才会回信，而且字数寥寥。"不过，还是谢谢你给我们的——怎么说，帮衬——那些钱真的是雪中送炭，"他启动了引擎，"家离这儿不远。"他驶离路边，"我很严肃地跟杰米和玛丽安说早上不能吵醒你，他俩起得太早了，而且总爱一大早就闹个不停。他们有时候去小溪边，有时候去山里，我都不知道他们会往哪儿跑。希望这不会显得我不负责任，我实在是管不住。他们通常会骑马出去。你会开车吗？"

"不会。"

"确实，在海上用不上。"

"在牢里也一样。"

"那倒是。你很快就能学会的，我来教你。玛丽安已经基本学会了，就差踩油门的时候同时看路了，她现在还不能兼顾。相较之下，杰米对学车就没那么感兴趣了，应该说是没那么好学。玛丽安爱做的事情，他一般都会躲得远远的，他没什么好胜心。他呢，挺温和的，你见了他就知道了。说到开车嘛，等你上手了，你就能自己到处转转了。我们甚至可以考虑给你找辆车，我觉得你会——"

"华莱士，"艾迪森打断了他，"我们现在能去哪儿游个泳吗？"

"游泳？"

"对。"

"让我想想，"华莱士减慢车速，开始思考。克拉克福克河和比特鲁特河都不合适，太晚了。他突然想到了一个好地方，"有个地方也许可以。"他向西驶入一条碎石路，过了一会儿，目之所及处变成了狭窄的土路。沿路生长着并不茂盛的树木，空气爽朗。一头鹿忽然跃至车灯下，紧接着又马上消失在车辙尽头。突然的急刹车让艾迪森本能地缩了一下身体。华莱士差点儿要开口道歉，仿佛这次绕行是他自作主张，好像发生的一切都是他造成的。

他从没想过要孩子，从没想过除了单身生活以外的任何可能，但在接到切斯特·范恩通过电报发来的问题时，他毫不犹豫地给出了肯定答复。他将收留一对幼婴，他们会长成两个孩子，住着他的房子，占用他的时间，占据他的精力。他把放浪形骸的生活留在了过去，心甘情愿地承担了这一切。他会试图从杰米和玛丽安身上寻找哥哥的蛛丝马迹，那个他始终没机会深入了解的人。他很好奇玛丽安的桀骜不驯是来自她的父亲，还是那个谜一般的安娜贝尔；他想知道是谁的基因让杰米对动物满怀恻隐之心——从鸟巢跌落的雏鸟、受伤的兔子、迷途的野狗，还有被鞭打的马，都会让他大受打击。华莱士试图向侄子解释，生命总会有残酷的一面，但杰米无法被轻易说服，也无法感到稍许宽慰。家里的狗总是不少于五只，也就可想而知了。

虽然华莱士希望艾迪森能分担照顾孩子的责任，但让他自己颇感意外的是，当艾迪森（生硬地）答应出狱后在自己的小平房住下时，他感到的是喜悦，而得知哥哥并不打算马上带走双胞胎时，他又松了一口气。之前他并没有意识到，他不愿与他们分离。

土路的尽头是一片凸起的草坪，车灯照亮之处本是漆黑一片。"下面有个小水塘。"华莱士熄灭了引擎。虫鸣声瞬间萦绕耳畔。

艾迪森下了车，脱下衣帽并叠好放在座位上，接着向水边走去。华莱士跟在他身后。这只是一个马蹄形的小水塘，转向的河流在这里形成了一片月牙形水洼，里边满是淤泥。月亮的倒影映在水面正中央。艾迪森扯开领带结、取下领带的样子如同在挣脱绞索。他脱下衬衫的动作同样急促而粗暴。他的脊椎在月光下清晰可见，外凸的肩胛骨下方阴影一片。艾迪森扯下鞋袜，手忙脚乱地松开腰带，解开扣子，直至长裤和衬裤褪至脚踝，露出白净的臀部。他迈开苍鹭般枯瘦的双腿走入水中。河水涨至小腿肚时，他像狂暴的猛兽那样冲进水中，激起连片水花，一头潜了下去。小狗追逐着他的背影，狂吠不止。

华莱士也脱去了衣裤，以更为小心翼翼的姿态进入水中，感到池底的水流吸吮着双足。他深吸了一口气，把头埋进水里，然后又重新探出水面，发现脚尖勉强能够触底。艾迪森张开双臂仰浮水中，胸膛露出水面，凝望着天空。小狗的身后留下了八字形的波纹，搅乱了那轮水中明月。

"感觉怎么样？是你想要的吗？"华莱士问道。

"我已经好多年没想要过任何东西了，"艾迪森回答，"我就是忽然想游个泳。"

在辛辛监狱度过的九年多，艾迪森睡得极少。他的牢房七英尺 [①] 长，三英尺宽，材料用的是多年前死去的囚犯开采的石灰岩。熄灯后，他躺在犹如坟墓的牢房，在黑暗中纹丝不动、神志清醒，聆听来自周围八百名囚犯的鼾声、呓语和自慰时有节奏的摩擦声，他们被关在叠成六层高的千篇一律的牢房里，每个人都一样。在船上的时候，无论海浪多剧烈，舱房多不适，他都能睡着。而在狱中，长时间的清醒成了整个刑期中尤为煎熬的部分，他因良心难安（而不是法庭的判决）而无法安寝。

艾迪森在小屋里也无法入睡，在这张贝丽特铺好的床上，蓝白相间的被褥连一丝褶皱都没有。他在屋里找到一堆箱子，华莱士说这是他入狱一两年后送来的。箱子上贴着写有切斯特·范恩名字的标签。艾迪森拉上窗帘，随便打开了一个箱子。里面全是书，是他卖掉的纽约房子里的书。另几个箱子装有他在旅途中收藏的物品：面具、雕刻品、动物的角、编织品、一个龟壳，还有一个来自巴西的玻璃托盘，上面的图案是摆放成彩色轮盘的蝶翼。艾迪森还在屋子一角发现了几幅华莱士的旧作，这是当年他在纽约用来充当房租的作品：靠岸的轮船、拥挤的街道、哈得孙河，还有那栋红砖别墅。

控方承认，严格说来，格雷夫斯船长的求生行为并不犯法，但也

----

① 英制长度单位，一英尺相当于 30.48 厘米。（编者注）

同时指出，根据《国际海上人命安全公约》，船长必须确保所有乘客安全撤离后才能离船，否则就是严重渎职。此外，格雷夫斯还使用致命武器阻止乘客——甚至是女性——登上救生艇，当以二级谋杀罪论处。包括乘客和船员在内共有七百零八人在事故中丧生，有的葬身火海，有的溺死水中，有的穿着救生衣漂浮在海上，也没能生还。公认的事故起因是：煤舱发生阴燃，船舱内漂浮的煤灰遂被点燃，导致一个锅炉剧烈爆炸，最终引爆了右舷船身。

切斯特·范恩辩称，格雷夫斯船长最多也就是占用了救生艇上的一个生还名额，而且毕竟他还有一对亲生的年幼儿女要照拂。我们怎么能对一个拯救自己亲骨肉的男人进行道德审判呢？

控方反驳称，那说到底，又是谁该为爆炸负责？谁该对船员的资质负责？谁该对客轮的安全负责？到底是谁该负这些责任？

"我一人全权负责。"艾迪森对切斯特·范恩说，对所有指控他都愿意供认不讳，并无意争取更短的刑期。但切斯特以沉默和坚决无视了他的请求。他认为艾迪森不该顾及民愤，说人们总有一天会忘得一干二净。他还说艾迪森会为英勇就义的决定后悔。再说，救了两个孩子，又再次抛弃他们，这有什么意义呢？最终，控辩双方同意以过失杀人罪了结此案，刑期定为十年。

尘埃落定，艾迪森被送往辛辛监狱。

华莱士寄来过一张双胞胎拍摄于照相馆的一周岁生日照片：两个小家伙身穿白色裙子，在一把扶手椅上坐得笔直，细细的浅金色头发梳得整整齐齐。艾迪森还收到过水彩肖像画。他一直没能区分出两个孩子，也没好意思开口问。每年孩子们生日时他都会收到照片，眼看两个幼儿慢慢地变样，长成了两个四肢颀长、金发碧眼的孩子。玛丽安的眼神多疑，笑得不情不愿，她的脸上能看到安娜贝尔的影子，再加上华莱士信中提到的任性，这让艾迪森隐隐有些不安。杰米看起来则是一个质朴、乖巧的孩子。

他心里一直深藏着一个迷信的念头：如果当初他没把母子三人带上约瑟芬娜号，爆炸就不会发生。但其实他几乎能肯定，罗伊德的箱子才是罪魁祸首。又或许，他自己也难咎其责，因为他没有坚持要求罗伊德告知箱子里装了什么，因为他接受了罗伊德以免去海关申报的麻烦为由隐瞒真相的做法。

夜色开始淡去，他将窗帘掀开了一点儿。星星逐一熄灭，仿佛优雅的表演者翩翩谢幕。一段记忆忽然涌出，将他吞噬：晨光照亮约瑟芬娜号，几名穿着睡衣的落单乘客，有的在甲板上徘徊，有的在走廊深处隐去，他们跌跌撞撞，身形清晰可辨。他感到甲板在脚下震动，他嗅到了大海的味道。

不，他嗅到的是河水。那气味依附在他的发丝间、皮肤上。那是淤泥的味道，而非海水。

天空透出浅紫色，两个小小的身影出现在了放着睡床的门廊处，三只狗跟着他们跑了出来。两个小家伙穿着同样的蓝色睡衣，除了玛丽安的长发，两人金黄的发色和瘦长的身材相差无几。他们像两头谨慎的小鹿似的望向小屋。艾迪森一动不动。过了一会儿，杰米转向一边，翻弄了一下睡衣，送出一道弧形尿液。玛丽安则转向另一侧，脱下裤子蹲进草丛里。三条狗四处乱嗅，随后也加入双胞胎的行动，抬起了它们的小短腿。待他们结束后，人与狗一道出发前往马厩。

艾迪森差点儿想要出门去追赶那两个小小的背影。前一晚，在华莱士的再三坚持下，艾迪森透过门廊的纱窗瞄了瞄枕头上两个酣睡中的小脑袋。他皱着眉点了点头，仿如一个面对宝物不为所动、反而茫然无措的人。

此刻，他悄声来到另一扇窗户边。玛丽安穿着睡衣坐在灰马无鞍的马背上，手里抓着缰绳，杰米爬上马围栏，挨着姐姐身后坐下，光着的两只脚空悬着。他们向小溪出发，马尾消失在林中，几条狗在他们身后一步一颠。

艾迪森一直怀疑双胞胎不是他的亲骨肉，但他也不愿用这样的猜测去侮辱安娜贝尔。而现在，他相信了。他们细长的四肢和小脚的形状都是自己的翻版。清晨的空气以一种独特的方式萦绕着他们，这也是他们血缘关系的证明。但同时，他也相信，并且非常肯定，自己没有什么东西可以留给他们。他永远不会知道该对他们说些什么，应当如何表现出父爱和温暖。他只会带来失望和伤害。

外面寂静一片。他在水池前洗漱一番，然后走出屋子，大步流星地顺着华莱士行驶的来路走去。他的口袋里仅剩不到三美元，但纽约的银行账户里还有些存款。钱不算多，但就目前而言足够了。太阳升起后不久，他就登上了西行的列车。

洛杉矶，2014 年

一

要不是因为琼斯·科恩的关系，我最终也不会出演玛丽安·格雷夫斯这一角色。不过，当时的我也没有预料到这一点。我只是感到胸口发紧，冒出一股想把别人精心堆好的沙堡一脚踢翻的念头。我小时候经常有这股冲动。在片场的时候，我会想象自己突然爆发，拿起塑料小马把塑料马厩踩得稀碎，但想象归想象，我过了很长一段时间才付诸实践。那是在我成为凯蒂·麦基以后，我坐着时速一百一十英里[①]的路虎飞驰在405 号州际公路，疯疯癫癫地大呼小叫，这就是我的发泄方式，能让我浑身舒畅。

我不知道那天自己为什么会跟琼斯回家。当时的我会说，那是因为我自己愿意，但事实并非如此，不完全是。我感到百无聊赖、焦躁又恼火，但这种感觉一点儿都不陌生，也不是促使我与琼斯手牵手步入夜色的原因。我厌倦了灯光，但总躲不开聚光灯，这都是我咎由自取。

我的记忆不太完整。我记得跟琼斯在俱乐部的贵宾区里，坐在一张维多利亚风格、极具葬礼感的双人沙发上，黑色椅背如虫翼般展开

[①] 英制长度单位，一英里约等于 1.61 公里。（编者注）

在我们头顶上方。我记得他小臂上文着约翰尼·卡什[1]的刺青，还有他的皮护腕和绿松石戒指。有消息称，我们表现亲密，眉来眼去，我积极主动，对这个声名狼藉的风流情圣百般挑逗。但我不记得提议离开俱乐部的是我，还是他了。我不记得自己当时具体对他说了些什么，但我一定拿他的风流韵事打趣了，要他细数那些与他同床共枕过的女性名人。我觉得我起初可能显得真情流露，然后又变得盛气凌人，最后又拿出了柔情似水和多愁善感的一面。我依稀记得他告诉我，他的下一张专辑将选择返璞归真，只有他和他的吉他。我的回答是，听着太妙了，绝对适合你，这一点算是发自肺腑，因为琼斯·科恩这个渣男毋庸置疑是个天赋异禀的吉他手。我记得往外走的时候，我在像抹了油的地板上一路打滑，一只鞋总是不听使唤。然后，我们经过红光闪烁的存衣间时，看不清脸的服务员正在整理一堆大衣（在洛杉矶其实没必要穿大衣）。我大概就是在那个时候牵住了琼斯的手。门口的迎宾员祝我们度过愉快的夜晚——那是个漂亮姑娘，从她那来者不善的眼神中，鸠占鹊巢的野心呼之欲出——门打开了，夜色扑面而来。

　　虽然酒精让我感到天旋地转，但我知道那群穿黑皮衣、戴贝雷帽的狗仔队在外边等着我。他们边抽烟边扯淡，随时做好了拍摄准备，各种各样的摩托车停满整个街区。门刚一打开，他们就迅速掏出"长枪短炮"，快门声和闪光灯此起彼伏。他们不断地向我逼近，灯光差点儿让我眼前一黑。琼斯的保镖把他们拦住，给我们开辟出一条上车的通道。哈德莉！琼斯！哈德莉！你们在一起了吗？哈德莉，奥利弗呢？你们分手了吗？我的裙子在照片里显得太短。我目光呆滞、闪躲，表情似笑非笑，紧紧地抓着琼斯的手。不过，至少上车时我并未走光。

---

[1] 约翰尼·卡什（Johnny Cash, 1932—2003），美国乡村音乐创作歌手。

狗仔队穷追不舍地一路跟车来到琼斯的住所，尽管车窗刷得墨黑，白色闪光灯却没有任何放过我们的意思。我记得在车上，琼斯用舌头去摘我的耳环，挂钩穿过我的耳垂，然后那串钻石就转移到了他咧开的嘴里——那是派对的专用伎俩，类似于用舌头把樱桃梗打成结。我记得他的房子又大又空，墙上挂着巨大的抽象画，剩下的一切都白得刺眼。我记得他大腿内侧的刺青是大大的两个字——**"爱我"**。

我是在《大天使》第一部试镜时遇到奥利弗的，那时他二十岁，他妻子四十二岁。后者是一个伦敦来的舞台剧导演，日常的行头是铆钉靴和出自日本前卫设计师之手的不对称外套，看上去如古罗马参议员般高贵。他没为了我离开她，他压根儿就没想过离婚。根据奥利弗的说法，在两人的第二个结婚纪念日后，她宣布对他的激情已像气球般破裂，然后彻底告终。

在跟奥利弗第一次公开牵手之前，我还没多少知名度。那是在《大天使》第二部的首映礼。我们已经秘密交往了三个月，厌倦了偷偷摸摸和不断辟谣的日子。他率先下了车，围栏后那几千个疯女人立马扯开嗓子尖叫不止，好似在被烈火焚烧。他回头拉着我从车里下来，而且一直牵着我，尖叫声和闪光灯将我淹没。我一度以为自己会化为乌有，只留下影子烙在红地毯上。照片里的我怒目圆睁，好像面临审判的战犯。奥利弗则露出从容、自信的微笑，一边向所有人招手。聚光灯下的他如鱼得水。现实中的他极为英俊，镜头下的他摄人心魄。他在银幕上绽放的光芒令人心驰神往。

尖叫和灯光并不是冲着我们来的，不完全是。那群疯女人一直希望男女主人公的银幕之恋能延续到现实中，她们的疯狂根本不可理喻。其中一些狂热的影迷甚至开始撰写色情同人小说。她们在网络世界拓出一片迷域，沉醉于编制幻想和欲望。

她们没有意识到会事与愿违。她们没有意识到故事越中人下怀，就越扫兴。人们喜欢不圆满的故事，而需要那种怅然若失感。那些贱人希望《大天使》能满足她们所有不可告人的癖好，但又把它看得神圣不可侵犯。但凡我们对电影稍作修改，她们就会找上门来。里兹维斯的房子应该是天蓝色，不是青色，你们这些白痴。又或者，加布列尔跟卡特里娜第一次接吻时戴的帽子应该是白色，不是灰色，这你们不该搞错，毕竟书里就是这么写的。

倒不是说我和奥利弗没有自己的私心。我们没有马上从角色中走出来，满以为在人物身上投入的希冀和激情会让自己得到升华。我们觉得彼此的结合是一桩善事，就好像给故事续写了一个完满的结局。但那些疯女人还写了我们。注意，这里的我们指的是洛杉矶演员哈德莉·巴克斯特和奥利弗·特莱普曼，而不是卡特里娜和加布列尔，那对格温多林笔下居住在子虚乌有的大天使帝国的主人公。

有一次，出于好奇，我跟奥利弗读了一篇同人小说。里边的错别字让人啼笑皆非，但很快我们就陷入了沉默。当时，我坐在他腿上，读的是一段以我们的初夜为素材的露骨幻想。"我只要你，"那个故事里的奥利弗对我说，就像加布列尔对卡特里娜说过上千次那样，"至死不渝。"但接下来的描述则让熟悉温文尔雅的加布列尔的读者大跌眼镜：同人小说中的奥利弗掀起我"昂贵的高级设计师款礼服"，用他"搏动的阴茎"占有了我。进来吧，哈德莉呻吟起来。你真是个又性感又出名的电影明星，我真的太奈①你了。

奥利弗合上了电脑。窗外飞来一只蜂鸟，似乎是被外墙的牵牛花吸引而至。它盘旋在空中，用戏谑的眼神看着我们，彩色胸脯两侧的双翼飞速扑扇。一阵不知从何而来的风刮过，多重现实在我眼前交叠。

"我真奈你。"这成了我们的口头禅。

当你处在一段恋情中时，我们这个词要比我更安全，但我们二字

---

① 同人小说中"爱"的错别字。（编者注）

又那么难以预知、不可捉摸，你随时可能会被抛弃，最终变回形单影只的独我一人。一旦成为我们，你会接着变成他们——成为被认出、被拍摄的目标。你会成为他人眼中的战利品、猎物，还有宝矿。狂热的目光对我们步步紧逼：纽约、巴黎、圣彼得堡、圣卢卡斯角，还有考爱岛（美国夏威夷群岛之一），他们无处不在。我们前往伊比萨岛坐船出海，来到格施塔德参加滑雪派对，路过杂货店和加油站，在乌玛米汉堡店度过宿醉时光，每每都能跟他们撞个正着。他们挖掘独家消息、花边新闻、真相与谎言、谎言与真相，从我们身上总结关于穿搭、健身、减肥、美发和情感的各种妙招。他们对我们的着装和身材评头论足，先是宣布我怀上了双胞胎，然后又澄清称只是我想要一对双胞胎，并且没有放过我戒毒、订婚和取消婚约等任何一桩新闻。他们恨不得钻进我的皮包和衣柜里，掌握我的一切喜好。他们百般搜刮，直至将我们洗劫一空。

跟琼斯走出那家俱乐部时，我以为我想要伤害的是那群疯女人。酩酊大醉的我不切实际地认为我能摧毁她们的世界。但傻子都能料到，那些婊子最终安然无恙。我踢倒的是我自己的沙堡，这一点毫无疑问，我把它在坚硬、平整、空旷的沙滩上踩得稀烂。

《大天使》第一部的宣传语是"心动一次，相爱一生"。到了第四部，也是我出演的最后一部，宣传语变成了"一失足成千古恨"。海报上是两张被软件精修过的脸——满脸忧虑的奥利弗和满脸不悦的我，我们身后的背景是一座美丽而阴森的未来城市，金色的拱形天际线被皑皑白雪覆盖。第六部、第十部的宣传语会是什么？"该死的，死去吧，永别吧"？

格温多林还在笔耕不辍，已经写完了这个系列的第七本书。但就算剧组没把我炒了，也改变不了我跟奥利弗比两个主人公老得更快的事实。我们不可能无休无止地演下去。或者说，是我不可能永远扮演卡特里娜。人们普遍认为男人不会变老，至少男性年龄渐长不是什么大问题。他们现在已经拍到了第五部，取代我的姑娘还是一个花季少女。

诡异的是，我和奥利弗的第一次是在车里。但那是在青少年选择奖结束后，不是首映礼。《大天使》第一部收获了青少年观众票选得出的所有奖项。"我只要你"和"至死不渝"是不是天底下最大的谎言？是谁最先说了没有什么是永恒的？是谁最先发现事实确实如此的？

二

我跟琼斯回家过夜的第二天一早，奥利弗的东西就从我家消失了。保镖和助理告诉我，自第一批照片在网上公开后，他的保镖和助理连夜赶来取走了他的所有物品。我到家才五分钟就接到了经纪人雪文的电话，她压抑住怒火，问我究竟在想什么。下午她再次致电，向我宣读了一份对我表示不满的不完整人员清单。虽然她没明说，但显然她自己也是其中的一员，不过她没像过去那样冲我嚷嚷，那个时候，接到一个速冻比萨饺的广告都能让我俩激动半天。去年我的收入是3200万美元，她拿到了其中的百分之十。如果你像我这样出名，你就好比一个遨游海中的庞大生物，享有自给自足的生活，牙缝间剩下的残渣就足以养活一群小鱼小虾。

奥利弗的经纪人阿列克谢·杨告诉雪文，奥利弗伤心欲绝、大受打击，雪文向我转达了此事。我跟阿列克谢偷偷地睡过两次，我很可能直到现在还迷恋着他。公司上下对我也颇有微词，尤其是负责人盖文·杜普雷，我给他吹过一次箫，那次倒也不是心甘情愿。对我表示失望的还有投资人、《大天使》系列作者格温多林、正在后期制作中的第四部电影的导演，以及准备执导第五部的那家伙。

雪文说："公司担心粉丝会很在意这件事儿，觉得你可能破坏了观众对浪漫的幻想。整个系列是建立在完美爱情的基础上的——"

我打断了她。"如果人们蠢到分不清现实和故事，那错真的不在我。"

"理论上我同意，但我认为，我们都有责任保护这个系列。我不可能去跟任何人说你的行为对这部电影没有影响。"

我没有回应。

她又问："你跟奥利弗谈过了吗？"

"没有，不过要知道，他也出轨过，我告诉过你。"

"但他可没被人拍到。关键不是做了什么，而是有没有被抓住把柄。听着，我不是在批评你，但你本来可以更谨慎一些。其实更应该说，你太不小心了。这简直就是公关界的自杀行为。"说到这儿她停顿了一下，"你只是一时兴起吧？"

"我做事不是一贯如此吗？"

她没有接茬儿。

"你想知道原因是吗，"我接着说，"我说不清，反正琼斯是个浑蛋。"

"跟媒体可千万别这么说。好吧，木已成舟。现在大家都想了解最新情况，想知道你们俩会做什么选择，好准备一下接下来的说辞。"

"你的意思是我跟奥利弗会不会复合？"

"对。"

我被逼出一阵狂笑。

"行吧，"她说，"还有一件事儿。格温多林很不高兴，公司也非常不满。"

"去他妈的格温多林，我受够了。"

"她非常重视她的创作——"

"我不是她的作品，她不是上帝。"

"她不是上帝，但她的作品让你和我，还有很多其他人赚得盆满钵满。她只想见个面而已。盖文·杜普雷亲自要求你见她一面，安抚一下她的情绪。"

"这星期我没时间。"

"你有。"

我挂断了电话。在手机屏幕上按下结束通话的按钮可真不解气。我在沙发上躺下，开始一边抽大麻，一边看真人秀，内容是一群穿着奢侈品牌紧身裙的整容脸们举着马提尼晃来晃去，唇枪舌剑。其中有几位整过头的女士讲话时嘴都张不开，声音含糊不清。她们瞪着浑圆又诡异的眼睛，竖着短小的朝天鼻，看起来好像变身失败的猫精。

我开始想，我能不能一辈子就这么躺在家里看电视？牵牛花什么时候会爬满窗户，把我牢牢地锁在这里呢？

那天，盖文·杜普雷在我们的早餐会谈期间放下了手中的咖啡杯，柔声细语地要求我站起身，脱掉衣服。当时离我拿下《大天使》的女主角就只差临门一脚。

我愣了半秒钟，同时也为自己愚蠢的惊讶感到羞愧。我们在贝弗利的一间酒店套房独处一室，面对面坐在一张铺着白色桌布的小桌旁，桌上摆放着银色咖啡杯碟，以及装着精致糕点、馅儿饼和羊角面包的多层甜点架。在要求我脱衣前，盖文不停地劝我吃。"我保证，吃一个小羊角不会变胖的，"他说，"才这么大点儿，尝一口吧，不会要了你的命的。"

倒不是说我以前没见过色鬼。他们遍布每一个片场，涉及每一个管理层，天底下绝对不缺这种人。但我还从未面临过如此成败攸关的时刻。我跟雪文对这次会面有同样的预判，认为它会改变一切，但我一直没弄清，她到底知不知道那天等待我的是什么。总之，她反复强调盖文是个有家室的人，女儿跟我的年纪差不多——也就是说，十八岁上下。

五十多岁的盖文外表温和，肤色偏黄，长着苍白的厚嘴唇。他戴一副金属框眼镜，口袋巾跟领带搭配得一丝不苟。"我得仔细瞧瞧你。"听了这话，我决定将其视为专业考验，而非个人要求。

我从没跟雪文提起过这事儿，因为我不想让她知道我顺从了。我叔叔米奇是在这件事发生的几个月前去世的，虽然他从未正儿八经地照顾过我，但我还是再次体会到了孤立无援的感觉。于是那天，我一点儿都没犹豫。我一丝不挂地站在盖文面前，应他要求原地转了一圈。接着他掏出生殖器，恳求我给他口交，我照做了。

琼斯·科恩事件发生后的第三天，我躺在泳池边，欣赏一只秃鹫在空中盘旋。秃鹫是洛杉矶的常客，有时候一大群秃鹫跟龙卷风似的飞入云端，很是壮观，只是人们不会抬头看。我很惊讶，竟然没有直升机在监视我，这简直是奇耻大辱。狗仔队能飞那种无人机吗？也许不能，因为能的话，他们早就行动了。这句话应该刻在他们的徽章上：如果能的话，我们早就行动了。

门铃声吓了我一跳。我以为是狗仔队来了。铃声又响了一次，我习惯性地等着我的助理奥古斯蒂娜来处理，然后才想起我已经打发她回家了，还匆匆忙忙地把一包大麻食品塞到不喜欢大麻的她的手里。我的保镖M.G.这会儿在房子外边巡逻。我站起身，走向门口的对讲机。出现在摄像头里的是我的邻居——德高望重的雨果·伍斯利爵士（用他自己的话来说，不仅德高望重，而且唯利是图并贪图肉欲[①]），他边炫耀手里的一瓶苏格兰威士忌，边冲对讲机大喊："抚慰风流心灵的鸡汤！"似乎并不相信这机器还有传音功能。雨果穿得像个雍容华贵的嬉皮士，他有一个年轻俊美的同居男友，所以每次他对科技产品表现出老年人的固执时，我总会感到惊讶。

"嘿，"我打开门，"你是怎么进大门的？"

"你很久以前就把密码给过鲁迪的，难道你忘了吗？他这会儿正忙着呢。"他做了个吸食大麻的动作。雨果的男友鲁迪的主业是时刻关注并掌

---

① 这三个词分别对应三个拼写接近的英文单词：venerable、venal 和 venereal。

握这座城市顶级大麻的去向，不管是药用类，还是消遣类。"外边实在是混乱不堪，"他迅速地走进厨房，"M.G.可得拿出点儿颜色给他们看看。"

他脚踩一双编织凉鞋，身穿蓝白扎染束带裤和橙色亚麻衬衣，最上面的衣扣解开，露出浓密白色胸毛间的熊爪吊坠。雨果高大威猛的身材与他七十多岁的年龄极不相符，他声如洪钟，举手投足像极了极具感染力的舞台剧演员。

他给我们一人倒了一杯威士忌。"干杯，"我们碰了杯，"鲁迪说网上都炸开锅了，还说是你点的火。"

"我早该这么干了。"我跟他走进我最大的一间起居室。

他一边在沙发上坐下，一边反客为主地示意在我自己的椅子上坐下。"哈，我同意。"

我举起玻璃杯。"谢谢你带酒过来，真是好酒。"

"我想你的意思是这酒简直绝了，不客气。这酒我是不会跟鲁迪分享的。给他这人喝等于是暴殄天物，还不如让小孩喝。我想过来看看你是不是在体面地疗伤呢。"

"我现在主要靠毒品。"

"拜托，你可别崩溃了，那样太无聊了。也是在浪费你的才华。"

"我开玩笑的，不过很显然，我已经身处崩溃中了。"

"不，可别这么说。琼斯事件才算是崩溃，你现在是在触底反弹。"

"差不多过了——"我算了算时间，"三十九个小时了。"

"亲爱的，这是你脱胎换骨的绝好机会，虽然我很讨厌'脱胎换骨'这个词，但眼下它很合适。如果你不知道该怎么把握此时此刻，那你就没救了，我会对你失望透顶。"

"我看不出所有人都讨厌我是哪门子好机会。"

疯女人们在推特上骂我是骚货，是个臭不要脸的婊子。她们还说我应该去死，应该一个人度过余生，应该下地狱。她们庆幸奥利弗终于摆脱了我。男性网友则骂我丑得无人问津，但又说我该被强暴，说他们要用自己的家伙折磨我。这些人根本不关心《大天使》。他们就爱利用一切机会侮辱女性，一边扬言自己对她提不起半点性趣，一边又威胁要把她干到体无完肤。我往下滑动页面，更多污言秽语映入眼帘。我仿佛被人五花大绑，受尽羞辱。那些疯女人竟义正词严地称我为恐怖分子，说我让她们的生活毁于一旦。她们用加大加粗的文字诅咒我，但愿我自食其果，从此销声匿迹。但其实她们内心希望我能修复现状，让一切回到过去。

这些年来，时不时会有人对我说，孩子，坚强点儿，要挺住，这种话足以让我泪如泉涌。但也有人说米奇吸毒过量是我的错，说还好我父母早已离开了人世，不然他们会因我而蒙羞。

"不是所有人都讨厌你，"雨果说，"也就是那群——你怎么叫她们来着，疯女人？大多数人完全不在乎《大天使》，所以也完全不在乎你。别摆出那种表情，这是件好事儿。那些明事理的人说不定还会觉得你的人设更立体、生动了。奥利弗人不坏，也很英俊，但他脑袋空空，不适合你。当然，我知道英俊、脑袋空空的男孩子多有魅力。鲁迪就不是什么有内涵的人，但你也知道，我年纪大了，想要个无忧无虑的年轻人在身边作陪，我接受他的人生目标就是吃喝玩乐，尤其是用钱就能买到的享乐。这是你和我的区别。你知道因为钱获得真正幸福的人有多难找吗？打着灯笼都找不到。鲁迪适合现在的我，但我在你那个年纪的时候，希望能活得轰轰烈烈——"说到这儿，他做出咬牙切齿的表情，"巴不得谁能让我撕心裂肺。"他的声音无比嘹亮，似乎都荡起了阵阵回音。

我忍住没跟他提阿列克谢的事儿，毕竟雨果这人口风不紧。

我说："奥利弗压根儿就没联系我，他没打电话来大喊大叫，什么都没有。我的经纪人告诉我，他的经纪人说他大受打击。但他也背着我劈腿过，我知道的就有至少一个女演员和一个模特，天知道还有谁，对此我都既往不咎。歇斯底里可没什么必要。"

他不以为意地摆了摆手，用穿透力十足的目光看着我："当初奥利弗哪点吸引了你？"

"你没见过奥利弗长什么样吗？"我感到雨果灼灼的目光落在了我身上，"《大天使》对生活造成的影响，只有他懂。有种说法是，理想的另一半是你愿意与之一起被放逐荒岛的人。但我的情况是，我来到荒岛上，发现那里恰好有另一个人。那你们自然而然就会相互取暖。"我喝完了杯里的酒。雨果去厨房把酒瓶拿了过来。

"然后呢？"他开始倒酒，"荒岛魅力不再了吗？"

"他成了荒岛的帮凶。"

雨果将一只胳膊慵懒地搭在沙发背上，酒杯悬垂在他的指尖。"亲爱的，忘了那些情情爱爱吧。我是个唯我独尊的老自恋狂，不是你的保姆，所以我也没那么关心你。我之所以到这儿来，是因为我就爱多管闲事。不过，作为一个这些年来没少栽过跟头的过来人，我敢说我绝对有资格给你提建议。"

"我的情况跟你不一样。"

"你说什么？怎么就不一样了？"

"首先，你是个男人。而且你乱搞的时候还没有互联网。"

"你说得对，我什么烦恼都没有，"他怒目圆睁，"我差点儿娶了一个女人。那可是一个女人啊！"

"真恶心。"

"我来问问你，这件事儿最糟糕的后果是什么？"

"没完没了的公开羞辱。我被《大天使》剧组开除，并且再也得不到片约。"

"不会没完没了的，人们的记性没你想的那么好，他们没那么在乎这些。而且你不需要片约，你有这么多钱，大可以退出不干，去随便哪儿买个酿酒厂、养羊场，或者买座岛。不如化繁为简，体验一下与世无争的生活。问问自己，你想要什么？"

我的脑袋一片空白，像受惊的动物般茫然无措。我只知道我不想一直这样浑浑噩噩，我想要有所成就。我突然幻想起自己手里拿着奥斯卡奖杯，整个礼堂的人为我起立鼓掌的情境。"我想继续，"我回答，"我不想退出，我想继续表演。"

他眯起眼睛，声音低沉下来："好孩子，没有什么能阻止你继续表演。"

"这个嘛，"我说，"不能说没有。好莱坞没人在乎我背叛了奥利弗，但他们不会无视我对《大天使》系列的背叛。"

他极不耐烦地咕哝起了嗓子。"别再开口闭口就是系列了，听得我可太烦了。就算没有这件事儿，我也会劝你退出的。你得另做打算。你就打算一直演《大天使》，直到被更年轻的演员取而代之？至少现在的你让人大跌眼镜，证明自己不是什么无趣的花瓶。所有人都在等着你的下一步行动。你不再只是个工具人了。还有，观众喜欢看东山再起的好戏。"

三

当年我还在叛逆期的时候，叔叔米奇曾提议我们俩来场旅行，我想去哪儿都行。他觉得出去散散心对我会有所帮助，而且他刚好也在空档期。我选择了苏必利尔湖，我父母的飞机失踪的地方。

"你不会觉得瘆人吗？"米奇问我。

我表示只想去那儿看看。我确实想去看看，一直都想，但另一个原因是我想换个环境。豪华热带度假村可不是什么"给心灵来场旅行"的地方，因为我们俩还是会免不了到处买醉和鬼混。我需要暂离糜烂的生活，缓一口气。

我们从苏圣玛丽出发，开着一辆租来的软顶吉普牧马人顺时针绕湖转了一整圈，全程一千三百英里。这台车噪声很大，且极不舒适，谁让我们看不上经济型小轿车呢？我每天都下湖游泳，尽管冰冷刺骨的湖水几乎让我窒息。我不断地想象那架沉没的赛斯纳就在湖里的某个地方，而我父母化作的尘埃则像萤火虫般在我的周围漂浮。

"他们现在是不是变成骨头了？"加拿大电台正播着珍珠果酱[1]的歌，我向吉普那边的米奇大声喊道。

---

① 珍珠果酱（Pearl Jam），美国另类摇滚乐队。

"估计是吧，"他回喊道，"毕竟我也不清楚。"

"他为什么要学开飞机？"

"什么？"

"我爸，他为什么要学开飞机？"

"我不知道，我没问过。"

"为什么不问？"

"我也不知道！"他似乎对我的追问有些恼火，但马上又温和下来，"他这人不喜欢别人问东问西，这是家族遗传。"

当然，米奇并不是那种会把他人放在心上的人。要责怪他也不太公平，但相比别的父母教导孩子"己所不欲，勿施于人"或者"行动胜于语言"，米奇的金句是"生命只有一次"。戒酒三个月后打开一瓶啤酒，在圣塔安尼塔跑马场重金投下高赔率赌注，是他践行这句名言的方式，他将其奉为人生至理。在我小时候，选角经纪人要我面带笑容，或问我想不想演水上世界的广告时，我会冷不丁一脸正经地模仿这句话，把他们逗得前仰后合。至于我在凯蒂·麦基时代的那些狐朋狗友，我压根儿懒得对他们说这句话，他们比我更明白这个道理。

话说回来，米奇是不可能用父亲这个词来形容自己的。

我在苏必利尔湖北岸的一块告示牌上读到，那里曾有一座可比肩甚至超过珠穆朗玛峰的高山，也许是有史以来的最高山峰。但时至今日，那山早已化为乌有，就像沙堡在时间的流逝中化为灰烬，就像冰川先把岩石磨穿，然后自己也消失殆尽。我还问了米奇关于父母的其他问题，但他不是答不上来，就是没说到点子上。

一天晚上，我们坐在一家餐厅里，我问他："万一他们没死呢？"

米奇正用力地挤一瓶番茄酱。"什么意思？"

"他们会不会只是飞去了某个地方，没有回来？"

他放下番茄酱，表情突然变得凝重起来，这与他那个大卫·贝克汉姆式的莫西干头形成了强烈的反差。"哈德莉，他们不会那样对你的。"

"也不会那样对你吗？"

"他们死了，从这个世界上消失了。你得学会相信这一点。"

"好吧，"我回答说。我知道应该相信什么，但知道和相信不是一回事儿。

在我坐的那个地方，曾有座比珠穆朗玛峰还要高的山。一切皆有可能。

蒙大拿州米苏拉的不完整历史

公元前 13000 年至 1927 年 2 月

一万五千年前。

一片来自北方的冰盖降临于此。在今日的米苏拉西侧，细长如指形的冰川融水倾泻而下，注入克拉克福克河。河川积聚，如蜘蛛网般慢慢地扩张，形成一汪三千平方英里①大、两千英尺深的湖泊，湖面映出云层边缘的阴影。山峰变成一座座孤岛。

冰山崩裂，浮冰漂泊湖中。裹着岩石的碎冰漂洋南下，经历了数百年乃至上千年的旅程。随着冰山消融，岩石坠入湖底。

湖泊一望无际，深不见底。水流冲破冰坝，洪流覆没之处，是万余年后的爱达荷、俄勒冈和华盛顿。湖水在三日间退尽，威力成倍于如今地球所有川流之和，可惜其过程之汹涌未有记载。翻滚的恶浪犹如胡作非为的武夫，将磐石与巨冰抛向空中。峡谷初露面容，兽群四下逃散。乳齿象和猛犸象被卷入洪涛，葬身憩流。剑齿猫、巨河狸、恐狼和地懒都未能幸免于难，这些巨型史前动物就这样从这座星球上永远地消失了。

北方，冰川水卷土重来，直至河流再次被阻断。又一次，湖床被

---

① 英制面积单位，3000 平方英里约等于 7769.96 平方公里。（编者注）

填满。再一次，冰坝瓦解。两三千年的漫长循环终被打破，冰川开始消逝。空荡的湖床中央，五道山谷携起手来，仿佛海星扭曲的五只脚一样。千万年后，华莱士·格雷夫斯那栋安妮女王风格的尖顶房屋将坐落于此。野草茁壮生长，树苗被风吹折了腰杆。

有一天，人类现身此地。猎人携石器从西伯利亚徒步而来，在岩石上留下印记与图案。树叶沙沙作响，河流蜿蜒绕过山谷。下一批猎人带来了升级的工具和更精妙的语言，以及有关大洪水的传说。他们以圆锥形帐篷为家，交通工具是船头如鲟鱼嘴的独木舟，忠犬和骏马伴其左右。

1805 年，白人首次登场：刘易斯和克拉克[①]向西远征，十个月后踏上归途，他们见到了太平洋。

河谷边缘，一道树木林立的狭长山谷探向东部平原，野牛飞奔于此。平原上居住着黑脚族，他们为守护兽群而偷袭西行至此的猎人，令森森白骨遗留于此。

白人再次踏足时，峡谷已尸骨遍野，法国捕猎者怀着敬畏称其为"地狱之门"。

1855 年，华盛顿领地总督艾萨克·斯蒂芬斯与当地部落（萨利什、庞多雷和库特奈）签下一份暗藏玄机的条约，血光之灾在所难免。斯蒂芬斯从此饱受梦魇侵扰，在那些伸手不见五指的梦里，铁锹铲土声和铁锤敲击声让人惊恐至极。

拥有二十位居民的繁华小镇地狱门得名米苏拉县（在萨利什语中，米苏拉的含义是冰冷的水），傲立于华盛顿领地。帐篷、茅草屋、农场、酒吧和邮局拔地而起，自发组织的联防队神出鬼没，窃贼终日惶惶不安。1864 年，米苏拉县并入新成立的蒙大拿领地版图。河流上游建起木材厂和面粉厂，吸引居民前往谋生，地狱门小镇遂沦

---

① 指 1804 年至 1806 年的刘易斯与克拉克远征，是美国国内首次横越大陆西抵太平洋沿岸的往返考察活动，领队为美国陆军的梅里韦瑟·刘易斯上尉和威廉·克拉克少尉。

为空城。

米苏拉大兴土木，街道日见繁华，银行开设，报纸发行。为防止未被攻退的印第安人伤害善良居民，一座堡垒拔地而起。1877 年 8 月，抗击美军失败的七百多名内兹珀斯人骑马翻过爱达荷山脉，携着牲畜与爱犬，寻觅一片被遗忘的容身之所。

河岸边，他们在睡梦中被枪声惊醒，赶来的追兵几经尝试，终于点燃了逃亡者的帐篷。大多数族人已作鸟兽散，但被父母藏在被褥间的幼儿不幸葬身火海。勇士们发起反攻，士兵仓皇而逃。夜里，幸存者们再次踏上征途，前往今日的黄石。他们的终极目的地是加拿大的坐牛[①]营地，但只有极少数人成功抵达，多数则沦为莱文沃斯堡的阶下囚。

1883 年，北太平洋铁路自西向东抵达米苏拉，经由此处继续延伸六十英里，与来自五大湖地区的铁路接轨。这并非前无古人的跨北美大陆铁路线，但也足以成为西部拓荒史上的惊鸿一笔。启幕式上，尤里西斯·格兰特[②]用一把金槌敲下历史性的一刻。

各色人等云集米苏拉小镇，有的饱经风霜，有的渴求慰藉。先生们，想喝上一杯吗？想找找乐子吗？去西前街转转吧，跟着红色的灯光走。一脸凶相的胖夫人玛丽·格莱姆少说也掌控着这里的半壁江山。她能找到的姑娘千姿百态：芝加哥的、中国的，还有法国的（请明说你要找法国女郎艾玛）。如果你要的是苦力，她还能给你找到中国佬。要是你的工人想吸鸦片，她也能帮你搞定。

米苏拉有了电话局，通了电，加入一个全新的州（1889 年成立的蒙大拿州），成为灿然一新的城市。一位农民站在地里，看着一块似乎是从天而降的大石头，挠了挠脑袋，觉得甚是不可思议。

---

① 坐牛（Sitting Bull, 1831— 1890），美国印第安人苏族亨克帕帕部落头目。

② 尤里西斯·格兰特（Ulysses Grant, 1822—1885），美国军事家、陆军上将，第 18 任美国总统。

一列火车驶过平原。来自纽约的年轻人华莱士·格雷夫斯怀着对高山的憧憬，踏上了前往西部的新生活。他来到比尤特—— 一个鱼龙混杂的蛮荒小镇，来自五湖四海的男人白天下矿劳作，晚间则沉迷买醉和嫖妓。无论是白天，还是黑夜，总有人在街上大打出手——矿工生隙，酒后斗殴，爱尔兰人、意大利人、东欧人和瑞典人不共戴天，拉帮结派者与单打独斗者势不两立。

华莱士用画笔勾勒出杂乱无章的矿山、提着铁皮桶行走的灰色身影、内韦斯韦特矿的井架和机房，还有七根细长的烟囱，仿佛插在地里的雪茄烟。华莱士觉得这座城市并不适合自己，于是，他继续西行，在米苏拉安顿了下来。

1911 年，华莱士随镇上居民来到小镇堡垒旁的一块空地，欣赏飞行员尤金·伊利[1]的空中表演。只见一架柯蒂斯双翼机猛地从山谷间冲出，在死气沉沉的湖面搅起一道波澜。飞机在众人头顶低空掠过，机身侧向一边。几个在附近扎营的克里人骑在马背上，跟人群一道抬头观看。

"太厉害了！"华莱士·格雷夫斯一边向身边的女性朋友惊叹，一边伸手扶住帽子。

一列火车驶过平原。艾迪森·格雷夫斯再次拿出孩子们的肖像画看了一眼，他小心翼翼地捏着边缘，生怕把画弄脏。

华莱士来接哥哥去吃早餐，发现小屋已空无一人，屋里的东西原封不动，只是几个箱子被撬开了。他看到了那些旧作，不免心生惭愧，原来年轻时他用色过于艳丽，构图缺乏新意。骑马归来的双胞胎在主屋里，他这个当叔叔的都不知道他们出去过，因为他从不为孩子们的日常琐事操心。此刻，他们梳洗完毕（小家伙们现在都会自己梳头了），在贝丽特摆好的餐桌前坐得笔直，等待与父亲相见。

"他走了，"华莱士走进屋内，开门见山地说，"连张字条都没留，

---

① 尤金·伊利（Eugene Ely，1886—1911），美国飞行先驱。

什么都没留下。"

站在炉灶边的贝丽特问他："'他走了'是什么意思？去哪儿了？"

"就是走了。"

"那他的东西呢？也不见了？"

"他什么东西都没带。"华莱士这才想起了那个文件盒，至少艾迪森把那东西带走了。

杰米猛地从桌边站起来，冲上了楼梯。

"他还会回来吗？"玛丽安板着脸问。

"我不知道，可能不会。"

"也许他出去散步了。"

"实话说，我觉得不是。你很难过吗？"

她想了想。"我以为他想见见我们。但如果他见完我们还是走了，那会更糟。"

"更糟可能不一定，但可能会叫人更难过。"

"但他可能会回来。"

"也许会。"

"如果他不想留下来，我也不想强迫他。"

"好吧，也许你是对的！"华莱士有些恼火，"他这人从来都不会勉强自己做不愿意的事情。"

"那么一切照旧？"

"应该吧……"

"没关系的。"

"你可以难过，我不会伤心的。"

她向窗外望去："你觉得他去哪儿了？"

"我不知道。"

"我想，如果知道他去哪儿了，我会更难过。"

华莱士点了点头。艾迪森是为了什么放弃了两个孩子，还是不要知道为好。"我明白你的意思。"

接下来的几周，他们心怀一丝希望，觉得艾迪森还有可能回来。但树叶慢慢地变黄，夜晚渐渐地变凉，他还是不见踪影。

"你说他为什么没留下来呢？"在华莱士位于塔楼的工作室里，杰米坐在一张脚凳上，用炭笔在一张废纸上画画，他画的是游在河底的一群米诺鱼，"他为什么还要来这儿呢？"

"我不知道。"华莱士站在画架前，手里拿着颜料盘，周围挂着几幅素描画，"我跟他不像你跟玛丽安这么亲。我想他本来是想留下来的，但他被吓到了。"他俯下身去看杰米的画，"画得很好，能感觉到水在鱼周围流动，你现在可真厉害啊。"

"被什么吓到了？"

华莱士用画笔轻点画布。被你们俩，就是你们俩。"这是我的猜想，但我觉得他也不想欠我们什么。"

"为什么他会觉得欠我们？"

华莱士放下画笔。"你真是个好孩子。"

"为什么？"

"你能问出这个问题，说明你原谅了他。"

杰米将目光回到炭笔画出的小鱼上，轻声说："但我觉得，其实我没原谅他。"

生活仍在继续。双胞胎没少让贝丽特操心，玛丽安说什么都不愿意穿裙子。他们手头总有些拮据，华莱士在大学的工作收入虽然可观，但他嗜赌成性。房子里总躺着好几条打瞌睡的狗。

比起卧室，双胞胎更喜欢睡在门廊上。卧室里堆满了他们到处搜集的各种鹿角，还有动物的骨头和牙齿。窗台上放着一排破鸟巢、松果和奇石，墙上则钉着各种羽毛。除此之外，还有不少人类物品：箭头、陶器碎片、子弹和钉子。杰米把这些收藏品当作写生对象，用的是华莱士从大学为他偷偷带回的彩色粉笔或水彩颜料。"博物学家们回来啦，"双胞胎常常晚上脏兮兮地回到家里，口袋里装满了东西，"考古学家们收获不少啊。"

双胞胎不是每天都去学校。如果天气好得出奇，或者是激动人心的雪天，他们就会跑得不见踪影。两个孩子来往最多的朋友叫凯莱布，这个年长几岁的男孩比他们更野，他跟靠皮肉营生的母亲一起，住在响尾蛇河下游的破旧小屋里。凯莱布的母亲吉尔达给母子俩选了"比特鲁特"这个姓氏，比特鲁特河自南方一路北上，沿小镇的另一边汇入克拉克福克河。

凯莱布有着猫一般的气质，一头披肩长发乌黑发亮，大家猜测，他的父亲不是印第安人，就是中国人。他年纪轻轻就成了扒手，要么偷拿母亲的劣质威士忌，要么从镇上的店里偷糖果和鱼钩。他恨透了光顾小屋的男人，厌恶母亲跟他们一块儿做的事儿，但他不允许任何人侮辱她。要是玛丽安和杰米说母亲的坏话，他准会把他俩痛打一番。炎炎夏日里，三个孩子经常一起在河里游泳。

玛丽安和杰米都曾通过窗帘上的破洞偷看吉尔达工作，但没有讨论过各自的见闻。让杰米触目惊心的画面，是那些强壮的男性躯体重重地压在吉尔达瘦小的身子上，还有她那双在肮脏的长袜中抽搐的小脚。杰米极易对其他生命产生怜悯之情。他从小溪里救出溺水的蜜蜂，把流浪狗带回家，用滴管给被抛弃的小鸟解渴，还让玛丽安把虫子剁碎喂给它们吃。小鸟们的脖子上有层层褶皱，嘴巴张开着，好像不高兴的老人。有些小鸟在他悉心的照料下活了下来，另一些还是一命呜呼了。华莱士对狗和其他生物没什么抵抗力，有一回，他看着一只虚弱得抬不起头来的小乌鸦，感叹道："真是个可怜的小东西。"

"够了！"每当有新的动物被带回家时，贝丽特都会这么说，但她依然会准备剩饭喂狗。杰米不断地重复着同样的噩梦，在梦里他必须选择对玛丽安或是一条狗开枪。他拒绝吃肉。"不吃肉你会死的。"贝丽特好言相劝。但是杰米活了下来。

激烈的交锋过后，吉尔达站起身，将头发重新梳好。这让杰米松了一口气。

对趴在吉尔达窗前的玛丽安来说，眼前的情景让她目不转睛：男人（跟杰米看到的不是同一个）变成一头面目扭曲的野兽，弓起背、无比粗暴地对待床上的吉尔达，在她的双腿间狼吞虎咽。他像动物那样，在她身上扭动着自己的身体，过了一会儿又突然一动不动。这时，野兽变回了和蔼可亲的男人，整理好自己的衣服。玛丽安从此开始观察各种各样的男人——商店售货员、邻居、华莱士的朋友们和他本人、送奶工，还有邮递员，她仔细地窥视他们的脸，在他们的眉眼中寻找野兽的踪影。

华莱士知道玛丽安和杰米会偷偷地溜出去探险，他选择不去过问，不为他们的去向担忧。他也有自己的乐子。天黑后，他会去寻找牌局，去酒吧买醉，或是找个女人。他醉酒后从不闹事，但绝对是个酒精热爱者。

西雅图的一家银行寄来了一张支票，数目不小。同时来的还有一封信，上面说艾迪森·格雷夫斯先生会定期汇来孩子们的抚养费。华莱士刚拿到这笔钱，马上就去酒吧赌牌，将之输了个精光（双胞胎还很小的时候，他曾收到过一笔数目更大的资金，是他父亲房产出售后的收益，他用这些钱偿还了一笔债务）。天亮后他才踏上归途，他又路过了那个马蹄形水塘，那个他带艾迪森来游泳的地方。河水冰凉而浑浊，进到水里的他感觉身上更脏了。他悒悒地漂着，想知道艾迪森寄来的钱是他最近挣的，还是旧时积蓄。他觉得哥哥应该不至于失策到一次性寄来这么多钱，但马上又想起来，艾迪森对他的赌瘾一无所知。

每当夜幕降临，曾为艾迪森腾出的小屋便会如月光般明亮——玛丽安把它变成了自己的地盘。自父亲不告而别后，她擅自打开了所有箱子，里面有各式各样的宝贝：华莱士的画作、大小厚薄不一的书，还有形形色色的古怪纪念品。有的纪念品平淡无奇，比如小毯子和花瓶，有的则神秘兮兮，比如一只七英尺长、末端锋利、带有螺旋花纹的动物角，用粗麻布裹着，单独装在一个长管里。她把鹿角竖在火炉背后的角落，犹如巫师遗落的物品。还有一次，她捧起一只红黑图案的木碗，试图想象父亲当时买它的情景，但她的脑海中没能浮现合适的地点：是喧闹的城市，还是寂静的渔村？是炎热，还是寒冷的地方？世界上有那么多碗，为什么他偏偏选中了这一只？

她把书歪歪斜斜地靠墙叠成几堆，决定根据叠放顺序一本接一本地看，这一行动是从她十岁生日后不久开始的。修理华莱士的车和其他孩子的自行车总会弄脏她的手，一不留神就在书页上留下污渍，但她觉得父亲对此并不会介意。白天，她会带一本书去学校，或者去山里。晚上，她则来到小屋，坐在扶手椅上就着火炉读书。她的父亲有没有在这张椅子上坐过呢？在拿到这批书之前，她并不爱阅读，久坐让她有些不习惯。

第一沓书最上面是一本《德古拉》，这一巧合仿佛命运的安排。跟她的母亲一样，雷恩菲尔德让她噩梦连连，这个疯子喂蜘蛛吃苍蝇，喂鸟吃蜘蛛，抓不到猫来吃鸟时，他会直接把小鸟活生生地吃掉。她梦见吉尔达家里的那头野兽，在她的梦里，这头野兽正是生吃小鸟的雷恩菲尔德。当然，没有人告诉过她，她的母亲也曾经因为这个人物而心惊肉跳，因为从没有人知道。

这些书中也有小说和诗集，还有好几册标着拉丁文的植物鸟兽插画书，她允许杰米来看书，但不让他把书带走。此外，还有一部莎士比亚作品集，以及一本她放在手边来查生词的厚词典。但大部分的书是航行记录。她读到的内容有风暴、沉船、海盗、大型舰队，还有船员被迫吃人的故事（雷恩菲尔德再次出现在了她的梦里）。她读到塔希提岛浮出温暖海面的山峰、翠绿的山尖高耸入云，还有令人望而生畏的喜马拉雅群山，以及阿尔卑斯高山牧场上的牛铃叮咚。通过这些书，她知道了詹姆斯·库克、查尔斯·达尔文、玛丽·金斯利和理查德·达纳①，还了解到刘易斯和克拉克曾走过她所居住的这条山谷。她还学到麦哲伦海峡的狂风能让轮船在水中高速倒退，在船头形成尾流，大风还能将阿拉伯的沙土吹至远方的海洋，卷起令人窒息的橙色沙浪。她知道了世界上有刚果河、尼罗河、长江和亚马孙热带雨林。她读到热带地区的野孩子会光着身子玩瞧一瞧、摸一摸的游戏，类似于凯莱布跟她独处时的小游戏。她还领略了排山倒海的巨浪、令人恐惧的死寂、盘旋海中的巨鲨、跃出海面的鲸鱼，以及喷射赤焰的火山。在这么多书中，从未出现过跟她一样的小女孩，可她浑然不觉。

看来，她的父亲除了自己终年航行以外，还饱览别人的航行。想必他对这些探险者心怀赞许。约书亚·史洛坎②驾着单桅帆船"浪花号"独行天下的故事让她心潮澎湃，她也想要体验一人独享全世界的那种感觉。

不过，她的最爱是极地航行记录。在那些故事里，船上的索具被霜冻包裹得严严实实，幽蓝的冰山漂浮海面，好似一座座冰教堂。她读了弗里乔夫·南森和罗阿尔德·阿蒙森对约翰·富兰克林爵士③失踪事件的分析，感到意犹未尽，于是又从图书馆借了好几本书，贪婪地阅读欧内斯特·沙克尔顿和阿普斯利·彻里－加勒德④的遭遇。成为勇敢的极地旅行者极具诱惑，而且似乎没什么难度，但凡成功或尝试抵达，便可以勇者自居。一幅蚀刻版画吸引了她的目光：在满是浮冰

---

① 玛丽·金斯利（Mary Kingsley, 1862—1900），英国探险家；理查德·达纳（Richard Dana, 1815—1882），美国律师、政治家和作家，因《两年水手生涯》一书出名。
② 约书亚·史洛坎（Joshua Slocum, 1844—1909），美籍加拿大海员、冒险家，独自驾帆船完成全球旅行第一人。
③ 弗里乔夫·南森（Fridtjof Nansen, 1861—1930），挪威探险家、科学家和外交家；罗阿尔德·阿蒙森（Roald Amundsen, 1872—1928），挪威极地探险家；约翰·富兰克林爵士（Sir John Franklin, 1786—1847），英国皇家海军军官、北极探险家，在穿越西北航道之旅中失踪，其下落在其后十多年间成谜。
④ 欧内斯特·沙克尔顿（Ernest Shackleton, 1874—1922）和阿普斯利·彻里－加勒德（Apsley Cherry-Garrard, 1886—1959），同为英国南极探险家。

的北冰洋中，一群独角鲸的獠牙在空中交错，仿佛沙场上交锋的宝剑。她从火炉边的角落拿起那只长长的鹿角，穿过雪后的院子，来到主屋。

华莱士在他的工作室里，留声机正播放着贝多芬。他把书放在腿上，仔细地研究着那幅画。"嗯，我看出来了，"他说，"我觉得你猜对了。"

"独角鲸的獠牙，"玛丽安说，"来到了蒙大拿州的米苏拉。"

他又看了一眼那幅画。"它们是在打架吗？"

"书上说它们是在呼吸。你觉得我爸爸没有杀死这幅画的主人吧？"

"我觉得这八成是他买的。"

她把身子靠在那根螺旋形的獠牙上，长长的浅金色麻花辫垂落至胸前。"为什么北极和南极都这么冷呢？为什么它们的季节是相反的？为什么有时候天一直是黑的，有时候又一直是亮的？"

"我也不知道。"他翻了翻那本书，看到了因纽特人、狗橇和冰山的照片，还有凶相毕露、摆动尾巴的鲸鱼。他思忖着这些东西哥哥是不是都见过。玛丽安既不像个孩子，也不像个大人。她的殷切和狂热让他有些惶恐。

她再次穿过雪地，返回小屋。夜色中孤零零的小屋仿佛悬挂在船头斜桅的灯笼。两年多前，她父亲在里边度过了匆匆一夜。她希望有更多他留下的物品能在书中找到对应的解释，等她读完所有的书，她会了解他所知晓的一切，还有他这个人。然后，等她长大了，她会前往书中的那些地方，亲眼看看这个世界。

春去秋来，岁月如梭。

米苏拉

1927 年 5 月

三个月后

　　清早的空气凉意沁人，但菲德勒的身体让玛丽安觉得腿暖暖的。她坐在无鞍的马背上，握着松弛的缰绳，弯腰躲过摇曳在晨霭间的松树枝。菲德勒低头去吃草时，她会用脚跟紧紧地夹住马背两侧。

　　去年九月，她十二岁了。她养成了天不亮就外出骑马的习惯。杰米似乎察觉到她不想要人陪伴，于是就不怎么与她一道了。她和菲德勒有时漫步在克拉克福克河或者比特鲁特河岸边，有时则会穿过小镇，看着送奶员的马车缓慢前进、夜班工人独身一人踏上归途，或是醉汉徘徊街头。如果积雪不厚，她也可能骑上山，或者到峡谷里去。

　　这一天，她离开响尾蛇河，循着巨山而上。点点银星暗去，天空泛起蓝光。陡坡上一路奔跑的菲德勒在山顶歇下脚步，弯腰吃草。一缕银白晨雾萦绕谷底，屋顶和树冠探出头来。在初升的日光下，重峦叠嶂循循映入眼帘，山脚下的米苏拉渐渐沐浴在暖阳中。雾霭散去，波光粼粼的河水初露真容。

　　她把双脚往前一蹬钩住缰绳，在马背上躺下，手抱头枕着菲德勒的腰部。远处的一阵引擎声将她从睡意边缘唤醒。她猜想那是本地飞机，那种战后被低价出售的老旧机型，驾驶员一般是业余爱好者。声音是从东边地狱门峡谷方向来的，且不断向这边逼近。她刚坐起来，一架红黑相间的双翼机就呼啸而过，如同恢宏的报信天使突然降临。它飞得如此之低，以至于她几乎伸手便能触到底轮。

"飞翔伴侣布雷福格尔"——两架柯蒂斯"珍妮"飞机用白色的航迹在空中写出这几个大字。菲利克斯和翠克西·布雷福格尔来自已倒闭的威尔顿·伍尔夫特技飞行表演队。战后，飞行表演在各地涌现，但由于坠机事故频发，政府收紧了管控措施。这对夫妇故而选择前往好莱坞，准备在电影特技行业一显身手。

镇上以前也来过特技飞行员，他们兜售空中之旅，或是表演空中特技和跳伞。但玛丽安从没注意过他们，也从没想过飞机能飞过群山，飞越地平线，带人去向远方。也许，是天意让那架飞机在她头顶惊险地呼啸而过，让她有所顿悟。又或许，这件事儿来得恰逢其时，十二岁的她已经开始觉醒了。

那天晚些时候，华莱士开车带她去了哨兵山下的简易机场，那只是一块用石灰粉标记出来的、相对平整的场地，地面还是免不了坑坑洼洼的。他刚停下车，她就像子弹一样冲了出去，穿过草地飞奔向两架停着的飞机。

距离较近的飞机开着引擎罩，一个身穿机械师制服的背影站在梯子上，在阀门和汽缸之间忙碌个不停。远处那架飞机机翼下方，一个穿马裤和靴子的人躺在草地里，脸上盖着一顶宽边牛仔帽，似乎正在睡觉。台阶上的人起身转了过来，玛丽安惊讶地发现那是一个女人。她绑着一条蓝色头巾，脸上布满油渍，手里拎着一把扳手。

"你好啊，"女子低头看了看小女孩，然后望向远处的华莱士，"你们是？"

"我叫玛丽安·格雷夫斯。"

"你是来看飞机的吗？来看我们这个无敌二人组？"她的声音抑扬顿挫。她从口袋里又掏出一条头巾擦了擦脸，却把油污抹得满脸都是。

"我已经见过了，早上骑马的时候，有一架飞机飞过了我的头顶。"当时菲德勒受到了惊吓，害她险些从马背上摔下来。她刚坐稳，又飞来了另一架，虽然飞得比第一架要高些，但隆隆的响声还是把菲德勒吓得不轻。

"有时候飞机看起来确实挺低的，但其实我们飞得比你想的要高，毕竟安全第一嘛，我总是——"她顿了顿，"噢，你是说在山上吗？小宝贝，原来那是你啊？可怜的小家伙，你肯定吓坏了。菲利克斯有时还真是莽撞。"

"我可没被吓到。"

"你来得正好，这样菲利克斯就能当面给你道歉啦。我向你保证那是个意外，就是个无心的小失误。看到你没事儿，我就放心了。"

玛丽安鼓足勇气，说出了整整酝酿了一个上午的话："我想坐一回试试。"

女子将头歪向一侧，挤出一个似乎是爱莫能助的表情。"恐怕我们要到明天才能带人上去，而且要收五美元。买燃料什么的都要花钱，我们就是靠这个谋生的。我很抱歉菲利克斯吓到了你，但我们不能随随便便带人上去。也许我们可以给你点折扣，但你得问问你爸爸他愿不愿意付钱。或者你自己存了钱？"听起来，她希望最后这个问题能得到肯定的答复。

"他是我叔叔。"

"那你就得问问你叔叔了。"

这时，华莱士走到两人身边，伸出一只手遮挡阳光，对女子露出微笑。"她得问我什么？"

"这位勇敢的小姑娘想坐飞机到天上看看。"她再次用头巾擦了擦满脸油污，露出一张如灰狗般狭长的脸。

"行吗?"玛丽安大声问华莱士,为自己做不了主而感到窘迫。华莱士从没想到要给双胞胎零用钱,于是在凯莱布的怂恿下,他们开始偷东西,从镇上的商店偷糖果、渔具,还有其他零零碎碎的东西。街上人多时,凯莱布花一个小时从行人身上偷到的硬币不仅能买三张电影票,还能让他们饱餐一顿。只要他们手里一有钱,就会马上花掉。于是,玛丽安没有任何积蓄,现在看来,这是一个天大的错误。

"要多少钱?"华莱士问那女子。

"十五分钟五美元。但既然我们都是朋友了,我只收四美元五十美分,绝对物超所值。"

华莱士冲玛丽安笑了笑,流露出一个感激却又不置可否的笑容,跟先前他投向晴空和眼前满脸油污的陌生女子的笑容如出一辙。他对女子说:"希望我们没打扰到您。玛丽安今天早上和你们的一架飞机有过一次亲密接触,给她留下了深刻的印象。"

"可怜的小宝贝,一定太可怕了。"

"不可怕,"玛丽安不愿让步,"我还觉得刺激呢。你的引擎出问题了吗?"

"跟平常没什么两样。"

"我对引擎很了解,我负责修华莱士的车——华莱士,我说得对吗?"

"确实如此,"他对女子说,"玛丽安是天生的修理好手。"

"真厉害。"

在另一架飞机下睡着的人这时醒了过来。他伸出一只黝黑的胳膊取下脸上的帽子,从机翼底下站起,伸了伸腰背。他身材修长、精壮,留着浓密的胡子。他闲庭信步地穿过草地,膝盖微微外翻,一边漫不经心地重新戴上帽子,一边用另一只手拂去了裤子上的草屑。

"菲利克斯,"女子对男子说,"这是今天差点儿被你从马上撞下来的那个小姑娘。"

"是你啊!"他停下脚步,两手扶着胯,"你可真是个无标识的障碍物。"

"对不起。"

"没事儿啦。我确实也没必要炫技，反正压根儿没人看。一大早你在那儿干吗？"

华莱士向玛丽安投来好奇的目光，好像他自己从没想过要问她这个问题。

"我有时候就是上去随便看看。"

"好吧，"男子跟华莱士握了握手，"菲利克斯·布雷福格尔。"他指了指站在梯子上的女子，"这是我妻子翠克西，我们是飞翔伴侣布雷福格尔。"接着，菲利克斯握起了玛丽安的手，但没有如她意料的那样立马松开。他用严肃的目光看着她，"来吧，我们来看看你力气有多大，你不会弄伤我的。"

她用尽全力捏住他的手，以至于他的手腕都胀了起来。

"真不错，我好像断了一两根骨头呢。你喜欢引擎是吗？那你想看看这台吗？"

"亲爱的，"翠克西打断道，"我在这儿正忙着呢，而且我们只有一个梯子。"

"没有解决不了的问题，"菲利克斯带玛丽安走向机翼，把她抱起放在了上边，"来，跳到我肩膀上。"

"菲利克斯，拜托！"翠克西抗议道。

"来吧，"他示意玛丽安。她站在抹有清漆的帆布上，这表面比她想象中更坚硬。她在机翼边缘坐下，跳到菲利克斯肩上。为了保持平衡，她只能用手抓住他的头顶。

"我是不是太沉了？"

"不，你是个轻巧的小家伙。"他背着她走了几步，来到机头边，"来，好好瞧瞧。不过可别这么揪着我的头发了，再用力的话，头发都要被你薅秃了。"

她所看到的东西跟车引擎有些相似，但更为精妙。她仔细地研究起燃料和水的流向，认真地观察阀门、连杆和螺栓，同时努力地避开金属缝隙间翠克西投来的瞪视。光滑的木质螺旋桨叶片姿态优雅，她觉得它一定能在气流中控制自如。

"这是 OX–5 型引擎，"菲利克斯的声音从她双腿间传出，"看起来很不错，但可费油了。看够了没？"

"够了，谢谢。"但其实她还没看够呢。

菲利克斯重新把她放回机翼，接着把她抱到了地上。他向华莱士转过身去："你知不知道这附近哪儿有能加油的地方，不会坑人的那种？"

玛丽安走到引擎罩边，伸手去摸那金属，好像在抚摸一匹马。华莱士一边看着她，一边告诉菲利克斯，可以开车带他去一家正经的修车厂，带点儿油回来。他还说，沿途他会给菲利克斯指几个地方，那里适合张贴表演和飞行游览的广告。"还有，只是我的想法，你们大可以拒绝。但如果你们想找个地方住，我今晚很乐意收留你们。"

"啊，那可太棒了！"菲利克斯回答。

"那你们明天能带玛丽安和她弟弟到天上看看吧？"

"当然了。"

"那你呢，华莱士叔叔？"翠克西从高处喊道，"你不想也来体验一把吗？"

在玛丽安看来，这对特技飞行员的到来改变了自己的生活。一方面，房子的破旧让她十分难堪，她觉得飞行员一定习惯了最优渥的生活；另一方面，菲利克斯的出现让她胡思乱想起来。他身体里有怪兽吗？他会抓着翠克西，面目狰狞、低声咆哮吗？她用手指抓住过他的头发，她的大腿接触过他的肩膀。他称她为"轻巧的小家伙"。一想到他，她就坐立难安、心慌意乱。她已经迫不及待地把他带到华莱士的车边，掀开车前盖展示自己修补过的引擎。他对她表现出明晃晃的善意，似乎由衷地为她的学问感到赞叹。她喜欢他那撮小胡子，还有服帖的腰部线条。他洗澡时，她故意来回经过浴室门口，然后把耳朵凑到木门前，聆听清脆的溅水声。

翠克西不出意外地出现在了她身边。她穿着一条松松垮垮的蓝色连衣裙，一定是从她那随身携带的小手提箱里拿出来的。看到玛丽安后，她停下脚步，一丝笑容在脸上凝固。这时的她早已解下头巾，刚洗完的头发湿漉漉的，时尚的中短发与她过长的脸型并不相称。她抹着红到发紫的口红，还画了眼线和眉毛。脱下工装的她仿佛变了一个人，但这副妆容完全不适合她。

"不知道的人还以为你在做间谍呢！"翠克西说。

"我刚才不确定里边有没有人。"

她挑起了眉毛，紫色的嘴唇噘成了一团："好奇害死猫。"

两人都无法解释对于彼此的莫名敌意。玛丽安面无惧色，背靠门站着（里面发出了轻轻的溅水声和低沉的咳嗽声），直到翠克西捋了捋头发，走开了。

晚餐是贝丽特做的炖鹿肉，只有杰米一个人吃烤土豆。

"你不喜欢炖肉吗？"翠克西问杰米。

"他不吃肉。"玛丽安说。

"而且他'妹有'牙齿，"凯莱布今天又是不请自来，"他嘴里只有牙龈，所以他只吃土豆，因为不用咬。"他的母亲总是把钱都拿去喝酒，于是他不想自己弄吃的时候，就会到格雷夫斯家蹭饭。贝丽特对他宠爱有加，会给他准备方糖乃至削水果给他吃，还把果酱盛在勺子里喂他。她还会在没人看到时轻抚他的长发，黑曜石般的光泽像魔法一般，在这个静若止水的北欧女人心底挑起一丝悸动。

"是'没有'牙齿。"华莱士纠正道。他对措辞的严格要求还真是出人意料。

"他没牙齿？"翠克西问。

"杰米的牙好得很，"华莱士回答，"只是凯莱布的幽默感与众不同。"

翠克西向凯莱布投去责怪的目光，然后转向杰米。"你不吃肉？为什么呢？"

杰米回答："这违背了我。"

"他的意思是吃肉违背了他的信仰，"华莱士说，"他不杀生。"

"为什么每个人都要替这孩子回答问题呢？我看他长了舌头，也长了牙。"她转头对杰米说，"你真是个善良、温柔的小宝贝。"

杰米不知所措地看着自己那盘土豆，凯莱布则大笑起来。

这时，华莱士说他听到广播，年轻的飞行员查尔斯·林德伯格[①]上午从纽约出发，下午有人在纽芬兰上空看到了他的飞机，他正尝试成为飞越大西洋第一人。"他们说，他现在正在海上的某个地方。"

"如果他幸运的话，是在海上，"翠克西说，"否则就是在海里了。"

废话，玛丽安心想。

"如果他年纪大点儿，"菲利克斯说，"我会说这种行为等于自杀，但他只是个毛孩子，所以顶多算愚蠢透顶。我觉得他成功的概率只有千分之一。"

玛丽安开始拼命地想象大海的样子。她能想到地图上的蓝色，还有她父亲书里的那些故事，但海洋的浩渺远超她的想象力。

餐厅的四面墙贴着陈旧的墙纸，长长的餐桌边放着不配套的椅子。玻璃橱柜里立着的不是银饰或水晶摆设，而是玛丽安和杰米到处收集的石块和骨头。华莱士拿起一个不起眼的玻璃瓶，给菲利克斯和翠克西的酒杯斟上琥珀色液体。这是他自制的加了黄糖的酒，不过如果他们愿意，也可以把它想象成威士忌。

"你是怎么学会开飞机的？"玛丽安问菲利克斯，他的头发还没

---

① 查尔斯·林德伯格（Charles Lindbergh, 1902—1974），瑞典裔美国飞行员，1927 年 5 月 20 日至 21 日，他从纽约飞至巴黎，成为首个完成不间断跨大西洋飞行的人。

干。他穿着华莱士肥大的衣服，他自己的衣服和翠克西的衣服都被贝丽特拿去洗了，还没晒干。

"在法国学的，"他回答，"打仗的时候。我想开飞机，恰巧法国人愿意训练美国志愿兵。"

"我想上战场看看。"凯莱布说。

菲利克斯看了凯莱布一眼，似乎有一股力量将后者从桌边推开，让他回到了记忆深处的某地。

"菲利克斯不喜欢聊战争。"翠克西说。

菲利克斯似乎一下回过神来。"喜不喜欢得由我说了算。"接着他说，他学习飞行的地方在法国南部，靠近波城。学成后，他被送往吕克瑟伊并加入一队美国士兵，住在矿泉小镇旁的一栋别墅里。天气不好时，他们泡热水澡、打牌，或者喝酒。天气晴朗时，他们出动展开空中侦察，或者去偷袭飘浮在前线上空的大型灰色侦察气球。"最好的袭击方法，就是飞到离气球很近的地方，然后不停地扫射，"他说，"不过气球可能会爆炸，你也会跟着没命。"

他见过被炸得粉身碎骨的人、被枪打得千疮百孔的人，还有挂在铁丝网上被老鼠咬烂的尸体。他还见过在地上艰难匍匐的重伤者，他们拼尽全力，想要挣脱痛苦。死亡的方法如此之多，远远超过他的想象。

曾有一匹被严重烧伤的战马不知从哪儿跑进了他们基地的机库，它可能把机库当成了马棚。他们把那可怜的动物一枪打死，好让它脱离苦海。

"有一次，我开枪打中了一架德国佬的飞机，引擎着火了，于是那人爬到机翼上，跳了下去。他穿一件大号棕色皮衣，好像一头熊从天上往下掉。他没有降落伞，他应该是觉得烧死不如摔死。如果换成是我，我可能也会跟他一样。没有飞行员的飞机继续飞了一小段，燃烧起来，最后解体了。"华莱士悄无声息地给菲利克斯斟满酒，"不过，"菲利克斯举起酒杯，"跟这比，林德伯格所面临的要更可怕。"

布雷福格尔夫妇在小屋的单人床和门廊之间选择了前者。晚餐后，凯莱布离开了，杰米和玛丽安被打发到了楼上卧室。一条棕黄色的猎浣熊犬睡在玛丽安的床脚旁，双胞胎一起跪在床上望向窗外——暮色下，菲利克斯坐在马围栏上抽着烟。菲德勒慢悠悠地走到他身边，他向这匹年迈的骟马伸出一只手，然后轻抚起了它的脸颊。

"拥有一架飞机，就能去任何想去的地方。"玛丽安畅想起来。

"你说，他为什么要跟我们讲那匹被烧伤的马的事儿？"杰米问。

杰米的存在常常给玛丽安一种完整、安心的感觉，让她觉得一切是平衡的。如果他不在身边，她就像一只羸弱的独木舟，任由水流摆布。他比她冷静，也没她那么冲动。他是她的压舱石。他并不等于她的一部分，但也不完全是另一个人，跟华莱士、凯莱布、贝丽特，以及其他人都不同。

但此时此刻，她对他有点儿不耐烦，希望他别缠着自己。她没工夫去想那匹烧伤的马，她的脑海被菲利克斯占据了。

"现在你已经什么都做不了了，别去想它了。"

"你知道吗，"他的语气顿时强烈起来，"有时候我希望人类不存在，我真的这么想。"

"人也会死，"在玛丽安的抚摸下，那条睡着的猎犬醒了过来，它舒展开蜷起的身子，抬起一条腿，露出肚皮，"死了应该有几百万人吧。"

"但那匹马却不明白这一切都是为了什么。"

对杰米来说，看到自己的马站在宜人的夜色中，过着舒适的生活，这无法让他得到一丝安慰，因为此刻他的眼前浮现出菲德勒被人点燃的画面，在他清晰的想象中，他的马陷入了极度的惊恐和绝望中，任凭他如何尝试，都无法挣脱痛苦。

玛丽安的目光依然紧盯菲利克斯不放。"我很好奇他为什么会娶她，她人也不怎么样。"

"管他呢，"杰米说，"反正我们以后都不会再见到他们了。"

杰米忽然觉得，窗外的世界——整洁的马棚和小屋、乳白色的天空——是一道幻影、一个假象，它掩盖了难以想象的苦难和死亡。玛丽安无法感同身受，她趴在窗台上怔怔地望着一个陌生人，梦想飞离这个安乐之家。

一想到这些，杰米就感到格外孤独。他说了声晚安，在猎犬的跟随下走回自己的房间。那狗蹦到他床上，蜷起了身子。这是一只让人分外怜爱的生物：耳朵又长又软，毛发红黑相间，还把尾巴慵懒地甩到鼻子上。他无法容忍这个世界无穷无尽的苦难。一阵灼痛让他心跳加速、脑袋发晕，这种感觉既极其轻微，又令人窒息。要生存下来，唯一的方法是把这些抛诸脑后。但不去想不等于不知道，就像住在河堤边的人永远在等待着河水决堤的那一天。

为了平复情绪，他从枕头底下拿出素描本，交叉双腿，画起那条狗来。

玛丽安在床上躺下，但还没有睡意。她想着菲利克斯，白天的记忆在脑中重演：他黝黑的小臂和起茧的双手，他出浴后身上的肥皂味儿，他的肩膀就在她的大腿下。一股莫名的压力促使她将掌根移至双腿间。她惊讶地感到一团火花在身体里忽然碎裂，好像一朵被阵风吹散的蒲公英。

楼下传来微弱的说话声。她轻声下床、打开门，蹑手蹑脚地走下楼梯。亮着黄色灯光的厨房另一头，华莱士和翠克西坐在门廊上。玛丽安在一扇打开的窗前蹲下身。

"小屋里那些东西都是哪儿来的？"翠克西问道，"菲利克斯很感兴趣。"

"都是我哥哥的东西。"华莱士回答。

"我猜他应该是个探险家之类的人？"

"算是吧。"

"他死了吗？"

"我不知道，我觉得他还活着。玛丽安喜欢去那儿看书。"

"她被菲利克斯迷住了，真是可爱。不过她恐怕对我有点儿敌意。"

"那是因为她没有母亲，她不知道怎么跟女性相处。"

"菲利克斯很有女人缘，你的孩子不是特例。我防她们都防累了。"

"要我说，他看起来是个挺专情的人。"

"可以这么说吧。"一根火柴被划着，一缕轻烟飘起，"突然多了两个孩子的感觉应该挺奇怪的吧。你是什么时候开始抚养他们的？"

"从他们还是婴儿的时候。"

"你的行为还挺高尚的。"

"勉强及格而已。如果高尚的话，那我就——我也说不好，说不定我会给他们更多关爱，对他们更好一些。"

"要是我的话，我会把他们放在教堂的台阶上，像摩西一样放在芦苇编的篮子里。"

华莱士说："我记得摩西是被放在芦苇地里的。"

"无论怎样，我会选择放手不管。"

玛丽安感到皮肤一阵灼伤似的刺痛。她轻声走回楼上，责怪自己竟从来没考虑过父亲施加给华莱士的负担。她怎么能这么傻？她怎么竟没意识到她和杰米是个累赘？善良的华莱士只是选择了默默地接受。她回到床上，望向小屋亮着的窗户。泪水模糊了她的眼睛，但她忍了回去。她早就计划一长大就离开米苏拉，但现在，她行动的决心犹如绷紧的船帆，已经蓄势待发。

第二天一早，华莱士开车带所有人去了机场。布雷福格尔夫妇给飞机底轮打上气，往水箱里加满水，一前一后坐进其中一架"珍妮"，华莱士和双胞胎看着飞机摇摇晃晃地穿过坑坑洼洼的草地。飞机在小镇上空盘旋，翠克西爬到下层机翼，抓着张线向外探出头，通过扩音器奋力地叫卖起来："飞翔伴侣布雷福格尔！仅此一天！林德伯格优惠价，飞行体验仅需四美元！还等什么？空中技巧表演仅需两美元！跳伞表演仅需两美元三十美分！"

飞机重新降落在停机坪，翠克西示意玛丽安坐到前舱。"来场女生空中之旅吧。"她这话主要是说给华莱士听的，而玛丽安难掩失望之情，因为带她飞的不是菲利克斯。翠克西戴上了皮帽和护目镜，但玛丽安什么都没戴，她本意如此。

林德伯格着陆的时候，已经连续飞行了三十个小时又三十分钟，五十五个小时没合眼。他飞行时尽量贴近海面，以便含盐的海风能让自己保持清醒。海浪在黑暗中翻滚的样子，仿佛土地在给自己挖沟、铲土。

到达布尔歇机场上空时，底下的景象让他困惑：一片黄色的湖泊岔出一条明亮的蜿蜒支流，环绕着夜间本应无人的草地。那些发亮的东西是汽车。有十万人开车到布尔歇去看他降落。

布雷福格尔夫妇的空中好戏以菲利克斯英勇的跳伞表演作为结束，这时，林德伯格安全降落的消息抵达了米苏拉。菲利克斯收伞时，响起了教堂的钟声和鸣笛声。停机坪上的人群开始骚动，小声传递着林德伯格的消息，但没人知道这是否属实。接着，一名男子开着他的小敞篷车经过，边按喇叭边大喊："他降落了！他在巴黎着陆了！"

人们相互拥抱，扔起了手中的帽子和手帕。在法国，机场的民众群情激昂，几乎快要把林德伯格和他的飞机扯成两半，数千人试图伸手去触摸那个高个子飞行员和被海盐包裹的机翼。

在米苏拉，通往机场的路挤满了汽车、自行车，还有步行者。无数人想要体验空中飞行，加油站老板不得不把油车开到现场，以便在天黑前为布雷福格尔夫妇保持充足的燃料供给。所有人都想坐进飞机，升上天空，像林德伯格一样俯瞰整个小镇。这个时候，位于巴黎的林德伯格终于在美国大使的寓所躺下了，他不同寻常的未来已经开始。

时间回到当天早上，也就是玛丽安即将跟翠克西一起飞行的那会儿，当时林德伯格还在英格兰的上空。

菲利克斯站在飞机前。确认翠克西已将引擎关闭后，他握住螺旋桨旋转了几圈，进行起飞前的安全确认。接着，他紧紧地抓牢螺旋桨，挺直身体，示意一切正常。

他转动叶片。发动机启动，几声洗牌似的"咯咯"声响起，伴随着几缕烟雾和一股呛味。曲轴开始有节奏地转动起来，螺旋桨叶上的网状图案腾飞了起来。透过挡风玻璃，随着叶片越转越快，螺旋桨在玛丽安眼前变成模糊一片。机舱里刮过一阵风，飞机做好了起飞的准备。她收紧了绑在腿上的安全带。

她们加速向前行驶，机身在车辙和土堆上弹跳，随着弹跳变成滑行，草地开始逐渐变得朦胧起来。一股压力由下往上推动机翼，她们起飞了。玛丽安周围的操纵杆、油门和方向舵踏板（翠克西嘱咐她不要碰这些东西）全都动了起来，就像被幽灵操控一般。地面越来越远。

米苏拉街头熙攘的人群和车流仿佛一盘玄妙棋局中的棋子。一只叼着鱼的鹗从河面掠过。飞机向峡谷驶去，翠克西突然拉升高度，先是桶滚翻转，接着又一个筋斗，让玛丽安猝不及防。接着，她高高地飞过山顶，让飞机螺旋俯冲。山谷在她们四周不停地旋转，引擎变了调，机舱发出"嗡嗡"声，水箱滴出的热水刺痛了玛丽安的脸。飞机在翠克西的操作下不断地上下扑腾。玛丽安知道她应该感到害怕，翠克西正使出浑身解数，让她放弃成为飞行员的愿望。但是，尽管地面飞扑而来，尽管她的内脏几乎撞到肋骨、身体被狠命地压到座位里，她依然感到无比轻盈。

米苏拉

1927 年 10 月

布雷福格尔夫妇短暂来访后五个月

"杰米，"玛丽安说，"你得给我剪剪头发。"

杰米躺在自己床上，手里拿着一本他背着玛丽安私自带离小屋的约翰·奥杜邦[①]画册。她在门口看到了那本书，但没有找他算账。她向他挥了挥手中贝丽特的长剪刀。"求你了？"

"怎么剪？"

她把辫子扯到胸前，用两根手指比画出齐根剪断的动作。"就像这样。"

杰米一脸惊恐。"贝丽特会打死我们的。"

"但她也不可能再把辫子粘回去。如果你不行，我就自己剪。"

"那你自己剪呗。"

"你剪得更好。"另一个原因是，她想给自己的这个决定找个同谋。

"我没剪过别人的头发。"

"但你看过。"

---

① 约翰·奥杜邦（John Audubon, 1785—1851），美国画家、博物学家。

"剪头发我可不行。"

"求你了？"

"不行！"

她用一只手拉紧了辫子，另一只手举着剪刀放到了脑后。

"你不会忍心下手的。"杰米说。

剪刀咬合时嘎吱作响，她手腕的跟腱向外突出。浅金色的麻花辫在她手中散开，如同枯萎的花束一般。她抚了抚残缺不全的脖颈，触到一片板刷似的发根，周围还残留有稀疏的长发。剩下的头发呈块状垂落到了两耳边。她的造型跟想象中的时尚和轻盈相去甚远。杰米脸上流露出好笑又惊恐的表情。"现在好了。"他说。

一股怒气将她穿透。"谁让你不帮我！你该帮我的！"

她跑下楼梯，向小屋飞奔而去，内心怒火中烧。她觉得杰米有义务对自己百依百顺。他应该知道她下定了决心，应该照她说的做。她刚才之所以剪下去，一部分原因是为了证明自己是个说到做到的人。

回到小屋里，她坐在扶手椅上，轻柔地抚着后脑勺的头发。她很少哭，就算要哭，也会先确保没人看见（在父亲离开的那天早晨，她骑着菲德勒沿响尾蛇河走了很远才开始哭泣），此刻她却流出了几滴眼泪。但很快，她用手擦了擦鼻子，走到火炉边点燃了火。她知道杰米马上就会来安慰她，一切又会恢复原样。

天花板上吊着一堆纸板和纸巾做的飞机。自布雷福格尔夫妇离开后，她常常泡在米苏拉气派的卡内基图书馆大楼，在那里寻找一切有关飞行员和飞行的书籍。自从林德伯格完成跨大西洋飞行，整个国家深陷航空热潮，除了每天的报纸专栏，还出现了一批航空期刊。在一本写有"英勇的飞行故事"的杂志最后，她找到了制作双翼机模型的说明和模具。第一次模型制作并不成功——机翼歪斜，黏糊糊的指印清晰可见，起落架也是弯的——但她不断地尝试，投入了她未来想要用在真机上的百分之百的专注度，终于制作出了完美的模型。

在布雷福格尔夫妇离开后不久的一天，她躺在小屋地板上，沉浸在天旋地转的空中回忆里，回想着脚下的山谷和机身发出的迷人声响。她突然意识到，她不能马上成为飞行员，她得先长大些。应该也不需要太久，但十三岁是肯定不行的，也许十四或十五岁就可以了，到时她的愿望就不会被人嘲笑了。她还需要一个飞行教练和一架飞机，但她肯定这些难题都会迎刃而解。

另一个不容争辩的事实接踵而至：如果她付不起翠克西带她空中飞行的费用，那她自然也付不起飞行课程的学费，所以她已经开始思考比小偷小摸更为可靠的收入来源。十六岁才能正式工作，如果有学校的肄业证明，则可以提前到十四岁，但是她没有。在图书馆把一车书整理到书架上的收入是十美分，但没有那么多书可整理。至于农场摘苹果和挤牛奶的工作，她也竞争不过男孩。机会很有限，但她会有办法的，因为她必须成为飞行员。她不能理解的是，别人怎么就看不到她的潜力，她的大好前程怎么就还无人知晓。成为飞行员的坚定信念填满她的世界，成为不可撼动的真理。

来到小屋的是凯莱布，不是杰米。她在扶手椅上睡着了，醒来时看到他站在身边，胳膊底下夹着那本被偷走的画册。他把头发束成马尾，辫子比她剪下来的那条还要粗。他看了看她的脑袋，笑得喘不过气来。"你做了什么啊？"

"我想把头发剪短。"

她害怕他会问"为什么"。跟他解释太难了。因为最近自己胸前鼓起了软绵绵的两坨肿块？因为她在父亲的一本书中读到，新任修女在见习前会削发表决心，所以她也想通过这种方式表达自己想成为飞行员的决心？因为她想摆脱一切累赘，把自己收拾得干净利索？

但凯莱布没问原因。他把书放下："你哭是因为头发没了，还是因为你剪得太糟糕了？"

"我没哭。"

他眯起眼睛。

她把手盖在裸露的脖子上。"是因为我剪得太糟糕了。"说出实话让她松了口气，"你能帮帮我吗？"

"我觉得我应该不会弄得比现在更糟了，杰米这胆小鬼连试都不敢试。"

他们在地上铺开一张报纸，她坐了上去。他一只手拿着梳子，另一只手用剪刀尖小心翼翼地剪起她的头发。"有时候，我会给吉尔达剪。"他说。

"真的吗？"

"只是修一下。她的头发从来不会像你这样一团糟。你想剪多短？"

"跟男孩一样。"

"我是个男孩，但我的头发一直都比你的长。"

"你明白我的意思，我要很短的那种。"

"好吧。你已经穿得跟男孩似的了，等剪完，别人会把你当成男孩的。"

"那也没关系。"

"你不想做女孩了吗？"

"你想做女孩？"

"当然不想。"

"你看吧。"

"但有时候我希望自己是纯种白人。"

她感到凉凉的金属抵着脖子，梳子摩擦着头皮，他的指尖不紧不慢地触到她的头发。"那你为什么不把辫子剪了？"

"剪短发不会让我变成白人。"

"没错，但长发会让你看起来跟别人更不一样。"

"我永远不会变成纯种白人，所以剪不剪头发都没有意义。我不在乎别人怎么想，他们应该明白这一点。"

"所以其实你在乎别人的想法。"

"我不在乎。"

"你想让他们知道你不在乎他们怎么想。"

"好吧,也许确实有一些。"

过了一会儿,她说:"也许我剪头发跟你不剪头发的原因是一样的。"

"也许吧。"

他们陷入了沉默,只有剪刀继续发出"咔嚓"声。

然后他说:"我听过一个故事,讲的是一个女人真的变成了男人。"

"什么叫女人变成男人?"

"她是库特奈族的,这故事是沙克顿的一个老人讲给我听的。他说,一百年前,有个女人嫁给了一个白人商人,但因为太过狂放不羁,所以被打发走了。她回到族人当中,告诉他们那个白人把她变成了男人。从那以后她就成了一个男人。"

"女人不可能变成男人。"

"她还娶了妻子,给自己起了不同的名字,我只记得其中一个,'灰熊水中蹲'。"

"后来呢?"

"她告诉别人她是先知。她跟所有人都处不好,最终有人杀了她,挖出了她的心,"他放下剪刀,"虽然这样成不了选美皇后,不过已经比刚才好多了。"

她伸手摸了摸后脑勺,感觉比之前要顺滑。"这里没有镜子。"

"你不相信我吗?"

"我更相信镜子。"她站起身,透过窗玻璃打量着自己,只能看到一个小小的浅金色圆脑袋,"但不管剪成了什么样,肯定比刚才要强。"

他好像被激怒了似的,把报纸卷成一团扔进火炉。"你不问问我的收费吗?"

她感到一阵紧张。他们已经几年没玩他的游戏了,但从前他提议玩游戏之前，也会用这种挑衅的语气。有的是俘虏游戏，有的规则是脱衣服和触摸身体。"你难道就没帮过朋友的忙吗？"

"当然了，"他说，"有时候会帮，我可没少帮你。"

火炉发出一阵呛人的气味。

"凯莱布！"她喊道，"你怎么能把裹着头发的报纸扔进去？太难闻了。"

"听着，我的收费是一个吻。"

他们过去的那些游戏从来不涉及亲吻，于是她笑了起来，觉得这比他让自己脱光衣服更令人诧异。

"我不是对你有意思，"他解释道，"我就是想练习一下，以后认识了真正的女孩子可以用得上。"

"我谢谢你啊。"

"不客气，那就付费吧。"看她一动不动，他叹了一口气，走到她跟前，一脸讥讽、无畏地凝视着她。起初，他们看起来绝不像是会接吻的样子，但这个吻还是发生了。或者不如说，是他的嘴唇重重地压在了她的上面。她紧闭双唇，往后退了一步。他一脸坏笑。"下次要想剪头发，可得提高你的亲嘴技术。"

"下次我会去理发店。"

"你得跟人练练怎么亲。"

"我不需要。"

"别害怕。"

"我没害怕。"

"你怕了，你在发抖，我都看出来了。"

她硬逼着自己停下来。"也许我只是不想跟你亲。"

他又是一脸坏笑。"才不是。"

他离开后，她坐在椅子上，轻抚起一头短发来。一股隐隐的压力在两腿间积聚，她把拳头移了过去。蒲公英绒毛一下散开。她害怕了吗？她不确定那感觉是恐惧，还是窘迫。如果她回应了凯莱布的亲吻，允许他把舌头放进她嘴里，就等于承认她想被吻，承认她是想的。她想吗？又是一阵压力。她意识到：比起行动本身，承认自己的感受更让她感到害怕。

她又抚了抚脑袋，一股自负之情升腾起来，与此刻如螺栓归位般不断收紧的压力交织在一起。她剪短发是为了表明态度，并不是承认既定事实，她做的每一件事情都应当如此。她像骑马上山那样前倾身体，抵住拳头，左右摇摆起来。没过多久，她侧过了身体，把一条腿搭在了椅子的扶手上，继续摆动着身体。她的眼前出现了把头埋在吉尔达双腿间狼吞虎咽的兽男，菲利克斯·布雷福格尔扶着自己小腿前侧的掌心，还有凯莱布的两片唇。她不停地扭动身体，直到脑中一片空白。

奇人异事：灰熊水中蹲

1790—1837

　　她出生于 18 世纪末，库特奈族的某个冬季营地附近，那地方位于今天的爱达荷州。她的母亲彻夜未眠，不停地来回走动，时而下蹲身体。后来，她在黎明的寒冻中发出了第一声啼哭，一个看似普普通通的女孩降生了。

　　她的故事是从白人和原住民的转述中拼凑起来的，许多地方语焉不详甚至前后矛盾，且含有不少道听途说的成分。有些地方则神乎其神。

　　十三岁的她到了适婚的年龄。骨架宽大、性子急躁的她身怀百技，觅食、编织，无所不晓，但没人愿意娶。无人问津的她专挑自己看得最顺眼的男人，把他们船头如鲟鱼嘴的独木舟凿出一个个小洞。

　　一群白人来到了她的族人附近，那是商人兼地图绘制员大卫·汤普森一行人。趁着夜色，她悄悄地离开营地，穿过森林。

　　第二天早晨，汤普森的男仆博伊斯韦德走出帐篷，发现一个原住民女孩瞪大眼睛瞧着自己。起初，他以为那是个鬼魂。没想到，她双膝跪地，在满是碎石和污泥的地上匍匐向他靠近。这一刻，博伊斯韦德等了一辈子。

　　来自森林的女孩成了博伊斯韦德之妻。刚开始，她很守规矩，孜孜不倦地在营地干这干那,在丈夫床上生龙活虎,仿佛不知疲倦。当男人们举步维艰时,她在森林中健步如飞。她很快掌握了英语,还学了些法语。男人没打中猎物时,她会捧腹大笑。过河时,她毫无羞赧地褪去衣衫,若无其事地回敬男性同伴惊异的目光。

汤普森的手下光棍居多,于是博伊斯韦德夫人挺身而出,馨其所有。她精力充沛且不知疲倦,肆无忌惮的笑声每一晚都从不同男人的帐篷中传出。博伊斯韦德对这个不检点的妻子大打出手,她毫不客气地予以还击,把丈夫揍得跟自己一样鼻青脸肿。

大卫·汤普森做出决定:这个女人必须离开。他担心博伊斯韦德会痛下杀手,他可不愿招惹麻烦。她必须回到族人中间去。

她再次走入森林,不知神出鬼没的族人身在何方。她持枪打猎,想象自己是名战士。一个念头在她心中萌芽。不止是一个念头——而是一个真相,一个从未被留意的真相。

重回库特奈部落的她宣布,拥有超能力的白人将她从女儿身变成了男子汉。

她穿上男装。这个新晋男人给自己起了个新名字:**显灵者**。他巡山狩猎、下水捕鱼,拒绝干女人的活儿。有了枪的他又寻来一匹马,并主动请缨加入一支突击队。他紧紧地跟随无意接纳他的战友,夜里在他们附近扎营。战斗中,他得来三匹马,取下两人头皮,可谓战绩显赫。

男人需要妻子。显灵者向懂得觅食和编织的女子发起攻势,但没人愿以身相许。他咆哮不止,怒发冲冠。他声称白人赋予了自己超能力,对他不敬就等于犯下大忌,天知道他会如何惩罚违逆者。

有一个词语叫作"双灵人"。这三个字远非白璧无瑕。它得于法语"娈童"一词,后者源自西班牙语"鸡奸"一词,而最早则可追溯至波斯语"奴隶"一词。从与原住民最久远的交锋开始,白人捕猎者、商人和探险家就曾遇到过雌雄莫辨之人。要如何称呼他们？一位迷途者耸了耸肩，说出他已记不真切的、母亲在蒙特利尔用来辱骂自己兄长的一个词。这个词传开之后，成了后世约定俗成的说法。

在商人和探险家的日记中，时常可见显灵者。他口若悬河，自称除了变性，还掌握了预测未来等其他特异功能。

其他原住民说，那请给我们做个预言吧。

巨人很快就会发动进攻。他们会把地球搞得天翻地覆，消灭所有部落。天花即将卷土重来，这次又是白人的过错。不过，幸运的是，显灵者能用神力保护你们，只要报酬合适。

人们将信将疑地拿出赠礼以换取其神力，但无论是他的寓言，还是他这个人，都不怎么招人待见。

另一则预言则让人对他有所改观：一位可敬的白人领袖一心想馈赠宝物给原住民，但他的手下人却借机换取他物，招致领袖强烈不满。他很快会送来金银珠宝以表歉意，并对他贪婪的手下施以惩罚。这一天在不久之后就将到来。

他第一次见到未来的妻子时，她悠闲地坐在湖边。一个女人竟可以不用劳作，他猜测她没有丈夫。他一边往河里走，一边与她攀谈。她告诉他，自己被丈夫抛弃了，因此无事可做、无地可去。

他问，那你想要个新丈夫吗？

他用水牛皮制作了假阳具，准备蒙混过关。但妻子并不傻。她跟他一样粗鲁且聒噪。新婚初夜，她从他手中夺过那根伪造的生殖器，笑话它异想天开的尺寸。他还没来得及制止，她便掀起他的衣服，嘲笑他隆起的胸部。他把她摁倒在床上，设法通过身体摩擦让两人获得满足，他成功了。

她加入了他的旅行和预言活动。她还对外透露了水牛皮阳具的事儿，使其尽人皆知。显灵者怀疑妻子红杏出墙，对她大打出手，但她拒不承认。她坚称自己憎恨阴茎。难道她表现得还不够明显吗？

他们来到俄勒冈州的沿海小镇阿斯托利亚。

阿斯托利亚的商人在手记中写道，小镇来了一对貌似平原印第安人的夫妻，他们披着皮袍、脚踩鹿皮鞋，打着绑腿。男的会说英语和法语，还通克里语和阿尔冈昆语等原住民语言，但不通沿海方言。让阿斯托利亚人啧啧称奇的是，他能精确地绘制出东边的山河地图。但凡有任何男人靠近妻子，他便怒目圆睁、拔刀相向。他嗜赌成性，不胜酒力。之后，他又学会了沿海方言。

一天，大卫·汤普森再次出现。"我敢打包票，"他说，"这是博伊斯韦德夫人。"

恍然大悟的阿斯托利亚人抓了抓脑袋，表示不可思议。显灵者佯装要动用武力，但其实与这位白人再次相见正合其意，因为他得以向对方证明自己不再是其附庸。

时间来到 1811 年 7 月。大家决定顺着哥伦比亚河上游而行。汤普森欲返回加拿大，阿斯托利亚人则计划在内陆建立交易站，显灵者主动为其充任向导。

一天，沿河而上的一行人路遇一组四人，携带七条巨大的鲑鱼准备出售。他们把鱼下颚刺穿在杆子上，背在肩膀，鱼尾巴在地面来回扫动。四人向显灵者投去阴沉一瞥，一边问大卫·汤普森，听说你会带来天花，还会引来巨人，毁掉我们的营地和村庄？

汤普森使劲地摇头说："简直一派胡言。"

汤普森在手记中写道：我叫他们不要恐慌，白人并未带来天花，而原住民生命顽强，而且……你们的孙辈将来的生活跟你们祖辈在世时并不会有什么两样。

但他们的孙辈会面临翻天覆地的变化。

后来，一行人兵分两路。即将北上的汤普森临行前讲了双灵人的传说——这故事永远都脍炙人口。阿斯托利亚人继续东行，显灵者夫妇依然伴其左右。由于他们的预言多呈祥瑞之兆，所以夫妇俩现在拥有二十六匹驮着各色货物的马匹。一夜，显灵者夫妇不告而别，白人对此一度视若无睹。

再次现身的显灵者换了一任妻子，但他失去了那二十六匹马，并出现在米苏拉附近的扁头交易站。在当地白人的手记里，他被称为邦多西，有时又会写成博达西（白人的用词总是前后不一）。他跟库特奈人一起来到交易站，用毛皮换取烈酒，酒后的他异常聒噪。他还靠翻译扁头语和黑脚语为生。

一则逸事流传着：显灵者与一群战士同行。遇到河流时，他总是一个人走在最后，等其他人先过河。其中一人起了疑心，于是某次躲在树丛里看他脱衣，震惊地发现所谓男子汉的显灵者乳房隆起，且没有阴茎。浑身赤裸的显灵者发现了偷窥者，赶紧蹲下身隐藏肉体。当一行人抵达庞多雷湖时，首领向众人表示，为了扫去此前偷袭失败的晦气，战士们可以给自己另起新名。

"那我就叫'灰熊水中蹲'吧。"显灵者说。他试图扭转颓势。

"你确实蹲在水里，但你可不是什么灰熊。"偷窥者反唇相讥。"灰熊水中蹲"拔出短刀，但他人立马上前制止，便未能遂愿。

此后，他出人意料地成为一位和平信使，辗转不同的部落间充当翻译。双灵人是天生的中间人，不属于任何一方。

1837 年，一群扁头人陷入了黑脚人的埋伏。"灰熊水中蹲"对黑脚人巧施缓兵之计，扁头人趁此机会成功脱逃。

意识到自己上当受骗的黑脚人战士愤怒地捅穿了他的肠子。

又一则逸事是：眼看"灰熊水中蹲"的伤口奇迹般地飞速愈合，一名战士心生一计，提议划开一道深深的口子，割下他跳动的心脏的一小块。于是，残缺的心脏阻止了伤口自愈，"灰熊水中蹲"便这样撒手人寰。

这么说来，他的超能力纯属子虚乌有，听闻其死讯的人们分析道：他并非不死之身。所以，我们大可不必理会他的预言，因为他并不高我们一等。

可是，其他人反驳道，我听说他的尸体在森林里始终完好无损，也没有鸟兽敢动他分毫。这挺不可思议吧？也许这说明他到底非同凡人。

也许吧，人们说。也许确有其事。

格蕾丝·凯利 [1]

四

分手前不久，我和奥利弗曾在大白天戴着帽子和墨镜出门，去看了一场"超级英雄"电影。那个系列的前八部他全看过，我一部也没看过。坐在电影院里，我一边看着银幕上各路英雄飞檐走壁，摩天大楼轰然倒塌，奇形怪状的机器被炸成碎片、燃起熊熊大火，一边嚼着红藤扭扭糖，嚼到门牙酸痛。那部电影的情节可以概括为：一个幽幽发亮的屋子里藏着一个紧锁的行李箱，里头装着一管神秘兮兮的白色发光物质，如果好人拿到那管东西，就能拯救地球，但这东西要是落到了坏人手里，世界就将毁于一旦。

我对奥利弗说，这类电影会让观众想入非非，仿佛坐在银幕前的每一个人都可能深藏不露。他们随时可能摇身一变，便有了特异功能。而且这些电影很会暗藏玄机：不可思议的超能力被注入到某个凡人体内，或者被塞进小瓶、装在箱子里，被人拉着满世界乱跑。谁能想到，一个小小的光团居然蕴藏了整个宇宙的终极答案。

"嗯，就是这么回事儿吧，"奥利弗回应说，"但我最喜欢的是，每一部的故事都越来越复杂，一个宇宙已经不够用了，而是变成了扩

---

[1] 格蕾丝·凯利（Grace Kelly, 1929—1982），美国演员，曾凭影片《乡下姑娘》(*The Country Girl*) 获得第27届奥斯卡金像奖最佳女主角奖。

展宇宙。你根本不知道后面还有多少好戏。"

我说，不存在什么扩展宇宙，宇宙就是宇宙。没有什么东西能超越无限。

"就是一种说法嘛。"奥利弗表示。

东窗事发后，我被叫到几个公司高管面前，遭受了一番当众羞辱，他们勒令我去和《大天使》的作者格温多林共进午餐，而我的任务就是让她消气。然后我们再看看事态会如何发展，他们如是说道。这几人对我反复施压、恐吓，而雪文则竭力帮我说话，说我拥有私生活的权利，但没人买她的账。我沉着脸坐在那儿一言不发，直到被再三逼问才无奈地回答：我不知道是怎么跟琼斯搞到一块儿去的；我觉得我和奥利弗应该不会复合了；是的，那晚从前门离开俱乐部确实不是明智之举。

在好莱坞，午餐是决定成败的关键场合。就这么一顿饭的时间，什么都有可能会发生。每部电影背后都有着堆成山的辣味金枪鱼，以及一瓶又一瓶的圣培露气泡水。"我不需要甜点，能来杯冷萃咖啡吗？加杏仁牛奶，谢谢。"

当我来到餐厅时，格温多林已经坐下了。她那只毛茸茸的小白狗蹲在椅子底下，盯着周围所有人的脚。上哪儿都带着狗的格温多林总会挑带露台的餐厅，我们目前身处的这个露台位于一家热带雨林风格的酒店庭院中，座椅带有海盗船船帆似的红褐色遮阳顶棚。她面无表情地看着我向她走近，两只手交叠在膝上，厚底高跟鞋几乎够不着地。她的身高绝不超过五英尺，因此我们俩的会面可以形象地描述为朝臣拜见恶毒的幼女王。

我走过露台时神采飞扬的姿态一定让格温多林心生不满，尽管周围的人都在议论我是个贱货并密谋如何偷拍我。"嗨，格温多林，"我故意用瘾君子式的慵懒语气向她本人及她的狗打了声招呼，"嗨，我的小普奇。"小狗那对纽扣式的黑眼睛杀气腾腾地盯着我。

通常情况下，格温多林问候我的方式是这样的：声势浩大地站起身来，张开短小的双臂搂住我的肩膀，一双腿却离我远远的，而我只得十分别扭地向她弯下腰去。她的问候语一般是："啊呀，这不是我美丽的小公主吗？"这种祖母似的语气一直让我摸不着头脑，毕竟她也就才四十八九岁而已。不过这次，她坐在那儿纹丝不动地瞪着我，凌厉的目光像是要把我原地石化，也可能是因为她的脸僵了。她已经开始整容了，再过二十年，天知道会变成什么鬼样子。

我一屁股在椅子上坐下来。侍者对我十分殷勤，忙着帮我摊开餐巾、递上酒水单，然后把可选的饮品逐个念了一遍。

格温多林的小狗开始狂吠不止，于是她抱起这个小蠢货放在膝盖上说："他以为自己是个大家伙呢。"这差不多是所有养小型犬的主人都时刻挂在嘴边的玩笑话。

"这么傻的狗一定活得不容易啊。"我点了杯伏特加苏打水。

"看来有些人最近挺忙啊。"等侍者离开后，她开口说道。

"你在说我吗？"我皱起眉头，心想，我这些日子到底都经历了些什么，"哪是在忙啊，我基本算是被软禁在家了。奥利弗以前总说我该在地下室搞个保龄球场，现在我可后悔当初没听他的了。"

"你应该没指望我会同情你吧？"

请允许我在这里插入关于格温多林的一则事实：她之所以能写出《大天使》丛书，是因为她假想出了加布列尔这个傻里傻气的性幻想对象，并不可自拔地爱上了他。在写这本书之前，她在一个度假村值夜班（那里是医疗设备和会计软件会议的定点举办场所），整天都躲在桌子后面捧着厚厚的廉价小说，读那些威猛巨龙和性感巫师的故事，这激发她构思出了一个充满俄国风情的神奇幻境，并开始在脑中谱写各种青春禁忌恋曲。然后突然有一天，她把心一横，将幻想变成了文字。从商业角度而言，这是一个相当明智的决定。

我还有另一则事实愿与各位分享：格温多林跟那些疯女人一样犯了迷糊，把演员奥利弗当成了男主角加布列尔，爱上了他。只要奥利弗一出现，她就像一根被点燃的蜡烛似的，开始陷入诡异的魔怔——一边拼命地表现出自己的母性风采，一边又没完没了地对他眉目传情。我觉得，这是因为奥利弗娶过一个年纪大他许多的女人，所以给了她一丝希望。但奥利弗的前妻可是有一股大卫·鲍伊和夏洛特·甘斯布[①]那种跩上天的、不受限于年龄的酷劲儿。再说，遇见前妻时，奥利弗还是青涩少年，但如今的他可是个电影明星，而且出轨过同样是电影明星的女友，劈腿对象包括模特、歌手，很可能还有萍水相逢的普通人。

　　"那我就实话实说了，"格温多林说，"我担心你会有损《大天使》的声誉。"

　　"我不太懂你的意思。"

　　"得了吧，哈德莉。"我还从没听过她用如此低沉、沙哑的声音说话，仿佛她马上就要变成一头怪兽。

　　"我就是——"我忽然不想再继续跟格温多林胡搅蛮缠下去了，"我签约的时候才十八岁，当时不知道未来会怎么样。"

　　"是啊，你试镜的电影原著小说卖得这么火，你又怎么能料到自己以后会名利双收呢？你根本就没有前车之鉴嘛！"

　　"但这已经不只是普通的成功了，我就像被聚光灯包围了一样。"

　　"我觉得，你不该如此缺乏流行明星所应具备的素养。"她回应道。

　　这时，侍者送来了我的伏特加苏打水，他满面笑容、彬彬有礼，似乎并未察觉到剑拔弩张的气氛，而且还专挑了一个最尴尬的时机问我们："两位准备好点餐了吗？"

　　"奶酪汉堡，不要面包。"我说。

---

① 大卫·鲍伊（David Bowie，1947—2016），英国摇滚歌手、演员；夏洛特·甘斯布（Charlotte Gainsbourg，1971—　），英国演员、歌手。

"是配薯条，还是沙拉？"

"老兄，如果我会点薯条，那我就不会不要面包了。"

他噘起嘴在点菜单上写了起来。

"金枪鱼沙拉，不要云吞和配菜。"格温多林把菜单塞回给了侍者，等他离开后，她说，"你以为我不知道出名是怎么回事儿？我家有全职保安日夜守着。总有不知什么人突然冒出来跟我要钱，而且我写书的压力很大。"

"这跟我和奥利弗的情况可不一样。你的粉丝不会因为看到你在某本杂志封面上就心甘情愿地掏钱，不会在你加油的时候偷拍你的照片，也不会为了看你的裸照而黑进你的手机。再说，你写书也没有那么大压力，真要是受不了了，就写个大结局，歇了吧。"

"我的读者还没看够，我是为了他们才坚持创作的。"

"拜托，你就省省吧。"

"要不是我，又哪来的你？"她狠狠地薅起了小狗脑袋上的毛，小东西的眼白都露了出来，它开始呜咽起来，"没有我，你顶多也就拍拍没人看的广告，在《犯罪现场调查》里演演死者，要不就是得靠口活才能换取出镜机会。而我可是创造了一整个宇宙。我写的故事价值数十亿美元。而你呢？你又做了什么？你创造了什么？"

在那之前，我还没决定自己该怎样表现，是低眉顺眼，还是撕破脸皮。不过，这番话让我再次感到胸口一阵发紧，一座等待我摧毁的沙堡浮现在了眼前。于是，我往前倾了倾身体。"人们在看你的书甚至提到你的书的时候，你知道他们心里想的是谁吗？是我。"

我没料到如此娇小的身体竟能释放出这般磅礴的怒气。此时的她犹如重返大气层的太空舱，整个人血压升高且颤抖不止。

"好嘞，"侍者再次不合时宜地来到了我们身边，"金枪鱼沙拉、芝士汉堡，没有云吞、配菜、面包和薯条。"他把两盘食物在桌上放下，"在两位开始享用午餐之前，还需要别的什么吗？"

"不用了，谢谢。"我向他露出最优雅的招牌微笑。等他离开后，我站起身来，"今天的见面真是卓有成效，"我对格温多林说，"但恐怕我不得不先行告辞了。"她抬头望着我，似乎一时间不知该如何表达她的满腔恨意。末了，我从口袋里拿出一个 U 盘扔到桌上："一个小小的纪念品。"

五

你想得没错。我们是用奥利弗的手机拍的，所以画面上出现了模糊不清的肢体，还有鼻孔、腋窝和双下巴的特写，而且手机还一度从床上掉了下去。这算不上是我俩扩展宇宙里的高水准作品。在此过程中，奥利弗喊了好几次暂停，于是我在一边坐着玩手指，而他则在那儿拍自己那玩意儿的特写，整得跟希区柯克在拍格蕾丝·凯利似的。刚一拍完我就后悔了，想删了视频，但奥利弗制止了我："我是个恋旧情的人。"于是我们一人一份，将存有这段视频的 U 盘妥善保管。

我称之为"共同毁灭原则"，当然这并不准确。

与格温多林共进午餐的前夜，我把这段视频看了一遍，然后做了拷贝。我可能有点儿喝多了，我给奥利弗打了电话，但他没接。我觉得应该去个什么地方，但想不起来有哪里可去。要不，找个人干一炮，但我心里除了阿列克谢别无人选，而那又不现实。"我不是这种人，"当初，他提出要斩断情丝时说，"我不干这种事儿。"

我反唇相讥："可是据我观察，你恰恰就干了这种事儿。"

我知道阿列克谢是个雷厉风行的经纪人，他的眼里没有情面，只有金钱。但他也是个顾家的好男人。他选择了妻子、儿子，还有两个女儿——这难道不是情理之中的事儿吗？我们只发生过两次关系，一次是在新西兰拍戏的时候，一次是回到洛杉矶以后。我究竟想得到什么呢？他为我放弃大好人生？心甘情愿卷入天大丑闻？跟一个连大学都没念完的姑娘搅在一起？再说，我真的想要他为我做出这些牺牲吗？

"你不明白，"阿列克谢说，"我不会有好下场的，如果这事儿曝光了，你根本想象不到这对我会产生多大影响。因为我不是白人，这桩丑闻会毁了我的。"

"你还担心别人对你的看法吗？"我问道。

他用难以置信的眼神看着我，好像听不懂我的话似的："那是自然。"

我们俩是怎么开始的呢？当时我在拍《大天使》第二部，地点在新西兰（大天使帝国虚构的、一个不那么冰天雪地的殖民地"摩尔扬斯克"）。阿列克谢以奥利弗经纪人的身份前来探班，但奥利弗让他自己去外面转转，别在片场待着。他还让我也出去转转，因为那天没有我的戏份。他建议我们别虚度这一天。经阿列克谢提议，我们参加了一个坐橡皮艇探洞的游览项目，洞里一片漆黑，只有附在洞壁上的萤火虫发出星星一般的亮光，招来了苍蝇和蚊子。这些可怜的小东西还以为自己能飞向夜空呢，结果却只是成了盘中餐。

黑暗中，我的橡皮艇跟阿列克谢的撞到了一起，于是我抓住了他穿着橡胶防水服的胳膊，好像两条船紧紧地依靠在一起。洞穴内一片寂静，只有滴滴答答的水声和我们的呼吸声在回响，黑漆漆的水面映射出无数光点。我们在水中慢慢地旋转着。当我闭上眼，接着重新睁开后，觉得自己仿佛仰视着宇宙之心。我的眼睛睁到酸痛，脸上的皮肤因为用力而紧绷起来。

"你觉不觉得，"在我们坐上返回酒店的车后，阿列克谢对我说，"在那个洞里的感觉就跟身处太空一样？就算有不同之处，也可以忽略不计？"

我激动地向他转过身去，又担心自己会显得太孩子气。但我从他脸上看到了相同的兴奋之情，我们居然双双被一个游客项目给套路了。我们的防水服和橡皮艇，还有工作人员的制服上都印有"虫洞探险！"字样。萤火虫之光在那一刻点亮了我们。"你说得没错，"我回答，"我的感觉和你一模一样，那个洞仿佛就是真正的天空。"

接着，我向他吐露，小时候我以为星星就是天上的洞眼，它们透出的光亮来自另一个环绕着地球的、完全由光组成的宇宙。

他则告诉我，他爸爸在过去常说，星星是挂在天上的灯笼，帮助迷途者找到前进的方向。"他觉得自己很有深度呢。"

那晚我们没能准时出席跟奥利弗约定的晚餐，因为我们把时间耽误在了床上。不过，我们并非因为鱼水之欢而忘记了时间，当然该发生的确实也发生了，但事后我们又在床上聊了很久。当一个陌生、未知的人来到你面前时，那心情就好比发现了一件珍贵的古物，你满怀喜悦和憧憬，拿出工具小心翼翼地探求它的真容。我想要了解一切，也想尽情倾诉。在彼此投出的耀眼光芒之下，我们浑然不觉天色已渐渐变暗。

"你们俩看上去挺合得来啊。"那天夜里，在同一家酒店的另一张床上，奥利弗轻抚我的腹部，试图燃起我的欲火。这招很管用，因为当时我仍处于兴奋之中。

"他这人不错，"我说，"我们今天过得挺愉快。"

回到洛杉矶后的一天，阿列克谢问能不能来我家，他会带午餐。我赶紧把自己好好拾掇了一番，思考了半天要怎么穿搭（最后决定穿做旧衬衣和牛仔短裤），换了床单，还给奥古斯蒂娜放了一下午的假。后来，我们坐在泳池边吃他从轻奢沙拉店买的谷物杂烩，他在这时提出要结束关系，说他不是这种人，不会干这种事儿，还强调了他是有家室的人。

我问："既然如此，那何必当初。"

"因为我很软弱。"他回答。

我低头看了一眼碗里的牛油果和苋菜，又望向了如同紫红色小船一般漂浮在泳池上的叶子花。回想起来，我觉得对阿列克谢来说，软弱恐怕只是个借口，毕竟萤火虫之光令人太难启齿。也许他已经在思考，万一妻子发现了自己的不忠，如何解释才最容易博取她的原谅：是一时冲昏了头脑，还是不由自主地意乱情迷？也许，他思考的是他本心更想要哪种解释。又或许，他只是实话实说，这些不过是我的一厢情愿。

我做了个无奈的手势。"好吧，如果你是真心这么想的话。"

"不是想的问题，这是事实。"

在一片浑浑噩噩中，我起身走向阿列克谢，站到了他的两腿之间。"哈德莉，"语气无奈的他握住了我的大腿，并用前额抵着我的腹部。先前他已经脱下了西装外套，束成一捆的脏辫垂落在纯白衬衫上，"说实话，我可能是被偷情的刺激诱惑了，"他几乎是在喃喃自语，"那种诱惑就像糖霜一样把你裹了起来，不然的话——"

我打断道："我就会变得乏味而恶心，而不是闪亮又鲜美，对不对？"我向院子的对角望去，我的园林设计师—— 一位耐旱型植物专家——在那里种了几排刺状的丝兰、龙舌兰和棕榈，这些植物犹如挥舞着武器的兵卒。

"我是说，这其中有多少是因为一时刺激？"他的双手开始在我的腿上游走起来。

"应该再也说不清了。"

没错，那就是我们的第二次。琼斯事件中，我不惜让自己颜面扫地，其实我真正的目的可能是想报复阿列克谢。

美德之家

米苏拉

1929 年 3 月

玛丽安剪发一年半后

在温暖和煦的日光下，积雪下方有一股蠢蠢欲动的暗流。河水在明亮宽阔的两岸间形成了深沉、狭长的曲线。

但夜幕降临后，整座城市再次变得冷硬起来。云层笼罩着山头，预示着新的降雪即将来临。

一辆货车正跨过铁轨往城外驶去，车侧印有"斯坦利面包与糕点"的字样。方向盘前的玛丽安沿着被冻住的车辙低速前行，沉着冷静地保持着平衡。她不能让车陷进雪地或者泥里，还得小心避开旁人诧异的眼光——这辆货车的司机是一个十四岁的女孩，她的身高已经与部分成年男子相当，但体格依然十分瘦弱。她身穿背带裤和羊皮外套，戴着贝丽特亲手织的棕色围巾，帽檐低低地盖住了短发。被买通的警察同意对她睁一只眼闭一只眼，但她还是不能大意。车上确实装了面包和糕点，不过，在货篮里边，在斯坦利先生标志性的印花棉布下，还藏着一瓶瓶酒。

这些酒成了她的主要收入来源。

把头发剪短之后，她每次女扮男装基本都能蒙混过关（但说话时必须压低声音，还得低下头），农民有时会雇她当廉价劳动力，但摘苹果、锯南瓜茎的收入少之又少。整理图书馆书架就更别提了。所有她能想到的来钱快的方法（比如开家修车店），对一个十四岁的女孩来说，无论再怎样胆大妄为，都犹如天方夜谭。

一天，结束农活儿后的她躺在门廊上，皮肤被晒得发疼，胳膊酸胀无比。她忽然想起一件事：凯莱布曾帮峡谷那头的一个私酒商收过空瓶子，挣到的钱足够他买上几周的糖果，但他觉得那活儿太费力。他曾向她抱怨说，我才不要为了那个老蠢货翻垃圾堆呢。玛丽安倒是不介意翻垃圾堆。

那人叫波肖特·诺曼，她认得他住的小屋，也知道他放蒸馏器的棚子在哪儿。走在树林里，她闻到了热乎乎的麦芽浆香。她鼓起勇气，敲响了他的门，门缝间露出乱蓬蓬的白发和胡须，还有一双惊惶、警觉的眼睛。

"嗯？"他咕哝一声，好像她已经开口说话，但自己没听清似的。

"先生，您需要空瓶吗？如果需要，我可以为您带一些来。"

他点了点头，咬住了嘴唇。"瓶子嘛，我确实一直都很需要。"

一加仑十美分，一夸脱五美分，一品脱二点五美分。她的搜寻地点包括酒吧、饮品店、药房、垃圾堆，还有酒鬼们乱七八糟的后院。她把形形色色的玻璃瓶放进袋子里。有些瓶子上贴着贴纸：优质加拿大威士忌、优质英格兰琴酒。大多数都是私酒商印的假标签，但有一些可能是真的，只不过瓶里的酒可能兑了水或者劣质酒而已。波肖特总是谨慎地先去掉贴纸，然后再灌入他自制的酒。玛丽安用成袋的玻璃瓶换来了一沓纸币和一堆硬币。后来，波肖特说他暂时不需要玻璃瓶了，让她去找烘焙商斯坦利先生，后者笑嘻嘻地买下了她手里剩余的玻璃瓶。

一天，斯坦利先生站在面包店后门抽烟，一边看她从华莱士的车里搬下几个叮叮咣咣的袋子（烤面包和制作麦芽浆的气味接近，因此用面包房给酿私酒做掩护不失为妙计，不过斯坦利的私酿点还遍布小镇各处）。斯坦利问她："小伙子，想不想扩大业务呀？"

"我还真挺需要业务的，"她忽然有些心虚，"但你知道我不是男孩儿。"

"所以站在我面前的是个女孩儿啊？"他俯下身，往她的帽檐底下投去了一瞥。接着，他眯起眼睛，吐出一口烟，毛茸茸的胳膊上面粉飞扬。她知道他是在逗她。"好吧，小姑娘，那你想不想扩大业务？"

穿过铁轨时，玛丽安已经去过了六栋别墅、一家老兵俱乐部、两间医生办公室，还有四家餐厅。日近黄昏，风雪欲来。她在途经的每一站都送了货，有些只送面包，有些只送酒，有些则两者都送。她时而敲开一户户大门；时而走下地窖；时而从某个鸟窝或者树洞拿到钱，然后放下瓶子。斯坦利没让她给酒吧送大单，因为那得在夜深人静的时候才能悄悄地出动，而且还有被抢劫的风险。所以他派给她的都是一些小订单。她脖子上挂着的荷包逐渐装满了钱币。每次送完货后，她都会把钱上交给斯坦利，后者会从中抽出几张纸币分给她。她会把钱带回家，藏在小屋的秘密地点（内页挖空的书，还有缝在扶手椅下方的一个袋子）。斯坦利不介意她是个女孩，因为她不像他雇用的男工那样，非但手脚不干净，还想抢生意。

去年夏天，她告诉华莱士她想一到十四岁就退学。

当时，两人在他的工作室里。听了这话，华莱士放下画笔，用毛巾擦了擦手。"玛丽安，你为什么要退学？你还有很多东西没学呢。"

"我想要工作，我已经开始帮斯坦利先生开货车了。"

华莱士在一把椅子上坐了下来，同时指了指另一把椅子，示意她也坐下。"我听说了。"

他不会审问她送的是些什么货，他不想知道。其实他已经有所耳闻。她说："根据法律，我只需要读完八年级。而且，让你照顾我们也不公平，我们是你的累赘。我会交食宿费给你的。"

他眨了眨眼睛，仿佛一下子从梦游的状态中回过神来。"你们是我的累赘——这话是什么意思？"

"你是在做善事，但这样的生活并不是你心甘情愿的。"

"玛丽安，不是这样的，我希望你们跟我住在一起。"

"你一开始并没想要承担这份责任。"

他看了一眼没画完的画，还有胡乱堆放着的画笔和颜料管，然后下意识地看了看表，似乎希望自己能突然想起还要做一件别的事情。"不上学的话，你准备干吗？一直帮斯坦利送货吗？"

她已经跟他讲过一千遍了。"我会成为飞行员的。"

他面露倦色。"你还没放弃啊？"

"我得攒钱学开飞机，但我每星期会付你五美元食宿费。只要我一次交不出钱，我马上就回去上学。"她没告诉他，她问遍了镇上所有的飞行员，但没人肯教她开飞机。现在镇上已经有了一个正经的机场，就在露天广场旁边，那里有几个小型机库、几间办公室，还有一个油泵。

她的老师还没出现，但他迟早会出现的。她对此深信不疑。

眼下，一星期五美元的承诺显然让华莱士动了心，但他只是把"飞行员"这三个字在嘴里嘟囔了一遍。然后，他用沾满颜料的手扶着膝盖，思考了一会儿。"玛丽安，我知道你喜欢飞机，但是——我不想打击你，可即便你学会了开飞机，你又能做些什么呢？你想跟那个姓布雷福格尔的女人一样，过着饥一顿、饱一顿的日子吗？一辈子没有房子、孩子，居无定所吗？还有她那个潇洒的丈夫——我甚至怀疑他们俩有没有结婚——总有一天他会抛弃她的，那到时她又该怎么办？你觉得那样的女人会有什么下场？"

"我非得当飞行员不可，不管上不上学，我都要做到。"

"那就回去上学。"

"你当年不也是辍学去当艺术家了吗？"

"我的情况跟你不一样。"

"怎么就不一样了？"

"玛丽安，别傻了。我是个男人。"

"别担心我，你向来都没怎么管过我，怎么现在倒操起心来了？"

他将目光投向了一幅画：一座金黄色的山丘，还有一片云彩。"如果你和杰米没有来我这儿……"他的声音一度低不可闻，"也许有时候我确实希望自己能过得无拘无束，但如果真是这样的话，我会更加不可救药。我想说的是，我觉得你们能来是件好事儿，我需要找个人来照顾，就算我并不总是那么……上心。"他叹了口气，捏了捏鼻梁，接着闭上了眼睛，"玛丽安，说实话，我很羞愧，但如果你明年不想上学了，我不会强迫你。"

"你真的不会吗？"

"不会。"

她一下跳了起来，弯下腰抱住了他，亲了亲他的脸颊。"华莱士，谢谢，太谢谢你了。"

"孩子，快别这么说了，是我让你失望了。"

这会儿，她正开着斯坦利的货车前往多莉之家。几片雪花懒洋洋地飘落在车前灯投出的光亮中。

多莉女士是个脾气暴躁的胖妇人。1916年的大整顿几乎让西前街所有的风月场所关门大吉，但她的妓院却屹立不倒，在一条幽深、僻静的巷子里暗暗经营了一年又一年。一大批妓女失去了生计，她们为了谋生不得不委身肮脏、阴暗的地下室，把头探到地面、挤出挑逗的表情来吸引嫖客。多莉之家的姑娘们为了相对体面的营生，甘愿付出一切代价，不过她们痛恨老鸨的百般压榨：除了食宿费以外，洗衣服、洗热水澡，甚至连用炉火热卷发棒，通通都是收费项目，简直没有她想不到的生财之道。

多莉女士见证了小镇多年来的风云变幻：中国人带着他们的面

条店和洗衣房不见踪影，熬制堕胎药的草药商不知去向。修理店、家具商和救世军①搬到了街区另一头。隔壁那家一度灯火辉煌的妓院早已被香肠店取代。她不让姑娘们在门口揽客——从前她们习惯坐在那儿，用编织针或者顶针敲击玻璃，吸引过往的路人。在曾经的黄金岁月，每到工资发放日，那丁零当啷的声音堪比矿工的锤子砰砰作响，而玻璃杯相撞和摇骰子的脆响足以让多莉女士两眼发光。由于一次大火，她的生意被迫转移到了铁轨北侧一栋不起眼的砖房，她将这起意外先后归罪给了不同的对象：有时是警方，有时是破产的竞争对手，有时又是那些反对饮酒和嫖娼的道德女楷模。房子正面没有打出任何女性之家的广告，更别提风月佳人等字眼儿了。但熟客们都知道，后门别有洞天。

玛丽安把车停在了尽量靠近妓院的地方，从后车厢卸下一个运货板车，上面放着装有一周供给的两个货篮。然后，她吃力地拖着板车在昏暗的巷子里前进。

一个叫贝儿的妓女打开了厨房的门，对玛丽安喊道："你！进来吧！"她还没准备备好接客，只穿了朴素的蓝色低腰连衣裙和羊毛长袜，披着灰色披肩，扎了一个低发髻。唯一能让人分辨出她的职业的，只有浓浓的腮红和眼线。

玛丽安捧起了其中一个货篮。"板车上还有一个。"贝儿穿着拖鞋跑出门，抱起另一个货篮跑了回来，然后推着玛丽安进了厨房。

"你来得正是时候，我们就快没东西吃了。"每次玛丽安来送货，贝儿都会这么说，显然，她并未意识到多莉女士在物资供给方面的精准。多莉女士有时会从合法酒商那儿购买进口酒招待大客户——货真价实的优质苏格兰威士忌和琴酒——但斯坦利先生的廉价私酿酒足以打发她的大多数客户。"坐会儿吧，进来转转，多莉今天不在。"

---

① 一个于1865年成立的国际性宗教及慈善公益组织。

这会儿玛丽安应该继续赶路了，但多莉之家的姑娘们的热情总会让她受宠若惊。她脱下外套和帽子，在桌子旁边坐了下来。"多莉有留下订货的钱吗？"

"我向你保证，这我可不知道。"贝儿偷瞄了一眼其中一个篮子，兴奋地尖叫了一声，掀开了棉布。酒瓶上方放着一个蛋挞。在另一个篮子里，她更加欣喜地发现了六个被油蜡纸单独包好的奶油泡芙。这是常客斯坦利先生送给姑娘们的礼物。"我们先吃一个吧，"贝儿说，"就一个，咱俩分。"她还没说完就已经起身，找来了一把刀。她把泡芙一切为二，然后把自己那一半一口放进嘴里——玛丽安注意到，她的指甲修剪得十分精致。玛丽安拿起另一半咬了一口，刚从车里拿出来的泡芙还是凉凉的，酥皮脆硬，奶油丝滑。

贝儿一边咀嚼着嘴里的泡芙，一边开始斜睨起玛丽安来。多莉之家的姑娘们习惯了浓妆艳抹和波浪鬈发，所以在她们眼中，一身假小子装扮的玛丽安看起来简直不成体统。她伸出手去捋玛丽安的头发，试图用指尖把头发拨散。"我跟你讲过，不能再把头发剪得这么短了，看起来也太滑稽了。"

"我就喜欢这样。"

"你叔叔不介意你剪这么短吗？"华莱士也是多莉之家的熟客。

"他不拦我，但我们的管家会，她还把剪刀藏了起来。"

"是你自己剪的头发吗？"

"不，是我朋友凯莱布给我剪的。"

贝儿耸起一侧肩膀，露出了意味深长的表情。"能让他给你剪头发，一定不是一般的朋友。我就不让任何人碰我的头发，只有柯拉例外。她可会剪了，我一直跟她说，她该转行去当理发师。"

玛丽安回忆起了最近一次理发的情景。完工之后，凯莱布看着她裸露的上半身，而碎头发弄得她的脖颈和肩膀痒痒的。

多莉之家的姑娘们总让她分外好奇。在她眼中，她们或是为了胡乱穿搭在一起的褶边衣裙而烦心不已，或是上一秒还在搔首弄姿，下一秒就一团懒散。她被她们浓烈的女人味吸引，虽然她自己或多或少更喜欢女扮男装。这几个姑娘爱嚼舌根儿，懒散又难相处，但又拥有一种至为关键的气韵。她们身上藏着指向一个未解之迷的蛛丝马迹，而此时的她对身为女人的奥秘仍一无所知。

有一段时间，给她剪完头发的凯莱布索要的只是亲吻。她已经允许他把舌头伸进她的嘴里，那条稠韧而湿润的东西让她觉得十分怪异。但在最近一次为她理发后，他竟不慌不忙地解开了她的衣扣，把衬衣从她的肩头推了下去，然后将她裸露的胸脯凝视了一番。这情景让她想起那些名画上被开膛破肚、露出发光心脏的耶稣。接着，当凯莱布伸出拇指去拂她的乳头时，她把他推开了。他笑了起来，那笑容跟他在街上偷到钱时一模一样。

贝儿站起了身，走到水槽前把手弄湿，随后更加用力地揉弄起了玛丽安的头发。"这样不行，"她说，"我得去拿把梳子，还有润发油。你等一下。"

玛丽安独自坐在厨房里，听着贝儿的脚步声消失在了楼梯上，没过多久，模糊的说话声从远处传来。炉灶上冒着烟的锅子散发出一阵洋葱味。灶台旁边的门背后是通往地下室的楼梯，这时门打开了，走进来的是吴夫人。她身材纤瘦，长着一张小小的圆脸，发色灰白。玛丽安的出现丝毫没有让她感到意外，只见她走到灶台边，用木勺搅了搅锅中的炖菜。接着，她从围裙里拿出几张纸币递给了玛丽安。"这是多莉女士给你的。"话音刚落，她再次消失在了那扇通往地下室的门背后。

一阵急切的脚步声从上方传来。贝儿冲进了厨房。"到楼上来吧，现在没有客人，只有几个姑娘。我们给你打扮打扮，打发一下时间。你觉得怎么样？你就答应我们吧。"

"好啊。"玛丽安回答。再过一会儿走也来得及，毕竟她只剩最后几份货没送了。

"太棒了！"贝儿从蛋挞下方拿出一瓶酒，往杯子里倒了一些。然后她用水把瓶子装满，重新塞上瓶塞，把酒放回了原位。

上楼后，贝儿带着玛丽安走过一条晦暗的走廊。她推开一扇门，两人进入了一个拥挤不堪、亮着玫瑰色光线的房间：一盏台灯上罩着一条粉色围巾，粉色墙纸上满是玫瑰与百合。穿着睡袍的柯拉正趴在一张没铺好的床上看书，翘起的脚踝相互交叉。另一个自称为德西蕾的女孩则坐在梳妆台前梳着黑色的披肩长发，她的身材娇小却圆润。蕾丝和缎面衣物如藤蔓般从一个小梳妆台的抽屉口溢了出来。如此狭小的房间要容下三个人，实在显得过于局促。

"我们该怎么打扮她呢？"贝儿问另外两个姑娘。

她们把她团团围住，麻利地脱掉了她的衣服。姑娘们习惯了裸露身体，所以对此毫不介意，而玛丽安也不介意，只是不得不忍受她们对自己的男式衬裤的大声嘲笑。贝儿举起酒杯喝了一口，然后把杯子递给德西蕾，德西蕾喝完再传给柯拉，最后轮到玛丽安将杯中的残渣一饮而尽。在她小一些的时候，也就是在凯莱布还没开始给她剪头发时，她经常跟他和杰米一起裸泳。不过，跟那时的纯洁无瑕比起来，眼下的脱衣仪式则令人茫然无措。她紧紧地抓住了胸前的荷包。"你觉得我们是想偷你的钱不成？"德西蕾说，"这也太可笑啦。"

"我只是不能把这钱弄丢了，我没有别的意思。"

"我们自己会挣钱。"

"能挣多少钱？"

"这要看情况，但我打赌，肯定比你挣得多。"

她们的谋生手段是玛丽安从未考虑过的。

"你终于也有胸了啊，是不是？"柯拉的口音是爱尔兰的。

"哪儿呢？"德西蕾说，"我可没看出来。"

"在这儿呢，"柯拉说，"把你的放大镜拿来。"接着，她又对玛丽安说，"你开始流血了没？"

虽然已经博览群书，但玛丽安却不明白这话是什么意思。于是，她在一个玫瑰粉的房间里，从一个妓女口中获知了那个所有女人都躲不过的月度诅咒（对柯拉而言，那还意味着失去自己赖以生存的收入）。过了一会儿，玛丽安穿上了德西蕾的黑色衬裙、乳白色睡袍，还有长袜和吊袜带，此外，她还蹬上了一双扣带高跟鞋。她看着镜子里的自己，任由姑娘们给她抹发油、搽粉、画眼线，最后还用拇指给她擦上了腮红。

"会痛吗？"

"不怎么痛，"贝儿回答，"但有些女孩的肚子会疼得厉害。而且你得小心点儿，因为开始流血以后，肚子就会被搞大了。你明白这话是什么意思吧？"玛丽安明白，"不过，万一这事儿真要发生了，你就来找我们，吴女士会帮你解决问题的。"

"怎么解决？"

"她有秘方的，还会用东西帮你刮一刮，"德西蕾在梳妆台上坐下，握住了玛丽安的下巴，"吴夫人过去也是多莉之家的姑娘，后来她开始了自己的副业，帮大家解决麻烦事儿。"

"那后来她是结婚了吗？"玛丽安心想，既然有吴夫人，那就应该有吴先生。听了这话，姑娘们都笑了。

德西蕾对她说："把嘴张开一点儿。"玛丽安的嘴唇被抹上了红色唇膏。德西蕾把身体往后仰，仔细地打量了她一番。"还不赖嘛。"

镜子里的那个人让玛丽安觉得似曾相识。因为画了眼线的缘故，她的眼白显得格外明亮，雀斑在粉底的遮掩下消失不见，脸部线条明朗，但又带着些柔和的神采。"我现在该干吗？"

"现在我们会把你卖给出价最高的买家，"柯拉拧开一瓶香水，将一阵芳香的薄雾送向玛丽安的胸前，"外面有很多男士就想找你这样的女孩。你多大了呀？"

"十四岁半。"

"我开始干这行的时候比你还小呢。你还是处女吗？"

"我能挣多少钱？"

"你不该干这个，"贝儿说，"你不行。"

"可是有钱挣啊。"柯拉与她意见相左。

"难不成你还把自己当成榜样了？"德西蕾说道。

柯拉被惹恼了。"我现在不用跟八个兄弟姐妹挤一间房了，不是吗？我不用再天天闻隔壁牲口棚的屎味了，不是吗？"

"听着，"贝儿对玛丽安说，"像这样把你的手放在胯上，然后说：'这位先生，想找找乐子吗？'"

"这位先生，"玛丽安十分拘谨，"想找找乐子吗？"姑娘们被她的样子逗得前仰后合。

"你那语气跟去葬礼找乐子倒是差不多。"德西蕾评价道。

"像我这样坐着，"柯拉躬下身来，用妩媚的姿态回头瞧着她，"然后说，'错过这个小妹妹可是会后悔的哦'。"玛丽安照做了，脸涨得通红。姑娘们的笑声、下流的用词，还有镜子里的自己，都在刺激着她的神经。

这时，一阵洪亮的门铃声把所有人吓得一下子安静了下来。

"谁啊，我们可正在兴头上呢！"柯拉说。

贝尔说："这个时间没人预约。"

"他们不需要预约。"柯拉说。她们听到外面传来模糊的声音，是吴夫人把什么人迎了进来。

"该死，"德西蕾一下子站起身，开始翻箱倒柜，"是我的客人，我给忘了。"

"柯拉可以替你去。"贝儿说。

"不行，是巴克莱·麦昆，他很挑的。"

"哎呀，你可真会说话。"柯拉说。

"我不是那个意思，我想说的是，他喜欢按安排好的来。贝儿，先下去帮我垫个场。柯拉，帮我把头发盘起来。"

"巴克莱·麦昆来了？"玛丽安问。

柯拉已经开始打理德西蕾的头发。"你认识他？"

"我知道他是谁。"

"把这孩子带上。"德西蕾一边对贝儿说，一边拧出了口红。

玛丽安抓起了自己落在地上的衣服。"走，"贝儿想拽上她一起，"我得赶紧下去，如果他走了，多莉会疯了的。"

"我这么下去太别扭了。"

贝儿扫了她一眼。"那让我们来看看，他瞧见你会有什么反应。"

"不行。"玛丽安连连后退。

贝儿一把抓住了她的胳膊。"就是寻寻开心嘛，是个男人都会把持不住的。试试我们刚刚训练的成果，你要敢的话，我把一整个泡芙都让给你。"

到了楼下，贝儿从玛丽安手里夺过她的衣服，把它们扔到了黑黢黢的前厅，然后她轻快地推开一扇弹簧门，走进了后厅。玛丽安没有跟上去，而是在大厅靠墙站着。透过那扇门，她瞥见一个坐着的男人交叉的腿部，柔和的脚踝下方是一双锃亮的黑皮鞋，她惊讶于此人在雪天居然没穿靴子。门关上了。仅有一盏壁灯的走廊里光线幽暗。玛丽安听到了贝儿抑扬顿挫的声音："麦昆先生，让您久等了，真是太太太抱歉了，德西蕾马上就下来了。"

一个低沉的声音响起，口音与那些苏格兰矿工并无不同，但更干净、轻柔："耐心是美德，这里是美德之家，不是吗？"

巴克莱·麦昆这个名字，玛丽安是刚开始给斯坦利开货车那会儿听说的。他名义上是个来自北方的农场主。在还没有栅栏的年代，他的父亲就已跻身苏格兰最早的养牛大王之列，他的母亲则是扁头族印第安人（也叫萨利什人）。过去这段时间，米苏拉的酒商们（无论合法，还是非法）屡遭突袭、爆炸和劫船等不幸，纷纷关门停业，人们怀疑是巴克莱·麦昆从中做了什么手脚。联邦调查局的探员最近突袭了老波肖特的窝点，捣毁了他的蒸馏器，更缴获了全县十多处酒坊。有传言称巴克莱·麦昆给执法者们通风报信，换取了好处。斯坦利先生不知道自己的好日子还剩多久。在人们口中，巴克莱·麦昆似乎无所不能。他通过汽车、铁路、骡马、人力和独木舟跨境运酒，在蒙大拿每个城镇都有业务，势力还遍布华盛顿、爱达荷和南北达科他州。他拥有的各色酒吧多到你数都数不过来，他的贿赂对象包括警察、律师、联邦特工、列车乘务员、市议员、国会议员、法官，还有所有这些人的会计员。他把酒藏在了你能想到的每个角落：矿井、教堂地窖，还有真正的仓库。人们说，跟他的庞大酒业帝国相比，圈地养牛只不过是兴趣爱好而已。更有人说，大多数人在毫不知情的情况下就为巴克莱·麦昆提供了服务。

"如果您想要的是美德，我们会满足您的，"贝儿的语气活泼欢快，"麦昆先生，有什么需要，您尽管开口。"

"要不改天吧。德西蕾快好了吗？"

"我去看看。"贝儿冲出房间，从玛丽安身边匆匆走过，夸张地耸了耸肩。

"贝儿，"玛丽安悄声说，"我该怎么办？"

贝儿在楼梯上停住了脚步，把头探出扶手悄声回答："跟他问个好，顺便说下你也在考虑加入这一行。"

这句玩笑话让玛丽安心中有些恼怒地刺痒，她想，有何不可？何不用男人的色欲资助自己的飞行梦想呢？此刻，大厅尽头的落地钟嘀嗒作响，好像在发出不赞许的咂舌声。玛丽安这会儿大可以偷偷地溜进前厅，把背带裤重新穿上，赶紧离开这里，但好奇心把她钉在了原地。过了一会儿，她听到了一阵不耐烦的沙沙声，接着是鞋子敲击地板的声音，接下来又是一串脚步声。然后，门打开了。

巴克莱看到了什么？

门缝间的光线投在了一个颀长的身子上。浅蓝色的瞳仁镶着一圈黑边，那脖颈显得格外羸弱，长袜松松垮垮地罩着一双细腿，瘦削的脚踝下是蹄子似的黑色漆皮鞋。耀眼的象牙色短发裹着一颗小小的脑袋。手腕纤细，手指修长。她被他吓得一惊，但那对眸子当中的恐惧顷刻就变成了一股尖锐的倔强。他没认出她只是个孩子。他怎能料到这里会有孩子呢？他刚才一直在想着德西蕾，胸口有一团怒火在燃烧。

那玛丽安又看到了什么？

一个风度翩翩的穿黑套装的男人，上过浆的袖口十分洁净，黑色背心前挂着金色表链，修剪整齐的黑发油光发亮。他有萨利什人的宽鼻梁和厚嘴唇，紧致的脸颊点着零星的雀斑。他的皮肤是橄榄色的，眼眸深蓝。他并不算英俊，眼睛长得太低，厚重的下巴如同斗犬。她见他端详着自己，觉察到自己吸引了他的注意力。

"你是谁？"他问她。

贝儿正带着德西蕾往楼下走来，后者身穿朴素的奶油色连衣裙，里面也许是一条带褶边的吊带衬裙。此时，玛丽安开始贴着墙向一边走去，想从几个人眼前消失，但巴克莱跟了上去。她真傻，居然以为自己能与贝儿等人为伍。她只不过是个穿得花枝招展的傻孩子而已。

"你是谁？"他追问了一声。

她向贝儿投去了无助的目光，后者似乎在努力地憋着笑。她无法开口说，她叫玛丽安·格雷夫斯——穿成这样，还被他这样盯着看，她无论如何都说不出口。于是她只能默不作声。

"她就是个孩子而已，"德西蕾挽起了巴克莱的胳膊，"她不是这儿的姑娘。"

他没有甩开她，但也没有给予回应，而是目不转睛地看着玛丽安。贝儿咬着嘴唇看着她，眼里笑出了泪花。德西蕾则对她怒目切齿。三个人的脸将她重重包围，好像三头猎犬把一只狐狸逼到了墙角。

"咱们上楼去吧？"德西蕾提高了嗓音。

他终于应声而去。玛丽安紧紧地贴着墙，别过脸不去看他。她闻到了他的发油味，还有他身上微微发苦的香味，男人身上的香水味让她很不习惯。当他经过她面前时，故意放慢了脚步。她继续别着脸，一刻都没有放松。"她就是个孩子而已，"德西蕾又重复了一遍，"玛丽安，回家吧。"

"玛丽安。"他重复了一遍她的名字。

巴克莱和德西蕾终于上了楼，玛丽安在听到关门声后才转过了头。贝儿已经笑得直不起腰来了。"你可是惹下麻烦了，"她上气不接下气地说，"噢，我的老天爷啊。"玛丽安猛地向前厅冲去，以最快的速度脱掉了睡袍和衬裙，扯掉了长袜和鞋子。什么麻烦？她迅速地将衬衫和背带裤重新穿好，把脚踩进了靴子里，还没系鞋带就从贝儿跟前飞快地跑过，冲进厨房去拿她的外套、围巾和空篮子。

吴夫人从灶台前回过头来，看到玛丽安涂脂抹粉的脸，她的表情由惊转惧。"不行，"她摇了摇头，"这可不好。"

玛丽安赶在雪下大之前回到了家里。进门后，她做的第一件事就是上楼洗脸。肥皂水刺痛了她的眼睛，但任凭她再怎么用力地搓洗，还是没能把眼线完全擦干净。

晚餐是贝丽特做的鸡肉派，玛丽安吃得很安静，但内心却翻江倒海。贝丽特为杰米准备的是简简单单的煮胡萝卜和洋葱，她试图用这种方法来逼他吃肉。华莱士不在家。杰米跟玛丽安讲起了下午自己登巨山[1]的经历。"我没看见麋鹿，所以只画了这个。"他打开素描本，里面是一只爬树的松鼠。炭笔勾勒出简洁却老练的线条，粗糙的树皮、张开的小爪子，还有颤动的毛茸茸的身体，都给玛丽安一种栩栩

---

① Mount Jumbo，位于米苏拉的一座山峰。

如生的感觉。

她咀嚼着满口的食物："你对巴克莱·麦昆有什么了解吗？"

"你知道的肯定比我要多吧。"他回答道。玛丽安知道弟弟对自己的工作不太放心，不过让他感到高兴的是，他们现在有了买甜点和电影票的钱。圣诞节时，她还给他买了一对望远镜和一套水彩颜料。

"问这个干吗？"

"今天我见到了他，应该说是遇到了他。"她想要解释今天发生在他们之间那说不清、道不明的感觉，但又马上意识到，她找不到合适的语言来描述这次相遇。

"在哪儿？"

"多莉之家。"

他脸唰一下就红了。"你去那种地方可不太好吧。"

"除了去那儿的人，没人看到我，而且去那儿的人肯定也没兴趣到处宣传。"

"可是人们已经开始说闲话了。"

她抬起头。"他们说什么了？"

"说你给一个私酒商打工。"

"但这是实话。"

"你眼睛周围是什么东西？你怎么跟浣熊似的？"

她把最后一点鸡肉派三两下就吃了个干干净净。就算跟他解释，他也不会明白的。于是她说："我不在乎他们怎么说。"

当她走向小屋时，天空已经飘起了鹅毛大雪。她尝试静下心来看书，但思绪总是不断地飘回多莉之家。她静静地坐在椅子上，但巴克莱·麦昆的记忆却如蛇一般缠绕着她。她穿上外套，再次走入了夜色。她踩着雪向凯莱布家走去，剧烈的心跳让她感到了颈部脉搏的震动。一阵隐约的"嗡嗡"声环绕着她，如同看不见的蜂鸟之翼。但他的窗户是暗着的，她敲了敲玻璃，没有应答。

米苏拉

1929 年 5 至 7 月

玛丽安遇见巴克莱·麦昆两个月后

　　一个星期日早晨，杰米在门廊的折叠床上酣睡，爽朗的微风拂过他的发丝，阳光斜射下来，把他盖着被子的腿晒得暖暖的。这时，几只小狗忽然吠叫着蹿出纱门，奔向了走在门口车道上的华莱士。杰米看着华莱士磕磕绊绊地摆脱了几只小狗的包围，似乎对它们视而不见，仿佛一个决心赴死的人在汹涌的浪花中不管不顾地涉水前行。他的领口敞开着，头上的帽子歪歪斜斜的。前一晚他是开车出门的，所以他的车要不就是没油了，要不就是被他开进了哪条沟里。在类似这样的早晨，他下一步的举动通常令人捉摸不透。也许他会一言不发地往床上一躺，直到晚餐时才重新出现，也许他会语无伦次且没完没了地给杰米讲起故事来。又或许，他会快快地埋怨自己在赌桌上遭受的不白之冤，抑或因为一时气恼而出口伤人，但紧接着又追悔莫及。总而言之，很难预测他会做出如上哪一样或哪几样来。

　　只见华莱士撞开纱门，一头栽倒在了玛丽安的床上，熏天的酒气和汗臭扑鼻而来。其中一只狗趁他开门时跟了进来，剩下几只则被困在了外头，哼哼唧唧地原地打转儿，杰米只得起身去放它们进来。

"你姐姐呢？"华莱士问道。

他虽然看起来烂醉如泥，但声音听起来倒还算清醒。"在开车，斯坦利的车。"杰米一边说着，一边重新钻回了被子底下。

"这还用你说吗？我当然知道是斯坦利，"华莱士没好气地说，"她又不可能在开我的车。"

"你的车在哪儿抛锚了吗？"

华莱士挥了挥手，仿佛这个问题不值得回答。"你知道莉娜吗？用陷阱捕猎的那个女人？"

"莉娜？"

"她跟男人一样壮，而且总穿男人的衣服。她还抽雪茄，看起来简直就跟个男人似的。"

杰米知道他说的是谁，虽然此前他并不知道她的名字。"我见过她。"

"她简直丑得要命。"

杰米清晰地记得她的样子：满脸横肉、眉毛很粗，斑斑点点的鼻子看起来好像花岗岩一般。她确实很丑陋，但这么对人说三道四未免过于刻薄了。华莱士继续喋喋不休："女人长得丑真的很可怕，男人长得丑也算倒霉，但丑男人还不至于百无一是。不过，女人丑就真的另当别论了。"眼下，一只落单的小狗在门外可怜地摇着尾巴，"噢，我的老天爷！"华莱士猛地站起身，把它放了进来，"这下你高兴了吧？"然后，他重新躺回到了床上，"昨天晚上，莉娜告诉我们说，她现在打猎都用枪，不用陷阱了。我跟她和斯波坎·弗雷德一起打牌——我说的是洛洛附近那个货运车厢，这你知道的吧？"杰米点了点头，他明白华莱士指的是小镇南面那个用两节车厢拼成的酒吧，"你对斯波坎·弗雷德还有印象吧？"杰米又点了点头。他对米苏拉大多好赌之徒都有所耳闻。这些人取代了华莱士曾经的那群学院派友人的位置，也不知从什么时候起，那些在双胞胎小时候常来家中唇枪舌剑的客人就再没登门造访过了。

"弗雷德问她为什么，她回答说，春天的时候会有哺乳的母兽出没，她不想误伤它们。接着，跟我们玩牌的另一个我不认识的人问：'你的心肠这么好，损失一定不小吧？'于是莉娜说，如果幼兽死了，就没机会等到它们长大再捕杀了。"

华莱士转述的这番对话让杰米一头雾水，他都顾不上对陷阱捕猎的话题表示谴责。"听起来她还挺有先见之明的。所以你的车是在洛洛吗？"

华莱士仰望着门廊的天花板，把手枕到了脑后。"你说，如果玛丽安成为飞行员，她会不会变得像莉娜一样？"

"你是说变丑？"

"没错。就是那种看起来凶巴巴、嘴里叼根雪茄的独行者。莉娜是天生底子不好，但玛丽安嘛……我已经想象不出她穿裙子会是什么样子了。你能想象她穿婚纱的样子吗？"他笑得都把自己呛到了，于是开始咳嗽。

"我们才十四岁啊。"杰米提醒他说。

"这我知道，"华莱士回答，"我知道，所以还来得及。"他用胳膊肘支撑起身体，看着杰米，"要不你跟她聊聊这事儿？"

"她会打我的。"

"嗯……"他重新躺下了，"这确实很有可能，要是贝丽特还在就好了。"

他几次三番地拖欠贝丽特的工资，直到她忍无可忍。她的新东家住在克拉克福克河南面的一栋豪宅，是一位教授的妻子。告别时，她拥抱了双胞胎，流下了几滴对挪威人来说实属罕见的眼泪。杰米在她的指导下掌握了厨艺。他当然拒绝了做肉，倒是不介意炸鱼，不过前提是得有人把鱼抓来并处理好。所以凯莱布有时候会带几条鳟鱼过来，玛丽安有时也会去捕鱼。玛丽安在斯坦利的面包坊里藏了些钱，如果华莱士没给杰米多少家用，她就把不够的补上。杰米还学着凯莱布种了一院子的蔬菜。有时候，镇上一家酒店的礼品部会卖出他的画作，不过这一收益都被他当成私房钱存了起来。他试图把房子收拾得一尘不染，但玛丽安和华莱士似乎并不介意污垢或凌乱，于是他也就渐渐放弃了。

"贝丽特一直想说服玛丽安穿裙子，连她都没能做到，"杰米说，"我就更没可能了。"

华莱士没有回答，而是用手盖住了脸。

"华莱士？"

"我需要你帮个忙，等玛丽安回来，你得把这事儿告诉她，我办不到。"

"告诉她什么？"

"车没了。"

"什么叫车没了？"

"我把车输掉了。我昨晚在牌局上把车也一块儿抵押了。"

杰米顿时感到恼羞成怒。"为什么啊？"他大吼起来，"为什么偏偏要把车给赌上？"

华莱士坐了起来，把脚放到地上，两只手垂在了膝盖中间。"我手气不错，虽然开局不利……"后来，他感到时来运转。刚开始是三张一样的牌，赢了一小笔。接着拿到几张K，又赢了一笔更大的。然后又赢了，同花。除了莉娜和斯波坎·弗雷德，牌桌上还有一个穿着时髦毛领大衣的红发陌生人。他拿出一瓶加拿大威士忌（华莱士强调，那是"货真价实的好酒"），给每个人都倒了一杯。喝了酒的华莱士突然觉得一阵轻飘飘的，"下一把我再赢的概率很小，但当时我确信我还会继续赢下去。结果真被我猜中了。我心想，我应该假装输个几局，然后赶紧走人，但谁知道我想输都输不了。"筹码像欢脱的小鸟一样在牌桌上飞舞，向他扑面而来，"接着，那人问我，帮斯坦利送酒的那姑娘是不是我侄女，我回答说，我不知道他在说什么。后来他又说，'你是华莱士·格雷夫斯吧？'他知道玛丽安的名字。"

华莱士停顿了一会儿。"他的话让我浑身难受。我开始想玛丽安，想起你们小的时候，只要你们俩能四肢健全地回到家里，对我来说就是万事大吉了，但现在，我还得操心她的名声。我当时应该见好就收的，我知道我的手气已经没了。"

但他留在了牌桌上，输了一局又一局。他怀恨在心、忧心如焚，但就是不信这个邪。他输光了所有筹码，还写下了好几张欠条，最后输掉了那辆灰色的凯迪拉克。红发男人赢走了它。这辆车已十分老旧——它的年龄仅次于 1913 年他称霸赌桌时买来的这栋房子，全靠玛丽安的悉心呵护才得以继续上路。也许，他赌上这辆车就是为了报复侄女，因为没有什么损失会比它更让玛丽安心疼了。华莱士认为，霉运不过就是源自内心波澜的一股烦忧，而玛丽安则是这股烦忧的源头，也因此成了他连连失手的罪魁祸首——无论是让自己联想到侄女的悍女莉娜，还是红发男那句叫人糟心的话，都令他心乱如麻。"最后我没钱继续赌了，"他用袖口擦了擦鼻子，"你能告诉她吗？我现在得去睡了，你会跟她说的吧？"

玛丽安到家后，杰米跟她讲了华莱士把车输掉的事儿，他稳住了她，没让她大发雷霆地把可恨的叔叔从床上叫醒，并痛骂一顿。她问他怎么就不气愤，他说他俩不能同时发怒。"所以如果我不生气，你就会生气吗？"她问他。

"也许吧，"他说，"我也不知道。"

确实，一直以来，这对双胞胎就像一条运河里两个相邻的船闸，其中一个会向另一个打开，转移其溢出的情感，以达到平衡。不过，通常情况下，她是快要泛滥的那个，而他则会接纳对方满溢而出的水流。大多数人觉得双胞胎是一模一样的两个人，但她觉得自己和弟弟并非对方的复制品，两人的关系是一种平衡和互补。

那天晚上，姐弟俩躺在门廊，她问："你觉得他为什么要赌博？如果他不赌的话，我们也不会这么缺钱。"

"我觉得并不是因为他想赌，"杰米的声音从黑暗中传来，"我觉得，他就是控制不住自己。"

"他究竟是怎么做到这么能糟蹋钱的？"

"我觉得他是喜欢那种刺激感。"

"有什么刺激的？他永远都在输。"

"但如果不赌了，他就再也赢不了了。我觉得他就是想保留一丝念想。"

"也不能付出这么大的代价。"

"你也知道，他心里很内疚。"

玛丽安翻了个身，小床嘎吱作响。

"嗯，"她继续说，"他最后瞒不住我的时候还哭了出来。他不停地和我说，是他的手气太背了，除此以外什么都没说。他不肯告诉我是谁赢了他的车，只说是一个陌生人。"

"这也无所谓了吧，还是不要知道的好。也许你还会有机会看到那车的。"

"我觉得很可能不会了，因为除了我，没人会费工夫去修那车。"

杰米犹豫了一下，然后说道："不过，话说回来，那车本来也是华莱士的，他有权拿去赌。"

"但他这是白白送上了一辆车，他明知自己必输无疑。"

第二天，她来到小屋，把自己一瓶一瓶、一筐一筐捡瓶子、送酒攒起来的飞行基金几乎全拿了出来，到镇上一个她认识的修车人那儿买了一辆二手福特。这人是斯坦利的客户，老婆是个酒鬼，他给了她优惠价。她发现，一旦掌握了别人的秘密以后，人们对待她的方式就会有所转变。

她告诉华莱士，他可以开这辆福特去大学，但如果他要去赌博或者喝酒，他就得步行、找车搭，或者自己买辆该死的车。他要是撒谎——他知道，自己肯定骗不过她。她还宣布，从现在起，扣掉他的租车钱，她每周只交三美元食宿费。

拥有一辆属于自己的黑色福特是件喜事儿，但空空如也的小金库带来的悲伤远远盖过了这种喜悦。不过，积极的一面是，现在她对华莱士的亏欠已经少了几分。也许她跟杰米确实是强加在华莱士身上的负担，但他自己也不是省油的灯。要是没有双胞胎在身边，说不定他早就把自己给毁了，也许正是因为姐弟俩的存在，他才至今都没从悬崖边掉下去。

小屋里挂着的那些飞机模型如今已显得可有可无，它们只不过是一个孩子幼稚而不切实际的希冀而已。在她努力地把花掉的钱挣回来的过程中，飞向天空的梦想——她之所以如此拼命挣钱的原因——几乎被抛在了脑后。小金库回血的速度十分缓慢，这主要归咎于斯坦利先生停滞不前的业务。联邦特工一心严格贯彻禁酒令①，不断地加强对酒商的打击力度。斯坦利先生隐晦地表示，是巴克莱·麦昆抢占了自己的业务。

自遇到巴克莱·麦昆那晚后，玛丽安去多莉之家送货时都尽量速战速决，并且再也没有涉足厨房以外的其他地方。

"你有什么不高兴的呢？"面对不愿再配合打扮的玛丽安，贝儿表示不解，"我们就是找找乐子而已，没人玷污你的纯洁。"

"我没有不高兴，"玛丽安回答，"我还有很多货要送，没什么别的原因。"

她不确定自己究竟是什么心情，但肯定不只是不高兴那么简单。一想到巴克莱·麦昆，她的皮肤会发痒，心跳会加速，五脏六腑好像

---

① 指1920—1933年期间美国实施的全国性禁酒令，此举禁止了酒精饮料的制作、运输和贩卖。

被扯开了似的。晚上躺在门廊时，她通常会想起凯莱布的吻，还有自己的衬衫被他顺着肩膀往下褪的那次经历。但最近，她的心思总是不知不觉地就飘到了巴克莱·麦昆身上，她回忆着他那咄咄逼人的目光，还有他那句铿锵有力的你是谁？

她开始打起了第二份工：开自己的福特车去给餐馆送货。贝丽特在警队工作的儿子西格来过一次家里，向她透露了警方突袭斯坦利的计划。她想多少给他一点儿钱作为回报，但他拒绝了。"我不是黑警，"西格说，"我知道你一直过得都不容易。"

后来，在对斯坦利的那次突袭中，除了面包和糕点以外，美国联邦特工一无所获。

那是一个炎热的六月天，玛丽安正在修福特车的引擎时，凯莱布出现了。"我准备去游个泳，"他靠在车身上说，"你也可以一起来。"他露出一个极具魅力的笑容，"你要是态度好的话，我还会让你载我一程。"

"杰米再过一个小时就回家了，"她说，"他也会想去的。"

他用一种熟悉的眼神看着她，跟他索要理发报酬前的目光如出一辙。"我不想再等一个小时。"

起初她想找个借口拒绝，说自己有活儿要干，但她知道，等他走后，她会为自己的胆怯感到后悔又羞愧。他看着她，拿出了一个装满手卷烟的银色烟盒，然后给两人各点了一根。

"这烟盒不错啊。"她评价道。

"我带一个有钱人去打猎了。"他继续目不转睛地盯着她，他知道她怕了。

"好吧，"她终于说，"我们走吧。"

她向西驶出小镇，然后往南开去，车窗外是蜿蜒绵亘的比特鲁特河。凯莱布一边吹着口哨，一边从口袋里掏出一个酒壶递给了她。她喝了一口,劣质的酒精灼烧着她的嗓子。她皱着眉头递回了酒壶。

"你该理发了。"他伸出一只手指去摸她的脖子。

"暂时用不着。"她把头扭向了一侧。

阳光在树枝间透出莹亮的光芒,她把车停在了树林里。当两人一起向河边走去时,凯莱布问道:"杰米明年还上学吗?"

"你怎么不问他?"

"我最近没见着他,我一直都没去学校。"凯莱布这阵子总去山里,有时候是一个人,有时候则是给人当打猎向导,他收钱帮人寻觅猎物,或者在金主命中失败时帮忙补枪。玛丽安给他买了一支上好的步枪,他还没到约定的期限就把钱全部还清了。十七岁的凯莱布因为对猎场的了解和精准的枪法,或多或少成了镇上的一个传奇人物。他坦言,华莱士对于语法的严格要求对自己的业务有所裨益,现在的他可谓能说会道。

"我们应该等他一起来的,"见凯莱布没有回答,玛丽安接着说道,"你觉得,杰米不打猎是不是太软弱了?"

凯莱布若有所思。"上次我们去钓鱼,碰到几个孩子用毯子盖住一只狗,往它身上砸石头。杰米差点儿没把跑得最慢那家伙干掉,还好我把他拦下来了。所以,我可不觉得他软弱。"

玛丽安想起了这档事儿。那只被杰米救下的狗现在跟他们住在一起,它总是非常听话地跟着杰米,躲在桌子和床下面守着他。被打的那孩子进了医院,而那位父亲因为自己过去不太光彩,所以没打算报警。于是,杰米十分走运地没进迈尔斯城的少管所。

我当时觉得整个人跟飘起来似的,事后杰米对她说,我简直都快气疯了,说不定一失手就把那家伙杀了。如果真这么做了,我也不会感到一丝内疚。我当时真想杀了他。

你让他得到了教训。玛丽安说。

我没有。有些人的内心是腐烂的,而且这种腐烂是治不好的。

147

他们来到了河边，那里有一块单独围起、不受涨潮影响的池塘。凯莱布就地脱下衣服，玛丽安则躲到了几棵树后边。褪去衣衫后，她把胳膊挡在胸前，浑身赤裸地向水边冲去。跳进水里的瞬间，她的身体激起了一片水花，石头硌伤了她的脚。她刚一蹲下身，冰凉的河水便让她喘不过气来，她的牙齿开始不停地打战。凯莱布站在齐胸高的水中，用双臂往外拨水，仿佛在抚平床单。然后，他走到她身边，举起手里的酒壶递给了她。她接过不停地往下滴着水的瓶子，旋开瓶盖喝了一口，冰凉的液体让她连连咳嗽。

凯莱布把头往后一仰，将长发浸入了水中，显出了分明的锁骨。"我存了些钱，去多莉之家找了一次姑娘，这你应该知道吧？"

玛丽安一阵反感。"这我怎么会知道？"

"我以为她们可能会告诉你。你生什么气啊？"

"我没生气。你找的是哪个？"

"贝儿。"

玛丽安忍不住做了个鬼脸。

"怎么了？"凯莱布说，"她是几个里面最漂亮的。"

"她嘛——"她差点儿说出"只是普通而已"这几个字，就跟小说里那种自命不凡的人物似的。但她有什么资格对别人评头论足呢？她只不过是个一丝不挂地跟男孩在河里游泳的黄毛丫头而已。

"她怎么了？"

"没怎么。你跟她说你认识我了吗？"

"说了。她问我是不是给你剪头发的那个人，我说是的。"

玛丽安又一阵愤怒。"为什么要告诉她这个？"

"怎么就不能告诉了？"

其实她也不知道。"我没想到你还会去找妓女。"

"你为什么觉得我不会去？"

"因为你妈妈的原因啊。我也没想到你还会喝酒。"

"不许提我妈妈。"

他们狠狠地瞪着对方，下巴浸在水里，嘴唇冻得发紫。

"对不起。"她说道。

此刻，他的怒容变成了狡黠。"话说，贝儿教了我些东西。"

"什么东西？"

"她说，男孩子应该学会怎么让姑娘快活，不过，如果我自己想找快活的话，那最好还是去找她。她说，别的姑娘都羞手羞脚的，一点儿意思都没有。"

"我就不羞手羞脚。"她脱口而出。

他露出了他在偷东西得手后常会露出的那种微笑。"那你想让我快活吗？"

"不想。"玛丽安不知道该怎么称呼自己身上那个已经悄悄开始萌芽的部位。多莉之家的姑娘们会把它叫作小妹妹、小蜜桃，或者小蛤蜊。但她觉得这些词听起来都不太像话。她又问了一遍："什么东西？"

"你问她教了我什么东西？"

玛丽安点了点头。他向她走近了一些，她不由得往河岸的方向退了几步。接着，他面向她弯下腰来，将她一侧的乳房含到了嘴里。玛丽安感觉自己仿佛被电轻轻地击了一下。他们赤裸的上身露在水面以上，她直直地站着，他则俯着身子。她感到他在勃起。她看着自己的肌肤和他的嘴唇相交的位置，一阵痴醉。与吉尔达身上那个狼吞虎咽的蠢男相比，他更温柔，也更小心。这一次，他在她叫停之前中止了自己的行为。

"喜欢吗？"

"我不知道。"她不愿承认。

他不断地向她逼近，她连连后退，于是两个人在水中打起转儿来。"贝儿告诉我，巴克莱·麦昆看上了你，德西蕾特别嫉妒。是真的吗？"

"要真是这样呢？"

"你知道他是谁吗？"

"我当然知道。"

"那如果他想对你做些什么，你会同意吗？"

"我应该不会再见到他了。"

"我明白了——你会的。"

跟巴克莱·麦昆肌肤相触的想法简直是异想天开。"这是哪门子傻问题？"

"所以你会的。"他们现在站着不动了。他的表情严肃了起来，似乎想到了什么心事，好像还有问题想问她。不过，他只说了一句："我并不是想要你跟我在一起或者怎么样。"

这是实话吗？"那很好，因为我也不想跟你在一起。"但她真的这么想吗？

"那我们就当这是随便玩玩吧。"他的一只手在水下向她游来，但她往后退开了。

"我有点儿冷了。"她往岸边走去，无视了他投在自己背部的目光。她没擦干身体就穿上衣服，走出树林，然后把车开走了。将他一个人留在这个远离小镇的地方，她也没什么好担心的。对凯莱布而言，什么地方都一样。

晚上洗澡时，她端详起了自己那对小小的乳房。现在，其中一只已经比它的同伴要经验丰富得多，而在那只乳头周围，在他的嘴唇留下瘀痕的地方，小小的红色斑点隐约可见。

七月的一个傍晚，夕阳洒着余晖，夜幕即将降临。在帕特峡谷附近的一条森林小径尽头，玛丽安敲响了一栋房子的后门。这房子虽然不大，却很气派，新刷了镶有白边的绿色墙漆。附近没有别的房屋，她是第一次来这儿送货。

当巴克莱·麦昆打开门时，她震惊得下巴都快掉了。穿着白衬衫和黑背心的他扬起了一边嘴角。"你好，你是谁？"

她分辨不出他究竟是不记得她了，还是在故意影射多莉之家的那次相遇。"我叫玛丽安·格雷夫斯。"

"这一次你倒是能答上来了。"

他还记得她。他当然记得。

"我是来给您送货的。"

"我来吧。"他从她手中抢过货篮，里边有四瓶酒。他是为了见她才下的订单，这一点毋庸置疑——她这是把自己送上了门。"进来吧，我去拿钱给你。"

"我在这儿等就行。"透过那扇打开的门，她看到一个红发男人正坐在厨房的桌边看报纸。他抬头匆匆地看了她一眼，然后马上又低下了头。她以前在镇上见过他。

"进来吧，"巴克莱哑然失笑，"否则我就告诉斯坦利，他的送货员太偏心了，跟多莉之家的姑娘们处得可欢了，到我这儿却想拔腿就走。"

她不知所措地站在原地。

"这是赛德勒，"巴克莱指了指那位红发男子，"他不会咬人的。你确定不进来吗？你不想看看我的房子吗？"

赛德勒在看着她，露出一丝浅笑。她问道："你的房子有什么特别的吗？"

"特别的地方就是它属于我。"

"把所有属于你的东西都参观一遍，要花好长时间吧？"

"别信那些闲言碎语。好吧，在这儿等着，"他消失了一会儿，然后拿着空货篮回来了，接着关上了身后的门，"我在米苏拉待的时间越来越长，我不喜欢酒店，所以觉得还是应该买栋自己的房子。"他从口袋里掏出一个金色烟盒和一个打火机，在门廊边坐下，黑色的皮鞋稳稳地踩在草地上。他拍了拍旁边的木板，"坐一会儿吧，你抽烟吗？"

她也坐了下来。"偶尔抽。"他先给她点上烟——机器卷的烟，不是手卷的——再给自己也点了一根。她注意到他的手上长着浅浅的雀斑，指甲修剪得干净又整洁。她想起了凯莱布的烟盒，还有他在她胸前弯下身来的那一幕。凯莱布跟眼前的这个男人不无相似之处，但不像他这般从容自如。凯莱布的指甲总是被啃得凹凸不平。

"我刚从芝加哥来这儿，"巴克莱说，"你去过那儿吗？"

"我很小的时候去过一次，是坐火车经过的。"

"你离开过米苏拉吗，除了小时候那次？"

"我去过锡利莱克，我叔叔还带我去过一次海伦娜(蒙大拿州首府)。"

"但你没出过蒙大拿是吗？"她摇了摇头。他说道："嗯，蒙大拿是个好地方，不比我见过的其他地方差。"

"我倒是想去其他地方看看。"

"根据我的经验，其他地方一般不如预期。"

"你都去过哪些地方？"

"那可多了。"

"美国以外的地方呢？"

"去过。"

"你去过北极吗？"

"没有，我可没那想法，那听起来怪瘆人的，"他看到了她的表情，"你想去？你不觉得'北极'听起来就很孤独吗？"

"我不怕孤独。"

他斜嘴一笑。"我觉得我已经受够孤独了。"

她点了点头，不知该说什么才好。

"你怎么不问我为什么会感到孤独呢？"

"好吧。"

"那你问我。"

"你为什么会孤独？"

"这可说来话长了。在我很小的时候，我父亲把我送去了他的祖国苏格兰。我上学的地方又黑又冷，破破烂烂的，那儿的老师也很冷漠无情。他们虽然长着白皮肤，灵魂却十分阴暗。我一直被别人看作怪人，对苏格兰人来说，我的肤色太深，但我也不是纯种的萨利什人。我的母亲是萨利什人。这你知道吗？"在他从容的外衣之下，她觉察到他微微打了个哆嗦，如同鱼饵被咬住后突然绷紧的鱼线。

"知道。"

"这么说你打听过我的事儿？"

"不是这样的，"她极力否认，"我只是听别人说的。"

他忍俊不禁。"那你肯定知道我的名字，虽然我还没做过自我介绍，这好像有失礼节。"

"你是巴克莱·麦昆。"

"你还知道什么关于我的事儿？"

"你在北边养了牛。"

"还有呢？"

"你是个生意人。"

"那我做的是什么生意？"

她正视着他的脸，吸了一口烟。这烟的口感既温和，又浓郁。"我刚才说了，养牛。"

"你还知道些什么？"

"没别的了。"

"你很谨慎，这对你的业务一定有好处，"他斜睨了她一眼，"烘焙生意。"她笑了，不过把头别向一边，不想让他看到。接着，他问道："多莉之家的姑娘们是怎么说我的？"

她在彷徨中鼓起了勇气。"她们说你喜欢按安排好的来。"

他的笑声狂放不羁。"确实是这样的，这不是挺正常的吗？每个人都应该清楚自己想要的是什么。"他的目光掠过她的脸，"玛丽安·格雷夫斯，那你最想要的是什么呢？"

还从来没有人问过她这个问题。成为飞行员——这五个字明明就挂在嘴边，但她却说："我也不知道。"

"有时候，过于谨慎会变成阻碍。"见她没有回答，他继续说道，"如果你不明说想要什么，我就没法儿帮你实现。但我想帮你。"

"为什么？"

"我喜欢你的样子。"他用锃亮的皮鞋踩灭了扔到地上的烟蒂，"你想不想知道我对你有什么了解？"

她的声音仿佛耳语："想。"

"你的父亲是约瑟芬娜·伊特纳号的船长，他进过监狱。你的母亲不知去向。你和你弟弟被送到这里和叔叔华莱士·格雷夫斯一起生活。依我看，他是个非常出色的画家，但也是个酒鬼和逢赌必输的赌徒。怎么样，我挺厉害的吧？我知道你还不满十五岁。我知道你很会开车，也会修车，还给斯坦利送货。但你是个姑娘家，所以斯坦利把你看成是他的独门功夫。他这个小人物不乏过人之处。你手脚干净，口风也很紧。至于你为什么还没惹上联邦特工或者其他什么人的麻烦，除了运气好以外，还要归功于那些执法人员懒惰又腐败。此外，过去这几个月，我也帮了你不少忙。"

她竭力掩饰住自己的震惊。

"这一切都是因为我喜欢你的样子，"他说，"即便是现在，你假扮成男孩，虽然一点儿都不像，但我还是非常喜欢。你身上有莎士比亚人物的那种魅力。不过，你应该听不懂我在说什么。"

"你指的是《第十二夜》。"

"还有《皆大欢喜》和《威尼斯商人》。你不是不上学吗？"

"不是只有在学校才能学到东西。"

"说得倒也没错。"

她用一只靴子把烟踩灭，扔掉了烟蒂。这会儿，她已经从惶惶不安变得淡定自若起来。她好像忽然领悟了他对自己的期许：愉悦、冷漠，又难以取悦。门廊的边角把她的手指硌得生疼，当她伸开两条腿时，他投来了一个微妙的眼神。

他继续说道："不过，我不太明白的是，你为什么会给斯坦利开货车。答案肯定是为了钱，但你这个年纪的女孩儿一般不会为了钱而放弃学业，去给私酒商打工。而你弟弟还在继续上学，所以这也不可能是你叔叔的想法，不然他会让你弟弟也辍学去打工。我的推理还不赖吧？"

"还行。"

"这样吧，我来跟你讲讲我的猜测和结论，如果说错了，你可以纠正我。"他直直地看着她，"刚开始我猜，也许你这么做是为了帮你叔叔还债，他的债多得数也数不清，而且还在不断增加。但我从没听说你试着帮他还过钱，所以我又猜你是为了找刺激。不然你怎么会让多莉之家的姑娘们把你打扮成那样呢？你喜欢伪装自己，装成妓女、装成男孩。"

"我这一身不是为了伪装，我这身打扮很实用。"

他放声大笑了起来。"我还想到，你存钱是为了离开这儿。但你买了辆车，哪儿都没去。所以我觉得你存钱并不是为了买车，你想要的是别的东西。后来我听说，你经常在机场附近出没。我私下打听了一番，得知自从两年前林德伯格跨大西洋飞行以来，你一直追着那儿的飞行员，想学开飞机。但没人答应教你。"

她没想到，他竟以如此缜密的方式揭开了她内心最深处的愿望。她未曾想过，有人能付出这般耐心和坚持来探知此事。

"你一定觉得特别沮丧，"他的声音无比温柔，"成为飞行员是你最大的愿望。"

一阵恐惧向她袭来。那感觉不是先前那样的惶惶不安，也不是跟凯莱布在河里时的那种心慌意乱。这不是简单的焦虑，而是一股难以名状的畏怯，让她对此刻涌动在两人之间的暗流产生了强烈的抵触情绪。"我并不想成为飞行员，那只是我一时头脑发热而已，我就是觉得学开飞机很好玩罢了。"

"玛丽安，我真希望你能信任我。"

"你让我信任一个我在妓院里遇到的酒贩子？"

她的本意只是开个玩笑，耍耍嘴皮子，但却发现自己弄巧成拙了。他的脸上顿时变得阴云密布。"我是开农场的，"他轻声说，"你得记住这一点。"

一只猫头鹰在两人头顶上飞过。它在树林间拍了拍翅膀，然后又消失了。巴克莱望着它，眉头紧锁。

他突变的情绪让她紧张起来，她更喜欢刚才两人和睦相处的状态。"我就是厌倦了学校，想挣点儿钱而已。华莱士从没想过要孩子，但他出于好心收留了我们。我们没有别的亲人了。我就是想回报他，给他搭把手而已。"

"但你自己想要什么呢？除了'搭把手'以外，你还有什么想法？"

"这我说不上来，没什么特别的。"

他把脸凑到了她跟前。"你说的我一个字都不信。"

她感受到了他的男子气概，他踩在地上的黑皮鞋透出一股笃定，他身上的发油或是香水味微微发苦，又带点儿麝香，她那天在多莉之家就注意到了。她不禁好奇起他的年龄来，但又对此毫无头绪（其实是二十八岁）。

狡黠的笑容再次出现在了他脸上。"你在研究我的时候，有没有听说我父亲在我十九岁时就死了？我在苏格兰上完一年大学后回家，发现他把一切都留给了我。除了农场，还有照顾我母亲和妹妹的责任，以及一大笔债务，这让我非常震惊。我以为一定是搞错了。我父亲是全国最大的地主之一，他责任心强、为人谦和，生活富足但并不奢靡。我不信他会欠债，等看了他的那些文件后，我才明白了。问题出在管理不善，这是天底下最常见的失误。他信错了人，投资失利。他越陷越深，直至最后万劫不复。所幸的是，他的去世对我们一家人来说是及时止损。我不忍心把这件事儿告诉我母亲。不过后来，我也没必要再告诉她了，因为事实证明，我很会抓机会。那都是八九年前的事儿了，那是一个充满机遇的时期。"

他指的是禁酒令颁布初期。他看了她一眼，想确认她都听明白了。

"我让全家人摆脱了绝境，然后继续拼搏了下去。我绝不想再次深陷泥潭。我找到了毁掉我父亲的那些人，把他们也毁了，"又是狡黠一笑，"他们并不知道是我在背后捣鬼，我更倾向于暗中操纵一切。"这时，他的语气忽然凝重起来，"我之所以跟你说这些，是想让你知道，我明白年纪轻轻就要为别人的错误承担后果是种什么感受。我知道被人低估的滋味。但是，玛丽安，如果你知道怎么把握机会，被人低估可能反而是件好事儿。你能明白我的意思吗？"

根据她的经验，被人低估没给她带来任何好处，更没让她如愿坐进飞机的驾驶舱。但她还是违心地回答："明白。"

"那天我看到你的时候——我不知该怎么形容，就是觉得非得认识你不可，你深深吸引了我，不然我也不会——"他停顿了一下，用一只脚跟来回地搓起了草地，"我见过的女孩儿可不少，通常马上就会把她们忘掉。如果你只是个普通的女孩，我早就把你忘了。我以为我会忘了你，但我等了很久，你一直都留在这里。"他伸出一根手指敲了敲太阳穴，"就因为那一眼。你呢？你会想起我吗？"

她想起了自己想到他的时候，还有想他时脑海中的画面，脸倏地红了。"我该走了。"她站起身，拾起了货篮。

他伸出手，隔着长裤抓住了她的小腿。她觉得自己仿佛被紧紧地钳住了。"玛丽安，我只是想认识你，跟你交个朋友而已。"他松开手，抬头望着她，"既然我们已经是朋友了，那我给你个建议吧。如果你要把钱给华莱士，那还不如扔到河里。我查过他的债务，那些钱是永远不可能还清的。还钱的期限总有一天会到来。但我能帮上忙。"

她想问问清楚，华莱士到底欠了多少钱、欠谁的钱。他的债务就好像一口深不可测的水井，她从井口扔下一块石头，但一直都听不到它溅起的水花声。但她再次对他给予了违心的回应："只因为我曾经穿得像个妓女，并不代表我确实就是。"

他的表情没有变。"记住，你随时都能来找我。"

初到这儿的时候，她没对这栋房子产生好奇心。但离开时，她却在那个绿白相间的车库前停下了脚步（她刚才把斯坦利的货车停在了旁边）。巴克莱的车库像是一个小型畜棚，足以容下两辆车，滑动门上了锁。车库两侧各有两扇方形小窗，她觉得如果找个东西垫在脚下，就能看到车库里面。她好奇巴克莱开的是什么车。她见过不少酒贩子的车，有大马力的帕卡德、凯迪拉克，还有斯蒂庞克的"威士忌六号"。她听人讲起过，这些车的引擎通常是改装过的，车舱内铺着仿木地板，座椅包裹性很强，油箱设有特殊防护装置，还装有便于在铁路和栈桥上行驶的凸缘轮。

车库边刚好有一个水桶和一个木条箱，她把它们叠在一起站了上去，把手放在眼睛两侧，透过窗户往里看。里边是一辆刺箭四轮马车，她只在杂志上见过——长而低的踏脚板、曲线形的挡泥板，还有白边轮胎，车前盖顶端的银色弓箭手摆出拉满弓的姿态。此刻，她已经忘了巴克莱带来的困扰，因为她真想掀开车前盖，看一看下面那个传说中的八缸引擎。她突然有一股冲动，想要再去敲响那扇门，恳求他让自己好好欣赏一下那辆车。她知道巴克莱会满足她，也许还会让她试驾，但那样一来，她就开始欠他的情了。

沉浸在兴奋中的她过了一会儿才发现，刺箭的旁边还停着一辆车。在一片阴影中，那辆车在防水布下露出了一个角，她看到了自己无比熟悉的灰色车漆和保险杠。

"我不想再去给那房子送货了，"她对斯坦利提出了要求，"你派别人去吧。"

疲惫不堪的斯坦利头发上沾满了面粉，他把一双大手在围裙上擦了擦。自从禁酒令颁布以来，他的财富就迅速地积累了起来，但玛丽安不知道他的钱都去哪儿了。他没有搬家，依然每天在面包房干活儿，他的妻子也衣着朴素。他肯定把钱都藏了起来。"你必须得去，"他回答道，"他点名要你送。他没对你动手动脚吧？如果没有，你还是得去。就当是为了我送的，好不好？我为你可没少涉险，对你也很信任。他只要动动手指头就能把我给毁了。他点名你送货。明白吗？"

既然如此，她还能说什么呢？

印象中，她只失眠过一次。那是他父亲回家那天，他躺在门廊上无法入眠，而杰米却顺利地进入了梦乡。其实姐弟俩那天都魂不守舍的，但不知怎的他却睡着了。只有她一个人听见了父亲低沉、模糊的嗓音，也只有她一个人看见了他在小屋里拉上窗帘时的身影。月光下，主屋和小屋之间的茂草仿佛被染上了一层银霜，犹如野狼的皮毛。

而过去这五年来，她每晚都能轻松入眠——华莱士说她是睡觉小天才——但此刻她辗转难眠。听着杰米在睡梦中发出的呼吸声，她心里惦记上了巴克莱·麦昆。不知为何，她的心底忽然泛起了一阵对弟弟的渴念。她为什么会想念近在身边的人？他明明就睡在旁边的床上，伸手几乎就能碰到。但与此同时，杰米于她又彷佛毫无相干、触不可及，就像疾驰火车上一闪而过的风景，近在眼前却旋即远在天边。

巴克莱·麦昆。她闭上眼，想象自己透过吉尔达的窗户看着兽男，透过巴克莱车库的窗户看着那一小块灰色的车前盖。他为什么要拿走那车？为了让她的日子更不好过？为了夺走属于她的东西？又或者，他会拿这车作为跟她交易的筹码？杰米会说，她不该跟巴克莱扯上关系，他感觉这不对劲儿，而她其实也有同感，但她的感觉是自相矛盾的：她即将被一股急流卷到一片瀑布底下，在惊恐万分的同时，又按捺不住强烈的好奇心。她躺在床上，用脚跟抵住了巴克莱的手在自己小腿肚上留下的瘀青，感到钝痛又畅快。

她掀开被子，穿上靴子，溜出了门廊。在近乎浑圆的明月的照耀下，她坚定地向吉尔达的小屋走去。到达后，她敲了敲凯莱布平时睡觉的那间储藏室的窗户，可什么动静都没有，只有月亮的倒影在玻璃上现出了一丝涟漪。他这会儿一定在山里。吉尔达的窗户也没有灯光。就在玛丽安转身准备回家时，她看见草地上有一片阴影。凯莱布正睡在野外的铺盖卷里。

她心里没有半点儿恐惧，只有与欲求交织在一起的勇气。她像士兵躲进散兵坑那样迅速地在他身边坐了下来。他被惊醒了，她不等他开口就低头吻了下去。他放松了身体。他懂了。她解开了自己的睡衣，他一下子就除去了自己所有的衣物（一直以来，他总是一副衣不蔽体的样子）。他将她背朝下按到了地上。她感到他的生殖器戳弄着自己，四处乱转，随之而来的是一阵压力、热流和钝痛。她像旁观者一般体会着那痛苦和奇异，看着他的黑色长发从肩膀垂落，他的胯部则在自己的膝盖间上下起伏。她想象起巴克莱的胯部和肩膀，还有他在自己颈边呼出的热气。她不知该把手往哪儿放，于是便紧紧地按住了草地。

这次偷尝禁果的体验很快就结束了。她并未感到愉悦，但觉得一身轻松。她站起身，穿上了衣服。"我还是不想跟你在一起。"她低头看着他，颀长的身子像猫一般沐浴在月光下。她知道这是她内心真实的想法，是因为巴克莱才有的想法。

他的牙齿隐隐发亮。"别臭美了。"

她伸出一只脚轻轻地踢了一下他的胸骨。"浑蛋。"说完，她便转身往家走去，每迈出一步，都愈发昏沉。

第二天早晨，她第一次来了月经。

"机场？"玛丽安看着斯坦利先生给她的送货单问。

"是特殊订单，收货人叫马克斯。"斯坦利回答。

"机场那些人我都认识，没有叫马克斯的。"

"有人给他担保。"

"谁？"

"担保人我完全信得过，所以也不用你来操心。"

玛丽安来到了机场。几个飞行员在办公室外的油桶上坐着晒太阳。下午的天空湛蓝，晴朗无云。如果她能跟他们交换位置，她这会儿会在天上飞。她把头探出了车窗。"这里有叫马克斯的吗？"

"是那个新来的，"其中一个对她说，"你去最里面那个机库找找吧。"

另一个飞行员问道："玛丽安，今天有免费的试吃品吗？"

"我这儿有几个昨天出炉的面包。"

"有没有用瓶子装的？"

"那得看情况——你会带我上飞机吗？"

"那得看情况。"

她用手指敲了敲方向盘。"我得先去找那个叫马克斯的。"

那人耸了耸肩。"那等你回来，我可能已经回家了。"

她来到了那个最新、最大的机库。里边敞亮而凉爽，窗户装的是烟色玻璃。远端，敞开的滑动门外边是停机坪，一片修长的橙色机翼将地面上的方形光影一分为二。机头冲着外侧，黑色机身与橙色机尾浑然一体。

"你好啊。"一个男人坐在左翼下的折叠椅上看着报纸，脚搭在梯子的最低一级上，"你一定是斯坦利家那个出名的送货女孩。"

"请问您尊姓大名呢？"

他把报纸放在膝盖上，脚还是搁在梯子上，同时伸出了一只对他枯瘦的胳膊来说显得过大的脏手，露出了宽宽的指甲盖。"小姑娘还挺有架子啊！我叫特劳·马克斯。"

"玛丽安。"她将货篮搁在左胯，俯身紧紧地握住了他的手，这个动作让她想起了菲利克斯·布雷福格尔。面前的这个男人奇丑无比，简直人如其名[1]。他的嘴角往下耷拉着，嘴大得不可思议，与其说像鳟鱼，不如说是石斑鱼。他的满口黄牙则凹凸不平。他的脸上实在找不到可以夸奖的地方：两边眼皮下垂程度不一，短短的耳朵紧紧地扣在硕大的圆脑袋两侧，头上连一根头发都没有。不过，他神色自若、意气风发，还透出一丝邪魅。玛丽安说道："这飞机不错啊。"

"你喜欢飞机吗？"

"对。"

"飞过吗？"

"飞过几次。"

"坐进过驾驶舱吗？"

"一直没机会。"

---

① 特劳·马克斯的原文是 Trout Marx，trout 有鳟鱼的意思。

"没有吗？为什么呢？"

显而易见的事情无须解释。她放下货篮，走到了机翼下方，抬头望着涂漆的机身。这是一架崭新的飞机，机身散发出淡淡的香蕉味，玛丽安知道，这种味道来自涂料当中的某种溶液。她闭上眼睛，深吸了一口气。

"你怎么跟在嗅玫瑰花似的。"特劳评价道。

"这比玫瑰花更好闻。"

她走到飞机另一侧，开始观察银色的螺旋桨和亮黑色的引擎气缸。直觉告诉她，如果她表现得好些，他说不定会带自己飞一次。她可不能说错话，不能被对方当成年幼无知的小姑娘。"这是什么型号呀？"

"这是升级款，普拉特·惠特尼'黄蜂'，450 马力。"

"最快速度是多少？"

"说是 140 左右，但我开过更快的，没着火，也没出什么别的问题。那些灯是定制的，对夜间降落很管用。"

"你经常在夜间降落吗？"

"有时候吧。你好像对飞机略知一二嘛。"

"我读过不少东西呢。"

"是吗？你都读过些什么？"

"所有飞行方面的杂志，还有报纸和书里边的内容。"她尤其关注跟女性飞行员有关的内容，每次都读得非常仔细。她并不崇拜她们，她只崇拜男飞行员，对她们则有一种强烈的嫉妒之情，有时候甚至还会心生厌恶。她们在驾驶舱里往鼻子上扑粉的照片让她很是反感，至于阿梅莉亚·埃尔哈特，人们将其奉为首位飞越大西洋的女性，但她实际上只不过是友谊号上的一名乘客而已，她对这一殊荣深感不解和不屑。

相比之下，她更欣赏艾莉诺·史密斯[①]。她十六岁便取得了飞行执

---

① 艾莉诺·史密斯（Elinor Smith，1911—2010），美国女飞行员。

照。十七岁时，她接受了一项挑战，驾驶一架韦科"10号"一口气从四座桥——皇后区大桥、威廉斯堡大桥、曼哈顿大桥和布鲁克林大桥（这一壮举后来被各大报纸争相报道，于是便有了她那张该死的扑粉照）——底下飞过。接下来，艾莉诺创下了将近十三个半小时的单人不间断飞行纪录，在被别人打破这个纪录后，她又用二十六个半小时的飞行时间夺回了纪录，座驾是一架硕大的贝兰卡"起搏器"。后来她又打破了女飞行员的速度纪录：时速190.8英里。

"哪种书？"特劳问。

"飞行员写的书，有关飞行员的书，"接着，她骄傲地说，"我还读过一本飞行理论呢。"

"上面写了些什么？"

"艾萨克·牛顿、升力，还有伯努利原理之类的。"

"伯什么利？我可从来没听说过，讲的是啥？"

玛丽安其实只是想稍微卖弄一下。她爬上了起落架上的撑杆，从侧边窗户往驾驶舱里边望去。长长的机舱空空如也，只有两把藤椅绑在仪表板前的地面上。"很难解释，主要讲的是空气给飞机施加的向上的拉力。"她希望他不要再继续追问下去了。

"我算是老飞行员了，可我从没听过这个。"他把报纸放到一边，站起了身，这时她从撑杆上跳了下来。他的身高才到她的肩膀，但他看起来却精壮有力。"你想上去看看，还是光站在下面流口水呢？今天天气可不错哟。"

她盯着飞机看了许久，然后说道："我有钱。要是你愿意教我点儿东西，我可以交学费。"

把手插在口袋里的他咧嘴一笑，露出难看的黄牙。"不错啊，钱是个管用的东西。不过今天我不收你的钱。她已经加满油了。现在我需要你帮我把她一起弄出去。"

她没想到这架庞然大物居然十分轻盈。他们分别走到机身两侧，像犁地似的推起了机翼支杆，飞机被推到了阳光底下。玛丽安感到身体正在沸腾。她的老师已经出现了，她知道他终有一天会出现的。

"你知道怎么做起飞前的检查吗？"他用手遮着光，抬头望着她。

"只看过书上写的。"

"又是什么伯什么利之类的吗？这个很简单。你只需要仔细地把飞机检查一遍，确保机身上没有洞，没有漏油。还得检查一下轮胎。就这么简单。"

在确认这架空中之旅公司生产的飞机没有明显的破损或漏油后，特劳打开接近机尾处的舱门，让玛丽安进去坐到右侧的座位上。"右舷。"玛丽安说道。

"哇哦，我们这儿可是来了个小专家啊！"

她弯下腰，在满是汽油味的倾斜机舱内往机头走去。地上的螺孔是用来安装座位的，但她只看到了帆布带和金属钩。"你平时运很多货吗？"

"会运一些吧。"他在她身后爬入机舱。

他们在驾驶舱里坐了下来，即使对一个小个子男人和一个精瘦的小姑娘而言，这里的空间仍然非常有限，他给她一一讲解了仪表板上的各种组件："油量表、指南针、高度表、转速表、油压表、时钟……"

"我认识时钟。"

"你可真是太聪明了。这儿还有空速表、垂直速率表……"接着，他向她展示了油门杆、脚踏、两个连在一起的驾驶盘、两人头顶上方用于调节水平稳定器的摇杆，以及只有他那一侧才能操作的制动踏板，"你不用一下子就把这些全给记住。"

但她都记住了。

她从没坐过螺旋桨能自动转起来的飞机。电动马达让惯性轮进入了旋转状态，引擎启动了，一阵烟雾飘起后又消散在了她眼前。机身发出的"噼啪"声好似石子儿在罐子里翻滚、又似马蹄声嗒嗒不断，还有金属在吱嘎吱嘎。飞速转动的螺旋桨变得一片模糊起来。

"基础教学最好是用双翼机，"特劳在一片噪声中大喊，"但我没有双翼机，不过反正原理是一样的。"

滑行起来后，他让她操作脚舵，在地面前进的机身明显偏离了正确的航向。

特劳在停机坪尽头停下飞机，检查了一遍仪表板，将一团烟草放进嘴里，往前推下了油门杆。飞机开始加速，一路颠簸不停。然后，玛丽安感到机身开始腾起，底轮与草地的摩擦一点点消失了。后轮抬起，机身向上倾斜。特劳将驾驶盘往后一拉，飞机完全离开了地面。

"好了，现在我不用加速了。"他将驾驶盘慢慢地向前推，"它的起飞角度还可以再陡一些，不过这会儿没有必要。在山里飞的时候要随时调整角度，不过现在我们的空间很充足。"峡谷出现在了飞机的下方，他们能看到机库、几架停在草坪上的双翼机的十字形机身，还有露台广场上长条状的马棚和椭圆形的赛马场。

这时，特劳调整了油门和稳定器摇杆。

她忽然感到一阵前所未有的恐惧：万一她没有飞行的天赋怎么办？她对成为飞行员的愿望无比坚定，甚至都忘了自己还不会飞行，忘了自己还得先学习。此刻，她对自己离开学校的决定产生了前所未有的忧虑。

"好了，"特劳示意说，"该换你了。"

"我要怎么做？"

"尽量保持直行和平飞就行。"

这实际上并没有听起来那样简单，她不得不按照特劳的指导不停地调整控制器。身在空中的她被一种怪异感笼罩着，仿佛被各种无形的力量牵扯，她必须竭尽全力才能保持平衡。这架飞机、外面的空气，还有脚下的城市，一切都变得鲜活起来。脚下的人群如同一小簇蚂蚁，漫无目的地移动着。

"要不要试试转弯？"特劳问她，"你控制方向，我来踩脚舵。"

"我可以同时操作的。"

"这可不简单。"

"我知道协调转弯是怎么回事儿。"

"知道不代表会操作，但你觉得能行的话，那就来吧。"

她的恐惧消失了。现在容不得她恐惧。她用右脚踩住脚舵，将驾驶盘慢慢地向右转，尽力保持平衡。机身开始倾斜，然后转了过来。这只不过是控制器正常运作的结果罢了，但即便如此，她能指挥一架飞机调整方向，似乎已经相当了不起了。此刻，机窗外出现了蜿蜒、深邃的比特鲁特河，还有茂密的丛林。脚下的风景一览无遗：河流如抛出的鱼线般盘踞在山谷间，江水时而被沙堤分离，时而又重新汇聚到一起。不过，从高空俯瞰地面，一切都十分模糊：脚下的世界被切割成一模一样的小块，细节尽失，只能看到千篇一律的树木和绿色田野。

"脚舵再多踩一点儿，有下降的感觉了吗？"特劳将嚼剩的烟草吐进了一个咖啡罐。

每次她拉平机身，山脉就会扑面而来，这时她只得再次转向。飞机在山谷上空不断地盘旋，就好像一颗弹珠沿着碗壁不停地旋转。

当他们在机库附近着陆、关闭引擎和螺旋桨后，特劳对她说："你很有天分。"

喜悦——纯粹的喜悦将她包围。他不会知道，这是她最渴望听到的赞许。

"真的吗？"她希望他能接着说下去。

"我教过比你差的。"他示意她下飞机。

这架被她开过的飞机现在已被赋予了一种新身份。她感受过了她的驾驶盘和脚踏、引擎启动后有节奏的振动，还欣赏了她在空中盘旋时指向河流的橙色翼尖。她刚才全神贯注于驾驶本身，并未充分意识到她——玛丽安·格雷夫斯——正在驾驶飞机这一奇妙无比的事实。而现在，她一回忆起来，感到脑袋都是轻飘飘的。

"开飞机，"特劳继续说，"是件'有违常理'的事儿。你不能相信与生俱来的直觉，而要培养新的直觉。举个最简单的例子，假设飞机失速、开始下降，你该怎么办？"

"把杆子往前推，把速度加回来。"

他点了点头。"书上是这么写的，但实际感受是不一样的。如果你在空中失速了，你肯定不想往下掉，但你必须这么做——将机头义无反顾地对准那个你最不愿去的方向。培养飞行员的思维要花上不少时间。除了要有耐心，还得有胆量。在天上的时候，你一定不能慌，不可以撒手不管。"

"我明白。"

"不，你还不明白，你不会真正明白的。"

他接下来要劝她放弃了吗，就算他刚刚还夸她很有天分？他是不是看出了她身上的致命缺陷？此刻，整条山谷无比寂静，没有风声，也没有鸟鸣。

他终于再次开口了："那么，你是怎么想的呢？"

她口干舌燥。"什么意思？"

"你想继续飞吗？"

她一时不确定该如何回答。"如果你能告诉我费用，我会想办法付钱的。"

特劳抬起头，冲她咧嘴一笑，下斜的眼角几乎与上扬的嘴角碰到了一起。"我有个好消息，极好的消息，好到你不敢信。"他在故意吊她的胃口。

"相信什么？"

"有人想要为你出学费，你一分钱都不用花。"

一阵头晕目眩。但她迅速地平复了下来，斩钉截铁地说："这不行。"

巨大的鱼嘴变成了一道向下弯曲的弧线。"什么叫不行？"

"就是不行。"

"玛丽安！"他伸出手，轻轻地摇了摇她的肩膀，"这可是好消息啊，你有赞助人了。"

"是谁？"

"这个人不愿透露姓名。"

"巴克莱·麦昆。"

特劳面无表情。"我没听过这名字。"

"除了他之外，不可能有别人。不行，我必须自己付这笔钱。"

"这恐怕行不通。"特劳一脸遗憾。

"我的钱不如巴克莱的钱吗？"当然是不如的。

"我不知道你在说谁。"

"他不可能觉得我猜不到是他。可能干出这种事儿的只有一个人。"

"那你为什么不接受这份馈赠呢？"

她做出了转身离开的动作。"很高兴认识你，谢谢你教我。"

特劳举起了双手。"好吧，我认输。他说你刚开始可能不会接受，但你会回心转意的。"

玛丽安思考了一会儿。"这飞机是他的吧？"

"名义上是赛德勒先生的。所以恐怕我不能让你自己出钱。如果这是我的飞机，我会听你的。如果我拥有这样的飞机，那我可以做很多事儿。"说话间，他似乎变得越来越矮小，身子佝偻成一团。接着，他的一双短腿忽然快速地往机库方向移动起来。

玛丽安没有跟上去，她想一个人跟飞机待一会儿。引擎继续冒着热气和油味儿。她低下头，把一只手放在了螺旋桨上。如果巴克莱真心想帮她，他应该允许特劳向她收取合理的学费，好让她觉得自己是自食其力才成为飞行员的（哪怕这只是个错觉）。但他偏偏要让她明明白白地知道自己欠下了人情。她不知道他的意图，但这足以引起她的警惕。

"已经不凉了，"特劳的声音从她身后传来，他手里拿着两瓶她先前送来的啤酒，"不过，结束第一次飞行后，怎么都得庆祝一下。"

她接过了其中一瓶。"谢谢。"

"坐会儿吧。"他边说边在草地上坐了下来。她也在他身边盘腿坐了下来。温热的啤酒散发出浓浓的麦芽香。"我现在还记得想要成为飞行员是什么感受。"

低垂的阳光在机身上反射出光芒。"一直以来，"她敞开了心扉，"没人愿意教我，我相信是因为我的老师还没出现。我觉得有一天他会出现的，就像我认识的第一个飞行员那样，突然出现在这个小镇。所以，当你说你会带我……"她快快地喝了一口啤酒。

"为什么不按他的想法来呢？我挣到钱，你学会开飞机，他成为你的赞助人。皆大欢喜。"

"他这么做没安好心。"

机身上的那片阳光渐渐地变窄，然后消失了。空气凉了下来。

"也许这跟我刚才说的飞行有违常理是一个道理，"特劳用手拔着草，轻声说，"也许有时你要做出违心之举。当你想要远离的时候，你需要直冲过去才能达到目的。"

"所以我得顺着巴克莱？"她目光如炬。

他有些承受不住她的目光，再次举起了双手。"这些跟我没关系，但我觉得他对你没什么恶意，"他回瞥了她一眼，"你不觉得吗？"

"我真的不知道。"

"玛丽安，我能跟你实话实说吗？"

"当然了。"

特劳清了清嗓子，扯了一个夸张的鬼脸。"如果你答应下来，你就帮了我大忙了。他一心想要我教你开飞机，我跟你保证，我是个好老师。我平时还为他去北边拿货。你明白吗？"

怪不得飞机上没有乘客座位。这架飞机是用来从加拿大运威士忌的。她无奈地摇了摇头，为自己的迟钝。

"不明白吗？"

"不，我明白，我只是……觉得自己很傻。"

他举起了瓶子，将瓶底指向飞机。"给她装上冰橇，冬天也能飞。如果装上浮筒，可以在水面降落。我运回来的东西只是九牛一毛，但你的朋友很聪明，他知道只要日积月累，滴水也能变成河流。"

听到冰橇这两个字，她激动了起来，一下忘记了自己棘手的处境。"你还能用冰橇降落？"

"跟我学开飞机吧，你也能学会的。"

她的脑海中浮现出了一个新的画面：她驾驶着空中之旅向雪白、光滑的平原飞速逼近，着陆时搅起了一片碎雪。

"我有老婆孩子要养，就当我欠你的。"他用长长的嘴唇摆出了无可奈何的表情。接着，他从外套内侧掏出了一本笔记本和一支笔。"拿着，你可以在里边写你的飞行记录。"

这是一个带横线的本子，里边有日期、机型、飞机编号、引擎型号、天气、时长和备注等条目。特劳把笔也递给了她。"现在把第一行填上吧。"见她在时长一栏停下了笔，他说道，"三十七分钟，然后在备注栏写上'授课'。老天爷，你的字写得可真难看。"

她想把记录本递回给他，但他说："这是你的了。还有，我差点儿忘了，我该跟你说声生日快乐。"

"是昨天，我的生日已经过了。"她回答。

她和杰米十五岁了。

离开机场后，玛丽安再次来到了那栋绿白相间的房子跟前。她不停地敲门，直到赛德勒开了门。"他不在。"他对她说。

"你告诉他，"玛丽安说，"我有个条件。"

"哦？"

"等我拿到执照了，我就去给他开货机。我不需要施舍。"

"他不会同意的。"

"那好，"玛丽安说，"因为，就像我跟他说的那样，我本就不想开飞机。"

他们四目相对，她意识到赛德勒这会儿很不高兴，觉得自己给他添了麻烦。她想告诉他，这一切都不是她的错。巴克莱大可以不管她的。"你会跟他说的吧？"

赛德勒用手搓了搓两颊，仿佛在检查胡子有没有剃干净。"想听听我的建议吗？"

这个问题让玛丽安很不耐烦。"如果你不说出来，我怎么知道想不想听？"

他将她打量了许久后才继续开口道："我会告诉他的。"话毕，他关上了门。

返回斯坦利那儿的路上，她不断地猛踩油门。这辆破旧的货车在转弯时摇摇晃晃的。她依然沉浸在兴奋当中，想象着自己将方向盘往后拉，感受轮胎从地面飞起的感觉。巴克莱会同意的。她对此确信无疑。他会假装同意，然后找个办法出尔反尔，但她不会让他得逞。她将学会飞行，成为一名职业飞行员。此刻，她感到身下有一股力量正在将她往上推。她的身体升到了空中。

显化法则 [①]

六

十五岁那年，趁着《凯蒂·麦基》停播的时候，我曾跟一个叫韦斯利的狐朋狗友在大半夜把米奇的保时捷开去了沙漠，好去那儿边嗑药，边看日出。我们的计划是躺在岩石上遥望满天繁星，结果却因为寒冷和大风从头到尾都躲在开着暖气的车里。毒品起效后，他的脸看起来十分狰狞。我拼命地将注意力转移到别的东西上，但那张面如死灰、毫无表情的脸总是追着我不放，那感觉就好像有人把马蜂窝扔到了我面前。黎明仿佛是手术刀在夜色中划开的一道红色口子，约书亚树粗短的枝条在天幕中留下了带刺的剪影。

回到家后，我跟坐在泳池边看报纸的米奇撞了个正着，那阵子他刚好处于难能可贵的戒酒期。"你把我的车开去哪儿了？"见我在他身边的摇椅上一屁股坐下，他问道。

"沙漠，"我回答，"我和韦斯利就想去看看日出，别紧张嘛。"

"韦斯利多大了？"

我没回答。我答不上来。米奇翻了一页报纸。过了一会儿，他轻声说："你觉不觉得，你现在有点儿胡来？"

---

① 显化法则：给自己设定一个目标，并想象它已经实现，是网络上盛行的一种理念。（编者注）

要是换作平时，我这会儿准会因为他的虚伪而恼羞成怒。但是，因为他的语气像是真诚的发问而非反问，因为我从没想过他会提出任何问题，而且因为我刚刚体验了什么叫作乘兴而来、败兴而归的感觉，于是我便回答说："我不知道，也许吧。"

他又翻了一页报纸。"其实，你不一定非得折腾自己，不是每个人都得经历叛逆期的。"

但我需要折腾，这就是我的必经之路。我就得像一把弹簧刀那样拼命地释放自己。"生命只有一次。"我在他面前引用了他自己的那句名言。

格温多林没把性爱视频外泄出去，但我依然被剧组开除了。我没反应过来，就被踢了出去，这让我不得不感叹她的行动力之强。

盖文·杜普雷亲自给我打了电话。

"知道我是谁吗？"他在电话那头问。

"知道。"我回答。

"那你知道我为什么给你打电话吗？"他的声音小得出奇。

"我大概能猜着。"

"格温多林说，她手上有你和奥利弗的性爱视频，如果我不把你炒了，她就把视频曝光。你知道她是从哪儿搞到的视频吗？"

"从我这儿。"

"没错，就是你给她的。所以你瞧瞧，哈德莉，我现在可真有点儿为难。如果换成是你，你会怎么办？如果你给了一个女演员千载难逢的机会，她却恩将仇报到了令人发指的程度，而且根本就不把你放在眼里，你会怎么办？"

"如果换成是我，"我回答，"当然我对你也没那么了解，但根据我粗浅的认知，我可能会提出个交易，比如说让她再给我吹个箫之类的。"

他陷入了沉默，就像是恐怖片里高潮来临前的死寂，预示着马上会有人突然从阴影中蹦出来，把你乱刀捅死。

他总算开口了："我听不懂你在说什么，但如果你在公开场合进行这种含沙射影的诽谤，那就等着吃官司吧，你会身败名裂，你做过的每件事、跟你有过关系的每个人都会被曝光。我现在正式通知你，你被炒了，我保证，你的事业就此完蛋了。你彻底玩儿完了。"

我关掉了手机，走进了楼下一个没有窗户的房间——一个算是摩洛哥风格的放映室。我靠在一个流苏大枕头上，开始看一档节目，讲的是一个改造危房的女设计师。她个子娇小而健壮，走到哪儿都扛着一把气钉枪。带脚浴缸、护墙板和地铁砖是她的三板斧。根据我童年回忆里见过的照片，我父母位于芝加哥郊外的那栋房子看起来犹如她半途而废的作品。其中一张照片是我母亲给坐在带脚浴缸里的我洗澡，地面的油毡已经剥落、褪色。另一张照片上的木地板倒是挺光洁，但映入眼帘的还有一张陈旧的日式床垫和皱巴巴的床褥。我不明白我的父母怎么没把房子装修一下。他们也不是没钱，至少有钱买下那架让他们命丧黄泉的塞斯纳。我不知道他们是就爱过那样的日子呢，还是对装修房子没那么在意。

想着想着，我便睡着了。

第二天早上，新闻已经传遍了大街小巷，从《好莱坞报道者》杂志、明星八卦网站，到有线电视新闻网，所有人都在幸灾乐祸。我的推特上显示有三千条提醒。我发了一条推文："新闻稍纵即逝，没有什么是永恒的，就此翻篇吧。"然后我就注销了账号，关掉了手机。

当然，我的目的是气气格温多林，我要告诉她，我不仅得到了她最想要的东西，而且早就不在乎了。我料到自己的下场差不多会是这样，但却依然感到体无完肤、狼狈不堪。

我躺在沙发上，看起了另一档跟房子有关的节目，这回讲的是一群蛮不讲理的人在无聊的地方选购便宜房产，无趣的内容实在让我提不起精神来。这时候，奥古斯蒂娜提醒我，我跟健身教练约了一节今天的课。我本来的任务是为《大天使》第五部塑形，只能吃鱼和橄榄菜，还得时刻惦记着我的肱三头肌。不过现在，这些都已经无关紧要了。

"您可以取消预约，"奥古斯蒂娜对我说，"他会理解的。"

但我得出去走走。我说我要自己开车，于是 M.G. 坐到了副驾驶座上。我小心翼翼地驶出车道，穿过鸟群一般守在我家门口的记者，心里还惦记着官司的事。他们的镜头填满了我的车窗，他们的手好像海星似的紧紧地吸在玻璃上。"您需要我让他们往后退退吗？" M.G. 问我。他只在不得已时才会开口，其他时间都面无表情地在我附近巡视。我说不用，没事儿的。一个摄影师扑到了车前盖上，冲着我的脸一顿狂拍。我一边猛打方向盘，一边大喊："他妈的，你给我下去！"虽然车窗紧闭，此起彼伏的快门声却还是不绝于耳，那声音好像昆虫机械般的叫嚣，拿着一把自行车辐条敲打地面，又仿佛一百台老旧的放映机在同时运行。

显化，我的教练对我说，要显化。我的训练内容是看着镜子，在脑海中显化出我理想的身体。我手举哑铃，身体前倾，膝盖微曲，反复举起双臂。教练把这个姿势称为蝴蝶伸展。我试图想象我理想中的身形，但只能看到一只在湿重的空气中艰难挣扎的蝴蝶。"收紧核心。"教练指示道。

前段时间，我看了一阵心理医生，他建议我在每次自我怀疑时想象一头发光的老虎，想象它是我的力量之源、精神核心。在我的想象中，那头老虎应该变得越来越亮，粉尘在它周围不断地落下，最终积成厚厚一层，而它却纤尘不染，就好像超级英雄电影里那束神奇的白光。这头老虎简直是天方夜谭。它既是我，又是除我以外的一切。

众所周知，洛杉矶遍地都是拒绝面对真相的人。众所周知，这座城市充满了液态硅酮和玻尿酸、魅力十足的动感单车教练和壶铃大师、疗愈水晶和佛音碗、益生菌、排毒果汁、肠道水疗、供人塞入下体的养生玉蛋，还有撒在椰香奇亚籽布丁上奇贵无比的蛇粉。我们用尽一生净化自我，仿佛一只脚已经踏进了坟墓。这座城市对死亡恐惧到了极点。这些话我对奥利弗说过一次，他评价我有点儿太消极。我也对雪文说过，于是她给我介绍了一位心理医生。我又把这话说给那位心理医生听，他问我，我是不是认为人们不该惧怕死亡。我回答，我觉得恐惧不是问题所在，我们应该学着面对死亡，而不是对抗死亡。

他的回答是："嗯……那我们不妨来想象一头老虎吧。"

七

我坐在一只充气船上，漂在我的泳池里。我觉得自己仿佛是一只弱不禁风的小动物，被捕食者叼起后又啪地扔在地上，心脏在四分五裂的身体里突突地跳着，双眼鲜血淋漓。

我一定是睡着了，或者半睡半醒，因为当一个浓重的英国口音高喊"你可不能在游泳池里睡觉啊"的时候，我被吓得从充气船上翻了下来，眼前突然涌入了一片混沌的蓝色——水呛到了我的鼻子里。

"我没想到你还真睡着了，"当我重新浮出水面时，雨果爵士对我说。他手里拿着那瓶喝剩一半的苏格兰威士忌和两个玻璃杯，肩上背着一个帆布袋，"是奥古斯蒂娜开门让我进来的。"

我在水中奋力地挪动到泳池边。"那些人还在外面吗？"

"狗仔队吗？当然。"

我用一条浴巾裹住身体，同他一道在桌子边坐了下来——这就是我曾经跟阿列克谢一起吃谷物沙拉的那张桌子。

雨果把酒倒进杯子里，然后举起了他的酒杯。"致终曲。"

我跟他碰了杯。

"好了，我的姑娘，"他的声音洪亮又轻柔，"你想干些什么？你打算休个假吗？"

我的脑海中出现了以下画面：在泳池里漂着，抽大麻，显化出我理想中的身体，想象我那头老虎，看别人翻修房子，等待转机出现。这也不能算是索然无味。不过，手里拿着奥斯卡小金人的我又杀了个回马枪，取代了各种颓废的画面。我站在舞台上，将手中的奖杯举过头顶，演绎着好莱坞每个人的梦想。我的胳膊和肩膀看起来十分健美。整个礼堂的人都起立为我鼓掌，就连盖文·杜普雷都在。阿列克谢也在，而且眼中饱含深情。

"我宁愿朝前看。"我回答说。

"那很好。"他稍作停顿，猛吸了一口气，鼻孔紧紧地收缩了起来——这是他即将引用名人名言的前奏，"人们有时可以支配他们自己的命运；要是我们受制于人，亲爱的勃鲁托斯，那错处并不在我们的命运，而在我们自己。"①

"男人才可以支配他们自己的命运。"

"女人不在这一范围内。"

"一向如此。"

"我有东西要给你。已经绝版了，所以你可得给我小心点。"他从帆布袋里拿出一本书递给了我。这是一本薄薄的、年代久远的硬皮书，黄褐色的书皮边缘处已经破损。封面是一张插画——一架飞机飞过海面，背景里有太阳，还有用简笔画出的鸟群。书名是优雅的斜体字：《海洋、天空与群鸟：玛丽安·格雷夫斯的遗失手记》。把这本书拿在手中，我仿佛再次闻到了儿时凡奈斯图书馆那熟悉的气味，感受到了儿童阅读角的豆袋椅那热乎乎的拥抱。

"我读过这本书。"

雨果扬起了修剪整齐的眉毛。"你读过？"

"别一脸震惊的样子。我也是识字的。"

---

① 引用自莎士比亚戏剧作品《裘力斯·恺撒》。

"你还会看书啊？"

"哈哈，我小时候对这本书印象可深了。里面的主人公也是个孤儿，而且也是被叔叔养大的，让我有点儿感同身受。所以我觉得里面可能会有不少启示，像塔罗牌什么的。"

"啊，"雨果点了点头，"这我能想象。小小藏书家哈德莉，在字里行间寻找蛛丝马迹。这本书很适合钻研吧？里边的信息可真是令人捉摸不透。你都找到了什么启示？"

"什么都没有。"

"好吧，这我倒是不惊讶。其实，最让我感兴趣的，是她想不想让这本书被人读到。我觉得她把这本书留下了，至少暗示了她不愿把它销毁掉。你觉得呢？"

我一度想胡吹几句，但还是说了实话："记不太清了，我好像是十岁还是十一岁的时候看的。"

"那就再读一遍，然后再读读这个。"他又从袋子里拿出一本软皮书来。封面上是柔焦拍摄的一个女人的后脑勺，她正望着停在茫茫白雪当中的一架银色飞机，大衣毛领高高竖起。书皮上印着《人物》杂志的评语，使用了"不可抗拒"、"目眩神迷"和"惊险刺激"等溢美之词。

我念道："《游隼之翼》，作者：卡罗尔·费弗。"

"坦白讲，这本书——"雨果摆了摆手，"其实不怎么样。它欠缺深度，有些地方的文笔也实在让人不敢恭维。但这东西是根据这书写的。"他从袋子里又拿出一沓装订好的纸，扔到了桌上——是剧本。首页上斜对角印着雨果的制片公司的名字。"这是戴伊兄弟给我的，导演已经定了巴特·奥洛夫松，他们这个剧本挺出人意料的，有点儿科恩兄弟①的感觉，有些荒诞，但也没那么黑暗。有那么一点儿浮夸，

---

① 美国电影导演组合，由哥哥乔尔·科恩（Joel Coen，1954—）和弟弟伊森·科恩（Ethan Coen，1957—）组成，2007年的作品《老无所依》（*No Country for Old Men*）获得了第80届奥斯卡最佳影片奖和最佳导演奖。

但我觉得整体而言还是挺打动人的。"

"怎么又是兄弟？你那袋子里没别的了吧？还有别的作业吗？"

他把空袋子倒着拎起来摇了摇。"一页纸都不剩了。"

我把剧本拿近看了一眼。

《游隼》

编剧：戴伊兄弟

改编自卡罗尔·费弗的小说《游隼之翼》

我知道戴伊兄弟。这对双胞胎一个叫凯尔，一个叫特莱维斯，留着纳粹军官式的偏分金发，走红毯时会抽电子烟。他们还不到三十岁，但已经为HBO[①]拍了一部以里诺（内华达州城市）为背景的怪诞、血腥的限定剧，人气正旺。导演巴特·奥洛夫松曾凭借一部话痨式独立电影在圣丹斯[②]声名鹊起，接着又拍了三部超级英雄电影，所以他这次可以算是回归本源。这三个人被定义为有个性的电影人，如果能跟他们合作，说不定我也能沾上有个性的标签。"是谁想把这拍成电影的？"

雨果做了个鬼脸。"说起来有点儿复杂。戴伊兄弟是小说作者的儿子钦点的。"

"那肯定没少砸钱。"

"确实是这样，但如果他们对这个故事不感冒的话，也不会应承下来。这说明他们对此是感兴趣的。那个人叫雷德乌·费弗，他想当制片人。他年轻、时髦，很有钱，然后就结识了戴伊兄弟。他是费弗

---

① 美国有线电视网络媒体公司，隶属于时代华纳集团。该频道播放过《权力的游戏》《白莲花度假村》《欲望都市》等热门剧集。

② 美国圣丹斯电影节，创办于1984年的独立电影节，每年1月在犹他州帕克城举行。

家的人。"

"费弗是什么人?"

"费弗基金会,费弗艺术博物馆,你没听说过吗?雷德乌的父亲过世了,他的父母很早就离婚了——反正,雷德乌从父亲手上继承了家业。他们家是搞石油的,还是化学品来着,反正听着挺唬人。他母亲卡罗尔写了这本小说,而且——说到这儿就有意思了——他的祖母不仅在五十年代出版了玛丽安那本书,还支付了她的飞行费用。反正整个家族都跟这故事有着千丝万缕的关系。雷德乌有心思,也有想法,他对此投入了满腔热情。"

现在我明白了这是一桩什么买卖。"所以他不满足于纨绔子弟的身份,他觉得自己能改变好莱坞。"

"没错,很可能他就是这么想的。"

他的语气没什么感情色彩,就好像策划空袭的上将在估算平民伤亡一样公事公办,不带任何怜悯之情。洛杉矶到处都有这种富家子弟的身影,他们仰赖着祖上留下的万贯家财兴风作浪。他们都想制作出好电影,每个人的说辞都千篇一律:看中的是扎实的剧本、引人入胜的主题,还有原创性的题材等,而绝非亚洲这个票房重地。他们偏要横插一脚、另起炉灶,他们妄图改朝换代,却未曾意识到,弱肉强食的好莱坞深不可测,这铜墙铁壁岂是说破就破?他们有他们的野心,而好莱坞也有自己的游戏规则,那就是在暗中将他们逐步蚕食,最后彻底摧毁。

不过,说句实在话,雨果也想制作出好电影。他只是需要别人来投钱。

"所有的钱都由他来掏吗?"我问道。

"他会出很大一部分,但不是全部。说实话,这部片子涉及众多拍摄地点,还要用飞机当道具,还得加特效,光靠我们几个是搞不定的,所以我们找了盛高德。"盛高德娱乐公司有对冲基金在背后支持,致力于制作规模介于小成本独立电影与大制作之间的电影。"他们答应了，现在班底可能有点儿过于齐全了，但我觉得这事儿能成。当然，我们需要合适的主演，"他向我抛来一个媚眼，"我就直说吧，我们给不了你丰厚的片酬。"

"说说看？"

"按演员工会定的最低片酬给，外加票房分成。"

"雪文会'高兴'坏了的。"

"去他的雪文。你需要的不是钱，这是你向那些唱衰者展示自己真正实力的机会。"他嗓音高亢，仿佛我是一支他正在动员的中世纪军队。

我有什么实力呢？这我并不太清楚。我又畅想了一下自己赢得奥斯卡的画面。我配拿奥斯卡吗？不过，谁又真配得上呢？要显化。

雨果用手拍了拍大腿，站了起来。"那你考虑一下吧。"

当他往门外走时，我想起一件事儿来："我该提醒你，盖文·杜普雷跟我有仇，他可能会成为一块绊脚石。"

"他与此无关。"

"他可能会有所动作。"

"你怎么知道他跟你有仇？"

"噢，他昨天亲口对我说他要让我完蛋，他的原话是——"我装出漫画反派人物般龇牙咧嘴的表情，紧紧地攥起了拳头，"你彻底玩儿完了。"

雨果出人意料地一笑置之。"你知道盛高德的负责人是谁吗？"

"不是泰德·拉扎鲁斯吗？"

"你知道泰德·拉扎鲁斯跟盖文·杜普雷势不两立吗？"

"我听说过。"

"那你知道为什么吗？"

"不知道。"

"盖文睡了泰德的老婆。所以你不用担心，天不会塌下来的，他们本来就斗得你死我活的，"他打开了门，"亲爱的，这对你来说是个极好的角色，会让你超越自我的。"他在我的手背上重重地吻了一下，然后大步流星地往外走去。在门口，他像一个即将重返舞台的演员般做好了准备。等门缓缓地打开后，他向在外守候的狗仔队鞠了一躬。屋外欢呼了起来。

八

雨果走后，我坐在浴缸里打开了玛丽安的书。

编辑寄语

亲爱的读者，你即将读到的这份稿件，在到达你手中之前，经历了令人难以置信的旅程。

说得没错，我心想。

1950 年，成就非凡的飞行员、本书作者玛丽安·格雷夫斯失踪了，当时，她正与领航员艾迪·布鲁姆一起试图完成经由南北极纵向环绕地球的飞行。两人最后一次被目击是在南极洲东部的毛德皇后地，当时他们在莫德海姆加油，该基地由挪威、英国和瑞典三国组成的联合探险队建立。从莫德海姆启程后，两人原本的计划是飞越南极洲大陆，经过南极点，抵达罗斯冰架，那里散布着多处名为"小美洲"的基地遗址，它们建造于理查德·伯德①上将的南极

---

① 理查德·伯德（Richard Byrd，1888—1957），美国海军将领、航空先驱，极地探险家。

探险时期。这些基地早已废弃，但玛丽安和艾迪应该能在那儿为他们驾驶的游隼号找到足够的燃料，然后开启飞往新西兰的最后一段旅程。令人遗憾的是，从莫德海姆出发后，无论是飞行员、领航员，还是两人的飞机，全都下落不明。而在接下来的近十年间，他们也始终杳无音信。大多数人因此认为，游隼号坠毁在了冷酷无情的南极洲腹地。

由于一次令人意想不到的偶然发现，我们获悉，玛丽安和艾迪当年其实抵达了罗斯冰架。去年，一队科学家在国际地球物理年之际对"小美洲"三号基地遗址展开了一次科考活动，他们不仅如愿找到了伯德在 1939—1941 年那次探险期间留下的物件，还找到了一捆黄色橡胶制品——他们惊讶地发现，那是一件外号为梅·韦斯特的救生衣①。玛丽安的手记被仔细地包在了救生衣里，作者在其中以隐晦、碎片化的笔触记录了这场飞行的全过程——这便是本书原稿。

恐怕，我无法在此解释她之所以留下这本手记的原因（一同留下的还有两件救生衣中的一件，而这绝非吉兆）。也许，她当年比较了自己成功抵达新西兰与未来有人在小美洲基地找到这本书的概率，清醒地（却也惊恐地）意识到后者的可能性要更大。这座基地能够挺立到去年，绝对是一件幸事。罗斯冰架的冰山在持续不断地解体，晚于三号基地建立的小美洲四号基地（建于1946—1947 年）已沉入了深海。

上述发现意味着，玛丽安实际的飞行总里程远远超过了之前

---

① 因为穿上充气救生衣后，与美国女演员梅·韦斯特丰满的形象相似，第二次世界大战期间的盟军飞行员取了这个外号。

外界的猜测。当年她离完成这场南北向的环球飞行仅有 2600 海里之遥。这一发现虽振奋人心，但同时也伴随着一个令人心碎的事实：从南极洲起飞后，玛丽安·格雷夫斯和艾迪·布鲁姆就永远地消失了。虽然也有人提出过异想天开的理论，但我们能够确信，两人早已双双葬身于冰冷、汹涌的海底。那是一座没有四壁的坟墓，尽管有千万人长眠于此，但这无穷无尽的孤独依然令人难以想象。

近日，D.温塞斯拉斯父子出版社办公室见证了一场激烈的辩论——关于玛丽安是否希望这本她没有机会编辑、斟酌的手稿被公之于世，有关人士们意见不一。这份手稿是不是她留给后人的瓶中信呢？她对自己写下的那些话感到后悔了吗？诚然，她启程前曾亲口向我表达过对公开飞行记录的犹豫，从文稿的字里行间也能看出这一心迹。但是，就像我向我的同事们所讲的那样，如果她真的不希望自己写下的内容被任何人看到，那为何当初没把它们销毁呢？这本该轻而易举。我们未能达成一致意见，而她也没有留下任何只言片语，只是把手记留在了一个环境恶劣的极寒之地。她留下的这些文字与其说是一部完整的作品，不如说是为未来的创作打下的基石，但我觉得她会希望将这些内容直接出版，而不必绾章饰句。因此，我对原稿的修改仅限于拼写和语法，因为我不希望她的想法和意图遭到歪曲。

与玛丽安相识是我毕生的荣幸。我希望她今天还在我们身边，但我也很感激她能在很久很久以前，在那个荒凉的世界尽头做出这样一个决定——将自己最后一场飞行的记录留给后人。虽然这份记录跟这次飞行本身一样残缺不全，但起码，它让我们离结局又靠近了一步。

不过，就像玛丽安在手记中所写的那样，圆是没有尽头的。

祝平安。

玛蒂尔达·费弗

出版商

1959 年

玛丽安十五至十六岁期间的散记

1929 年 9 月至 1931 年 8 月

就在玛丽安年满十五岁、在特劳的指导下完成首次飞行的同一个月，一名试飞员从纽约州加登城的一座机场起飞了。当时，他已在飞行速度、空中特技和长途飞行方面成绩斐然，而不到十三年后，他将在光天化日之下率领十六架轰炸机展开一场对日空袭，从而被永载史册。

吉米·杜立特 [①] 在空中转了一圈后便降落了。这次短暂的飞行仅仅持续了十五分钟，一切看似平淡无奇。但其实，驾驶舱外蒙上了一层不透明外罩，整场飞行，他除了仪表板以外什么都看不见——这叫作盲飞。这次飞行首创性地使用了多种新型仪表，其中之一便是根据斯佩里陀螺仪原理打造的"人造地平线"。发展到后来，飞行员会在这个陀螺地平仪上看到一个球面，他所驾驶的飞机会叠加在这个球面上。球面中央有一条水平直线将其分为上蓝下黑的两半（分别代表地面和天空），通过机身与这条人造地平线之间的角度，飞行员能够保持正确的飞行姿态。这个装置将改写未来。在此之前，飞机无法在天气恶劣时行驶，所以航班时间无法提前安排，也没有可靠的航线可

[①] 吉米·杜立特（Jimmy Doolittle, 1896—1993），美国空军将领、特技飞行员和航空工程师，第二次世界大战中率编队首次空袭日本数座城市，成为美国国家英雄。

言。邮政飞机被迫涉险飞行，许多飞行员因此死于空难。在这个装置发明之前，如果飞行员长时间看不到地面，那恐怕凶多吉少。如果飞入云端，你很可能会进入螺旋状态，根本来不及做出任何反应就为时已晚。在那种情况下，你会彻底失去方向感，而根据幸存者的描述，他们在空中根本找不着北。

当杜立特首次试飞装配有这个新发明的飞机时，许多飞行员对此不屑一顾，甚至还十分反感（即便他们的众多同僚曾葬身旋流）。较为谨慎的飞行员会时刻留心仪表读数，但万一你稍不留神被卷入旋涡，就算是那些读数也救不了你。那些幸运的生还者（包括特劳在内）一致认为，他们不幸丧生的同僚之所以无力回天，是因为"悟性"还不够。

这些飞行员会说，一切靠直觉。意思是：一个真正合格的飞行员能通过屁股获知飞机的每一寸移动。

不过，其实问题的关键不在屁股，而是你的内耳。而你的内耳会向你发出错误的信号。

假设一个蒙着眼睛的人坐在转椅上慢慢地旋转，如果转速变慢，他会误以为自己停下来了，而当椅子停下时，他会产生反向旋转的错觉。这一错觉源自人的内耳，罪魁祸首是藏匿在那错综复杂的半圆形耳道内的毛细胞和液体。这些小巧、灵敏的器官能检测到头部的偏斜、颠簸和晃动。它们确实厉害，但在飞行状态下会失灵。

一架双翼机在没有人为操纵的情况下，会自然地发生偏斜，然后慢慢开始平缓地转向。这时，如果飞行员看不到外面的地平线（因为夜间飞行或被云遮挡），他不一定会察觉到机身发生了侧斜。如果这种状态保持一段时间，你的屁股和内耳都不会发出警示，没有仪表的辅助，你会误以为飞机仍处于平飞状态。但实际上，机头已经开始往向下倾斜，飞行路径将像漏斗般不断地收紧。终于，你意识到了速度在加快，海拔在下降，引擎和拉线发出了异响，各种仪表指针都开始转动，一股力量把你按在了座位上。要是没有人造地平线，你只会觉得飞机正在下坠（速度加快，海拔降低），却意识不到它在转向。到了这个时候，机身可能已经严重偏斜、垂直于地面，甚至上下颠倒了过来，但如果你试图往后拉杆来拉升机头，你只会进一步收紧下旋路径。

这就是**死亡螺旋**。

接下来，会出现三种结局：你刚好从云层中突出重围，重新找到了正确方向并成功纠偏；飞机在压力下解体；或者，飞机不断地下旋，直至坠机。

假如飞机上配有合适的仪表，就算云层像上帝那白色长袍的毛绒下摆那样耷拉到地面，你还是有一丝机会能让机身重新恢复平衡。但是，要获得正确的方向感并不容易，空中充满了陷阱和诱惑。有些飞行员号称自己的仪表在天上失控了，事实当然不是这样的——发出错误信号的是他们的身体，而不是仪表。人的内耳会逐渐适应螺旋状态。所以，就算你已经脱离了险境，虽然你看到仪表显示你已经恢复平飞了（事实确实如此），但你的耳朵会有不同意见。这跟旋转椅是一个道理：这时你耳道内的液体和听觉毛细胞都告诉你，你又开始旋转了。有些飞行员会选择服从自己的耳朵，而不再相信仪表的读数，最终再次将自己卷入旋涡。他们在错觉和理智当中选择了前者。

跟那些冷冰冰的仪表相比，你活生生的身体显然更加可信，于是你认定自己正在盘旋而下，死亡正等待着你。

但事实并非如此。你只不过是在云中失去了方向感，仅此而已。

时间来到了十月，玛丽安十五岁生日后的第二个月。股市崩盘，黑色星期四和黑色星期二相继到来。所有指数暴跌，一切分崩离析。

但玛丽安对此几乎一无所知。华尔街离她十分遥远，何况她还总在飞来飞去。

如果飞得足够高，换上了斑驳秋装的山脉看上去就像一块块覆满青苔的岩石，她不禁把自己想象成这片石群上空的一只小飞虫。她与飞虫之间的差异有多大呢？如果把这跟行星之间的距离比，跟太阳比，那又是种什么概念呢？

特劳拒绝了她每天飞行的恳求。他说，不能操之过急，你需要时间慢慢地积累和沉淀。

不过，特劳本来就没空每天指导她。他得经常往返于加拿大的村庄和米苏拉山里某条隐蔽的跑道。提货的人会在那里等他，然后把他运来的酒运往四面八方。这个国家渴望酒精，举国上下都想借酒消愁。要是他在夜晚降落，那些酒贩会用车灯照亮跑道，在大山深处投射出一小片闪闪发光的绿地。

玛丽安继续给斯坦利送货。有一次，她在转弯时恍恍惚惚地把刹车当成了脚舵，猛踩一脚，险些酿成车祸。

特劳说，想要成为合格的飞行员，她得不断地练习；想成为优秀的飞行员，那就需要加倍地努力，除此之外还需要一点天赋和大量耐心。那成为伟大的飞行员呢？特劳耸了耸肩：不是每个人都有这种潜力。

她没有告诉他，她决心要成为一名顶尖飞行员。很可能他会反驳说，世界上不存在什么顶尖飞行员，她还不如决心变成一只鸟。而且，别说是飞行员了，连鸟都会在恶劣的天气中迷失方向，撞到什么东西，或者因为判断失误而摔死。

经过了六次一小时的培训后，她开始单飞了。特劳认为单飞要趁早，不然脑袋里积蓄的东西反而会成为阻碍。"像平常那样飞就行。"他嘱咐道。第一次独自升空的她将全部的注意力都放在了飞机的操纵上，因此没工夫沾沾自喜。特劳的声音萦绕在她的耳畔，指出她的操作错误，让她感觉自己并不是在孤军奋战。飞机着陆时弹跳得厉害，于是特劳扬起胳膊，示意她再来一次。这一次，她在低空来回盘旋，对准了跑道，但落地后的滑行距离有些长。平时脚下的地面明明十分稳固，可是一到着陆的时候，却变得摇摇晃晃，这让她深感无奈。只见他扬起胳膊，示意她再来一次。

"如果你想到真正的山区开飞机，"特劳对她说，"那哪怕是在半枚硬币上你也得给我停稳了，否则你就等着滚下悬崖或者摔进树林里吧。"

"那我什么时候能到真正的山区飞呢？"她装出一副迫不及待的样子，但其实心里很清楚，以自己目前的能力，在空间充裕的平整跑道上着陆也绝非易事。

"还得再等等。"他回答说。

他在米苏拉机场的跑道上用粉笔画了一道线，以此来锻炼她着陆的精准性。用他的话来说，山区飞行员必须学会短距着陆。他对她的要求是，十次中有九次都必须停在离那条线五十英尺以内的地方。她踌躇满志，一心想要练就精准的技艺、高超的心理素质和过人的直觉。

巴克莱·麦昆成了她课后的倾诉对象。

"特劳说我得忘了原本的直觉，培养新的直觉，"在他家门口，她把货篮放在脚边，开始对他滔滔不绝地说道，"因为如果你跟着直觉走，就必死无疑。"

"我没听太懂。"

"比如说，如果你落地前下降的距离太长了，是不能把机头对准地面的，因为那会增加速度，结果凶多吉少。还有，要是你在对齐跑道的时候没有转够角度，这时你不能加脚舵，否则会开始螺旋下降。特劳说，如果遇到这种情况，那你干脆就对准墓地开吧，这样大家都能省点事儿。"

"听起来很危险啊。"

"当然危险了。"

当她第二次去找特劳上课时，她知道巴克莱已经正式成了自己的赞助人，而他最终会索取何种回报，目前还不得而知。她试图说服自己，即便她这一次拒绝了他，他还是会想方设法潜入她的生活。

"你不会害怕吗？"他问她。

"不害怕。"然后她又补充说，"也许偶尔会有那么一点儿，但这很值得。"

"坦白讲，我宁愿你能安生地待在地面上。"

她害怕接下来他会说：他宁愿她能待在地上，这样他就能把她留下来了。但他只是咬了一口斯坦利让她送来的奶油泡芙，让糖霜撒在了他的黑色背心上。

对于他赞助她学习飞行这件事，双方都从未把话挑明。他始终没提她让赛德勒带的话，也没提她日后要还这笔账的计划，于是她决定把这当成一个不言之约。她也没向他坦白，她知道华莱士的车就在他的车库里。他们也没再谈起过多莉之家。送货女孩和富有的牛场主假装成了一对朋友。但是，就算两人再怎么心照不宣，这种自欺欺人的状态是无法一直持续下去的，那层窗户纸迟早都会被捅破。一想到这儿，她就心绪不宁。

她等着他发话，但他只是继续享用着他的甜品。他的下巴粘上了糖霜。当她意识到他会继续对自己大发善心时，一阵充满柔情的喜悦突然促使她伸出手去，但他捉住了她的手腕，没让她擦去下巴上的糖霜。

在天上的时候，她的世界无疑比地面上要立体、丰满得多。她必须时刻留心飞机的三条轴线——它此刻在空中的位置，以及下一秒、下一分钟的位置。特劳不断地让她练习起飞和降落，直到地平线的升降和引擎声的起伏开始与她融为一体。她学会了把飞机控制在近乎失速的状态，将滑行放慢到控制器开始不听使唤（但浮力还没消失）的速度。遇到侧风时，她还掌握了侧滑（这有助于短距着陆，但那条白线依然是一个不小的挑战）。

渐渐地，米苏拉微缩版的街道和楼房已经不再让她感到惊异，这座城市开始变得平淡无奇，仿佛一块旧地毯上熟悉的图案。

"练得差不多了，"有一天，特劳对她说，"我们换个地方飞吧。"

他们飞了趟弗拉特黑德湖。不算远，但也是一次突破了。在她的飞行记录本上，她第一次在备注栏上写下了"长途"两个字。

之后，"长途"这两个字成了她的家常便饭。特劳教会了她如何根据铁轨、公路和河流判断方向，在指南针和时钟的指示下飞行。她的两侧膝盖分别绑着地图和用来计算飞行数据的笔记本。她懂得了黎明和黄昏时分的气流最为平静，还学会了时刻留意适合着陆的地方，以防引擎突然熄火。

她不理解蒙大拿为何如此空旷与乏味。她一直认为只要飞得足够高，就能将整个世界尽收眼底，这个异想天开的念头至今仍挥之不去。但到目前为止，她看到的只有峡谷和山脉、无穷无尽的树木，以及时隐时现的光束。她想看看不一样的风景。

于是她对特劳说，改天他们可以飞去海边看看，一天就能往返。

"还没到时候，以后会的。"他回答。

一天，他们飞到了卡利斯佩尔和怀特菲什上空，他指向山谷里的一个屋顶。"那是班诺克本。"

"什么班诺克本？"

"我以为你知道的，那是麦昆的农场。"

那是一栋带烟囱的大房子，被森林、山脉和葱郁的峡谷包围。"这片地有多大？"她问道。

"噢，这我可说不好。反正这一带都是他的，然后还有另外一片。"

后来，杰米告诉她，班诺克本是一首诗的名称，作者是罗伯特·彭斯，讲的是一场苏格兰人打败英格兰人的战役①，他在学校学过。他从一本书上找到了这首诗并拿给她看。

---

① 罗伯特·彭斯（Robert Burns，1759—1796），苏格兰诗人。班诺克本战役发生于1314年6月，是苏格兰国王罗伯特·布鲁斯的军队在第一次苏格兰独立战争中对英格兰国王爱德华二世的军队的一次胜利。

英格兰人现身班诺克本

苏格兰人没有却步

他们正等待破晓来临……

她问杰米："这场战役之后发生了什么？"

他回答说："他们获得了独立，但只持续了一段时间。"

"时刻已到，决战已近。"这句被她牢牢地记在了心里。

一天傍晚，她独自在空中飞行，没按约定的时间降落。她往西行驶，追逐着那快要从地平线上消失的夕阳。黑暗从她身后袭来，慢慢地盖过穹顶，直到她眼前只剩下一道狭长的锈红色。返程时，她又被星空渐渐地包围。特劳找来了几个人用车灯照亮跑道，好帮助她降落。她的平安归来让他如释重负，但又怒形于色："万一你出事儿了，你觉得他会怪谁？"

十一月来临了，棉白杨裹上了一片金纱。层林尽染，秋色怒放。

有一天，她发现自己的私房钱变少了，她一猜就是华莱士拿了。她把剩下的钱都存进了银行，不过，把自己的非法所得放在这么光明正大的地方，不免让她感觉怪怪的。接下来消失的是他父亲留下的几本带有不少插图的古董书，然后是几件表面看起来比较值钱的小玩意儿：一匹翡翠马，还有一串象牙珠。

"它们上哪儿去了？"她走进了华莱士的工作室，"你把它们卖给谁了？"她知道答案一定是巴克莱·麦昆。画架上没有画布，他有一阵子没画画了。而且据她观察，他现在也已经不去大学了，但她不知道他是被解雇了，还是只是不去而已。调色盘上的颜料早已干涸，还蒙着一层厚厚的灰。

华莱士穿着浴袍和无领衬衫，光着脚丫子，闷闷不乐地瘫坐在一把扶手椅上，用一只手的拇指和食指撑着脑袋。一看就知道他还没从宿醉中醒过神来。她站到了他跟前，杰米则在门口偷偷地张望。"我把它们寄给纽约的一个古玩商了，"华莱士回答说，"那人是我在那儿住的时候认识的。那马很值钱。"

"那我去把它买回来，你收了多少钱？"

他报出了一个天文数字，她的钱远远不够。

"那东西不是你想卖就能卖的。"

"玛丽安，"杰米在一边提醒她，"它也不属于我们。"

她低头看着华莱士。"你怎么不继续画画了？怎么不卖你的画了？你不是画家吗？"

华莱士在椅子上缩成一团。"我画不出来了。"

"怎么可能，"杰米说道，"你像以前那样去山里就行了。"

华莱士摇了摇头。"我试过了，但就是画不出来，就好像我画画的那条胳膊被砍断了一样。"

"这怎么可能？你要动的是脑子。"

"你让我动脑子？"华莱士没好气地说，"如果你觉得画画这么简单，那你来画啊。我又不是没见过你那些小素描。你去画吧，看看有没有人买。"

"杰米的水彩画可是有人会买的，"玛丽安说道，"他在镇上卖过画。"

蓬头垢面的华莱士一脸不屑。现在，杰米的素描和水彩作品已经相当拿得出手了，至少玛丽安是这么认为的，但华莱士对此十分漠然。

"至少我在努力，"杰米对他说，"玛丽安也是。"

"我也在努力啊，"华莱士义正词严，"很遗憾，我的努力没能打动你们。那马对你有什么用处吗？请告诉我。"

"算了，"玛丽安说，"卖了就卖了吧。你拿钱干什么去了？"

"我有几笔债要还，很紧急。"华莱士已经把脸搁到了掌心，仿佛他的脑袋正变得越来越沉。

"几笔债，"玛丽安说，"所以还没全部还清？"

"没有，还有些没还上。"

她给小屋上了锁，保管好了唯一的钥匙。

十二月。

理查德·伯德中校曾在 1926 年作为领航员，与飞行员弗洛伊德·贝内特①一同飞越了北极点，如今，他又飞越了南极点。在他死后，人们将一致认为，他和贝内特很可能并未抵达北极点（伯德的手记中缺失了六分仪观测记录，而且两人都无法提供飞机的最大速度和飞行用时的信息）。不过，伯德一行人确实飞越了冰天雪地的南极高原，并最终抵达了南极点，他们驾驶的飞机是以当时已经过世的贝内特的名字命名的。

米苏拉的冬天沉郁而暗淡。漫天飞雪从天而降，树木和峭壁在一片苍茫中影影绰绰。

如果云层低垂在半空，特劳会冲玛丽安摇摇头，取消训练安排。有时候，他们会在飞行途中遇到突然积聚的云朵，眼前瞬间变成白茫茫的一片。

"云里面是一片灰突突的，什么都没有，"她对杰米说，"有时候你会觉得自己好像根本不存在似的，好像整个世界都不复存在了。"

"那听起来也太可怕了。"他感叹道。

"但等你从另一头出来的时候，周围一下子就敞亮了，就像有人取掉了你的蒙眼布。"

有时候，当他们冲出云团后，她会吃惊地发现机翼是倾斜的，但她刚才明明一直在竭力保持平衡。

"如果我们倾斜过度了，我马上就能判断出来，"特劳对她说，

---

① 弗洛伊德·贝内特（Floyd Bennett，1890—1928），美国空军飞行员。

"你得学会找感觉，一切靠的都是直觉。"

可是，就算是由他来操纵，机翼也会有倾斜的时候。她觉得云层里一定有一股邪恶的力量，无论如何都要打破他们的平衡。再说，如果特劳真的对自己的直觉信心十足，那为什么每次云层变厚的时候，他都会立即返航，尽快降落呢？

夜里，她在门廊醒来时，偶尔会发现一个黑影站在她身边，抚摸着她的肩膀。她从没被这黑影吓到过，而且连眼睛都还没睁开就猜到那是凯莱布。当她起身跟他一起走向小屋时，杰米有没有被吵醒过？也许他知道他们俩干的事儿，但他没吭声。

"你跟巴克莱·麦昆也会干这事儿吗？"小屋里，凯莱布在那张窄窄的床上问她。两人并排平躺着，肩膀紧紧地贴在一起。天花板的下方，飞机模型的机翼被月光染成了白色。

"我跟他什么事儿都没有。"

"但你会去见他。"

"你怎么知道？"

"又不止我一个人知道。"

"是斯坦利让我去给他送货的。"

"他还需要从斯坦利那儿进货？他什么酒没有？"

"可他连酒都不喝。"

"所以他是个不喝酒的酒贩子？"

"他好像觉得叫他酒贩子是不尊重他一样，所以我们就假装他不是。而且我们还假装他并没有在赞助我学开飞机。"

他把手放到了她的两腿间。"那他对这事儿会有什么看法？"

一股恐慌从她心底喷薄而出，犹如火山笼罩着地平线一般。"我不会告诉他这个的，打死也不会说。"

"这么说你喜欢他咯？"

"这跟你有什么关系？"她避而不答。此刻，他的抚摸开始变得意味深长起来。接着，他伸手去拿放在窗台上的信封，里边装着避孕套。他们并不是每次都能有避孕套，但没有的时候，他会及时抽离。一提到可能会造出小生命，两人就会用笑容来掩饰内心的恐惧。

"你当然喜欢他，因为他，你才能学飞。"

"没这么简单。"

"所以说你确实喜欢他咯？"

"别说了。"

"不过，你也喜欢我们现在这样。"

"嘘……"

这个冬天，她学会了用冰橇着陆。判断高度是一个主要的难点，因为距离雪地十英尺远跟一百英尺远在视觉上并没有明显的区别。有时候，冰橇与地面瞬间的接触会让她猝不及防。另一个难点则是通过引擎反转操作来停住飞机，因为冰橇没有制动系统。

"进来坐坐吧。"巴克莱对她说。在天气最冷的几个月里，他们会一起坐在厨房的桌子边。她每次都不确定赛德勒是不是也在家，不过地板的偶尔嘎吱声会暴露他的存在。巴克莱很小心地不让自己碰到她，但在他跟前，她全身都变得异常敏感。他的存在让她餍足，她觉得自己仿佛刚刚脱离了云层，进入了一个让人眼前一亮的鲜活世界。

"给我讲讲你的飞行训练吧。"他对她说。

她将一切来龙去脉向他娓娓道来，每一个细节都不放过，感到与他分享是件幸事。杰米对她描述的各种危险表示害怕，而且一听到巴克莱的名字就坐立不安，而凯莱布则根本没耐心听她絮叨那些技术细节。至于华莱士，跟他说这些简直就是对牛弹琴，而且还是头喝得烂醉的牛。但是，巴克莱不一样，就算她讲的是最晦涩难懂的理论概念，他也都能耐心听完。

他从没坐过飞机。他觉得那不太牢靠。

于是她表示自己总有一天要带他飞行。她信誓旦旦地说："你会喜欢上坐飞机的感觉的，到时你会大开眼界的。"

他回答说：车里看到的风景就已让他心满意足。

他还会问她生活中的其他事情。他的语气彬彬有礼，但那不达目的绝不罢休的态度堪比新闻记者。

"所以说，"他对她说，"这个名字稀奇古怪的特技飞行员——"

"他叫菲利克斯·布雷福格尔，这名字哪里稀奇古怪了？"

"所以说，这个弗雷德里克·布斯诺格尔从你头顶飞过，害你差点儿从马背上摔下来，这就让你下定决心，长大以后要开飞机了？"

"没错，我在内心深处下定了决心，我非常坚定。"

"我的天啊……但这又是为什么呢？"

"我也不知道。"

"你心里总该有点儿数吧。"

"你不是说过，你第一眼看到我的时候，虽然根本不知道我是谁，但偏偏就想要认识我吗？"他点了点头，"这跟那是一样的。"她其实是想说，这就像是突如其来的一见倾心。

"这两件事儿怎么能相提并论呢？"

"也许是不一样。不过另一个原因是，我也想去看看别的地方，而我意识到飞机能帮我实现这个愿望。"

"我跟你说过多少次了，你以后就会发现的，蒙大拿不比其他地方差。"

她希望他能将心比心地站在自己的角度思考问题。"再说了，我不想再为华莱士操心了，我已经厌倦了。过去我总是很内疚，觉得我们拖累了他，但这阵子，我觉得他连自己都照顾不好。"

"那杰米呢？"

"如果把一切都甩到他身上，我会自责的。"

"我是说，你难道不会想他吗？"

"当然，我会特别特别想他。"

巴克莱神情严肃。"我跟你说过我有个妹妹叫凯特吧？我真希望能把她的命运紧紧地攥在手心里，为她遮挡一切风雨。但这种愿望让我承受了很大的负担，而且这是不可能实现的。"

"我刚才想表达的也是这个意思。要是没有任何人需要牵挂，也许一切会变得更好。"

他凑近了她，交叠在桌上的双臂向前移动了一些。"你错了，要是没有任何牵挂，你就会陷入深不见底的孤独。"

春天来临时，她学会了在夜间着陆。米苏拉的停机坪现在有了路灯。

特劳还教会了她在蹬脚舵的同时打方向，避免因为向前猛冲而撞到障碍物。现在，她已经能在离白线比较近的地方停下飞机了，有时候还刚好能停在白线上。

1930 年 5 月，约克郡鱼贩之女、二十六岁的艾米·约翰逊[1]独自开着一架德·哈维兰"吉普赛蛾"，从伦敦南边的克罗伊登机场起飞，最终抵达了澳大利亚达尔文。她开着这架敞篷双翼机，以八十英里的时速飞行了一万英里，一路不是酷热，就是严寒，还得忍受阳光的炎烤和汽油的熏臭。在这之前，她仅有过八十五小时的飞行经验，连着陆都还没怎么掌握。但她持有地面机械师执照，对飞机引擎很是了解。行程中，她在巴格达附近迫降，等待一场沙尘暴过去，她戴着覆满沙土的护目镜坐在机尾上，手里拿着一把左轮枪，同时耳听八方，辨别自己听到的声音是野狗在吠叫，还是狂风在呼啸。抵达卡拉奇时，她打破了速度纪录，但撞坏了一个机翼，于是只能停下修理飞

---

[1] 艾米·约翰逊（Amy Johnson，1903—1941），英国女飞行员。

机。到了仰光，她又摔坏了另一个机翼、起落架和螺旋桨，因此又耽搁了一段时间。这次飞行全程耗时十九天半，最后五百英里她是在帝汶海上逆风飞完的，燃料所剩无几。最终，她顺利降落在了达尔文，并一举成名，但对自己创下的新纪录仍略感失望。

　　玛丽安快满十六岁了，特劳决定带她去真正的山区飞行。这一天终于来了。他们顺着峡谷来到了山脊上空，底轮离树冠仅咫尺之遥。这次飞行让她有了新的收获：在岩石和树林的上方，有一张看不见的风之网，如果她一直沿山脊的背风侧往前直飞，久而久之，空气就会变成流沙，将她吸入深渊。

　　她练习着陆的地方则位于深山里，也就是特劳运货时使用的跑道。她必须掌握短距着陆，这容不得半点儿差错。

　　让特劳无奈的是，他无法教给她更有难度的特技飞行。"用这大姑娘可不太合适，"他指的是他们驾驶的这架空中之旅，"但你还是得多练练。如果平时习惯了上下左右颠倒，那万一真出了什么问题，你就能保持镇定了。"

　　"特劳说，一定要练习如何在空中旋转，这样就能应对突发状况了，"她告诉巴克莱，"他说飞行员必须学会怎么保持镇定，还得锻炼反应速度。"

　　关于学习的现状和对未来的预期，她内心无比明确。几周后，来到停机坪的她惊喜地发现，空中之旅旁边又多了一架崭新的亮黄色斯蒂尔曼双翼机。特劳咧开了一个大大的笑容，两人绕着飞机走了一圈，欣赏着它闪亮、傲人的风采。但这时，他却低声问她："孩子，你确定吗？"

　　她开始渐渐明白了，华莱士是如何在债台高筑的道路上越陷越深的。就差最后这一点儿了，她这样告诉自己。等她学成后，马上就能开货机了，马上就能开始还债了。"至少我能学些特技了。"她回答道。

　　特劳和玛丽安一前一后坐进了机舱，两人戴着头盔和护目镜，背着降落伞，肩部绑上了安全带。这架斯蒂尔曼用的是驾驶杆，而不是方向盘，起初她还不太习惯。"要用手肘发力，不要用肩膀，否则拉的时候方向会偏，"特劳在起飞前叮嘱道，"你得学着找到感觉。"这是他的一贯理论。她喜欢上了坐在紧凑的开放式机舱里那种刚刚好的感觉，她的腿往前伸直后恰好能碰到脚舵。她也迷恋上了风吹在脸上的感觉。

　　两人第三次开这架新飞机的时候，她手中的驾驶杆突然猛地动了一下——这是特劳在告诉她现在由他来操纵。只见他陡然拉升了高度，然后开始了俯冲。就像翠克西·布雷福格尔曾经做过的那样，他在空中翻了个筋斗，但这一次，玛丽安不再光顾着欣赏不断翻转的天空和地面，而是紧紧地盯着面前的仪表。接着，飞机又回到了平飞状态。特劳没有回头，但他举起了双手，示意现在重新由她来操控。起飞前，他已经向她交代了各种要领：海拔、速度和引擎转速应当保持在什么范围，在最高点时她会感受到的轻盈和缓慢，以及向地面俯冲时要注意什么。"翻筋斗跟平着转弯原理是一样的，"特劳表示，"只不过就是竖起来罢了。"

　　于是，她拉升了高度，然后开始了俯冲。

　　"我今天在天上翻筋斗了，"她在门廊上告诉杰米，"准确地说是三个。"她的心怦怦直跳，仿佛在袒露什么心迹。不过，她不会告诉他，事后她去见了巴克莱，而当他打开门后，她一把抱住了他的脖子，亲吻了他。

　　停顿许久后，杰米才满不情愿地开了口："感觉怎么样？"

　　"你可别笑话我——"

　　"那我可不敢保证。"

　　"我感觉自己变成了一个固定的点，我操作着控制器，然后世界就会围着我打转儿。我觉得——我简直变成了宇宙中心。"

他笑了。"这难道不是你一贯的感受吗？"

她也笑了。"也许我确实就是宇宙中心呢。话说，你有没有这么想过？"

"你就不担心他到底在打什么算盘吗？"

"我当然担心了，不过这主要是因为我不知道他到底想怎样。"

"我倒觉得他的目的非常明确。"

"如果他只是想跟我上床而已，那我倒会松口气，那还简单些。"但其实她知道他真正的目的，或者说，她以为自己是知道的。

你得学着找到感觉。俯冲时的她感到身体格外沉重，但来到筋斗的顶端时，虽然系着安全带，她却感到自己腾空飘了起来。

巴克莱将她一把抱了起来，她的双脚离开了地面。两人四唇相接，身体紧紧地交叠在了一起。她的脚下失去了门槛的支撑，刚才促使她主动索吻的那股笃定的冲动一下就消散了，不安和恐惧瞬间漫上了她的心头。此刻的他忘乎所以、拙手钝脚，好像一条凭着本能向上游扑腾的鲑鱼。她想要挣脱他的怀抱，但有那么一两秒钟的时间，他似乎无意让她重获自由。接着，她拼命扭动起来，弓起后背，方才让他从恍惚中醒来。于是他忽然松开手，害她险些跌到了地上。

"真抱歉，"他上气不接下气地举起双手，仿佛在证明自己身上没有携带武器，"你太让我意外了，我刚才真是毫无防备。"

她努力稳住了自己。"没事儿的。"

两人这会儿都在躲着对方的目光。玛丽安走到门槛边坐了下来，他跟了上去，坐在了她身边。

她对他说："我来是想告诉你，我今天学会在空中翻筋斗了。"

"嗯，我听说特劳多了架能练空中特技的新飞机。"他露出了扬扬自得的笑容。

"他说这是赛德勒先生的最新收藏品。"她一反常态，大胆暗示了巴克莱赞助自己飞行的这一事实。

"赛德勒可是个航空迷。"巴克莱说。

"他真的很懂双翼机。"

"他说他培养出了一个前途无量的飞行员。"

听到有另一个人对自己的未来表示肯定,她感到一阵狂喜。巴克莱赐给了她特劳老师和一架飞机,现在又给了她信心。

她问他:"你现在做好防备了吗?"

"怎么了?问这个干吗?"

这个吻不如刚才的那么强烈。她感受到了他放慢的呼吸,他的身体还稍稍往后躲了一下。她不自觉地跟了上去,就好像自己被一条粗麻绳用力地与他绑在了一起。

他避开了她。"玛丽安,我不能跟你这么闹着玩儿,我们不能像现在这样下去,你现在最好还是回去吧。下次来的时候,我们得恢复之前的相处方式。"

那是她开口询问他的真正目的的绝佳时机。但她已经没必要开口了。

"他想娶我。"她对杰米说。

"他跟你明说了?"

"他不用说,我也明白。这让你感觉好点儿了吗?"

"我不觉得。"

"我也不觉得。"

"他怎么会有这种想法呢?"

"你还真会夸人哪!"

"拜托……到底为什么啊?你不过是个孩子而已。"

"我才不是。"

"你就是。"

我就是觉得我非得认识你不可。

她接着说："我刚好触动到了他的心弦，而他是那种一旦有了某个想法，就不会轻言放弃的人。"

"这么说起来，你们俩至少有个共同点了。那你准备嫁给他吗？"

此刻，她在翻筋斗时产生的那种轻盈感已经消失殆尽，剩下的只有俯冲给她带来的坠落感。她真希望杰米会劝自己别这么想，说她不必这么做。她真希望他能提醒她，巴克莱这是把她当成了一件物品——这样她就能将这个荒谬的念头置之脑后。她还希望他问她爱不爱巴克莱，而她会回答，好像是爱的。也许，她确实爱着巴克莱，或者至少对他有着一种强烈的渴望。但同时她也已意识到，她掉到了一个陷阱当中，至于这个陷阱有多深、多复杂，她还一无所知。

但杰米知道，多说无益。月光下，她看到了他眼里的怜惜，仿佛他刚刚放走了一只被他呵护多时的野兽，希望它能凭借自己的力量找到方向。

末了，她说了一句："也许我应该嫁给他。"

又到九月，她满十六岁了，现在她天天都会开飞机。若是因为天气原因无法飞行，她就跟着机械师们学习修理。

特劳表示她已经熟练掌握了特技飞行，而且"如鱼得水"。她也有同感，觉得自己仿佛重新找回了一项与生俱来、但尘封多年的能力。操纵飞机时，她绝不会去想巴克莱，也不会去想凯莱布、华莱士或者是杰米。在那架双翼机里，她永远是整个宇宙的中心，她操纵着摇杆和脚舵，让整个宇宙都围着自己打转儿。

螺旋下降：飞到高点后，把油门收到近乎失速的状态。蹬右舵，把杆子往后拽，再向右推。向下螺旋飞行，引擎轰鸣，机尾翘起，机身猛然下坠。在这一过程中，地面就会变得像不断打转儿的伞顶一样，飞速旋转。

慢滚：将机头对准固定点，把杆子往右推。待机翼垂直后，蹬左舵进行交叉操纵。松开左舵，往前推杆。这时，机身会倒转过来，身体会挂在安全带上，双脚会想要从脚舵上松开，但你不能松开脚。然后将上述操作迅速地反向重复一遍，因为一旦机身上下颠倒，就不能再指望引擎能自动控制了。这就好比用双手控制一辆自行车往一个方向前进，同时双腿又往相反的方向骑着另一辆车。

失速翻转：特劳不愿教她，于是她只能一个人摸索。保持侧飞，直到机身与地面垂直、进入失速状态，这时马上蹬满左舵，让机身以翼尖为支点翻转，接着将杆子向右再向前推，开始俯冲后再拉平机身。

她私自练习失速翻转的事儿让特劳大为光火，他说自己见过不少优秀的飞行员都在这上面栽了跟头。他对她下了一周的禁令，直到她给他带来几瓶好酒、保证绝不再犯才肯罢休。其实，两人心里都清楚，她只不过是哄哄他而已，但他们还是和好如初。

当然，她学会的不光是这些。她还掌握了殷麦曼翻转、英式筋斗、滚筒翻转，还有急转跃升。她把这些动作串在一起轮番表演，在米苏拉上空打出一个又一个巨大、繁复的结，在冰川湖的遗迹之上自由翱翔。

航线飞行员和当地的飞行爱好者们忘记了他们曾拒绝教她飞行。她获得了"红色男爵夫人"和"活力女郎"这两个绰号。他们鼓励她去斯波坎（华盛顿州城市）参加空中表演比赛，但她并没有飞行执照，而且巴克莱也不会愿意让她抛头露面。

天气渐渐变凉了，她得到了一件羊毛大衣和一双重型靴，这样她就能继续开那架敞篷的斯蒂尔曼了。

冬天再次来临。她继续练习冰上着陆和山区飞行，此外，还体验了几次惊险的云中飞行：冰橇擦碰到了树冠，或是差点儿撞上了峭壁。

三月，曾经完成纽约东河四大桥冒险的艾莉诺·史密斯开着一架大马力的贝兰卡，在纽约上空攀升到了两万五千英尺的高度，企图夺回海拔纪录。飞行途中，她的呼吸管被霜冻住了，而且还出了别的问题，可能是有什么东西松脱了，也可能是氧气管破裂了。她在万尺高空中失去了意识，飞机就这样在无人操纵的状态下往下飞行了四英里多。到了两千英尺的高度，艾莉诺忽然从昏迷中醒来，当机立断地将方向对准了一片开阔的空地，机头率先落地，但她奇迹般地生还了。

特劳评价道："这就是强大的心理素质。"

仅仅过了一周后，艾莉诺就再次飞上了天，这一次她飞到了三万两千英尺的高度。

在强烈的嫉妒心的驱使下，玛丽安开着她的空中之旅升到了一万五千英尺的高空，但她对这一高度并不满足。她想当然地以为一万六千英尺的极限飞行高度还是过于保守，于是继续拉升高度。没过多久，引擎便发出了异响，她调节了空燃比后也无济于事，飞机仿佛变成了一匹断腿的马。由于恐惧，她没再往高处飞了。

"算你走运，"特劳如是回应她事后的坦白，"要是飞得太高，你会觉得像喝醉了一样。在那么高的地方，人会变得疯疯癫癫的。你会开始出现幻觉，觉得旁边还坐着另一个人，甚至还会觉得旁边出现了另一架飞机，但这一切其实都是幻象。"

她现在该找点儿活干了。她对特劳、凯莱布和杰米都表达了这一想法，而对巴克莱则是小心翼翼地进行了暗示。她现在已经学成了。经过特劳的调教，她现在已身经百战，她掌握了在各种地方着陆的技能，无论是空间极小的灌木丛和碎石滩、河流中央的沙堤，还是冻湖。现在，她说不定都能像鹰那样停在栅栏柱上，而且还能从上面起飞。

"我现在已经可以开始运货了，"她反复对特劳强调，"我想发挥点儿作用。"

"我已经完成了所有的训练，"她告诉凯莱布，"但又有什么用呢？他们不让我帮着运酒。我没有执照，也不能参加特技比赛。而且我哪儿都去不了。我学会了开飞机又有什么用呢？"

"我们俩还在那儿假模假样的，"她对杰米说，"巴克莱装作自己跟这一切都没有关系。他是个善良的牛场主，而我就是个送货女孩儿，时不时会跟他聊上几句。你说，这样下去有什么意义？"

"你说他喜欢一切都按他的来，"杰米回答，"所以说，如果他没兴趣跟你假模假样，那你连这个机会都不会有。"

二月，阿梅莉亚·埃尔哈特嫁给了她的出版商乔治·普特南[1]，有些人认为婚姻限制了她的自由。他向她求过六次婚。在两人的新婚之日，她给他写了一封信，表示双方都不应期望对方会保持忠诚，而且她不会一直陪伴他左右，她不能一直被婚姻的枷锁禁锢。她还恳求他，如果两人生活不快乐，他保证一年之内会放她走。

对于这一切，玛丽安当然是一无所知的，她根本不知道天底下还能有这样的交易。

十六岁这一年，有三场飞行对她来说至关重要。

先说第一场。

特劳在一人驾驶空中之旅的途中遇到了恶劣的天气。机身飞出云层后失控地螺旋下降，他没能力挽狂澜——至少，这是看似最合理的解释。他的遗体被发现时已经所剩无几。

玛丽安在小屋里喝了整整一夜货真价实的苏格兰威士忌，竭尽全力麻痹悲伤。特劳不是跟她说过，身边有人故去是所有飞行员的家常便饭吗？他不是跟她说过，她也有可能变成故人吗？在他的葬礼上，她不忍心去看他的妻子和孩子——矮矮胖胖的母子几人满脸悲恸（巴克莱承诺会让他们生活无忧）。她告诉自己，特劳死得其所，他只不过是没能闯过这最后一关而已。事故发生的时候，他一定在专心解决问题，都没来得及害怕，他一定是瞬间死亡的，所以走得没有痛苦。

---

[1] 乔治·普特南（George Putnam，1887—1950），美国作家、出版商和探险家。

他的身体被严重烧伤。他的门牙紧紧地嵌入了仪表板，当别人把他的遗骸拉出来时，那几颗牙留在了板子上。

巴克莱给她送去了一条葬礼穿的黑色连衣裙，材质是优质羊毛，边缘处缝有黑色罗缎丝带，前襟是一排亮黑色小纽扣。但她却身穿飞行服出席了葬礼，仪式时跟杰米坐在一道。巴克莱坐在姐弟俩的前排，全程未与他们有任何交流，直到仪式快结束时，他才转过身来，向杰米伸出一只手说："祝安康。"

杰米的语气严肃，如同在决斗前向对手致敬一般："您也一样。"

葬礼结束后，她带着还未拆封的裙子来到了那栋绿白相间的房子。

"这个还给你，"她对巴克莱说，"我没穿。"

"我注意到了，"他边说，边把她迎进了厨房，"你不喜欢吗？"

"特劳会在天堂笑话我的。"她把装着裙子的盒子放在了桌上。

"你还相信有天堂？"

"我不信。"

"所以呢？你觉得人死了以后会发生什么？"

"什么都不会发生。赛德勒在吗？"

"赛德勒先生去斯波坎办事儿了。"

"我现在可以开始开飞机送货了。我知道跑道在哪儿，还在那儿练习过。现在特劳不在了，能干这活儿的只剩我一个人了。"

他倚靠在水池边，点燃了一支烟。"胡说八道，这个国家有的是会开飞机的人。"

"可这是我一开始给出的条件，你心里应该很清楚。"

"玛丽安，我可从没答应过你那所谓的条件。"

她怒目而视。"你答应我了，你让我继续学开飞机，这就表示你答应了。"

"如果你觉得，自己只要下了命令，就算是一言为定了，那你可错了。"

"我说了，除非我有办法还你的人情，否则我是不会学的。因为这是不公平的。"

他哑然失笑："所以你觉得让你做自己最想做的事儿是不公平的？"

"不公平的是你不让我偿还你的人情。"

"特劳今天才刚刚下葬，你就想利用他的死来给自己找说辞，这恐怕不太合适吧？"

"这是天意，"她毫不示弱，"他总说意外随时都有可能发生。"

他边抽烟，边看着她。"你的心肠怎么就这么硬呢？"

"如果特劳还在的话，他会告诉你，我已经准备好了。我对这里的山很熟悉，你也知道可以信任我。如果你不想让我飞，那让我给你开车也行。给我点儿活干，让我回去收瓶子我都愿意，做什么我都愿意。我现在就感觉自己好像什么有钱人家的女儿，或是别人之所以愿意教我开飞机，只是因为觉得女孩子坐在飞机里，就好像一条狗在用后腿走路似的，很滑稽。"

在一阵漫长的沉默中，他用挑衅的眼神看着她，她则定定地接住了他的目光。"我没把你当成女儿，也没把你当狗。"接着，他走了两步，把烟掐灭在了一个烟灰缸里，"不过，双翼机本来也装不了那么多货，我觉得冒这个险不值得。"

到此为止，两人已经都卸下了伪装。"能装三十个箱子，"她说，"可能还不止，是特劳告诉我的。如果装的是好酒，还是值不少钱的。而且，这条航路不能断，以后你可能还会想换更大的飞机。"

"就凭这些理由，不足以让你以身试法、铤而走险。"

"我从来就不是什么守法良民。"她觉得自己嚣张的语气有些傻。

"你之前做的事儿都与我无关。"她想要开口，却被他打断了，"玛丽安，就答应我这一次吧，这次我不会依你。现在不行。"

"但以后呢？我还要等多久？"

犹豫再三后，他伸出一只手，轻轻地按了按她的肩，好像在试探水果的成熟度。"如果说连特劳这样经验丰富的飞行员都发生了意外，你怎么确定你能安然无恙呢？"

"我不能确定，但这是我必须得做的事儿。"

"如果你有什么三长两短，我永远都不会原谅自己。"

"但那也不能怪你。"她走到他面前，离他很近，近到她的左脚放在了他的两脚间，"让我运货吧，求你了。"

他似乎马上就要答应下来，但还是把持住了，往后退了一步。"别这么做。"

"怎么做？"

"不要投怀送抱。"

"可是你先要买下我的。"

"我不是要买你，是想帮你。"

"那就帮帮我，让我发挥一下价值。"撂下这句话后，她夺门而出。他并没有追上去。

那晚跟凯莱布一起在小屋里的时候，她史无前例地主导了两人的交合。她以前从未产生过这种念头，但此刻这种想法却填满了她的脑海。她坐在他身上，猛烈地扭动着胯部。

起初，他回应了她的热情，但却渐渐冷淡了下来，而且面露疑色。末了，他把她推开，将精液射在了一条法兰绒浴巾上。她被撞到了墙上，虽然这一下并不重，但她还是冲他大喊起来。他伸手去捂她的嘴，但被她狠狠地咬了一口。她有些希望他能像小时候那样打她，但看到他龇牙咧嘴地把手撤回去时，她知道他不会对自己动手。接着，他出人意料地把她揽到了胸口，紧紧地抱着她，直到她不再动弹。她觉得他在等着自己哭出来。她不会哭的，绝对不会。然后，他们一起睡着了。

天亮后，他穿上了衣服，坐在床沿上，长发顺着背部垂落下来。"我们不能再这样继续下去了。不管你跟他发生了什么事儿，你得自已解决。我帮不了你。"

"没错，没人能帮我。"

第二场重要飞行。

这个计划并非源自特劳的意外，其实她已经酝酿了好几个月。但她之前一直很犹豫，因为这会让特劳非常担心，再者，她害怕巴克莱会责怪他。现在，后果将只由她一个人来承担。

在一个清朗的六月早晨，她开着那架双翼机起飞了，油箱里只加了一半的油。这次飞行并没有什么出其不意或引人注目的地方。她在空中慢悠悠地翻了个筋斗，恢复平飞后，她向西北方向转去，顺着铁路飞行。

夏天来临时，杰米不知所终。几周前，也就是五月底，华莱士在厨房的桌上找到了一张他写的字条，上面说他会离开一阵子，但会赶在开学前回来，还嘱咐他们不要挂念。弟弟的不告而别让玛丽安很是受伤，但接着她的心情又变成了嫉妒。如果知道他要离开，她也许会随他而去。不过，当她意识到杰米恰恰就是因此而没有告诉她时，她又陷入了悲伤。

她的膝盖上绑着一张地图，路线已经策划好了。她在机库留下了一张字条（跟杰米的做法一样）：今日飞长途，明日返回。她知道机场有巴克莱的耳目，只要她没按时回来，马上就有人会走漏风声。接下来，他会火速命令手下人联系大半个国家的每一个机场，悬巨赏打听有关驾驶斯蒂尔曼双翼机的独身女孩的任何消息。她之所以留下字条，只是因为如果不这么做的话，他就会找来无数架飞机展开大肆搜救。

她再次转向北方，离开了铁轨，顺着克拉克福克河向庞多雷湖飞去。她降落在了一个以前见过的荒芜小镇，那附近有她曾留意过的一个加油站。加油站老板开车来给她加上了油。她冒着会被发现的风险停留此处，但这也是免不了的。再次起飞后，她先是向西，然后往北，沿着庞多雷河前行。当河流转过一个弯、汇入哥伦比亚河时，她知道自己已经来到了加拿大的上空。

她在群山间往西飞行，被机翼搅动的气流飘散在山谷间。天气还算理想。她紧贴着一片厚重的云层飞了一阵，螺旋桨半没在雾气里。她一直以来都想驾着飞机前往一个未知的地点，而眼下她正在实现这一心愿。杰米一定也去了西边，跟她一样想亲眼看看大海。

在他离开之前的一个晚上，她从梦中醒来，发现他正轻轻地摇着自己。

"你做噩梦了。"他说。

她梦到了特劳。在梦里，她跟他一起坐在那架空中之旅里，飞机正在螺旋下降，特劳央求她帮帮自己，但她面前的控制器形同虚设。

"我梦到特劳了。"

"我一猜就是，你还说梦话了。"

春寒料峭，树叶窸窣作响。她把身体往里挪了挪，好让杰米钻进被窝。两人躺在了一起，他的头挨着她的脚。

她问他："你觉得特劳当时害怕吗？"

"如果是你，你不会怕吗？"

"我希望他没感到害怕，但我觉得情况恰恰相反。"

"但至少应该是一瞬间就结束的。"

"就算他确知意外总有一天会发生，我觉得他也不会放弃飞行的。"

"他不为他的孩子们想想吗？"

她摇了摇头。"我希望死前那刻他能意识到，巴克莱会照顾好他的家人。"两人都陷入了沉默，然后她又说道，"无论他当时是什么样的感觉，过去的事儿都已经过去了。"

但杰米已经睡着了。

大片大片的山顶积雪跃入了她的眼帘。脚下的空旷让她欣喜若狂——她可以好好隐藏自己的踪迹了。几个小时后，她在一条两边有农田的狭长山谷中开始下降。她的北面是山脉，西面是叫作温哥华的城市。再远一些的地方，她依稀望见了蓝色的海平面，那是乔治亚海峡。她真想马上就飞越海峡，飞越温哥华岛，来到大海上方，但她的燃料已经不够了，而且离天黑也不远了。

她冒险降落在了城市港口北面的一个停机坪。那里的飞行员问她从哪儿来，她回答说俄勒冈州。她询问应该把飞机停在哪里过夜，哪里有便宜的旅馆。他们用好笑的眼神看着她，而她则回敬了一个恶狠狠的目光。她已经无法再让人相信自己是个男孩了——她是一个灰头土脸、满脸雀斑的奇怪高个女孩，顶着一张风吹日晒下的阴阳脸（因为戴护目镜的关系），头发剪得短短的。一名男子从背带裤口袋里掏出油性铅笔和笔记本，告诉她该如何到达几英里以外的一个合租房。"告诉杰拉丁妮是索耶给你的地址，"他说，"她人不错，我会帮你留意飞机的。你叫什么名字？"

"真是太巧了，我也叫杰拉丁妮，"玛丽安回答。她指了指北面的那些高山，"你会去那儿飞吗？"

他摇了摇头。"我不怎么去那儿。"

杰拉丁妮的房子位于一个陡峭山坡的半山腰。她对住客的要求是每天午夜前回家，家里不能有客人，不能在房子里喝酒。玛丽安走进了自己的房间，向窗外望去：夕阳正在西下，不远处，两栋房屋间的缝隙被深蓝的海水填满。有人在敲门。她打开了门，只见杰拉丁妮手里拿着一件睡衣。"我看你没带行李，就想着你可能会想换身衣服睡觉。"

这只是一份简单的心意，但玛丽安不习惯被人这样关心。"谢谢。"她把衣服紧紧地抱在胸前。颤抖的声音暴露了她内心的感动。

"没什么啦，"杰拉丁妮比她想的要更年轻些，她的金发和雀斑与玛丽安不无相似，但五官柔和、身材丰满，"你还好吧？"

有那么一瞬间，玛丽安想向她倾诉一切，将自己的人生和盘托出：她的父母、叔叔、巴克莱·麦昆，还有特劳。她想告诉杰拉丁妮，她才十六岁，孤身一人从蒙大拿飞抵此处，明天，她准备飞去大海上转转，去亲眼看看。杰拉丁妮会感叹道，她真希望自己有玛丽安一半勇敢。

但玛丽安最后还是说，她没事儿，她本来没打算在这儿过夜的，可她的引擎出了点儿问题。

第二天一早，她加完油后便起飞了。她先围着停机坪转了几圈，好让自己进入状态。然后，她飞出港口，穿过海峡，飞越了温哥华岛，终于看到了让她魂牵梦萦的大海。风在海面上吹出了亚麻织纹一般的精妙图案，云层投下了浅浅的阴影。飞离了海岸一段距离后，她想要继续往前，不断地去追逐那没有尽头的海平面。但她知道自己必须掉头了，她必须回到米苏拉，回到现实当中。她告诉自己，最起码，她已经见过大海了。回程途中，她顺着一条小海湾飞向了群山，告诉自己这只是一时兴起，但其实这更接近于一次自我挑战。

海湾尽头，消融后的冰川水泻入了晶莹又浑浊的河流，与浅色的砂砾交织在了一起。她循着河流北上。这里的山峰比她曾见过的那些要险峻得多。这才是货真价实的山区飞行——让她的飞行记录本上的那些"长途"记录一下子变得相形见绌。是时候掉头返回蒙大拿了，但她加大了油门，拉起围脖盖过了口鼻，拉升了飞机的高度——一万两千英尺。她飞越了一处雪白的垭口，来到一片高山盆地上空，被奇崛的岩石和幽蓝的冰川包围。往下看，冰原裂开了一道罅隙，最宽处看起来足以吞没她的飞机。雪面残缺不全，露出了万丈深渊。

引擎发出了噼里啪啦的声音，仿佛在表达着不满。这里太高、太冷了。

她想要掉头离开这儿，但机身变得迟钝又沉重。她调节了空燃比，但引擎依然拒绝服从，甚至出现了失火的迹象。她的心跳也开始跟着乱了节奏。她的双腿感到一阵僵硬，腋窝像是在被针刺。

她在空中不断地盘旋了起来。碎玻璃片似的寒风无情地刮着她的脸。她的胳膊无比沉重，双脚几乎无法蹬舵。没人找得到她，根本就没有人知道该上哪儿去找。深渊会将她吞噬，大雪会将她覆盖。不过，换个角度想，她的愚蠢和莽撞将成为永远的秘密。没有人会找到她支离破碎的身体，也不会有人看到她的牙齿嵌在了仪表板上。无可奈何的巴克莱将只能纳闷她出了什么事儿。她从此下落不明，他只能想象她在世界的某个角落开始了新的生活。他将无法把她禁锢在过去，跟那些死去的人埋葬在一起。此刻，引擎已经越来越不听使唤，她在不断的下降中感到天旋地转。

杰米将永远不会知道，她一手给自己制造了一场多么孤独、无谓的死亡。

关于杰米的念头将她一下子扇醒了过来。她脑袋里的"嗡嗡"一片忽然消散了。不行，她不能把他独自留在这个世界上，不能用永远消失来惩罚他的不告而别。她用意念指挥起灌了铅的四肢，好像吃力地搬运重物一般，将摇杆往前猛地一推，顺着陡坡俯冲了下去。眼看就要撞到冰面时，她把飞机拉了起来。机身和引擎齐齐轰鸣着，她勉强飞过了对面的山脊。

在下降的过程中，她先前被冻僵的脸和手开始暖和起来。恐惧在她体内苏醒了。她的手在控制器上不住地发抖，以至于机身都轻轻地晃动了起来。接着，她往南面飞去。

见她安全归来，米苏拉的飞行员们都松了一口气，问她去了哪儿。"就去了温哥华而已，然后就回来了。"她木然地回答道。这一晚，她不得不在机场过夜，睡在飞机里。

"怎么样？"其中一位飞行员讶异于她的波澜不惊。

"还好啦。"她一边回答，一边暗自思忖，特劳怎么就没告诉过她，冰层下面藏着万丈深渊？

"麦昆都快急疯了，"另一个飞行员说道，"他一上午都在这儿，一直仰着脖子看着天际线，好像想要冲上去把整片该死的天都扯下来似的。"

她刚到家才一个小时，巴克莱就过来了，是赛德勒开着他那辆黑色刺箭把他送来的。华莱士在门口问他有何贵干，但声音很没底气。

"我想跟玛丽安聊两句。"

在楼梯上偷听的玛丽安说了句："华莱士，没关系的。"然后下了楼。她的叔叔一声不吭地走回了屋里。玛丽安则领着巴克莱走向了小屋。

他重重地关上了门。他脸上的雀斑因为愤怒看起来格外明显，眼里满是怒火。他轻声问她怎么能如此狂妄地背叛他，还骂她愚蠢又自私，说他根本就不该信任她。允许她开飞机显然是个错误。"我早该料到，你会拿走我给你的一切，还对我恩将仇报。"

玛丽安一动不动地站着听他说完，然后开始痛哭流涕。他会以为她流下的是歉疚的泪水，但其实，她是为了特劳而恸哭，也为了这次飞行而恸哭——她本以为自己在空中会无所畏惧，她会征服这片天空，到头来却发现浩渺的万里长空竟这般冷漠无情，她根本无力对抗。

他的怒火散去了。"别哭了，玛丽安，求你别哭了。我发这么大火，只是因为害怕失去你。"他抱住了她，"你为什么要这么做？"他激动地嘟囔起来，"你为什么要那样一走了之？"

"我没有一走了之，我就是想出去转转。我都跟你说了多少次了。"她感到他开始松手，于是继续说，"我想去看看大海。"

"那你看到了吗？"

"只看到了一点儿边缘。"

"其实从哪儿看都一样。"

她想跟他讲讲那道深渊，描述一番那种如同被吞没一般的感觉。但她只是轻描淡写，"我在山里受了点儿惊吓，"接着又赶忙加上一句，"我就是飞得有点儿太高了而已，以后我就不敢了。"

他把她抱得更紧了。"有时候你冰雪聪明，可有时候又特别傻。"他的身体温暖了她，让她从余悸中缓了过来。要是杰米在的话，她会向弟弟倾诉这次可怕的经历。但是，杰米抛下了她，而凯莱布也已经弃她而去。巴克莱成了她唯一可以依靠的人。

她用脸抵住他的脖颈，他纹丝不动。她对他说："我最近总是梦到特劳，那些梦很可怕。"

她以为他又该劝自己不要再飞了，甚至还会严令禁止她再开飞机。但他却说："玛丽安，别以为你能像个没事儿人似的，如果你真什么事儿都没有，那才不对劲呢。"

他的仁慈让她的泪水再次溢上眼眶，就像那天面对杰拉丁妮的好意时那样。而此刻，她的泪水变成了涓涓细流，伴随着胃部的隐隐抽搐而滑落。他吻了吻她的耳垂下方。

她对这次飞行感到后悔了吗？没有。只要继续坐在驾驶舱里，她迟早都会看到外面某个深不可测、令她茫然不解的东西。迟早有一天，她会发现自己的勇气是会耗尽的。她唯一能做的就是不断应变，并保持谦卑。所以，她并没有自己想象中那样强大。但那又如何呢？她会继续成长。

巴克莱用一只手抚着她的肩膀，另一只手则扶住了她的背部。他像一个舞伴那样将她往后推，引她走向那张窄窄的小床。两人在床上躺下了。他脱下她的长裤，把手放了进去。她抵住了他的手，摆动起了自己的胯部。他的目光涣散，表情松弛。她不停地摆动着身体，与他保持着对视。

外面传来了赛德勒的一声咳嗽。

那声音十分清晰，仿佛他才几英尺远。巴克莱一下子从神游的状态中清醒了过来，倏地把手抽了回去。几秒钟前的那一幕恍如隔世。

他迅速地站起身来。"对不起。"

她系好了裤子。"你是为了开始道歉，还是为了停下道歉？"

"开始。"他的语气似乎在暗示这个答案显而易见。

"你不喜欢那样吗？"

"我很喜欢。"

"那你为什么要停下来？"

"我无权像刚才那样玷污你。"她把头转向墙壁，等他离开，但他在床边坐了下来，"你不太高兴。"

她感到怒不可遏。她回答他说，没错，她确实不高兴。为什么他没有考虑过她喜不喜欢？她想不想停下？为什么他一定要时时刻刻保护她？如果哪一天她来到了深渊边缘，他是救不了她的。他的行为对她是种羞辱。而不该玷污她这句话简直是厚颜无耻。他的恩惠和他的飞机给她带来的不正是玷污吗？他的所作所为难道不就是利用她的梦想来控制她吗？而当他们俩同心合意时——

她没再说下去，突然意识到自己羞于承认对他的渴求，她想看一看他的身体，想被触碰，还有，她反正也已经不是处女（最后这一点，她会守口如瓶）。没错，她想要与他欢好。

"你想……"他不知道该怎么继续说下去。

"我想给你开货机。"

"就这个？"他的失望溢于言表。

"还有，我想跟你上床。"

虽然假装面不改色，但他的脸上还是显现出了兴奋、得意和渴望之情，同时还伴有一丝担忧。"好吧，"他戴上帽子，打开了门，"好吧，这两个心意我都会满足你。不过今天不行，但很快。"

最后是第三场重要的飞行。

巴克莱终于答应坐玛丽安的飞机了，这是他的第一次飞行。

一个炎热的七月天，他来到了机场，神色紧张地来回踱步，皱起眉头张望着几架飞机。两人离欢爱之事只差咫尺了。她更是已经成了他的货机飞行员。

赛德勒教会了她使用暗号来安排提货，还给她讲解了一张特殊的地图，上面印满了带有编号的小点。这些小点大多是用来混淆视听的，但有一些则代表了真正的藏货点和着陆跑道。

"你不赞成我干这个。"她对赛德勒说。

他目不转睛地看着地图，用念报纸似的语气漫不经心地回答："这轮不到我来发表意见。"

不列颠哥伦比亚省的某个农场成了她的跨境首飞目的地。一个农民开着拖拉机来接应了她，后面还拉着一辆装满箱子的运货车，里边全都是威士忌。

当她再次起飞时，天色已经不早了。飞机燃料因为货物的重量而迅速消耗，机身开始变得不太平衡，她必须得时刻注意着配平。有那么短短一瞬，她再次产生了那种沉重、茫然的感觉，耳边嗡嗡作响，但那恐慌很快就过去了。只有两辆车在跑道边等着她降落，车头灯在暮色中隐隐发亮。她着陆后，两个司机把车倒到飞机旁边，然后打开了车后箱和后座底下的隐藏储物箱。他们轻车熟路地把箱子从飞机上拖了下来。几天后，她收到了下一次提货的指示。

当飞机开始盘旋上升时，坐在前舱的巴克莱缩起了身体，他的头盔顶几乎消失在了玛丽安眼前。她故意把机身猛地斜了过来，想逼他往外看，但那顶蛙背般闪亮的皮头盔就是一动不动。他的眼睛说不定都没睁开。她原本打算带他轻松惬意地飞上一圈，但他缩手缩脚的样子让她十分恼火。于是，她把摇杆往后一扯，再一推，同时踩下了脚舵。飞机一下子翻了个一百八十度。巴克莱的脑袋被悬在了机舱外边，他紧紧地抓住了座位边缘，仿佛一只生怕安全带断了的螃蟹。玛丽安又蹬了一下脚踏，米苏拉重新回到了两人下方。

他转过身去看她，一副声嘶力竭的样子，一边伸出戴着手套的手指指了指地面。她笑了笑，然后掉转机头往东北方向驶去。

当意识到她要飞出小镇时，他再次发出了徒劳的抗议。他拿她有什么办法呢？此刻，他的命运掌握在她的手中，而她还有满满一箱油。

过了半个小时，已经疲于愤怒和恐惧的巴克莱终于坐了起来，他小心翼翼地向两边探出头去。这时，冰川国家公园锯齿般的边缘映入了两人的眼帘。层层冰蓝色山脊若隐若现。阳光照亮了山壁的岩层，有些地方十分平缓，有些地方则层层叠叠。冰川高悬在山坡上，不如她在加拿大看到的那么壮观。山脚下，融冰形成了瓷釉般的青色湖水。

这一次，还没等恐惧感再次袭来，她突然感到嗓子一紧，开始忐忑不安地想象起了两人着陆后会发生的事情。巴克莱会不会将她的空中特技视为对他的又一次反抗、背叛，甚至是嘲讽？但愿壮丽的冰川对他的情绪会有所缓解。万一他用禁飞来惩罚她，她要怎么办呢？她一定会离开米苏拉。她头一回开始思考，他能不能阻止自己离开，或者说，他会不会。

油量指针掉了下来，于是她在卡利斯佩尔掉了头。巴克莱没再转身，也未对她向他展示的奇观给出什么回应。当他们眼前的山脉已经不再那么奇崛时，她感到气恼又筋疲力尽，仿佛在参加一场自己已经毫无兴趣的聚会或野餐。

云团开始变得稠密起来，而且越来越低垂。当两人在傍晚降落时，空中已乌云密布。

"我们得等天气转好。"她用轻描淡写的语气对正从机舱往外爬的巴克莱说，假装刚才他没被自己翻了个四脚朝天。

他抬头看了看天，然后平静地回答："我在这儿有个办公室，我们去那儿避一避吧。"

在他们走回镇上的途中，巴克莱从外套内侧口袋拿出了一串钥匙。"所幸的是，"他说，"这东西刚才没从飞机上掉下去，然后砸到米苏拉某个倒霉蛋的脑袋上。"

一股隐隐的期许牵动着两人，此时他们的举手投足都不太自然。他们来到了一栋建筑的门口，一个抽着烟的男人跟巴克莱打了声招呼，两人寒暄了几句。玛丽安站在一边，巴克莱没有向对方介绍她。这个陌生人用好奇的目光将她打量了一番。

所谓的办公室其实是侧街上的一栋小房子，里面只有两个房间。一个房间里有两张写字桌，上面放着电话、打字机、台灯和木质文件柜，还有一个灶台和水槽。屋里十分整洁。巴克莱走进了另一间房里——一间卧室——然后迅速地拉上了窗帘。她略带迟疑地跟了进去。

"这儿有人住吗？"

"没有，"他指向了一扇紧闭的房门，"你可以到里面去把自己弄弄干净。"

浴室地板铺的是白色八边形瓷砖。里边有一个带脚浴缸和一个拉线式马桶。她在镜子里看到的是一个被风吹得狼狈不堪、满脸尘土的脏孩子，头发像浴帽似的紧紧地贴着头皮。把自己弄弄干净。她看了一眼浴缸。她该洗个澡吗？会不会很奇怪？但不洗会不会更奇怪？她能闻到手上的汽油味。眼下可以肯定的是，他们俩即将同床共枕。她要怎样才能避免怀上孩子呢？他一定想到了这一点，他不可能会想要孩子。

她拧开了浴缸的热水龙头，在水流声的遮掩下方便了一下。当水蓄起来一些后，她坐进了浴缸，好像鸟儿扑通一声进入了水塘。接着，她把脑袋凑到水龙头下，用水槽边的一小块肥皂尽力地把自己洗干净。她感觉自己仿佛在为一场仪式、一场献祭做准备。出浴后，她犹犹豫豫地裹上了浴巾，纠结一番后又把脏了的飞行服穿了回去，却把袜子和靴子提在了手里。

当她向坐在床沿的他走近时，他起身走进了浴室，与她擦肩而过时也并未侧目。她不知所措地站在房间中央，听着他的小便声。然后，她走到窗户边，透过窗帘间的缝隙向外窥视，像个拿着手提袋的老太太似的把靴子提在身前。外边光线灰暗，街上静悄悄的。现在，她听到了水流声和溅水声。一辆黑色的福特缓慢地驶过。水顺着发丝滴在了她的衣领上。

这时，巴克莱的脚步声出现在了她身后。他的胸脯紧靠着她的背，他伸手接过她手中的靴子，把它们扔到了地上。接着，他解开了她的裤子，把它褪了下去，再把她转了过来，又用颤抖的手指解开了她的衣扣。猝不及防的她用一只胳膊挡住了胸口，但他扯开了那只胳膊，并拽下了她的衬裤。他往后退了一步，目光在她身上游走起来，热切的表情中隐含着一丝轻蔑。你是谁？她早已不是多莉之家的那个女孩。与现在的一丝不挂相比，当时那一身不属于她的暴露衣衫似乎更加叫人羞耻。

两人来到了床上。自己浑身赤裸，但他依然穿戴整齐，这让她觉得十分怪异。她感到他粗糙的羊毛长裤摩擦着自己的大腿内侧，他的皮带扣刮着她的肚子，他的衣扣则抵着自己的胸口。她试图为他脱衣，但他一下推开了她的手。他似乎只想让她乖乖地躺着。当她抚摸他的脖子或背部时，他几乎要向后退缩，于是她只得把手放在身体两侧，直到他拿起其中一只，隔着裤子用它揉捏起自己的生殖器来。接下来，他像上次那样将一只手指探入了她的体内，但当她开始摇动身体时，他却皱起了眉头，同时用另一只手重重地按住了她的胃部，让她动弹不得。她想问他准备如何避孕，但他狂暴的表情让她不敢开口。

如同破茧而出一般，他脱下了身上的衣物。他身上除了下腹和腋窝以外，毛发十分稀少。当他站起身去拿外套口袋里的什么东西时，他的阴茎像水龙头似的立了起来。

让她欣慰的是，他取出的是一个避孕套。多莉之家的姑娘们曾经无奈地说，避孕套并不意味着万事大吉，还得费尽口舌说服男伴使用。她们更喜欢用子宫帽，但这东西并不容易搞到。这会儿，巴克莱爬到了床上，用一只膝盖分开了她的两条腿。然后，他停下与她对视，给她最后一次后悔的机会。最初的感觉让她不太适应：她下腹的肌肉承受着他那远大于凯莱布的重量，她的身体内部仿佛被人狠狠地掰弄着。他给她的感觉模糊、遥远，如同来自另一个世界。不过，当他晃动起身体时，她感到一股能量开始收紧、加速，就好像两人在进行着一场力量博弈。

也许她早就料到了，她的空中特技会给她带来这样的后果。

"你还好吧？"他问。

"还好。"

"疼吗？"

"有一点儿。"

"你以前没做过这事儿吧？"

"没有。"

他的盯视让她分辨不出他是不是相信了自己。他倏然抽回了身体，把她翻了个身，让她的脸埋进枕头里，然后粗暴地从后边进入了她的身体。过了一会儿，他又躺了下去，并顺势把她拉到了自己身上。末了，他再次弯下身来，用力顶着她的背部，迫使她的双膝与肩膀碰在了一起。

他一边来回摆弄着她的四肢，一边面露不快，于是她只能把自己当成一个受了惊的旁观者。他到底想把她怎么样？似乎他自己也并不太清楚。她不禁好奇，这是否是他一贯的秉性，是否所有曾与他肌肤相亲的女孩都自觉如玩偶一般，任由一个急躁、蛮横的小男孩肆意摆布。

他不停地把她的身体翻来翻去，苦思冥想着，仿佛她身上藏着一把钥匙，能让他找到自己真正想要的某个东西。她从他无情的摆弄中获得了一种意外的刺激感，但此刻，大费周章又无法尽兴的他已经开始难以保持勃起，这令她始料未及。眼下，他把她的双臂挪到了她的头顶上方、将它们牢牢地按在了床垫上。与此同时，他拾起已经绵软的生殖器，试图把它塞进她的身体。

"该死！"他边说着边翻下了身去。他扔掉了避孕套，躬身坐在床沿，想要通过自我摩擦重新勃起。

"我做错什么了吗？"她问道。

他的胳膊停止了动作。"我不知道怎样才能信任你。"

"那我该怎么做？"

"你得保证不跟别人在一起。"

"这我已经保证过了，但我现在该怎么做？"

他转过身来看着她，仿佛做了个决定。他深吸了一口气，在她身边躺了下来。然后，他一边注视着她，一边用一只手小心翼翼地盖住了她的喉部。他并没有用力，但她的脉搏犹如一只被困住的蝴蝶那样不住地扑腾起来。

接下来发生的跟之前的一切并没有本质上的区别，但他好像终于下定了决心。他按住了她的头部、胯部，还有手腕，然后把阴茎放进了她的嘴里——凯莱布从没这样做过。她迷失在了一场漫长的转变当中：从极度兴奋变得几欲作呕，从毛骨悚然变得肆无忌惮，从羞耻万分变得飘飘欲仙。他的欲念似乎深不见底。她觉得他几乎要将自己摧毁，就像在蹂躏一只小动物那样。而他对她的痛苦甚至视若无睹，因为他想得到的东西并不在她体内，而是远在天边，又或者，那东西根本就不存在。

他达到高潮时的表情无比狰狞。

外面不知何时开始下起了雨。他起身打开了窗户，一股尘土味扑面而来，这是夏季暴雨来临的征兆。

"你还好吗？"他边问边回到了床上。

"我好着呢。"

"我本想温柔一点儿的，真抱歉。"

她不太确定他是不是想让自己回答，没关系。

"不过反正你也没流血。"他心神不宁地说。

"是因为我经常骑马。"她回应道。

看起来他接受了她的说辞。"你知道那个套子是干什么用的吗？"

"这样我就不会怀孕，"她稍作停顿后说，"你特意带了一个吗？"

"我一直随身带着，以防万一。你是怎么知道避孕套的？"

"从多莉之家的姑娘们那儿知道。幸亏那东西没从飞机上掉下去，然后砸到某个倒霉蛋的脑袋上。"

他侧过身来，用手指间轻抚着她的锁骨。"总有一天，我们会想要个孩子的。"

这话让玛丽安措手不及。"这我还没想过呢。"此话绝无半点儿虚假——她从未想象过自己怀里抱着一个婴儿的画面。

"所有女孩都想要孩子的。"

"如果我生了孩子，那还怎么开飞机呢？"

他一脸困惑。"生完你就不会开了。"

她也很困惑。几个月来，他一直在听她滔滔不绝地诉说自己的愿望。她从没提过任何跟孩子有关的事儿。"但我必须要开。"

两人一脸错愕地看着对方。他伸出一只手放在了她的肚子上。"现在还没到时候，以后你的想法会改变的。"

"我想要一直飞下去，我永远都不会放弃的。"

"你现在还年轻，"他语气耐心，"现在让你快乐的东西，以后就不会了。你得清楚，我爱你，我会照顾你的。我会娶你。"最后这几句话的语气似乎不容反驳。

所以说，他从没相信过她的话。一直以来他都只是在纵容一个孩子天真的幻想而已。愤怒如同一把长刀刺穿了她，但她控制住了自己，因为她想了起来，让他在空中四脚朝天、让他害怕，给自己带来了什么样的后果。当他把她的脸按到枕头里、把她当成口袋里的小石子儿那样反复折腾时，他觉得自己重新占据了上风。但事实上，是她主动献身了。他需要夺回主导权，而她也依了他。忍辱负重会给她带来转机吗？她知道自己恐怕不得不委身于他，他将成为两人之间这场博弈的胜者。但如果她现在就马上让步，那便会是全盘皆输。

于是她说道："现在还没到时候。"

她从加拿大的农场带回了一箱又一箱好酒，也开始对业务日趋了解。巴克莱的生意铺得很开。他从中间人那里进货，后者的非法酒源遍布萨斯喀彻温、阿尔伯塔、不列颠哥伦比亚和曼尼托巴等省份。与他有利益关系的人包括苏格兰的威士忌出口商、加拿大的进口商，还有议员和执法人员。他在海伦娜、斯波坎、西雅图和博伊西（爱达荷州首府）都聘有律师，他们帮他掩盖行踪，并在他的手下人落网时提供援助。

一天下午，在那栋绿白相间的房子里，两人躺在他的床上。他对她说："我觉得我们这样不合适。"

"你看起来倒是挺享受的。"

"这不是重点，"他忽然暴躁起来，"你就不能答应我吗？如果你总有一天要嫁给我，那还等什么呢？不如现在就答应我。"

她已经安好了子宫帽。她把那个小装备想象成一个迷你却忠诚的盟友。那东西是多莉之家的柯拉高价帮她搞来的，她猜测其中相当大一部分是回扣。"看着，"柯拉用两个手指捏了捏那东西，"你把它塞进去以后就松手，它会自动就位的。"

玛丽安对巴克莱说，"如果你要我答应，那就跟我保证，我能一直飞下去，可以不用生孩子。"她的语气故作轻松，但他并没有笑，"为什么我们就不能像现在这样继续下去呢？你最终会厌倦我的，到时候我给你当飞行员就足够了。"

他严肃的表情近乎冷峻。"到目前为止，我所做的一切都是偷偷摸摸的。我想要明媒正娶，我希望你能过上体面的日子。"

"我现在就不体面吗？"她的自尊心受到了意外的伤害。

"我想让你过上更安稳的生活，能在这个世界上有个立足之地，"他抚了抚她的脸颊，"我不希望你再回到我第一次遇到你时的状态。"

"你不是说当时我深深吸引了你吗？"

"确实是这样，而且你现在依然让我神魂颠倒。但那是我们俩之间的秘密。如果是别人在多莉之家看到那样的你，他会对你产生一种醒龊的误解，但我看穿了你的本质。"他用胳膊肘支撑起了身体，"那天发现你的必须得是我，这我非常清楚。当时在我眼中，你跟周遭的一切格格不入，你需要我，只是你还不知道而已。一开始我以为你也是卖身女，这让我感到宽慰，因为这说明我可以占有你。但后来当我得知你并非妓女的时候，我觉得自己就像吞下了一颗定心丸一样。我不希望你被其他人占有。"他翻过身平躺下来，然后把她揽到身边，让她把胳膊放在他胸前，一条腿搁在他的大腿上，"那天你第一眼看到我的时候是什么印象？"

"一个陌生人。"

"仅此而已吗？"

"也不完全是这样。"她不愿再提起多莉之家的事儿，她宁愿他对当时的记忆没这么深刻。她将一只手移向他的下腹，他的呼吸声变得沉重起来。

"那还有呢？"他问道。

"我看到了一个男人，他会让我开他的双翼机，而且一直开下去。"

"就这样，这样很好。"但他指的是她手部的动作。

她以为一旦两人同房后，他就会对自己丧失兴趣，因为自己已无法给他更多的想象空间。但他并没有。不但如此，她对房事的热情反而让他更加坚定了娶她的念头。后来有一次，两人因为天气恶劣被困在了他位于卡利斯佩尔的宅所，第二天，在他们已经熟悉了对方的身体后，她头一回显出了对房事的游刃有余，这让他一脸震惊。他问她是在哪儿学会的技巧，她假装不知所措，并谎称那只是顺其自然地发生了而已。他对她说，并非所有女人都能达到高潮，而且更重要的一点是，并非所有男人都有能力激发伴侣进入这种状态。所以，他说，在这两点上，她都是幸运儿。

他再次询问她过去有没有过经验，还说如果有也没关系，他只想听实话。没有，她斩钉截铁地回答，你是唯一一个。巴克莱不可能接受别的答案。

此刻，他用一只胳膊搂着她，紧紧地抓着她的后背。"你看到的是你未来的丈夫。"他半闭着眼睛说道。

"但只是也许，"她回答道，"而且还要过很久很久才会发生。"

从那以后，他们的这场争论在无声中继续进行着，而两人对此持有各自不同的理解。

有时候，她觉得自己应该干脆从了巴克莱。嫁给一个能让她欢愉的有钱男人也不算是件多糟糕的事儿，况且要是没有这个男人，她本来还成不了飞行员。但是，生孩子的想法让她十分畏怯，而且她总感到惴惴不安。

八月，他离开了几周。回来后他问她想得怎么样了，她说已经考虑清楚了。那还需要多少时间？她回答说不知道。

她开始对杰米的缺席感到庆幸。没有他在身边忧心忡忡地唱对台戏（而凯莱布已不再来找她），她便更容易说服自己，没什么可担心的，一切都好好的。至于华莱士，他似乎对她的夜不归宿全然不知，他大多数时间都待在自己的工作室里，边喝酒边听唱片。

她盼着杰米回归，但同时又觉得，他还是再也不要回来才好。

似是而非

九

　　我花了三天的时间读完了玛丽安和卡罗尔·费弗的那两本书，还有戴伊兄弟的剧本。玛丽安的书我一共看了两遍。我倒是没什么别的事儿干，也看腻了电视里的真人秀。大部分时间我都躺在床上看书，再有就是每天早晚泡澡的时候也会看（我得承认，这不是什么珍惜水资源的行为）。温热的洗澡水、玛丽安的思绪，再加上卡罗尔引人入胜的文字，好像羊水一样把我裹了起来，这种感觉惬意而纯粹。我无论如何都得脱离当前的这一刻，但问题是，接下来呢？模棱两可是种舒适区——但前提是，我得相信这种状态会一直延续下去，我能永远藏匿于未知，就像薛定谔的猫那样，处于成为和未成为玛丽安的叠加状态。

　　第二天的下午，雨果假装过来找我"讨论"那两本书和剧本，但我知道他的实际目的是来劝说我，而他也知道我看穿了他的心思。不过，估计他也知道我对此有多受宠若惊，并且有多想被恭维。"这是所有演员梦寐以求的角色，"他假装漫不经心地说道，仿佛在评价一件跟我们之间潜在的合作毫无关联的事儿，"这个角色建立在真人真事的基础上，但也不乏自由发挥的空间。"雨果这人很会拿捏分寸，他知道一味施压可能会让我望而却步。但他也清楚，其实我心底巴不得有人能对我发号施令，替我拿定主意。不过我不太明白的是，他为什么要在我身上费尽口舌？比我更优秀、靠谱，长得也更像玛丽安·格雷夫斯的女演员大有人在。对此我的分析是：对他来说，向一个劣迹艺人递出橄榄枝彰显了一种反叛精神，他就喜欢依着自己的剧本来。

第三天的下午，我接到了雪文的电话——她不知从哪儿听说了我的新片约，第一时间来给我泼冷水。"我觉得还是不要操之过急，我们应该把事情都先放一放，等这阵子过去了再说。"

"不过这片子听起来还不错吧？这角色应该挺有戏的吧？"我这种试探性的表态倒并不是因为认定了这确实是个好机会，而只是觉得如果雪文能跟雨果意见一致，事情就会好办得多。我希望获得更多赞同。

"我反对的原因主要是时机，"她接着说，"如果机会一来，我们就扑上去，最后可能发现人家只想利用你来炒话题。我不希望你沦为笑柄。"

"雨果说了，我们就是演戏给人看的，脸皮不能太薄。你是觉得片酬太低吗？"

"不是的。"她脱口而出。接下来是一阵短暂的沉默，我能感觉到她在重新组织语言。"我就是觉得……根据我的了解……牵扯到的人实在是太多了，他们都各有所图。我觉得这部片子的意图并不明确。"

"所以你觉得我不该接。"

"我觉得你应该问问自己，想从中得到什么？为什么偏偏要选这部片子？"

我展开了一番想象：我开着飞机驶过海洋；我遥望着一片被冰雪覆盖的荒原。在我的想象中，《游隼》是一部优秀甚至称得上卓越的电影，但我脑海里闪现出的只有我本人的浮光掠影，搭配着气势恢宏的背景音乐，就像那种预告片剪得像模像样的烂俗电影。我又幻想起了自己举起奥斯卡奖杯的画面。但如果美梦成真，那我是不是就别无所求了呢？如果雪文说得没错呢？就像她说的那样，我只是饥不择食，被人占了便宜，挥霍了唯一拯救自己的机会？我的未来似乎一片混沌。

有一次，我问心理咨询师："那头发光的老虎是不是应该很吓人？"

他回答："自我有时确实让人感到危险。"

于是我又问："所以我就是那头老虎吗？"

"可以说是，"接着，他又说，"但也可以说不是。"

我最终答应了接演玛丽安这个角色，因为接受比拒绝要容易，就像一脚油门踩到底——毕竟生命只有一次。我亲自给雨果打了电话，他说太好了，这让他激动万分，还说会尽快给我安排试镜。于是，我只能尽力不流露出我对需要试镜这事儿的惊讶。

当年，在参加《凯蒂·麦基》的第二次试镜之前，我好几天都陷在角色里，活脱脱一个戴着少女胸罩的丹尼尔·戴－刘易斯[①]，就好像凯蒂·麦基是个严肃正经的主人公，而不是什么供大众消遣的娇蛮早熟少女。第二次试镜是米奇亲自开车送我去的。当时我还不懂显化那一套，但现在想来，那天我可是把该死的凯蒂·麦基给彻彻底底地显化了出来。走进房间时，我整个人都变成了凯蒂·麦基，成了纯真无邪和活力四射的化身，可惜那耀眼的光芒在整个拍摄期间再也没能重现。念台词时，那几个评委在我的眼皮底下相互交换起惊喜的目光。我像个小太阳一般发射出重重能量，点亮了桌子后面那些成年人的脸庞。那是我有生以来头一遭体验到无比强烈的归属感，我觉得自己做了个完美的选择，一定能得到我想要的东西。

这些年来，我早已不再奢望能找回当初那种感觉，但当我意识到

---

① 丹尼尔·戴－刘易斯（Daniel Day-Lewis, 1957—），英国、爱尔兰双国籍演员，三次获得奥斯卡最佳男主角奖，以对角色的极致投入著称。

玛丽安这个角色并非唾手可得时，想成为她的渴望一下子比之前强烈了千倍。我将自己完完全全浸入了这个人物里。我把自己想象成她，在家里走来走去；我几乎不去看镜子，因为我觉得她一定对虚浮嗤之以鼻；我在椅子上坐得四仰八叉；我还扔掉了我的南加州乡音和拿腔拿调的讲话方式，导致奥古斯蒂娜以为我对她有所不满。我全天候扮演着玛丽安，模仿她的自信和独立。我把谷歌搜了个底朝天，把所有能找到的她的照片都点开看了一遍，我还看了所能找到的唯一一段视频：玛丽安和领航员艾迪·布鲁姆在新西兰的一次试飞后爬出了机舱，他咧嘴一笑，而她把手揣在口袋里，他们彼此对视了一眼，然后她看了看飞机。两人各有一个特写，她的眼睛躲开了镜头，而他看起来结实又友善。在卡罗尔·费弗的小说中，艾迪单恋着玛丽安，而她则对儿时好友凯莱布念念不忘。我试图从视频中寻找能印证两人关系的蛛丝马迹：她的笑容没他那么自然，而从他们的对视中，我看出了一种无声的交流，却参不透那眼神所传递的内容，那是旁人无法解读的信息。

还有一件事儿：雨果建议我上堂飞行课（鉴于我父母的遭遇，他问得十分小心翼翼）。我在拒绝和同意之间几度摇摆，最后答应再考虑考虑。他说不管怎样，他会先把老师和保密协议安排好，早做准备。我试图化身为玛丽安来考虑我的决定，把自己想象成一个事实上愿意开飞机的人。我并不害怕在空中飞行的感觉，我坐商业航班时从来不会感到紧张。我父母因为一场空难葬身在了冰冷的湖中，但我并未因此抵触飞行，也不害怕机舱里的白噪音。我在飞机上既不用召唤冥想大法，也不用反复提醒自己航空业如何安全可靠。但如果要我想象自己开飞机，那我的脑袋里只会出现坠机的画面。

为了避开媒体和旁观者，雨果的人把课程安排在了一个大清早。那天天还没亮，我就已经整装待发。可后来我在厨房来回踱步，把手机紧紧地抓在手里，好几次都想打电话取消，但最终还是没拨出去。

我基本一夜没睡。M.G. 开来了我的车，车前灯的亮光在夜色中显得格外孤独。我坐进了车里，浑身像散了架一样，就这样，在半推半就的状态下出发了。

我的飞行老师有一头粗硬的灰白头发，戴着很宽的金色婚戒，胸前的衬衣口袋里塞着一副飞行员墨镜。他对我这个大明星学员并没有什么特别的表示。他带我围着飞机走了一圈，介绍了各种部件。这架矮墩墩的塞斯纳看起来很结实，机身是奶油色，有两道棕色条纹和一个螺旋桨。天上的云很厚。这是个小型机场，我上飞机前，跑道间的狭长草坪上还满是露水。

"我们今天上的是新手入门课，"老师对我说，"我们起飞以后，会飞过海雾层，然后在附近转转。我飞的时候会跟你讲解我的操作，然后你可以上手试试。这样可以吧？"

"没问题。"我回答道。

一定是我的语气不够坚定，所以他又问我："你很紧张吗？"

"有一点儿。"看来他肯定没费工夫去网上搜索我的信息，所以也不知道我父母的遭遇。他以为三言两语就能打消我的忧虑。

"别紧张，我天天都开飞机。每一步我都会指导你的，如果有什么你不敢尝试的操作，我也不会强迫你。这样行吗？"

要是换作平时，他这种好为人师的语气肯定会让我窝火，但这会儿倒挺让我安心的。"行。"我说，他笑了笑，不再费心叮咛。

驾驶舱的棕色皮椅磨损严重，舱门的门闩似乎很不结实，松松垮垮的尼龙安全带则无法回缩。我们戴上了绿色塑料头盔，在引擎声的轰鸣中，他的声音像蚊子叫一般传到了我的耳边。他在跟我讲解仪表板上的各种组件，但我都没怎么听进去，因为我根本没有成为飞行员的打算。占据了我注意力的，是此刻偏向一侧颠簸起来的机身，那是由于螺旋桨的转动造成的。我知道这架飞机是没有意识或感觉的，但还是觉得它过于迫切，如同一匹急于冲出闸门的赛马，或是一个听到铃声摇响的拳击手。

飞机开始滑行，我的老师往前推下了油门杆，我们离开了跑道，向一片灰色的浮云飞去。螺旋桨嗡嗡作响，我的腋窝感到针刺一般的疼痛。我坐得一动不动，仿佛万万不想惊动飞机这头可怕的猛兽。老师正说个不停，但我一个字都没听进去。当我们飞入空中，不断地迅速攀升时，他突然喊了一声："她在那儿呢！"

大海的中央出现了毛茸茸的一片灰色，是像小岛一般探出头来的山顶。"那是卡特琳娜岛。"老师指向了其中一座山，向我介绍道。我这才发现，其中有一些小山实际上是岛屿。

在他的控制下，飞机缓缓地上下左右运动起来。他给我讲解了协调转弯，还告诉我除了用手控制方向以外，还需要用脚踩舵。最后，他问我想不想自己试试。"把手放到驾驶盘上，不要打方向，就试着保持直行和平飞。"

我把手放到了驾驶盘上。一种摇摇欲坠的幻觉让我茫然无措。

"很好，"老师对我说，"哈德莉，如果准备好了，可以轻轻地把驾驶盘往后拉，飞机就会往上升。"

起初，我拉得过于谨慎，根本没用多少力气，所以飞机纹丝不动。于是又多用了些力。这时，透过挡风玻璃可以看出，我们在向天空飞去，地面离我越来越远，我感觉自己就像要被吸入地心一样。

我一下松开了手。"我坚持不下去了。"

"好的，"老师不慌不忙地接替了我，学员一惊一乍的场景对他来说显然并不陌生，"但你刚才做得很不错，你让飞机往上，它就往上了。"

我回答说："但我不喜欢那种感觉。"

他摇了摇头，说："这可是世界上最美妙的感觉啊。"

十

我去试镜那天，雨果爵士也在现场，跟他一起坐在一张桌子旁边的还有盛高德的老板泰德·拉扎鲁斯（也就是被盖文·杜普雷戴绿帽子的那家伙），还有导演巴特·奥洛夫松。此外，现场还有一个我不认识的选角导演，她看起来凶神恶煞的，一头红色圆寸，穿着一双粉色板鞋。"哈德莉，你最近怎么样？"从她凝重的语气中，我听出了她的问题跟《大天使》和奥利弗有关。

"好着呢，"我回答道，"能有机会在各位面前试演，我感到很激动。"

一名助理正摆弄着三脚架上的摄影机。在那张挤得满满当当的滑轮桌的一端，坐着一名一脸兴奋、打扮入时的男子，他留着深色络腮胡，戴一副复古风格的金边眼镜，两边的头发被掖到了耳朵后边。"这位是雷德乌·费弗，"雨果向我介绍道，"之前我跟你提过，他也是制片人之一。"

"见到你真是太荣幸了，"雷德乌从座位上一跃而起，跟我握了手，"我可是你的忠实粉丝啊。"

之前，雨果爵士凭借魅力攻势成功地拉雪文入了伙。当她听说有个富家傻公子参与这部片子以后，就对整件事情提起了兴趣。"这些语焉不详的历史片段确实有点儿料，"她向我承认道，"而且，戴伊兄弟现在也确实风头正盛。"她还表示，这桩家族奇缘（雷德乌、他的小说家母亲以及出版商祖母）也会成为不错的营销卖点。跟雨果爵士一样，她对费弗这个姓氏很来劲。"还有，你本人的过去……"说到这儿，她卡住了。

"没错。"我回应道。

"你父母的失踪谜案，那简直无巧不成书。不过，我这么说可不是故意要在你伤口上撒盐啊。"

"这也不算是巧合，而是原因。"

"原因？什么意思？"

"是我接演这部片的原因，雨果说这是命中注定。"

"他这么说倒是不出我所料。"雪文表示。

虽然我的飞行培训彻底失败了，但那反倒坚定了我要成为玛丽安的决心。我需要通过成为一个勇敢无畏的人来安慰自己。好消息是，她对我而言并非是一个完全陌生的存在，因为我们有着不少共同点：我们都经历了至亲的失踪，被父母遗弃，还都被一个不太负责的叔叔养大，而且又都跟飞机扯上了关系。她跟我何其相似，但又截然不同。她是如此神秘莫测，有时候我觉得自己好像能跟她心意相通，但最终仍是令我捉摸不透。

我将一个灿烂的笑容献给了我的新任金主，说不上是千娇百媚，但也算暗含秋波了。"是吗？"我问他，"这么说你很爱看《大天使》咯？"

"那是绝对的，"我以为他就是开开玩笑，可他却一脸诚恳地凑近了我，"这个系列制作精良，故事太浪漫了。而且，现象级的作品总让我感到震撼，你会问自己，这是为什么呢？为什么这些作品能打动这么多人？回想起来，这就好比你看着一片处女地不断地发展起来，不过你得先发现这片处女地，这才是最关键的。"

"有些处女地可是价值亿万呢，"雨果接了话，"希望失踪的女飞行员也能成为一片处女地。"

"好了好了，"泰德·拉扎鲁斯表示要言归正传，"我们可以开始了吧？"

一个电影明星的家常便饭基本上就是带着"简历"满处跑，人们不关心你的真实面貌，只关心你扮演过的一个个角色：时空旅人、人类文明的救世主、被一个有钱有势的美男子爱得死去活来的女人，被罗素·克劳[1]扮演的父亲从恐怖分子手中救回的女儿。你甚至会为了角色增肥，而付出也会有回报。演戏就好像跳面纱舞一样，只不过你每演一个新的角色，就换上了一块新的面纱，永远把自己的真面目裹得严严实实。不过即便如此，当演员还是比跳脱衣舞要更有前途一些。

"你要是准备好了，我们就开始吧。"雨果对我说，接下来会由他来跟我对台词。

"我准备好了。"我回答道。

我低头看了一眼蓝灰色的地毯，而当我再次抬起头时，这间会议室仿佛脱离了现实，跟另一个世界交叠了起来。我脑海中响起了显化这两个字。关于那架塞斯纳的记忆一闪而过。我没去看桌子后边的那几个人，但感到我身上的光芒从他们的脸上反射了回来。在南极洲的一场暴风雪中，我猫着腰躲在帐篷里，跟雨果扮演的艾迪·布鲁姆聊起了我们回家以后要做些什么，吃些什么美味。我向他表明了爱意，但其实我对他并没有男女之情，并不像他对我那般情深。不过，这都无关紧要了，因为我们命不久矣。

"没人能找得到我们。"他绝望地说。

"我们不会就这样人间蒸发的。"我回答道。但我很无奈地认识到，这是一句谎言。

---

① 罗素·克劳（Russell Crowe, 1964—），新西兰演员，曾凭借 2000 年的影片《角斗士》（*Gladiator*）获得第 73 届奥斯卡最佳男主角奖。

百万富翁街

西雅图

1931 年 5 月

玛丽安带巴克莱飞越冰川国家公园之前的两个月

在隧道里，杰米紧紧地抓住了车厢的边缘，热流在黑暗中向他袭来，火车车轮与铁轨哐当哐当地摩擦着，硫黄味四处飘散。远处车头灯的光亮仿佛彗星的尾巴，拽着火车向前移动。斯波坎的流浪汉们建议他，当感到火车开始减速时，可以用脚探探铁轨上的碎石来判断行驶速度。最好是在火车到达联合车站前就跳下去，因为那儿的铁警可不是什么好惹的家伙。你可能会被送去看守所，或者挨棍子，要不就是两样都摊上。

之前，在爱达荷的某个火车站场，杰米曾在睡着时被警棍打过小腿。他可没兴趣再跟铁警打交道了。

有人曾讲过，如果长时间挂在火车外侧通过隧道，有可能会窒息，但那些流浪汉觉得他这样不会有什么危险。

火车减速了。他蹲下身子，探出脚尖碰了碰碎石，脚下发出了"咔哒咔哒"的声音。还是太快了。接着，他听到了嘎吱一声——应该是刹车，于是他又试了试。这一次，脚掌与地面之间似乎产生了足够的摩擦力。他松开了手，重重地摔在了地上，滚了好几圈才停下来。不过还好，他的背包起到了缓冲作用。

那几个流浪汉还嘱咐他说，沿着隧道一直走，最后总会找到出口的。

他用一只手扶着隧道壁，在黑暗中跌跌撞撞地向前走，直到手指触摸到了一扇铁门。铁门背后有个梯子。爬上梯子后，他通过一个门洞进入了另一条隧道，又走了一段路后，便感受到了凉爽的空气。在阴沉沉的天空下，一座巨大的城市出现在了他的眼前：挑梁和壁柱犹如勋章一般修饰着一栋栋气派的大楼，楼顶的飞檐神似一枚枚肩章；宽阔的街道上车水马龙；满街的标志牌打着各种广告——小吃店、裁缝店、床垫、可口可乐、雪茄、罐装蟹肉，令人目不暇接。一个男人与他擦肩而过，指了指自己的太阳穴对他说："你流血了。"

杰米拿出一块手帕，往上面吐了一口唾沫，边走边擦拭起了额头和脸颊。本来脏兮兮的手帕又沾上了煤灰和血迹。

放眼向高处望去，起伏的街道上立着密密麻麻的公寓楼、办公楼、别墅和教堂，但他转身往低处的码头走去。做出这个夏天要离开米苏拉的决定时，他的内心听到了太平洋的召唤。现在，他终于来到了海边，油灰色的海水和成群结队的海鸥近在眼前，岸边停满了大大小小的船。在一片像是沙滩的区域，他踩着七零八落的贝壳和腐烂的海草来到水边，用海水蘸湿手帕擦了擦脸——海盐刺得他皱起了眉头。他不想搅玛丽安和巴克莱·麦昆这趟浑水，也不想再整天为华莱士操心了——他的自欺欺人实在让人忍无可忍，而用一副高高在上的样子来掩饰酒后失态的行为更是幼稚至极。

就连凯莱布这个昔日的挚友也无法成为他的避风港，而这也要怪玛丽安。她和凯莱布对两人的私会都只字未提，但他们俩是什么时候开始的，又是什么时候结束的，杰米一直都心知肚明。从某些角度看，他一直是这个三角关系中最多余的一方，不过他也有不可或缺的一面：玛丽安和凯莱布需要他这个中间人来说服自己，他们不是一对情侣。他并不认为两人是（或者说，就该是）青梅竹马的一对，他们不是。不过，原本属于三个人那无拘无束的童年岁月，不知从何时起，在玛丽安和凯莱布之间变了味，他们俩的关系开始变得肆无忌惮、纠缠不清。他们确实是一对（有些事情就是自然而然地发生了），而一旦两个人成了一对之后，剩下的一切（比如杰米）就难免变得可有可无了。当然，他和玛丽安也曾经是一对，但两人生来就是双胞胎，因此也就无足轻重了。至少，玛丽安似乎是这么认为的。

他上了山（其实往哪儿走基本都是上山），一连走了好几个小时，拦住沿途每一个穿工装的男人打听住宿的地方。他敲开了一扇又一扇门，最后终于找到了一个愿意收留自己的廉价住处。

"您知道在哪儿能找到活儿吗？"他向女房东询问道。他即将住进的是一间窗户脏到连外面都看不清的鸽子笼。

"这阵子工作可是不好找啊。"

此话确实不假。求职者实在是太多了，这些表情沮丧的男人不是没了房子，就是丢了农场，还几乎个个都要养家糊口。此前，他幻想自己能在码头或者渔船上找份工作，并不切实际地期盼着也许能趁此机会打听到父亲的消息，没准儿甚至还会碰巧与他久别重逢。不过，虽然他比同龄人要高大、壮实，但身材还是比不过大多数在码头附近出没的成年男子，也没他们那么求职若渴，就更别提能在机会来临时一路推搡到人堆的最前头去了。

他观察着那些从船上走下来的面孔，等待着父子相认的那一刻（把他招来西边的真的是对大海的向往吗？还是对寻父的执念呢）。他在码头边的咖啡馆买了一杯咖啡，战战兢兢地问出了艾迪森·格雷夫斯这个名字。没人冲他点头，只有一名满脸横肉的男子苦思冥想了半天，然后打了个响指说："这不就是那个懦夫船长嘛！"

过了几天，杰米不再去码头附近转悠。这座城市无边无际，这里的船只不计其数，他不得不感叹自己的寻父之梦太过不切实际。他可能根本就认不出艾迪森的样子，而且连他是死是活都不确定。就算他还在人世，那也是在天涯海角：塔希提岛、开普敦，哪儿都有可能。就算他身在三十英里开外的塔科马（华盛顿州城市），又能怎样呢？那也无异于另一个世界。

一天，杰米坐船北上，前往安吉利斯港。他倚靠在扶栏上，望着船头拨起白色的浪花，心想，要不就去找条船当个水手得了，然后从中国或者澳大利亚给玛丽安和华莱士写信。他的父亲是否也萌生过这种念头呢？也许与其说是念头，不如说是诱惑——置身事外的诱惑。要是人在海上的话，他就没法儿让玛丽安躲着巴克莱了，也没法儿拦住华莱士，让他不要再欠债。不过在陆地上的时候，他对这些问题也一样拿不出办法来，但他总觉得自己有竭尽全力的义务。如果到了海上，也许他的那份责任感就能荡然无存了。

可是，在回程途中，乌黑的海面在阵阵寒风中波涛汹涌，他不禁想象起自己被困在了一片遥远的海域，成为玛丽安心中一个永远的谜。他不能抛下她。诚然，她很有可能不久之后就会将他抛弃，但他宁愿被抛弃，也不愿离她而去。

他问过的几家罐头厂都无意招工，他还去炼钢厂、木材厂和农贸市场打听过，全都一无所获。每一晚，他都会把日益减少的经费拿出来反复清点，这些钱是他卖水彩画攒下的，还有从玛丽安那里偷来的（就那么一点点）。每一晚，他都在心里盘算着自己还能在这异乡坚持多久。

经历了十天的阴霾后，他终于等到了晴天，这天是个周六。透过他在窗玻璃上擦出的一个干净的小圆环，他望见了蓝天下雷尼尔山雪白、壮丽的顶峰。

他不想在徒劳的求职中虚度一天美好光阴，于是拿出平日用来购买伙食的几分钱，搭有轨电车去了林地公园的游乐场。他慢悠悠地走过了一个摩天轮、一个小型动物园，还有一排游戏摊位，然后在草坪上的一棵树下躺了下来,看着别人玩乐。并不是所有人都失去了一切,也并非所有人每天都伸长了脖子,想要找份把沙丁鱼塞进罐头里的工作。看着那些在阳光下无忧无虑的嬉戏者,他并未愤恨不平,而是欣慰于这种生活原来并非痴人说梦。

这会儿,一名男子在靠近动物园入口处的地方摆了两把椅子和一个小画架,他从路过的小贩手里买了个气球,把它绑到了画架上,还挂起了一块写有"肖像画25美分"的标语牌。没过几分钟,就有一位年轻的父亲带着他的小女儿来到了画家跟前,小女孩坐在椅子上不停地扭来扭去的,最后画家用一个夸张的动作向她展示了新鲜出炉的作品。那位父亲递上了一枚硬币。在接下来的一个小时内,那人又接连卖出了三幅肖像画。那可是整整一块钱啊!下一位顾客到来时,杰米假装漫不经心地走到了画架后面。画纸上的那张脸与真人不无相似,但过于夸张了:眼睛画得奇大无比,嘴巴则笑得太开了。

杰米当天就买了一沓厚厚的画纸和一盒炭笔,几乎花光了他所剩无几的资金。他非得赌上一笔不可。他找来了两个装苹果的板条箱充当椅子,并在当晚以同住的房客为模特创作了几幅作品。第二天早上,他又回到了林地公园。他在远离游乐设施的绿湖边上选了个位置,这样就能避开别人的地盘了。他把前一晚画的作品用石头压在地上,支起一块硬纸板靠在板条箱上,上面写着大大的"肖像画"三个字,还画有以公园休闲为主题的素描画:推着童车的母亲、几个拿着气球的孩子、头戴帽子悠闲散着步的男人、几棵茂盛的大树,还有一群野鸭。他以前没怎么画过肖像画,但他觉得自己应该能行。

没过多久,他就迎来了第一位顾客,收获了第一枚25美分硬币。

如果是天气晴朗的周末,他一天能挣四五美元,但遇到天气不好时,他一分钱都挣不到。他尝试了好几个不同的地点和公园:西雅图游乐场、华盛顿湖边的浴场,还有皮吉特湾的阿尔基海滩(那里有盐水泳池^①）。要是下小雨，他就会去派克市场躲雨。没什么生意的时候，他会画些平日里的景象——海滩上休憩的游泳者、骑着旋转木马的儿童，或是市场的水果小贩——通过卖画来补贴收入。

他的模特们允许他不紧不慢地仔细观察自己的脸庞，这一点让他很是喜欢。在即将成为画中人之前，人们会不自觉地流露出脆弱的一面，每一次举手投足都会暴露出他们的种种心理活动。有些被画者正襟危坐，有些则懒洋洋的，有些坦然地与他对视，而有些则目光躲闪。在他的审视之下，他们似乎展现出了更加真实、原始的一面。他渐渐发现自己有一项与众不同的天赋——他不仅能够精准地捕捉被画者的面部特征，还能领会到他们理想的自我形象，然后画出两者重叠的部分。他创作的肖像画不拘泥于对表面的矫饰，却雕琢出了画中人内心的气韵。

顾客们对他的作品都表现得很满意。

一个晴朗的七月下午，当他在绿湖边等待顾客时，三个与他年纪相仿的女孩经过了他身边。她们都穿戴着清一色的夏季连衣裙、草帽和绑带浅口鞋，浑身散发出青春的气息。三人中领头的是一个丰满的金发女孩，她迈着自信的步伐，似乎理所当然地知道另两人会跟随自己。另外那两个女孩都是深色头发，一高一矮。矮个儿的那个一边滔滔不绝，一边咬着一支棒棒糖。高的那个则小心翼翼地移动着一双长腿，那谨慎的步态就跟如履薄冰似的。高个女孩让杰米的心跳几乎都停了下来。只见她的身体侧向一边，把耳朵凑向了旁边那个吃棒棒糖的矮个女孩。她长长的睫毛垂了下来，给人一种淡泊宁静、神秘莫测的感觉。

三个女孩从他眼前径直走了过去，她们优雅的身姿穿梭在公园的人流中，好像周遭的一切都无足轻重，世事也与她们无关。杰米懊丧

---

① Saltwater pool，通过添加盐而不是氯来进行消毒的泳池。相较普通氯水泳池对皮肤更加温和。（编者注）

地望着高个女孩远去的背影，觉得自己仿佛把一件独一无二的珍宝掉进了深不见底的湖里。

"小伙子，给我女朋友画张肖像要多少钱？"

杰米转过了身，被吓了一跳。站在他面前的是一对年轻男女，身材敦实的男孩竖起拇指，指了指身边那个脸色阴沉、把双臂交叉在胸前的女孩。

"25美分。"

男孩的脸一下黑了下来。"嗯……其实她也不是一定要画啦。"

"等等，"杰米连忙说，"我倒是想练把手，那就5美分吧。"能挣5美分也是好的。

"成交，"男孩又变得扬扬得意起来。他从口袋里翻出一枚硬币扔给了杰米，然后对女伴说，"你瞧，根本就没有一口价这回事儿。"

"生意不太好吧？"女孩坐下了。

杰米露出了一个笑容。"至少天气还不错呢。"

"是吗，"她对他的乐观表态似乎并不信服，"我还以为杰克要带我去游乐场呢，看来他可不想当冤大头。"

他告诉自己，千万别把对这两人没来由的厌恶和对高个女孩离开的伤感体现到作品中。他决心要画出一幅优秀的作品，于是心无旁骛地专注于面前的这张脸，把这个惹人生厌的姑娘最好的一面画下来。

他用画笔给她画出了微微上扬的嘴角，把她不对称的双眼画成了几乎但不完全一样的大小（画得过于完美了也不行），还略去了她两颊淡淡的痘痕。他想描绘出她眉眼间流露出的阴郁和粗鄙，说不定还能再加上一丝古灵精怪。

就在他潜心作画时，那三个女孩又回到了他的视线中，她们正朝他这边走来。他的眼睛不断地向远处飘去，于是他的模特也好奇地别过了头。

"请您不要动。"他提醒道。但她的回眸已经引起了女孩们的注意。她们停下了脚步，看着他窃窃私语起来。

"啊，我明白了。"他的模特说道。话毕，她轻佻地看了他一眼，不过他觉得那目光又带着点失落和鄙夷。她向那几个女孩招呼道："你们几个让我的画家分心啦，都过来吧！"

领头的那个金发女孩嘬了嘬嘴，朝杰米三人走了过来，另外两个女孩也跟了上去。矮个女孩这会儿快把棒棒糖吃完了，她走到杰米身后看了一眼，对他的模特说："画得不错，你会喜欢的。"接着，她把糖放回了嘴里，嚼得咯咯响。

"这我可不确定，"脸色阴沉的女孩回答道，"我拍出来的照片就从来没有好看过。"

"还要多久啊？"她的男友问道。

"马上就好了。"杰米回答。

金发女孩也走到了杰米身后。"我们也一人画一张吧。"她对两位同伴说道。杰米看上的那个高个女孩则停留在了原地。

"画好了。"杰米边说着，边从画本上撕下了那张画纸，递给了他的模特。

她的眼睛一下亮了。"确实不赖啊！"

男孩弯下腰来去看那张画。"哇，他把你画得可真漂亮呢。"

"画一张多少钱？"吃棒棒糖的女孩问杰米。

"25美分。"那个男孩替他回答道，他的女伴已站起了身，戴上了帽子。

"姑娘们，今天我请了，"金发女孩豪气冲天，然后给杰米下了指示，"先给莎拉画吧。"莎拉是那个高个女孩。

于是，他开始给莎拉画像了。

不久后他便知道了，莎拉·费伊有一个哥哥和三个姐姐，不过公园里那两个女孩不是其中两个姐姐，而是她的朋友。她住在义工公园附近的百万富翁街，住的是杰米只在书上见过的那种大房子——有着豪华的木质结构、人字形地砖，烟囱多到数都数不过来。房子跟前有一片葱葱郁郁的大草坪，修剪得整整齐齐。这房子甚至还有个名字——赫里福德之家。杰米从没听说过，房子还能有名字。而一开始他也并不知道，赫里福德还是一个牛的品种。

莎拉的哥哥去了哈佛念书，毕业后留在了波士顿。所有人都以为他会回来子承父业，不过莎拉表示她早就猜到了他也许没这打算。她的大姐已经成婚了，跟丈夫和刚出生不久的孩子就住在附近。二姐在华盛顿大学学艺术史，平时住在家里，不过这个暑假却远在欧洲度假。她最小的姐姐爱丽丝则将在秋天进入华盛顿大学。"我们的母亲很重视教育。"莎拉这么告诉杰米。她自己目前就读于私立女子高中，还有一年毕业。

莎拉的母亲又高又瘦，虽然风姿绰约，却又给人一种无精打采的感觉，杰米在她身上看到了莎拉未来的模样。费伊夫人曾投身妇女参政事业，后来加入了妇女基督徒节制会①。不过，在禁酒令颁布后，她对丈夫囤满了整个地窖的葡萄酒和烈酒却并未表示抗议，而到了十年后的今天，这些酒还远未喝完。费伊夫人主要反对的是别人家丈夫的酗酒行为，不管怎样，任何试图违抗费伊先生的做法只会以失败告终，而且对谁都没有好处。

不过，我们暂且还是先回到那个温暖的七月天，也就是杰米给莎拉画肖像的那天。当他画完以后，她的两个朋友欣喜若狂。"莎拉，这简直就是你本人啊！"吃棒棒糖的姑娘——她叫海瑟——感叹道，"这幅画完全画出了你的精髓，看起来就像林地公园的圣母一样！"

"这简直都有点儿瘆人了，"名叫格洛丽亚的金发女孩惊呼道，她用锐利到近乎苛责的目光看了看杰米，"你究竟是怎么画出来的啊？"

---

① 1874 年成立于美国俄亥俄州的组织，致力于结合宗教手段进行社会改革。

"因为我有个好模特。"杰米的脸涨得通红。

"噢，原来如此啊！"格洛丽亚恍然大悟。

刚才坐着欣赏莎拉的感觉实在太过美妙，他希望这幅画永远都不要画完。莎拉坐着的时候没怎么说话，不过偶尔也会回应两个朋友的嬉笑打闹。当他把撕下的那张画纸递给她后，她把它放在膝上，饶有兴致地看了起来。"你很有才华。"她如此评价他。说这话时，她目不斜视地看着他，音色比他想象中的要低沉、稳重一些。他先前以为她是因为害羞才一言不发，这一判断不免有些天真，因为他自己也不善言辞，但却并不害羞。他想把那幅画拿回去再改改——他忽然觉得自己在画中注入了过多的情感，把她画得太过完美了。海瑟刚才评价他把她画得像圣母，这简直一语中的：画上的她温婉动人，而且高贵又端庄。

"画得也不算太像吧。"他回答说。

"也许有点儿过于美化了，但真的很不错。"

这话让他大失所望，于是他的脸变得更红了。他本希望自己的作品能让她觉得是鬼斧神工之作，让她觉得自己有超乎常人的观察力。

"莎拉的父亲喜欢收藏艺术品，"海瑟介绍道，"所以她对这方面也挺懂的，而且她有个姐姐在华大学艺术……"

"是艺术史，"莎拉纠正道，"她不是艺术家。"

"还有，我们莎拉可从不随便乱夸人，有时候你都会怀疑她没把你放在眼里。不过，如果她跟你说了什么顺耳的话，那可绝对是肺腑之言。"

莎拉问道："怎么会有人想听别人乱夸自己呢？"

"因为听了会高兴啊！"海瑟义正词严地回答。

终于轮到海瑟和格洛丽亚被杰米施展魔法了，虽然她们对最终的作品也同样啧啧称奇，却一致认为莎拉那幅画像是他目前为止最出色的作品。"你应该给我们签个名，"格洛丽亚提议道，"这样，要是你出名了，我们就能证明自己拥有你的早期作品了，而且莎拉也能知道你的名字。"

他照做了，再一次羞红了脸。

"杰米·格雷夫斯，"格洛丽亚念出了他的名字，"你每天都来这儿吗？要是我们其他的朋友也想找你画画呢？"

"我有时候会来这儿，"话音刚落，他内心忽然涌出了一丝希望，"不过明天我还会在这儿。"其实，他本打算第二天去西雅图乐园的。

海瑟率先与他握手告别。"遇到你真是荣幸。"另两个女孩也上前跟他握了手。莎拉的手冰凉、纤柔，他真不愿松开。

直到她们离开后，他才反应过来，她们连钱都没付。

那一晚，回到那个死气沉沉的房间后，他悒悒地躺在凹凸不平的床垫上无法入睡，楼下房客的喧闹声不绝于耳。这群人最后肯定会打起来，女房东会穿着睡衣、挥舞着火钳前去劝架，最后要等到天快亮的时候，一切才会安静下来。他再也不会见到莎拉了，因为他们的生命不会有任何交集，虽然这股心灰意冷要远远超过那75美分的损失，但钱至少可以给他一点儿安慰。公园的人流还没散去的时候，他就收了摊，心里又羞又怒。要是先前他能鼓起勇气邀请莎拉一起去坐摩天轮，或者在湖边散个步，那该有多好啊。三个女孩是故意匆匆离开的吗？她们离开后是不是把他嘲笑了一番，把她们的画像扔进了最近的垃圾桶呢？就算他能及时想起来向她们收钱，他也不确定自己有没有开口的勇气，或者说，他能不能放下身段来。

楼下的吵闹声越来越大，他决定天一亮就出发去联合车站。他的钱足够买一张回家的车票。他不想再尝试搭顺风货车了，那股冒险精神早已离他而去。这个夏天，他注定一事无成。

女房东出手劝架的时间比往常要早，于是天还没亮，楼下就安静了下来。杰米终于进入了梦乡。当他醒来时，发现窗外又是风和日丽的好天气，雷尼尔山的雪冠光芒耀眼。他心想，也许他应该回到林地公园，兑现昨天对三个女孩说的话。说不定她们会意识到自己的失误。晚一点儿去赶火车也不急，最早今晚就能走。

在前往电车站的路上，他在一家敞亮的高级面包店门口停下了脚步（他对这家店觊觎已久），进去买了一个巧克力酥皮面包。既然这将成为他在西雅图的最后一天，那不如好好犒劳一下自己。到了公园，他迎来了第一位顾客—— 一位母亲和她五岁的双胞胎儿女。画画时，两个小家伙坐得笔挺，一动不动。他一度想向那位母亲袒露心迹，说他自己也有一个双胞胎姐姐，但又不希望对方继续追问，所以没有开口。他们真的情同手足吗？过去确实是这样的。那他们是不是亲密无间呢？出来这么久，他还没往家里写过一封信。他根本不知道玛丽安最近过得怎么样，她跟巴克莱·麦昆又做了什么令人难以启齿的交易。

几个小时后，他准备与西雅图正式作别，于是开始想象自艾自怜的漫长归途。就在这时，他看到莎拉·费伊沿着湖边小径一路小跑了过来。"我们忘了付钱给你，实在是太抱歉了，"她跑到了他面前，上气不接下气，"格洛丽亚有时候会把说好的事情忘得一干二净，而且我们都对画像太惊喜了，别的就什么都顾不上了。我们过了好一阵子才想起来没付钱的事儿，当时全都蒙了。来，给你。"她拿出了一张叠起来的一美元纸币。

他犹豫了。"这钱我不想拿。"

"怎么就不想拿了呢？你必须得拿。"

"但我想邀请你陪我散散步，要是你才刚给了我一美元的话，你可能会觉得别扭的。"

她把胳膊放低了一些。"散步？"

"就在湖边走走，如果我们没什么话可说，你走就是了。"

于是，他们在绿湖边散起步来。她问了他的年龄，她比他大三个月，已经满十七岁了。他问她是怎么跟格洛丽亚和海瑟认识的，她回答说三人是发小，她们的母亲早就是朋友了。然后她问他："你难道没有穿尿布的时候就认识的发小吗？"

"也算有吧。我有个朋友叫凯莱布，但我觉得他小时候可能没穿过尿布。他住在我家附近，我们不知怎的就走到一块儿了，他，我，还有我姐姐。我们的母亲并不相识，其实连我自己都不认识我母亲。"

"这话是什么意思？她怎么了？噢……"她停了下来，用一只手捂住了嘴巴，一脸错愕，"真抱歉，我太多管闲事了，你不用告诉我。"

"不，没事儿的。"他尽自己最大的努力开始跟她坦白自己的家事。聊自己的事情让他不太自在，每当他省略细节时，她就会立马打断，要求他把信息补充完整。讲着讲着，他便意识到自从离开米苏拉以来，他几乎从未跟人有过交流。在一个陌生的城市里，举目无亲会让人陷入失语的状态。

她聆听的时候会把头凑向他，睫毛垂下来，就像他第一次见她时那样。她听说过约瑟芬娜·伊特纳号的事儿。她认为他父亲上了那艘救生艇是正确的选择，但去了蒙大拿之后又悄悄溜走的行为非常不近人情。她还问他有个双胞胎姐姐是什么感觉，玛丽安是个怎样的人（他跟她讲了玛丽安开飞机的事儿，但对巴克莱·麦昆只字未提）。她还要求他讲讲他的学校、他的几条狗，还有华莱士。所以说，是华莱士指导他画画的咯？"不，"他回答说，"不完全是这样。"小时候，华莱士对他的画作还饶有兴趣，但近期，他叔叔的态度已变成了不以为然，甚至是嗤之以鼻。

"也许他开始视你为竞争对手了。"莎拉如此分析道——杰米早就有了这样的猜测，但一直不敢去想，而面前的这个女孩大声地说出了他的心思，让他一阵感激。但他还是守住了华莱士自甘堕落的这个秘密，违心地回答道："我觉得他没理由这么想，他是个非常优秀的画家。"

他还跟她讲了自己离家的那个晚上，他坐在厨房地板上，跟围着自己打转儿的几条狗一一告了别，从厨房门溜了出去，摸黑找到了

253

铁轨。第一辆西行的火车进入视线后，他跟着火车跑了起来，然后抓住了车厢外的铁扶手，感受车身的磅礴之力和难以抗拒的拉力。上车后，他找到一节空车厢躺了进去，把背包枕在脑后仰天望着星空，因为兴奋和恐惧浑身颤抖。通过隧道的时候，他会被浓烟团团包围，那感觉仿佛被一条巨龙给吞噬了。

"你难道不害怕吗？"莎拉问他。

"怕极了。"

天亮时他到达了爱达荷，他在睡梦中感到小腿一阵剧痛，睁开眼后发现自己来到了火车站，一个铁警正在用警棍打他。"算你走运，"那铁警对他说，"有时候那些人直接就把煤往里扔，根本不会检查车厢。"他把杰米的背包翻了个底朝天，从他那沓薄薄的纸币中抽走了五美元，让他沿铁轨往城外走，还说他应该感谢自己。他确实心存感激。他在草丛里躲到天黑，然后又跳上了另一辆火车，到了斯波坎。斯波坎的几个流浪汉给他指了一列来西雅图的火车，还给他提了钻隧道和用脚探碎石的建议。

"那你在这儿是有什么认识的人吗？"她问他，"所以才会来这儿？"

他们已经绕湖走完了一圈，在树荫下的板条箱上坐了下来。他一脸窘迫，吐露了自己希望在码头与父亲重逢的奢望。

"要是找到了他，你准备怎么做呢？"

"你问得好，但我其实还没想好。"

"你确定自己想要找到他吗？"

"应该是想的，毕竟我一直都在幻想跟他重逢。"可是，对于父子相认后的情景，他脑中却始终一片空白。

"就算他没有表现出任何想被你找到的意思？"她的语气友善、好奇又坚定，还带着一种师长般的口吻。

"我觉得他至少得……"他突然有些不确定了，"跟我当面谈谈。"

"万一他不是什么好人呢？或者他是个疯子呢？"

"我想我会努力去帮他的。"

"也许你并不那么想知道他的下落，你只是不想被蒙在鼓里。"

他不愿应和。"我听不出这两者有什么区别。"

她笑了笑，鹅蛋脸上带着一丝怜悯。他突然想再给她画张像，他要画一个伪装成圣母的人。"那我希望你能找到他。我自己是无法想象没有父亲的生活的，我离不开他。我、格洛丽亚和海瑟以为三个人在城里到处瞎逛，好像就有多了不起似的，但其实我们都是温室里的花朵。我之所以享有这么一点儿自由，完全是因为我是家里最小的孩子，所以父母稍稍放松了管教，但也许他们只不过是管累了而已。"

"你家一共有几个孩子？"

"五个。"

他这才意识到，自己刚才一直沉浸在她的关注中，欣喜于再次有人走进他的世界（即便只是简短的窥探），而他还没机会了解她的任何事情。"刚才我中了你的计，一直都在讲自己的事儿，"他对她说，"现在该轮到你了，从头开始讲吧，求你了。"

"中了我的计？"她把这几个字重复了一遍，然后看了一眼精致的银色腕表，"没办法，我现在得回家啦，如果我在这儿把自己的故事从头到尾讲完，那我就有大麻烦了。不过跟你比起来，我的故事很无聊。"她站起了身，"我们还能再见一次吗？"

他竭力掩饰住内心的狂喜。"那必须的，否则我不会原谅自己刚才的絮叨。"

她表示第二天一定会再来找他。

他心潮澎湃了一整个晚上。他渴望亲吻莎拉，想要跟她肌肤相亲。就算付出生命的代价，他也要看一眼她纤柔的玉体。他心怀羞耻地想起了很久以前吉尔达身上的那个陌生男人，他想要模仿那个男人对吉尔达所做的一切，把莎拉压在身下，反复碰撞、挖掘她的身体。

而最重要的是，他希望她也想让自己这么做。

浑浊的日光照亮了窗户，他一把抓起了素描本，狂热地画了起来。他先画了一张莎拉裸露的上半身，然后是她赤身躺着、把胳膊枕在头后的样子，两条腿羞涩地交叉在一起。而在第三幅画上，她张开双腿，露出中间一片模糊的阴影——他并不太清楚该怎样描绘那里。

第二次见面时，他一边跟她在湖边走着，一边叫自己不要想入非非。她的近在咫尺、她裸露的前臂，还有她头发的薰衣草香味，都让他神魂颠倒。但他竭力将注意力放到她的声音上来，作为对她上一次聆听的回报。

她介绍了哥哥、姐姐和双亲，还有她的牧羊犬贾斯珀。母亲充满激情、热衷政治，但莎拉认为她太依顺父亲。父亲是个商人，性格开朗又专横，对妻子的事业还算宽容，但没兴趣听她唠叨业务。莎拉说她会跟两个姐姐一样去华大念书，但如果可以选择的话，她想去那些更远的学校，比如韦尔斯利学院或拉德克利夫学院（均位于马萨诸塞州）。杰米问她："这不该由你自己做主吗？"她笑着回答，她什么都做不了主。她还提到了把他的作品给父亲看的事儿，正如海瑟那天所说，他有收藏艺术品的爱好。

"我觉得父亲很在意自己的出身，"她对他说，"艺术能彰显他如今的涵养。我并不觉得他肤浅，他是真心喜欢这些，而且懂得也多。我问他有没有听说过你叔叔，他说听过，好像还收藏了一幅你叔叔的作品。"

"那不太可能吧。"此话一出，杰米突然意识到，其实他对华莱士作品的商业前景一无所知。

"他很确定，说我该邀请你去家里瞧瞧那幅画，他会把它从仓库里找出来。他还想见见你，他现在管你叫'肖像画家'。"

"那好吧。"杰米鼓起勇气，把她的一只手放在自己的手里捏了捏。

她也捏了捏他的手。"我父亲很欣赏自力更生的人。"

她在他的一张画纸上写下了前往赫里福德之家的路线，并嘱咐他周日午后登门拜访，届时费伊先生会在家。

莎拉家的房子胜过了米苏拉最豪华的宅邸，左邻右舍也都十分气派，这些豪宅都建有高高的围墙和宽阔的园林。

大门正中央镶有一个黄铜牛鼻，上面吊着一个铜环。犹豫再三后，杰米拎起铜环扣响了大门。很快，一个极像莎拉的女孩打开了门，只见一个灰白相间的大毛团吠叫着从她身后蹿了出来。"贾斯珀！"女孩冲狗狗浑圆的屁股拍了一巴掌。杰米摊开手心，狗伸出鼻子凑了上来，于是女孩抓住项圈把它往后拉。这个高个女孩比莎拉略矮一些，脖颈同样纤长，那张比莎拉还要长一些的脸上透着一丝精明。"我猜你应该是杰米吧，"她对他说，"我是爱丽丝，这家的老四。请进来吧，莎拉这会儿在家呢。你长得可真高啊，你真的才十六岁吗？怪不得莎拉喜欢你呢，她还没遇到过哪个男孩子比她个儿还高的。"

她把他迎进了贴有金色纹理木墙板的方形门厅。他脚下是一块流苏波斯地毯，贾斯珀在上面又蹦又跳，喘着粗气，乱蓬蓬的绒毛间露出一对好奇的眼睛。穿过带花窗的门洞，杰米来到了一片更大的区域，同样铺着墙板和地毯，他面前有一段楼梯，楼上是带扶栏的走廊。杰米一边暗暗惊叹这房子的富丽堂皇，一边回味着那句"莎拉喜欢你"。他很想追问她是怎么知道莎拉喜欢自己的，是哪种喜欢。

高高的方格天花板中央，悬挂着一大串错落有致的灯管和灯泡，几面墙上挂满大大小小、各色各样的油画和素描画，有一些用精致的画框装裱着。爱丽丝按下一个开关，水晶灯顿时射出绚丽的光芒。"爸爸喜欢艺术品。"她解释道。

"上帝啊，"杰米四处张望起来，"这我确实能看出来。"

爱丽丝嗤笑起来。"爸爸也喜欢上帝，所以你讲话可得注意点儿。"

因为从小受到华莱士的熏陶，也爱去图书馆看书，所以杰米对艺术作品并不陌生，他在费伊先生五花八门的藏品中认出了弗雷德里克·雷明顿①画的骑兵和乔治娅·奥·吉弗②的鸢尾花。"看到这幅画了没？"爱丽丝敲了敲其中一个画框，那是一名女子肩部以上的肖像画，背景是深色的，"这是我们的母亲，是约翰·萨金特③给她画的。你知道他是谁吗？"

杰米凑上前去仔细看了看那幅画。画功十分精湛。"他已经去世了。这就是你们的母亲吗？"

又是一阵嗤笑。"没错，以后你会有机会见她的。"

画上的女人有着跟莎拉一模一样的尖下巴和长睫毛。她扬起眉毛，嘴唇张开，仿佛正要开口反驳什么人。

"父亲的仓库里还有好些收藏品，不过坦白讲，精华都在这间屋子里。耐心可不是他的强项，他想要客人一进门就被最好的东西震撼住。"

"我还真有点儿目不暇接了。"

"你来了啊！"楼上传来了一个声音。莎拉连奔带跑地下了楼梯。"爱丽丝，你怎么都不叫我一声呢？"

"我喊你了，"爱丽丝撒了个谎，"你肯定是没听到吧。他才刚到没几分钟，我们在聊肖像画的事儿。杰米答应要给我画一张，杰米，你说是吗？"她勾住了他的胳膊。

"可别让她对你指手画脚，"莎拉对杰米说，"爱丽丝是我最霸道的姐姐。"

"我非常乐意。"他回答爱丽丝。

爱丽丝松开了他。"那好，等你跟父亲聊完了，咱们就开始画吧。"

杰米刚开始点头就停下了。"噢……可是我没带笔。"

---

① 弗雷德里克·雷明顿（Frederic Remington，1861—1909），美国画家，以描绘美国西部的牛仔、印第安人和骑兵著称。
② 乔治娅·奥·吉弗（Georgia O'Keeffe，1887—1986），美国画家，以花卉作品闻名，被称为"美国现代主义之母"。
③ 约翰·萨金特（John Sargent，1856—1925），美国画家，以人物肖像画闻名世界。

"那你只能再来一次了，"爱丽丝说道，"你还要给贾斯珀也画一张。"她捏了捏那条狗毛茸茸的脸，对它说，"贾斯珀，你说对不？你不是一直想当一回缪斯吗？"

"父亲在等着呢，"莎拉对杰米说，"快来吧。"

她领着他往房子更深处走去。屋里的每个角落都挂着画，让他眼花缭乱。整体而言，这栋房子的内部给人一种阴森森的感觉，布局杂乱无章，窗户也很少，而密集陈列的艺术品加重了压抑感。但莎拉闲庭信步地带着他，依次介绍了起居室、会客室、音乐室、餐厅，还有一座古老的时钟。最终，他们来到一扇厚重的深色大门前，她用耳语叮嘱他要"自信一点"，接着用手背敲了敲门。无人回应，于是她又敲了一次。昏暗的光线中，杰米观察到她的下颌绷得紧紧的。

"进来吧。"里边传出一个低沉而洪亮的嗓音。

莎拉推开了门。"爸爸，这是杰米，那个肖像画家。"

"是肖像画家啊！"坐在书桌后的男人回应道。他比杰米和莎拉都要矮，身材健壮，面色红润，一副神采奕奕的样子，留着一大把花白胡须。跟整栋房子一样，这个房间挂满了艺术品。"肖像画家，进来吧！"莎拉的父亲从桌子后面伸出手来跟他握手。他指了指桌上乱七八糟的纸张。"每逢安息日我都希望可以不用工作，但没办法，实在是太忙了。但愿上帝能原谅我。"

"我相信他一定会的，先生。"

"是吗？那我就放心了。"他用好奇的眼神抬头望着杰米的脸，"孩子，是谁教你画画的？"

"其实我没有老师。"

"但莎拉跟我说，华莱士·格雷夫斯是你叔叔，那一定是他教的吧？"

杰米欲言又止。华莱士真的教过他吗？他想不起来自己有没有得到过任何实质性的指导，只记得很久以前那些零星的赞扬。他所有的苦思冥想、钩深索隐、反躬自省和茅塞顿开，全都来自他本人。不过话说回来，在观看华莱士作画的时候，他也的确有所收获。那怎么回答这个问题才最容易呢？"可以这么说吧。"

"除了素描，你还画别的吗？"

"有时候会画水彩，但我还没接触过油画。"

"我个人认为，油画才能反映艺术家的真本事，"费伊先生显得甚是自信，"事不宜迟，你应该尽早试试水，看看你有没有真材实料。"

莎拉在一边轻叹一声，发出了微弱的抗议。

"我对油画可没什么意见，"杰米答道，"主要是油画成本太高了。"

"我看了你给莎拉画的画像，"费伊先生继续说道，"很不错。不过，素描画得好的人不一定能掌握油画。"他从桌边站了起来，指了指旁边一幅面向墙放着的未装裱的画，"我们来看看这幅画吧，我觉得是你叔叔的作品。"他拾起那幅画，把它转了过来。

一阵思乡之情涌遍了杰米的全身。在明亮的夏日晨霭中，华莱士家远处的响尾蛇河上游出现在了他的眼前。他忽然想起了自己和玛丽安小时候走在河边，跑向那辆老爷车的情景。

"没错，先生，"他清了清嗓子，"这确实是他的画。"他向那幅画凑近了一些。从小到大，他对华莱士的作品早就习以为常了，所以已经很久未去探究其奥秘。眼前这幅华莱士的作品的构图不乏巧思，而更重要的是，他恰到好处地捕捉了河畔那刚柔并济的感觉。

"这风景可真优美。"费伊先生把画转向了自己，然后提到眼前细细地品味了一番，"你叔叔现在都做些什么呢？"

华莱士不是酗酒，或坐在自己的垃圾堆里生闷气，就是把东拼西凑起来的一点小钱输在牌局里。"他还在画画，他在米苏拉的蒙大拿大学教绘画。"他连撒了两个谎。

费伊先生把画放下了。"有个艺术家叔叔可挺幸运，何况他还栽培了你。可不是所有人都能有那种机会。"

杰米不愿留下咄咄逼人或是不知感恩的印象，同时又想起了莎拉先前叮嘱自己要自信些，于是便说："没错，确实不是所有人都有这机会。"

"杰米也住在米苏拉，"莎拉插了话，"他来这儿是过暑假的，他住在亲戚那儿。"

"是吗？"

杰米忍住没有扭头去看莎拉。他用余光看到她歪着脖子，长长的睫毛盖住了眼睛。"是啊，是他的表亲。"

费伊先生似乎对杰米的亲戚没有太大兴趣。"是这样的，我想先亲自见见你，所以没让莎拉跟你透露——我有份活儿要找人干，你有没有兴趣再挣点儿外快呢？"

希望之情如风一般将他吹到了空中。"我有兴趣，先生。"

"你还不知道是什么活儿呢，就这么答应下来了？"

杰米重重地点了点头。"没错，先生。"

"那行，毕竟现在的大形势不怎么样。每个人总得有个开头嘛，我就是白手起家的，"他清了清嗓子，"我需要有人帮我把所有这些整理一个目录。"他指了指四周的收藏品，"墙上、阁楼，还有地下室的全都要，有很多，我办公室还有一整个储藏室的作品。老实讲，大多数画都没有标签。不过我留了好几盒收据，还有以前的拍卖目录，说不定能给你提供些信息。我可要警告你，这一大堆东西乱得很。"他又指了指书桌，"估计你也看出来了，我不擅长整理。我就想让你给我列一个大清单，不过这依然是个大工程。我想了解一下自己都有些什么，做个盘点。你用什么方法我不管，不过有个华大的人可能会过来看上一眼，所以要是看到什么你觉得有价值的，就把它们挑出来。莎拉的姐姐诺拉是学艺术史的，我本以为她会对这份整理工作感兴趣，但结果发现她更愿意去欧洲过暑假。我每天付你三美元，每周五天，朝九晚五。厨师会给你做午饭。你看怎么样？"

"听起来太棒了，先生，谢谢您。"

费伊先生挥了挥手，示意两人离开。"那你们接着去干你们的事儿吧。别一脸高兴的样子，这可不是什么美差。"

"那就明天见了，先生。"

"明天你是见不到我的，我得去工作，夫人和孩子们会来招待你。"当杰米为莎拉打开门时，费伊先生忽然喊了一声，"肖像画家！"

杰米转过了身。

这个中年男人站在书桌前，两只手插在口袋里。"你觉得我的收藏品怎么样？挺了不起的吧？"

"简直太美妙了！"杰米如实回答道。

"美妙，"费伊先生点了点头，"说得没错，一点儿牛肉竟然可以换来这么多宝贝，还真是神奇。"他咧嘴一笑，再次挥手让他们离开。

在两人往回走的路上，莎拉向杰米介绍了父亲经营的业务：他拥有六个屠宰场（宰杀牛和猪），经营加工厂和制革厂，同时还参与了肥料、胶水、蜡烛、原油和化妆品的生意。大萧条给她父亲的业务带来的打击并没有预期的那样严重，虽然所有人都勒紧了裤腰带，但他还是为产品找到了买家。

到达大门口时，她笑得比之前更加放松了，说她很高兴他接下了这份工作。爱丽丝也跑下楼来送他，并再三提醒下次要带来他的作画工具，他微笑着答应了。与她们挥手告别后，他穿过园林走到街上，往下榻之处走去。在起起伏伏的山路上，他周围的房屋变得越来越不起眼，直到一片破败萧瑟最终映入了他的眼帘。

他还以为，那天和莎拉在湖边散步时，他一定谈到了自己对动物超乎常人的怜悯心。就算他没有明说，他觉得她也应该能感觉到。他还以为她会跟自己心意相通。

虽然不愿承认，但他之前就已开始幻想自己的未来：他成功和莎拉一道进入华大求学，在西雅图成为一名真正的画家，还变成了一个年轻的丈夫，每天回到洒满阳光的家中亲吻妻儿。对他而言，建立属于自己的小家庭是一个全新而迷人的想法，但是现在……这份憧憬不再完美，它破碎了。

他不禁自问，对约瑟芬娜号沉没的模糊记忆是不是在他心里埋下了一颗种子——那颗种子长成了一片将他笼罩起来的恐惧和无助，让他对死亡产生了强烈的抵触之情？与自己所不同的是，大多数人对食肉似乎毫无困扰，也不会去怜悯那些因时境艰难而被主人抛弃的家犬，这些骨瘦如柴的流浪狗遍地可寻，最后的结局往往是饿死或被宰杀。他为什么就不能对此淡然处之呢？这个世界是不会变的。如果他能不再去想这些事儿的话，他就能过得更幸福一些。

他没有用晚餐，而是在房间的床上躺了许久，出神地望着窗外的满天紫霞。

他深爱的朋友凯莱布是个猎手。但是，狩猎给他带来的心痛不如屠宰那么强烈。狩猎是两个生命的相互冲撞，无关拘禁和灭杀。

但是，莎拉并不是亲自动手割开动物喉咙的那个人，谴责她是不公平的。一想到她的父亲会用被鲜血染红的钱来支付自己的报酬，他便心生憎恶，但也许，稍稍消耗一些此人过剩的财富也并非有害无利（不过，这当然只是杯水车薪）。他还决心要用这笔钱积德行善：给流浪狗购买食物。他一定要这么做。不然的话，他就只能尽力地把屠宰场抛到脑后了。

杰米在赫里福德之家度过了愉快的时光，这让他内心既欣慰，又自责。莎拉会时不时地爬到阁楼上来（他选择先从阁楼开始整理），帮他一起翻找布满灰尘的文件，将字迹潦草的收据与各式各样的画作对号入座。种种迹象表明，她对父亲的生财之道未觉不妥，这也导致他对她的迷恋不再像两人刚开始散步那会儿强烈了。但她对他的吸引力并没有减退。不过，这倒并不是说她对他含情脉脉。她一直都表现得机敏、专注，做事有条不紊，似乎很看重事物的秩序。他至今都未敢去触碰她的芳唇。

第一个周一的早晨，爱丽丝一直在等他上门，她坚持要他先给自己画像，然后再开始工作。"我们去外边画吧，光线会好一点儿。"她要求道。

她在房子后面的一棵樱桃树下坐了下来，用两条胳膊抱着一侧膝盖，表情看起来似笑非笑的。在他作画的过程中，又一名高个女子（身穿羊毛衫和短裙）跨着大步走过了草坪，贾斯珀屁颠屁颠地跟在她的身后。

"原来是肖像画家在创作啊！"费伊夫人的声音比莎拉更加低沉、圆润。

杰米连忙站起了身。她跟他握了握手。萨金特的那幅肖像画栩栩如生，不过跟那上面的她比起来，眼前的她似乎苍老了一些。她留着干练的波波头，脸上不施脂粉，显得愉快又睿智。

"让我们来看看吧，"她伸出一只手去要那沓被他本能地抱在胸前的画纸，"噢！"当他递过画纸后，她惊呼了一声，"真是太棒了，我就知道你会画得很好。你给莎拉画得太棒了，但这幅画嘛……你把景物也都描绘了下来。我得把两张画都裱起来。"

"妈妈，你说他是不是该给贾斯珀也画一张？"爱丽丝发话了。

"必须的，还有佩内洛普和孩子，"她把画纸递回给了杰米，"佩内洛普是我的大女儿，她刚生了孩子。我还想让你给我的儿子和二女儿也画一张，这样就齐全了，但他们不在西雅图。"

"还有你。"爱丽丝这会儿还在树下坐着。

"我怎么了？"

"他也该给你画一张，然后跟萨金特那张比比。"

杰米说道："那我觉得比完会让人很郁闷。"

费伊夫人扬起了一边眉毛。"是你郁闷，还是我郁闷啊？"

"当然是我了！"他赶紧解释道，"这还用问吗……不过我很乐意尝试一下，如果您愿意的话。"

"那好，"她忍俊不禁，"我们一言为定。"

时间从七月来到了八月。

杰米的艺术品整理工作有所进展，但这项艰巨的任务是无法在短短一个多月内完成的。不过，他还是坚持不懈地进行着分类和标记的工作。检视海量的画作也是一种学习的过程，他仔细地观察每一幅作品，在心里将画家所呈现的内容和他揣摩出的意图对比一番。这些画作大多数都十分平庸。"我丈夫将囤宝贝视为头等乐事，"费伊夫人有一天告诉他，"让他高兴的是它们的数量和归属。"不过，这些藏品中也不乏优秀甚至杰出的作品。杰米按照指示，挑出了每一幅让他产生共鸣的作品，其中包括他在一个绑着丝带的扁盒子里发现的一套小尺寸水彩画。这十二幅作品色彩丰富：灰色和蓝色的螺旋，还有橙色和绿色的明亮条纹，虽然很抽象，但他确定画中的物体是大海。画背面的字迹辨认不清，也许是画家的签名。要是那个华大的专家来了，杰米希望他会说这套水彩画一文不值，因为这样他便能斗胆恳求将其据为己有。

每晚回家的路上，他会买便宜的罐头牛舌或碎肉和隔夜面包，喂给流浪狗吃。有时他还会把它们当成模特。而当那些狗相互争抢食物或是尾随他往住处走时，他又会感到十分不快。

要是费伊先生预计会迟一些回家，莎拉有时会在杰米完工后跟他一起散步。他终于鼓起勇气吻了她。初吻来得出人意料地顺利，那是在两人一起喂狗时发生的。一条狗在两人脚下美美地享用着一坨罐头肉，他趁此机会俯下身去吻了她。两人都直直地杵着，四唇相接，过了一会儿，莎拉轻轻地躲开了。第二次接吻是在码头，这一次就没那么顺利了。在他的亲吻下，她颀长、柔软的身体往后弯了下去，但他的动作因为激动而过于粗鲁，把她吓了一大跳。不过，在经过了几次练习后，他们最终找到了一个不算尽兴、却足够持久的平衡点。她允许他在没人看见的时候抱着自己，但他不能把她抱得太紧，或者把她按在墙上，也不能触摸她的酥胸。不过，她偶尔也会忘情地把他拉到自己跟前，伸出一条长腿，在他的双腿间滑动起来。但这种状态从未持久。她会一下子恢复到先前拘谨的状态，如同从梦中惊醒一般眼神慌乱，两颊潮红。

"给我讲讲你的那些冒险故事吧。"有时她会做此要求。于是，他跟她讲了自己、玛丽安和凯莱布搭便车到锡利莱克，然后又走了五十英里山路回家；他们曾经在树林里找到一具人体骷髅，还在长满苔藓的头骨上发现了一把斧子；还有他在火车站挨铁警打的事儿。"我也不知道那些算不算冒险啦。"他不太自信地表示。

"当然算！"她的声音异常兴奋，"我可不会有这种刺激的经历。我真想见见玛丽安和凯莱布，还有华莱士。"

"也许有一天你会的。"

她露出了蒙娜丽莎般的微笑。"我想他们会觉得我没什么意思。"

他们会觉得她太过拘谨、矜重，她会与他们格格不入。但这无关紧要。他和莎拉的故事只属于他一个人。"他们不认识像你这样的人。"

"我也不认识像他们那样的人，真希望我跟他们能多一些共同点。"

这是一个向她吐露一切的绝佳时机：华莱士的嗜酒成性，巴克莱·麦昆的那档事儿，还有每次凯莱布来找玛丽安时门廊的纱门发出的嘎吱声。但他什么都没说，而是再次吻了她。

他给她画了很多画像，有些是当着她的面画的，另一些是凭记忆画的。他把一部分作品送给了她，自己则保留了剩下的那些。"我太喜欢这些画了，因为一想到你看着我，我就特别高兴，"她对他说，"这算是一种特别的虚荣心吧。"

当莎拉和爱丽丝都不在家时，费伊夫人偶尔会邀请他下午一起喝杯咖啡，地点位于一个小小的玻璃温室，这是属于她的私人空间。进入温室之前，他会经过一个同样专属于她的会客室。这两个房间没有任何收藏品做装饰。会客室的墙面雪白又干净，唯一挂着的是几张家人的照片。温室里放着一些蕨类盆栽、一张狗垫，还有一张大理石圆桌和几把藤椅（他们会坐在其中的两把椅子上）。她向他提了许多莎拉曾问过的问题，但因为不受意乱情迷的影响，他能更为放松地将自己的故事娓娓道来，有时还会发表一些让自己都意外的看法。

"我希望我姐姐能更像个淑女。"有一天，他说了这么一句让自己都吃惊的话。

费伊夫人的笑容比莎拉要更为忧郁。"为什么呢？她也是这样想的吗？"

"不是的，"他坦言道，"但她的生活根本没必要搞得这么复杂。如果她能留女孩的发型，穿女孩的衣服，继续去上学，不要那么痴迷飞机，一切都会简单得多。"他想起在特劳的葬礼上，巴克莱·麦昆回过头跟他握了握手，仿佛看着一个手下败将那样露出胜利者般沾沾自喜的眼神。他还说，祝安康。

"确实，"费伊夫人附和道，"这很有可能。"

"如果我们的母亲在世的话，您觉得她还会变成这样吗？"

"那倒不一定。虽然有时候我们确实希望能控制儿女，但母亲是无法控制一切的。试图控制他人极有可能会适得其反——这是我花了很长时间才学会的道理。我参与了禁酒令的颁布，因为当时的我真心认为，如果男人再也不能出去喝得昏天黑地，回到家里也不会再做那些伤天害理的事儿的话，女人的日子就会更好过——或者用你刚才那个词：更简单。但我太天真了。一个人想要做些什么，其他人是左右不了的。"说到这里，她停顿了一下，"杰米，有时候我们只能忍气吞声，因为有太多东西是我们没办法控制的。"

杰米突然感到一阵烦躁：面前这个坐在温室里的女人天真地以为，自己是被慈爱的叔叔送来西雅图跟表亲过暑假的文雅少年——这样一个女人怎么可能理解他的苦闷？但他按捺住了这股冲动。"玛丽安有时并没有意识到她给自己惹了麻烦。"

"你是不是觉得，如果她更像个淑女，那你就不用担心她了？"

"这我也说不好。"

她向他凑近了一些。"你能画一张你姐姐的画像吗？我想看看她长什么样。"

于是，他在一张白纸上画起了玛丽安来。他屏气凝神，回忆着她的一头短发，还有那利刃般的眼神。画着画着，他突然感到胃里一紧，仿佛他吞下了一枚鱼钩，鱼线的另一头就位于遥远的蒙大拿。

费伊夫人盯着那幅画看了很久。"没错，能看出来她是个很要强的孩子，"她一边叹了口气，一边轻拍他的前臂，"相比普通的兄弟姐妹，你们对彼此的付出会更多，你们也一定比同龄人更早熟。我能想象，这肯定不容易。"

回到阁楼后，他席地而坐，眼里溢出了泪水。他之前并不知道，自己有多么想听到这样一句话。

八月的第三周，天气异常炎热，华大的专家出现了。这个戴着领结、精力充沛的男人沿着赫里福德之家的墙壁健步如飞，一会儿弯下腰来，一会儿又踮起脚尖，透过眼镜仔细地审视一幅又一幅作品，仿佛浑身上下都有显微镜似的。他还时不时地在笔记本上奋笔疾书。杰米跟在一旁，发表了一些自己的见解，从专家爱理不理的反馈来看，他并没把杰米放在眼里。

杰米告知自己选出了一些貌似有价值的作品，而且还说了两遍。"我觉得那倒没什么必要。"那人从墙上取下一幅描绘航海的画作，把它翻了过来。

"是费伊先生让我做的，我们想让您鉴定一下。"

"是吗？"他把那幅画挂回了钉子上，"那你有什么资质呢？"

"我一直在给这些作品编目录。"

"哦……"

下午三四点，费伊先生到家了，杰米和专家正在音乐室里看画。费伊先生使劲地握了握专家的手，寒暄了几句，想了解对方的看法。"请您实话实说。"

"您的藏品相当厉害，"专家表示，"里面有不少顶尖的作品，比如那幅萨金特。真是了不起。"他从口袋里掏出一块手帕，擦了擦额头上的汗水。昏沉沉的屋子里，闷热的空气令人窒息。

"画上是我的内人。"费伊先生骄傲地说道。

"噢，是吗？"尽管杰米已经告诉过他，但专家还是表现出了惊讶，"那可真了不起啊！"

"有人说我都能开个博物馆了，"费伊先生转换了话题，"费伊博物馆——我必须得说，这名字挺不错。"

专家又擦了擦汗。"这想法倒很有意思。但根据我目前看到的作品嘛，您的这些收藏要单独办展的话，可能还欠缺一点。当然这只是我的初步印象，但我已经看到很多有分量的作品了。"接着，他小心翼翼地问道，"您应该知道他们正在义工公园建造艺术博物馆吧？那里准备用来陈列理查德·富勒[①]的藏品。"

费伊先生的脸色沉了下来。"这我当然知道了，我从卧室都能看见。"

专家虽然皱了皱眉头，但还是继续说道："也许您有考虑过跟别人进行合作？"

费伊先生用不太信任的目光看着他。"考虑过。"

专家的语气变得欢快起来。"那么第一步，我觉得应该找个人过

---

① 理查德·富勒（Richard Fuller，1897—1976），收藏家、西雅图艺术博物馆创始人，曾任西雅图艺术学院校长。

来，把所有收藏都整理一遍，编个目录出来。我想您应该留着购买时的记录吧，还有出处信息吧？"

"那就是杰米正在做的事情啊，"费伊先生向杰米投去了困惑的目光，"你没告诉他吗？"

"我相信这位年轻人一定已经尽力了，"专家表示，"但这工作需要找个有真才实学的人来做。"

费伊先生显得有些窘迫。"这孩子可是个很有天分的画家，我想帮帮他。让他把这些翻一遍也没什么坏处吧。"

"但愿如此。"专家一本正经地回答道。

杰米感到怒不可遏。他记了那么多笔记，列出了详实的清单，就费伊先生的藏品拼凑出了各种线索和理论，所有这些那人连看都没看一眼。诚然，杰米并没有找到所有答案——那根本不可能——但他相信自己的付出是有价值的。而且，专家也懒得去看他从阁楼拿下来的那些精选作品，他敢肯定那些作品多少都值得对方看上一眼。

"杰米，"费伊先生对他说，"去拿幅你的肖像画给这位先生看看。"

眼下，他将遭到进一步的羞辱——他成了一个被大人要求展示自己作品的小毛孩，眼巴巴地期盼着表扬。他不自在地说："我不想占用这位先生的时间。"

"快去吧！"费伊先生的口气就如同在打发一条离餐桌太近的狗。

于是，杰米在闷热、昏暗的房子里艰难地向费伊夫人的会客室走去。房间的墙上并排挂着四幅装裱好的肖像画——莎拉的、爱丽丝的、夫人本人的，以及大姐佩内洛普的（有一天下午她回到家里，带着刚出生的孩子一起给他当了模特）。他把爱丽丝的那幅画从墙上扯了下来，走回到两人身边，低着头递了出去。

细品完杰米的作品后，专家抬头像打量艺术品似的看着他。"是谁教你画画的？"

"是他叔叔。"就在费伊先生作答的同一时间，杰米却坚定地说：

"没人教我。"

"可你告诉我，是你叔叔教的。"费伊先生对杰米说。他又向专家补充道："他叔叔是画家华莱士·格雷夫斯，我这儿其实有幅他的山水画。"

"我是自学的。"杰米将两只手插进口袋深处。

"这样啊，"专家又扫了一眼那幅肖像画，然后再次将目光投向了杰米，"你刚才说，你挑选了一些你特别喜欢的作品是吗？"

费伊家将要举办庆功晚宴，杰米必须留下参加——费伊先生和全家人都坚持要他留下来。他在那个绑丝带的盒子里找到的水彩画是透纳[①]的作品，那位专家确信无疑。这套作品极其珍贵、重要，是非凡的杰作，而且极易被人忽视。对杰米而言，他的眼光得到了证明，但同时他又感到大失所望——此前他已决定，如果专家懒得去看他选出的作品，他当晚就会把那套水彩画带回住所，而不久以后，那些画就会跟着他回到米苏拉了。想到没有在第一次发现它们时就偷偷地将其收入囊中，他感到一丝遗憾。

"干得漂亮，"费伊先生对杰米说了至少五六次了，"我就知道没看错你。"

虽然开着窗户，但餐厅依然闷热无比。夫人和姑娘们的鬓角处被汗湿透，费伊先生也不停地用餐巾擦拭着额头。学艺术史的二女儿诺拉刚刚从欧洲回来了，佩内洛普也带着丈夫、孩子和保姆前来欢聚。一家人要求杰米在饭后必须给诺拉画张像，这样费伊夫人会客室的肖像画就齐全了。

"可别忘了爸爸啊！"爱丽丝说道。

"杰米画了这么多美人，看到我这张老脸恐怕会倒胃口吧！"费伊先生情绪高亢，满面红光。

[①] 透纳 (J. M. W. Turner, 1775—1851)，英国杰出的浪漫主义风景画家、水彩画家和版画家。

第一道菜是牡蛎，然后是凉汤和清蒸三文鱼。

诺拉滔滔不绝地讲起了欧洲见闻。"横渡海峡的时候总会有微风向你吹来，那凉爽会让人渐渐习惯。"

"是吗？"爱丽丝拿腔拿调地回应道，摆出一副趾高气扬的样子。

杰米心怀不安地吃掉了牡蛎和三文鱼，接下来，他一直在盼望的奇迹——餐桌上不会出现牛肉——落空了。一盘牛排不可避免地摆在了他的面前，牛肉浸泡在一摊血红的汤汁中。他四下环顾一番，希望贾斯珀能适时出现，但那条狗一定是被关在了哪里。

"我想听听这位年轻人对未来有何打算？"那位鉴画师向他侧过身来。

所有人都把目光投向了他。"我还要上一年高中，"他回答说，"然后我应该会进蒙大拿大学。"

"那一定是学艺术吧？"专家追问道。

"我不太确定。"

费伊先生一边仰靠到了椅背上，一边咀嚼着嘴里的牛排。"蒙大拿的艺术系怎么样？"

"我觉得，已经够好了……"杰米回答，"我叔叔曾"——他及时纠正了自己——"现在在那儿教书。"

费伊先生又切下一小块牛排送进嘴里，然后痛饮了一口葡萄酒。"我觉得你应该来西雅图发展，去华大或者考尼什艺术学院就读。像你这样的才华可不该埋没在穷乡僻壤。"

对方竟然想当然地以为自己能上得起这两所学校，这让杰米几乎哑然失笑。

"还有……"这时，费伊先生被打断了。

"有些人可认为西雅图也是穷乡僻壤呢，"诺拉评价道，"跟欧洲比。"

"诺拉，"爱丽丝连忙说，"别傻乎乎的！"

莎拉发话了："这不叫傻乎乎，这叫势利眼。"

"还有，"费伊先生抬高了嗓门儿，"我想帮帮你。"这话让费伊家的女人们相互传递起了眼色。

"您的意思我没太明白。"杰米回答道。

"孩子，我的意思是，我会承担你的学费和生活费！当然，条件是你得继续帮我干活儿，至于具体干什么呢，也许是搞艺术，这要取决于博物馆这件事儿的进展。要不你也可以帮我打理业务，"他拿起刀指了指杰米，"我自己就是白手起家的。"看来，他并没意识到他张口闭口就是这句话，"所以我愿意力所能及地助人一臂之力。"

杰米张口结舌。他很想表示接受，成为这个富庶家庭的成员。尽管目前看来还很遥远，但如果他答应了下来，那么与莎拉结婚生子、在这座太平洋沿岸城市安身立命的美梦似乎就触手可及了。但他又举棋不定，除了费伊家的屠宰业这一大阻碍之外，他对自己的绘画事业也心怀隐忧——没错，他热爱绘画，而且这个夏天使他更加确信了自己是有天赋的。但是，华莱士的今天会不会变成他的明天呢？画家这一身份会不会唤醒他内心腐坏的一面，引他一步步走向堕落和糜烂呢？

他得好好考虑考虑，而这个闷热的房间、将自己团团围住的费伊一家，还有一盘盘鲜血淋漓的牛排，都无法让他冷静下来。

"爸爸，你都让他说不出话来了。"佩内洛普暂时替他解了围。

费伊先生接着说："把牛排吃了，我们喝点儿香槟庆祝一下，"这会儿，他仔细瞧了一眼杰米的餐盘，"孩子，你怎么什么都没吃呢？你病了吗？"

杰米看了一眼莎拉，后者向他投来了困惑不解的眼神。她问他："你不饿吗？"

眼下，他意识到，自己想不想成为画家已经不重要了。于是，他坦然地回答道："我不吃肉。"

"你说什么？"费伊先生一脸诧异。

"我不吃肉。"

"不吃肉？"

"是的，我不吃。"

"是因为信仰吗？"

"不是的，先生。只是因为一想到吃肉，我就无法忍受。"

"我没太理解。"

"你是可怜那些动物吧！"诺拉惊呼道，"是这样的吧，对不对？"

费伊先生放下了手中的餐具，把脸一沉。"那一想到我的生意，你也不能忍受是吗？建立了这个家、购买了这些艺术品、供了你一整个夏天的，可都是我的生意啊！"

"我很感激您的慷慨和赏识，"杰米回答道，"但我无法接受您的馈赠。"

"你无法……"费伊先生的舌头打了结，"我撤回刚才的邀约，我无法信任一个不能像个男子汉一样好好吃饭的人，"他眯起了眼睛，"我也不许你再围着我女儿转了，别以为我没发现你一直在对她死缠烂打。"

在绝望中，杰米希望从莎拉脸上找到一丝理解，但他只看到了不解和忧虑。她望了一眼旁边的母亲，而后者凝视着女儿，微微点了点头。莎拉平复了一下情绪，然后对父亲说："他没对我死缠烂打。"

"我不准你再见他了！"

她再次向母亲投去了求助的目光，但这一次，费伊夫人已低下了头，紧盯着餐盘。泪水顺着莎拉的脸颊流了下来，但杰米看得出来，她不会违抗父亲的命令。

"孩子，"费伊先生向他伸出一只肥硕的手指，"孩子，上帝把动物放在这个地球上，就是要让它们成为人类的盘中餐。动物会相互残杀，以彼此为食，我们自己也是动物。幸运的是，我们人类依靠聪明才智想出了一种更好的找肉吃的办法，取代了弓箭。我们养殖这些动物，就是为了吃掉它们。牛、猪和鸡存在的意义就是成为食物。"他张开嘴，指了指自己的虎牙，"看到这个了吗？上帝给了我们牙齿，就说明他希望我们吃东西，而你要吃的就是你盘里的那块牛排！"

杰米把餐巾放在桌上，站起了身。"那我这就告辞了，"他说道，"谢谢您的款待。"

往大门走去的时候，他听到费伊先生在他身后大吼大叫，骂他是叛教者，是娘娘腔，还让他滚蛋，从费伊的家里滚出去。

那晚，他没去喂流浪狗。在联合车站，他买了一张经停斯波坎、前往米苏拉的夜车车票。他孤独而坚定地踏上了返乡的旅途。到家后，他得知了姐姐已与巴克莱·麦昆订婚的消息。

米苏拉

1931 年 8 月

杰米回家两周前

夜幕低垂，山麓间深邃的河流依稀可辨。玛丽安在空中盘旋了一番，等几个司机打开了车头灯后，降落在了被灯照亮的一片平地上。在他们卸货的时候，凯莱布从林子里走了出来，肩上背着猎枪，几个司机立马把手往枪鞘里探去。

"别紧张！"玛丽安大喊一声，"这是我朋友！"她小步跑到凯莱布跟前，张开双臂一把抱住了他。要是他们在米苏拉相遇，她是不会这么做的，但眼下的这次相遇可是不同寻常。"你是怎么找到我的？"

他的皮肤晒成了古铜色，头发编成了一条长长的辫子。"这可是个秘密。你能载我回家吗？"先前，凯莱布在华莱士房子旁边的响尾蛇河上游给自己建了个木屋。

她扫了一眼那几个男人，后者并未掩饰对两人关系的好奇。"你不会害怕吗？"

"有什么可怕的？你不是很会开飞机吗？"

她降落的时间晚于预期，天色已经不早了。当他们来到地狱门峡谷上空时，天完全黑了，而峡谷另一侧的米苏拉灯光闪耀。

停好飞机后，玛丽安开车载着凯莱布穿过小镇，向河流上游驶去，先后经过了吉尔达的小屋和华莱士的房子。水泥路越变越窄，最后变成了一道通往森林的车辙。他下车后，在一条小径旁停下了脚步。"进来喝一杯吧，"他对她说，"你帮我省了两天的步行，我可得好好犒劳犒劳你。"

　　他的小屋离这儿不远。两人在黑暗中走着，玛丽安问道："你为什么不买辆车呢？"

　　"我不想担那个责任，况且我不太喜欢拥有东西的感觉。"

　　"有些东西是值得拥有的，不是吗？不过我倒也没什么经验。"

　　"我倒宁愿一切从简。"

　　他的小屋建在一片圆形的空地上，虽然小，但做工精细：边角处服服帖帖，每一块木板之间对得很齐，木板缝隙间的填泥抹得十分均匀。只见他从口袋里掏出了一把钥匙。

　　"你还会锁门啊！"她对他说。

　　"那又怎样？"

　　"这至少说明有些东西你是想要一直拥有下去的。"

　　"那当然了，但我不想总担心这担心那的。"他把她请进了屋，她站在黑暗中等他点亮了两盏煤油灯。灯光照亮了一个黑色火炉、一把摇椅、一张小床、铺在地上的一张熊皮，还有墙上挂着的几个鹿角。

　　"把靴子脱了吧。"他说。

　　小屋被收拾得井井有条：一条被子整整齐齐地摊在薄薄的床垫上，床脚处还叠着另一条，几个盘子叠放在水槽上方的碗架上。他把猎枪搁到了一个架子上，上面还有另外三把枪，枪托和枪管都闪闪发亮。

　　"木头都是你自己砍的吗？"她问他。

　　此时，他正往两个锡酒杯里倒威士忌。"大多数是的，不过屋顶和房椽的木头是我买的。"他递了一杯给她，并指了指那把摇椅，"上那儿坐吧。"接着，他点燃了炉火。当他在床上坐下时，两人的膝盖几乎碰到了一起。

"你这地方还真整洁。"

"我受够了跟吉尔达在一起的那种杂乱无章的生活。"

"你小时候可野了，没想到现在你又是扫地，又是整理的，把家里收拾得井井有条的。"

"我在外面野，不带进家门。"

"凯莱布，你现在有女朋友吗？"

"难道只有女人才能把屋子打理成这样吗？"

"我不是这个意思，我就是好奇，自从我们俩没再……"她没必要把这句话说全。而且，两人从未用语言描述过那些日子的亲密。

他把背靠到墙上，把腿盘在了一起。"女伴是有的，但没有女朋友。"他目不转睛地看着她，脸上又出现了一丝昔日的慵懒和狡黠。她以为他准备要开个玩笑，或是向她求欢。但他却话锋一转："我之前去了巴克莱·麦昆的农庄。"

"班诺克本。"

凯莱布点了点头。"他的生意伙伴雇我带他们去打猎，他们放我们进去了。那里的田园风光不错，房子也不赖。"

"这么说你喜欢那房子咯？"

他耸了耸肩。"这得看你对房子的品味。"

"那房子我只在天上见过，不过将来我有可能……"她停下了。

他替她说完了这句话："搬进去住。"

她点了点头，胸口忽然一阵发紧。她为什么会感到害怕呢？这时，凯莱布站起了身，往她的杯子里又倒了些威士忌。他站在她身边，把手放在她的颈背上。他的手很凉，她已经忘了他皮肤的温度。

"现在都是谁在给你剪头发？"

"你不用管是谁剪的，反正那人收的是钱。"

他把她从椅子上拉了下来，两人一块儿躺倒在了地上。他把她侧着夹在自己的两腿之间，用胳膊环绕住她。他一言不发地抱了她良久，接着吻了她的唇，但那是一个纯洁无瑕的吻。跟巴克莱相比，她跟凯莱布的过往在如今竟显得纯真无瑕。"你的整个身体都在告诉我，你的心跳得好快。"他说道。

"我在让它停下来。"

"停不下来的。"

"我想让它慢下来，但它不听使唤。"

"我能帮你逃走，有些地方他是找不到的。"

她对巴克莱厌恶至极，又感激不尽。她希望自己可以永远消失，再也不回来。但她又离不开他。这一切都是因为那句"你是谁"。

"说起来有点儿可笑，虽然我之前从来没承认过，但我觉得自己是爱巴克莱的。"

他的脸颊抵着她的头顶。"那你表现爱的方式可是够奇怪的。"

她知道她该走了。但她又想跟他一起爬到床上去。"这是一种奇怪的……"她再也说不出爱这个字了，便改口道，"这是件怪事儿。"

巴克莱得知了她从山里的停机坪载一个男人回了米苏拉，他知道那人是凯莱布，而且还听说她开车送他到了他的小屋，在里边待了三个小时。"整整三个小时，"两人站在他家厨房里的桌子两侧，"跟我讲讲，你在那三个小时里都干了些啥？"

"如果你派人跟踪了我，"她无比愤怒，"那他估计从窗外往里看了。那你来跟我讲讲——我在里面都做了些什么？"

"你跟他上床了，我敢打包票。"

他的言辞凿凿让她震惊。"但我没有。"

"别骗我了。"他满眼怒火，雀斑凸显。

"我没骗你，撒谎的是你。这我很清楚，因为我说的是实话。"

两人在沉默中僵持了许久，都不愿轻信对方。

"他是我的朋友，我们从小一起长大。我连朋友都不能有吗？"她提高了音量，"你是觉得除了你以外，谁都别想靠近我吗？"

他一屁股坐了下来，怒气已散。"没错，"他回答说，"我心里还真是这样想的。"

"那我来告诉你，我们在小屋里是在聊天，"她的语气咄咄逼人，"我告诉了凯莱布，我爱你。"

他抬起了头来。"你真这么说了？"

"你是什么时候开始派人跟踪我的？"

"再说一遍，把你告诉他的话再跟我说一遍。"

他的脸上又惊又喜，而她感到了绝望。"现在我不想说。"

"说你爱我。"

她将刚才的问题更响亮地重复了一遍："你是什么时候开始派人跟踪我的？"

"在你飞去温哥华以后，我这么做只是因为太害怕失去你。"

幸好从那时起，凯莱布就没再来跟她私会了。

"我担心你会犯傻，或者又遇上什么麻烦，"巴克莱继续说道，"这是为了保护你。我不是要查你，只是想保护你。"

"我们并不信任对方，这是不争的事实。"

"等我们一结婚，我立刻停止派人跟踪你，"他语气激动，"因为你要发誓会对我不离不弃，我知道你是个体面的女孩。"他站起身，绕到桌子的另一边，在她脚边单膝跪下，"求你了，把你告诉他的话再跟我说一遍。这句话你应该对我说，而不是对他。"

她照做了。说出那三个字，就如同拔出身体里的一把刀，在感到解脱的同时，又留下了一个全新的致命伤口。她知道自己总有一天要承认对他的爱，而现在她终于说出了口，一锤定音。这时，他把脸埋进她的双腿之间，而她轻抚起了他的头。接着，他抬起头对她说："玛丽安，我真的太爱你了，但我得跟你坦白一件事儿。你听我说，我真的特别后悔。如果早知道你爱我的话，我就不会干出那件事儿了，我太心急了。"

她整个人瞬间僵在了原地。她仿佛回到了驾驶舱里，回到了那道深渊上方。

"那是我在气头上做出来的，但还可以撤回。"他的眼里满是泪水，"玛丽安，我犯了个大错。但你必须要理解我——毕竟，你让我等了太久。"

嗖嗖作响的宇宙扩张

十一

　　我曾听一个服装设计师说过，最优秀的女演员根本不会照镜子，她们凭感觉就能知道身上的戏服合不合适。于是，在试装时，我扭过头不去看镜子，仿佛看一眼就会被石化。我穿着沉重的连体飞行服和羊皮靴走了几步，感觉自己像个被困在地面的宇航员，无所适从。我旁边有一面墙，上面贴着一些女飞行员和过去那个年代的人的照片，此外还有几幅服装草图，以及现存仅有的几张玛丽安的照片。我迈着艰难的步子走上前看了起来。

　　那张婚礼照片我在网上见过：玛丽安和那个叫巴克莱·麦昆的黑帮老大站在一栋气派的法院大楼外，脚下有落叶随风起舞。玛丽安一手按着帽子，不明所以的笑容仿佛刚听了个冷笑话似的，而她的新婚丈夫则是一脸兴高采烈的样子。

　　照片一旁有张打印出来的炭笔素描像，我是第一次见。上面的玛丽安非常年轻，但已不是孩子，她的头发剪得非常短，那表情像是马上要开口反驳。"这是什么？"我问道。

　　给我试装的服装设计师刚才跟着我穿过了房间，她正在调整我腰部的一根带子。"那是她弟弟画的，是件私人收藏品。怎么样，很可爱吧？太生动了。"她把我往后拉了几步，然后让我转过身来面向她的几个助理。他们开始上下打量起我来。

"她就跟只飞鼠似的，"其中一人评价道，他抬起一条胳膊，往胳膊下方指了指，"袖子这儿都往下耷拉了。"

"这可是件正品，"设计师为自己辩护道，"货真价实的西德科特飞行服①，不过我觉得我们可以根据她的身材剪裁一下，好让衣服更合身些。"

我终于还是忍不住看了镜子一眼。我的头发被剪得跟圆寸别无二致，还被漂成了浅色。眼下的我就是一颗浅金色小脑袋顶在了一个巨大的棕色身体上。

"别担心，"设计师对我说，"我们会帮你再打理一下。"

"这我无所谓。"我违心地回答道。

"我保证，"她好像没听见我说话似的，"你看起来会很美的。"

雪文给我打了电话，告诉我雷德乌·费弗想邀请我去他家共进午餐。又是该死的午餐。

"就我跟他吗？"我差点儿没跟她说，这一次我是不会去吹箫的。我已经不再需要为了事业而给人口交了。

"这确实有点儿不同寻常，不过依我看，他没觉得这有何不妥。我看他就是个习惯了呼朋引伴的有钱人。你就当去交个朋友，他这人感觉还挺正经的。"但我知道她实际想表达的意思是：他可是你的金主。

雷德乌的住所就在我家西边，直线距离只有两英里，可直线距离在山路十八弯的地方没什么参考价值。因为担心带着保镖去赴约显得不太礼貌，所以我没让 M.G. 开车，而是自行前往。我比约定的时间晚了二十分钟才按下了雷德乌家的门铃，然后沿着螺旋形的车道来到了一栋别墅前。这栋房子棱角分明，外墙是原生态的混凝土，就好像是什么军中潮人的前卫碉堡。雷德乌正站在野兽派风格的阶梯上等着

---

① 原文为 Sidcot，是澳大利亚发明家悉尼·科顿在 1917 年设计的一种飞行服。

我，他脚踩阿迪达斯运动鞋，上身是 T 恤外加棕色褶皱亚麻西装外套，袖口卷到了胳膊肘。

"Buenos dias!^①"他热情地招呼了我，"哇哦，我喜欢你这个发型，très^② 玛丽安。"他过于自信地张开了双臂，打算跟我来个热情的拥抱，"最近怎么样啊？^③"看出我的犹豫和我对这种自以为是的微微不满后，他马上放下胳膊，伸出一只手来。

"这问题我一直不知道该怎么回答，"我握了握他的手，"应该回答我很好吗？我的意思是，'很好'是不是最合适的词？"

"你这么一说，我倒是答不上来了。要不就随便说个你觉得顺口的词吧。"他领我走进一个巨大的开放式房间，一侧完全面向户外。我见过这种房子。从外面看像是什么举行秘密活动的神秘碉堡，而从里往外看，视野十分开阔，山谷间的城市和整片天空尽收眼底。两面墙之间的凹陷处装有巨大的滑动玻璃门，看起来雷德乌并不喜欢过于传统和呆板的窗户。

"酸货，"我说道，"我觉得这个词还挺顺口的。"奥古斯蒂娜上午还将这个词赋予了某位公关人士，这一辛辣点评实在大快人心。

"你指的是哪个意思？"

"这个词本来就是一语双关嘛。"

"啊！我懂了。这个词既可以指酸味的食品，还能表示嫉妒心强的女人。不错哦。"

"那你喜欢哪个词？"

他思考了一下。"我会选'大抵'这个词。"

"你的理由是？"

---

① 西班牙语：日安。
② 法语：很、非常。
③ 原文为 "What's the good word?"，字面意思是"有什么好词？"，实际含义为日常问好的惯用表达，类似"How are you?"，也可以理解为询问对方想用什么词表达目前的状态。（编者注）

"因为听起来有点儿假正经，而且表达了一种纠结的状态，我常对一件事情感到模棱两可。我还喜欢说'约略'这个词。"

我们走过了低矮的沙发、巨大的平板电视，还有一架熠熠生辉的黑色三角钢琴，来到了露台上。游泳池边整齐地摆放着四把躺椅，远处，洛杉矶市那块巨大的马戏团标志牌①在云雾间若隐若现。

"这房子不错嘛。"我评价道。

"谢谢夸奖。不过是租的，我还在考虑要不要定居，所以这些东西都不是我的。"他望着远处模糊的地平线，"虽然显而易见，但我还是必须感叹一下，这城市的规模实在令人震撼，尤其是从飞机上往下看的时候。你坐飞机的时候会看窗外吗？"

"有时会。"

"在飞机上能看到最美妙的东西。有一次我坐飞机去欧洲，机长在途中提醒我们左边马上就能看到极光，但没几个人打开遮光板去看。有些人对周围的事物漠不关心，真叫人恼火。"

"我还没见过极光呢。"

"但如果是你，你难道不会往窗外看吗？极光太神奇了。大家都知道极光是绿色的，但真正让我震撼的是那种动态，其实极光的速度非常快，但肉眼根本察觉不到它在动。我有一次读到了一首诗，把极光比作月亮晾晒的绸衣，还有一首诗把极光形容为萤火虫之光，写得真好。"

他一脸认真的样子让我始料未及。这年头谁还会聊诗啊？我应和道："我去参观过一个萤火虫洞。"

"萤火虫洞是什么？"

"就是一个洞穴，有萤火虫生活在洞壁上。里面一片漆黑，那些萤火虫看起来就像星星一样。我去的那个洞里有水——也许那种洞里都有水吧，我也不确定——那些萤火虫被反射在了水面上，你就觉得

---

① 指坐落在洛杉矶市郊山顶上的、由九个白色字母组成的 "HOLLYWOOD"（好莱坞）标志牌。

自己像被小小的白色光点包围了一样。"

这些都是什么啊？那时，当我们漂浮在洞里的时候，阿列克谢感叹道，我们会不会是死了？我们会不会根本不知道自己已经死了？

我觉得死了是不会有任何感觉的，我回答说，大体是这样。

是啊，他又说道，所谓生死相通的说法只是无稽之谈而已。不过现在这体验很不错，很梦幻。

当然，这整件事儿从一开始就注定不会有结果，但每当我想起他，还是会有种傻乎乎的失落感。大多数人在遇到意中人后，都会经历情投意合、肝肠寸断，最后心灰意冷的完整过程。而我所得到的，只有稍纵即逝的奇光异彩和枕边絮语（深情地望着对方的脸说：没错，就是这样，你说的我完全理解），整个过程仅仅持续了一个下午加一个傍晚。由于对那短暂的两日激情耿耿于怀，我最终慌不择路地坐到了那个带虫翼靠背的双人沙发上，投入了琼斯·科恩的怀抱。又或许，以上所述只不过是更容易启齿的故事版本。

"有机会我也想去看看。"雷德乌指的是萤火虫，"来厨房吧，等我再稍稍收拾一下，我们就可以开吃了。"

"你还做饭了？"

"我拌了沙拉。"

厨房的大扇推拉门面朝露台，紫藤架下的桌子上已经摆好了两个餐位。他拿来了油醋汁。"不好意思，我现在才意识到这看起来就跟约会似的。希望你不会觉得尴尬，我就是想找个机会跟你单独聊聊。"

"要是我们喝点儿葡萄酒的话，约会感是更强，还是更弱？"我问他。

"管他呢！"他打开了堪比银行金库门的不锈钢冰箱门，拿出一瓶酒，倒了两杯。他的手出人意料地好看，手指修长而灵活。我们碰了杯。"干杯。你读了玛丽安的书吧？可别说你只读了剧本，那我会伤心的。"

"我当然读了，"我想都没想就脱口而出，就好像这是理所当然的事儿，就好像我当初接拍《大天使》的时候把整个系列都读完了似的（事实上我只读了第一本），"其实我小时候就读过了，是出于偶然……"我意识到如果继续顺着说下去，就会将话题引向我的父母，于是话锋一转，"你母亲那本书我也读了。"

"你觉得怎么样？"

我还没来得及开口奉承几句，他就接着说："我知道那不是什么杰作，我觉得应该实话实说，不想让你以为我觉得那本书有多了不起。"

"是本好书。"我表示。

"你也太敷衍了。说吧，但是？"

我的目光越过玻璃杯边缘，投到了他脸上。"我已经说完了啊。"

"拜托，你就说出来吧。我可不是这本书的拥趸，不过她自己倒是不怎么谦虚，这一点我可得提醒一下你。"

虽然怀疑他是不是在给我下套，但我还是如实回答了。我说，我觉得他母亲在这本书中以玛丽安为视角的第一人称叙述，跟玛丽安那本书里本人的口吻不太一致。

我一直相信，卡罗尔·费弗在书中以玛丽安的口吻写道，我深信自己属于天空。

我还一直相信，她在下一章又写道，没有任何人能将我据为己有，我对此深信不疑。

而在玛丽安的手记中，她曾在如今已成为纳米比亚的地方写道：我希望自己能永远记得今夜我在这个阳台、从这个角度看到的这轮明月，但假若我忘记了，我将永远也不会知道自己忘记了，而这就是遗忘的本质。我遗忘了太多事，几乎忘了见过的一切。人生的波涛总是不断地被我们抛诸脑后。记忆只不过是瓶中一小滴浓稠、咸咸的液体，根本无法与创造了它的那片浩瀚汪洋相媲美。

我对雷德乌说，我觉得卡罗尔对玛丽安的理解不太准确。我说那本书感觉有些一厢情愿，想把玛丽安塑造成一个更容易让读者认同和接受的人。

雷德乌惆怅地点了点头，表示理解。"这本书想让读者对玛丽安产生更多共情——顺便说一句，我真的很讨厌'共情'这个词——最后把她的形象都给扭曲了。"

"说得很对。"我赞同道。在读卡罗尔这本书的过程中，我不止一次地想起了那次我跟奥利弗一起读的同人小说，写得感觉跟过家家似的，那位作者把我们俩紧紧地攥在手心里，几乎都快把我们掰断了——我真奈你。

雷德乌长吁了一口气。"我母亲对一丝不苟的执念很强。她虽然不信教，但还是觉得凡事皆有因。要是发生了核战争，她准会是那个觉得天肯定不会塌下来的人。天性乐观是件好事儿，但她对现实的回避也挺恼人的。我想，她自己可能都记不太清书里哪些内容是她编的了。但不管怎么说，我还是决定要全心全意地支持她。你能把这瓶酒拿上吗？"他拿起了那盘沙拉，我跟着他走到了外边。

"听起来你们母子俩还挺亲的啊？"

"她比我爸对我好，他俩在我六岁的时候就离婚了，我一直站在我妈这边。我爸已经去世了。"

"我很遗憾。"我们坐下了。他在桌上放好了餐巾、一碗插着小勺的粗盐，还有一个装着冰水的玻璃瓶。

"不用为我难过，我很讨厌他，他可不是什么模范父亲。"

"但我还是很遗憾。"

"谢谢你的好意。现在我不用跟他来往了，所以也不那么恨他了。"

"听起来有点儿复杂。"

"嗯，怎么说呢，其实也挺简单的。"接下来，雷德乌告诉我，他父亲生前是自由石油公司下属的一家化学品公司的首席律师，一天到晚帮着公司对付各种各样的原告：患了肿瘤的工厂工人、地下水被污染的小镇、研究遭到剽窃的化学家，还有为各种自然资源和生物谋福祉的环保组织。他六十四岁时死于突发脑动脉瘤，这突如其来的死亡犹如上天的旨意。

"我父母在我两岁时就去世了，"我向他敞开了心扉，"死于小型飞机事故。"

"我知道，我在谷歌上搜过你。"

"啊，这样啊。"

"我也很遗憾。"

"没事儿的，反正我对他们也没有印象。"

"这正是我感到遗憾的地方。"

"哎呀，我们这是在互诉童年不幸吗？"

他笑了笑，一边咀嚼着食物，一边斜睨了我一眼。他的眼神带着些许精明和顽皮，让我意识到他可能并非我们以为的那种愣头青。"等会儿吃甜点的时候，我们应该会聊些轻松的。啊，对了，把头发都剪了的感觉怎么样？难受吗？"

之前在客厅照镜子的时候，我觉得自己仿佛一个犯案得手的纵火犯。我伸出一只手摸了摸头。"说来也怪，我感觉更轻松了，好像解脱了一样。"

"也许我也应该把头发给剪了。"

"那就可惜了。"我歪着头把他打量了一番，调侃道，他又笑了笑。然后我说："如果你'大抵'是对你母亲的小说有点儿纠结，那你为什么不让戴伊兄弟直接改编玛丽安的书呢？"

他做了个无奈的表情。"这个嘛……这确实是更加理想的选择，但我不想伤我母亲的心。"他说，他和母亲对玛丽安的故事都十分迷恋，小时候，卡罗尔会把玛丽安的书念给他听。母亲当年是在跟父亲约会的时候得到这本书的，他觉得她在一定程度上是因为这本书才嫁给父亲的——她迷上了玛蒂尔达·费弗的想法，还有费弗一家与玛丽安极具传奇色彩的纠葛。"我觉得她想成为这个故事的一部分，无论是约瑟芬娜·伊特纳号、玛丽安这个人，还是家族的辉煌历史，对她都充满了吸引力。但那个故事早就结束了，后来发生的一切跟她想象的相去甚远。"

他还说，戴伊兄弟令人意外地对他母亲的小说充满热情，看来这本书丰富的想象力挺合他俩的胃口。雷德乌说他自己把这部电影设想为一场扑朔迷离的失踪，把想象的空间留给观众，也许可以拍成泰伦斯·马力克[①]那种形而上的意识流电影（这倒一点儿都不出人意料），不过，戴伊兄弟写的剧本虽然也噱头十足，却是另一种风格，而且具备足够的话题性。

"不错，"我回应道，"好极了。"我需要相信他，即便他所描述的并非我的想象。

接下来，我们开始享用起了沙拉。

过了一会儿，他突然问我："你一般是怎么进入角色的，能跟我讲讲过程吗？"

我想告诉她，我的表演方法简单粗暴，就是把塑料小马放进塑料马厩，根据别人的指示展示笑容。另一个方法是闭上眼睛，把角色分解成飘浮在我周围的萤火虫，当成颗粒吸进鼻子里。但我的回答是："我就是把自己想象成另一个人而已，也没别的什么了。"

"这问题我也问了雨果爵士，结果他侃侃而谈了整整一个小时。"

该死的雨果，他怎么就觉得别人一定愿意听他滔滔不绝呢？不过，话说回来，他的烟嗓确实很吸引人，他曾为不少自然纪录片和动画片反派献上过他那浑厚而富有磁性的声音。

"真要解释的话，那我可能会说得不知所云。"我说道。

"刚才我跟你讲极光的时候也没好到哪儿去。"

"傻里傻气的萤火虫不也是吗。"

他举起酒杯，轻轻地碰了一下我的杯子。"敬'神秘感'，希望我们不会破坏它。"

---

① 泰伦斯·马力克（Terrence Malick，1943—），美国导演、编剧和制片人，执导的作品《生命之树》（The Tree of Life）获得第 64 届戛纳电影节金棕榈奖。

十二

　　午餐后，我和雷德乌在泳池边的椅子上坐了下来，边品酒边聊好莱坞八卦，在闲话家常和互诉衷肠中度过了和睦的时光。池壁砌着钴蓝色的小方块瓷砖，里边的池水看起来顺滑而浓稠。

　　雷德乌不像当初阿列克谢那样让我小鹿乱撞，但我内心还是起了涟漪。我该不该因为萤火虫的缺席就抑制住内心的蠢蠢欲动呢？万一我再也看不到萤火虫之光了呢？我可不想就此看破红尘，永远活在跟一个已婚男激情一刻的记忆里。与金主共赴云雨会不会是件蠢事儿？可坐失良机难道就明智了吗？

　　也许我希望他给我绵长一吻，这样我心里能有个底。也许我希望他倾心于我，这样我便能掌握选择的主动权。我已习惯了主动送上门来的柔情蜜意，理所当然地以为对方会将感情像购房首付那样押给自己。

　　"你跟奥利弗怎么样了？"戴着墨镜的他发问道。

　　"没什么联系。"

　　"一句话都没有吗？"

　　"没。"

　　"那你对此有什么想法吗？"

"我觉得他的一言不发挺让我惊讶的，一般人会巴不得让你看到他们撕心裂肺的样子。他倒好，既没哭，也没闹，我不知道这是因为我杀伤力不够呢，还是他比我想的更有骨气。"接着，我假装不动声色地问他，"你呢？你应该不是单身吧？"

"我嘛，光棍一个。"

我之前在谷歌上搜过雷德乌，并浏览了一系列他出席社交场合的水印照，他总是左拥右抱，身边美女如云。"这话我可不太信啊。"

"这是实话。"

我稍作停顿。"我有个问题。"

"问吧。"

"你为什么会有三角钢琴？"

"是这房子里的，不过我确实也会弹。我选择这所房子就是因为那架琴。"

"那你能给我来一曲吗？"

"好啊。"

"大多数人至少还是会假装推辞一下的。"

"我这人喜欢显摆。不过，你得待在这儿听。"

我不知道他弹的是什么曲子，那旋律缓慢而忧伤。琴声从这座碉堡的豁口飘逸而出，落到了我的身上。我透过迷雾般的琴声向山谷望去。当琴声停止的时候，我方才如梦初醒。

"还不赖嘛。"我假装轻描淡写，但他看透了我的内心。

"这可是我的派对专用伎俩。"

我想起了琼斯·科恩用舌头取下我的耳环、把那几颗钻石叼在嘴边的样子。

夜幕降临，粉色的灯光弥漫在城市上空。我说想游个泳。我想象的场景是一丝不挂地入水，但雷德乌走进屋里，拿来了一件散发着淡淡消毒水味的连体泳衣。我没问那是谁的。经历了一下午阳光的炙烤后，我在冰凉的池水中打起了哆嗦。我来到这片无边泳池的边缘，背靠着池壁，看着雷德乌下水后向我走来，他胡子上的水珠泛着玫瑰色的光。我以为他要过来吻我，但结果，他也靠在了泳池边缘，把脸朝向外侧欣赏起了风景。

天完全黑下来以后，满眼的橙光将洛杉矶变成了一片罂粟花地。我们坐回到了躺椅上，身上裹着浴巾，他问我想不想来点儿"蘑菇"。

我说，当然了。

他走到屋里，拿来了一板包着锡纸的"巧克力"。

"这是雨果爵士的男朋友给我的，我完全不知道这玩意儿的劲儿有多大。"

"如果是鲁迪给的，那劲儿应该挺大的。"

我们一人吃了一小块。

雷德乌站了起来。"我去把灯关了。"

他走进屋里。泳池边的灯和屋内的灯逐一熄灭了。他再次开始了演奏，这一次，琴声艰涩刺耳，给人千疮百孔的感觉。我分辨不出是曲子的旋律本就如此，还是"蘑菇"起了效。天空中的浅紫色反射在了水面上。渐渐地，我似乎听出了那琴声的含义，我想要把它拽到面前，团成一块抛向山谷，仿佛自己是制造暴风雨的上帝。

玛丽安曾写道：世界不断地在眼前展开，一切都没有尽头。每一条直线，每一个圆圈，都微不足道。我的前方是地平线，往回望，身后也是地平线。过去的早已烟消云散。眼下的我，未来也将化作云烟。

雷德乌的琴声让我有所顿悟：时间是音乐的媒介，如果时间停止了，一幅画并不会改变，但音乐会像没了海洋的波浪一样彻底消失。我本想与他分享这个顿悟，但等他回来时，他身上透出的一股缥缈之气转移了我的注意力。"我看到了你的气韵。"我对他说。

"是什么样的呢？"

"像一阵烟一样。"

城市如银河一般在我眼前熠熠生辉，天旋地转。

他说："人们管洛杉矶叫作'天使之城'，但'洛杉矶'这个词的本义只是'天使'①而已。不过，到底是哪门子天使啊？"

我回答说："随便什么天使都行。"

然后他来了一句："我们在这儿煞有介事的，还真有意思。"

我以为他指的是我们俩的事儿。我刚想回答，男女关系不都这样吗，但他说："不过也不能这么说，毕竟玛丽安是现实当中存在过的人，但人的一生不会像化石那样被保存下来。最理想的情况是，时间会守住人们的记忆，留下一片有形的虚无。"

反正他讲了类似这样的话，我这才意识到他指的是电影，而不是我们俩。

他接着说："你可能或多或少会有所发现，但你永远发现不了事实的全部。你还不如选好你要讲的故事，然后直接把它讲出来。"

我记得他大概是这么说的。

于是我问他："但我们要从哪儿开始呢？"

也许是他忘了回答，也许是我根本没问，我们就这么静静地坐着看了不知多久的风景，思绪纷飞。突然，他问我："这是个什么地方？"

我回答说："这地方叫作'天使'。"

他说："这我知道，但这里究竟有什么东西？"

这时，我听到了某个邻居家传来的风铃声，于是我说："有风铃。"

"还有呢？"

正好来了架直升机，在空中闪过。

"还有直升机。"

---

① 洛杉矶原文为 Los Angeles，在西班牙语中是"天使"的意思。

"然后呢？"

于是我又重复了一遍：有风铃和直升机。还有些什么呢？肌肉车[1]、吹叶机，以及把每家每户的垃圾桶举起来，像干掉一杯龙舌兰那样，把里边的垃圾倒进车厢的垃圾车；像刚把烟花爆竹扔进别家邮箱的小流氓那样嗷嗷叫的郊狼，坐在电线上不断地哀唱四分音符曲调的悲伤的鸽子；蜂鸟扑腾翅膀发出的"嗡嗡"声，安静的秃鹫在空中飞出的螺旋轨迹，白鹭的长腿在绿色的河滩中踩出的水花，黑黢黢的屋子里播放着令一群自行车手原地奋战的炸裂舞曲；光线朦胧的温泉疗养中心里舒缓人心的铜锣浴[2]和助眠曲；疾驰而过的雪佛兰卡米诺皮卡大声播放墨西哥北部歌曲，教室打开的窗户传出童声合唱《你是我的阳光》[3]，大街上陌生人的耳机里跳动着动感的节奏；被铁链拴着的比特犬狂吠不止，纱门背后的吉娃娃叫嚣个不停，贵宾犬在陶瓷地砖上打起了盹儿；搅拌机、研磨机、榨汁机，还有嘶嘶作响、大如潜水艇的不锈钢咖啡机，还有在餐厅端盘子的话痨——这位客人，周末打算怎么过呀？有什么特别的安排吗？——珍贵的水尽情奔流：喷泉、泳池、热水浴池、露台上遮阳棚下的长玻璃杯，源源不断的液体从水管中汩汩涌出，从管道的裂缝中"呲呲"往外冒。在这一切之下，是持续不断的车流噪声，如同海底的靡靡之音，又如不断扩张的宇宙在嗖嗖作响。

反正以上这些是我当时想要向他表达的内容，但说出口的是什么，我并不太清楚。

接下来，他对洛杉矶发表了一番长篇大论：这城市乌烟瘴气，又干又热的阵风让你浑身难受，野火被风吹得越烧越旺，在山麓间形成一道道如纸张撕痕般犬牙交错的火线，烟云如地狱般笼罩大地；太阳

---

① 活跃于20世纪六七十年代的一类搭载大排量 V8 发动机的大马力美式后驱车。
② 有时也称为声音疗法或音浴，是借用铜锣的声音让听者放松身心的冥想方式。（编者注）
③《你是我的阳光》（*You Are My Sunshine*）是一首英文名曲，初次问世于 1940 年。

没完没了地晒个不停，清凉的海雾在夜色中像白床单一样覆盖整个盆地，天亮后又卷起；天空被落山前的太阳痛揍一顿，新月在鼻青脸肿的苍穹升起；吊床形的弯月懒洋洋地照耀万物；高空电缆、电线塔充满骨感的侧影、枝叶蓬乱的柏树、被瘦弱的树干顶着的刺猬似的棕榈叶；一场"世纪大地震"① 将把整座城市夷为平地，然后又让废墟付之一炬（但地震不会在今天来袭，但愿不会）；条条高速公路宛若红宝石腕带和钻石手链并行伸展，又如火山岩浆和香槟气泡酒相向而流。有人说，这座城市扩张无度——没错，洛杉矶就像个酩酊大醉、花枝乱颤的泼妇，穿着亮片裙四仰八叉地躺倒在地，两条腿踢向峡谷，裙摆盖过山腰，她不停地颤抖、起伏，形成一片晶莹剔透的海洋。别去买那种标出明星住址的游客地图，老兄，别开着车跟傻子似的东张西望了，你人都在这儿了！你已经来到了洛杉矶，这座城市本身就是一张明星地图。

反正这些是我听到的从他嘴里说出来的内容。

我又接着说：其实说白了，这城市基本上除了房子，就只有房子。你要仔细想想的话，房子是不是个特别奇怪的东西呢？房子就是一个个盒子，里面放着我们自己和我们的家当，这些盒子有的是气派的都铎庄园，或者是眼下这座豪华的水泥碉堡，或是宇宙飞船似的玻璃房子，带网格穹顶的建筑，还有造型优美的玻璃橱窗。洛杉矶是散落山顶的神秘建筑遗骸、爬满鲜花的庄园、整洁的中产别墅、带窗格的平顶土坯房；是冲浪小屋、毒品小铺、臭脾气老人家的烟酒店，是挂着经幡的广藿香油小店里，印度棉布赤红如心脏，窗户也跟着透出红光；是无家可归者的帐篷挤满桥洞，燕子在天桥下壁面垒起泥窝，藤蔓像珠帘般从天桥垂落；是满地垃圾被干热的阵风吹到高速公路边的松叶菊里；是草坪洒水器跳起欢快又曼妙的扇子舞；是修枝剪"咔

---

① 原文为 Big One，一般指加利福尼亚州的圣安地列斯断层一带潜在的里氏 7.8 级以上的大地震。

嚓咔嚓"停不下来；是柠檬从枝头"砰砰"掉落到人行道，裂开后腐烂的果实招来成群蜜蜂；是头戴宽边草帽的园丁潇洒地挥舞蓝色的泳池捞叶网，那风姿堪比威尼斯的贡多拉船夫。

还有什么呢？缺水的草地濒临死亡边缘；长长的夹竹桃垂到高速公路上，绽放的花苞藏着倔强的剧毒，分开了南向和北向车道，还有岩浆和香槟酒；仙人掌、丝兰、芦荟、龙舌兰，还有各种各样以别名著称的多汁肉质植物——"蓝粉笔"、"蓝色地平线"、"夜皇后"、"驴尾巴"、"紫皇帝"、"火焰棒"、"蛛网长生草"、"斑马十二卷"、"篝火"、"幽灵公主"、"火烈鸟"、"珍珠串"和"油画女郎"。我想把这些全都说给雷德乌听。他又问了一遍："真的吗？真的是随便什么'天使'都行吗？"我想让他知道，洛杉矶是一阵吹过天堂花园的沙漠之风。我要让他明白，我就是"紫皇帝"，我就是"油画女郎"，我是一个**多汁多彩**的存在。

我胡乱说了一通后，他回答说："没错，你说得太对了。"恍惚间，我好像看到了一个冷冷的光点，像是颗星星，但肯定不是星星，那光源好像是他，但好像又不知是从哪儿冒出来的。

婚姻生活

北大西洋

1931 年 10 月

杰米从西雅图回家两个月后

最后一丝光线消失在了昏暗的天空中，十七岁的玛丽安·麦昆夫人站在客轮的船尾，扶栏湿冷的凉意穿透了她的手套。巴克莱正带她前往苏格兰度蜜月。他说要带她见见他父亲底下的人和他学生时代的朋友，还会带她游览城堡和高地。登船前，两人先从米苏拉坐火车到了纽约。"我真不知道你在看些什么，"当玛丽安贪婪地望着窗外的平原时，巴克莱不解地说，"外面根本什么都没有啊。"

火车驶过时掀起了一阵狂风，金色的茂草随风飘摇，几只乌鸦扭打了起来。"可我就是想看。"她回答道。

在纽约待了一个星期后，夫妇俩登上了这艘前往利物浦的船（这艘邮轮属于冠达公司，而非劳欧），到达利物浦后，他们将换乘火车北上，前往最终的目的地。前三天的海浪十分猛烈，甲板上唯一向乘客开放的只有被玻璃封起来的步道。玛丽安一边散步，一边透过满是雨珠的窗户看着外边起伏的白浪，迫切地希望天气赶紧放晴。巴克莱晕船了，但她安然无恙。她很快便掌握了"随波逐流"的技巧，在走廊里像钟摆似的从一侧晃到另一侧。其他乘客要么像喝醉酒似的跟跟跄跄，要么紧紧地抓着扶栏不敢松手，但她只需用指尖轻轻地摩擦墙面就能保持平衡。

"夫人，您可真棒！"一位乘务员经过时对她说，"看来您已经适应船上生活了呢。"

她觉得父亲会为她的表现感到骄傲的。她想象自己向艾迪森诉说她对运动的熟稔，描述她掌握的空中技巧，她还要告诉他，飞机就像她身体的一部分，比她的四肢还要灵敏和协调。她不但会螺旋飞行，还会翻筋斗，而且能始终保持准确的方向感——她觉得这一点也会让他骄傲的。她忽然自怜自哀起来：如果有人能为她骄傲，该多好。华莱士是指望不上的，杰米疏远了她，凯莱布的心思则没人能懂。至于巴克莱，他感到骄傲的事情是娶了她，但他巴不得她别开飞机。

甲板上，潮湿的海风猛烈地吹着她的脸颊。据她估算，今天夜里的某个时候，客轮将会经过离当年约瑟芬娜号沉没不远的地方。从那艘船葬身大海的那一刻起，她玛丽安的人生旅程便开启了，这段旅程经过了一路弯弯绕绕，最终将她送回到了这片海洋。如今的她已成为一个富人的新娘，同时也是一名罪犯的妻子。

她身上的衣服和首饰是纽约亨利·班德尔百货商店的售货员帮她挑的——丝绸连衣裙配长筒袜、绑带凉鞋、缟玛瑙钻石耳坠、双层珍珠项链、貂皮大衣，再加一顶深蓝色钟形帽（这身衣服取代了订婚后米苏拉中心百货商店的售货员挑选的那身行头，而在那之前，她穿的是衬衫和长裤）。类似的服饰装满了整整三个行李箱，巴克莱坚持要全部买下。这些服装光鲜亮丽，精致却不实用，她一路都战战兢兢，生怕把它们弄丢或是弄坏，承受着巨大的心理负担。她的鞋子弄湿就麻烦了，身上的薄纱布料又很容易被钩坏，这些都令人头疼。如果能放把火烧了那三个行李箱，她肯定会就此解脱，但鉴于巴克莱对女人的打扮比她要了解的多得多，她只能言听计从。

她的头发是在广场饭店的美发院剪的，那位女理发师的头发又光又亮、发型棱角分明。"这头发太短了，我好像也剪不出花儿来了。"她边说边摸着玛丽安浅金色的短发。不过，剪完的效果还是不错的，让她显得既前卫又俏皮。

另一位女士教她怎样化妆，还卖给她各式各样的化妆盒，以及一大把化妆刷和眼线笔。她的脸擦上了粉底和腮红，雀斑消失不见；眼睛周围画了一圈黑色眼线，还抹上了唇膏。当她照镜子时，当年在多莉之家那种怪异的感觉再次向她袭来，她觉得镜子里的那个人分外陌生。

如果他们第一次相见时，巴克莱只想跟她欢爱一场，那事情会变成什么样子呢？她会依从他的。为什么他偏要大费周章呢？两人之间狂热的羁绊就如一匹脱缰的野马，他选择将其驯服于身下。而自从婚礼之后，她感到他内心深藏着一股不可言说的懊悔。当初那被他驯服的狂热羁绊，如今又让他念念不忘。

美发院打下手的女孩向玛丽安透露，自己准备跟哥哥和朋友去城里某个派对——"就是那种每晚都办的派对"。在某条小巷里，有扇不起眼的铁门，上面挂着一块写有"访客止步"的牌子。"他们就管那家俱乐部叫'访客止步'，所以那地方还算是有标识的。里边可高档了，你报出密码就能进去。就算是现在这段时间，那里也总是挤满了找乐子的人，里边还有乐队演奏，能跳舞，还有鸡尾酒，什么都有。我把地址写给你。这周的密码……"她压低了声音，"是'啮齿动物'，别问我为什么，你也别担心，没什么可担心的。我敢保证，那儿绝对好过你之前去过的任何地方。"

确实，她以前哪有机会去这种地方呢？但玛丽安面上没表露分毫。

"我喜欢你的这条裙子，"女孩又说道，"你是从哪儿来的呀？"

"我是在纽约出生的。"玛丽安回答。

"是吗？"那张亲切的圆脸上写满了好奇。玛丽安有些慌了，以为接下来对方会问出一连串的问题。要知道，除了华莱士给的她父母当年那栋房子的地址，她对纽约一无所知。巴克莱答应，如果有时间，会找辆出租车带她上那儿看看。不过，女孩只是对她坦露了心迹："你可真幸运，我是匹兹堡（宾夕法尼亚州城市）来的，你能听出来吗？"

"听不出。"玛丽安回答道。

晚餐时，她向巴克莱提议一起去"访客止步"看看，就是去见识一下。

"那种地方都一样，就是一堆人在那儿喝酒聊天。"

她正在吃一条鱼。"听听音乐应该会很不错吧。"

"我们去那种地方也没什么可干的，"巴克莱回答，"我们又不喝酒。"

他单方面就替玛丽安决定了婚后不再沾酒，她连反对的机会都没有。她挺想去爵士乐俱乐部来杯鸡尾酒，但不想跟他起争执。她尚未意识到，自己在婚后为了避免闹矛盾会做出多少让步。

她去完凯莱布小屋后在巴克莱家向他表白的那晚，后者向她坦白了，自己一直在悄悄地收购华莱士到处欠下的债，他已成为她叔叔唯一的债权人。他对她的耐心已经到了极限，旷日持久的不确定性让他濒临崩溃边缘。他还说，听说她去了凯莱布的小屋以后，他嫉妒得都要疯了。他对华莱士厌恶到了极点，他痛恨所有欠债者，还希望当年有人能惩罚自己父亲的挥霍和愚蠢。他派了谈判人员（玛丽安知道，这八成是打手的委婉说法）去通知华莱士，他的债务到期了，他觉得自己这是在替天行道。那是一笔天文数字。

我犯了个大错，那晚，巴克莱对她说，毕竟你让我等了太久。

见她对这番话勃然大怒，他惊慌失措地说，他可以撤回一切。她必须得原谅他，必须忘了他企图勒索她叔叔的事儿，因为不会出事儿的，他会保证一切如初。华莱士的债务一笔勾销了！他可以解脱了！请当作这一切从来都没发生过！求你了！

她从那栋绿白相间的房子飞奔了出去。

来到华莱士家，她驾轻就熟地走进漆黑的厨房，稳住了几条狗。她忽然很生杰米的气，气他一声不吭地全身而退，把这桩糟心事扔到了她一个人头上（虽说事情发展到这步田地，她自己也难咎其责）。屋里一片寂静，但她能感到华莱士在家，因为一片痛苦的气息笼罩着房子。她穿过起居室，打开灯，轻声唤起了叔叔的名字，最后在楼上黑黢黢的工作室找到了他——他坐在扶手椅上，身边的小圆桌上放着一把猎枪。当她出现在门口时，他把枪拿在手里疯狂地挥舞起来，仿佛想要瞄准一只蜜蜂。"别进来！"他大喊道。

大厅的光线投进了房间，照亮了他螳螂般憔悴的身影、破破烂烂的睡衣，还有一双莹亮又惶遽的眼睛。椅子边立着一瓶几乎喝空的酒。她料到他会是这副模样，但没想到他还有枪。"没事儿了，华莱士，"她对他说，"问题都解决了，别听那些人跟你说的，你不用担心了。"

"你不明白，"他的声音嘶哑，"数目太大了，根本还不清。"他把枪口对准太阳穴，像一个溺水的人那样大口喘着粗气。

"华莱士，"玛丽安继续说道，"听我说，你的债都还清了，都清了。你再也不用担心了，我已经帮你解决了。"

他似乎并没有听到她的话。他不再喘气了，可能都没在呼吸了。他闭上了眼睛，嘴唇无声地翕动着。

"华莱士，"她又重复了一遍，"你的债我还了，已经还了。"

这回他睁开了眼睛，把目光投向她。

"都还清了，还得干干净净的。"

"全都还清了？"

"没错，全都还清了。"

他的胳膊放松了下来，但似乎没意识到枪还在手里。"怎么可能呢？"

"有人帮我了。把枪放下吧。"

他把枪放在桌上，坐在椅子上往一侧蜷起身体，用一只手盖住了眼睛。"谁？"

她走到他跟前，拿过了枪，坦白道："是巴克莱。"

他点了点头。泪水沾湿了他的胡须。她忽然想到，如果他结束了自己的生命，那她就自由了。

她不太确定他会不会意识到，当初让他陷入绝境的人也是巴克莱。

那晚迟些时候，巴克莱在小屋找到了她。她对他说，她不会嫁给一个如此心狠手辣的男人，她没法爱这种人。她原本是心甘情愿想跟他在一起的，但现在她做不到了，她永远不会再对他抱有任何的感情。她只求他给自己时间来偿还他的恩惠，就算这要花上一辈子，她也在所不惜。

他对她百般抚慰，拼命哀求，最后歇斯底里了起来。末了，见她不愿让步，他冷酷地说："那我来告诉你，我买下了你叔叔，我是不会手软的。无论是你，还是其他人，都救不了他，这桩事情已经定下来了。"

在广场饭店的餐厅，巴克莱对她说："你平时张口闭口都是些人迹罕至的地方，我可没想到你还会对夜店感兴趣。"

"喜欢什么东西，我也还没太琢磨清楚，"她回答道，"我还哪儿都没去过。"

第二天上午，他们坐出租车去了她出生的房子，那片街区僻静又脏乱。她对那房子平平无奇的外墙毫无感觉，更别提什么回忆重现了。隔壁房子的台阶上坐着一个身材瘦削的男子，头戴帽子，穿一件大衣。他回应了玛丽安的呼唤，把帽子提在手里小跑了过来，一张干枯的脸凑到车窗前，眼神十分迫切。她问他："您知道这房子的主人是谁吗？"

"夫人，这是个出租屋。如果您住得起的话，里边可还挺不错的。我可是住不起哟，我连一顿饭都买不上呢！"

玛丽安刚开口表达歉意，巴克莱就已将一枚硬币塞到了那人面前。"我们走吧。"他嘱咐司机道。车重新启动后，玛丽安回过头去，透过车后窗望着那不断缩小的砖房，那个瘦长的身影把硬币放在手上翻弄了起来。

客轮本来就未满载，而大多数乘客因为风浪都待在了客舱里，公共区域几乎没人，这让玛丽安大为欣喜。上午，她会在某间客舱的琥珀色玻璃天窗下喝杯咖啡，再去另一间客舱，在中式格栅的包围下悠闲地翻翻书。当侍者端来香槟时——"夫人，这是免费的"——她会欣然应允，喝完第一杯后，还会再点上一两杯。晕船症状严重的巴克莱应该不会发现她坏了规矩。船在海上颠簸得厉害，船身时不时地就发出撞击一般的巨响，有时还会猛烈地震动、旋转，好像是在搓衣板上航行似的。夜里，巴克莱难受得直哼哼，满口污言秽语，玛丽安却能毫不费力地轻松入眠。早上醒来后，巴克莱义正词严地表示，她这样舒舒服服地一觉睡到天亮，是自私和不忠的表现。

"那你就待在这儿多休息休息吧。"撂下这句话后，她便继续去喝她的咖啡，看她的书。

第四天上午，海浪基本上平静了下来，不过乌云还未散去。下午，她在女士客舱找了个小桌旁的位置，这样便能避开巴克莱——丈夫的状态已经好多了，但受挫的自尊心还未恢复过来。她拿着一支笔，还有几页船上提供的信纸，准备给杰米写封信。亲爱的杰米——她刚落笔便停下了。她从来没给弟弟写过信，以前根本就没这个必要。

当杰米终于回到米苏拉后，他显得老成了一些，好似心头有着什么郁结，但也多了一分自若与坚定。八月末的一天，他下火车后就直奔机场，出现在了她的面前。她开车载他回家的路上，他说自己去了西雅图，在公园给人画肖像画，还在一个富人家找了份工作。"我遇到了一个女孩，"他对她说，"我就在她家里工作。"

"是吗？然后呢？"

"后来我们发现我们并不理解对方。"

"怎么不理解？"

"我们差异太大了。不过，都过去了，其实我们的恋情挺幼稚的。"

她露出一个似笑非笑的表情。他还不知道她订婚的消息。"你回来我很高兴。"

华莱士裹着毯子坐在门廊上。到家后，杰米先是忙着跟几条狗打招呼，然后才看到华莱士。当后者站起身，摇摇晃晃地向他走去时，玛丽安看出了杰米的一脸震惊。

"华莱士，你病了吗？你都瘦脱相了。"

"我确实病了，"华莱士回答道，"但那都是我咎由自取的。杰米，这么长时间以来，我喝了太多酒，把事情搞得一团糟，但玛丽安和麦昆先生给我找了个医生，他会帮我的。我马上会去丹佛跟他一起住。"

杰米一下僵住了。"这跟巴克莱·麦昆有什么关系？"

"所以你还没告诉他？"华莱士问玛丽安。

"告诉我什么？"

玛丽安说不出口。

"你姐姐要结婚了。"华莱士替她回答了这个问题。

杰米将目光投向玛丽安。"跟巴克莱·麦昆？"

她扬起了头。"没错。"

"为什么？他这回又给你买什么了？"

她转身走进小屋，重重地关上了门。

过了一会儿，杰米敲响了她的门。"你这儿有什么喝的吗？"

"你是要威士忌，还是琴酒？"

"威士忌。"

她从碗柜里拿出一瓶酒，倒了两杯。

"这是真货，"他对她说，"可不容易搞到。"

"我一直在帮巴克莱开飞机去加拿大取货。"

"挺好啊，他倒是舍得让你被警察抓。"

"他宁愿我不开飞机才好。"

"那他为什么又要给你买一架飞机呢？"

"因为他知道我想要。"

杰米在扶手椅上坐了下来，玛丽安坐在了床上。杰米问道："华莱士说巴克莱替他还清了债，你是为了这个才嫁给他的吗？"

玛丽安料到他会问这个问题，但还是感到一阵恼火。她该怎么回答呢？说自己虽然拼死反抗，但已经筋疲力尽了？说巴克莱娶她为妻的决心完胜她逃离他掌控的决心？说她已经走投无路，只能硬着头皮往前走了？"也不完全是。"她回答道。

"玛丽安，"他向她凑去，把胳膊肘搁在膝盖上，认真地看着她，"就算他给你再多的钱，你也不该嫁给他那种人。我们再想想别的办法吧，肯定有的。"

对她而言，眼前的杰米如同一个男版的自己，坚信所有问题都能迎刃而解，深信事情总会出现转机。"没别的办法了，"她回答道，"真的没有了。"

"肯定有的，必须得有，我不想看到你就这样轻易放弃。"

"轻易"这个词让她更加不快了。"这事儿你根本就不懂。"

"那就告诉我，把一切都告诉我，我们一起来想办法。"

她当然也希望能找到什么办法。她一字一顿地说："华莱士有没有和你说他欠了多少钱？就算我们把房子卖了，把能卖的都卖了，钱还是不够，一辈子都还不清的。"

"所以你把自己给卖了。"

她太累了，用气若游丝的声音说："这更接近于一笔交易，拿我换华莱士，还有你。如果我放弃了华莱士，那他的下一个目标就会是你。他是不会放过我们的。你们俩中间总有一个到头来会感谢我。"

"玛丽安，没人要求你牺牲自己，你的做法太荒唐了。"

"他只不过就是想让我爱他而已，如果他觉得我爱她，就会满足的。"

"这你也信？"

"我必须得信。"

"那你觉得你能装一辈子吗？"

"我的确爱过他。也许我会再次爱上他的。"

"这怎么可能呢？"

"无所谓的，我会和他说我爱他，他会相信我的。"

"不行，这不行。他这种人是没有底线的，永远不会得到满足，他只会得寸进尺，"杰米似乎产生了一个想法，或者是一种决心，"他该进监狱，这样问题就会解决了，所有人都想看他进监狱。不可能天底下每个警察都被他贿赂了。"

"求你别管了，"一想到杰米会用他微弱的力量替她出头，她突然感到一阵惧怕，"你只会火上浇油。"

杰米脸颊通红，目光如炬。"他说他爱你，你却觉得他对我会构成危险。这不叫爱。"

她感到身体无比沉重，无力与他争辩。于是她告诉他，自己再没什么可说的了。

婚礼那天，杰米没有出席，而华莱士也已经去丹佛开始了戒酒治疗。玛丽安和巴克莱站在卡利斯佩尔法院的法官面前，担当证婚人的是赛德勒和巴克莱的妹妹凯特。仪式结束后，他们在法院门口的台阶上拍了张照片，快门被按下的那一刻，地上的落叶被一阵狂风吹起，在他们脚下飞舞起来。在一家饭馆用完午餐后，赛德勒把这对新婚夫妇直接送到了米苏拉，搭乘前往纽约的火车。

在船上的第四晚，巴克莱总算出现在了晚餐桌边。吃完后，他并没像平常那样离开去抽雪茄，而是陪她在甲板上散了步。他抓着她的胳膊，让她走在靠里的一侧，好像她才是走不稳的那一个。客轮被一片漆黑和呼啸的风声包围，仿佛航行在虚无中。"掉到海里会是什么感觉，真是想都不敢想。"巴克莱说道。

"这让我想起了夜晚在云中飞行的感觉，有时候你会觉得自己就像根本不存在似的。"

"那也太可怕了。"

"也让人感到解脱，你会意识到原来自己是如此渺小。"

他紧紧地挽住了她的胳膊。"你一点儿都不渺小。"

"不是的，每个人都是渺小的。"就在他们经过的地方，头顶上有一排挂在吊柱上的救生艇，抬头能看到排列整齐的龙骨。她对他说："我们现在一定离约瑟芬娜号沉没的地方很近了。"

"我不想去想那件事儿。"他回答道。她知道，他指的是当年她与死神擦肩而过的经历。

"有时候，"她继续说道，"我会好奇地想，要是我认识我的父母，那我的人生会变成什么样。我知道他们并不幸福，这可能是华莱士跟我明说的，也可能是我从他的话里揣摩出来的。反正他们很仓促地就结了婚。"但她又有什么资格评判别人的婚姻和选择呢？说不定她的父母明知婚姻不会幸福，但还是出于某种原因结合在了一起，那原因成了永远的谜，"如果我和杰米在纽约的那栋房子里长大，我无法想象那会是什么样。如果一件事儿被改变了，那后面的就全都变了。"

"还好不是这样，"巴克莱吻了吻她戴着手套的手背，"因为那样一来，我就不会遇到你了。"

如果她和杰米没有被送给华莱士收养，华莱士的人生又会是什么样子？离开纽约前，她给丹佛的那个医生打了个长途电话。医生告诉他，华莱士对治疗的决心似乎很坚定，但过程并不容易，尤其是治疗初期。然后，华莱士接过了电话，他的声音颤抖，但是很清醒。他说自己已经开始希望有朝一日能重拾画笔了。

"不知道如果在纽约长大的话，我还会不会学开飞机呢。"她对巴克莱说。

此时他们抵达了船尾。"你肯定会的。"

"为什么这么说？"

"因为开飞机是刻在你骨子里的东西。"她瞥了一眼他的白色衬衫前襟上方那张半明半昧的脸，感到暗暗吃惊。还没等她开口肯定他的话，他又说道："这也是我第一次看到你的感觉，你是刻在我骨子里的东西。"

犹如鸟儿筑巢、囚犯建造牢笼一般，他总是忙着从他们的过往中精心挑选零星的碎片，将其编入这个由他一手打造的童话里。但不可否认的是，当他向她靠近时，她的身体起了反应——她一贯如此。她紧紧地拥着他，把他当成了抵挡周遭虚无的一面盾牌。

这是一座谜一般的城市，颜色深浅不一的砂岩建筑星罗棋布。鹅卵石街道在跌宕起伏的地势上纵横交错，玛丽安一不小心就会走错路，因此不得不穿过错综复杂的隧道、桥梁或是隐蔽的陡梯，才能重回正轨。穿行在大街小巷间，海景忽隐忽现。城堡如睡龙般盘踞在主街之上；而在城市的另一端，索尔兹伯里峭壁巍峨耸立，傲视一众屋宇房舍，仿佛大自然对人类野心的严酷诘责。

这座城市日复一日地云迷雾锁，不过午后时分，偶尔也会有清冽的阳光斜射下来，使得一砖一石、一椽一柱历历可辨。玛丽安曾听巴克莱的一个熟人将爱丁堡比作一件破旧的燕尾服，但她对此不敢苟同。没错，爱丁堡确实优雅又陈旧，但服饰这一比方与其古老和厚重并不相称。相比之下，米苏拉犹如一顶印第安人的帐篷，可以被轻松卷起、四处携带。

巴克莱有生意要忙，于是玛丽安在白天总是独自一人。她羞愧地发现自己的探索精神和融入能力并不及预期。她总担心自己会有失礼节，难以驾驭苏格兰口音，或是显得跟身边人格格不入。她要不就是孤身一人在沉默中四处游走，要不就足不出户，窝在酒店的图书馆看书。没有巴克莱在身边时，她畏首畏尾，但他的出现又会让她透不过气来。两人的每日行程全由他来安排，她连点餐都没有自主权。某日，两人前往高地一个冷冰冰的湖边小屋拜访了他的友人。那个偌大的房厅四壁挂满鹿角，在烛光点亮的长餐桌上，巴克莱换上了一副让她陌生的模样——衣冠楚楚的他从容自若，就狩猎和土地权的话题侃侃而谈。这种变色龙一般的本领让玛丽安惶惶不安。这个男人究竟是个什么样的人？自从婚礼那天以来，她活得像只在老鹰的阴影下夹着尾巴的兔子，感到左右为难：既因为华莱士的事情憎恨他，又希望自己能对他重燃爱火。

一天早上，她独自来到威瓦利火车站，盯着时刻表研究了近半个小时后，终于鼓起勇气踏上了前往格拉斯哥的列车。如果说爱丁堡是件破旧的燕尾服，那么格拉斯哥这件燕尾服就更加寒酸了。她走在克莱德河边，想要看一眼当年建造约瑟芬娜号的那个船厂，但天气阴冷，又雾蒙蒙的，她不知该上哪儿找去。河畔的底层住宅区居民好奇地注视着她的高档大衣和手提包，害她一路上都走得提心吊胆。要是她穿着婚前那身衣服，就没什么可紧张的了，但此刻，她穿着大衣，拎着手提包，皮鞋嗒嗒作响，简直跟招摇过市没什么区别，况且她还形单影只。

在回程的火车上，她咽下了沮丧的泪水。她终于离开了米苏拉，踏上了一次梦寐以求的旅途，但她感到了前所未有的不自由。从这里去向南方，就能抵达大不列颠岛的其他地区，再远一些便是欧洲大陆了，它们只不过就在地平线的另一头而已。但她哪儿也去不了。

爱丁堡

1931 年 11 月 13 日

亲爱的杰米：

我本来在船上就想给你写信的，但从船上也就只能给你寄瓶中信了吧。抵达爱丁堡快一个月了，我现在才提起笔来，确实浪费了太多时间。你知道吗，我还从来没给你写过信呢，以前根本就没有这个必要。

我想告诉你的是，自从上次不欢而散后，我一直都过得非常痛苦。你很早就警告过我要防着巴克莱，而我把这话当成了耳旁风（或者说没有完全听进去），我以为自己可以把这事处理好。等你从西雅图回来的时候，我已经别无选择，只能就此屈服——请相信我，这是事实——不过再早一些的时候，我本来有其他路可走，但我都有意无意地错过了。对飞行的渴望让我变得盲目，也许我必须得承认，我一开始就被巴克莱吸引了，这样有些事情就能说得通了，不如说，很多东西都显得顺理成章了。也许你懂我的意思。你从没跟我好好讲过西雅图那个女孩的事儿，我真希望我们当时能有时间多聊聊。我知道我总会抢走别人的风头，恐怕这次也是一样。

无论如何，我走到了现在这一步，已嫁为人妻。人们说，这是每个女孩的梦想，但我觉得步入婚姻看似美梦成真，实则却是彻头彻尾的失败。婚礼上的我们万众瞩目，但步入婚姻后，我们却得割让所有的土地，像个战败国那样听令于新的帝王。眼下，我最担心的是巴克莱会再次得其所愿——他想要个孩子，但生孩子是最让我恐惧的事情。我觉得这是个天大的陷阱。我告诉过他，我很难想象自己会生孩子，更别提婚后马上就生，我觉得当时他是清楚这一点的，其实现在他心里也清清楚楚。但问题是，他并不在乎，他就是要我掉进他的陷阱里。

一想到你一个人在华莱士家生活，我就觉得很怪异。你平时会开那辆福特吗？希望如此。你会跟凯莱布见面吗？你最近还画画吗？你听说华莱士的消息了吗？要是你见到斯坦利先生，能帮我跟他问个好吗？

　　还好，这家酒店有个图书馆。我觉得自己又回到了童年，我现在有很多独自一人读书的时间。回顾过去的十多年，我没少独来独往，但是杰米，我以前从没觉得孤独过，因为我俩从来没有翻过脸。说起来真是惭愧，我以前从没意识到我是如此依赖你。现在，我觉得自己好像失去了一边翅膀，变成了一坨废铁，直往下掉。我希望你能回信告诉我你活得很好，以慰远念。

　　我准备马上出门亲自把这封信寄给你，这样就不会被巴克莱截下了。作为一个妻子，隐私已成了我的奢望。但请你记得，姐姐永远爱你。

　　　　　　　　　　　　　　　　　你的姐姐　玛丽安

　　附：我们还会在这儿待将近三周，所以如果这封信能够准时寄到你的手中，而且你能及时回信的话，我应该会在返程前收到你的回音。如果只能求你一件事儿，那我求你一定要给我回信。

米苏拉

1931 年 12 月 1 日

亲爱的玛丽安：

　　让我先从简单的开始，回答你的几个问题。在收到你的信之前，我没开过你的车，但因为你的来信，现在我开始开那辆车了。我非常感谢你，因为你的车可比走起路来开始颤颤巍巍的老菲德勒和我那辆自行车要管用多了。说到凯莱布，我偶尔会撞见他，但他就跟树林里的野狼一样来去不定，所以他的出现总会给我带来惊喜。上周他来了家里，我们俩喝了一杯，还一起听了华莱士的唱片。他还是原来那个他，但要我说的话，他为了客户，活生生地把自己打造成了一个山野侠客，未免有点儿太过了。他说华莱士过去总是纠正他的语言是件好事儿，让他受益匪浅。他也问了你的消息。他还说，吉尔达的状态很不好。我问他有没有钱送她到丹佛那个医生那儿看看，但他说她是不会愿意去的，我觉得也是。至少，自从她能从凯莱布那儿拿到足够的买醉钱，就不再接客了。

你问我有没有继续画画，我还在画，而且还尝试了油画。但老实说，大多数时候我的心情都十分低落，也许这房子里藏着什么让男人消沉的东西。关于西雅图那个女孩的事儿，我没耐心把整个故事都写下来，我觉得就算写了，你可能也没耐心读完。但我想说的是，尽管我希望自己不再去想她，但她至今还在我的脑海中挥之不去。我学到了一件事情，那就是你爱的不只是一个人，而是跟那个人在一起的人生幻象。失去了这个人之后，你不仅要为失去她，还要为失掉这个幻象而哀伤。从前我对未来的想法很简单——念大学，然后去林业服务局工作，但现在我已经很难接受那样的未来。与莎拉一起生活的想象让我原来的人生规划变得无比黯淡。

我想念她，但同时我也有一种奇怪的复仇欲，想向她证明些什么，但并不太清楚我具体想要证明的是什么。我觉得我想要她后悔，想要她跟我一样痛苦，但同时我又想保护她，让她免受一切苦难。这说得通吗？

凯莱布给我的建议是，让时间治愈一切，而现在这也是我唯一能做的了。

华莱士的状态似乎挺好的，他在信里是这么说的，医生也这么说，但我还是觉得他现在很脆弱。上周我给他打了电话，他给我的感觉就像被榨透、晾干的蘑菇，又开启了新的生命。他说，在清醒的状态下，这个世界看起来有点儿太清晰、刺眼，就像阳光照在雪地上那样。他还说他又开始画画了。刚开始我不知道他哪来的钱，后来医生告诉我，华莱士的"赞助人"早就准备好了一笔额外的生活费，就是让他画画用的。所以你得真心感谢巴克莱的慷慨。顺便告诉你，华莱士很自责，他在电话上哭着说，他觉得正是他自己的所作所为把你推向了巴克莱。我安慰他说没有这回事儿。

我想跟你说声抱歉，之前是我口不择言。你说你对巴克莱是有感情的，说来也怪，这让我稍感安慰。经历了一场无疾而终的恋情后，我现在明白了，感情确实会把我们引入歧途。

但是，如果你不想要孩子，你一定要尽一切努力避免。在这方面我不是什么专家，但我觉得你用"陷阱"这个词是对的。我知道你觉得巴克莱是在以自己的方式爱你，但他也在试图击垮你的意志。可能对他来说，这两件事是一体的。到目前为止的一切都并非不可逆转，但如果有了孩子就不一样了，我觉得你不会忍心抛弃他，不会忍心让你的孩子经历跟我们当年同样的不幸。我希望有一天你会离开巴克莱，将生命重新掌握在自己手中。玛丽安，你可千万不要放弃。

我不知道自己能不能变成你的翅膀，但只要你开口，我一定尽我所能。即使你不开口，我也会竭尽全力。

你的弟弟　杰米

看到这封信后，爱丁堡某酒店（麦昆夫妇不久前刚刚离开这里）的前台服务员叹了口气。他联系了转寄服务，于是这封信便跟另几封信件一起被放进了邮袋，然后被转寄给了美国的巴克莱·麦昆先生。

蒙大拿

1931 年 12 月至 1932 年 1 月

赛德勒开着黑色刺箭去卡利斯佩尔火车站接了蜜月归来的麦昆夫妇。"你们这趟旅程可是不短啊。"他为玛丽安打开了后车门，而后者并未应声。

一个在班诺克本农庄做工的萨利什人开着一辆卡车跟在他们后面，卡车装着夫妇俩的行李。玛丽安睡了一路，对两个男人的对话充耳不闻，直到抵达她的新家门口时都还在酣睡，是巴克莱把她摇醒的。有那么一瞬间，她还以为自己又回到了苏格兰高地。映入她眼帘的是白茫茫的雪地、高耸的山丘，还有一栋方正而庄严、盖着青石瓦片的对称型玄武岩别墅。

巴克莱的母亲和妹妹凯特正站在正门台阶上方，她们两边有一对巨大的石瓮。穿着羊皮外套和马靴、头戴宽边帽的凯特跟玛丽安握了手。在婚礼上，她曾对玛丽安说："他就是不听劝，怎么说都没用。"

"我说也没用。"玛丽安当时回答道。

凯特绷着脸说："那也没法子咯。"

巴克莱的母亲愿意别人称她为麦昆嬷嬷。她身穿棕裙，裹着厚厚的披肩，胸前的银色十字架几乎及腰。她将一头灰发编成两条粗辫子并盘绕在一起，脸上布满了细长的皱纹。让玛丽安吃惊的是，这位妇人拥抱了她，还像抚慰孩子那样拍了拍她的背。"这里就是你的家。"她的声音低沉又含混不清，夹杂着萨利什语和法语口音。

这个暖心的问候让玛丽安始料未及，她并不曾期待会在婆家得到什么温暖。巴克莱很少提及母亲。她不禁好奇，眼前正在发生的这一幕，是否让麦昆嬷嬷觉得历史重演了呢？她是否回想起了自己当年初入豪门、因成为富庶的白人之妻而惶恐的曾经呢？

这会儿，麦昆嬷嬷正握着她的手，凝视她的脸庞。"你是我们的福分。"她这样说道。

巴克莱轻轻地分开了两人，对玛丽安说："玛丽安，进来吧。"

她的婚姻生活就此正式开启了。

玛丽安在这里无所事事。农庄有一条飞机跑道，但那架斯蒂尔曼远在米苏拉。她问丈夫何时能去米苏拉把飞机开过来，但巴克莱没有应允，而是叫她融入家庭、进入妻子的角色，享受新婚生活。于是，她决定耐心等待，把这阵子熬过去，相信他总有一天会放松警惕。不过，还算好的是，她在农庄用不着穿什么绫罗绸缎。

家里雇了好几个萨利什女孩，其中一个负责清洁和洗衣。这些姑娘跟麦昆嬷嬷一样，是在一所修道院学校接受的教育。那所学校里的带课修女讲法语，传授的知识是家务技能和《圣经》中最耸人听闻的训诫。此外，这些"老师"还竭力除邪去害，剥去了女孩们与生俱来的民族特性。当年，经过了这种信仰的熏陶，麦昆嬷嬷建立了一套自成一派且深奥难懂的世界观，巴克莱说他父亲生前既为之着迷，又感到畏惧。她视人生为一场永无止境的狂风恶浪，天神的怒火和上帝的慈悲将人类命运玩弄于股掌之间，而天使与恶魔则像蝙蝠似的在风中飞舞。

厨娘是个年长的苏格兰妇人；牛和马有几名男工看管，他们还负责修补篱笆。凯特平时会跟男工们一起劳作，玛丽安也想帮忙，但插不上手。她猜想，巴克莱一定嘱咐了所有人不要让自己参与家务，让她只能无所事事地绕着农庄四处徘徊。她怀疑，他想用这种方法迫使她怀孕生子。

"你今天有什么安排？"一天早上，骑在马背上的她跟凯特打了个照面，这是她精心策划的一次"偶遇"。

凯特的脸颊冻得通红。"我要去修一下篱笆。"

"我可以给你搭把手。"

"不用啦，我们自己能搞定。"她转身离开了，地上的积雪盖住了马蹄的嗒嗒声。

新年伊始，他们收到了那封来自爱丁堡酒店的转寄邮件。

在卧室里，巴克莱用愤怒、颤抖的声音念出了杰米的信。"我希望有一天你会离开巴克莱，将生命重新掌握在自己手中。玛丽安，你可千万不要放弃。"他向她挥舞起手中的信纸，"这都是什么鬼话！多管闲事的家伙！"

"我跟你说过，我不想要孩子。"她的声音十分微弱。

"可你心里不是这么想的。"

"我就是这么想的。我到底要怎么说，你才会相信我知道自己在想什么？"

"你难道就不在乎我的想法吗？"

"你就希望我过得不幸福，对不对？"

"你不会不幸福的，你会看开的，没有哪个母亲会不爱孩子。而且给我生孩子是你的责任，你是我的妻子。如果你能尽到自己的责任，这难道不会让你幸福吗？"

"绝对不会，"她的声音越来越大，"永远都不会。"

他用一只手捂住她的嘴——母亲和凯特都在家，那个萨利什姑娘也在，还有厨娘在厨房里。"我可以对你来硬的。"他对她说。两人狠狠地瞪了对方一番。然后，她推开了他的手腕。

"你强迫不了我的。"她轻声说道，但使出了全身的力量。

"我可以把你的……"他将拇指和食指围成一个圈，暗指她的子宫帽，"那东西拿掉，我有权这么做。"

她想起了吴夫人，多莉之家的姑娘们曾说起过的秘方。她觉得万不得已的话，她还可以走回米苏拉，无非就是翻几座山罢了。

"你强迫不了我的，"她把这话重复了一遍，"我总会有办法。"

他的表情由警觉转为了厌恶。"你怎么变成这样了？"

"我一直都这样。"

他摇了摇头。"不是的，你变了。"

"就算是，那也是被你逼的。你得怪自己。"

天还没全亮的时候，外头传来了鸣笛声，那声音先是微弱地持续了一阵，接着越变越响。玛丽安从睡梦中惊醒了，倒不是因为响声太大，而是因为那声音出现得十分突兀。穿着睡衣的她起身站到了窗前。半明半暗中，那辆刺箭正沿着农庄蜿蜒的道路向房子驶来。鸣笛声时而持续数秒钟之久，时而又十分短促。

楼下，凯特已站在门廊上，整装待发。

"怎么了？"玛丽安边说，边束起羊毛睡袍的腰带，"他在那儿干什么呢？"那辆车离她们越来越近，她不太确定巴克莱是准备在门口停车呢，还是直接从她们跟前高速驶过。

"他估计喝醉了。"凯特回答道。

"他又不喝酒。"

"是不常喝。"

"他从来都不喝！"见凯特没有反应，玛丽安又小声加上一句，"他告诉我他从来不喝。"

车歪歪斜斜地停了下来。车门还没打开，玛丽安就已经听到巴克莱呼唤起了妹妹的名字。"凯特！凯特！"他东倒西歪地下了车，"凯特！"

他跌跌撞撞地抱住了走到他跟前的凯特，在他的重压之下，她也跟着跟跄了几步。他没戴帽子，头发乱蓬蓬的。"凯特！"他又唤了一声，声音嘶哑。

凯特扶他走上了台阶。他整个人靠在凯特身上，浑身酒气，嘴微微张开，仿佛有话要说，经过玛丽安时还不忘瞪她一眼。他此时的样子比起普通的醉汉，更像一个刚从劫难中死里逃生的人。屋里，麦昆嬷嬷正在巨大的石头壁炉边打毛线，她抬头怒视了玛丽安一眼，双手丝毫没有减速。"是魔鬼把他给缠住了。"

"他这是自己造的孽。"凯特边说，边带着巴克莱往与楼梯方向相反的后屋走去。

玛丽安跟了上去。"你这是要带他去哪儿？"

"去客卧，让他睡上一觉。"

"他应该去我们的房间。"

"不用，睡客卧会好些。他会吐的，在下面我好照顾他。"

"还是让我来吧。"

巴克莱把头靠在凯特的肩上，用将信将疑的目光看着玛丽安。

"你现在想照顾他了？"凯特回答道，"看来你做事还得看心情。"

"他是我丈夫。"

"那就请便，先帮我一起把他扛上去。"

两人一人一边架着巴克莱，把他拖上了楼梯。在中间的平台上，凯特气喘吁吁地说："我还从没听你用过'丈夫'这个称呼。"

"可他确实是我丈夫。"此时的巴克莱臭气熏天，连站都站不稳，玛丽安马上就对自己这一时兴起的占有欲后悔不已。她刚才就该把他扔在楼下，让他妹妹收拾。努力一番后，姑嫂俩终于把巴克莱搞进了卧室，又把他弄上了床——他脸朝下斜趴在床上，两只脚悬在半空。玛丽安问凯特："他就这样一路从卡利斯佩尔开回来了？"

"从哪儿不知道，反正是回来了。"

"居然这样都能自己回来。"

"每次他都回得来。"她正在解巴克莱的鞋带，他的鞋满是泥污。

玛丽安扯下了另一只鞋。"他以前也这么干过？"

"差不多一年一次吧，回回都这样。感觉他每次都是先进了农庄，再不省人事的，就像算好了一样。"

玛丽安这才明白为什么凯特早早就穿戴整齐地站在了家门口。"你知道他出去喝酒了。"

"我猜的。我也猜错过，在家里等了一晚上，最后发现他回来时神清气爽，"她看了玛丽安一眼，"那次是出去嫖了。"

"你应该不是想用这话震住我吧，我可是在妓院遇到他的。"

"这我怎么可能忘呢？你能帮他把衣服脱了吗？他马上就该吐了，你得找个东西来接。"她从壁炉旁边拿起一个铅桶，把里面的引火柴倒到了炉栅上，"就用这个吧。"她把桶放在了床边。

"我们吵了一架。"

"咱们把他翻个身，别让他把自己给呛死了。"两人抓住巴克莱的脚踝，先把他拉正，再把他翻了过来，"噢，他快坚持不住了，快去把那个桶拿来。"凯特抓住已开始做干呕状的巴克莱的西装翻领，把他的上半身拉了起来，他一口吐到了玛丽安刚刚端过来的铅桶里，那呕吐物似乎是纯威士忌，"天啊，他这是在用身体酿酒啊。"凯特惊呼一声。

等凯特离开后，玛丽安把铅桶拿到浴室里倒空了，然后回到卧室给巴克莱脱衣。在相对轻松地脱去他的裤子和袜子后，他又昏死了过去，于是她怎么都脱不掉他的外套。不过，这也算是件幸事，因为没过多久，她就不得不像刚才凯特那样拽着他的翻领，让他吐了第二次。完事后，她脱去了他的外套、背心和衬衫，最后只剩下了衬裤，接着把他推到他的那半边床，给他盖好被子。再次把桶倒空后，她自己也躺进了被窝。

他们一起昏睡了几个小时。其间他醒了几次，又想要吐，但他的体内除了浅绿色的泡沫已别无他物。又过了不知多久，她睁开眼，发现他正凝视着自己。窗外天色晦暗。"这我倒是没想到。"他用沙哑的声音对她说。

"没想到什么？"

"你会照顾我。"

"你叫的是凯特的名字，让我不是很高兴。"

"我以为那会让你松口气。"

"你连车都没下，就已经开始不停地喊她了，这你有印象吗？"

"当时我脑袋很乱。"

"所以你的第一反应就是凯特？"

"我当时就是慌了。有时候我会有种感觉，好像有个可怕的东西在后边追我，不断地向我逼近，今天开车回来的路上我就有那感觉。要是我知道你会照顾我，我就不会叫凯特了，我会叫你。"他的话音落下了，就在她以为他睡着了的时候，他又说道，"玛丽安，你真是在折磨我，你知道吗？"

她思考了一会儿。"我觉得我没那能耐，可你倒是一手遮天。"

"不，我从来都没有这样过。"

她忍住了想要对他控诉一番的冲动——罗列他为了控制自己所用的种种手段，并细数自己的百般退让。"我都不知道你还会喝酒。"

"不常喝，"他的眼睛闭上了，"不过那次在妓院见到你以后，我也喝了，那是最严重的一次。当时，我跟德西蕾上了楼，但她不是你，所以我对她毫无欲望。她使尽浑身解数也无法取悦我。于是我回到了车上，那天在下雪，你还记得吧？我是自己开车去的，车陷在了雪地里，于是我只能下车自己推。算我倒霉，我滑了一跤，还把脸撞在了保险杠上。那个时候，去城里找家酒吧是我唯一能想到的。我进了酒吧，身上又冷又湿。我一边喝酒，一边思考为什么你会让我一眼难忘。我阅女无数，艳福一向不浅，但怎么会偏偏就对你这个小丫头念念不忘呢？"瞥了她一眼后，他再次闭上眼，"当时一看到你，我就想将你据为己有，多少钱我都愿意出。但当我发现这行不通时，我觉得我……可以说是陷入了绝望。我百思不得其解。我知道我这人很固执，我太独断专行，但这也解释不通。所以我觉得问题出在你身上，绝对是你。

"在那之前，我喝醉的时候，不管是凯特、赛德勒，还是别的什么人，总会有人来帮我。但那一次我叫天天不应，我满脑子都在想，我可能永远无法拥有你。我还想起了一些不堪的回忆，我喝醉的时候经常会想到一些不好的东西，所以也不光是你的原因，但你是导火索。那天雪下得太大了，我哪儿都去不了，我被困在了米苏拉，更别提回农庄了。我在城里四处晃荡，不知道自己在找什么，但在雪堆里跌倒了好几次。我开始迷迷糊糊地想，之前听人说过冻死没那么可怕，就像睡着了一样。于是我走到河边，找了个大雪堆，给自己挖了个坟，然后躺了进去。我烂醉如泥，根本感觉不到寒冷，我也疲惫不堪，觉得总算找到了能睡上一觉的安静地儿，接着我就有点儿迷糊了。但突然我又想，要是我能拥有你呢？不用买的，而是赢得你的心，说服你跟我在一起。那似乎也不是什么天方夜谭，其实好像也并不难。我不知道之前怎么就没想到过。当然你年纪还太小，我还得再等等，但我觉得我不用急着自杀，以后有的是机会。"

他没再往下说了。她不知道最后那句话是不是他的肺腑之言。她曾想象过他的死亡，甚至希望那会成为现实。她觉得自己会如释重负，又或者，她会悔恨交加。无论是解脱还是悔恨，她都能忍受，但如果两者兼有，她恐怕就承受不了了。

"你等得还不够久，你占有我的时候，我还没到年纪。"

"那假如我再多等一段时间，事情就会不一样了吗？"

他满怀希望的语气让她心生怜悯，他似乎觉得过去是可以改变的。

"会有，但也许意义不大。"

他向她翻过身来。"当时可是你投怀送抱的，你就顾及自己的年纪了吗？"

"我指的不是这个，我指的是特劳和飞机。当时我还太小，不理解跟你做交易的真正含义。"

她以为这话会让他大发雷霆，但他在被子底下握住了她的手。"那不是交易，是礼物。"

她把自己的手指跟他的交叉在了一起。"那可不是什么礼物。"

"你难道不觉得还会有转机吗？生完孩子之后，可能就会不一样了。"

"不管怎么变，都不会让你称心的。"

"你当时并不是非找我当靠山不可。如果你真想的话，你完全可以从我身边逃走，找到别的办法。"

"那你会放我走吗？"

这时，有人敲了敲门。麦昆嬷嬷端着一个托盘走了进来，上面放着用编织罩盖着的茶壶和一套杯碟。她把托盘在巴克莱一侧的床头柜放下，弯下腰给他倒了一杯茶。

夫妇俩在床上坐起身，靠在了枕头上。嬷嬷没有理会玛丽安，只给巴克莱一人倒了茶。然后，她把手放在了儿子的腿上说："不要让恶魔控制你。"

"妈，根本就没有什么恶魔，"巴克莱的语气十分温柔，"你怎么还是不明白，那些修女说的都是些鬼话。"

"我以为她会让你好起来，"嬷嬷冲玛丽安点了点头，"但她假装自己是受苦的一方，实际上却是给别人带来痛苦的人。"

"妈，这你就别管了，我下次再也不喝酒了，我跟你保证。"

"恶魔在让你撒谎。"

"妈，我要休息了。你出去的时候，能不能顺便把恶魔也带走？"

"只有你才能把他赶走。"她离开时带上了门。

巴克莱又往杯里倒了些茶，把杯子递给玛丽安。玛丽安问他："她的话是什么意思？"

"酗酒是种罪过。她觉得我中了酒贩子的计，她觉得他们是恶魔的代言人。"

"她不知道你也是干这行的吗？"茶很甜，嬷嬷往里加了不少糖。

"她当然不知道。"

确实，他母亲成日待在农庄，只有星期日才会由赛德勒和凯特带着去教堂。赛德勒可以确保其他教徒注意言辞，而且，那些人又怎么敢当着她的面说这事儿呢？但麦昆嬷嬷一定是有所察觉的，玛丽安觉得她是知情的，只是假装被蒙在鼓里罢了。她们三个女人——她、凯特和嬷嬷——住在一栋房子里，各自与一个不同的男人朝夕相处，而这三个男人都叫作巴克莱·麦昆。

"但她刚才提到我是什么意思？"

"噢，这个嘛……"他抿了抿嘴唇，似乎不太愿意解释，"她觉得好女人应该能让我不再喝酒。这你没做到，而且也没怀孕，所以她断定你不是个好女人。她的逻辑是不能自洽的，她自己就没能劝住我父亲不再酗酒。不过，我跟我父亲不一样，我不常喝。"这时，他的语气变得哀伤起来，"但现在，你浇灭了她的希望。"

"她真以为你只是个牛场主吗？"

"我就是个牛场主，"巴克莱回答道，"而你倒好，不光让我染上了酒瘾，还怀不上孩子。"

蒙大拿

1932 年冬至春

　　过了一个星期，巴克莱提出要玛丽安去边境那头取货，仿佛这是个例行公事的要求。

　　赛德勒开车载她到米苏拉去开那架斯蒂尔曼。她在后座问他："这阵子有人在开我的飞机吗？"

　　他通过后视镜看了她一眼："你问的是我的飞机吧？"

　　"噢，那这阵子有人在开你的飞机吗？"

　　"据我所知，没有。"

　　她不确定该不该信他，但也许真相并不重要。她把斯蒂尔曼仔仔细细地检查了一遍，搜寻别的飞行员操作过的痕迹。不过，一到天上以后，她就不在乎这些了。她翻了个筋斗，让自己倒挂在了群山之上。

　　第二个星期，她又去取了几次货，然后经过再三恳求，终于获准了开这架飞机来趟自由行。那是一天下午，巴克莱要她保证三个小时内回来，她做到了。她飞去了东北方，却告诉他自己去的是西边的科达伦（爱达荷州地名）。这个小小的谎言如同烈焰过后的余烬一般，给她带来了一丝温暖。

如果有一整箱油，她足足能飞六百英里——以这个距离为半径，她可去的地方太多了。而且，就算油不够了，她还可以加油，继续往更远处飞。别的飞行员还开过更小型的飞机横跨大洲呢。但她知道，假若自己逃跑，势必会坚定巴克莱找回她、禁锢她的决心。她若留下来，没准他终归会明白两人并不般配。虽然现在他把她像笼中鸟般拴在身边，但说不定日后会还她自由。如果她留下来，也许终有一天能重见曙光。

对麦昆夫妇而言，相互退让和相敬如宾只能是一时之计。天气逐渐转暖，随着双方盘根错节的意愿开始变得不可调和，针锋相对又成了常态。有些时候，尤其是当他对她下达禁飞令以后，她会在床上刻意背对他，不让他爱抚。但当她放弃抵抗时，两人之间还是燃起了火花。也许她从没爱过他，只是把那一闪念的欲望当成了爱。当巴克莱按住她的胳膊时，她的目光咄咄逼人，又莹莹发亮。

三月，他外出办事一周，临行前再三叮咛她在此期间不要开飞机。他走后第三天，她开农庄的一辆卡车去了卡利斯佩尔，在蜿蜒又泥泞的路上开得飞快。这番风驰电掣让她心惊肉跳，也不禁再次感叹当时醉酒的巴克莱居然能一路行驶下来。在几家商店都一无所获后，她找了个酒吧喝了三杯。喝完后，她醉醺醺地把车停在了机场边的树下（她的酒力已大不如前），想看看飞机起飞或降落，但等了半天，一架飞机都没出现。

"我还以为你不告而别了呢。"她到家时天已经黑了，凯特说了这么一句。

第二天早上，她掀开了那架斯蒂尔曼的罩布，把它从泥泞的雪地里开了出来，从班诺克本坑坑洼洼的跑道上起飞了。她在空中随心所欲地操纵起了机翼，欣赏着白雪皑皑的山顶。她突发奇想，决定降落到米苏拉，给杰米来个惊喜。

她搭了米苏拉机场一名青年的车，来到响尾蛇河的上游。她以为当家做主后的杰米会把房子好好拾掇拾掇，但没想到华莱士的房子比以前更破了：墙漆严重剥落、房檐潮湿变形，周围杂草丛生。她准备从侧门直接进去，但马上意识到这样做也许不妥。于是，她走到前门，伸手敲了敲——在她的印象里，这还是她头一回在这里扮演客人的角色。

敲门声激起了此起彼伏的吠叫，听起来，门那边有一大群狗。她把耳朵抵在门上去听有没有脚步声，然后又敲了敲，这下狗叫得更欢了。终于，她听到了楼梯的嘎吱声，接着是杰米安抚那几条狗的声音。门一下打开了，弟弟冲她眨了眨眼睛。"早啊。"他的语气像是在对一个陌生人说话。

他的黑眼圈很重，稀疏的胡须像海藻般依附在两颊，衣服上沾满颜料。"你气色怎么这么差？"她大吃一惊，"你这是怎么了？"

"没怎么。"五条狗接连从屋里跑到了枯草和残雪中，有的抬起了腿，有的则蹲坐在地。他心事重重地看着那些狗。"我一定是忘了时间，它们在家关了一整天，是我疏忽了。现在几点了？"

她看了一眼手表。"刚过中午。"

他仿佛一下从迷怔中醒过来似的，冲上前来拥抱了她，喊出了她的名字。混合着体臭、松节油味和酒气的异味让她一阵恶心。她这辈子已经受够了醉酒的男人。他问她："你上这儿干吗来了？"

"我来看你啊。"

"进来吧。"他用手把着门，挥手示意她入内。

屋里又阴又冷，窗帘紧闭。各种碗碟散落一地，有些碗里装着给狗喝的水，有些盘子里则是他喂狗吃完的食物残渣。两条狗围在她腿边打转儿，边喘气边抬头瞧她，好像在为家里的凌乱表达歉意。

这时她才反应过来，今天是星期二。"你没去上学啊。"

"没，我已经不去了，"他若无其事地回答道，一边向厨房走去，光着脚踩在冷冰冰的地面上，"你想喝点儿吗？我正要来一杯。"

厨房比其他房间更加脏乱，碗碟堆放，臭气熏天。桌上放着半瓶清澈的私酿酒。杰米拿起一个脏玻璃杯，用衣角擦了擦杯沿，倒了一些酒进去，然后把杯子递给了她。接着，他给自己稍稍多倒了点，而且连杯子都没有擦一下。

"这酒也太烈了，"她抿了一口，然后剧烈地咳嗽起来，"我把这都忘了。"

"也还好吧，"他的目光闪烁，"这酒能让我保持振作。我想给你看点儿东西，但是我觉得很紧张。我该不该给你看呢？"

"给我看什么？"

他跟没听到她讲话似的继续说了下去，声音含糊。"我刚才正好想着要给你看，结果你就真的回来了，你说巧不巧？大多数情况下，我想的都是给……"他忽然转身跑出厨房。

她跟了上去。"你要给我看什么？"

"看我最近的成果！"他一边喊着，一边三步并作两步地往楼上跑去。他枯瘦的身材、松松垮垮的衣服，还有那狂热的语调，无一不让她想起华莱士的模样。她告诉自己要慢慢地往楼上走，保持镇定，她要抓住他，摇他的胳膊，叫他不要再喝酒了，叫他去洗澡、回学校。是这栋房子有什么魔力吗？还是有谁在这里下了咒，只要是住在这里的男人，都会变成酒疯子？

在楼梯上方稍作停顿后，她在黑暗中向那个透出一丝光亮的房间走去，那是原本属于华莱士的工作室。当她往里看时，从窗口倾泻进来的阳光让她一阵目眩。她先看到的是杰米四处走动的黑黢黢的身影，等眼睛适应了强光后，她看到了那些画。

都是油画，而且大多数是山水画，有些画上还有鸟兽，但主要是起点缀作用。这些作品乍看粗粝甚至原始，还有着笔刷的痕迹和结团的颜料，但当她细细欣赏时，发现它们对情绪拿捏得十分精准，全然不同于华莱士精致而鲜亮的现实主义画风。屋子里散落着炭笔和素描像，窗台上则放满了盛水用的瓶罐和松节油。杰米开始紧张地喋喋不休起来："油画颜料实在太贵了，但华莱士留下了一些，我还花了些你的钱，希望你不会介意。我会想办法用自己的钱买的，但我必须先开始创作，这似乎是我现在唯一能做的了。"

华莱士那把破破烂烂的扶手椅上放着一幅肖像画，上面的女孩长着一张鹅蛋脸，目光坦诚；壁炉架上侧放着的一块画布上也出现了这个女孩的脸；炉栅上留有一团还未烧尽的残火，灰烬间夹杂着炭黑的碎字条。地上的另一幅画仍是同一个女孩，她的脸被颜料抹花了。玛丽安走到了杰米的画架跟前，去看上面那幅山景画。

"这里边有风，"她对他说，"你是怎么把风画到里面的？"

杰米在她身后徘徊。"这幅我还没画完，感觉不太对。我现在紧张到口都干了，"他把刚才那个玻璃杯拿在手里，又喝了一口，"我还没给任何人看过，连凯莱布也没看过。"

她把手搭在他的肩上，想让他冷静下来。"你是个艺术家，一个真正的艺术家。"

他的眼中晶莹闪烁。两人相互错开了目光。她说："但就算是真正的艺术家，也得偶尔洗洗澡。"

杰米听玛丽安的话洗了澡，然后去打盹儿了。玛丽安里里外外打扫了一番，给屋子通了风，还喂了狗并生了炉火。晚上，凯莱布从厨房门走了进来，手里提着两条鳟鱼。"哟，麦昆夫人，"他对她说，"是什么风把您给吹来了啊？"

为了不吵醒杰米，她轻声说道："你最近见过他吗？你知道他变成这个样子了吗？"

"看来夫人不高兴……"

"凯莱布！"

他把鱼篮放在桌上。"一个吉尔达已经够我受的了，我可再也不想天天藏别人的酒瓶了。"

她把一个煎锅放到炉灶上，准备煎鱼。"你至少也该告诉我一声。他这样有多久了？"

凯莱布背靠着墙，交叉起了双臂。"这我可不太清楚，可能一个月？前阵子他就是闷闷不乐，心里老想着那姑娘，但他还去上学，也没喝酒，至少喝得不多。他坚持说他在创作一幅伟大的作品。我觉得他跟华莱士和吉尔达不太一样，我看他这副样子一部分是装出来的。"

聒噪的舞曲声从工作室的留声机里传了出来。杰米出现在了门口，手里拿着玻璃杯。"今天钓鱼可有点儿冷吧？"

"但我带别的东西来，也没见你吃过。"

"最近这么冷，你上哪儿搞的鳟鱼？"

"它们游得很深，但还是能找到的，"凯莱布从包里掏出一条面包和一个纸袋，"斯坦利先生送的。"

杰米往袋子里瞅了一眼。"太棒了，是泡芙！"

用过餐后，三个人围着留声机而坐，杰米躺在玛丽安椅子旁边的地上，凯莱布则靠着长沙发。

"玛丽安，"杰米中途打断了凯莱布打猎的话题，"莎拉说，她觉得华莱士可能不喜欢我画画这件事，你觉得有可能吗？"

"谁是莎拉？"玛丽安问。

"西雅图那个姑娘。"凯莱布解释道。

"因为我一直觉得他是鼓励我的，"杰米继续说，"但我现在认真回想起来，好像并不是那么回事儿。"

"这我也不知道。"玛丽安回答道。她从没在意过叔叔和弟弟之间的角力，因为她一心扑在了飞机上。

"莎拉的父亲给了我一份工作，我本来是可以去西雅图生活的，本来可以在那里过日子。但是我拒绝了，你知道为什么吗？"

"为什么？"她害怕他会说，这是因为他不愿把她一个人留在米苏拉。

"因为他做的是肉类加工的生意，"杰米笑着倒向一侧，用一只胳膊肘支撑着身体，"这简直是造化弄人啊！"然后，他又用严肃的语气说，"我肯定是个傻子。"

接着，他开始含混不清地讲述那段往事。他讲了与莎拉在公园的相遇、她的母亲和姐姐们、那栋带园林的豪宅和里面的艺术品，还有那些让人飘飘然的赞美。讲完那个羞辱性的结局后，他将杯中的酒一饮而尽。玛丽安还没来得及整理好思绪开口，他就欢快地对她说："话说，你俩能为我跳支舞吗？"他一边注视着玛丽安，一边跟着音乐的节奏敲起了膝盖。

"什么？"玛丽安说。

"你跟凯莱布一起，我喜欢画别人跳舞。"

"杰米，我可不太会跳舞啊。"

凯莱布倒是一下站起身，把她从椅子上拉起来，牢牢地拥在了怀里。

"你不用凡事都顺着他。"她悄声对凯莱布说。

"跳个舞而已，何乐不为呢？"他牵着她转了一圈。

玛丽安伸长脖子，去看杰米在素描本上的信手涂鸦，那线条虽然十分随意，但还是能看出是两个跳舞的人。凯莱布身上熟悉的气息让她心生感慨，那是跟巴克莱的麝香味截然不同的泥土和云杉树的味道。她的舞步笨拙，身体僵硬；杰米还在往杯里倒酒。眼前正在发生的一切让她快乐得想哭。

唱片终于放完了，一切瞬间安静了下来，她松开凯莱布，用袖子擦了擦额头的汗水。杰米的脑袋耷拉在椅背上，就这么睡着了，素描本还放在腿上。凯莱布换了一张唱片，拉着她一起坐在了长沙发上。"你怎么没早点儿回来看我们？"

她已经疲惫到懒得找借口了。"巴克莱哪儿都不让我去，有一阵子也不让我开飞机。他这是在惩罚我，因为我不想要孩子。"

"是不想要，还是没怀上？"

"都是一回事儿，至少目前是这样。他应该很清楚，我一直跟他说我不想要，但他觉得他比我更了解我自己，其实他就是在千方百计地把我变成他想象中的样子。"

凯莱布紧紧地咬住了下唇。"他真是个浑蛋。"

"玛丽安，"杰米醒了，他满脸憔悴地躺在原地，定定地望着她，"你能带我离开这儿吗？"

"什么意思？现在吗？"

"我想尽快离开这儿。"

"那你想去哪儿呢？"

"只要换个地方就行，"他把膝盖抱在胸前，整个人比以前瘦了一圈，"你走了，华莱士也不在了，凯莱布总在外头打猎。看来西雅图是我唯一的希望了。"

"你就不能先把高中念完吗？"

"你不是也没念完嘛。"

"那你看我现在过得好吗？"

"求你了，我没法儿在这儿待下去了。"

她的飞机模型仍然悬挂在小屋的天花板下方，上面满是灰尘，黏合处已经发黄。一切都是她离开前的模样，这里并没有被杰米糟蹋过的痕迹。天快亮了，她却还坐在扶手椅上翻着儿时的书——库克船长的南太平洋之旅，还有弗里乔夫·南森的格陵兰岛之行。她盼望这些书能重新点燃内心对冒险的渴望，但它们只是死气沉沉地躺在她的手里。从前，她深信自己一学会飞行，马上就能投入世界的怀抱。而现在，她再也不敢奢望能去那些遥远的地方。

"你总有一天会离开他的。"杰米去睡觉后，凯莱布在厨房道别时对她说。

"然后呢？"

"你就自由了。"

"没这么简单。"

"我可以帮忙，我们可以买架飞机，带人去打猎。"

"我们？"

"有何不可？"他目光如炬。

"你在开玩笑吗？"

"这也不是什么天方夜谭。"

她摇了摇头。

"如果你一味屈服，他会把你吃干抹净。"

"即便如此，那也不是什么世界末日。"但此时此刻，她又想起了那道深渊。

"有时候我真想一把抓住你，把你摇醒。"

"那你摇啊。"

他戴上帽子，扭头消失在了夜色中。

在米苏拉待了三晚后，她在巴克莱计划到家的那天回到了班诺克本农庄。

从卧室里，她看到巴克莱下了车，赛德勒走到后备厢搬下了几件行李。当巴克莱抬头望向她的窗户时，她意识到，他已识破了她的潜逃。

时间临近傍晚，她面前摊开着一本书，但她无心翻页。他猛地冲进了卧室。"你的旅途还愉快吗？"

她觉得也许自己能厚着脸皮挺过这一关，于是答道："挺愉快的，我去看我弟弟了。你呢？"

早先，她已经有先见之明地插回了子宫帽，至少这也是武装自己的一种方式。当他抓住她的胳膊，一把将她从窗边的椅子上拽下来，然后拉到床上时，她为此感到庆幸。他把她的长裤褪到脚踝，将她翻了个身。她把脸埋在被子里等待着，但他的下一步动作出人意料：他用一只膝盖抵住她的下背部，一只手抓住她的两只手腕，把另一只手的手指塞进她的两腿间摸索起来，仿佛在疏通排水管一样。他是想把她的子宫帽取下来。"住手！"这是一句无力的回应，但她还能说什么呢？他继续往她的背部施力，好像在冷静又坚定地制服一头动物，指甲在她体内来回刮蹭。没过多久，她感到了一股水塞被拔去般的吸力——他成功了。接下来，他调整了姿势，整个人跨在她身上，用膝盖把她的两条胳膊紧紧地固定在她身体两侧。他将那橡胶膜拿到她眼前，用拇指用力顶到变形，最终把它撑破。扔掉那东西以后，他解开了皮带。

孩提时代，她常跟杰米和凯莱布扭打成一团，用尽全身、四肢和手脚尖的力量拼命抵抗。就算被钉在地上，她依然像条蛇一般来回扭动。

而在巴克莱魁梧的身躯下，她却像一具尸体那样动弹不得。她看着壁炉里的一堆柴火，木皮犹如被蹭破的皮肤那样往外翻起，中间的裂口微微发亮。她确实感到了恐惧，但比恐惧更强烈的，是羞辱。裤子被扒下、身体被钳住的感觉固然叫人痛苦，但最可怕的是，她没能预料到这一幕。

她感到了疼痛，但那疼痛离她很遥远，感觉很不真实。整个过程没持续多久，巴克莱发出了断断续续的抽噎声，她意识到他哭了出来，要不就是在落泪边缘，但她的内心毫无波澜。她只希望这一切尽快结束。

完事后，他重重地压在了她的身上。过了一会儿，他爬下了床，她听到他穿衣和吸鼻子的声音，但目光所及之处只有炉栅上幸存的柴火。他离开卧室并带上门后，她依然一动不动。清洗身体的念头在她脑中一闪而过，可她已经没有力气了。但她的肺部还在吸入空气，心脏还在跳动，所以她的处境也不算糟糕透顶。

夜里躺在床上时，她常会幻想自己在空中。她的下方会出现山川河流、绵延起伏的沙丘（如果她动了冒险的念头），或是碧海中央的热带岛屿。此刻，她躺在床上，裤子还是褪在脚踝，但她就这样起飞了，飞过了群山，来到大海的上空，在一片蓝色的包围中进入了梦乡。

回到米苏拉的第二天，她开着那辆老福特带着杰米和凯莱布沿比特鲁特河而上，停在了一处宽阔、无冰的低平河段。凯莱布是第一个跳进水里的。玛丽安跟着跳了进去，冰冷的河水一下裹住了她的肋骨，把她心里的郁结都给排了出去。穿着贴身衣物下水的她和杰米没能在河里坚持多久，但凯莱布却裸着身子自如地游曳了好一阵子。

第三晚，她在小屋里醒来，看到凯莱布蹲在小床边。他将一只手放在她的手腕上，把脸凑到她跟前低声问："想好了没？"

"我做不到。"她悄声回答。他在沉默中等待了片刻，然后便离开了。

夜色散去后，她步行到了机场，没跟杰米道别。

现在，凯莱布又来到了她身边，但他没吻她，而是在摇她的肩膀。不过，她睁开眼睛后，发现那人不是凯莱布，而是凯特。玛丽安伸手想去拉被子，但发现自己裸露的背部已经被盖好了。窗外，灰色的云层间金光闪耀。

"他让我来看看你，"凯特开口了，"他说他刚才情绪失控了。"

玛丽安别过脸去，把目光对准了那堆柴火。她连为自己衣不蔽体地出现在凯特眼前而羞愧的力气都使不出来。

"是他干的吗？"凯特问她。

"还能是别人吗？"

"不是，我在说这个。"

玛丽安循声望去。凯特手里有一条手帕，上面是那个变形的橡胶膜。

她点了点头。

"我知道这是什么东西。"

"那挺好。"

"你一定觉得我是个什么都不懂的老处女。"

换作平时，她会好奇凯特是在暗示自己经验丰富，还是仅仅在指理论知识齐全，但此刻的她毫无兴致。她回答道："我什么也不觉得。"她试探性地侧身蜷起膝盖，屏住呼吸，想缓解双腿间的刺痛感。她已经几个小时没动了，此时她感觉自己好像穿破了一层薄冰。

"你不想要孩子吗？"

"不想。"

"那你准备怎么办？"

玛丽安从没认真考虑过这个问题，此前她也没必要思前想后。眼下，她又萌生出了洗净自己的想法。她想象自己走进洛洛温泉最烫的池子里，像当年贝丽特在炉灶上烘果酱瓶那样净化自己。

"我什么都做不了。"

"有没有什么……可以冲洗的东西？或者可以喝点儿什么？"

"你有这些东西吗？你要没有的话，我还能上哪儿找去？"她把怒火发泄到了凯特身上。

一阵漫长的沉默。

"我没准儿能帮你搞到一个新的，"凯特提起那片橡胶膜，"如果你想要的话。"

刚才还一动不动的玛丽安这会儿用一只胳膊肘支撑起了身体。"你能搞到？"这份绵薄的善意虽然有些可疑，但还是让她从麻木中一下醒了过来，被一阵清晰的悲苦淹没。她努力地坐了起来。她的脑袋很痛，下腹火辣辣的。

凯特用手帕将那被扯破的橡胶膜包好，放回了口袋里。"但如果我帮你搞到了，你可不能被他发现。"

"他可能会感觉到。"

凯特望向门口。"最好还是别尝试了，要是弄巧成拙了怎么办。"

"求你了，帮帮我吧，求你了。不过你要从哪儿搞这东西？"

"我在英格兰有朋友，这东西在那边是合法的，但要花点儿时间。所以这段时间，你得拒绝他，或者不让他……"她避开了玛丽安的目光，做了一个轻弹手指的动作，"我现在去生火，然后给你放洗澡水。"

"你为什么要帮我？"

"如果你有了他的孩子，那我们就永远甩不掉你了。"她在壁炉边蹲下，点燃了一根火柴。柴火燃烧了起来。

躺在浴缸里，她心想，如果她用意念命令自己不要怀孕，那她就不会怀上的。她的身体由她的意志控制，为何不尝试一下呢？其他女人只是意志不够坚定罢了。她可以封锁自己的子宫，不让他进入。她把身子埋到水下，坐在里边一动不动。一片泡沫在水面上堆积起来，然后又像云一般消散了。

她没有怀孕，于是她告诉自己，是她的意志胜利了。其实，她知道这是在自欺欺人。

平日里，她继续绕着房子和农庄漫无目的地四处游走。

四月下了一场雪，她在树林里遇到了一头熊。因为刚结束冬眠不久，那头熊十分枯瘦，它佝偻着背，身上的毛乱蓬蓬的，背上还沾着白色的雪。它在她面前抬起了头，抽动着黑鼻子，一对鼻孔闭得紧紧的——它在吸气，在辨别她的气味。她没去拔背上的猎枪，而是定定地站在原地。只见它将厚重的肩膀从地面抬起，用两条后腿站立，小小的琥珀色眼睛观察起四周来。它的体态谦卑，仿佛想要消减巨大的体形和又长又弯的浅色熊爪造成的威慑力。

接着，它将前脚重重地放回到地面，扬起了一片雪花，很快便转身消失在了树林里。她不值得它费力气。

她看着那头熊离去的背影，心想，那可能是特劳来提醒她，她还活着。

　　那天，巴克莱十分后悔。她洗完澡后，在床上一直躺到了第二天。后来，他回到卧室，将她扶下床，跪在她的脚下。他用额头抵着她的腹部，抵着她相信已经封锁好了的子宫。她站在那里，两臂垂在身体两侧，俯视着他低下的头，还有那对冷漠而犀利地向上扬起的鞋尖。

　　"你准备什么时候让我飞？"她开口问他。

　　他抬起头，向她投来恳求的目光。"你会原谅我吗？"

　　她想到了杰米央求她带他离开米苏拉，但还是摇了摇头。

　　"你什么时候原谅我，什么时候就能飞了。"他回答道。

混淆视听

十三

全体卡司围坐在一张马蹄形的大桌子边，每人面前都放着剧本和削尖的新铅笔（就跟小学生第一天开学似的），制片组、电影公司和投资方的人把我们团团围住，人手一个甜甜圈。助理导演示意所有人安静下来，导演巴特·奥洛夫松应声起立，低头看着玛丽安的手记——是首印精装版（不是卡罗尔那本，他显然很嫌弃那本），用淡淡的冰岛口音朗诵起了开篇。

"该从哪儿开始呢？"他吟读道，"当然是从起点开始了。但起点在哪里呢？我不知道该在过去的哪个位置插入'由此开始'的标记，来标明我的行程起点。因为起点存在于记忆中，却无法在地图上识别。"

他抬起头，用近乎控诉的表情正颜厉色地盯视着我们，犹如牧师在责备一群罪人。我瞟了一眼人群中的雷德乌，他这会儿一副正经八百的样子。"蘑菇"之夜已经过去了一周，在这期间，我们唯一的互动源于我给他发的两只树懒飘在太空的动图，外加一句像不像咱俩嗑完"蘑菇"以后聊洛杉矶的样子？

他就回了一个字：哈！

"我们现在也身处起点，"巴特向众人宣布，"我们将要拍一部电影。但这并不是什么凭空出现的东西。玛丽安不确定她的飞行是从哪一刻开启的，这一刻便也成了我们的起点。现实中的起点不是一个固定点，它无处不在，周而复始地上演着，而我们却浑然未觉。"他敲了敲那本书，"玛丽安在书里写道：'眼下的我，未来也将化作云烟。'这句话听起来有点儿让人费解，对吧？"

卡罗尔·费弗那本小说的第一句话是：我即将被烈火或海水吞噬，但我对此一无所知。这是在船上命悬一线的婴儿玛丽安的口吻。接下来，整个故事按正常时间线展开，一直到她在海上坠机结束。小说的最后一句是：我迷失在了一片伴随寒冷而至的黑暗中，但我毫不畏惧。这句话在我看来犹如画蛇添足，就好像说话人唾沫四溅地高喊出一意孤行的宣言。雷德乌那天说她母亲是个乐天派，的确如此——她这是在自我安慰。

跟小说不同，电影一开场就会交代人物的结局——玛丽安和艾迪在环球飞行中耗尽了所有燃料，在劫难逃。然后，故事会跳回到沉船事故，接着往下展开，而环球飞行的过程将以片段形式贯穿整部影片。片尾则将观众带回开头，两人最终坠机。

"我是这么想的，"巴特接着说，"我们始终活在当前，但我们正在经历的这一刻，在整个历史上都一直是未来，而从今往后又将永远成为过去。我们所做的每一件事都会引发不可预见、也无法逆转的连锁反应。我们所做的一切都发生在一个无比复杂的系统之内。"他稍作停顿，再次四下环顾了一番，"而这个系统就是'过去'。"

我跟雨果爵士交换了目光，他冲我眨了眨眼。

我曾向雨果吐槽：巴特讲话的腔调永远就跟个 TED[1] 演讲嘉宾在讲让人茅塞顿开的道理似的，故意制造出他很有才的假象。

雨果的回复是，但他那拿腔拿调的样子让一切很有仪式感，你不觉得吗？

---

[1] TED 是美国的一家私有非营利机构，是目前全球最大、最具影响的演讲平台之一，以"传播一切值得传播的创意"为宗旨。

"不过，"巴特继续滔滔不绝，"有时候，起点一目了然。比如在一部电影中，起点就是一个镜头。今天，让我们聚焦于剧本，从第一页开始。"

他向助理导演打了个手势，后者显然早有准备，马上凑到了麦克风前。"室外，白天，"助理导演念起了剧本，"一架双引擎银色飞机正飞过波涛汹涌的大海，陆地无迹可寻。燃油正从机翼下方缓缓地往下滴漏。此时响起了玛丽安的画外音。"

"我生来就注定是个浪人。"我念道，声音被麦克风瞬间放大，"我之于这座星球，就如同海鸟之于浪涛。"

在那个迷幻的泳池之夜，我和雷德乌又触发了什么样的连锁反应呢？跟我预期的大相径庭。我在他的床上睡了一夜，但我们连吻都没接一个。他对我说，要不我就留下过夜吧，因为我们俩都神志不清，肯定不可能开车出去，我留下来陪陪他也挺好的。他让我在他的床和客卧之间二选一，我把这当成是一拍即合的天赐良机，便欣然选择了前者。但是，等到我穿着他的 T 恤性感撩人地走出浴室时，他早就呼呼大睡。天刚亮时，我好像醒了，觉得自己被他从背后搂着，但那似乎是个梦，因为当我真的醒过来时，他正在厨房做早餐卷饼。

"我觉得你很棒。"我离开前，他对我说了这么一句，然后吻了吻我耳朵下方。谁他妈知道那算什么意思。

也许问题在于，我们俩并没站在起点，所以没有开启新的连锁反应，而是仍处于上一波反应之中。我仍放不下对阿列克谢的惦念和对奥利弗的愧歉，希望雷德乌能成为释放我的钥匙。也许他对我也抱有这种不切实际的期待。我们以为每一场新的邂逅、每一段新的恋情都是一个全新的开始。但其实，我们是在迎风而行，每一段新的航迹都延续了之前的线路，在生命中画出锯齿状却从未间断的轨迹。这就是问题所在：我永远只是被动应对，随波逐流，从未有过明确的目的地。

从雷德乌的住所回到家后，我端着一杯蔬菜汁来到办公室，奥古斯蒂娜正在里边操作电脑。她好像老是遇人不淑，所以我决定向她取取经。

"我想问你个问题，"我靠在门口问她，"你跟一个男人在一张床上过了一夜，但什么都没发生，你离开时，他亲了你这里，"我边说边碰了碰自己的脖子，"然后，他说他觉得你很棒，你觉得这是什么意思？"

她忍不住皱了皱眉，但马上又摆出一副认真思索的表情。"他可能确实觉得你这人很棒。"她回答道。

"好吧，"我捶了两下门框，好像在打发出租车开走一样，"谢啦。"

"别忘了你明天有采访。"她在我身后喊道。

我在床上躺下，开始浏览大家的 Instagram——阿列克谢、阿列克谢的老婆、奥利弗、奥利弗的前妻、琼斯·科恩，还有差不多每个跟我睡过的人。我不知道我在找什么，但肯定不是那些自拍、海滩照、晒娃照和美食照。我正拖着满满一网袋的红鲱鱼①奋力前行。也许，我在探寻"我该找什么"这个问题的答案。

当我点开这个叫马克的家伙的资料页时，就已经准备要发消息给他了。他是我在拍《凯蒂·麦基》时认识的。他当年可是圣莫尼卡高中的首席毒贩，如今摇身一变成了对口娱乐界的律师。此人相貌英俊、作风低调，只谈情不说爱，无牵无挂一身轻。他没什么个人魅力，不过倒总是意气风发。我曾找他解决过不时之需。很多人喜欢用"炮友"这个时髦词来形容这种关系，但我更愿将马克形容为"人体安慰剂"——他总能令我满意地疏解我的心情。

我家门外空无一人，狗仔队对我早就没了兴趣。这说明我自由

---

① 红鲱鱼（red herring）指的是用于转移焦点的逻辑谬误，在文学作品，尤其是推理小说中，通常代表误导读者思路的诱饵，这一比喻在 1807 年由英国记者威廉·科贝特（William Cobbett）写的一则故事普及，在故事中，一条气味浓烈的熏鱼被用来转移猎狗追逐兔子的注意力。

了，但成为明日黄花的滋味有点儿戳心。在我打发奥古斯蒂娜回家后不久，马克就开着他的宝马大驾光临了。他喝了我倒的高档梅斯卡尔酒①，赞美了我的新发型，然后用他娴熟老练又自信满满的床技填补了我的空虚。当他起身准备离开时，我恳求他留下过夜。

于是，次日上午，《名利场》杂志的写手登门的时候，马克正在泳池边晒日光浴，那引人注目的程度堪比红遍全网的火烈鸟游泳圈。

这篇文章要过几个月才刊登，但当我看到写手向窗外的马克投去饶有兴趣的目光时，我几乎一字不差地预见到了最终的导语：

> 哈德莉·巴克斯特的泳池里有个男人。这个帅气的男人戴着墨镜，穿着性感的短裤，漂在一个充气船上。"就是个朋友而已，"她脸上挂着狡黠的笑容，带我走在她西班牙风格的别墅里，"我们还是小淘气包的时候就认识了。"换句话说，哈德莉不用谁来可怜。哈德莉·巴克斯特再出江湖纯属无稽之谈，因为她从未离开。

不过当然，我巴不得雷德乌能在当时当刻就读到这一段，而不用等上几个月。我想要他知道，他的拒绝——如果他的所作所为算是拒绝的话——根本没被我放在心上。

"你觉得玛丽安·格雷夫斯这个角色哪里吸引了你？"我跟写手坐在起居室里，面前摆着罐装苏打水和两杯半满的白酒。"用我朋友雨果的话来说，就是一时兴起而已。"哈德莉表示，她提到的人是雨果·伍斯利爵士，她的这位邻居刚好是《游隼》的制片人之一。我又腿侧坐在一把扶手椅上，她则在沙发边缘坐下，并把录音笔放在了茶几上。

---

① 梅斯卡尔酒（Mezcal）是龙舌兰酒的一种，主要产于墨西哥南部的瓦哈卡州。

"我想你一定做过调查，知道我父母的事儿，"我回答道，"我对失踪一向很感兴趣。大多数情况下——也许是绝大多数情况下——失踪的人实际上就是死了，但人们不会把失踪跟死亡画上等号。失踪是自带逃生舱口的，失踪本身就是一个逃生舱口。玛丽安当年的遭遇只有一个真相，她的失踪成了未解之谜。但就算她变成了雪人，在南极洲游荡了五十年，结局也只有一个。如果是这样的话，她现在应该已是百岁老人了。你知道吗？失踪会影响我们每个人。过去我常想，我父母有没有可能还活着，他们是不是在装死？你会忍不住地要去刨根究底。几年前我雇了个私家侦探，但他一无所获，还说他觉得压根儿就没什么可找的，大海捞针没有意义。不过，如果我父母真的还活在这世上，那就说明他们不惜一切也要抛弃我。"

写手眨了眨眼睛。"那你现在的想法呢？"

"现在我觉得他们就好像从没存在过一样。"

她慢慢地点了点头，又靠近了些。"哈德莉，你觉得自己是个探寻者吗？"

"此话怎讲？"

"这么说吧，我会把那种寻找启示的人称为搜寻者，而探寻者所追求的东西更具有开放性，他们总是积极地寻找未来的道路。"

我往窗外看去，马克正用一只手在拨水。"也许我是个探寻者，"我回答道，"但不算优秀，因为我似乎总有些迷茫。"此话一出，我忽然意识到，"我似乎总有些迷茫"这句话可能会被她拿来当主旨句，用大号斜体字印在我的照片上——那个叛逆的绝色佳人真空穿一件皮夹克，眼线画得异常厚重，一脸孤独和无助。

接着她又问我："那么爱情呢？爱情也是你正在寻找的东西吗？"

"我想我更有可能会找到启示。"

"爱情和启示会不会是一体的呢？"

"不，"我回答道，"我觉得它们是相反的。"

助理导演念出最后一句"黑屏淡出",表示玛丽安沉入了海底,剧本围读到此结束。大家开始相互庆祝,而我则偷偷摸摸地在人群中寻找起雷德乌来。

　　"你好啊,"当他出现在我面前时,我摆出一副意外的样子,"原来你是个真人,我还以为你是我幻想出来的呢。"

　　他紧张地笑了一声,把头发掖到了耳后。"顺便告诉你,所有那些粉色的大象也是真的。"

　　"我们可以假装那只是顿普通的商务午餐,不是什么星系旅行。"

　　他四下张望一番,然后轻声问我:"你喝醉或者嗑嗨以后,会不会担心自己闹出什么笑话?"

　　"不担心,"我回答道,"我觉得我一定会闹笑话。"

　　他笑了,好像松了口气。"那天你完全没怎么样,但我是不是出洋相了?"

　　"说实话,我记不太清咱俩都说了些什么。"

　　"没错,但我总觉得记忆模糊本身也是个问题。"

　　"就当自己说出来的都是体面话就行了。"

　　"但要是我总觉得自己胡言乱语了一通呢?"

　　"要不我们改天可以再聚一次,"我试着提议道,"这次就喝喝酒,怎么样?"

　　"好啊,没问题。"他刚准备往下说,就被人叫走了。

栖身之地

不列颠哥伦比亚

1932 年 6 月

玛丽安造访米苏拉三个月后

斯蒂尔曼飞入了加拿大。在明亮的晨光中，东风拂过脚下初夏的绿野，飞机在空中颠簸起来。玛丽安向西驶去。

杰米蹲坐在前面的驾驶舱，身边放着他的手提行李箱，以及装有颜料和画笔的盒子。稍后返程时，几箱威士忌会被装入飞机的后舱。玛丽安已经想好了迟归的借口——她准备谎称自己不得不中途降落在山林里修理引擎故障。巴克莱也许不会信，但至少，到时她的任务已经完成了。

前阵子，凯莱布写信告知，杰米的情况未见好转，他总念叨要玛丽安带他离开，仿佛马上就要动身似的。她要不试试把杰米送去别的地方？凯莱布还说，他有认识的人可以租下华莱士的房子，照看几条狗和老马菲德勒。

凯莱布只在万不得已的时候才会写信。

玛丽安向巴克莱表达了宽恕，两人的房事随之重启，而她又开始用意念封锁子宫。恢复跨境飞行后，她找了个人迹罕至的小镇寄出了两封信。一封信是寄给杰米的，她在信中要他做好准备，说她很快就

347

会去接他，而且不会提前通知。另一封信的内容则是一个请求，不过她叮嘱收信人切莫回信——她可不想让巴克莱看到有人从温哥华给她寄信。

天上飘着一丝一缕的云彩，好像被铁丝网钩住的稀稀拉拉的羊毛。螺旋桨在眼前形成模糊的圆圈，如同一团透明的干扰物。巴克莱很清楚自己得拿什么来换取玛丽安（就算是假意）的原谅——当然是让她开飞机。他应承得不情不愿、满腹狐疑，知道她的每一次跨境飞行都可能演变为一场逃离。

杰米在前驾驶舱往下看去，他现在醉醺醺的。临行前，他抓住最后机会痛饮了一番，决心从此告别酒精。他为这一选择感到骄傲，还因忍住没把酒偷偷地带上飞机而沾沾自喜。要是莎拉此刻也在飞机上就好了，她一定会津津有味地欣赏空中的风景。当初他刚回米苏拉不久后，华莱士就去了丹佛，而玛丽安也离开去跟巴克莱生活了，那段时间他独自一人日夜思念着莎拉。那感觉让他惶恐，于是他成日不是画画，就是喝酒，仿佛一头慌不择路地奔入湖中逃避蝇群的麋鹿。那些日子，他用画画来回忆她的容颜。他想用画向她证明自己，但至今仍没想通他究竟想要证明什么。将近一年过去了，他不再因为想到她而痛苦，反倒觉得这成了一种陪伴，尤其是在他喝酒的时候。他想象两人促膝长谈，他问了一连串的问题，但她全都不予作答。

玛丽安在一道狭长的山谷上空开始下降。四周的景致渐渐从荒山野岭变为田园风光，然后，一座海滨城市在浮云底下初露真容。她向北方掉转机头，而杰米的目光对准了市区港口对面的一小块停机坪。飞机正以那停机坪为圆点盘旋下降，如同被收回的风筝线那样不断地向地面逼近。

"如果你让我回信的话，我还能提醒你，我只剩最小的房间了。"

杰拉丁妮跟玛丽安记忆中的样子相比没什么变化：一头金发的她语气温和、身材丰满，给人母性和稳重的感觉。不过她的手脚比玛丽安记得的要更麻利些，眼神也不再像上次相见时那样单纯。

"没问题的。"玛丽安回答道。

"你呢？"杰拉丁妮问杰米，"要住在这儿的人可是你。"

"我肯定没问题。"

"还是先看看吧。"

从机场前往住处的出租车上，他一言未发。玛丽安心想，弟弟也许已经进入了宿醉状态（这场宿醉未来还将持续数月），要不就是还在消化周遭陌生的环境和重启人生的艰辛。她也让他"先去看看"，但知道他不会挑剔。

杰拉丁妮带杰米上楼后，她在厨房的餐桌边等待着。她上次坐在这儿不过是一年前，也就是她飞越深渊那天的早晨。两人离开的时间比她预期的要久。屋里很安静，其他住客一定不在家。她看了看表，思考着日落前她能飞到离温哥华多远的地方，要在哪里过夜，消息才不会走漏到巴克莱耳边。

过了一会儿，她听到了笑声和脚步声，接着是楼梯的嘎吱声。杰拉丁妮和杰米回到了厨房，两人看起来都比刚才更轻松愉悦，气色也更好了。"怎么样？"玛丽安问杰米。

"简直是座宫殿。"他兴高采烈地回答。

"家里不能接待访客，"杰拉丁妮一改刚才喜笑颜开的表情，"午夜前必须回家，不准在家里喝酒。"

"好的。"杰米回答道。

"那就去收拾吧，"玛丽安说道，"我在这儿等你。"

杰米离开之后，玛丽安站起身对杰拉丁妮说："你能替我向他告别吗？"

"你不留下过夜了吗？"

"不行，我丈夫还在等我。"

"连喝杯茶的时间都没有吗？"

"真的不行。"

杰拉丁妮面露忧色，看起来确实有所担忧。"为什么不让我回信？是你弟弟遇到麻烦了吗？如果他有麻烦的话，你该告诉我。"

"没什么麻烦，至少没有换个环境解决不了的问题。"

"那你自己有麻烦吗？"

"那就说来话长了。"

"说来听听呢？"

玛丽安已经在往门口走了，杰拉丁妮跟在她身后。"主要跟我丈夫有关。"

"啊……"面前这个女人点了点头，嘴角露出一丝苦笑，看来她对婚姻之事并不陌生。

"我不喜欢道别，"玛丽安站在门口说，"这杰米也知道，他不会惊讶的。"

"我倒是不介意道别，"杰拉丁妮回答道，"我会替你跟他告别的。"

格雷夫斯姐弟散记

1932 至 1935 年

1932 年 5 月，阿梅莉亚·埃尔哈特开着一架洛克希德"织女星"完成了从纽芬兰到北爱尔兰的单人飞行，成为继林德伯格以后第二个实现跨大西洋单飞的人。这场艰险的飞行在狂风暴雨中持续了十五个小时，机翼上积了一层厚冰。飞机还一度螺旋下降了三千英尺，而当她重新稳住机身后，风急浪高的海面离她已近在咫尺。她险些葬身于那片不见岛屿和珊瑚礁的冰冷海洋，死里逃生简直是个奇迹。世人就此与一场徒劳无益的大海捞针擦肩而过，但短短几年后，埃尔哈特在另一次飞行中下落不明，最终果真无迹可寻。倘若在当年就遇难，她本会成为因逐梦而不幸殒命的芸芸众生之一，即便名噪一时，也很快便成为历史。

新泽西州霍普韦尔的某天夜里，一张婴儿床空空如也，一封勒索信被放了窗台。查尔斯·林德伯格二十个月大的长子不知所终。

消息不胫而走，真相众说纷纭。每个人都变成了福尔摩斯，所有人都想凑个热闹。连大牢里的阿尔·卡彭[1]也扬言要出手相助。

整整十个星期过去，虚假情报铺天盖地，林德伯格向一名自称

---

[1] 阿尔·卡彭（Al Capone, 1899—1947），于 1925—1931 年掌权芝加哥黑手党，是美国禁酒令时期乃至整个美国历史上最有影响力的黑帮首领。

为绑架犯的男子（此人声称孩子在一艘船上，安然无恙）支付了赎金，却发现这是场彻头彻尾的骗局。最终，小查尔斯·林德伯格的尸体在离家四英里的地方被人发现，尸体头骨被击碎，并已严重腐烂，后被判定在被掳走当夜就已死亡。林德伯格安静腼腆，性情乖僻（有一次，他把煤油倒进一个朋友的水罐，导致朋友被送进医院抢救，恶作剧得逞的他笑得都流出了眼泪）。他的性格随着年龄增长愈发内向，整个人仿佛藏身暗处，透过一道窗帘缝般的罅隙窥探外面的世界。妻子安妮从未见过他的泪水。①

同年，曾因从英国单飞到澳大利亚而一举成名的艾米·约翰逊再创佳绩，驾驶别名"沙漠之云"的德·哈维兰"天社蛾"从伦敦飞至开普敦，打破了丈夫吉姆·莫里森②保持的单人飞行纪录——后者沉迷酒精、风流成性，但飞行本领高强。在她的飞行途中，撒哈拉的沙丘被一轮满月照得波光粼粼。

玛丽安新安上的子宫帽被巴克莱发现了。近来两人行房事时，他就像一心繁殖的动物般例行公事，没使过什么特别伎俩。但有一晚，他突然来了兴致，想要唤起妻子的昔日欲火。将手指探入她的下体后，他摸到了那东西橡胶制的外缘。他抬手捆了她一掌，而她攥紧拳头予以了反击。"你要再敢开那架飞机，"他用手捂着一只泪汪汪的眼睛，说，"那我就往上面浇汽油，然后一把火烧了它。"

"那我就自焚。"

"你没这胆子。"

"你就这么肯定吗？"

---

① 林德伯格绑架案中，木匠布鲁诺·豪普特曼（Bruno Hauptmann）被控绑架并杀害林德伯格之子，最终被宣判有罪。但也有人提出凶手是林德伯格，在1993年出版的 *Crime of the Century: The Lindbergh Kidnapping Hoax* 一书中，刑事辩护律师格雷戈里·阿尔格伦（Gregory Ahlgren）就持这一理论，称林德伯格因一场恶作剧误杀了儿子。

② 吉姆·莫里森（Jim Mollison, 1905—1959），苏格兰飞行员。

"你是从哪儿弄到那东西的？"

她拒绝回答。小姑子并非她的好姐妹，但玛丽安不会背叛她。他把子宫帽扔进了火堆里。

从那天起，她被禁飞了。地面的空气滞重而压抑，于是她整个人都了无生气。巴克莱每天都冷酷地与她例行公事。她觉得他这么折磨她并非因为恨，而是因为在他看来，怀孕会把她医好，让她变成他理想中的妻子，证明他的远见卓识。而且他还相信，她会因这一点而爱他。有时他会勃然大怒，怨她"像尸体那样一动不动地躺着，想让我觉得内疚"。他还污蔑她红杏出墙，对凯莱布含沙射影，说她的情人就像他的酒一样遍布加拿大。想要抵抗时，她的手腕总被他牢牢按住，而她的拳头再也就没法击中他的要害。她那颗曾经满怀憧憬的心已经被蛀空了，仿佛僵死了一般，犹如寄居蟹不小心卸下肉身，只剩一具空壳。她被他死死地制服住了，周遭的空气稀薄到她喘不过气来。

但她仍未怀上身孕。

他问她是怎么做到的，她回答说："因为我是个巫女。"她看得出来，在万般无奈之下，他几乎相信了这一说法。

在送杰米去温哥华之前，她让他以后把信寄到一个小镇的邮局，她可以在运货的时候去取。但现在，她再没机会去取信了。她也不敢写信，不想让巴克莱发现弟弟身在何方。

一个秋日，玛丽安从家往外走了很远的一段路。路边圆形的山杨树叶闪闪发光，远看就像一场金币雨。突然，她听到了一记响亮而尖锐的口哨声，然后看到凯莱布从树林间大步走了出来。他还是那副老样子——头发编成一条长长的辫子，肩上背着把猎枪。他的目光炯炯有神，似乎对她的爱了然于心。她一下子意识到了自己有多孤独。

她伸出胳膊揽住了他的腰，他弯起一只手抚住她的脖子。她的这位前任理发师一定注意到了她的头发参差不齐。巴克莱希望她把头发留长，所以她只能用麦昆嬷嬷的缝纫剪刀自己动手，但她的技术很糟糕。

她把头埋在凯莱布胸前连连发问："你上这儿干吗来了？你怎么会在这儿？你为什么会上这儿来？"

"杰米说你的信他连一封都没收到。"

"我没写，我写不了。他怎么样了？"

"听他的描述应该是好些了，他现在还在画画。我觉得他跟他的女房东上床了。来，你自己看吧，"他从外套内侧拿出一个信封，"我就是个信使。"

"你该不是从米苏拉一路走过来的吧？"

"倒也没那么夸张，但也许你跟杰米最好找个更有效率的通信方式，我听说有个东西叫邮政服务。"

"你得小心别被人发现，凯莱布，我是说真的。你不能被任何人发现。巴克莱已经夺走了我的飞机，如果知道你来了，没准儿又会干出什么事儿。"

"看来他把你囚禁起来了。"

"我身上难道有锁链吗？"她不知道自己怎么会陡然生出为巴克莱辩护的冲动，"这只是暂时的。"

"你必须得离开他，否则永远都会是这样。"

"他会收手的。"

他柔声说："我过去还以为我母亲会变好呢。"

"那不一样，"她向树林望去，担心有人在监视自己，"让你这么大老远跑来给我送一封信，真是抱歉。"

"我来不只是给你送信，我还想见见你，我很担心。"

这话让她不大高兴，她觉得他的担心是不信任的表现，是在看不起她的判断力和处世能力。但转念一想，他确实有理由对她放心不下，于是她的气很快又消了。

他又补充道："我总在外面四处晃荡，所以往哪个方向走都一样。"

"我真羡慕你能四处晃荡。"

"那就跟我走吧，离开这儿。"

她找不到拒绝的理由，可这简直就是天方夜谭。"如果我逃跑了，我会觉得自己很懦弱。"

"玛丽安，别傻了。"

"我需要他心甘情愿地放我走。"

"他不可能会这么做的。"

"不然的话就没有意义。我得做个真正的了断，我要跟他达成一致。我不想觉得欠他什么。"

"你就没发现他一直在操纵你，让你始终觉得有愧于他吗？你们的婚姻对他来说就是一场比赛，如果他放你走，那他就输了。"

她感到身体里有一股热流涌了上来，她已无法分辨恐惧与愤怒。"求你别跟我争了，我受不了。"

他让步了。"至少把信读了吧，我给你带了笔和纸，你好回信。"他露出一丝苦笑，"怎么感觉除了给你当私人信使，我就没什么别的追求了呢。"

杰米在信中感谢玛丽安把他送到了温哥华。他要她放心，说华莱士房子的黑暗魔咒已经被打破了。他对自己之前的颓废万分羞愧，说不该让她看到他那个样子。我那阵子实在是萎靡不振。他结识了一群当地画家，这个团体叫作"猪鬃俱乐部"（猪鬃是制作画笔的一种材料）。他在俱乐部办的画展上展出了几幅作品，还卖掉了其中一幅，不过价格不算高。周末他会去城里的公园卖肖像画（就像曾经在西雅图那样），他还在一家艺术材料店找了份工作，并且在报纸上登了教授绘画课程的广告。一切都很好，只是我没听到你的消息，不知道你过得怎么样。他还提到自己跟杰拉丁妮成了好朋友。

杰米没有说出的真相是：他恋爱了。但似乎也不能这么说。他想要坠入爱河，因为他的心中无疑已经欲念横生。而且，对一个打破自己处子之身的女人若空有欲而无爱，在他看来是失礼甚至下作的。那个女人允许他爱抚并亲吻她柔软而热情的玉体，任凭他把她压在身下，一探她的内里——他有什么理由不爱这样一副身子呢？他又有什么理由不爱这身子的主人呢？毕竟，这个优秀的女人凭借肉身的力量，终于将莎拉·费伊从他心中驱赶了出去。他没有理由不爱杰拉丁妮，可他就是不爱她，或者说爱得不深。但他对她喜爱有加，而且时刻渴望与她欢好。

当初在米苏拉萎靡不振的日子里，他痛苦地想象，莎拉·费伊在他离去后照常生活：进入华大念书，遇到真命天子，她的未来并未因他这个小插曲而有分毫改变。与杰拉丁妮欢好时，他会感到一种隐隐的胜利，就好像跟另一个女人云雨是对莎拉的一种报复。可这种感觉比不爱杰拉丁妮更为失礼，于是杰米竭力驱散这个念头。

在莎拉这件事上，他要做的是忘记。

杰拉丁妮说自己三十岁，他觉得她没撒谎，应该差不多吧。这房子是她从母亲那里继承的。除了杰米以外，她还有三个房客——一个退休男老师、一个在裁缝店当学徒的青年，还有一个跟杰拉丁妮年龄相仿的单身女人。那个女房客是个白领，总向杰米抛来知己般的媚眼。杰米开始意识到，他对女人很有吸引力。一次，他打工的艺术材料店里来了一个穿背带牛仔裤、抹着红色唇膏的女子，来取一批预订好的陶土。那女子看着他感叹道，好一股挺拔的清泉啊，他红着脸问这话是什么意思，她回答说，你就是炎炎夏日里让人称心如意的东西。后来，他在"猪鬃俱乐部"的一次讲座上又见到了她，便打听了她的身份——她叫朱迪丝·韦克斯勒，是个雕塑家。

有时候，他生怕杰拉丁妮会忘了他才十八岁。但她的殷勤和体贴带有一丝母性，这又让他担心自己被她当成了孩子。

但他猜想，惴惴不安也许是爱的表现。

亲爱的杰米：

　　我现在在一片黄色的山杨林里给你写信。我来这里是想一个人散散心，不曾料到会遇到任何人，谁知竟遇到了凯莱布。他就像跟踪麋鹿那样悄悄地尾随了我一路，不过他还算好心，没向我开枪。我没有太多的话要讲，只想表明我很好。巴克莱不让我开飞机了，但我希望他会回心转意，我必须要心怀希望。无论如何，请不要为我担心。

　　你跟华莱士有联系吗？我联系过他，他近来的状态似乎很不错。我很高兴你不用步他的后尘，去找那个丹佛的医生了。看来，崭新的人生并非遥不可及。

　　请继续给我写信，虽说我日后的回复可能也像这封信一样，只有寥寥几句。这阵子我就像变了一个人似的。

1933 年。

　　艾莉诺·史密斯——当年那个因穿过纽约四座大桥一鸣惊人的少女飞行员——在二十二岁那年嫁作人妇，不久后便作别飞行生涯，淡出了人们的视线。她的蛰伏持续至 1956 年丈夫过身，而后在 2001 年，她将以八十九岁高龄完成人生最后一次飞行，那离她去世还有九年。

　　独眼飞行员威利·波斯特[①]拥有一架昵称为"温妮·梅"的洛克希德"织女星"。他用不到八天的时间绕地球飞了一圈，中途停靠了十一次，成为环球单飞第一人。他的飞行是在北半球较高的纬度完成的：从纽约出发，取道柏林和莫斯科，而后途经西伯利亚和阿拉斯加

————————————

① 威利·波斯特（Wiley Post, 1898—1935），美国飞行员。

的多个荒凉小镇，最后经由艾德蒙顿（加拿大阿尔伯塔省省会）返回纽约。虽然这并非严格意义上的大圆航线，但飞行距离依然可观。波斯特还在飞行中使用了两项新发明：当时新推出的无线电罗盘，以及斯佩里自动驾驶仪。有了这两样利器，他得以根据无线电波束判断方向，还能在飞行时打打小盹儿。但即便如此，这次飞行仍让他筋疲力尽。

艾米·约翰逊和丈夫吉姆·莫里森向西飞越北大西洋，逆风前往纽约。两人在康涅狄格州坠机，但幸运地生还了。1941 年，在将一架教练机开去基德灵顿皇家空军机场①的途中，三十七岁的艾米将因天气恶劣而迷失方向。跳伞逃生后，她降落在了冰冷的泰晤士河口，最终尸骨无存。她也许溺水身亡，也许死于搜救船只的螺旋桨之下。

英国飞行员比尔·兰卡斯特企图打破艾米保持的英格兰至南非飞行纪录，却不幸在撒哈拉坠机。飞机残骸和飞行员遗体在黄沙底下被埋藏了近三十年后，才在 1962 年被人发现。这些年间，兰卡斯特始终在地球上的同一点迎来日复一日的曙光。而在地球的其他地方，世界将会经历毁灭和重建。

经过一番软硬兼施，希特勒登上了德国总理宝座。他演讲动辄就往后仰头，仿佛嘴里吐出的是一股股无形的威力，屡屡击中他的下巴。

《凡尔赛条约》禁止德国组织空军，但一批德国飞行员得以在苏联厉兵秣马（对德伸出援助之手绝非斯大林最明智的决策）。另有德国飞行员在平民体育俱乐部的掩护下展开了训练，这些精力充沛的雅利安青年驾驶着滑翔机，翱翔于清爽的阿尔卑斯高空。

越来越多的飞机被造了出来，飞艇、旋翼机和水上飞机等各种各样的新式飞行器更是层出不穷。不断有新的纪录被创下和打破，涵盖

---

① 牛津机场的前身。

距离、速度、时长和海拔等各个维度。玛丽安在班诺克本农庄几乎从不看报，所以也没怎么听说过这些事儿。

多家航空公司相继成立。一架美联航波音 247 飞机在印第安纳州上空爆炸。这是历史上首起客机爆炸的惨剧，罪魁祸首和犯罪动机均成了千古之谜。

心中虚无一片的玛丽安终日百无聊赖。她已不再做白日梦，也扔下了所有的抱负。偶尔，她会被来农庄找她的凯莱布吓一跳，在他身上嗅到一丝往日人生的气息。

亲爱的玛丽安：

我现在搬到了港口对面定居，这里才算是真正的温哥华。我和杰拉丁妮不欢而散，我让她失望了，但我别无他法。不过，我对此深感遗憾。

杰米现在住在鲍威尔街上的一个合租屋，这里横跨杂乱无章的煤气镇和干净整洁的日本城。他的住所不再是杰拉丁妮家那样的私人住宅，而是一栋脏兮兮的三层楼建筑，两边分别挨着桌球馆和日本理发店。

他已开启一段全新的人生，开始融入一个新鲜的世界，接纳属于这里的一切：喧嚣的城市街头，煤气镇的酒吧和伐木工职介厅，叮当作响的有轨电车和呜呜行驶的运货火车，日本人开的果蔬店和面条铺，南边唐人街标志牌上陌生的文字，还有那填满橱窗的古玩和干草药。

也许，他该涉猎一下这里的夜生活。如今他已摆脱了华莱士家的黑暗魔咒，说不定就算喝上几杯，也不至于萎靡不振。身边没有了杰拉丁妮，他竟开始不合时宜地思念起了她，这让他忐忑又抵触。他需要与人肌肤相亲，需要新的记忆来覆盖那些过往的片段。

于是，他一醉方休了几次，还斩获了一次仓促又令人不适的招妓体验。

他继续创作，内容是街景和港口。他每个星期都会给一个有钱的寡妇上绘画课，在她面前摆好水果和花朵，看她画出不甚自信却又矫饰过度的线条。他开始跟"猪鬃俱乐部"的几个成员频繁来往，几人都是二十多岁的青年，基本都过着捉襟见肘的日子。其中两人在艺术学院教书，还有几个以流动展和博物馆奖金为收入来源。他们相互点评作品，但更多时候会一道喝酒。他向他们打听朱迪丝·韦克斯勒，遭到了无情的取笑——她会把你生吞活剥了的！哥们儿，她可不是什么省油的灯！跟她扯上了关系，你就等着完蛋吧！——却没能得到任何有价值的信息。

他给玛丽安写了下面这封信：

> 我觉得自己来到了一个关键的阶段，注定要做出一些结果无法预见的选择。我应该追逐落拓不羁的生活，还是避免深陷其中？我害怕自己会像华莱士那样完全沦陷（我曾经差一点儿就沦陷了），但拒绝享乐似乎是种不必要的谨慎，也无法激发艺术灵感。我渴望爱情，但还不想过家庭生活，至少暂时没有这种想法。我需要酒精，但又不想沉溺。我想要加速前进，但又怕控制不住脚步。也许我需要某种安定的平衡状态，但又想体验那种前俯后仰的刺激。你懂我的意思吗？也许你不懂，毕竟你总是一门心思地追求同一个目标。也许，我会从绘画中找到答案，我确实总能在创作的时候获得充分的平静。
>
> 生日快乐。

双胞胎满十九岁了。玛丽安终于还是怀上了身孕。她在月经推迟前就已经意识到了：她的乳房胀痛，感觉皮肤都要裂开了。她没让巴克莱发现自己犯恶心，但清楚纸是包不住火的。

之前她那心诚则灵的想法实在是愚蠢又可笑。这些日子以来，她无外乎一个插翅难飞、只能在林间游荡的孤魂野鬼，外加一头在卧室里等待被配种的母猪。她禁不住开始想，巴克莱断言她只要一有身孕，就会接受身为人母的命运，这话是不是也有几分道理？但实际上，她体内的受精卵仿佛湖中的一粒冰晶，不断地往四周扩大，最终形成一张坚硬的冰网。她透过那冰网向下看去，发现自己并不憎恨那个悬挂在身体深处的小生命，但对其也毫无怜惜。

毋庸置疑，禁酒令即将落下帷幕。巴克莱的合伙人常来班诺克本商讨对策，他告诉母亲那些人是"养牛的"，他们是来"谈养牛的事情"的。

"他们是酒贩子，"玛丽安在椅子上探身对麦昆嬷嬷耳语道，"如你所知，你的儿子是个罪犯。"但嬷嬷假装一句都没听见，边织毛衣，边哼小曲。

巴克莱不愿放松对妻子的监控，他很少离开农庄，但偶尔也会因业务彻夜不归。玛丽安等待着时机的到来。她并没有周密的计划，但她的意志却如一只迷途知返的老鹰，重新回到了她的心里。

一天晚上，巴克莱和赛德勒驱车离开了农庄，要次日才返回。她跟凯特和嬷嬷用了晚餐，在壁炉边等着时间随着嬷嬷的一针一线慢慢地过去，然后躺在床上熬至深夜降临。她在一片黑暗中蹑手蹑脚地走下楼梯，每一次落脚都十分谨慎，生怕发出一点儿声音。

这个九月的夜晚温暖而明澈，一轮半月悬在空中。她穿着衬衫、长裤和帆布外套，随身的背包里装有毛毯、水壶、食物、手电筒、指南针、小刀，还有一捆钱——这钱是她最近一次去米苏拉时从银行里取出来的，她之前把钱装在锡罐里，埋在了飞机跑道附近。她所认为的属于自己的其他一切都留在了华莱士家的那栋小平房里。至于巴克莱·麦昆夫人那些精美的衣裳和首饰，则跟她没有半点儿关系。农庄的道路在月光下莹莹发亮，她经过时在上面投下了一片阴影。她掀开斯蒂尔曼的罩布，亮闪闪的机翼探出头来。她猜想丈夫可能已经设法废了这架飞机，估计只能步行翻山了，不过当她倒入汽油并清洗完火花塞后，引擎竟然启动了。看到半满的油箱，她又羞又怒，浑身发抖——原来他自以为把她捏得死死的。

她真想飞到米苏拉，去找凯莱布，去她的小屋。她想飞到多莉之家，去找吴夫人。但农庄的人不可能听不到飞机起飞的声音，也不会相信她留下的字条。如果去米苏拉，第二天上午她就会被人找到。

黑暗中，她在颠簸的道路上缓缓地起飞了，经过被月光照亮的树林，往西北方向飞去。夜空清澈，但即便是再密的云团也无法阻止她的逃离。越过一片潋滟湖光后，她取下婚戒，把它扔出了窗外。

"他不知道孩子的事儿吗？"玛丽安把自己的逃离告诉杰米后，他这么问她。离开班诺克本后的次日早晨，她把没了油的飞机停在一片荒野上，使劲把它推到树林里藏了起来，随后步行十英里抵达了最近的村镇。她在那儿没跟任何人攀谈，而是径直来到火车站，从一个无所事事的售票员那里买了张前往博伊西的单程票。她在第三站就下了车，然后又买了去旧金山的车票，紧接着故技重施，最终坐上了去温哥华的火车。

"不知道。"她回答道。

"那他也不知道你去哪儿了吗？"

"我没告诉他，我基本能确定他不知道我把你送来了这儿，不然他早就得意扬扬地拿这个来要挟我了。不过，他总有一天可能会出现，我担心他会找到你，但我无计可施。如果他来了，你就说不知道我去哪儿了，反正这也是实话。"

"我可不怕他。"

"你不能掉以轻心。杰米，我很抱歉，这一切都是我的错。"

此时此刻，姐弟俩在奥本海默公园旁散步。一支日本队伍正在棒球场上训练，杰米往那儿指了指。"他们是全市最棒的球队。如果你在这儿住上一阵子，我们可以一起去看比赛，可热闹了。"

"我不能在这儿久留。跟我保证你会小心的，好吗？"

"巴克莱能从我这儿拿走什么呢？我一无所有。"

"关键不是他会'拿走'什么，这恰恰是我一直以来所担心的。"

"嗯……你当初不该为了保护我而跟他在一起。"

"不是为了你，之前是我自己的问题，我就跟瘫痪了一样。"

"那是什么让你又恢复了呢？"

"是怀孕。"

他犹豫了一下，然后说道："那……"

"我不能把孩子生下来，"她生硬地打断了他，"否则我就会永远被绑在他身边。就算我这次逃过一劫，他最终还是会得逞的。收养是绝对不可能的，我从小到大都在琢磨父母的下落，我不会让自己的孩子也遭受同样的折磨。"

"我同意，换我也不会。"他带玛丽安走进了一间茶室。

两人坐下后，她换了个话题。"话说，你怎么样，准备过落拓不羁的生活吗？"这时，一名侍者端来了一个陶瓷茶壶和两个无柄茶杯。

"我还没怎么想好，总是在悬而未决的状态。"

"这茶是绿色的呢。什么叫悬而未决？"

"尝尝吧，很好喝。我现在就是有一天过一天，定不下来。"

"过好每一天就行。"当他吐露自己的焦虑时，朱迪丝这么跟他说。当时，她一丝不挂地坐在床垫上抽着烟，耸了耸赤裸的香肩，不明白他有什么可担心的，还说他没必要做什么决定。他还没把朱迪丝的事儿告诉玛丽安，他疯狂地爱着这个女人和她的肉体。玛丽安不会欣赏朱迪丝这样的女人，会觉得她做作又自恋，而他也不太愿意去细想这种看法是否正确。

"你管这叫悬而未决？"玛丽安说道，"听起来可有点儿像得过且过啊。你应该不会回到之前那种状态吧？"

"不会，"他若有所思，"但我一直隐隐有这种担心，我觉得保持警惕能防止我自甘堕落。无论如何，我现在都把精力集中在了创作上，也在俱乐部的展览上卖出了一些作品。我还认识了个开画廊的摄影师，他叫弗拉文，是个比利时人，他想卖我的画。"

"那不错啊，"她看了一眼茶杯，"这味道就跟草似的。"

"茶本来就是叶子。"

"要是你再卖出去几幅画，能别住现在那地方了吗？实在太寒碜了。"

"那地方确实不怎么样，但我不知道该去哪儿。我倒不如先在那儿住着，多攒点儿钱，这样就能付得起工作室的钱了。"

"我们能上那儿看看吗？我想看看你画画的地方长什么样。"

"今天下午我们就去，"他凑到她跟前，压低了声音，"玛丽安，你的事儿准备怎么办呢？"

"我不能把孩子生下来，"她又说了一遍，"我本来想去多莉之家，那里有个人能帮忙，但巴克莱很快就会发现的。所以我在想，要不在这里的妓院打听打听，也许有人能给我指条明路。"

一想到巴克莱，杰米就会怒不可遏，就像当年他险些失手打死虐狗男孩的那次，简直愤怒到了极点。理论上，那股怒火只存在于他的头脑和身体里，但它是如此强烈，比他本人更加庞大、强悍，几乎要从里边把他撕扯开来。他想象着玛丽安在风月场所几经辗转，最后某个臭名昭著的江湖郎中在一个阴暗的房间里给她做了手术，将一盘锈迹斑斑的刀具捅进她的下体。"你就不怕巴克莱有极端之举吗？如果他知道了……"他不知该怎么说下去。

"我觉得他不会动真格的，但无论怎样，都不会改变我的决定。"

他能怎么帮她呢？他对女人的密事一无所知。他想到了煤气镇那个妓女，但他无法想象自己向她开口求助，更别提是为了帮姐姐安排堕胎手术了。朱迪丝也许有办法，但他担心她口风不紧。然后，他忽然计上心头。"我认识一个人……"刚开口他便迟疑了，他确定吗？他对她知之甚少，但在他的印象中，她是个有能力、有同情心的人，而且应该有路子解决这种问题。但是，如果她拒绝帮助玛丽安呢？大不了玛丽安还可以自寻办法。如果她告发了玛丽安呢？她不会的——他相信她不会是这种人。

"你该去西雅图，"他对她说，"那里有个我认识的人也许能帮你，这事儿最好还是拜托熟人来办。"

于是，玛丽安坐火车去了西雅图。她穿着新买的连衣裙，样式平淡无奇，用一顶不起眼的帽子盖住短发，鞋子也很普通。她随身携带一个新的行李箱，里面还有一套类似的用来掩人耳目的衣服，还有她旧日的衣物——它们就像她的护身符一样，让她相信自己很快就能回归自我。她以"简·史密斯夫人"这个子虚乌有的身份在旅馆办理了入住。

"你就跟画上一模一样。"在城里的一家小餐馆里，费伊夫人对她说。

"画？"

"杰米为我们画过一幅你的肖像画，我至今都还留着，明天带来给你看。他是凭记忆画出来的，当时我就觉得很了不起，现在看到了你本人，觉得更加令人赞叹。"她把一只手放到了玛丽安的手上，"见到你我真的很高兴，可惜我们聚到一起并不是因为什么乐事。我不知道杰米怎么会想到要跟我联系，我确实帮过跟你有相同处境的女孩，但这事儿我对他绝对只字未提。看来他的直觉很敏锐。"

"他确实一向很敏锐，他很爱戴你，也很喜欢你的女儿们。"

费伊夫人也许听出了这句话中把她丈夫排除在外的意思，她笑了笑，松开了玛丽安的手。"他和莎拉有过一段特殊的友谊。"接着，她往咖啡里加了糖，搅拌了一番，"我想让你们俩见见，但现在的时机也许不太合适。杰米现在过得怎么样？他在信里没讲自己的事情。我以为这会儿他该在蒙大拿大学念书，没想到邮戳上的地址是温哥华。"

"他很好。"玛丽安有所犹豫，面前这位上流女性端起咖啡杯的姿势是如此优雅，她会对杰米离经叛道的生活感到失望吧，"他在努力成为画家。"

费伊夫人露出了灿烂的笑容。"噢，那我可太高兴了！他是个天赋异禀的孩子，我希望有一天他会出名。哦，不，我不该这么说，我希望他能实现自己的抱负。"

"我也一样。"

这时，费伊夫人歪着头观察起玛丽安来。"根据杰米对你的描述，我还以为你看起来会……不那么传统。"

"我不想被人发现。"

"为什么呢？"

"我丈夫会派人来找我。"

"啊，"费伊夫人回答道，"我懂了。"

第二天早上，费伊夫人来到玛丽安的旅馆陪她去做手术。她展开了一张纸，把它举到玛丽安面前，那是杰米的那幅素描肖像画。"现在杰米不会把我画成这样了。"玛丽安说道，"我都不敢相信我还有过这样一脸自信的时候。"

"虽然跟你接触还不深，但我觉得你非常勇敢，"费伊夫人把重新卷好的画递给玛丽安，"拿着吧，就当是对自己的激励。"

玛丽安摇了摇头。"我现在可能没办法保管这画，但以后我会想要留着它的。您能不能再帮我保管一段时间呢？"

在手术室里，玛丽安听着推车上手术刀具的"咯咯"响声，看着天花板上明晃晃的吊灯，然后在一阵乙醚的甜味中陷入了昏迷。事后，她在旅馆的床上躺了一下午，流了些血，感到了持续的钝痛。晚上，她写了好几页信，然后把信纸小心叠好放进了信封里。她从旅馆的电话簿上抄下了国家税务局的电话，还从前台买了一张邮票。第二天，她沿着码头漫步，走到了曾是造船厂的一个贫民区，视线被破旧的房屋和脏乱的街道填满。她身体里那片冰网和浮在那下面的小生命都已经消失了，但她仍未恢复原状，而是被全新的失落感包围住了。

在返回旅馆的路上，她寄出了那封信。

第二天，她以简·史密斯的名义预订了一张前往阿拉斯加的船票，售票窗口的工作人员将这个姓名列入了旅客名单。

1934 年，飞机在飞行距离和速度上都有所突破，而且能够抵御更为恶劣的天气。越来越多的航线被开辟了出来。

新西兰人琼·巴滕[1]从英格兰飞到了澳大利亚，用时比艾米·约翰逊保持的纪录快了整整四天（今天的奥克兰机场立有一尊她的雕像）。查尔斯·史密斯爵士[2]则由西向东飞越了大西洋（悉尼机场根据他而命名）。

阿拉斯加地域辽阔、人迹罕至，整片土地几乎没有公路，因此飞行成了最佳的旅行方式。人们说，你要不选择飞一个小时，要不就只能步行整整一个星期。狗橇要花将近一个月方能完成的邮政路线，换成飞机只需七个小时便可抵达。阿拉斯加人是最善于飞行的民族，但飞行员仍供不应求。最终，玛丽安没费多大力气就实现了她的夙愿：靠开飞机谋生。

在安克雷奇下船后，她马上就找了个住处，然后买了辆卡车，以简·史密斯的身份挨个机库寻找工作，并拿出自己的飞行记录本作为经验证明。当被问到执照问题时，她回答说"我从来没申请过"，也没人追问原因（阿拉斯加人可不太讲究繁文缛节）。她的飞行记录并

---

① 琼·巴滕（Jean Batten，1909—1982），新西兰飞行员，她的真实经历启发作者写出本书。
② 查尔斯·史密斯（Charles Smith，1897—1935），澳大利亚飞行员。

不规范，上面的目的地只精确到了"加拿大"，飞行性质一栏更是只写了"货运"。而且，她的名字一看就简单得可疑。一个戴着皱巴巴的帽子、嘴上有疤的苦相男子看了一眼那记录本，然后又瞧了她一眼，接着带她试飞了一次，最后当场就雇用了她。

她客机和货机都开。她不仅学会了驾驶水上飞机、在水上降落，在冬天还能用冰橇降落。飞机的维修基本都由她自己完成，紧急修理更是成了家常便饭。她在远离城区的地方租了一栋小别墅，避免和人打交道。她不禁好奇，他父亲离开米苏拉之后，也是这样生活的吗？他是不是也来到了一个陌生的地方，凭本事自力更生呢？夜里，她时而会被屋外动物的声音惊醒，以为是巴克莱找到了自己。她在床边备着一把猎枪。

"你为什么要来这儿开飞机呢？凭你的长相，完全可以靠男人过日子，"一次，当她在接飞机水箱要用的水时，一位同行在她身后用令人生厌的口气对她低语道（他贴得离她特别近），"尤其是在这种地方。"

"我有过男人，"她用锋利如刃的声音回答道，"他死了。"那人只好识趣地后退几步，眼巴巴地看着她拧紧了水龙头。

天晴的时候，麦金利山会出现在库克湾北部。要是她往那个方向飞，那座山就会越变越大，皎洁如月的山峰似乎也像月亮那般悬于半空，庞大到仿佛不属于这个地球。东面是锯齿状的楚加奇山脉，更远一些是兰格尔山脉，北面则是阿拉斯加山脉。层层叠叠的山峦将她包围。比起当年她在米苏拉上空翻腾和旋转时所见的那些青翠山巅，这些被冰雪覆盖的巨峰简直就是庞然大物。她没敢在阿拉斯加尝试特技飞行，不想让别的飞行员听闻她拥有这项技能。

逃离的冲动仍萦绕着她，地平线仍在召唤。如果她能飞到更远的地方，无需定所，只有一架永远不用着陆的飞机与她做伴，那么也许，她会真正地感到自由。

杰米又搬家了，在同一个街区一条更僻静的街道找了间小公寓。他的新住所只有一个房间，但干净整洁，铺着松木地板，还有一个必须把双膝抱在胸前才能坐进去的小浴缸。"你是租了间小矮人的房子吧？"他在"猪鬃俱乐部"的一个朋友如此调侃道。

朱迪丝去了欧洲，用她的话来说，是要去看看那里到底有多好。"你不会一直对我念念不忘吧？"临走前她对他说，"我可是会把你忘得一干二净哦。"从她狡黠的笑容来看，这话也许是开玩笑，但也不一定。

杰米和朋友们的女人缘不错，而现在他对自己的魅力也习以为常了。为了证明自己没一直惦记着朱迪丝，他深度接触了好几个女孩：台球馆的卖烟女、几个酒吧服务员，还有一个他在跳舞时遇到的姑娘——她总是一刻不停地撇着嘴讲些讽刺的小笑话，即使一丝不挂也照样侃侃而谈。一年前的他认为因情生爱是天经地义，而如今的他早已不再是纯情少年。

朱迪丝走前交给他几本书保管，他读了其中的《现代法国画家》《现代派画家》，以及《艺术家与精神分析》。他开始担心自己的作品过于古雅，画出的线条缺乏韵律，构图不够新颖，整体创作过于老套。他还担心自己的作品缺乏内涵，所以朱迪丝才会去欧洲，去寻找更有才华的男人。

面对那些卖给他啤酒和香烟的女士们，他的真心道谢渐渐变成了敷衍了事的应声。

离 1935 年还有十一天，阿梅莉亚·埃尔哈特又完成了从火奴鲁鲁至奥克兰（加利福尼亚州城市）的单人首飞。事后她写道：在飞行途中，挂在驾驶舱窗外的繁星几乎触手可及。有一万人前去迎接她着陆，那架红色的洛克希德"织女星"几乎被人海淹没。

"我可不想在海上飞那么久。"玛丽安那个刀疤嘴的老板说。

玛丽安欣赏他低调踏实的为人。他不像他很多自以为是的同僚，这些人觉得埃尔哈特的成就是有钱就能得来的：她不仅有丈夫资助，还靠出售肖像权和广告代言（麦乳精奶片、行李箱，还有各种商品）赚得盆满钵满。他们对她的各项纪录不屑一顾，仿佛觉得那根本没什么了不起。

简·史密斯已经成了一名不折不扣的阿拉斯加飞行员。她穿梭于城镇之间，还频繁飞往深林里的村庄、偏僻的营地，还有散落各地的离群索居者，为他们送去信件、食物、燃料、狗、狗橇、报纸、摩托车、炸药、墙纸、烟和门把手——只要是你能想到的东西，她都送过。她把形形色色的人送到过荒郊野外，在那些不毛之地，有些人一夜暴富，有些人则惨遭不幸（溺水、冻死、被熊吃掉，或是把自己炸死）。她甚至还运过用帆布袋包裹的尸体。

有一次，她把一具奇臭无比的腐尸绑在了机翼上；一名女子曾在她的飞机上分娩；还有一次，她降落在了楚科奇海冰冻的海面上，去营救一艘被困冰面的船上的乘客。她不知从哪儿学到了一个新词——"冰间湖"，意思是结冰的海面上没被冰覆盖的开口，鲸鱼会从中钻出来呼吸空气。阿拉斯加这片漫无边际的疆土隐秘而严酷，她将这神秘莫测的特征与自己融为一体，远离尘嚣地生活着，用冷若冰霜来伪装自己。

冬天，太阳从南边升起。高纬度的地方终日都见不到阳光。要是再往北飞一些，她的指南针就会失灵。她的日常穿着是秋裤、羊毛绒衫和驯鹿皮外套。乍一看，你根本不会发现这个名叫简·史密斯的飞行员是个女人，因为她看起来就是一个毛茸茸的大块头——她还记得"灰熊水中蹲"的故事，一次，她把这个名字签在一张空白的明信片上，托某个去俄勒冈的人帮忙把明信片寄给凯莱布——但考虑到自己可能被细心的观察者认出是女人，她随身携带了小刀和手枪，以应对潜在的凶险。毕竟，这是一片蛮荒之地。

在飞机上，严寒随时有可能置你于死地：油箱和液压泵会结冰；

橡胶轮胎和垫圈被冻硬后十分易碎，而且容易漏气；仪表则经常失灵。在寒冷的早晨，她会在引擎下方烧一把火，用帆布盖住引擎以锁住热量。她还得全神贯注地守着火堆，因为燃料和帆布一不小心就会被引燃，她都不知灭过多少次火了。她折断过螺旋桨、冰橇和一侧机翼，还曾在空中眼睁睁地看着燃料从机尾喷洒而出。还有一次她判断失误，在一片沼泽地上着了陆，飞机刚一落地就溅起了一片泥花，还整个被打翻。她安然无恙，但被倒挂在了座位上，泥水从她脑袋下方迅速地灌入了机舱。最终有人叫了一支骡队，才把飞机从泥地里拖了出来。她用压扁的气罐修补冰橇，用火炉的烟筒修补螺旋桨，起落架则是用桦树枝拼凑而成的。别的飞行员因天气恶劣选择保守观望时，她照飞不误。她把挣到的钱藏在专门的秘密地点，就像小时候那样。

有一次，她的目的地是麦卡锡，出发前客户只交代她把一个人接回安克雷奇。她抵达时，发现她的乘客站在跑道旁，手上戴着手铐。她这才听说，原来此人是个矿工，强暴了另一名矿工的妻子。

她满不情愿地执行了任务，让押送者把犯人送到飞机后舱，跟几捆皮毛在一起，并且铐在了座位上。起飞十五分钟后，她翻了个筋斗，让这架老旧的飞机倒挂在空中。她心想，万一飞机解体，至少她也算是为民除害了。但事与愿违，飞机完好无损。不过，她的乘客被吓出了阵阵嘶吼，两边肩膀都脱臼了。

在一片蓝色的晴空中降落后，她以一句"天气不好，空中有些颠簸"解释了那名乘客瑟瑟发抖的状态。消息不胫而走，从此男人们心里都清楚了：简·史密斯可不是什么好欺负的弱女子。

夏天来了。曾绕地球环飞的独眼龙威利·波斯特开启了阿拉斯加之旅，他的旅伴是广受青睐的国民喜剧人威尔·罗杰斯[1]。波斯特的座驾是一架重心偏向机头的组合式飞机：机翼、机身和浮筒均来自不同

---

① 威尔·罗杰斯（Will Rogers，1879—1935），美国杂耍表演家、演员和社会评论员。

机型。八月的一天，玛丽安曾在费尔班克斯上空看到了他，那架飞机和那肥大的浮筒看得她连连摇头。在大陆最北端的巴罗附近，波斯特和罗杰斯刚从一片潟湖起飞后便坠机了，两人不幸丧生。现在，玛丽安认识的飞行员很多都已殒命。阿拉斯加是个空难频发的地方：就算是在丛林区飞惯了的老手也可能在山区遇险，或是消失在大海上空。

这给了她更多独来独往的理由——她认识的飞行员越少，面对生离死别的可能性也就越小。

知名竞速兼特技飞行员海伦·里奇[1]与中部航空公司签约，成为美国历史上首位驾驶商业客机的女飞行员。但实际由她执飞的航班寥寥无几，公司不放心让她在恶劣天气飞行，而是把大多数时间花在了安排她为公司四处演说宣传上。被男性独霸的飞行员工会拒绝向她敞开大门。最终，她别无选择，只能黯然放弃了这份工作。在这之后的三十八年间，没有任何一家美国航空公司再雇用过女飞行员。

美国制造的机型 DC-3[2] 的问世让航空客运业自此走向盈利时代。这种飞机能在各种环境中起飞，包括泥地、沙地和雪地，从而以皮实可靠的品质广受认可，甚至被认为坚不可摧。DC-3 采用双螺旋桨设计，翼展长达九十五英尺，引擎维修起来迅速且便利。基于该机型改造的 C-47 更是成了第二次世界大战期间的主力机型，其细分型号包括"空中列车""达科塔"，还有"信天翁"。上万架 C-47 运输机往返于印度与中国之间的驼峰航线[3]，在高耸入云的山峰组成的迷宫内来回穿梭（山群的高度超过了飞行高度，连山口都高达一万五千英尺）。这批飞机将在诺曼底登陆当日投下无数伞兵（就像播撒蒲公英种子一

---

① 海伦·里奇（Helen Richey，1909—1947），美国飞行员。
② 美国道格拉斯公司研制的一种螺旋桨驱动的客机，在 20 世纪 30 年代至第二次世界大战期间对航空业有重大影响。
③ 第二次世界大战时期中国和盟军之间的一条主要空中通道。

般），它们将在丛林、沙漠、山区和城市上空坠机，它们的残骸还将遍布海底。存活到战后的那些幸运儿则将改头换面，在和平时期找到新的用武之地。

11月，载有两人的氦气球"探险者2号"在南达科他州升起，创下72395英尺的海拔纪录并将其保持了二十年。在两人拍摄的照片中，人类第一次见证了地球表面的弧度。

杰米在一本杂志上看到了这些照片。他回到家，往画布上抹石膏粉，擦去了之前画了一半的港口。他重新画了一幅他所住街区的鸟瞰图，跟地球一样带有微微的弧度。他还画出了港口、山脉和城市上空弯弓形的天空。他在作画的过程中渐渐领悟到，自己想要描绘出一个无垠的世界。

这幅画后来从弗拉文的画廊售出了，买家是日本城的百货商店老板鲇川先生。当杰米去找弗拉文取画钱时，后者向他转达了一份委托——鲇川先生想请杰米为爱女画一幅肖像画。"他是个生意人，"弗拉文郑重其事地对杰米说，"你懂我的意思吗？他的业务做得可大了。"这话让杰米不快地想起了从前人们对巴克莱·麦昆充满敬畏的评价。"你平常的举止还算得体，但在他面前可要加倍注意啊，明白吗？"

"明白。"

"很好。哦，对了，你知道朱迪丝回来了吧？"

"我已经见过她了。"此前，朱迪丝曾携新婚丈夫现身"猪鬃俱乐部"的讲座，她嫁给了一个法国人——他好像是个诗人。她跟杰米行了贴面礼，叫他一定要去欧洲见见世面，还说温哥华简直土到家了，这里的艺术根本就不像样。他忍住没问她为什么还要回来，不过他猜想答案应该是，她不愿错过逢人便炫耀欧洲之旅的乐趣。他想起莎拉·费伊的姐姐曾把西雅图称为穷乡僻壤，让当时将西雅图视为现代大都市的他无地自容。

与朱迪丝见过面后，他喝得酩酊大醉，郁郁不快地回忆着他对她神魂颠倒的那几个月：他在黑暗中无比雀跃地登上她工作室的楼梯，他还记得那飘在空气中的陶土落到皮肤上的感觉。他真傻，竟以为回到温哥华后她会对自己眷恋万分，以为在她那放大的世界中，他还能拥有一片容身之地。

鲇川家的白色豪宅位于奥本海默公园。十八岁的鲇川小姐（她出生于加拿大）坐在偌大的客厅给杰米当模特。客厅的装修是西式风格，深色的地毯和老派的家具显得十分沉闷。狭长的胡桃木连体柜上方挂着他那幅被鲇川先生买下的画。大大的窗户让原本昏暗的房间颇为敞亮。杰米在和煦的微风中动笔，澄黄的阳光和斑驳的树影被映在了地板上。

"这样的光线以后不会有了，"他对她说，"我最好不要适应过头了。"

鲇川小姐穿一条棕色连衣裙，将头发盘在脑后。她让他管她叫萨丽。尽管近来他情绪低落，但还是对她的美貌印象深刻。"我应该记住这座城市灰暗的一面，因为大部分时间都是如此。"她说道，"但让我印象最深的还是艳阳天。"

"记住？"他瞥了一眼过来陪同她的祖母，这位身穿和服的老妇人在紫红色的缎面沙发上打起了瞌睡。她的膝上放着织到一半的毛线，金属边框的眼镜几乎快掉到了鼻尖上。

"我要嫁到日本了。"

"噢，原来如此啊。"她的语气听起来并不像在告知一则喜讯，"那这幅画是……你的喜礼吗？"

她的上唇因愤怒紧绷起来，一对蓬松的柳眉纠到了一块儿。"是送给我父母的，好给他们留作纪念。"

他不知该问些什么，才能从对方口中探知他想了解的事情，最终只是开口让她稍微把头往下低一些。两个小时以后，一个穿制服的女佣把他送了出去。

杰米第二次来这栋房子时是个阴天，但其他一切还跟上次一样：

萨丽仍穿着同一条棕色连衣裙，坐在同一扇窗户边，而她的祖母又在沙发上睡着了。

萨丽望着窗外，表面平静如水，但他在作画的过程中觉察到她心神不宁。他已经很久没如此悉心观察过一个人了，他早已不再像当初在西雅图那样，尝试去描绘模特的内在和外表交汇而成的潮间带。"你想让父母记住什么样子的你呢？"他的画笔在画布上快速地移动着。

"就是我现在的样子咯，还能是什么样呢？"

"我想说的是，人们会把内心的想法表现在脸上。如果你想留下自己快乐的样子，那你就想想高兴的事情。"

"高兴的事情，"她把这几个字重复了一遍，再次将目光投向了窗外，"我要前往一个陌生的国家，我在那里举目无亲。我从没见过我的未婚夫，只见过一张他的照片。恐怕我一时想不起太多高兴的事情。"她加大了音量。接着，她和杰米同时看了看仍在一边酣睡的老妇人。

"只见过一张照片，"杰米问道，"这种做法……普遍吗？"

"过去很普遍，在那里很普遍。当年我的父母婚前也只交换了照片，我父亲当时已经在这儿了，婚事是双方家人安排的。我母亲对此并不介意，她那代人都是这样过来的。但我是这里的人。我父亲想法很怪，他自己不想回去，却教育我说我们不该忘了自己的根。可日本明明只是他一个人的根。"

这时，萨丽的祖母轻叹一声，醒了过来。老妇人把眼镜往上推了推，叫了萨丽一声，然后用日语问了个问题。萨丽用轻快的语气给予了回应。

"她想知道你是不是把我画得很漂亮。"她向杰米解释道。

"你怎么回答的？"

"我说，我要你画我真实的样子。"

"那她问的和你要求的是一回事儿。"此刻，朱迪丝在他心里留下的郁结让他变得莫名地轻率。他这是在对又一个可望而不可即的女人谄媚逢迎，他自己也说不清，这么做到底是为了走出消沉，还是在往伤口上撒盐。萨丽没把这句话翻译给祖母听。她又恢复了先前的姿势，但现在不再看着窗外，而是直视起他来。

"刚才那两个字是什么意思？"过了一会儿，他又问道。

"是我的日语名'顺子'，"她稍作停顿，又说道，"我不喜欢那名字，我宁可只有一个名字。"

后来他又去了三次，在他作画时，她始终紧盯着他不放。他发现——或者是以为自己发现——她的目光中闪现出了不同的情绪，就好像地板映出的树叶阴影那样变幻莫测。他画下了她倔强的一面，但由于顾及到她父母的感情，没把那时隐时现的愤怒表达出来。他还在她眼中发现了对自己的好奇。而面对朱迪丝，他只能看到愉快和乏味。这些日子以来，他长时间地凝视她的眼眸，怎能不去幻想自己与对方在不言中心生爱慕呢？

莎拉·费伊曾如此评价他为她画的那些肖像画：我太喜欢这些画了，因为一想到你看着我，我就特别高兴。萨丽想到他的目光时，会高兴吗？当他在家里继续完成萨丽的画像时，他感到五脏六腑被绞在一起，变成了一股强烈的渴望。他在画的背景中加入了带有弧度的景物，造成一种萨丽背后的房间被拉远的感觉，以拉近画中人与观者之间的距离。

最后一天去画像时，他偷偷递上一张写有自己住址的字条，对她悄声说想再见她一面。她看了一眼那张字条，然后默不作声地把它放进了口袋。当她再次抬眼看他时，他在那对眸子里看到了愤怒，惊觉自己完全失算了。他所觉察到的她的内心波澜其实与他并无关联，他只不过是一个在她身陷困境时企图乘虚而入的无名小卒。接下来，他又庸庸碌碌地画了一个小时，最后无奈地放弃，决定回家再接着画。末了，他对她说："今天就这样吧，剩下的我回去画就行了。"

自那天以后又过了三晚。第四天凌晨，他听到了一阵轻微而急促的敲门声。本来就醒着的他下床向门口走去，心想她终于还是来了。他边走边想象起她的样子来，想象她一下投到他怀里，想象两人一起远走高飞。

门外是两名白人男子，都不如杰米高大，但看起来力壮如牛。他还没来得及做任何反应，两人就闯进门来，一人一边架着他的胳膊把他拖进房间，推到了地上。

他感到了恐惧，也问自己，为什么之前一直觉得巴克莱会亲自找上门来？他曾无数次想象过自己跟巴克莱的对峙，觉得自己可以尝试跟他讲道理，唤起他对玛丽安的感情，说服他还她自由。

两人之一坐在了他身上，另一个则关上了房门，走到浴室里，冷静地拧开了浴缸的水龙头。

"我们就想知道她在哪儿，"坐在他身上的那个说道，"仅此而已，只要你开口，我们不会动你一根手指头。"

"我不知道，"他回答道，"她没告诉我，她也不傻，她知道他会派人来找我。她离开的时候准备去西雅图，然后再从那儿去别的地方。我就知道这么多了。"

"你觉得我们能相信你俩没别的计划？"浴缸旁边的人问道。

"那我们就来看看你有多能逞强。"另一个面无表情地说道。杰米意识到，此人已决意办好交代的事情，跟他求饶和讲理将无济于事。他被抬到了浴缸边，脸上重重地挨了一拳，紧接着，他的脑袋和肩膀被摁到了冰冷的水里。

"别的我真的什么都不知道。"被拉起来以后，他呼喊道。于是，他再次被摁入水中，然后又被拉起并挨了一拳，"求你们了。"他不断地求饶，直到说不出话来。

天亮了，他发现自己还活着，在松木地板上蜷作一团。他努力地站了起来，往浴缸里放了洗澡水。瓷砖的触感令他毛森骨立，水面看起来危机四伏，但坐进水中后，他的疼痛有所缓解。洗澡水被鲜血染成了粉色，他躬身坐在浴缸里，思考下一步该怎么办。

他要带走的东西一个行李箱就能装下：少量衣物、较好的颜料和画笔，还有素描本。他带着行李箱往鲇川家走去，准备送完画后直接去火车站。他一只手拎着箱子，另一只手小心翼翼地提着装在画框里的萨丽的肖像画——画还没完全干。

女仆打开了门，瞪眼瞧着他那张鼻青眼肿的脸。"这可不行，"她嘀咕起来，"走开！"她做出赶人的手势。

他大声说道："请告诉萨丽——顺子——或者她祖母，或者随便哪个在家里的人，是我，我把画带来了，我是来收钱的。"

但女仆坚持要他离开。情急之下，他把头探过她的肩膀，向屋里大喊，要求里面的人今天务必支付画钱，他还喊了萨丽的名字。最后，女仆让他在原地等着。

杰米还没跟鲇川先生打过照面。这个短小精悍的中年男子身穿灰色西装，系着条纹领带，已经谢顶，但一圈残存的灰发理得整整齐齐。他的眉毛比女儿的要浓密许多，但当它们纠在一起时，杰米认出了跟萨丽如出一辙的表情。鲇川先生对他说："我真没想到你还会上这儿来。"

这话虽然让杰米十分困惑，但他此刻心乱如麻、头痛难耐，又迫切想要逃离此处，没顾得上揣摩这话背后的含意。"我要离开这儿了，"他回答道，"我今天必须得拿到钱，这幅画的钱。"

他把那幅画转过去面向鲇川先生，对方的眉毛高高地扬了起来。那张脸上写满了悲伤和震惊。然后，他用小到几乎听不见的声音对杰米说："请告诉我她在哪儿。"

杰米一脸茫然地瞪大了眼睛："你说什么？"

鲇川先生回敬了他一眼。"我们在她房间里找到了你的住址。你一定知道她去哪儿了。告诉我，她在哪儿？"

杰米这才明白过来。

回忆路演

十四

剧本围读后又过了几天，我没能沉住气，还是主动联系了雷德乌。要不我们再找个时间聚一次吧？这回就老老实实待在地面上好了。

好主意！我先看下我的日程安排，晚点儿回你。

消失了整整一周后，他终于又给我发了消息：好久不见啊！话说，我妈来看我了，我特别想让你俩见个面。哪天来我家吃晚餐？

我前往赴约时，是卡罗尔·费弗给我开的门。她人往后仰，张开热情的双臂，手指跟叉子似的。"你可来了！"她用长岛（纽约州地名）口音激动地喊了一声，刚开始我还以为她在欢迎自己。她的下巴又尖又长，简直像被削过一般，发型是干练的波波头。她身穿深灰色亚麻衣裤，露出一股精神领袖和大学校长般的威严。

"我可一直都盼着见你一面呢，"卡罗尔挽起我的胳膊，带我走向厨房，然后，她头往后仰，把我从头到脚打量了一番，"你没让我失望，浑身上下都散发着明星的味道。"

我还以谦虚的浅笑。"您的书我很喜欢。"

她转向我神采飞扬地说："谢谢你，亲爱的，谢谢你这么夸我。这我写的时候可没想到，我本来就是想讲个故事而已。现在，我就把这故事交给我儿子……"她挥动着双手，手镯叮当作响，"来成就一番伟业了。但我想说,玛丽安对我真的很重要。实话跟你讲,我经历过一场可怕的婚姻,在我人生最低谷的时候,玛丽安的书给了我很大的慰藉,她帮我挨过了最黑暗的那段时期。她还激励我要抓住我的自由。不过这也挺讽刺的,因为如果不是我前夫,我也不会了解到她的事儿。"她伸出手捏了捏我的胳膊,继续说道,"而现在,你将会把她展现在大众面前。哈德莉,你会改变人们的命运。"她一脸真挚地冲我飞快地点了几下头,不容我有半点儿质疑,"我是说真的。"

我没明说我想要改变的其实只有自己的命运,也没与她分享我脑海中自己高举小金人的画面,只是淡淡地回答:"希望如此吧。"

雷德乌这会儿正在厨房里用平底锅煎东西。让我意外的是,屋里还有第三个人——一个身穿白色无袖连体裤的女孩靠在岛台边,手里拿着一杯桃红葡萄酒。她将鬈发梳成一个髻,精致的巴掌脸上长着一对深眸,装扮很简单,却戴着一枚小小的金色鼻环。她的样子让我想到翻糖蛋糕上的小动物——你不确定那东西到底是吃的,还是看的。

"看看是谁大驾光临了。"卡罗尔把我引荐给了厨房里的两人。女孩一看到我,马上就把一只手放到雷德乌的大臂上,仿佛在宣誓主权。我恍然大悟:眼前这个女孩完美地解释了我跟雷德乌为何还没有搞在一起,他为什么要跟我玩失踪。这王八蛋居然还敢骗我说自己单身。

"好久不见啊!"雷德乌的问候跟他那天发的消息一样让我窝火:明明他才是若即若离的一方,怎么倒拐弯抹角地埋怨起我来了?他跟我行了贴面礼,然后指了指穿白色连体裤的女子,"这位是莉安。"莉安站在原地不动,只是跟我招了一下手,似乎对我的名人身份无动于衷。接着,雷德乌又指了指窗外,"戴伊兄弟也来了,还有一个妈妈的朋友。"

我转身看去。原来是个大聚会啊,原来雷德乌想介绍给他母亲的不止我一个。窗外,一个留着银色平头、上了年纪的高个女人站在泳池边,手里拿着一杯红酒,在听戴伊兄弟中的一人说话,脸上看不出明显的反应。她穿一件大号白色纽扣衬衫,下身是牛仔裤和范斯板鞋。戴伊兄弟则穿着正装衬衫和斜纹棉布裤，衣裤的修身程度堪比超人的紧身衣。

"那位是阿黛莱德·斯科特。"卡罗尔向我介绍，就好像这名字家喻户晓似的。

"哦。"我回应道。

莉安一眼就看穿了我的无知，便主动解释道："她是知名艺术家。"

"是雕塑家，"卡罗尔接着说，"她还搞装置艺术。她小时候还见过玛丽安·格雷夫斯一次呢。我觉得你可能会有兴趣跟她交流一下，就把她请来了，当然她本身也是个很有趣的人。"

一段至少六十五年前的儿时记忆能给我提供什么？难不成这个女人还能给我些稀世素材？要我说，《鉴宝路演》①就应该搞个专门讲回忆鉴定的姊妹篇——我会坐在一张桌子后面对候选人说：虽然你的回忆也许很美好，也不乏情感价值，但那对别人来说根本一文不值。

人们对玛丽安的了解都大同小异，但大家都表现出一副掌握了什么秘闻的样子。比如，巴特·奥洛夫松曾经一脸认真地凝视着我，表达了一通"我觉得她很坚强、勇敢"之类的看法，就好像那是什么了不得的洞察。

完全没错，当时我回答道。

像那样坚强、勇敢的人，她一定会选择这趟飞行，不然她会崩溃的。

完全同意，我嘴上虽然这么回答，心里却在想：坚强和勇敢可不是缘由，而是品质。我并不觉得她有什么具体的缘由。一个人为什么会想要做一件事情呢？没什么特别的理由。

"阿黛莱德！"卡罗尔喊道，"来见见哈德莉吧。"

那女子和戴伊兄弟全都转过了身来。刚才在讲话的那个兄弟伸出一只手，做出邀请阿黛莱德进屋的动作，她脸上浮现出一丝好笑又鄙

---

① 《鉴宝路演》（*Antiques Roadshow*）是一档英国 BBC 电视台的艺术品鉴定节目，始播于 1979 年。

夷的表情。三人都进到了屋里，兄弟俩相继跟我行了贴面礼，而阿黛莱德只跟我握了握手，说了句"你好，哈德莉"。她又高又瘦，苍白的鹅蛋脸上布满皱纹，手上没有婚戒，脸上唯一的脂粉是暗红色的唇膏。我不太确定她算不算个美人。她对我说："听说你是个演员。"

卡罗尔赶紧在一边补充说明："阿黛莱德，哈德莉可是个电影明星。"

阿黛莱德的语气满含不屑。"流行文化恐怕是我刻意忽视的领域。"

"但流行文化美妙至极，"戴伊兄弟中的一人表示，"你得深入去看。流行文化跟当代艺术一样，有时产物本身反而不是重点，它所身处的背景才是真正的主题。"

阿黛莱德不为所动地看着他。

"我同意，"莉安插进话来，"以哈德莉的《大天使》系列电影为例，作为女权主义者，我反对影片对两性的保守定位——男人凭什么就非得是护花使者？但作为观众，这个爱情故事可是让我一边吃着爆米花，一边看得全神贯注。那里面有一种只有女人才能捕捉到的信号。"话毕，她从一个碗里拿起一枚橄榄，扔进了嘴里。

这时我问她："你跟雷德乌怎么认识的？"

"我们认识很多年了。"雷德乌替她回答道。

"我们还夺去了彼此的童贞呢。"莉安取出了嘴里的橄榄核。

"莉安！"卡罗尔边喊边捂住了耳朵。

"可别假装你不知道这事儿啊。"莉安说道。

门铃响了。雷德乌走到了墙上的对讲机边。"喂？"

"是我，雨果。"那声音响彻云霄。

"那是在她临行前，"阿黛莱德对众人说，"她来西雅图见了我母亲。当时我好像才五岁。"

此刻，我们一行八人坐在室外紫藤架下的餐桌边品尝三文鱼，配的是雷德乌自制的鮈甜酱料。桌上提前放好了名牌，这下我总算能分清凯尔·戴伊和特莱维斯·戴伊了。

"我家里收藏了很多艺术品，"阿黛莱德继续道，"我母亲跟杰米·格雷夫斯是老相识。我们到现在还拥有几幅他的作品，不过大多数都出借了。"

卡罗尔插话道："我就是这样结识阿黛莱德的。我之前就知道她的作品，但并不知道她跟格雷夫斯姐弟有关联。后来我写书前做调研的时候，研究了她家族的收藏品，才发现了这一渊源。我在想，如果在电影上映的同时办个杰米·格雷夫斯的作品展，那岂不是很妙吗？"

"可以放在 LACMA[①]，"特莱维斯·戴伊提议道，"那里完全合适，或者找个更加非主流的地方……"

"没错！"卡罗尔打断了他，"LACMA 非常合适！"

"或者找个更小众的地方，"特莱维斯又重复了一遍，"比如仓库，或者那种改造过的厂房什么的。"

"你们还想不想听我讲玛丽安·格雷夫斯的事儿了？"阿黛莱德沉不住气了。

特莱维斯面露不悦。卡罗尔则用一只手捂住了嘴，用模糊的声音说："那你继续讲吧。"

"玛丽安 1949 年来西雅图专程见了我母亲，"阿黛莱德说道，"她们以前素未谋面，但杰米把她们联系了起来。我外祖母还在玛丽安离开她丈夫时帮她安排了堕胎手术，这也被卡罗尔写进了书里，不过我直到成年后才听别人说起这事儿。"

雨果问道："所以她是为了回忆往昔去的西雅图？"

"这你就得问她本人了，"阿黛莱德回答道，"祝你好运。"

我吸了口气，做好了开口的准备。就像逾越节上年龄最小的孩子一样，我得提个问题才算礼貌。"玛丽安是个怎样的人？"

---

① 洛杉矶县立艺术博物馆，创立于 1961 年，是美国西海岸最大的艺术博物馆。（编者注）

阿黛莱德一边用小刀刮去鱼表面的酱料，一边回答道："这我还真说不上来。我跟卡罗尔说了，我当年没帮到她什么，现在恐怕也帮不到你什么。"

"胡说，你可是帮了我大忙呢。"卡罗尔在一边客套道。

这时，雨果爵士前倾身体，用他的招牌凝视看着阿黛莱德。"但你确实还记得她。"

阿黛莱德似乎对那穿透力十足的眼神恬不为意，拒绝成为不负众望的传奇目击者。她噘了噘红唇，那神情令人捉摸不透。"六十多年前，我听大人的话，跟玛丽安·格雷夫斯这名成年女子打了声招呼。她又高又瘦，一头金发。我觉得她不太善于跟孩子相处，我记得她没怎么跟我说话。老实说，我不太确定我记得的究竟是她本人，还是仅仅是那段模糊的记忆。"然后，她望向了我："怎么样？对你没什么帮助吧？"

"这可不一定，"卡罗尔说道，"你不是还跟我讲了凯莱布·比特鲁特这个人吗？"接着，她转身对我说："外界对他知之甚少，但当我了解到他与玛丽安一生都有交集时，一场轰轰烈烈的爱情马上就浮现在了我眼前。在这方面我的直觉向来很灵。"

"她的意思是这些罗曼史并没有凭据。"雷德乌的话引来了卡罗尔扑哧一声，她还冲他弹了弹手指。

这时，莉安问雨果爵士："扮演真实和虚构的人物，有什么区别吗？"

他晃了晃杯里的葡萄酒。"有一些区别。扮演真实人物的时候，你得避免自己的第一印象先入为主。不过无论真实，还是虚构，你要做的都是让人物**显得**真实。"

"写作也一样。"凯尔·戴伊附和道。但没人接他的茬儿。

我又说道："但无论如何，你对任何人都不可能了解得那么深入。"莉安明显是故意把我排除在了她的提问对象之外，这让我窝火。"一个人所做的事情，旁人看不到全貌；一个人心里的想法，旁人只能了解冰山一角。等我们死了，所有的一切都会消失无踪。"

阿黛莱德向我投来了饶有兴趣的目光，我参不透那敏锐的眼神。

"我两岁时，父母在一次小飞机事故中坠机了，"我告诉她，"我是被叔叔养大的。"

"啊，所以说就这一点而言，你是能理解玛丽安这个人的咯？"她问。

"不知道，"我回答道，"我也说不清。"

"米奇·巴克斯特。"特拉维斯发话了。这对阿黛莱德而言显然是鸡同鸭讲，于是他只得解释道："米奇是哈德莉的叔叔，他是《止血带》的导演。"

"啊，原来如此。"阿黛莱德回答道。

"他也已经不在了。"我补充道。

卡罗尔试图将对话重新引回正轨。"我认为，杰米·格雷夫斯和阿黛莱德的母亲莎拉曾经相恋过。"

"这可真是典型的卡罗尔式第六感。"莉安评价道。

雨果爵士冲阿黛莱德扬起了他那高贵的眉毛。"你觉得是这样吗？或者，也许你知道他们确实有过那种关系？"

"他们确实曾是一对小情侣，"她回答道，"但凭借我对卡罗尔不深的了解，但凡两个人能扯上点儿关系，她就会觉得他们八成有过一段过去。"

"我就是一个无可救药的浪漫主义者，只能这么说啦。"卡罗尔表示。

"我可不是。"莉安给自己又倒了些酒。

"附议，"雨果爵士说道，"我嘛，是个乐观向上的享乐主义者。雷德乌，你呢？你有没有继承你母亲那可怕的浪漫主义基因？"

"这是隐性遗传，"卡罗尔替儿子回答道，"他父亲可没那基因。"

"我对一切可能性持开放态度，"雷德乌回答道，"我不知道这算不算浪漫主义，也许我是个谨慎的浪漫主义者。"

"第一次见到雷德乌时，"我故意避开了莉安的目光，"他告诉我，他很爱纠结。纠结可不浪漫。"

"那你自己呢？"阿黛莱德再次向我投来了那不可捉摸的目光。

"我可不是个浪漫主义者。"我回答道。

"不会吧？这也太扫兴了！"特莱维斯说，我察觉到他对我有些意思了。一般遇到这种情况，我会大肆施展我的撩拨功力，但我实在看不惯他那副热情昂扬的模样。

"不是吗？"阿黛莱德问我，"那你是什么类型呢？愤世嫉俗？还是怀疑论者？难不成是禁欲主义者？"

"我也不知道我是什么类型，但我身边的一切好像总在分崩离析。"

"你还真不是什么省油的灯。"雨果爵士评价道。

"那你呢？"我问阿黛莱德。

"我有好一阵子都是个浪漫主义者，还为此付出了惨重的代价。我觉得从那以后，我就变成了人们所说的机会主义者。"她用炯炯有神的双眸将我打量了一番，那底气十足的眼神犹如捕食者，又像一只老鹰，"给你个建议吧，"她对我说，"知道自己不要什么，跟知道自己要什么一样重要，而且也许更重要。"

用完甜品后，所有人都聚到了客厅，准备再小酌一杯，并欣赏雷德乌的钢琴演奏。我去了洗手间。出来时，我看到一个身影站在黑魃魃的过道里——是阿黛莱德。

她走到我面前，把手机递了上来，不疾不徐地低声对我说："我不是故意要鬼鬼祟祟，只是想单独要一下你的手机号。我可能有些关于玛丽安的东西可以跟你分享，但我不想让其他人知道。"

我接过她的手机，把号码输了进去，没问此事为何要保密。随后，我们一言不发地向客厅走去，雷德乌正激情四射地演奏《野蜂飞舞》[1]。我琢磨起了阿黛莱德与我单独分享这个秘密的用意，但毫无头绪。

---

[1]《野蜂飞舞》（*Flight of the Bumblebee*）是俄罗斯作曲家尼古拉·里姆斯基-柯萨科夫的一支名曲。

格雷夫斯姐弟散记（二）

1936 至 1939 年

德国移民布鲁诺·豪普特曼被控绑架了林德伯格的幼子，罪名成立后被执行了死刑。查尔斯与安妮·林德伯格夫妇不堪媒体骚扰，携次子逃赴英格兰。美国驻英大使馆的某位人士心生一计，安排林德伯格拜访德国航空部，借机刺探新成立的纳粹德国空军。林德伯格在德国参观了机场、军工厂和阿德勒斯霍夫航空研究所。他还曾在赫尔曼·戈林①金碧辉煌的豪宅享用午餐，并参加了柏林奥运会开幕式。

林德伯格认为，希特勒也许是个狂热分子，但狂热恰恰是行动力的表现（林德伯格是个务实派）。此外，他还表达了如下观点：德国民众群情激昂、士气高涨；美国的军事力量将不容乐观，注定无法与纳粹德国空军抗衡……

1936 年，玛丽安不再需要用简·史密斯这个假身份做掩护，因为巴克莱已锒铛入狱。她是从报纸上看到的。当然，这也许不会阻碍他继续寻找她的下落，但她已经过够了东躲西藏、隐姓埋名的生活。她向在阿拉斯加两年多来认识的那些人宣布："我的真名是玛丽安·格雷夫斯。"她就像变了个人——说话时不再避免眼神交流，似乎也懂得

---

① 赫尔曼·戈林（Hermann Göring，1893—1946），纳粹德国军事领袖，曾担任德国空军总司令、盖世太保首长，在纽伦堡审判中被判处绞刑。

什么是乐趣与欢愉，与过去那个一脸阴郁、沉默寡言的简·史密斯简直判若两人，这让她的改名换姓显得顺理成章。

她用积蓄买了一架属于自己的贝兰卡上单翼飞机，然后开启了自负盈亏的职业生涯。她先是在诺姆生活了一段时间，以机场附近一间破旧的小屋为家。她的门前常常有麝牛经过。这种看似古老的生物在严寒中呼出白气，头顶上仿佛罩着光环一样；它们厚重的皮毛好似僧袍那样悬垂到脚踝处。

金价的上涨掀起了一波淘金热。她把地质学家们送往偏远的田野，送工程师们去建造挖掘机，还送工人们去地里劳作。她驾驶通勤航班接送罐头厂工人和矿工上下工。去接牧民时，她驾驶飞机低空掠过田野，脚下奔跑着成群的棕色驯鹿。

她曾接受过各种各样的支付方式：金粉、兽皮、柴火、燃料，还有威士忌。企图赖账的也大有人在。

她常往北飞，飞越寸草不生的布鲁克斯山脉。在阿拉斯加领地最北端的巴罗，每家每户屋外都晒着海豹和北极熊的毛皮，被铁链拴住的家犬冲她的飞机嗷嗷直叫。有一次，她心血来潮地飞过了标示海岸尽头的鲸骨拱门，盘旋在了铺满海面的春季碎冰之上。接着，她继续北行，眼见碎冰在洋流的拍打下集拢在一起，渐渐汇成一块巨大的冰毯。

在这极北之境，她感到头晕目眩。

巴克莱并未召集强大的律师团队抗击联邦调查局对他发起的逃税指控，认罪伏法后，他最终获刑七年。他向政府缴纳了巨额罚款，农庄因为名义上属于凯特而没被充公。在他剩下的资产中，大大小小的酒吧在禁酒令撤销后变成了合法经营场所；而他的旅馆、名下的矿业和建筑公司股份、卡利斯佩尔的房子、米苏拉的别墅，还有那架斯蒂尔曼双翼机（最终人们在玛丽安遗弃它的地方找到了它），这些资产严格意义上都属于赛德勒；就连巴克莱的银行账户也归属于登记在赛德勒名下的公司。

玛丽安在阿拉斯加的高空中见识了碧绿的极光，还有极昼现象。

她的贝兰卡撞了又补，补完又撞。用阿拉斯加当地人的话来说，这简直就是一堆列队飞行的废铜烂铁，要是里头的白蚁松开了握着的手，可就完蛋咯。飞机居然安然无恙地又飞了好一阵子，不过最终还是因一次暴风雨在冻湖上遇险，然后在岸边的岩石上撞得粉身碎骨。于是她又换了架引擎更大的座驾。

恢复真实身份后，她写了封信向凯莱布告知近况，还附了一封给杰米的信，并询问了弟弟的新地址——她很难想象他仍未搬离温哥华那个破败的住所。

凯莱布在回信中告知，杰米已离开温哥华迁居山区，似乎成了隐世画家。这个决定来得很突然，他也不愿告诉我原因，但他过得好像还不错。我想，我们三个都注定要孤身一人地生活在这世上。

她曾考虑飞去见杰米，但她不愿离开阿拉斯加，而且也不敢重临自己过去的人生。这么说来，也许她终究还是没能变回原来那个自己，不过她也知道，人不可能一辈子都一成不变。

后来，她移居到了阿拉斯加南边的瓦尔迪兹，开始跟一位同行合作，给兰格尔和楚加奇山脉的高山矿场运送物资。她的这位同伴发明了一种在冰川上着陆的方法：如果因为看不清冰面而无法判断飞机的高度，可以保持低空飞行，再扔下深色物体——麻布袋和树枝等都可以。他还教会了玛丽安根据表层雪的起伏判断冰面下的裂缝，以及在着陆时侧向滑行，让冰橇与坡面保持理想的角度，并防止机身失控。

在瓦尔迪兹，因为随时需要在冰川上着陆，她的冰橇全年都装在飞机上。当海水退潮带走浮冰时，她会从泥滩上起飞。起飞时，为了将陷在泥里的冰橇拔出，她得在座椅上使劲左右摇晃身体。她给矿场送去的通常是肉、面粉和烟，但也送过炸药、碳化物、钢材、木材、线缆、桶装油，还有各种机器零件。她曾接送过两个妓女，还有罗斯福政府的某内阁成员。还有一次，她把一只灰熊孤崽送到了安克雷奇，目的地是一个私人动物园。

本地人常常要她记住自己是个外来者，他们告诉她，所有阿拉斯加人都是在这儿土生土长的。所以，她并未成为真正的阿拉斯加人，但她仍觉得自己属于这片土地。

1937年春，丹佛。杰米出现在了卧室门口。华莱士眯着眼睛背靠枕头坐在床上，一脸游移。

"是我，杰米，"杰米说道，"我来看你了。"

华莱士笑开了花。"原来是我的小杰米啊，今天可真是个好日子！"

杰米抓住华莱士的双手，在床边坐了下来，闻到了甜甜的吗啡味。他问叔叔："你最近还好吗？"

"离死不远了，"华莱士拍了拍杰米脸上的金色胡茬儿，"瞧你都长胡子了，已经不是孩子。咱们至少一年没见面了，真是难以置信啊。"

"差不多吧。"杰米回答道。但其实叔侄俩已经五年没见了。他把那个浑身颤抖的虚弱酒鬼送上前往丹佛的火车，已经是五年前的事儿了。

"那她在哪儿呢，那个谁……"

"玛丽安在阿拉斯加，她现在是飞行员了。"

"我来这儿还是托她的福，你知道吧？因为她和她丈夫。她丈夫也在阿拉斯加吗？"

"他进监狱了。"

华莱士的表情波澜不惊。"很好。"他的语气很平静，就像刚刚得知天气不错似的。

华莱士的管家——一位胖墩墩的中年妇女——用臀部顶开了房门，倒退着走进了屋里，手里端着一盘咖啡和蛋糕。"杰米，一路过来一定累了吧，我给你准备了热咖啡和点心。"

"这是我儿子杰米。"华莱士一边郑重其事地向她介绍道，一边拍了拍杰米的胳膊。

"我刚才就见过杰米了，"她回答道，"门是我给他开的，他是你侄子。"然后，她对杰米说："他老犯糊涂，搞不清楚别人的名字，对很多细节也会弄混。"

"我可不糊涂。"华莱士不满地抗议道。但当她喂他喝水时，他马上又笑了起来，并顺从地喝了一口。接着，她摸了摸他的额头。杰米不禁对两人的关系感到好奇。

"给我讲些有意思的事儿吧，"管家走后，华莱士对杰米说，"什么都行。等死太无聊了，我想听听这间屋子外边的世界都发生了什么。"

于是，杰米开始向叔叔介绍自己现在的生活：他住在山里一座被废弃的木屋，要步行半天才能抵达有人烟的地方；他自己修了屋顶和地板，还重新填了木板间的缝隙；他养鸡取蛋，自己种菜，还在附近的河里捕鱼；他学会了腌菜和做熏鱼，提前准备过冬的口粮。他问华莱士："你还记不记得以前我不愿意捕鱼？"

"记得，"华莱士一边用含糊的声音回答，一边点了点头，"是因为鱼饵吧？"

"我当时是可怜鱼，不是鱼饵。我现在还是觉得鱼挺可怜的，但我已经接受钓鱼这种做法了。"

华莱士又点了点头。"你得过自己想要的生活，我就是那么做的。他们的日子过得苦透了，所以看不惯别人顺风顺水。他们觉得那些人一副高高在上的样子，很没有道德。"

这话让杰米一头雾水。"你在说谁？"

"我在说爸妈啊。你不记得了吗？你当年也是这么想的。"

原来华莱士把侄子当成了哥哥艾迪森。杰米应道："这样啊？"

"当然了。要是当年你没离家出走，我可能也不会步你的后尘。但你决心要以海为家。"华莱士拍了拍他的手，"再跟我讲讲别的事情吧。"

杰米不确定华莱士现在是不是还以为自己是艾迪森，但他还是讲了自己差点儿被那两个打手淹死的事儿，说他原以为那两人是巴克莱·麦昆派来的，后来却发现是鲇川先生的人。他的口吻就像在讲一个笑话。

"看来咱俩都经历过倒霉事儿，"华莱士评价道，"然后呢？"

搬到山里以后，他马上就开始日以继夜地作画。他连床垫和炉灶都还没来得及添置，倒先在那座破落的小屋里创作了起来。

"有一天我突发奇想，决定把地球的弧度作为基本元素融入到画里。我的风景画有点儿……折叠的效果。你见过日本折纸吗？"话毕，杰米拿起华莱士床头柜上的素描本，撕下一页纸，小心地撕出了一个正方形，然后叠了一只纸鹤。

"是只鸟啊，"华莱士用颤抖的指尖捏着这枚精致的纸鹤，"后来那人付你画钱了吗？"

当时，杰米在鲇川家门口放声大笑起来，鼻子难受得好像被松节油呛到似的。他笑得直不起腰来，用手撑着膝盖，一边抬起胳膊抹去笑出的眼泪。然后，他对鲇川先生说："原来她逃跑了啊？"

杰米告诉华莱士："他最终给我的比开始答应的要多，我觉得是出于内疚。"

"很好，"华莱士回答道，"这很好。"

五天后，他去世了。他在遗嘱中把米苏拉的房子留给了杰米和玛丽安，并提出要在丹佛入土为安。

杰米没有马上写信给玛丽安报丧——他隐隐觉得自己跟姐姐已经疏远了——而是只通知了凯莱布。但出乎意料的是，凯莱布奔赴阿拉斯加，将这一消息转达给了玛丽安。

在床上，玛丽安对凯莱布说："跟我讲讲你最接近死亡的一次经历吧。"此刻，两人正躺在她位于瓦尔迪兹城外的小屋里。他在她这儿住了三晚，她不知道他还打算待多久。

为了庆祝自己以真名开启新生活，她买了张双人床——两人还从未共享过如此大的空间。凯莱布四仰八叉地躺着回答道："我想不起来，我觉得这没法儿说。"

"你就没遇到过什么现在想起来都会后怕的事儿吗？"

"我想不到什么具体的事儿，"他用开玩笑的口吻说，"玛丽安，单单死亡可是吓不到我的。"

"你还记得特劳死后，我飞去了温哥华吗？"接着，她一五一十地讲了那次飞行时遇到的引擎故障、那道深渊，还有那刺骨的寒冷。她说那次她感到命悬一线，但也许她在婴儿时期差点儿连同约瑟芬娜号一道沉没，才是她实际更接近死亡的一次经历——她差一点儿就不知不觉地去了另一个世界，那样的话，她永远都不会了解船为何物，海洋和大火又为何物，更不会懂得死亡为何物。

凯莱布认为，所有生命体都知道死亡的存在，至少知道要抗拒死亡的降临。

"也许我有过离死亡更近的经历，"她又说道，"但我浑然不知。"

来阿拉斯加见到她后，他告知了华莱士的死讯，两人在海边散步并观赏了海狮和秃鹫。那晚，她主动与他欢好。离开巴克莱后，她就再也没体验过肌肤之亲，而关于巴克莱的回忆会让她被尖利的惊慌与恐惧侵蚀。她没把巴克莱的所作所为告诉给凯莱布，但他似乎凭直觉获悉了。当他达到高潮时，她从他直勾勾看着自己的眼神中觉察到了他的无助。第二晚的感觉比头一晚要好一些，而到了第三和第四晚，她觉得自己几乎在重温少女时光，在那些日子里，她和凯莱布的激情总是简单又急切。当然，只是几乎而已，她是永远不可能回到过去的。

他比她印象中更加魁伟、坚实了，已经蜕变成了一个男人。

此刻，他突然没好气地说："差一点儿就发生的事情可太多了。"

然后，他望着天花板陷入了回忆："我小时候，吉尔达在家接客，我大多数时候都充耳不闻，但有天晚上，我实在受不了他们的声音。虽然外面下着大雪，我还是决定去你家，我根本没想到自己可能会迷路。雪一直在下，地上的积雪很厚，我连方向都找不到，真的什么都看不清。风刮得也特别猛。走到一半，我明知道不应该，但还是在地上坐了下来，想喘口气。"说到这儿，他停下了。

她想起了巴克莱曾跟她讲起过，跟自己初次相见的那晚，他喝得烂醉，最后躺在了雪地里。"然后呢？"

"我没死啊。"

"后来发生什么了？"

"你想想也知道我当时是什么感觉——冷得要命。我记得我想当场做个决定，能不能忍受继续跟吉尔达一起过下去。我也不知道最后自己有没有拿定主意，反正我站起来又走了一小段路，没多久就看到了你家的灯光，离其实很近。我从厨房门走进了屋里，假装自己没被冻坏，但没能骗过贝丽特的眼睛。"

玛丽安在床上坐了起来。"我想起来了！我差点儿都忘了。原来当时是这么回事儿啊？我记得你走进来的时候，整个人发紫，然后贝丽特把你带走了。我还记得我在浴室门口听到你坐在浴缸里哭。"

他皱了皱眉头。"当时我的手和脚都冻伤了，解冻的过程很痛苦。贝丽特一遍遍地问我这么冷的天怎么会跑到外头，我坚持说我听到屋外有狼的声音，就想出去把它们打死。她平常没耐心听我吹牛皮，但那天她从头到尾都依着我，还问我有没有打中。我一边解冻，一边絮叨，她就坐在浴缸边听着。我一直在哭，因为实在太疼了。"

玛丽安感叹道："善良的贝丽特。"

他轻轻地附和了一声，然后继续说："但从那以后，我不知怎的就不再把吉尔达的事情放在心上了。怎么说呢，我感觉自己振作了起来，就好像一下子明白了我可以自己掌握命运。"

"我想我能理解。"

她平静地跟他讲述了面对巴克莱的那场子宫保卫战，还有那些日子她忍受的暴行。"我需要当头一棒，才会下决心离开，是怀孕让我振作起来的。"

他翻过身来，吻了吻她的臂弯内侧，然后抬起了怒容满面的脸。"我已经很恨他了，但现在我简直想杀了他。"

"比他更坏的大有人在。"

"可那与我们无关。"

"事情都已经过去了。"

"但你被他改变了。"

"你倒是没变。"两人都笑了。接着，她又说："我以后再也见不到华莱士了，这让我无法理解。"

"你原谅他了吗？"

"嗯。就算没有他，巴克莱也会找到别的办法要挟我的。"

"他让我给你捎了封信，现在所有人都知道我是你的邮政大臣了。"

"华莱士给我写信了？"

"不是，是巴克莱。"凯莱布下了床，在背包里搜寻一番，找出一封没拆的信扔到了她腿上。

玛丽安：

　　我不知道你现在生活在哪儿，但我只能接受这种被蒙在鼓里的状态。这算是我赎罪的方式，而我也知道你希望我赎罪。也许你会怀疑我的诚恳，但我想说，我最大的心愿就是有朝一日能重获自由，找到你，乞求你的原谅。如果你不原谅我，我认为我无法真正获得自由，所以我应该是不会自由了。你一定觉得我会得寸进尺，不会满足于你的原谅，而会试图夺回你的爱，会故态复萌——就像当年那样，过于激情地一次次冲向你四周的高墙，撞到自己面目全非。我曾以为，如果你能对我敞开心扉，安生地跟我过日子，我们就都能获得幸福。我被这种确信冲昏了头脑，没能意识到，完全的敞开心扉对你而言无异于粉身碎骨。你曾多次告诉我，那个最初让我一见倾心的你，跟我想象中的妻子并非同一人。玛丽安，你让我魂牵梦萦，也叫我撕心裂肺，我感觉五脏六腑都好像被翻了出来，任鸟啄食。在这痛苦中不断挣扎的我做错了一些事，我对此追悔莫及。我这不是在责怪你，只是想让你了解我的苦痛，这些痛苦或多或少导致了我的所为。我很清楚自己是罪有应得。我不能说自己很庆幸我们没有孩子，但我确实得承认，也许这是上天的旨意。

玛丽安，我就写到这儿吧。我不指望你会回信，但期待回音。我不会假定已获得你的原谅，但我会继续盼望有一天能再见你一面，当面恳求你的宽恕。

巴克莱

附：也许你已经听说了，赛德勒和凯特成婚了。你觉得惊讶吗？我听说的时候挺惊讶的，但我祝他们能过得比我们当年更幸福。

玛丽安把信放在腿上静静地坐了一会儿。她的目光在"过于激情"这个词上又停留了片刻。然后，她从床上一跃而起，把那几张纸扔进了火炉里。

凯莱布的离开让玛丽安陷入了孤独，这是她移居阿拉斯加以来第一次有此感受。她在自己周围筑起的隔离带已变成了一片焦土。夜里，她躺在床上辗转难眠，在脑海中唤起凯莱布的样子，但她时而也会想起巴克莱，想的是他在那次"转变"之前的样子（她将他第一次从她的下体扯掉子宫帽的行为视为他人格的"转变"）。当她抚摸自己时，她更频繁想到的不是凯莱布，而是巴克莱，这让她觉得羞耻又苦恼。

她体验了几次鱼水之欢，目标仅限于再次相见概率极小或是她可以选择避而不见的男伴。她将飞行员和矿工排除在外，也不找瓦尔迪兹本地人。她选中的人有西沃德的一个造船工、安克雷奇的一个记者，还有在阿拉斯加短暂停留的一个加拿大地质学家。阿拉斯加不缺男人。她从一段段激情中摘选出吉光片羽——在纵情投入中扭曲的陌生脸庞、紧紧把在自己胯部的手，还有耳鬓厮磨的亲昵时分——把它们像泥土一样铲起来，用它们盖没她对巴克莱的记忆。她也挺好奇，这些男人又从她身上摘选了什么记忆，而在他们寂寞的时候，脑海中浮现出的又是哪些碎片。

杰米终于来信了：

> 亲爱的玛丽安，我知道凯莱布给你带去了悲伤的消息。请原谅我没早些给你写信。我俩已失联多时，这漫长的沉默我实在不知该如何打破。自从安葬了华莱士后，我始终郁郁寡欢，除了承受丧亲之痛外，我想我还在为过去的岁月哀悼。之前，我告诉华莱士你现在在阿拉斯加开飞机，他居然显得毫不惊讶，一反临终前迷迷糊糊的状态。这阵子，我尝试重新开始全心作画——自从离开温哥华后，我的生命中就只剩下画画了——我居然情不自禁地根据记忆临摹了好多幅华莱士的山水画。那些作品我多年未见，只能凭借模糊的印象还原出来，我想我还在上面留下了一丝时过境迁的痕迹。

玛丽安在回信中写道：我们之间的沉默确实太漫长了。现在，与其尝试填补错过的一切，不如从当下重新开始吧。

七月，阿梅莉亚·埃尔哈特与领航员弗雷德·努南[1]即将完成长达两万五千英里的赤道大圆环飞，取得前无古人的突破。两人从巴布亚新几内亚的莱城起飞，出发前往两千五百英里外的豪兰岛[2]。他们始终没能抵达目的地。此后的数十年中，许多人相信她还活着，认为在她发出最后一次无线电通信之后，发生了什么曲折离奇的事情。但几乎可以肯定的真相是——飞机的燃油耗尽了，她因此葬身大海。

1938 年 1 月，一场壮丽的极光点亮了整个欧洲的夜空。莹绿的光芒率先跃出地平线，隐形的鹅毛笔随后在空中画出红色油墨，将璀璨的群星紧密相连，形成一道律动的褐红色弯弓。橙色羽毛随之舒展，又徐徐弥散，最后消失了踪影。在英国，凝望着天空的人们议论纷纷："伦敦准是烧起来了！"在阿尔卑斯山区，茫茫白雪上反射出的光亮惊动了消防员；在欧洲各地，警察局的电话响个不停，不少民众误将此景象当作了战争打响或是火灾爆发。还好，战争尚未到来。其实，这是一场太阳风暴，是太阳射出的带电粒子流与大气中的气体分子相互作用产生的现象。在荷兰，等待公主之女降生的人群欢呼雀跃，将这场极光视作吉兆。而在大西洋的百慕大群岛，人们则将红色条纹看作一艘在海上熊熊燃烧的船。

身在加拿大的杰米也将这场极光视为上天的启示，决心要将一个酝酿许久的念头付诸实践：他把六个月来创作的华莱士纪念作在雪地里拢成整齐的一堆，往上面泼了煤油，然后投出一根火柴。颜料在火焰中不断起泡，黑色的洞眼慢慢扩散，最后瓦解了画布。他用一根树枝捅着这堆燃烧物，在扼腕叹息的同时，也感到了彻底的解脱。这些燃烧中的画作代表了一种中间态，他当初必须得画，但无意与人共赏这些作品——他把它们画出来，就是为了销毁它们。

---

① 弗雷德·努南（Fred Noonan，1893—1937），美国飞行领航员、机长和航空先驱。
② 太平洋西南部珊瑚环礁，为美国领地。

后来去镇上的时候，他收到了弗拉文的电报，后者告知他的一幅山水画获得了西雅图艺术博物馆的奖金。弗拉文自作主张展出了这幅作品，他请求杰米原谅自己先斩后奏的行为。他还问杰米有没有近作能提供给画廊，并告知上述奖金得由创作者本人一个月后前往西雅图领取。

有一次，玛丽安因天气原因滞留科尔多瓦，遇到了一个衣着得体、比自己年长些的女人。这名未婚女子家里经营罐头厂生意，她邀请玛丽安在自己的旅馆房间留宿（那家旅馆挤满了跟她们一样的滞留者）。房间里当然只有一张床。享用完美酒佳肴后，两人钻进了被子里，这时女子轻声说要帮玛丽安挠背，声音轻细到后者完全可以选择忽略。但玛丽安应了声便翻过身，掀起了上衣。

玛丽安任由那女子的指尖顺着自己的后背往下滑去，她的下腹迎来了一阵压迫感。她以前从没想过女人也能在她身上唤起这种感觉。那触摸是如此轻盈而老练，让她对接下来的种种可能性心生好奇。过了一会儿，她又翻了个身仰面躺下，那几根温柔的手指马上在她肋骨的位置游走起来。而后，女子用朱唇轻点玛丽安的胸骨，仿佛在小心翼翼地把弄一只瓷杯。接着，玛丽安抬起胯部，把身上的男式白色棉衬裤褪了下去。

在整个过程中，她没有触碰，也没有亲吻那女子。她是被动的一方，但也不算是屈从，而是镇定自若地扮演了一回尊贵的被取悦对象。而后，当她的双腿紧紧地绕住女子的头部时，她不由自主地颤抖起来。末了，她又翻了个身，移开了女子依然痴缠在自己胯部的手掌，进入了甜甜的梦乡。

回到瓦尔迪兹后，玛丽安收到了凯莱布的来信，里面夹着又一封巴克莱的信。她直接把信原封不动地扔进了火堆里。随后的一段时间，科尔多瓦的那个女子成了她在夜里最常想起的身影。

玛丽安从收音机上听说了"水晶之夜"事件①，因为距离的关系，这则消息没让她产生太多恐惧。除却山脉、矿场和冰川，世间的其他一切与她都有千里之遥。

查尔斯·林德伯格前往德国接受了赫尔曼·戈林颁发的勋章，这历史性的一幕被相机镜头捕捉了下来。

1939 年 4 月，回美后的他早已不再是当初的人民英雄，媒体更是称其为德国人的喉舌和绥靖者。林德伯格表示，美国万万不可加入这场战争。"我们必须团结一致，"他为《读者文摘》杂志撰文称，"守卫我们身上价值连城的欧洲血脉。"

他认为自己明辨是非，且深明大义。一旦林德伯格认定了一件事情，那他就会百分之百相信自己的判断。他开始发表电台讲话，还举办了多场公开演讲，在麦迪逊广场花园等地吸引了大量支持者。在这些人中，有的只是单纯不想再重蹈战争覆辙，但也不乏纳粹同情者、法西斯分子和反犹太主义者（这一群体被其他群体忽略了）。

在这里先向读者们简单介绍一下林德伯格的余生："珍珠港事件"爆发后，林德伯格终于不再吭声。他先后向泛美航空公司和柯蒂斯－莱特公司递出橄榄枝，两家公司先是欣然应允，随后又因白宫阻挠而为难地撤回了要约。最终，他说服了海军把他以观察员身份送到太平洋，并要求加入前线作战。他在黎明时分驾驶巡逻机，多次参与搜救任务，对日军飞机开火（其实上级并未指派此任务），还设法通过减少油耗提升了战斗机的续航能力。第二次世界大战期间的卓著功勋让他挽回了一些颜面，但他的声誉再也不复当年。

战后，他的婚姻触了礁，但还是维系了下来。安妮出了书，并打心眼儿里厌恶丈夫的大男子主义行为：他不常在家，但只要在，他就会试图控制妻子和孩子们的生活。他还偷偷地跟三个德国女人生了七

① 指 1938 年 11 月 9 日至 10 日凌晨，希特勒青年团、盖世太保和党卫军袭击德国和奥地利的犹太人的事件，该事件标志着纳粹对犹太人有组织的屠杀的开始。

个私生子，或许他想让自己的后代遍布天下？此外，他还反复教导孩子们，理想的基因是择偶的必备条件。

花甲之年的林德伯格积极投身于濒危物种和原住民保护事业，还对核战争的威胁忧心忡忡。他曾为世界人口的缩减贡献了一份力量，到了晚年却对此追悔莫及。

当"土星5号"运载火箭离开发射台，将"阿波罗11号"的宇航员送往月球时，位于佛罗里达的林德伯格抬头望着火花渐渐消失在空中。这枚火箭在发射后的第一秒内消耗的燃料，就超过了当年"圣路易斯精神号"从纽约飞到巴黎全程的用量。

1974年，林德伯格在毛伊岛（夏威夷州岛屿）与世长辞。他不希望对遗体做防腐处理，而是选择了普通的羊毛和棉布做裹尸布。他要求葬礼上要有夏威夷歌谣演唱。他的坟墓由火山石围起，里面还给安妮预留了空间，但过了近三十年后，人们遵照夫人的要求将她的遗体火葬，并把骨灰撒在了别处。

时间回到1939年。弗拉文亲自来到山区，在他的反复敦促下，杰米才去参加了西雅图艺术博物馆的颁奖典礼。杰米在整个活动中始终局促不安，除了不习惯密集的人群以外，他还担心自己会撞见费伊家的人——不过还好，他们一个都没出现。他当年在费伊家阁楼发现的那套透纳的水彩画倒是陈列在了现场：它们在墙上赫然排成一列，下面的牌匾上注有"费伊藏品"。这只是几小幅笔触简单的水彩画，却描绘出了无限延展的海洋与天空，让人如入无垠之境。

杰米不知跟多少人握了手，一位来自公共事业振兴署[①]的公职人员问他怎么没加入联邦艺术计划（该项目旨在为艺术家提供工作机会），还邀请他拨冗为贝灵汉（华盛顿州城市）的某图书馆创作一幅壁画。

[①] 大萧条时期美国总统罗斯福实施新政时建立的一个政府机构（1935—1943），以助解决当时大规模的失业问题。

杰米应允下来。尽管弗拉文不大高兴，他希望杰米继续为自己的画廊创作油画，还请求杰米别再画完就烧了，就算要烧，至少也得让他先过目一下。

但实际上杰米却向往画些根植于一处、更牢固的事物。于是，他锁上山里的小屋，剃去胡髯，回到了祖国。在完成了贝灵汉的壁画后，他又被公共事业振兴署派到了虎鲸岛（华盛顿州岛屿），为一所邮局创作壁画。现在，他正乘坐火车前往温哥华与玛丽安团聚。双胞胎阔别已久，而玛丽安还不愿回到美国[①]，她还没准备好回来。杰米身穿灰色精纺套装，迫切地想要重新看看那座当年他慌忙逃离的城市。

玛丽安在飞机的行李架上多放了两个油箱，花了三天的时间从瓦尔迪兹飞抵温哥华，途中停了四站。她一路沿海岸线飞行，左侧挨着茫茫雪峰。这次飞行波澜不惊，在聚精会神的同时，她也觉得有些索然无味。不过，行程仍因天气原因略有耽搁，而也有那么几阵子，在引擎规律的响动下，她似乎恍惚地听到了那架属于巴克莱的斯蒂尔曼磕磕嗒嗒的声音。

在旅馆前台，为她办理入住的男子满脸狐疑地来回打量她的一身行头，但她毫无愧色地扬起下巴，向对方递出了钱（她的指甲缝里满是油污）。她坚持要弟弟来挑选旅馆，并一人承担两人的全部费用——他手头拮据，而她还算宽裕，打理飞机几乎是她日常唯一的开销。她在旅馆洗了个澡，试着梳妆打扮一番，但发挥空间实在有限，而她也不愿大下手笔。就算想穿回裙子，她也根本没有；除了一支唇膏以外，她没别的化妆品；她的脸上满是雀斑，一头短发一如既往地蓬乱。最终，她换上了一件干净的衬衫和一条长裤，用旅馆的毛巾擦拭了靴子，梳理了头发，然后用唇膏往两颊抹了些腮红。她希望杰米看到一个久经沙场的老练飞行员，看出这六年来她在那片蛮荒之地历

---

① 阿拉斯加州于 1959 年 1 月 3 日划入美国，此时尚不属于美国领土。（编者注）

经的锤炼，还想展示她昂扬的斗志和游刃有余的飞行能力——所以她用靴子、长裤和羊毛夹克把自己武装了起来，但又担心这副装束不够俏丽。总之，她希望弟弟不会觉得自己过于古怪。

杰米手插着口袋站在旅馆大堂的壁炉边，当玛丽安走下楼时，他转过了身来。他的脸上不见讶异，只有快乐。反倒是她吃了一惊：他已经是个成熟男人了，尽管本该如此。跟她一样，他的一头金发和满脸雀斑跟小时候别无二致，但头发修剪得十分精致，还打理得油光锃亮。仅仅在转身问候她的这一瞬间，他就释放出了她未曾见过的从容和稳重。他拥抱了她，激动地拍了拍她的肩。她问道："你打扮一向都这么利索吗？"

"倒也没有，只有特别的场合才会收拾一下，"他松开了怀抱，握着她的胳膊将她端详了一番，"你还是那么不拘一格啊。"

"我会丢你的脸吗？"

他伸出了臂弯，示意她挽住自己。"怎么可能呢？"

姐弟俩大步前往餐厅共进晚餐，两人并肩同行，步调一致。起初，他们显得有些拘谨，不确定该如何填补这些年来的隔阂。两人聊起了华莱士，讨论了房产处理事宜，最终决定由杰米回米苏拉把房子出售，再找个地方把那些有纪念价值的物品保存起来（艾迪森的书和纪念品，还有华莱士的画作），再把其他东西转手售出。老马菲德勒已经去世了，至于剩下那几条狗，他也会负责安顿。两人都无意再回米苏拉生活。杰米坚信战争已成定局，还信誓旦旦地预言了灾难性的后果，心底却对人类的愚蠢感到难以置信。希特勒想要挑起又一场战争，他的理智何在？让他想不通的是，世界上怎么会有好战分子？人类为什么就非得相互残杀呢？为什么就非得等到某一天某个人发话才肯收手呢？这种逻辑实在不可理喻。

玛丽安对此没有答案。她生活在一个人迹罕至的世界，根本无法想象声势浩大的战争场面。在广袤而残酷的阿拉斯加面前，枪林弹雨的世界是如此渺小，也毫无意义可言。

杰米带玛丽安去了一家专做炒杂碎的餐厅，昏暗而逼仄的餐室里设有绿色卡座和吊灯。服务员端来了啤酒和两份蛋花汤，但杰米没有马上拿起勺子。他问她："你听说巴克莱的事儿了吗？"

玛丽安抬起了头。"他出狱了吗？"

"他确实出狱了，"杰米开始吞吞吐吐起来，"但后来……"他又停顿了一下，然后清了清嗓子，"巴克莱死了。"

这则消息像一阵狂风朝她扑面而来，她的耳边开始嗡嗡作响。杰米继续说道："报纸登了这条消息，所以我以为你也许看到了。他出狱后不久，独自驾车从农庄开车去卡利斯佩尔，有人应该是提前在路边埋伏好了，等着他路过。他是被猎枪远距离击中的，一枪毙命。"

这时，她意识到自己将身体贴在了桌子一侧，双手紧紧地抓住了桌沿。她迫使自己松开手，喝了口啤酒，假装淡定地问："这是什么时候的事儿？"

"就是上周。凯莱布说，所有人都觉得是赛德勒干的，因为他和巴克莱的妹妹已经过惯了当家做主的日子。警方似乎没兴趣展开调查，不过他们也没什么方向：一个目击者都没有，赛德勒好像还有不在场证明。报纸上说巴克莱死的时候身无分文，至少名义上没什么财产。那篇报道也提到了你，但没有指名道姓，估计是赛德勒吩咐不要点你的名。上面就写了：其妻下落不明。他还留了份遗嘱，但我猜里头没你的份儿。"

玛丽安用颤抖的手将勺子伸进汤里，看着黏稠的黄色液体溢了出来。她此刻的感受强烈到难以辨别，就像炙烤与严寒都可能让人感觉到灼烧。她想，自己现在感到的应该是震惊吧。她从碗里舀了一勺汤，洒出了一些。热汤还很烫嘴。杰米在桌子下轻拍她的膝盖，没有再发一言。接着，她拿起餐巾擦了擦嘴角，轻轻地摇起了头。"不，不能再这样了。"她的意思是，她不能再流泪了。

巴克莱再也不可能现身阿拉斯加了，他彻底不会出现在这个世上了。她看都没看就烧了他最后的那封信，但上面又能说些什么呢？难道她当初应该回复他的第一封信，告诉他，如果他把她忘了，永远别来找她，她就会原谅他吗？如果她回了信，那会改变任何事情吗？有什么东西是她想要改变的吗？一个人有可能既心碎又欢欣吗？

"他们为什么非得杀了他呢？"她的声音因为热汤而沙哑，"他所有的资产早就归到他们名下了。"她在心里问，赛德勒和凯特真心相爱吗？他们已经相恋多年了吗？她当年并不曾发现任何蛛丝马迹，不过也许，凯特说自己并不是个老处女，就是在暗示她和赛德勒的关系。她决定不去纠结此事，毕竟她已经多年与他们没有交集了，而他们也不会来找她。

"我不知道，"杰米回答道，"这种事情我一窍不通。"

"你刚才说他是被一枪打死的？真的是一枪毙命吗？而且巴克莱还在开车，他中枪的时候车是在动的？"

"我觉得是。"

"赛德勒的枪法可没那么准。"

"也许是他运气好。"

"如果赛德勒明知自己多半打不中，可不会出此下策。"

两人一边对视，一边思考着。

服务员端来了一盘猪肉炒面和一碗酱油豆角。这时，玛丽安小心翼翼地说："上次凯莱布来阿拉斯加找我的时候，我跟他讲了一些巴克莱的事情，我从没跟别人讲过。他听完之后很愤怒。"

两人又在沉默中对视了许久。然后，杰米开口说："我们不该这么想，我们不该往这方面想。"

她接着说："我对他的死并不难过，但我总以为我跟他还会再见一面。我觉得我跟他之间还没完全了结。"

"这我知道。"

"过去我觉得，除非他同意放手，不然我永远无法感到自由。"

"我知道。"

"有时候我仍然有这种感觉。"

"你已经自由了，你已经自由很久了。你现在有这样的想法是因为震惊。"

"说实话，他的死确实让我高兴。"

"我也很高兴。你能说说你跟凯莱布说了什么吗？"

"过会儿再说吧，现在我得再喝一杯。"

"在温哥华的时候，"他说道，"有两个人半夜闯进了我的公寓，把我揍了一顿。他们不停地问我'她'去哪儿了，我以为那是巴克莱派来找你的人，但后来发现他们是另一帮打手，找的是另一个女人。真是挺滑稽的，这就像过去总发生在华莱士身上的那种事儿，有各路人马追着要找你算账，你都分不清谁是谁了。"说完这话以后，他放声大笑起来。

玛丽安大惊失色。"你就是因为这件事儿才离开温哥华的吗？"

"算是吧，再加上接连有两个女人伤了我的心。"

"跟我讲讲吧。"

晚餐后，他带她来到了几个街区外一家他喜欢的酒吧。他跟几个在"猪鬃俱乐部"认识的朋友约好要在那里见一面。一辆电车从两人身边驶过，车窗里映出一顶顶帽子和一张张报纸。这时，他问她："你觉得你还会再婚吗？"

"不会了。"

"我总觉得你和凯莱布有一天也许会结为夫妇。"

"不会的。你觉得一山能容得下二虎吗？"

楼房的缝隙间露出港口一隅，船上灯光熠熠。一幅画面浮现在了她的脑海中：树林里，凯莱布举着猎枪静静地等待着，直勾勾地望着下方的道路。

一失足成千古恨

十五

如果一个人鬼鬼祟祟地等在黑魆魆的过道里跟你要手机号，这人应该很快就会联系你才对吧？但奇怪的是，阿黛莱德·斯科特一直没联系我。

虽然已经告别了卡特里娜这个角色，但根据我当初签下的合同，我有义务去拉斯维加斯某个粉丝见面会宣传我的最后一部《大天使》。除了给粉丝签名以外，我还得跟奥利弗同台接受提问。然而，从"琼斯·科恩之夜"到现在，我还没联系上他。按合同约定，我在伯班克（加利福尼亚州城市）上了私人飞机，飞机上为我准备好了合同约定的素食拼盘和我点名要喝的定制廊酒。飞机轮子还没离地，M.G.竟然堂而皇之地打起了瞌睡。不过说实在的，一个保镖上了飞机能管什么用呢？奥古斯蒂娜则在手机上玩起了游戏。随后，飞机升入了夜空。

我吃了半颗大麻小熊软糖，喝了点儿香槟。这还是我自上次飞行训练以来第一回坐飞机，我担心自己又会眩晕，又会觉得被什么东西往下拽，但所幸一路都平安无事。我在飞机上翻开了玛丽安的书。每当我打开这本书时，小时候的那种感觉就会泛上心头——总觉得书里好像藏着什么秘密。对于《游隼》这部电影应该拍成什么样，玛丽安那不可获知的经历应该如何转换成娱乐大众的素材，每个人都有自己的想法。我也想要输出个人见解。阿黛莱德说，知道自己不要什么，跟知道自己要什么一样重要。至少，我能确定的是，我不希望这部电影被拍成什么女强人颂歌，或者是一个力不从心者的悲剧。在这纷乱的思绪中，我的目光被书中的一段话吸引了：

> 我弟弟是个画家，他曾说自己希望在作品中呈现无垠的世界。他认为这是无法实现的，因为即便画布能够承载这一概念，但它还是超越了人类想象力的边界。但他还说他相信，无法实现的心愿往往是最值得去追求的。拿这趟飞行来说，我表面上的心愿是完成一个平凡且（我认为是）可行的目标，但这心愿源自我自身不切实际的追求——我想要丈量这座星球的规模，我想要睹遍万物，以此来探究我的人生范畴。

这么看来，我们随意地简化、压缩了玛丽安的人生，是不是很糟糕？把她的一生讲得面面俱到是不可能的，所以只能挑选一个版本来还原，就算它在现实面前无异于沧海一粟。

从机窗往下看，一片漆黑中偶有亮光隐现，芝麻大小的车头灯如蜘蛛网上的露珠一般排列在 15 号州际公路上。飞机没过多久就开始了下降，我脚下出现了空悬于黑色沙漠中的一座橘色都市，密密麻麻的辉煌灯火映入了眼帘。我认出了拉斯维加斯大道上的城堡、金字塔、喷泉和大摩天轮，还有一排豪华酒店——它们仿佛锡箔纸包着的超大号糖果。

跑道上停着一辆黑色 SUV。前往酒店的途中，奥古斯蒂娜把第二天的日程跟我过了一遍：上午我要接受采访，下午会举行预告片发布式及主创见面会（奥利弗、导演，还有另几位演员将会参加），之后有个 VIP 粉丝专场见面会，最后还要借晚宴之机跟导演和电影公司的人修好。看着车窗外令人眼花缭乱的灯光，我简直怀疑这城市是不是宇宙飞船假扮的。

"奥利弗到了没？"我边玩手机边问。

"已经到了，"她回答道，"你想让我……"

"不用。"

我们从大赌豪和名人的专用秘密通道进入了酒店，然后又搭乘一部秘密电梯去往客房。在拉斯维加斯，这种专为人中龙凤量身打造的秘密通道可是屡见不鲜。

进了酒店套房，我在一张奇大无比的白床上坐了下来，透过整面墙的落地玻璃往外望去。我吃掉了剩下的大麻软糖，还吃了些迷你吧里的烤杏仁。我的目光飘到了窗外满目灯火的尽头——更远处就是漆黑一片了——与奥利弗即将到来的久别重逢让我忐忑起来，我开始寻思要不要发条消息先破冰。这段时间他是在用消失来惩罚我，但这也减轻了我的心理负担。而现在，一想到要与他见面，我心里就七上八下的。我不想让他对我发火，但如果他不发脾气，那岂不是说明我对他而言无足轻重吗？

纠结再三后，我靠在枕头上给雷德乌发起了消息。再次感谢上周的盛情款待，非常愉快。那晚，莉安并未跟众人一道离开，她跟雷德乌和卡罗尔一起站在大门口与我们挥手作别的画面，让我深感不适。

过了几分钟，他回复道：谢谢你能来！见到你我妈很激动。我们该找个时间再聚聚。

我回复了"：）"。

我等了几分钟，没有动静，于是又写道：话说，我来拉斯维加斯了。

准备赢把大的咯？

我看应该没戏。我打了又删，删了又打，最后发出去的消息是：莉安这人看起来挺不错，但我记得你好像说过你单身。

【对方正在输入……】

其实我自己也不确定。

哦？

你会不会为了让自己分心，稍微跟人暧昧一下呢？

这好像就是我每天的生活。

我觉得特莱维斯·戴伊对你有意思。

【眼睛和嘴变成三条线的表情】莉安知道这事儿吗？

不清楚。

你想从什么事情上分心？

这也不清楚。

我打了又删，删了又打。最后不假思索地发了一句：我觉得我有点儿想你。

【对方正在输入……】

然后就没有然后了。

我起了个早，心里烦躁难安，巴望着能赶紧发生件什么事儿让我转移一下注意力。早餐送到了我的房间，我边吃边望着外面灰扑扑的城市和沙漠。拉斯维加斯的白天是夜晚的灰烬。

当我带着奥古斯蒂娜和 M.G. 来到演员休息室时，奥利弗已经到了。他那熟悉又俊美的容颜扑面而来。他张开双臂，用带些淡淡哀伤的语气小声跟我打了招呼。

我知道所有人都在盯着我俩的拥抱，但当我看向四周时，他们都避开了目光。然后，奥利弗引我走向了一张沙发。

"你最近怎么样？"我十分不自在地调整着坐姿，黑色的皮革在我屁股底下嘎吱作响。

"不错，"他点了点头，"嗯，已经好些了，我难过了一阵子。"

"真的很抱歉，我早就想跟你讲了，但我们一直都没机会好好聊聊，所以……"

他举起一只手示意我别再往下说了。"还是别了。"

"好吧。"我不知道他想听什么，或者不想听什么。

"你跟琼斯怎么样了？"

"我就从没跟琼斯在一起过。"

"我倒是在约会了。"

"是吗？"

这时，一个戴耳机、脖子上挂着证件的年轻人匆忙走到我们身边，蹲了下来。"很抱歉打扰你们，但我们的活动会有些延迟，还得再稍等一小会儿。非常感谢两位的耐心。"

那人走后，奥利弗说出了接替我扮演卡特里娜的女演员的名字，我听后都笑出了颤音。几张受惊的面孔朝我们转了过来，然后又扭了回去。我压低声音问他："她不是才十七吗？你知道你这是在犯法吧？"

他的眼中露出不悦，还伴着一丝怜悯，仿佛我是个可悲的底层官僚，因为自己一无所成而耿耿于怀，所以要对他人照本宣科。也许我确实如此吧。"她是个很成熟的人，再说了，我当年遇到我前妻的时候也才十七。"

"嗯，你的上一段感情可真是成功。"

"我并不后悔，"他用悲壮的眼神看着我说，"爱一个人从不会让我后悔。"

"那挺好。"

"跟她在一起后，我才得以忘掉你。"

虽然在内心深处，我从不觉得他爱过我，但这会儿他的悲情人设还真挺能糊弄人。看着他满怀忧郁地向我靠近，我意识到，当下最明智、最省事儿的做法是跟他统一战线，甩开我们之间牵扯不清的真相，彻底翻篇。

"见到你可真好。"他对我说。

我给自己蒙上了一层依依不舍的面纱。"彼此彼此。"

这时，门开了，阿列克谢走了进来。

"我们会成为一辈子的朋友，"奥利弗在主创见面会上表示，"我打心眼儿里希望哈德莉能过得幸福，她是个非常出色的人。"他那副慷慨激昂的样子像极了把红海一分为二的摩西。

我跟奥利弗并肩坐在一张长桌后，身后的背景布上印满活动标识。有观众举起手机在录影，我挤出了甜美可人的笑容。我对观众说，我跟奥利弗仍关爱着彼此，我会想念这个系列和《大天使》这个大家庭，但我已经准备好要迎接新的人生挑战，而且对未来踌躇满志。阿列克谢就站在舞台旁边，我没敢去看他。之前在休息室时我也没敢看他，担心所有人都会识破我向他投去的灼灼目光，更担心他本人也会识破我的目光。

一块银幕降了下来，灯光熄灭。画面上出现了冰天雪地中金碧辉煌的大天使帝国，然后出现了被铁链拴着的我，还有坐在宝座上的奥利弗。

银幕发出的亮光反射在了观众们的脸上。他们欣赏着画面中的我，一张张脸冲着银幕往上仰起，好像等待投食一样。我鼓起勇气扫了阿列克谢一眼，发现他正看着我本人。有时候，我会幻想我跟他在另一种情形下相遇——他离婚了，或者根本就没结过婚。但那样一来，按照奥洛夫松的理论，我们就会置身于另一个系统，受制于另一段过去，被推向另一拨连锁反应了。也许换一种情形，我们之间根本不会产生火花。又或者，我们会两情相悦，或者相互启迪。

银幕上的我穿着一条带毛边的白裙在雪地上拼命奔跑，猎杀我的男人一身黑衣，手里拿一把黑色斧头，头上还戴着黑色的骑士头盔。我在悬崖边停下了脚步，再往前一步，就将跌下被蓝冰覆盖的万丈深渊。黑色的浪涛拍打着峭壁，溅起白色的水花。镜头拉远，显示出我和追杀者孤立于一座冰山之巅，而冰山则漂浮在一片惊涛骇浪之中。

接下来是我脸部的特写镜头，我正看着追杀者向我步步逼近。画面随之转为黑屏，白色字体的"一失足成千古恨"打在了屏幕上，最后出现了上映日期。观众们欢呼起来。

那次在新西兰枕边絮语时，阿列克谢跟我讲了他父母的事儿。他们很慈爱，也有学识，但他看不惯两人对于融入白人社会的执念——他们用床罩、抽烟斗，还投票给小布什——而这些努力根本起不到任何作用，这让他很难受。他还讲了在好莱坞身为黑人的奇葩遭遇，就算你的家教忠于传统，别人照样会戴着有色眼镜看你。有时他觉得无依无靠；制片部门的人很难相处；而且很多时候，大家显然总觉得有个黑人在十分碍事，让他们在无视种族问题和象征性地逢迎政治正确时于心难安。总有人想当然地以为，他只给黑人明星或者篮球手当经纪人；三十九岁的他成就非凡，却还是屡屡被人当成助理；他还常在开车时被警察拦下，向对方解释自己确实就是这辆特斯拉的车主。在奥利弗接演《大天使》之前，阿列克谢的上司曾要求他把脏辫剪了，还对他说："要想让别人正眼看你，你先得把头发收拾干净了。"阿列克谢并未服从，而如今的他已经做到了合伙人级别，除了恭维以外，没人再敢对他的发型评头论足。

在 VIP 粉丝见面会上，他悄悄来到我旁边。我俩交谈时都目视前方，就像在开车似的。

我说道："我不知道你也会来。"

"我也是两天前才被通知的，奥利弗一直想跟我来个周末狂欢，我实在找不到借口了。"

阿列克谢告诉我，奥利弗觉得他太古板，于是坚持要给他点膝上舞，送他百达翡丽手表，打牌硬输给他五万，还拉着他在某个俱乐部向人群洒香槟狂欢（那里的知名 DJ 就是个花架子，老半天才在笔记本上按一按）。"我琢磨，我好像没申请加入什么《明星伙伴》①重现社团吧，"阿列克谢说道，"难道还要让我在保时捷里发酒疯？"

这话让我在迎面走来的几名 VIP 粉丝面前狂笑起来。此刻出现在我眼前的是几个看起来很有钱的父母，还有两个顶多十一二岁的女孩，两人身上的卡特里娜同款服装可有点儿超越年龄地暴露。站在房间另一侧的奥利弗扭头看了我们一眼。"我先走了。"阿列克谢又变回了先前一本正经的模样，向奥利弗走了过去。

接下来我又看到了几个小女孩，还有一些穿戏服的人。一个独自前来参加活动的胡子男发表了一通《大天使》故事背后不为人知的哲学观。我一遍遍地露出微笑，回应签名跟合影的请求，但我眼里只有阿列克谢，不看他的时候满脑子也都是他。雷德乌基本上早就被我抛到了九霄云外。就算想到他的时候，我心里涌起的也是柔情和怀念，仿佛我们之间还处在萌芽期的恋情已经成了过眼云烟。当阿列克谢再次来到我身边时，我没有看他，但他如疾风骤雨般占据了我的全部视野。

他在我身边问道："结束以后要不要喝一杯？"

我们来到了大赌豪和名人专享的秘密酒吧。这很正常，我们是朋友，朋友不就是会在一起叙旧、聊天吗？在晦暗的灯光下，我们都把这自欺欺人的想法当成了各自的挡箭牌。

"你不会说出去吧？"阿列克谢指的是奥利弗搞上一个未成年姑娘的事儿，"万一被人知道了，可就不好办了。"

"格温多林知道了吗？她有没有伤心欲绝？"

他翻了个白眼儿。"她有所觉察，所以奥利弗不得不动用魅力攻势。"

①《明星伙伴》（*Entourage*）是 2004—2011 年美国 HBO 电视网播出的、以好莱坞娱乐圈为背景的剧集。

"这事儿总有一天会曝光的。"

"也不是所有事情都会曝光，"他定定地看着我，"我向上天祈祷，别让所有的事情都曝光。"

天花板下吊着一个巨大的灯柱，上面那团海葵似的蓝色玻璃触角投射出晶莹剔透的光芒，笼罩在我们周围。

"没错，"我回答道，"有些东西就该只有当事人才知道。"

"但是，"他接着说，"那些事儿没准儿会叫人惶惶不可终日。也许有时候我们本想风流一场，后果却出乎意料。"

"但是，"我说道，"也许其他人本可以看得再开一些。我觉得人有时候会冲动，缺少大局观。"

他笑了，两颊泛出蓝色。"也许吧。"

我喝了一口酒。"嗯，这大有可能。"

他又说道："也许，有些感受出人意料地挥之不去。"

我说道："这听起来好像似曾相识。"

然后，我们继续进行着词不达意的闲谈，但都降低了各自的防备。有时候，我会觉得冒险其实也是种自我保护，就好像鲁莽也可以化解危险。我们坐在紫色的绒布卡座里，我没问他的婚姻现状，也没问他对我到底是什么感情，或者任何我真正想要了解的事儿。我跟他讲了雨果爵士和玛丽安·格雷夫斯，还把雷德乌讲成了我一开始所认为的那个傻帽——我们这些人会合伙把他榨干，让他灰头土脸地离开好莱坞，而并不知道自己做错了什么。

他问我："这会是部好电影吗？"

这个问题我也问过自己，但从来没得到过答案。我身边几乎每个人都认定这会是部好电影，不容我有半点儿疑虑。"我也不知道。"我回答说。忽然间，我感觉自己仿佛正抓着那架塞斯纳的驾驶盘，周围的一切看起来都岌岌可危。这时，阿列克谢把一只手放到了我的膝盖上，以示安慰。

不久后，在我的房间里，他脱去了我为见面会精心搭配的牛仔裤和夹克，并急不可耐地把脸埋到了我的双腿间。云雨的过程中，他把我翻了个身，在我耳边轻唤我的名字，我的脸被埋在热乎乎的枕头里，眼前漆黑一片。我这才意识到我流泪了。窗外，沙漠由紫转黑，橘色的巨网仿佛被城市上空的某个开关扭亮，准备接住从高空自由落体的马戏团表演者。

阿列克谢离开时，我穿着酒店的浴袍站在房门口吻了他。当时，我们头顶的天花板上吊着一个亮黑色的球体，那玩意儿就好像某种海洋生物下的蛋。那个球体本来的作用是监控电梯门和我的套房之间的门廊有没有非法闯入者，里边藏着一个摄像头。这个摄像头录下了我们的吻别，将显示着时间的黑白无声影像传送给了某个酒店安保人员。这名安保人员很可能恨透了这份工作，也恨透了住套房的那些浑蛋，也许他还知道我是个丑闻缠身的小贱货，想让所有人都看看我有多下贱。总而言之，此人看到了一个发财的机会，然后把握住了。

战争岁月

阿拉斯加瓦尔迪兹

1941 年 10 月

玛丽安与杰米在温哥华相见的两年零九个月后

　　玛丽安不想看到战乱蔓延至阿拉斯加，希望这片僻静的疆土能逃过烽烟。然而，事与愿违：到了 1940 年，全力谋求战略优势的军事家们将目光投向了阿拉斯加，这处太平洋上辽阔的极寒之境再也无法置身事外。成群结队的士兵来到安克雷奇安营扎寨；空军基地在安克雷奇和费尔班克斯拔地而起；十余处停机坪被改建为军用机场——东起加拿大育空地区的怀特霍斯，西至白令海上的诺姆。物资、建材和人力通过海运源源不断地涌入，再由北上的卡车、火车、内河船和飞机运往领地内陆。

　　政府只跟男飞行员签订物资运输合同，但由于总体运力供不应求，而且也有少数客户愿意事先付费，所以玛丽安从同行手中分到了一些活儿。她用卖掉华莱士的房子得来的钱买了一架久经风霜的双引擎比奇飞机（那位卖家准备退休回亚利桑那老家），还在费尔班克斯租下了一栋像样的木屋。她的飞行能力远近闻名——她能在疾风骤雨中驾驭自如，就算整片大陆都密云蔽空，她也照样能停到指定位置。她坦然接受了同行给予的"巫女"名号——正如当年她在巴克莱面前

417

自诩为巫女。

她运输的一砖一瓦变成了空军基地，在山麓间和冻原上星罗棋布，蚂蚁般辛勤劳作的工人们建起机库、控制塔和办公楼等现代设施。虽然阿拉斯加依旧荒凉，但玛丽安还是感到怜惜又揪心。初来乍到的空军飞行员都自命不凡，但他们没有在荒原上执飞的经验，只懂得最基本的飞行技巧——起降均有灯塔指引，着陆的地方也一马平川。诚然，他们也要遭受风吹雨打的严峻考验，也随时可能面临死亡的威胁，但在她看来，阿拉斯加绝不是个好对付的地方。

她歇了一阵，趁此机会飞去俄勒冈州看望杰米。后者的新居位于阴雨连绵的海边，他住的木板房凉飕飕的。他已不再为公共事业振兴署服务，觉得这工作像是种施舍。他的作品已经成了收藏家的目标：他的三幅山水画被选入了一次巡展（展出地远至波士顿和纽约），其中一幅还被圣路易斯（密苏里州城市）的某博物馆收入囊中。此外，他还与弗拉文分道扬镳了——说得更确切一些，是见异思迁，因为他转投了旧金山的一位知名画商。

玛丽安说道："我总觉得阿拉斯加就该一直保持与世隔绝的状态，这种心理我也闹不明白。"姐弟俩正在一片空旷的海滩上散步。海浪在砂砾上留下莹亮的水洼，如镜面一般映出薄薄的雾气。"我这么想是有私心的，并非希望它好。"

"你当年之所以去那儿，就是想找个地方躲起来，"杰米回应道，"你不希望那里被人踏足，这是一种本能的反应，也可以理解。"

"也许吧，我确实是把阿拉斯加想象成了一座森严的壁垒。"她捡起一块贝壳，然后把它扔到了水里，"你该上我这儿来看看，来创作。"

"我确实对那儿很感兴趣，有机会我会去的。"

他的近作闪现出一种奇诡之光，而且保留了些许他刚离开温哥华后在山水画中融入的弧度元素。虽然他最常描摹无棱无角的海洋，但画面中依然传达出一种折叠感，而这种空间上的压缩反倒溥博如天。

在玛丽安睡觉的那张小铁床对面，立着一块巨大的画布，几乎与整面墙等大。那幅画给了她一种迎着地平线飞行的感觉。

几天后，她不辞而别，在一片绚烂的秋色中飞抵米苏拉。如今，小镇西边已建成一座像样的机场。她在那儿见到了几个过去认识的飞行员，那些人一脸震惊地对她说，大家全都断定，无论她遭遇如何，一定早就死了。

华莱士的房子迎来了新主人，是蒙大拿大学的历史学教授和他的家人。玛丽安在去凯莱布小屋的路上，经过了这栋面貌一新的住所：新刷的外漆鲜明光亮、屋顶修葺得十分整齐、窗户都擦得干干净净。马棚看起来空空如也，但小平房被人拾掇过，墙漆是新刷的，窗台外还安了花箱。一个在门廊处玩布娃娃的蓝裙小女孩停下手中的动作，看着玛丽安。如果是别的女人，她现在可能会停下脚步，跟小女孩打个招呼，然后告诉她，自己和弟弟小时候就曾睡在这个门廊处。如果是别的女人，她的心中会涌起眷念，回忆起在舒适的房子里度过的安乐童年。但玛丽安所怀恋的，仅仅是当年心中那无比纯粹的狂热，儿时的她一心只想纵览世界。于是，她没有做片刻停留，而是继续沿小径往树林走去。

"我现在有女朋友了，"凯莱布对她说，"我想着应该告诉你。"

玛丽安感到一阵不快。两人坐在他小屋背后的台阶上，用锡酒杯喝着威士忌。"那恭喜你啊。"

"我想如果我在信里坦白，你可能就不会来了。"

她违心地回答："我不会这样的。"先前，他近在咫尺的气息令她沉醉，清爽的空气和灿黄的秋叶沁人心脾，更让她对即将到来的云雨满怀憧憬。但现在，意兴阑珊的她心里腾起一股怒火，甚至几欲落泪，这让她感到恐惧。她清了清嗓子："不过，你确实是该告诉我一声的，这样我就能另找住处了。"

"你就在这儿住吧，我睡地上就行。"

"那你女朋友没意见吗？"见他没开口，她又问道，"她是干什么的？"

"她在高中教英语，一个人从堪萨斯来了这儿。你会喜欢她的，她挺有胆量，可以说是个勇敢的人。"

"嗯，当老师可真够勇敢的。"

他一动不动地盯着自己的杯子，低声说："我就知道你会不高兴。"

"但你还是让我来了，你这是在试探我吗？"

"就算是的话，那现在我明白了，你见我就只是为了……"他一时语塞，"我都不知道该用什么词，我连我俩是什么关系都说不清。我们是床伴吗？还是情人？"

她也说不上来。"那你跟她的关系又算什么？"

"我们不干那事儿。"

"不干？"

"她不是那种女孩儿。"

她强忍怒火。"不像我这样是吧？"

他站起身来。"没错，就是不像你这样，因为跟她在一起的时候，我知道我的位置在哪里，我也知道她想要我怎么对待她。"

她起身与他面对面地站着。"那好啊，继续说啊，她想要你对她怎么样？"

"她想要……反正她喜欢去山里散步、野餐，她想要享受美好的时光。"

"那真不错啊，凯莱布，恭喜你终于找到了一个温柔可爱的女孩儿。"

他的目光几乎要将她凿穿。"她想要我爱她。"

玛丽安觉得喘不上气来。她知道他是在引自己追问：他有没有满足这个女人的心愿？但她不会让他得逞，她被激怒了。"那你准备娶她吗？"见他微微往后一缩，她毫不客气地说，"原来你也不过就是个凡夫俗子，只想娶个老婆和和美美地过日子，生几个孩子，每天晚上穿着拖鞋，坐那儿抽烟、看报纸。"

"我还没想好！"他几乎大吼起来，"你想让我怎么样？在这儿一直待着，时刻准备着给你送信吗？你连一句'谢谢'都没说过。我就该一直守着，等你一有需要就冲到你身边，安慰你说无论你再怎样一意孤行，你做得都一点儿没错，是这样吗？你知不知道你的那些选择都错得离谱？还是说，你想让我准备好每五年跟你风流一场，然后任你不辞而去？"

他猛地转过身去，迅速地走开了。没走多远，他突然蹲下身，用手抱住了头。她走上前去，在他身边跪了下来。接着，他往后一坐，把她拉到身边，死死地抱住了她。她用一只手拽了拽他的辫子尾巴。"是我不对，"她冲着他的肩膀说，"还有，谢谢你愿意给我送信。"

他沉默了很久，其间一直把脸紧紧地贴在她的后颈。末了，他对她说："你这是准备跟我说再见了。"

"我不说再见。"

"但你要走了。"

她依偎在他胸前，然后点了点头。

西雅图

1941 年 12 月

两个月后

　　杰米手中端着一杯香槟，借来的燕尾服在他身上显得太短。刚一踏进展厅，他就开始搜寻起莎拉·费伊的身影。他在过去几周一直都怀着忐忑不安的心情，期待着她会在这一天出现。

　　自上次来西雅图领取奖金后，他一直都在躲避这座城市，不想在这儿撞见莎拉或费伊家的其他人。但他有什么可担心的呢？他们如今还能拿他怎么样呢？心情好的时候，他对此十分坦然。而低落的时候，他则会被四种不甚理智的想法反复困扰：首先，他担心这家人会认为，他选择从事艺术完全就是为了跻身他们所处的上流社会；其次，他担心他们会对他的作品嗤之以鼻，认为他没什么真才实学；再者，他害怕自己对莎拉仍余情未了；最后，他又害怕自己对莎拉已毫无情感。

　　最后这两点担忧尤为可笑，他觉得自己对她念念不忘的真正原因，是两人当初分开得太过突然。她就像一本被撕掉了最后几页的书，让他只能自行想象故事的结局。若得以重逢，她将不再是个充满诱惑的谜，而会变成一个现实中的普通女人；他将失去那个每当他情事纷乱时（他一贯如此）都给予他慰藉的虚幻情人，以及化解他所有迷惘和失意的灵丹妙药。他还认为，当年遇到她时，年少无知的自己无比渴望爱情，而且一心追求属于自己的生活，以至于过分夸大了这段青葱恋曲在心中的分量。那个夏天，他和莎拉最亲密的接触也仅仅只是接吻。所以，如果能再见她一面，他就能彻底放下她。

再说了，她很可能早已嫁作人妇，那么问题自然就解决了。

无论如何，他不该再思前想后，何必为这点儿小事错过这次展出？他在画展开幕前两天抵达了西雅图，白天监督布展工作，闲时则在街头徜徉，看看十年来这座城市都发生了哪些变化。他回忆起当年驻足此处的那个少年，心中苦乐参半。在西雅图想着莎拉算是触景生情，可在别处时仍对她无法释怀，那才叫可悲。在他那座俄勒冈海边的木屋里，他时不时地就会重温那些珍藏的画像，任凭她的青春面庞在他心中搅起波澜，然后又让他陷入抑郁和羞耻。

但她终究还是出现在了他眼前。尽管两人中间隔着聒噪的人群，尽管她背对着他，但他还是一眼就认出了那道背影。她正欣赏着一幅艾米丽·卡尔[①]的作品，那颗被棕亮的秀发包裹的小脑袋微微抬起，画作淋漓挥洒的笔触，还有树木和阳光构成的亢奋旋涡包围着她的轮廓。一件流光溢彩的翡翠色礼服裙将她裸露的玉背衬托得恰到好处。无论是那由珍珠发簪束起的发髻，还是那线条迷人的背脊，与他当年认识的那个女孩都并无明显可辨的关联，但他还是一眼认出了她的身份，且对自己的判断确信无疑。

他自己的作品——六英尺宽、十英尺高的俄勒冈海岸线风景画——单独挂在一面墙上，位于莎拉的左侧。只见她在卡尔的那幅作品跟前又停留了一分钟，随后移向了下一幅。经过又一番沉思后，她移步至杰米的作品近旁，但目光仍落在远处。她举手投足间散发出从容而淡雅的气息，不再是当年那副羞怯又笨拙的模样。

---

① 艾米丽·卡尔（Emily Carr, 1871—1945），加拿大画家、作家。

他穿过人群，以便获取更好的角度来观察她欣赏自己作品的一刻。但他又有一股冲动，想要跳到她跟前，挡住她的视线，趁她还未拿定主意就告诉她，他已经知道这是幅失败之作，而他的其他作品也无足轻重。

而就在这时，有人按住他的肩膀，拦住了他差点儿就要迈出去的脚步。"太美妙了！"来到他眼前的这名男子似乎跟这博物馆有什么关联，反正杰米记不太清了。此人身材矮小，脸色红润，留着儿童似的卷刘海儿。他是董事会成员吗？男子用力地握了握杰米的手，对他惊叹道："简直美妙至极！请接受我衷心的祝贺。"

杰米心不在焉地道了谢。莎拉正在看另一幅作品，接下来就到他那幅了。

"我必须得请教您，"男子边说边踮起脚尖，试图吸引杰米的目光，"您是怎样练就出这种技巧的——或者应该说是风格？您画里的那些弯折给人一种折叠的感觉。真是太特别了，而且我特别好奇，您是偶然间获得灵感的吗？"

"日本折纸。"杰米言简意赅地回答道。话毕，他饮尽了杯里的香槟，然后把杯子递给一名举着托盘经过的侍者。

"您说什么？"

"我的灵感是日本折纸。"

"是吗？真的吗？就是那些小鸟和青蛙吗？太了不起了，这我可真想不到，但您这么一说，我懂了。这么说来……您在东方待过吗？"

莎拉挺起肩膀，往左侧走了几步，来到了杰米的作品跟前。

海洋与天空均被画成灰蒙蒙的一片，两者唯一的区别只有笔锋的差异；细腻的弯折刻画出浮云的飘动，以及海浪和洋流起伏的韵律。这幅画描绘的是卡农海滩，那块干草垛状的大型玄武岩巍然屹立于画面正中。他用一片钝重的黑色来描绘这块著名的巨石，与远处的天空和海洋形成了鲜明的对比。莎拉正纹丝不动地立在那片黑影前。

"格雷夫斯先生？"男子在他身边追问道。

杰米整个人都陷入了焦虑，他感到口干舌燥。"不好意思。"他低语一声，撇下了男子。刚巧，莎拉从那幅画面前转过了身来。

该如何解读此刻她脸上的表情呢？他试图把那张脸定格在记忆中，以待稍后再行检阅：两颊泛红，灵动的双眸睁得大大的，目光没有明显的赞许或是不悦，但流露出了心绪的起伏。

看到杰米时，她显得很惊讶，整个人都僵在了原地。她脸上的潮红加深了，而且唰地一下就红到了脖子根儿。她将一只手放到胸骨处，露出了窘迫的笑容，嘴角微微颤抖起来。

他在慌乱中快步向她走去，一边扯着袖口，一边后悔没买件合身的燕尾服。在此之前，他对穿着打扮毫不在意，也不想扮成富家公子（但杰米其实早就不再拮据），所以现在这副寒碜的样子，只能是自食其果。他飞奔到她面前，吻了她的脸颊。"莎拉！"唤了她一声以后，他没敢再开口。此前，当他想象两人的重逢时，根本没料到自己的肾上腺素会飙升、双膝会不住地颤抖，手指还会哆嗦个不停。为了掩饰窘态，他把两只手都插进了衣袋里。

"我刚才就在想你会不会也在这儿，"她一边对他说，一边还摸了摸自己的喉咙，"真奇怪，我怎么觉得这么紧张呢？咱们可是老朋友了。"

她对自己心境的坦诚让他欣喜，但"朋友"这个词有些刺耳。他更正道："我们当年应该算是情侣吧。"

"当年我们可都还是孩子。"她的语气调侃，但似乎对此十分坚定。他还没来得及开口，她又继续说："看到你的名字出现在这些非凡的作品下面——不光是这幅，还有别的——说真的，杰米，这令人难以置信，我记忆中的你还是个少年。"此刻，拥来的人群将她推向了他，她几乎贴到了他的胸口。这唤醒了他身体里的每一个细胞。她一把抓住他的小臂，动作十分隐蔽。"我之前还试图想象你长大以后的样子，但就是想不出来，不过看到现在的你，似乎就应该是这样。"

他细细地端详着她。"我懂你的意思，你也一样，乍一看好像变了，但仔细看还是当年那副模样。"她那张鹅蛋脸比原来稍稍骨感了些，但还是透出了一丝少时的面容。过去那让她显得羞涩又谦和的长睫毛如今涂上了黑色的睫毛膏，当她的目光透过那睫毛向他投来时，他在那双眸子里看到了一丝令他陌生的世故，这让他有些不安。

她指了指那幅画，对他说："看着这幅画，我觉得特别骄傲。虽然我没有骄傲的资格，但这是我的真心话。"

"嗯……"他迈出两步，望着那幅画，"其实这不是我想要的效果，但还是谢谢你的夸奖。说实在的，要不是那个夏天的关系，我也不会成为画家。"

"不，不是这样的。"

"确实如此。"

"不是的，你天生就是当画家的料，你不是因为谈了场年少无知的恋爱才成为画家的。"

虽然"年少无知"这个词令他不悦，但她眼中的热切起到了平复的作用。她似乎也在努力记住他的样子。"跟你恋爱不是唯一的原因，在遇到你以前，没人鼓励过我，而你让我看到了新的可能性。除了你以外，还有你母亲，甚至是你父亲，就算……"他重新组织了语言，"还有，置身于那么多艺术品当中，那种体验对我来说是一次启蒙。"

他说得上气不接下气，惊讶于自己的诚恳。这话让她喜形于色，并感叹道："这么看来，心碎一场还是值得的。"

这时，一名男子从人群中走到两人身边，伸出一只胳膊揽住了莎拉的腰。他吻了吻她的额角，又用手掌探了探她的额头。"你的头怎么这么烫？是哪儿不舒服吗？"

她慌忙往后一躲，但又立马面露愧色地向男子转回身去，两人的肩膀抵在了一起。"没事儿，就是这里有点儿热。"

"你该出去透透气。哦……失礼了，你好。"男子向杰米伸出一只手，杰米握了握那手，想象那掌心将莎拉额头的温度传递给了自己。谁心碎了？他想要质问她。你是在说你自己吗？你这话是什么意思？男子自我介绍道："我叫刘易斯·斯科特，请原谅我的失礼。瞧我，光顾着担心内人，都没注意礼节。"

"刘易斯，这位是杰米·格雷夫斯，"莎拉开始介绍双方认识，"大画家，也是我的老朋友。杰米，这是我的丈夫刘易斯。"

"噢！"刘易斯说道，"这么多年来我一直想见见你，今天总算是如愿以偿了！"

杰米一直只顾盯着莎拉的脸，没有注意到她手上的婚戒。莎拉的丈夫一头沙棕色头发，玳瑁色镜框背后的眼睛看起来温和又亲切，凸出的鹰钩鼻丝毫无损其英俊的相貌。他的燕尾服很合身。

刘易斯向杰米倾过身来，跟刚才莎拉一样抬起胳膊，指了指那幅卡农海滩，用低沉的声音说："这幅画是这里最棒的作品。我的艺术造诣连莎拉的一个小指头都不如，但就算是我，也能看出这幅画的厉害。每个人都被这幅画折服了。真是恭喜你啊。"

杰米悒悒地向他道了谢。

"我能看出来，你不是那种喜欢被人大肆吹捧的画家，但我必须得再赞美一下你给费伊四姐妹画的肖像画，简直太传神了。莎拉那张至今还挂在我们家里，是我们所有艺术品中我最喜爱的作品之一。当然，我是有点儿偏心，但画得真是太好了。好了，我说完了，我不再难为你了。接下来咱们该聊正经的了。你在西雅图准备待多久？我们特别希望你能来家里吃顿饭，你该见见孩子们。"

莎拉用近乎愧疚的语气向杰米解释道："我们有两个儿子，大的七岁，小的四岁。"

杰米清了清嗓子："那你们结婚也有些年头了啊。"

"已经八年了，"刘易斯回答道，"当时莎拉还没满二十岁呢。那时候我在华大学医，我对她可是穷追不舍了好一阵子。明天你能赏光吗？"

"明天是周日，"莎拉插话道，"我们得去我爸妈那儿。"

"就不能少去一次吗？"

她向丈夫投去了一个眼神，两人间的无声交流仰赖于多年的亲密和默契。杰米的五脏六腑因为嫉妒而纠成了一团。原来她在他离开西雅图仅仅两年后便步入了婚姻殿堂，也许当他还在华莱士家颐靡度日、对她朝思暮想的时候，她就已经开始了家庭生活。他对两人说："我可不希望你们为了我改变计划。"

"我倒是很愿意重新安排一下，"莎拉回答道，"但我父亲那边可能会不太好办，你应该还记得他那性子吧？"

"原来你还认识我那位尊贵的岳父大人啊！"刘易斯的话让杰米意识到，莎拉一定没怎么跟丈夫提起过两人的过去。是因为那不值一提吗？还是因为太过刻骨铭心呢？

"我看到这里有些展品是从你们家借的，"他有些生硬地问莎拉，"你父亲还在考虑成立自己的博物馆吗？"

"我从来不知道他心里在想什么。有时候他想盖个博物馆，有时候他又想把什么都卖了。但等他总算卖出去一幅以后，又马上想要买回来。我已经由他去了。"接着，她对刘易斯说："那些透纳的水彩画是杰米发现的，本来它们是被扔在某个角落的盒子里放着长霉的。"

"如果明天不行，那就后天晚上来吧，"刘易斯又说，"你能赏光吗？莎拉一定会特别高兴的。我们家里来的尽是些无聊的大夫，如果能来个艺术家，那简直就是一缕清风啊。"

杰米本打算第二天就离开西雅图，如果要接受刘易斯的邀请，他还得在下榻的旅馆多续住一晚。不，还是找个托词，按计划离开吧。就在他准备开口致歉时，莎拉再次碰了碰他的胳膊，对他说："请一定要来。"

于是他决定多逗留一天。

第二天一早，杰米又去了一次博物馆，想趁清净的时候独自欣赏画展。画廊空无一人，他的脚在落地时发出了柔和的回响。昨日喧闹的人群早不见了踪影，也没有让他分心的莎拉·费伊——他提醒自己，她现在已经是莎拉·斯科特了。这里展出的作品均为描绘太平洋西北地区的风景画，内容以树木、山峰、岛屿和海洋为主。画家们运用了不同的方式来表达光线，他们画出的景物或繁或简，所传递的情绪和效果也各不相同。杰米欣赏着一幅又一幅作品，心情越来越沮丧。把这些树枝和海浪画下来又有什么意义呢？单薄的画纸是无法承载树木和海洋之厚重的。不过，他是不是真的想要竭尽所能，让自己的作品承载所画之物呢？他渴望表达的并非一草一木，而是空间，但空间是无法被定义或设限的。他的创作目标足以支撑他继续探索下去吗？对此，他并没有答案。

除此之外，他还有一连串的问题想问自己，而这些问题都与莎拉·费伊有关。比如说，他为什么会答应去她家吃晚餐？这个问题有一个非常简单的答案：他想再见她一面。他的这一愿望是如此强烈，以至于他甘愿满怀痛苦地面对她的丈夫和孩子们，甘愿看着另一个男人过着他曾为自己设想的生活。但这到底是为什么呢？他在内心剖析起自己对莎拉的感情，感到百味杂陈。他的心里没有欢欣，也并无狂喜，只有焦躁和不安。不过，如果他与她多共处一些时间，当下这种混沌的感受可能会变得明朗：也许他只是对往昔心怀眷恋，也许他对她已经毫无感情，但也许，他终究还是对她割舍不下。他不确定自己希望得出哪种结论。假如明知会无疾而终，那心中的爱火还值得守护吗？

看完画展后，他来到博物馆另一头，去看透纳的那套水彩画。离开博物馆时，已经是十一点半了。他没吃早餐，于是便走进了路过的第一家餐厅。他在吧台坐下，点了咖啡加一份吐司炒蛋。在他等餐时，一个身穿脏兮兮白外套的厨师走出厨房，打开了放在收银台上方架子上的收音机，把音量调得很大。店里的客人瞬间安静了下来，扭头去看那台收音机。一个清脆又带点儿鼻音的声音正在快速播报一则有关日本特使、美国国务院、泰国和马尼拉的消息。播音员还说，总统的新闻秘书已向记者们宣读了一份声明。杰米渐渐听懂了消息的大意：日本刚刚轰炸了夏威夷的一处海军基地。一个离他两座之隔的年轻姑娘哭了出来。听到播音员表示美国必将宣战时，人群中爆发出了欢呼声。播音员在节目最后表示，后续会进行跟踪报道，随后又是老调重弹：纽约交响乐团演奏的某支不堪入耳的乐曲。

午餐后，杰米漫无目的地往码头走去，发现许多人的想法都跟他不谋而合：码头边人头攒动，其中多数是男人，他们来回踱着步，用仇恨的目光凝望着西面的班布里奇岛，以及更远处的日本，仿佛一大群飞机马上就要从灰色的海平面上跃出来似的。这些男人又准备做些什么呢？朝天上掉下的炸弹扔石子儿吗？战争真是愚蠢至极。他离开了挤臂揎拳的人群，往山上走去。这是个星期日，整座城市都鸦雀无声，但又有别于平日里那种慵懒而怠惰的氛围。收音机尖细的"嗡嗡"声透过窗户传出，人们三两成群地站在路边。在杰米眼中，这场战争迄今为止就如同太阳一样，它不讲情面、不容忽视，且无法直视。那些遥远的大陆正被苦难和死亡吞噬，而他一直都避免去直面那种恐惧——就算是因为懦弱使然——担心自己也会随之消亡。但事实是，他无路可逃。这很像他幼时在山里生活的经历：他曾不止一次被暴风雨来临前的电闪雷鸣困在原地，而避难所却遥不可及。

他从口袋里掏出莎拉给他的那张印花卡片。他还记得那条街。她住在义工公园附近，离她父母家不远。

门铃响了两次，莎拉才来开门。她的眼眶发红，看到他以后，眼里又溢出了更多泪水。她似乎对他的冒昧造访并无疑问，而是一边把他请进屋里，一边说了句："真是太糟糕了。"她快速地给了他一个拥抱，动作几乎有些粗蛮，但随后又掀起衣角擦了擦眼泪。在那一瞬间，她看上去就跟个小女孩似的，"哎，"她轻轻地笑了起来，"请进。"

斯科特家的住所是一栋气派的双层工匠风别墅，带有很深的门廊。屋里宽敞又通透，摆满各个角落的植物令人眼前一亮：心形的喜林芋叶子从置物架和桌上垂落下来；盆栽棕榈犹如大家闺秀一般蹲在角落，仿佛在等待邀舞者。胡桃木地板上散落着好几块印有几何图案的地毯；墙上则挂着五花八门的艺术品。莎拉带他沿着走廊经过餐厅，屋里传出的收音机声越来越大。接着，她走到了散落一地的玩具中间：一辆金属卡车、一匹木马，还有一座搭错了的积木城堡。杰米的目光顺着一条过道投向一间小书房，那间屋子里挂着他当年给她画的肖像画，画被装裱了起来，上方则有一盏黄铜壁灯。

"刘易斯在家吗？"

"不在，每周日他都会去贫民区看诊。他在新闻公布前就走了，但无论怎样他都会去的。病人都很信任他，他是个好人。"最后这句话带有明显的辩护意味，这给了他一丝可鄙的期待。

"那你的儿子们呢？"

"因为要去看展，所以昨天晚上我就把他们送到姐姐那儿去了，还没把他们接回来。我不想让孩子们看到我这副样子。你还记得我姐姐爱丽丝吧？她也有两个儿子，跟我那两个差不多大。来阳光房坐坐吧。"

阳光房亮得刺眼，里边摆满了植物。这让杰米想起了莎拉母亲的温室，当年她邀请他一起喝咖啡，给了他一种跟成年人平起平坐的感觉。窗外的斜草坡在多云的天空下泛着莹绿色的光芒。一张墙边桌上放着几盆蕨类植物，中间的便携收音机正播放一则消息：当局已开始对西海岸的日本移民进行严密监控。莎拉将收音机的音量调至最小，摆弄起了那些植物。"按理我这会儿应该满腔爱国之情才对，但我满心只觉得害怕，还有愤怒。"她指了指一把藤椅，上面倚放着花朵图案的靠枕，"抱歉，我失态了。请坐吧。"

"我这么贸然登门，让你为难了。"

她在他右侧的一张双人沙发上坐了下来。"你能来我其实很高兴。

我刚才一直在坐着发呆，想象以后会发生什么事情。束手无策的感觉也许是最可怕的，而且我不知道该拿我的愤怒怎么办。谢天谢地，我的两个孩子年纪还小，但别的母亲……这我实在不敢去想。军队会需要医生，我肯定刘易斯会为国效力。如果换了我，我也会去的。那你呢？你会怎么做？"

作为一个体格健全的二十七岁男子，他竟从没思考过这个问题。他根本不愿想象战争会给他带来的种种不幸，于是决定暂时避开这个尖锐的问题。他对她说："我很难想象你会想要参战，我一直觉得你是个平和的人。"

"没错，我也确实希望这个世界能更平和。但每个人的忍耐都是有限度的，你说是吗？"

他想起了当年听说巴克莱·麦昆被人射杀后自己心里的雀跃。"好像确实是这样。"

"我觉得我整个人都要气疯了，我希望德国和日本能被彻底摧毁。我想像女武神①一样从天而降、替天行道，让他们付出代价。女武神做这种事儿吗？我这辈子从没动过杀人的念头，但我现在会想象自己拿起枪，射穿希特勒的眉心。你呢？你难道不会有这种念头吗？"

"希特勒太抽象了，就像恶魔一样。"

"他不抽象，他是个活生生的人。一个人竟能强大到掀起一场世界大战，你不觉得这很不合理吗？当然，我这么说其实不够严谨，但你应该懂我的意思。"说到这儿，她闭了一会儿眼睛，又接着说，"咱们换个话题吧，我们好不容易才重聚，我就不跟你絮絮叨叨地聊战争了。跟我讲讲你的人生吧，你的每件事我都想听。"

"每件事？那要讲的可太多了，但其实又没什么可说的。"

"那我来问吧。你现在住在哪儿？"

---

① 女武神，又称瓦尔基里（valkyrie），北欧神话中的一类女性人物。

"我现在住在俄勒冈的海边，之前在加拿大待过一阵子。"

"你没结婚吗？"她的语气保持着谨慎的从容。

他摇了摇头。

"那你姐姐呢？她结婚了吗？"

看来她母亲没跟她提过玛丽安来西雅图的事儿。"其实玛丽安已经是寡妇了。"

莎拉刚才就已湿润的眼眶现在又噙满了泪水。"啊，这太让人难过了，我很遗憾。她有孩子吗？"

"没有，谢天谢地。"

"确实，如果有的话，可怜的孩子们还失去了父亲。"

虽然有所犹豫，但杰米还是道出了实情："那倒不是我想表达的意思，其实她并不想要孩子。她丈夫不是什么良民，可就算他是好人，她也不会想要孩子的。她只想开她的飞机，不喜欢过那种被人束缚的生活。"

她的前额因为震惊而挤出了皱纹。"可被人束缚不就是生命的意义所在吗？我的孩子们点亮了我的人生，点亮了整个世界，我对他们的爱是超乎想象的。"

他露出一丝苦笑。"可能如此吧，但我不确定自己会想过那样的生活。"

她往后仰倒在沙发靠背上，长吁了一口气。"抱歉，我不该说这些，但你会有自己的孩子的，我相信你会的。"

"也许吧，但也许不会，我倒觉得我会喜欢孩子的。但我也觉得玛丽安会说她知道自己想要什么，她想要一种不一样的人生。"

"我不该妄加评判的。你姐姐选择什么样的生活方式与我无关，你的选择我也无权过问。"

最后这句话刺痛了他。于是他对她说："你知道这让我想起了什么吗？"

"什么？"

"当年我们一起在湖边散步，就是我们第一次见面的时候，你把我的事情问了个遍，我过了半天才反应过来，我对你还一无所知。"

"那时候的事儿我都忘了。"她一定是看出了他的失望，于是马上又补充道，"我没忘记那一天，也没忘记跟你一起散步的事儿，我是忘了你担心自己话太多的事儿。但现在也跟那时一样——你的人生比我的要更精彩。"

"倒也没有……"

"噢，要播公告了，你能把音量调大点儿吗？"

杰米伸手够着了收音机的音量旋钮。从广播中得知，日本刚刚对美国和英国宣战了。

过了一会儿，她说道："够了。"

他又把音量调低，然后试探性地对她说："我真希望有什么方法能把我的每件事一下子都传递给你，不用我一句句地说，你就都能知道。"

"可我倒不想那样，我喜欢听人娓娓道来的那种感觉。"

"但我们没有那么多时间，而且我觉得自己可能会说不清楚。"

她的眼神十分热切。"我一直都很欣赏你的坦诚，你别太担心，按你的讲就是了。"

"我画画时也有同样的困扰。我想要画的东西都太宏大了，于是我意识到，我真正想画的也许就是宏大本身。你能明白我的意思吗？"

"我大概懂了，那幅海滩的作品就是这样。"

"我总是被不可能实现的妄念所吸引。"他小心翼翼地伸出双手，然后握住了她的左手。她依从了。

"没错，"稍作停顿后，她轻声说道，"不可能的。"

"你的生活还在继续，就好像我从没存在过一样。"

"只是表面上而已。"

"那不就够了吗？"

"我不这么觉得，但我只是……杰米，我就是个普普通通的女孩。你当初想让我反抗，但我做不到，我没有这种胆量。有时候我希望自己可以不那么循规蹈矩，但说白了，我没那个胆量，"她紧紧地捏住了他的手，"一直以来我都在心里祝福你，希望你能获得幸福。"

"我不想听你说这种话。"

"你不希望我祝你幸福吗？"

"不，是你的话听起来给一切都画上了句号，"他松开了她的手，向前俯下身，"我们共度的那个夏天对你来说，就真的只是一段甜蜜的小插曲吗？"

莎拉望着窗外的草坪思忖良久，收音机里传出了女高音带颤音的咏叹调。"不是的，"她终于想好了答案，"可是，杰米，这样难道不是更好吗？不如我们现在达成一致，就把它当作一段小插曲好了。我真的不知道为什么会事与愿违，为什么我至今都没有完全释怀。但我已经有自己的生活了，我已经是个母亲了。就算我对你的感情很复杂，那又能改变什么呢？"她的目光像探照灯一样打在了他身上，他觉得整个人都被暴露在她面前，觉得她看透了他心中那可悲的执念和欲求。然后，她坚定地说："要是我跟你上床，那不会有什么好结果的。"

虽然这是一句拒绝的表达，但其中的关键词还是激起了他的欲望。他问她："但你不觉得也许这事儿本身就值得一试吗？"他想要调侃一番，但这话并未让气氛缓和下来。

她表面上仍十分沉静，但他觉察到了她内心的挣扎。他对她知之甚少，猜不出此刻她在权衡些什么。终于，她用不容争辩的语气说："我不可能离开刘易斯，我爱他，这一点你必须得明白。所以我觉得做这事儿没有意义，只会给我们双方都带来痛苦。"

一阵忧伤擒住了他，让他无比失落，并决意离开："我该走了。"

她没有挽留，而是送他穿过屋子，往大门走去。两人在门口停下了脚步，他对她说："明天的晚餐我要失约了，请向刘易斯转达我的歉意。"

"我会的，"她顿了顿，接着问他，"你接下来有什么打算？你准备入伍吗？"

"我不知道。"

"看来你不想。"

"当然不想。"

"你以前不是一想到动物被虐待就会变得怒气冲天吗？你对人类难道就没有同样的怜悯之心吗？"她湿了眼眶，把手放到了他的胳膊上满怀激情地说，"我们都得勇敢点儿。"

他看到，莎拉正被她自己周身散发出的浩然正气所感动。他是否也曾同样被自己的坚持感动呢？人们该怎么透过那层大义凛然的外衣，看清自己的真面目呢？想到这里，他开口道："可你连自己的父亲都不敢反抗。"

她把手放了下来。"你怎么能把这两件事儿相提并论呢？"

"我只是想说，你口口声声要别人勇敢，可你自己永远都只选择最稳妥的道路。"

"这么说未免也太不公平了，不是每个人都能像你那样自由选择人生的。"

"没错，关键就在于选择。你刚才说希望自己不那么循规蹈矩，你本来是可以做到的，但你一次又一次地选择了安分守己。这本身没什么问题，但你不要假装自己是被别人逼的。"

"我没有假装！"

"那很好！"

两人怒容满面地瞪着对方。接着，她猛地一下打开门，他一边大步走了出去，一边戴上了帽子。他听到门在他身后重重地关上了，但他忍住没有回头。

他往远离这座城市的方向走去。现在，问题解决了。

在第五大道一个门童的指引下，玛丽安穿过铺着黑色大理石的门廊，走进了电梯。穿着黄铜色纽扣制服的电梯操作员嘴角挂着一抹浅笑，将她从头到脚打量了一番。接着，他关上电梯门，转动了一根在玛丽安眼中极似油门杆的手柄，电梯开始上升。她不禁琢磨起自己的同行们前来面试时是怎样一身打扮。不一会儿，电梯操作员对她说："小姐，您的楼层到了。"

她在走廊里停下脚步，抚平了裤子，摆正了胳膊底下夹着的飞行记录本。她伸手敲门后，一位身穿制服的女佣打开了杰奎琳·科克伦寓所的门。

屋里富丽堂皇。门厅地板上印着大理石质地的航空罗盘；墙边放着一张玻璃桌和一个架子，上面摆放着各种飞行竞赛的奖杯——有球状、杯状、螺旋形，还有带翅膀的小人；墙面和天花板上满是史上赫赫有名的飞机。玛丽安伸长脖子四处张望，仿佛置身于一场航空展览：她认出了莱特飞行器、圣路易斯精神号、阿梅莉亚的洛克希德

"织女星"、一队双翼机、一架齐柏林飞艇[1]，当然还有杰姬[2]自己赢得本迪克斯跨大陆飞行竞赛时的留影。

二月在阿拉斯加的时候，玛丽安听某位同行说，他在加州开农业喷粉机的姐姐收到了来自一个姓科克伦的女人的电报。这位女士正在招募女飞行员加入英国的空运辅助部队[3]，负责运输战斗机。电报内容是这样写的："我们也要为前线贡献一份力量。如果您想要为国效力，这次出征海外的任务将是理想的选择，您将有机会驾驶战斗机，但无须参与实际作战。"

由于担心自己错过报名的截止日期，玛丽安立马给杰奎琳·科克伦发了封电报，附上了自己在无人区飞行的简短经历介绍和飞行总时长，并请求对方接受自己的候选人申请。那可是战斗机啊！一旦被录用，她就将成为一名战斗机飞行员——自从租借法案[4]颁布以来，她曾多次在阿拉斯加上空看到这种飞机，它们数以百计地开往苏联。第二天，她就收到了回音：请前来纽约接受面试。如通过面试，您将直接前往蒙特利尔接受飞行评估，继而前往英格兰。

女佣领玛丽安穿过偌大的起居室，走廊另一头有一名男子正在用清脆而干练的声音打着电话，两边的墙上出现了更多的飞机。一名打扮精干的年轻女子与她们擦肩而过，手里还捧着一沓文件。玛丽安停下脚步，看了看墙上一张装裱起来的报纸照片——杰姬坐在驾驶舱里，正对着一面小镜子涂口红。

在一个开着窗户、俯瞰东河的明亮房间里，杰姬坐在白金相间的写字台后边，满桌的纸张被大小和材料各异的镇纸压着——包括一只

---

[1] 一种硬式飞艇，由德国工程师斐迪南·冯·齐柏林伯爵（Ferdinand von Zeppelin）设计。
[2] 杰奎琳昵称。
[3] 英国空运辅助部队（Air Transport Auxiliary）是成立于第二次世界大战初期的负责飞机运输的英国民间组织，总部设在伯克郡的怀特·沃尔瑟姆机场，部分飞行员为女性。
[4] 1941年3月11日，美国通过租借法案，免费或有偿向法国、英国、中华民国以及后来的苏联和其他同盟国提供粮食、军事物资以及武器装备。

黄铜老鹰、一大块紫水晶，还有一个指南针——以免被和煦的微风吹跑。杰姬起身与玛丽安握手，她的金发梳得一丝不苟，身穿一袭红色的束腰绸缎连衣裙。她看起来像是一个被精心雕琢出来的人，那种在群像中立于众生之上的女性。

两人坐下后，杰姬冲玛丽安摇了摇手指。"你这样可不行。"

玛丽安以为杰姬上来就要淘汰自己。"我不行吗？"

"你要做个大使，你代表的是美国女性的形象。我们要的是淑女，可不是脏兮兮的猴子。"她字正腔圆的说话方式盖住了天然的鼻音和一丝尖锐。

玛丽安低头看了看自己的打扮。"我想过穿裙子来的。"

"那你怎么没穿呢？"

上午，她曾在梅西百货的玻璃门外犹豫过一阵。当时，几个穿着入时的女子与她擦肩而过，她们提着大包小包，纸袋突出的棱角硬生生地蹭过她的腿。透过窗户，她瞥了一眼里边光洁的地板和柜台，还有上边的一瓶瓶香水，然后看到了与之格格不入的自己的身影。"希望越大，失望也会越大。"她这么回答了杰姬。

"你的内外是一体的，你的穿着应该彰显你的追求。"

"我的追求只是做个飞行员而已，除此以外，别无其他。"

杰姬在微笑的同时也蹙起了眉头。"你可真固执。要知道，人们想看这种反差。一个像杂志女郎一样漂亮的女孩，落落大方，一头波浪鬈发，给人端茶送水，结果居然还是这架大飞机的飞行员。大家都喜欢看飞行俏佳人的戏码。"

看来，在驾驶舱里抹口红并非出于礼节考量，也不是故作媚态，而是一种伪装，仿佛一只甲壳虫放下双翼，变出一面光滑的盾牌。

杰奎琳·科克伦其人其事：杰奎琳·科克伦出生于1906年，原名贝茜·李·皮特曼。幼年时期，她跟随父母辗转于佛罗里达州北部的破落锯木厂小镇，但为了营造自己从小孤身打拼的形象，成名后她对外宣称自幼父母双亡。她有四个兄弟姐妹，出身贫苦，在抓螃蟹和偷鸡的日子中度过了童年时光。根据她的说法，小时候的她用面粉袋当裙子穿，住在窗户用油纸糊的吊脚小木屋里，每晚躺在干草垛上入眠——此话似乎不假。

一位老人家曾经不怀好意地骗她说，她最开始是个男孩儿，但她在很小的时候中了印第安人的箭，被射出了一个肚脐眼。当时她吓得一屁股坐在了一把斧子上，所以才变成了女孩儿。根据这位老人的说法，女孩儿都是坐在斧头上的男孩儿变来的。

让她感到不解的是，既然如此，那男孩儿怎么也有肚脐眼呢？是因为他们中箭的时候没被吓到吗？还是因为他们中箭的时候附近没有斧头呢？锯木发出的刺鼻焦味在她的童年岁月里弥散开来，总有一层薄薄的木屑粘在她的皮肤上。她爱漫无目的地闲逛，很小的时候曾在树林里目睹一名男子惨遭私刑，被人活活烧死。

八岁时，贝茜·李在一家纺织厂里打夜工，推着小车把线轴送到编织工手中。有朝一日，杰姬·科克伦将告诉大家，她用当时打工挣的钱给自己买了第一双鞋。每天中午，她迅速地吃完午餐，然后躲在推车里打个小盹儿，希望不被工厂里的那些男人发现。她还学会了出拳和踢腿，这两招有时还挺管用的。很快，她就被提拔为纺纱工，从早到晚都待在车间里来回走动，巡视线轴是否有故障。日复一日，她的肺里填满了线头，耳边充斥着机器的啸叫。南方夏夜的湿气在纺织厂狭长的屋顶，还有周围的棉花地和红土壤上经久不散。年幼的贝茜·李将手伸进机器，用小巧而灵活的手指重新连好断掉的棉线，从而让卷轴继续转动。

机灵的小贝茜再次获得升迁。在新岗位上，她负责监督十五名童工——这些枯瘦又干瘪的小家伙像宝石匠一般佝偻在丝缎般的棉布上方，用她们的火眼金睛检查新出炉的编织品。

十岁时，纺织厂发生罢工，她被招进了美发店，工作内容是清扫头发和调配洗发水。

她的人生从此扶摇直上。

杰姬将双手交叠在写字台上，对玛丽安说："如果你通过了，你的任务就是按指令运输飞机，从工厂到机场，或者往返机场和维修站，让皇家空军的飞行员将全部精力投入作战。无论你过去有什么经验，都得从教练机起步，队里对所有新人都一视同仁。如果证明了自己的能力，你就会进入下一阶段。你会先练习驾驶各种机型，比如双引擎机，开始执行正式任务以后，难免还会遇到你没碰到过的机型，那就得自己看说明书上手。这活儿是能贡献实际价值的，但并不轻松。你觉得自己能行吗？"

玛丽安生怕因为说错话而失去这一机会，因此她一声不吭，只是点了点头。

"能行？"杰姬问道。

玛丽安悄声说："能行。"

"你是从阿拉斯加飞过来的吗？"

"是的。"

"什么飞机？"

"比奇 18。"

"用了多久？"

"九天。"

"这可不算快啊。"

"路上天气不太好，而且我还顺路去俄勒冈看了我弟弟。"可怜的杰米迟迟无法决定是否要参军，他进退两难，饱受道德感的困扰。他问玛丽安：我该怎么办才好？她提议他可以找份画征兵海报的工作。毕竟，她希望他能平安地度过战乱岁月。

"你是阿拉斯加来的，这么说你一定习惯了恶劣的天气。"

"狂风暴雨对我来说就是家常便饭。"

"那很好。英国人不准备教空运辅助部队的飞行员怎么依靠仪表去驾驶，所以这方面你有优势。那地方云雾很多，一眨眼的工夫就会把你困住。"

"他们为什么不教看仪表？"

杰姬指了指桌上的一沓文件。"他们的说法是，辅助运输的飞行员应该始终将地面保持在视野范围内，不能超过一定高度。这也太不切实际了，那边的天气堪称恶劣，"她顿了顿，好让玛丽安意识到严重性，"如果出了状况，该怎么办？无论经验再怎么丰富，你还是可能遭遇危险。听说过艾米·约翰逊吗？就是那个飞到澳大利亚的英国姑娘。她就是在执行空运辅助部队的任务时落得个跳伞溺亡的下场，她很了解仪表，但还是出事儿了。我说这些不是要吓唬你，反正过不了多久你也会听说这些的。"

"我身边很多飞行员都遇难了。"

"我也是。不过，如果你真去了，可别告诉英国人我说了这些。他们觉得我总对什么都不满意。但在我看来，不教仪表飞行是对飞机的浪费，也是对飞行员能力的浪费。他们说不教这个是出于安全考虑，但我觉得这只不过是他们的权……那个词怎么说来着？"

"权宜之计？"

"没错，权宜之计！我总能学到新词，毕竟我是个好学的人。你读过多少书？"

"我八年级就辍学了。"

"但你知道的词倒不少。"

"我小时候读过很多书。"

杰姬的目光像灯塔一般被点亮了，仿佛看到了知己。"这么说来，咱俩是一路人，我们都是自学成才的。看来你不怕重活。"

"确实如此。"

"你知道吗？我十四岁那年就买了辆自己的福特 T 型车，用的是我在发廊挣的钱。"

十一岁那年，贝茜·李·皮特曼已经开始给人理发了，并且掌握了上卷和编发。她对形象改造很有一套。有头有脸的女士们不愿暴露爱美之心，纷纷选择从后门进店，但风月女子们则会从正门大摇大摆地进来。贝茜·李喜欢这些姑娘，她们的老鸨口中那些有关远方城市的故事，更令她向往不已。

有一段往事，她既没告诉玛丽安，也从未向任何人说起：她十四岁那年未婚先孕，后来嫁给了孩子的父亲罗伯特·科克伦。将孩子留给佛罗里达老家的父母照看后，她独自移居蒙哥马利（亚拉巴马州首府），用给人烫发挣来的钱买了那辆福特。但是，她要当一辈子美发师吗？这能让她自己或者小罗伯特过上体面的日子吗？后来，经过一段时间的护理培训，她在某个工业小镇的诊所找了份工作。有一次，就着玉米棒做的灯芯发出的亮光，她为一个产妇接了生，那位母亲身下的干草垛让她触景生情。地上还躺着三个孩子。她想给新生儿做个襁褓，却连块干净的布都找不着。

不，这不行，她这辈子不能就这样过下去。

四岁的小罗伯特在外祖父母的后院玩耍时死于一场火灾。他被埋葬在一块心形的墓碑底下。杰姬从自己的故事里抹去了他的存在，她别无选择。

她必须离开，远走高飞。

二十岁那年，离异后的杰奎琳·科克伦来到纽约，加入了萨克斯第五大道精品百货店的安托万美发店。这家美发店的创始人是大名鼎鼎的"安托万先生"[1]，这位明星理发师对潮流有着敏锐的嗅觉。他发明了

---

[1] 原名安东尼·斯普里克沃斯基（Antoni Cierplikowski，1884—1976），是一名在巴黎开理发店的波兰理发师，也是世界上第一位明星理发师。

波波头，还设计了一款别具一格的假小子发型，可可·香奈儿、伊迪丝·琵雅芙[1]和约瑟芬·贝克[2]的造型均出自他手。他很欣赏杰姬和她一丝不苟的唇线、精心粉饰的鼻梁，还有那昂贵香水之下淡淡的木屑味。

每年冬天，她都会把她的雪佛兰从纽约一口气开到安托万位于迈阿密的宅邸，顺便载上几位搭车者作为旅伴。这个国家正在经历一场大萧条，但迈阿密仿佛游离世外：酒吧、赌场和高档夜总会比比皆是，爵士乐队和鸡尾酒让人们纵情欢乐，梦幻的白色沙滩绵延不断。彼时的杰姬穿着丝袜，拥有各色各样带小圆镜子的金粉盒（小巧的镜面每次只能照出她的局部妆容）。但浮华填补不了空洞的内心，也不是长久之计。假以时日，鬈发会松垮坍塌，油脂也会渗透妆容，而那块心形的墓碑却依然矗立于佛罗里达西北部的故土。她所住酒店的房顶、外边花园里的棕榈树，还有树下酣睡的火烈鸟，都笼罩在夜色之下。她的心底仍有一股逃离的冲动，但她想逃离什么呢？难道她想推翻自己苦心打造的耀眼人生吗？再说，她又能往哪儿去呢？

"我小时候也给自己买过一辆福特，"玛丽安说道，"用的是我开货车挣来的钱。"

杰姬眼中的赞许之色又多了一分。"是吗？那你还挺厉害的。如果出了国，你准备怎么处理你那架比奇？"

"也许会卖了吧，或者放起来，我也不知道。它已经久经沙场了，我之前是飞无人区的。"

"这我知道，你在电报里写了。"杰姬伸手拿过玛丽安的飞行记录本，直接翻到了最后一页去看上面的飞行总时长。她那对精心打理过

---

① 伊迪丝·琵雅芙（Edith Piaf，1915—1963），法国歌唱家，被誉为"国民歌后"，代表作为《玫瑰人生》（La Vie en Rose）。

② 约瑟芬·贝克（Josephine Baker，1906—1975），美国出生的非洲裔法国歌唱家、舞蹈家。

的眉毛扬了起来。"如果你真有这么多飞行小时数，那我怎么从没听说过你？我以为外头最有经验的那些姑娘我都有所耳闻，原来……"

玛丽安想听杰姬把话说完，但后者只是继续翻着记录本。"我基本上一直都待在北边，"玛丽安接着说，"独来独往。"

"你的飞行经验还真挺丰富的。"

也许是因为先前看到的那些金光闪闪的奖杯，也许是因为杰姬光彩夺目的头发，玛丽安有些被冲昏了头脑。她脱口而出："我的飞行时长可不止里面记的那些，真实数据比这多多了。"

杰姬把脸一沉。"那怎么都没有记录？"

玛丽安知道自己失策了。她望着窗外，思考着该如何向对方解释，自己曾给一个酒贩开过货机，而且当时还没有执照，而在恢复玛丽安·格雷夫斯这一身份以前，她还曾以简·史密斯的名义生活过一段时间。"有一阵子，"她终于开口了，"我用的是另一个名字。"

"为什么呢？"

"当时我离开了我丈夫，不希望他找到我。"

"那他现在在哪儿？"

"他死了。"

"我明白了。"杰姬也顺着玛丽安的目光望向了窗外，似乎陷入了沉思。

1932 年，杰姬参加了迈阿密的一场晚宴，当时她的邻座是个三十多岁的华尔街富豪，名叫弗洛伊德·奥德勒姆[①]。他出生于密歇根州尤宁城的普通家庭，父亲是一位循道宗[②]的牧师，他通过白手起家进入了金融界。1929 年，出于一股说不清的不祥预感，他抛售了自己持有的大部分股票，刚好躲过了华尔街的股市大崩盘。在此之后，他又低

---

① 弗洛伊德·奥德勒姆（Floyd Odlum，1892—1976），美国商人、企业家。
② 一般指卫斯理宗，为基督教新教七大宗派之一。

价收购了多家企业。人们称他为大萧条时期美国唯一不亏反盈的人。听闻晚宴上的一名女宾客是个自立谋生者（他还没怎么遇到过这样的女人），他便主动要求与她相邻而坐。

在吃煎蟹饼时，他问杰姬："您想要什么？"

杰姬回答道："那就劳烦您给我递一下盐吧。"

"哦，不，我的意思是，您有什么追求？"

原来她想开家属于自己的化妆品公司。但是，市场太复杂，竞争太激烈，而且眼下每个人都勒紧了裤腰带，手头有闲钱的人可没几个。

她说，在生活跌到谷底时，小小的奢侈对心情会有很大的改善作用。

他说，一支唇膏也能蕴含希望。

说得没错。

他问，有没有想过开飞机呢？驾驶飞机能带来比经营奢侈品更大的成就感。

她以前从没想过自己还能成为飞行员，可从那一刻起，这个想法让她蠢蠢欲动。她大声问他："我也能开飞机？"

当然能了——他的语气不容置疑。这让她意识到，他将成为自己生命中不可或缺的一部分，他将会树立她的自我信念。

对他而言，她是又一件价值被低估的商品，一件可以被低价收购的升值品。

他已有了家室，但这又何妨？

第一次升上天空后，她整个人都沸腾了。就是这种感觉，这就是她渴望的远走高飞。

杰姬仍望着窗外，问玛丽安："你喜欢纽约吗？"

看来杰姬并不打算追问有关自己亡夫的事情，这让玛丽安松了口气，她回答道："待在城市总让我有些不自在。"随着战火蔓延，安克雷奇、诺姆和费尔班克斯的疆域均有所扩大，但它们仍只是边陲小镇而已。自从"珍珠港袭击事件"发生以来，夜间断电便屡有发生，让整个领地都陷入了不安。

"这是你第一次来这儿吗？"

"不，几年前我来这儿度过蜜月，不过只待了几天。"

杰姬的目光中流露出好奇，但似乎决定不再继续探究此事。"好了，听着，如果你去了英格兰，你得跟空运辅助部队签一份十八个月的协议，这你愿意吗？"

"当然。"

"那就是'愿意'咯？"

"是的。"

"这可不是什么美差。"

"美差反倒会让我不知所措。"

"但我还是有义务警告你，这份工作会很危险。工作时间长，天气恶劣，食物和燃料都是限量供应的。你随时可能遭到枪炮攻击，而且这些飞机年久失修，有可能会在路上解体。飞机上没有无线电通信，德国人虎视眈眈，防空气球无处不在。你甚至可能连英国都没到，就在船上遭遇不测。"

玛丽安还没考虑到前往英国的船可能会被袭击的情况。"以前也发生过吗？"

"很多人都遇上过，但我的姑娘们还没，暂时还没有。"话毕，她瞥了一眼飞行记录本中的一页，又往后翻了几页，然后合上本子，把它还给了玛丽安，"所以，你拿定主意了吗？"

玛丽安伸手接过了本子。"当然。"

"那你决定加入我们了？"

"是的。"

杰姬用一根精心修剪过的手指敲了敲桌子，棕色的瞳仁仍在盯着玛丽安。"除了服装要得体以外，军队上层还希望你们具备优异的道德品质。"

"好的。"

"他们可不想看到什么丢人现眼的事儿。有些男同胞的作风实在让人大跌眼镜，所以你们这些姑娘必须得无可挑剔，你们一点儿错都不能犯。一定不能出现作风问题，要切记。"

在弗洛伊德的扶持下，杰姬的化妆品事业开始起步。公司的口号是"飞向美丽未来"。在他的支持下，她本人也从地面腾飞了起来。1934 年，她首次亮相航空竞速赛，成了参加从英格兰萨福克郡至墨尔本比赛中的二十名飞行员之一。遗憾的是，比赛中她因为引擎熄火而不得不在布加勒斯特迫降。但次年，她又"卷土重来"，参加了加州伯班克的本迪克斯竞速赛。在那次比赛中，阿梅莉亚·埃尔哈特在不到凌晨五点时率先起飞，飞入了一团加速积聚的不详云雾。在杰姬前面出发的飞行员起飞不久后就坠机了，不幸葬身火海。在工作人员清理残骸时，杰姬致电当时已离异的未婚夫弗洛伊德，想让他帮自己拿拿主意。

"理智总是倾向安全的选择，"他说，"但在强烈的情感冲动面前，不应总是让理智占据上风。这是哲学层面的问题。"当时，她还没跟他提过小罗伯特的事儿，当然也没提过很久以前那个在树林里被烧死的男人。

"所以呢？"

"所以你得自己做决定。"

答案是离开。但究竟是开着飞机离开，还是离开这架飞机呢？斟酌再三后，她选择勇敢起飞，但为了避开云团，她飞到了超过飞机承受范围的高度，导致引擎温度飙升，最终她还是迫降了。

1936 年，她嫁给了弗洛伊德，两人买下了一套俯瞰东河的十四室公寓，而在未来的某一天，玛丽安将来这里接受面试。夫妇俩还购置了康涅狄格州的一栋乡村别墅以及加州棕榈泉市的一处农场。此外，他们还收购了纽约的一栋大楼，将其建为一座孤儿院——确实如此！——以培养这座城市下一代出身贫苦但足智多谋的小杰姬们。他们赞助了埃尔哈特 1937 年的绕地球环飞壮举，也就是导致后者与弗雷德·努南下落不明的那次旅程。不过，杰姬表示，她曾警告过阿梅莉亚，说她认为弗雷德恐怕无法找到豪兰岛，但后者无动于衷。

1938 年，杰姬摘得本迪克斯竞速赛的桂冠。1939 年，她创下了女子飞行的海拔纪录、两项全国速度纪录，以及一项国内飞行纪录，先后获奖无数。她还自愿成了一名试飞员。同年 9 月，在德国入侵波兰后，她致信埃莉诺·罗斯福并提出谏言：如果发生战争，可考虑在国内起用女性飞行员承担辅助性飞行任务（也称女子飞行）——比如，她们可以将教练机从工厂运抵空军基地，好让男飞行员腾出手来。

第一夫人在回信中感谢她的建言献策，并在信中写道：倘若美国加入战争，我国确实需要巾帼英雄为国效力。但女性的用武之地应由男性来拍板定案。

"我是对开飞机感兴趣，"玛丽安对杰姬说，"如果我想到处乱跑，那我大可以留在阿拉斯加。我基本上都是一个人乐得自在。"

"基本上……行吧。记住，可别跟任何人暗示你的飞行经验不止本子上记录的这些。所有事情都得光明正大地按规矩来，懂吗？"

"当然。我是说，好的。"

杰姬放声大笑。她的皮肤随着收起的下巴皱了起来，打破了此前一直维持的完美形象。这给了玛丽安一丝亲切感。"你学习能力很强，这跟我一样。到了蒙特利尔，你得先通过飞行测验，然后才会被送往英国。给你提个醒吧：对考官友善一点儿，他是那种宁愿看到你在厨房忙活的人。"

玛丽安回答道:"那他可要对我的厨艺失望了。"

1941年6月,经过一番唇枪舌剑,杰姬开着一架哈得孙轰炸机从蒙特利尔出发,穿越大西洋抵达了苏格兰。空运辅助部队的男同胞们对她的这一计划颇有微词,毕竟飞越大西洋就在不久前还是一项让人肃然起敬的殊荣。听说杰姬有此打算后,其他飞行员扬言要罢工。

部队上级做出妥协,找了个男飞行员陪同她一起飞行,并由他来负责起降操控。

当杰姬来到出发地时,那架哈得孙的防冻液已一滴不剩,氧气系统被动了手脚,而用来打开氧气的专用扳手也不知所终。杰姬只得自行修理,还重新购置了一把扳手。飞机的救生艇也不见了,但想着反正也用不上,她就这样出发了。当杰姬二人在纽芬兰加油时,扳手再次神秘失踪,驾驶舱的窗户还被砸碎了。于是,她又买了一把扳手,并用胶带堵上了窗户的破损处。两位飞行员安然无恙地跨越了大西洋,其间飞机始终由杰姬操控,不过,在做好着陆准备后,她还是将机长的位置拱手相让。

"我的秘书会安排你入住蒙特利尔的酒店,我们把姑娘们都安顿在那儿,"杰姬对玛丽安说,"然后你得买些新衣服,今天就去买。假设你通过了,到伦敦以后队里会给你发制服,但你还得准备一套旅行套装和几条裙子。大多数时候穿便裤也行,但你现在这身不行,上不了台面。你还得买几件上衣、一双平底鞋,再来几双普通的牛津鞋。"她一边说着,一边往一张带抬头的信纸上写下一列清单,"不过,也别太夸张了。有些姑娘带了满满几大箱衣服,那就不太像话了。你有钱吗?我可以找个助理陪你采购。"

"我有钱。"

"那我给萨克斯的姐妹打个电话,让她等着你。你过去找斯普林夫人就行。她还会带你去安托万的店里理发。那儿的人都认识我。"说完这些,她站起身来,"那就祝你好运了。"

玛丽安也起立跟杰姬握手。

"那我们就在那边见了,假设你顺利抵达的话,"杰姬说道,"好好表现,只要你不随随便便把飞机砸了,就不会有什么问题的。"

走到门口时,玛丽安停住脚步,向杰姬转过身去。"如果您不介意的话,我结过婚这儿希望您能帮忙保密。"

杰姬给了她一个意味深长的凝视,然后轻轻地点了点头。

从英国返美后,杰姬与罗斯福总统及夫人共进了一餐,其间她再次提议使用女飞行员来运送战斗机。总统的回答则是,我们也许会考虑你的提议。

她的得力干将们翻阅了成千上万份档案,最终挑选出了一百五十位经验丰富的飞行员。但空军上将们表示,目前光是男飞行员的人数就已超过了飞机的数目。再说,空军基地有几百号甚至上千号血气方刚的男人,怎么能放心把几个姑娘家安排到那儿去呢?这肯定会乱套的。所以,答案是,这行不通。

不过,他们还说,可以再问问英国人需不需要你那些军中姐妹。

事实证明,英国人苦于人才短缺,物资枯竭,对此求之不得。再次来到伦敦的杰姬置办了几身昂贵的行头,租了辆戴姆勒,穿着貂皮大衣,开始了她的游说。听说军医想对姑娘们进行裸体体检后,她表达了强烈的反对,并且毫不妥协——此举让她的英国同行们纳闷不已,搞不清她这个人到底算是开放,还是古板。(当年她在纺织厂当童工的时候,出拳和踢腿并非屡试不爽。)

1953 年,在莫哈韦沙漠 ① 的一块盐滩上空,杰奎琳·科克伦将成

---

① 莫哈韦沙漠(Mojave Desert)是美国西南部内华达山脉中的一片沙漠,主要位于加州东南部和内华达州西南部,还有一小部分位于亚利桑那州和犹他州。

为全球首位突破音障飞行的女性。而到了 1964 年，她将驾驶 F—104G 型战斗机 ① 飞出 1429 英里的惊人时速，创下历史纪录。

时间拨回到 1942 年，杰姬手下的二十六位美国空中女将从蒙特利尔跨越大西洋抵达了利物浦，玛丽安·格雷夫斯就位列其中。

---

① 洛克希德 F—104 星式战斗机（Lockheed F-104 Starfighter），是一种超音速截击机。

玛丽安之前并不知道蒙特利尔是个岛，而她也从未去过不讲英语的地方。多瓦尔机场的上空热闹非凡，引擎的噪声嗡嗡作响，各种飞机满天飞——有的刚从工厂飞来，有的准备出发前往欧洲，一批飞行学员正在练习连续起降。B-17轰炸机^①在单引擎教练机中间飞过，犹如鲸鱼之于鱼群。大型轰炸机和运输机将先前往甘德（加拿大纽芬兰岛地名），然后穿越大西洋，向爱尔兰或英国进军。至于小型战斗机和教练机，有些会被拆卸并通过轮船运输，另一些则会沿着高纬度路线飞行，依次经过纽芬兰岛、格陵兰岛和冰岛，最终到达英国。城里正在进行一场阅兵式，玛丽安起初无法分辨各种服装颜色和各色徽章所代表的含义。

成群的"虎蛾"^②和派珀"幼兽"载着飞行学员，绕着机场一圈圈盘旋。一批全新的飞行员即将破茧成蝶。在战争期间，一切都得加倍

---

① 波音公司为美国陆军航空队研制的一种轰炸机。

② 德哈维兰"虎蛾"双翼机（de Havilland Tiger Moth），英国皇家空军使用的主要教练机机型。

供应。

过去的三个星期，玛丽安只开了五个小时的飞机。此刻，她正在试驾一架亮黄色的"哈佛"教练机①，起落架舱门垂落了下来。驾驶舱内飘着热金属和橡胶的味道，还有一股呛鼻的气味，她将那想象成了飞行本身的味道。评估她的考官是个美国人，正如杰姬所警告的那样，此人对女人开飞机这件事心怀疑虑。"但我们必须得过这一关。"跟她同住在蒙特皇家酒店的一个姑娘如是说。有几个女孩留下了用啤酒贿赂考官的成功经验，于是玛丽安也效仿了一番。此外，她还挤出了甜美的笑容，并努力假意奉承地问这问那，对方也乐得说出在因慢性头痛淡出陆军航空队之前那些死里逃生的英勇事迹。

体检时，一位医生对她左戳右捅一番，测量了她的身高体重，还给她抽了血。不仅如此，他还仔细盘问了一系列有关她月经的问题，最后嘱咐道："经期内以及前后三天不能开飞机，这是规定。"

"没问题。"玛丽安不假思索地回答道。她已经从别的姑娘那儿听说了这个奇怪的规定，所以才答得面不改色，哪怕这一回答意味着她有一半的时间都不能开飞机。

当前她的任务基本上就是按兵不动。杰姬每次只安排四五人一船跨越大西洋，以免鱼雷袭击导致全军覆没。在此期间，姑娘们晚上会待在蒙特皇家酒店，白天就在机场附近转悠。玛丽安一般会在酒店吧台喝上一杯，其他飞行员、往返大西洋的船员和杰姬的姑娘们都是这里的常客。她不习惯与这么多人共处一室，其他人高声谈笑，她则一言不发地点头附和。如果实在无法坚持，她就会起身不辞而别。

她尤其不习惯与姑娘们打交道。尽管她们都热爱飞行，也想趁此机会见见世面、大显身手，大多数人也都挺好相处。但是，她们不是跟父母同住一个屋檐下的乖乖女，就是涉世未深的住校女学生，还有

① 北美航空公司的 T-6 "得州人" 教练机（North American T-6 Texan），被英联邦空军称为"哈佛"（Harvard）。

一些则已步入了婚姻殿堂。融入这个圈子比她想象中的要困难，而她也不愿向他人分享自己的经历。"你可真神秘啊。"对她做此评价的女孩出生在富裕家庭，十六岁生日那天还收到了父亲送的飞机。

直到遇见了露丝。

露丝·布鲁姆来自密歇根州。她比玛丽安晚两周抵达蒙特利尔，两人是在酒店大堂相遇的。当时，玛丽安身上还穿着飞行服，正推着旋转门走进大堂，露丝则站在前台，穿着平底鞋和一条很短的蓝色连衣裙。暴露她飞行员身份的，是脚边放着的几个破旧的棕色行李箱——上面贴满了飞机制造商和航空竞赛的贴纸。她一眼就看到了玛丽安，并向她大喊一声："你一定是杰姬的人吧！"

露丝个子不高，身材丰满，拥有壮实的小腿肚和紧实的腰身。她精明强干，擅于交际，浑身散发着古灵精怪的气息。她的丈夫艾迪在得克萨斯州接受导航员培训，对重型轰炸机觊觎已久。她参加了一次政府办的面向本科生的民航飞行员培训（因为男性报名人数不足，所以她才有机会——反正她跟招生人员强调过，不让她入选她是不会罢休的），并在那儿认识了艾迪。"珍珠港事件"发生后，艾迪马上应征入伍，不过他未能在飞行员选拔中脱颖而出，而是被调剂到了导航员的队伍。露丝说她不能眼睁睁地看着丈夫为国效力，自己却无所作为。她也收到了杰姬的招募电报，所以现在来到了这里。

"你结婚了吗？"她问玛丽安。

"没有。"

"那有没有订婚什么的呢？"

玛丽安避开了目光。"没有。"

"我这人就爱打听。"露丝一边毫无歉意地解释道，一边还将玛丽安端详了一番。那好奇的眼神让玛丽安想起了多莉之家的姑娘们，让她差点儿以为对方马上就该给自己抹口红了。但露丝那一脸喜乐的样子，再加上她对玛丽安自然流露出的熟稔，又与凯莱布不无相似之处，"你长得可真俊，"她评价道，"虽然你藏得很深。"

玛丽安伸出一只手摸了摸头发，先前她在萨克斯的发廊打理过发型，但刚才开那架敞篷"哈佛"时一直都戴着头盔，所以头发现在都被压扁了。她被告知必须得把头发留长，至少得留成波波头。"我不想引人注目。"

"但你故意把自己弄得很不起眼，反倒会吸引别人的目光，这你肯定发现了吧。"露丝伸出小巧而柔软的手攫住了玛丽安的下巴。玛丽安顺从地让对方左右拨动自己的脑袋，仿佛一匹等待买家出手的马。露丝强忍着笑对她说："你害羞了。"

"没有吧。"玛丽安一边说着，一边从对方手里挣脱了出去。

这回答引得露丝开怀大笑。"要是我请你喝一杯，你能不能把这地方的注意事项都给我介绍一遍呢？"

夏天过半，玛丽安终于从蒙特利尔出发了，她们一行四人挤进了一艘瑞典小货船狭窄的船舱，除了露丝以外，还有两个姑娘——西尔薇和洁璞，两人分别来自艾奥瓦州和加州。能与露丝同行并一起训练，玛丽安感到特别高兴，但她不确定在当下的岁月里，友谊这东西究竟合不合时宜，所以尽量做到不露声色。不过，露丝也兴致颇高，因为她跟玛丽安碰了杯，还说："格雷夫斯，感谢上天让我们不被拆散。"

玛丽安已经快一年没见凯莱布，也没跟他通信了。杰米也没听说他的消息，不知道他有没有跟那个当老师的女孩结为伴侣。她不联系凯莱布并非因为怒意未消，而是不想插足他的感情。其实，她始终刻意与他若即若离，生怕两人多年来的亲密关系一触即溃。而说到露丝，她担心自己会过于投入这段全新的友谊，但跟露丝在一起时，她总是喜不自胜、忘乎所以，这种近乎迷恋的感情让她心怀羞赧。露丝完全懂得玛丽安对飞行的执着，甚至无须她开口解释。而且，一个女飞行员要面对什么样的挫败和嘲讽，还要遭受怎样劈头盖脸的质疑和诘难，这些露丝都懂。

"我觉得但凡能庄严宣誓自己永远都比不上他，哪怕是条蚯蚓，他都会让你通过的，"露丝如此评价那位考官，"他只要求你能做到这一点，他不希望看到你有多厉害，相反，他希望你有自知之明。"

"为什么要拿蚯蚓说事儿？"玛丽安问道。

"什么样的男人馋女人的腿，我一眼就能看准。我稍微露了露，还夸他是个英雄，现在我这不是要去伦敦了？"

露丝对待玛丽安的态度中融合了慈爱、戏谑和挑逗，她有时颐指气使，有时又连哄带骗。玛丽安从没料到自己会喜欢这种被人掌控的感觉，但她惊讶地发现，顺着露丝的意思来是件令人轻松的事儿。

她们所处的这支小船队由一艘老旧的驱逐舰护航，从蒙特利尔出发，停靠在纽芬兰岛的圣约翰斯，等待与后续船只组成更大的船队。漫长又暖和的夏日在几个姑娘的盼望下一天天地过去。玛丽安已经卖掉了自己那架比奇，当她看到前往欧洲的飞机从眼前飞过时，对旧座驾的思念之情让她心如刀绞。晚上，她们会与其他乘客一起打牌喝酒。

西尔薇说自己之所以加入空运辅助部队，是因为她已经见识过了镇上、县里乃至整个艾奥瓦州的所有男人，而且她宁愿开飞机，而不是造飞机。洁璞则表示她盼望坐进众心所向的喷火式战斗机[①]，还希望经过此行后，她能告诉人自己见过了世面。对此，露丝不以为然地说："要是你只是想告诉别人你见过了世面，那你完全可以待在家里编编故事。"

洁璞翻了个白眼儿。"我当然也想亲眼看看啦。"

"那就别说你是为了告诉别人。"露丝说道。

洁璞和西尔薇在船头晒日光浴，给家里人写信。露丝却穿着工装裤出现在玛丽安眼前，叫她一起粉刷船上的扶手。船员们似乎觉得这还挺滑稽的。他们递过了刷子和油漆桶后就在一边无所事事地边抽

[①] 超级马林公司的喷火式战斗机（Supermarine Spitfire），英国皇家空军和其他盟国在第二次世界大战期间及前后使用的一种战斗机。

烟，边看着，交头接耳地说着瑞典语，直到露丝一把抓住那几个男人的胳膊，强迫他们一起干活儿。天气最热的那天，四位女飞行员齐刷刷地脱去了衣服，从船上跳到了海里——只有西尔薇很有先见之明地买了一件泳衣，其他人穿的都是内衣。她们相互牵着手，但水浪将她们冲散了。当玛丽安挣扎着重新钻出水面时，水下船体那面威严的铁壁让她莫名心悸。

一天晚上，一行十六艘船悄然无息地向东出发了。第一晚，英文最好的船员前来通知她们要停电的消息。他站在她们的舱房门口，满脸通红地盯着天花板，刻意将目光避开在床铺上歇息的姑娘们：西尔薇正在绑头发，洁璞则在抹脚指甲油。他指了指不透光的窗户上方挂着的窗帘说："这个要一直合上，还有这个，最好是……"他又指了指舱门，"保持打开，因为万一有鱼雷，那整艘船……"他做了个拧毛巾的动作，"也许就会……"最后，他把两只手摊开，再紧紧地压在一块儿。

"被困住吗？"洁璞问道。

"没错，"他感激地点了点头，又接着说，"困住。如果你们在里边，那就……"他摇了摇头。

"反正我们大概率是出不去的，不过还是谢谢你的提醒。"正在看书的露丝说了一句。

那个船员点了点头。"要穿着衣服睡觉，可以快……"他吹了声口哨，举起一只手，然后又点了点头，随即离开了。

洁璞和西尔薇准备熄灯时，玛丽安和露丝来到了甲板上。天上看不见月亮，也许是藏在了云背后。在一片黑暗中，她们听到了周围其他船只的引擎声，但什么也没看到。有那么几次，玛丽安觉得右舷处出现了一大片阴影，但每次都很快消散不见，旋即又出现在了另一方。看来是她的眼睛产生了错觉。"我可不想被困在船舱里，"她对露丝说，"被炸死是一回事儿，但我可不想眼睁睁地看着自己被困守在原地。"

"我也不想，"露丝回应道，"但到时候就要听天由命了。如果老天爷想让你活下来，你就会逃出生天，但如果你注定要死，那也回天乏术。"

"说得倒轻巧，毕竟咱俩现在活得好好的，而且旁边就是救生艇。"

"我觉得我们应该接受宿命论。说真的，在船上和在飞机上遇险，能有什么区别呢？"

"在飞机上你是能自救的。"

"哪有我们想的那么容易。"

第二天，浓雾将她们包围，直至旅途终点都仍未消散。第八晚，她们靠岸过了一晚，在次日清晨驶入了布里斯托尔海峡。随着港口越来越近，站在扶手边的玛丽安和露丝看到了几艘遭遇轰炸的船只：苍茫的晨霭中，变形的船头和烟囱若隐若现，焦炭色的船身在眼前逐渐清晰起来，但这些半没在水中的庞然大物很快又被雾海淹没了。

出租车车窗外的伦敦黑魆魆的。在从布里斯托尔出发的火车上，乘务员在夜深时依次拉上了车厢内的窗帘。车站和车舱一样亮着幽暗的蓝光，她们下车以后，觉得英国仿佛整个儿都在眼前消失了。

玛丽安和露丝、西尔薇——包括三人的手提包和行李箱——一道进了一辆出租车，洁璞则带着更大号的行李坐在了后面一辆车里。司机减速转了个弯，窗外有个绿白相间的亮影一闪而过，看起来好像两个荧光小球围绕着一个圆锥形的鬼影。

"那是什么东西？"西尔薇大惊失色。

"有鬼！"露丝回答道。

"别胡说八道。"西尔薇显然不太高兴。

"只是个警察而已，"司机回答道，"他们的披肩和手套上涂了磷光。"

玛丽安往窗外看去，跟刚才相比，黑色已没那么浓郁了。车大灯灯罩下斜的豁口往地面投下了微弱的亮光，刷成白色的保险杠连续不断地与她们擦肩而过。红色和绿色的交通信号灯半悬在一片漆黑中。当车在一处信号灯前停下时，玛丽安分辨出了行人穿过马路的身影，还有通往一堆碎石的一段宽阔台阶。"这是个地下世界吧？"露丝说道，"好一个阴森森的王国啊。"

"我建议你们买几副白手套，"司机对她们讲，"路边叫车的时候会显眼一些。"

"或者可以用来叫船夫，"露丝说道，"带我们渡过冥河。"

"别装神弄鬼的，"西尔薇抗议道，"我怕黑。"

"如果你们见识过这儿的闪电战[①]，"司机继续说，"就会明白，还有比黑更可怕的东西。"前方突然出现了一辆公交车悬崖峭壁般的车尾，司机猛地刹住了车。车身上画着一个大白圈。

"比如呢？"西尔薇问道。

"西尔薇！"露丝想要制止西尔薇天真的提问。

"比如火。"司机回答道。

酒店大堂灯火通明、人声鼎沸，里边站满了穿制服的警察，一排沙袋和厚重的窗帘将黑暗隔绝在外。杰姬·科克伦给她们留了一张字条，向她们表示欢迎，还约定第二天早餐时与她们见面。西尔薇和洁璞住进了五楼的双人房，露丝和玛丽安住进了六楼的两个单人间，还带一个共享的浴室。

玛丽安衣服都没脱就直接躺到了床上，她这才意识到，自从到达蒙特利尔以来，除了如厕以外，她还没关门独处过。此刻，她闭上双眼，然后把双手压在了眼睛上。她的眼皮底下冒出了飞舞的极光。门背后发出了水龙头流水和轻洒的水花声，看来露丝正在洗澡。科尔多瓦旅馆的那个女子在她脑中一闪而过，但她把那念头驱散了。她下床熄灭灯光，钻过天鹅绒窗帘，来到了窗前。刚才的浓雾已经

---

① 指 1940 年 9 月至 1941 年 5 月期间，德国空军对英国城镇轮番进行的空中轰炸攻击行动。

化开了，几片银亮的闲云悠然地飘浮着，一轮皎洁的半月高悬空中，俯瞰着幽暗的城市。在漆黑一团的海德公园更远处，月光勾勒出了屋顶、烟囱和塔楼的形状，那透亮的光芒仿佛是从山顶的冰冠上反射而来的。

米苏拉

1942 年 8 月

玛丽安抵达伦敦后不久

凯莱布坐在一截他平时用来砍柴的木桩上。杰米站在他身后，提起当年凯莱布给玛丽安剪发时用的那把沉重的剪刀，剪掉了他的辫子。乌亮的长辫在杰米手里垂落了下来。他问凯莱布："这东西你想怎么处理？"

"要不给你留着做个纪念？"

杰米把辫子甩到了凯莱布腿上。"谢谢，不用了，都归你了。"然后，他努力地把剩下的头发修剪平整，"我剪得有点儿不太齐。"

凯莱布伸手摸了摸后脑勺。"我想，军队的人肯定不会介意再帮我加加工的。"

"君子报仇，十年不晚。这下玛丽安可该高兴了。"

"我可没说过我很会理发，我只不过是当年唯一愿意效劳的人。"

"她跟你联系过吗？"

"没有。"

凯莱布的语气似乎在暗示他不愿再继续讨论此事。杰米说道："她到伦敦了。"

462

"那挺好。"

接着，杰米又试探性地剪短了凯莱布耳后的头发，但效果并不理想，他不由得皱了皱眉。他问道："你还跟那个老师在一起吗？"

"早就分手了。我还是不适合过拖鞋加烟斗①的日子啊。"

杰米以为凯莱布在拐弯抹角地暗示些什么。"这话是什么意思？"

"意思是，我是个无法被驯服的人。"凯莱布用剪下来的辫子拍打了几下大腿，但很快又变得严肃起来，"还是这样好，不用跟人告别。"

收到凯莱布告知自己决定参军的来信后，杰米专程从俄勒冈赶来为他送行。该签的文件已经都签好了，凯莱布很快就将接到出征的指令。他说，征兵的人对他带人打猎的经历很感兴趣。他还谎报了年龄：二十六，而不是三十。

而杰米仍未就自己的选择做出决定。

四月初，玛丽安曾在前往纽约的途中去看望了他。他对她讲起了在西雅图见到莎拉·费伊的事儿。"她说自己也想上战场——这话说得倒是轻松。"

玛丽安则回答道："如果别人什么都不让你做，那确实令人气馁。"

"没错，这我知道。她还说，我们都必须要勇敢。我对勇敢本身没什么兴趣，可这场战争……"他没有把话说完。

"没错，"玛丽安说道，"我懂你。"

"那我该怎么办呢？"他看着她，眼里充满恐惧。

"我希望你能平安无事。就大局而言，你的选择无关紧要，多你一个人冲锋陷阵，也改变不了什么。你就不能找份画征兵海报之类的工作吗？"

"这感觉像是在推卸责任，并且说服别人去送死。"

"在我看来，无论你画得再好，也无法凭一己之力说服任何人选

---

① 拖鞋加烟斗（slippers and pipe）为固定表达，用于形象地比喻男性闲适的居家生活。

这条路。"

"你就敢冒险，你是个勇敢的人。"

"这不一样，"她回答道，"我真的很想开那些飞机，也不是说我不想做点儿贡献，我是想的，但我这么做不完全是出于道义。我是有私心的，不像你，只想在和平岁月里生活下去，而战争却意味着你得放弃这种宁静。不过，话说回来，我也不一定会被空运辅助部队录用。"

"他们会要你的。"杰米肯定地说。

理完发后，两人在小屋里喝了几杯。杰米问凯莱布："如果我做不到，那会怎么样呢？"

"做什么？"凯莱布仰躺在床上，用一只胳膊枕着头。杰米坐在摇椅上。窗户敞开着，外面是温暖的夜空。

"战斗。"

"那你可能会送命。不过，你总有一天会死的。"

"拜托，你在说什么呢？"

"等你反应过来的时候，事情可能早成定局了。"

"那恐怕就为时已晚了。"

"我觉得大多数人都不知道该怎么战斗，他们到战场上只能充充人数而已。你可以找份不用向人开枪的工作，还有很多其他的岗位可供你选择。"

"每个人都这么说，玛丽安还建议我画宣传海报。"

"你还可以当炊事员，或者别的什么。"

自华莱士的老屋出售后，除了贝丽特的剪刀外，凯莱布还继承了华莱士那台古老的留声机。此刻，他起身走到留声机边，选了一张唱片放上。然后，他摇动手柄，放下了唱针。

德彪西的曲子开始演奏。放了一小段后，杰米想起了小时候，自己透过楼梯扶手看着华莱士和友人在楼下畅聊艺术的情景。"他们会让你选吗？"

凯莱布又坐回到了床上，他翘起二郎腿，点了一根烟。"估计不会。你有没有杀过什么东西，比方说鸟什么的？"

"我杀过蜘蛛和苍蝇，还有鱼。"

"赶明儿我们去捕麋鹿怎么样？我带你去。它们现在开始发情了，外头可有趣了。"

杰米凝视着杯底，晃了晃杯中的威士忌，希望凯莱布不会觉察到自己的厌恶情绪。"为了证明自己的能力而杀生，似乎是种浪费。"

"那些我给他们引路的城里来的猎人，专门这么干。但因为附近的狼和灰熊几乎都绝迹了，所以麋鹿和其他鹿类有点儿泛滥了……"

"这还不是拜你所赐？"杰米插话道。

"……有的是被饿死的。"

"我不确定这种考验合不合理，"杰米接着说，"人类和麋鹿又不是你死我亡的关系。"

凯莱布喝完杯里剩下的酒，把杯子放到一边。"杰米，杀麋鹿比杀人要容易，但你两样都不用做。"

"没错，那我就坦然接受自己是个懦夫的事实好了。"

凯莱布直视起他来。"你不是懦夫。"

杰米想问凯莱布，巴克莱·麦昆之死是不是他动的手。但问了又能怎样呢？而且，杰米也不是没起过杀心：那个虐狗的男孩、费伊先生，还有巴克莱，都是他恨不得杀之而后快的人。他心里是有那股冲动的。"好吧，那明天我们就去吧。"

那晚，他躺在凯莱布家的地板上，睡得并不好。在威士忌的作用下，整间小屋和窗外的虫鸣绕着他慢慢地旋转。在头晕目眩中，他又想起了莎拉·费伊的那封信。信是七月收到的，当时玛丽安早就离开了。

亲爱的杰米：

　　我希望你不介意我写信给你，我是从博物馆问到你的地址的。我们当时不欢而散，我很后悔自己对你说了那些话。至今我仍觉得我们都不该袖手旁观，但这些日子以来，我开始意识到，企图说服憎恶暴力的人——我想你便是如此——诉诸武力，是有欠妥当的做法。虽然我明白这场战争需要尽可能多的人参与，但我还是万万不想成为这种人。我写这封信的主要目的是向你转达一个合适的机会：目前，所有军种都在招募艺术家记录战争。这消息是我从家里的一个朋友那儿听说的，他是海军高级军官，知道我们认识很多艺术家，我跟他提到了你。根据我了解到的情况，你要先完成必需的培训，然后他们就会送你去战区，但你无须作战。当然，这差事也不是没有风险，但若你有兴趣，我很乐意为你牵线搭桥。

　　我希望你和你的姐姐都还安好。我的哥哥厄文成了太平洋上一艘驱逐舰的军官，刘易斯也作为军医出征了。我万分想念他们二人。

　　　　　　　　　　　　　　　　　　　　　　　莎拉

　　杰米没把这封信的事儿告诉凯莱布，写信给玛丽安时也并未提及，因为他担心两人会告诉他，莎拉口中的这一机会能让他的窘境迎刃而解。他也没给莎拉回信。她在这封信中表达的意思等于是，一旦他成为随军艺术家，便会在名义上尽到自己的职责，这一点他无法反驳，但尽管如此，他仍感到愤怒：她觉得他没有当兵的本事。在她眼中，他不像那几百万出征前线的男人，她认为他需要特殊照顾，需要一份安稳的差事。在她看来，这是份他能够胜任的差事，言外之意就是，他连当普通步兵的资格都没有。

没睡几个小时，他就在燥热中醒来，觉得口干舌燥，心"扑通扑通"地跳，空气中油腻的咖啡味让他几欲作呕。天还没亮，凯莱布就已经在忙活了，他打了几个鸡蛋，把平底锅放在了炉灶上。

他们在沉默中用完了早餐。凯莱布让他到外面的水泵旁边用肥皂冲洗一下身子，这样麋鹿就不容易闻到他们的味道了。夜色渐消，两人步入了森林。杰米顶着头疼跟凯莱布走了几个小时，肩上背着猎枪，胃里阵阵难受。他没问目的地在哪儿。蓝色的晨雾在树影间不断地飘移着。他踩着凯莱布的脚印往前走，尽量不发出任何声音，但跟像蛇一般悄无声息的凯莱布相比，他笨重得像匹马。树枝在他脚底发出一声脆响，引得凯莱布回头看了他一眼。

"我错了。"杰米悄声说道。凯莱布举起了一只胳膊，于是杰米停下了脚步。

凯莱布做出屏息聆听的样子，而杰米伸长耳朵，却只听到了微弱的滴答声。在一片寂静中，他的脑海里出现了植物生长、昆虫爬行和浮尘飞舞的景象。他知道，在战场上，这样的宁静意味着危机四伏和冷枪暗箭。只见凯莱布从腰间拔出一节竹管，往里头吹了口气，一阵尖锐的高音随即降为低鸣。两人在原地站了一小会儿。远处，一只麋鹿晃了一下身子。凯莱布示意杰米向左走，然后两人继续前行。

在一个小水塘边，凯莱布指了指地上的蹄印，以及被戏水的动物甩到树干上的泥点。过了一会儿，他再次停下脚步，跪下来，把猎枪放在了膝上。杰米则在一堆松叶上坐了下来，背靠着一棵树。两人四周一片雾蒙蒙，什么都看不清。一阵困意向他袭来，他慢慢地合上了眼睛。

过了不知多久，他被凯莱布摇醒了。一块凸出的树皮戳在了他的背部，他的腮帮子上还挂着一缕口水。顺着凯莱布手指的方向，他看到了树林远处一片刚刚隐现出来的草地。阳光透过了还未从草尖散去的晨霭。一群麋鹿正嚼着早餐徐徐前进：母鹿腿上的骨节向外凸出，耳朵高高地竖起；一头公鹿眼神警惕地跟在最后，颈部深色的毛发厚重而蓬松，就如雄狮一般。

杰米拾起猎枪，与凯莱布一起匍匐到了树林边缘。"过会儿就能瞄准了，"凯莱布用气音说，"再等等。"

杰米拉好枪栓，用一侧脸颊抵住了枪托。那头公鹿现在离他更近了些。杰米通过瞄准器看着他把头往后仰，两根粗壮的鹿角与背部平行。公鹿黑色的鼻翼翕动着，内眼角露出一抹白色，显现出渴望交配的急切。"开枪！"凯莱布在一边悄声道。

好一头生龙活虎的野兽。他想象着那四条腿"坍塌"在地，那雄美的鹿角像草叉似的被丢弃在草丛里。他放下了枪。凯莱布立马条件反射般地举起了枪，他习惯了替别人开枪。"住手！"杰米喊道。

雄鹿将目光投向两人，耳朵迅速地左右转动起来。杰米一跃而起，一边挥舞双臂，一边高喊着。那动物转身就跑，还惊动了旁边的母兽们。沉闷的雷声下，鹿群飞奔着离开了，浅色的身影闪烁着，直到被雾气完全隐没。

玛丽安等人先是被送到了伦敦以北的卢顿进行理论学习和飞行测验。所有人都得从头学起，无论性别和经验。"无论是飞过两千小时的老手，"指导员对大家说，"还是经验极少的菜鸟，都得坐在这儿认真听讲，通过测验才行。"她们平时穿便衣（她们的制服正由伦敦的奥斯汀·里德服装公司赶工制作），飞行时穿的则是清一色的西德科特宽松飞行服。

理论学习让玛丽安受益匪浅。除了儿时在米苏拉图书馆里偶然读到的内容，她还从没学过空气动力学，莫尔斯电码对她来说则是个全新的领域，而导航学和气象学她也并未系统性地接触过。这是她年少时梦寐以求的课堂：飞行员们成排而坐，墙上贴满地图、海图，还有各种引擎和仪表的图片。"安全第一，逞强无用"——指导员开口闭口就是这句话，好像在念一条咒语。她们的任务是将飞机安全、高效地运送到指定的地方，而不是舍身取义。交到目的地的飞机必须完好无损，至少不能比出发时出现更严重的缺损。她们经手的既有全新的飞机，也有历经千锤百炼的老旧座驾。有时候，她们得用几乎散架的老家伙送彼此回到住处。

空运辅助部队的运作体系在玛丽安看来十分进步开明：飞行员们先在卢顿接受轻型机——一般是敞篷双翼机——飞行训练，并积累一定的长途飞行时数。接下来，他们将被送往伦敦以南的怀特·沃尔瑟姆总部，训练驾驶"二类机"，即单引擎战斗机——先从霍克"飓风"等型号开始，上手一段时间后，就能升级到最令人垂涎的"喷火"了。通过这关后，飞行员们将被派往十四个空运中心之一驻扎，其中最北的位于苏格兰洛西茅斯，最南则位于南安普敦附近的汉布尔：超级马林公司在这里生产"喷火"，为让这些新机免遭德国炮弹的袭击，需要由飞行员尽快进行转移。

每位飞行员都领到了一本小册子，顶部由两枚金属环绑定，蓝色帆布封面上用黄色字体印着"辅助空运飞行员须知"和"仅官方使用"的字样。小册子介绍了她们可能会接触到的每一种机型，如果遇到陌生的机型，她们得通过浏览说明掌握其要领。在熟练掌握二类机后，她们会返回怀特·沃尔瑟姆，升级至三类和四类机——双引擎轻型机和四引擎重型轰炸机。不过，五类机——飞艇——是不允许女性驾驶的，因为机组成员都由男性组成，而男女同机必将导致混乱。

"你们最该警惕的是恶劣的天气条件。要是应付不了，那就在地面上待着。出于隐蔽需要，你们不能用无线电，如果飞机上有枪，里边是不会装子弹的。"指导员犹豫了一下，然后又说，"理论上是这样，但如果你们发现飞机上有上膛的枪支，绝对不能开火。"听到这儿，一些飞行员用眼神表达了不满。

"你们在天上只能靠自己，所以要记住：安全第一……"

"……逞强无用。"学员们齐声喊道。

"我怎么都想不明白为什么不教我们看仪表。"在返回宿舍的路上，玛丽安对露丝说。学员宿舍位于同一条街上的两栋小砖房中，里面刚好有一些多余的房间。玛丽安房间的主人是一个前往加拿大参加皇家空军训练的年轻人。房间的天花板下挂着一架索普维斯"骆驼"双翼机模型。在这里度过的第一晚，她躺在床上望着机翼的下方，想起了布雷福格尔夫妇，好奇他们的下落。从前她更常想起的是菲利克斯，但如今她更关心翠克西的命运。当年她应该仰慕那个女人才对。

"如果天气突然变糟，那情况会很危险，"她接着对露丝说，"他们口口声声说不希望浪费飞机和飞行员，但飞行员看不到地面的时候如果会看仪表，多少会降低坠机的概率。"

"道理很简单，上头的人太不厚道，"露丝说道，"就想赶紧教会我们完事。"

"你会看仪表吗？"

"不会，"露丝满不在乎地说，"但我会时刻记住安全第一，不会逞强。即使艾米·约翰逊会看仪表，不也还是遇难了吗？"

玛丽安对露丝的逻辑不置可否。两人站在通往露丝宿舍的小铁门前。"我可以教你两招，"玛丽安提议，"以防万一。"

"除非去酒吧学，我已经上课上够了。"

"在那儿你是听不进去的。"

"那先学也可以，学完再去酒吧犒劳犒劳自己。"

"那我就勉强答应了。"玛丽安边说边与露丝挥手道别。

在一位指导员的陪同下，玛丽安驾驶"虎蛾"和迈尔斯"导师"在风雨中练习了几个小时，然后开始了单飞训练。让一个久经沙场的飞行员重新开始"单飞训练"，不免有些滑稽，但她压抑住了内心的不屑和急躁，认真地在新的飞行记录本上写下一条条练习记录。下一阶段的训练内容是围绕英国进行二十五次长途飞行，其间使用罗盘和纸质地图来导航，并沿着铁路、河流和公路飞行。在这些短暂的旅途中，脚下的地面看起来就如马赛克一般，绿色的树篱镶嵌其中。天气好的时候，她一天能飞三四程（这座岛屿的面积远不如阿拉斯加，这一点她仍未习惯），但阴云密布才是这里的常态，而且天气似乎非要跟人作对似的：天空总在飞行员们刚刚准备悻悻而归的时候忽然放晴。就算是勉强适飞的天气，卢顿上空也总是臭气熏天，敞篷双翼机里的玛丽安连眼睛都睁不开：在敦刻尔克大撤退① 发生后，那儿的沃克斯豪尔汽车厂转而生产丘吉尔坦克和军用卡车，工厂的烟囱成天往外冒着黑烟，与周围的住宅和用来防御德国轰炸机袭击的烟熏炉喷出的废气搅在一起，一片乌烟瘴气。而在别的地方（几乎是所有地方），她还得提防防空气球，这些气球被铁链拴在机场和工厂周围，用于探测或阻挡德国飞机。

每周一是玛丽安和露丝的休息日，两人会在周日晚到伦敦。她们通常会去看电影或者话剧，然后在红十字会的俱乐部过夜，那里比旅馆便宜，而且更有趣。俱乐部里有点唱机和小吃店，还有中央暖气，美国士兵和护士们也在这里出没，有时候还能碰上她们认识的飞行员。她们会买盐焗花生、雀巢巧克力和罐装啤酒。还有几次，她们接到了去奥斯汀·里德服装店试装的任务：一条短裙、一条长裤、两件无袖上衣、一件外套和一件厚大衣，清一色是皇家空军的标志性蓝色。玛丽安觉得制服的剪裁过于紧身，但露丝还想进一步凸显自己的线条。

那些更加时髦的女孩——比如像洁璞那样念过名校，或者像西尔薇那样容貌出众的女孩——会被邀请去参加使馆的鸡尾酒会，或者到杰姬·科克伦位于骑士桥的住所共进晚餐。露丝和玛丽安则安于两人单独共处的欢愉，抑或与热情奔放的露丝相中的一个又一个过客一起度过的时光。

"我很惊讶你竟然不是最得宠的。"有一次，玛丽安这么对露丝说。在此之前，两人在街上偶遇西尔薇，后者不小心泄露了天机——杰姬前一晚请她享用了新鲜的蓝莓。"我还以为杰姬会让你跟在她身

---

① 第二次世界大战初期的英法联军的军事撤退行动，从1940年5月27日持续至6月4日。

边，让她那些厉害的朋友都眼前一亮呢。"

"才不是呢，"正抽着烟的露丝眯起了眼睛，"我是个粗人。杰姬无疑是个出色的人，但就内里而言，她却没什么人格魅力。她在努力地培养自己的魅力，但那种痕迹太过明显。不过，不得宠也挺好的，我很高兴我能少担些责任。"

"如果你没意见的话，那我就也不介意了，"玛丽安说，"但如果她邀请了你，把我撇在一边，我会很难受的。她肯定看不上我，她大概觉得我会套着个麻袋出席她那些活动。"

"不，恰恰相反。要不是我们整天都黏在一起，那她会邀请的是你。她会想帮你改头换面。"露丝勾住玛丽安的胳膊，把脑袋枕在了她的肩上，"那傻女人看不出来，你根本就不需要改造。"

但到了九月，杰姬返回美国负责指挥女子航空飞行勤务队——与空运辅助部队相对应的美国组织。骑士桥的鸡尾酒晚会就此画上了句号。杰姬的继任者是美国首位商业客机女飞行员海伦·里奇，她成了这支远渡重洋的美国女队的领军人物。但此时，杰姬的姑娘们翅膀都已经硬了，基本不再需要一位大家长来照料了。

伦敦的人似乎都沉溺于酒精和欢场，且总是缺眠少觉。夜总会和歌舞厅里总是别有洞天，露丝领玛丽安走进了这座声色犬马的乐园。据玛丽安观察，露丝很会招蜂引蝶，但她不会让男人们一亲芳泽。在外出寻欢的夜晚，她总把丈夫挂在嘴边，比平常提得还要勤。玛丽安却反其道而行之：倘若是夜深了，她会允许男人在舞池阴暗的角落里与她两唇相接，或是在幽暗的出租车里张开双膝，任由某人将手探入两腿间。如果有机会，她可能会做得更多，但露丝总会适时出现，故作诙谐、实则无比坚定地替她解围，再护送她回红十字会的宿舍区。

渐渐地，玛丽安习惯了这座城市频繁发生的停电。每到此时，人们就会像深海里的鱼儿一般穿梭在一片漆黑之中，手上的白手套和胸前的磷光饰物忽闪忽灭。她沉醉于从伸手不见五指的户外走入夜总会时那种瞬间变化的感觉：周遭的环境顷刻间变得嘈杂又闷热，就好像晶洞那样光芒四射。外面的和平世界看似被战争摧毁，但其根基在这个地下世界完好无损，在黑暗中安然地生长着，被酒精、烟草和汗液所滋养。

这是一个特别冷冽的夜晚，露丝和玛丽安被安排了消防值班的任务，得在卢顿机场的折叠床上过夜。到了八点，天早就黑了，两人除了睡觉以外无事可干。她们躺在各自的床上，穿着羊毛内衣和飞行服直打哆嗦。露丝终于忍不住问玛丽安："你愿意跟我挤挤吗？我太冷了，根本睡不着。"

"好吧。"玛丽安答应了，露丝掀开了被子。两人背靠背躺着，玛丽安觉察出了自己跟露丝呼吸节奏的细微差别。而当她让自己的呼吸匹配上对方的节奏之后，感觉就更加怪异了，就好像两人在共享一对肺叶似的。露丝柔软的臀部与她的贴在了一起——个头比玛丽安矮许多的露丝刚才往下挪了挪身子，把整个脑袋都埋进了被子里，所以两人的臀部这会儿刚好对上了。玛丽安知道自己立马就能睡着——她无论在哪儿都能很快入睡——但她不确定自己想不想。

"我有一阵子没听说我弟弟的消息了，"她开口了，"打从我们到这儿以后。"

露丝把头伸到被子外面，好让声音听起来更清晰一些。"也许是因为他的信卡在哪儿了，我昨天收到一批信，里面有些老早就寄出了。"

"也许吧。"

"我收到了艾迪的信，他们现在组好队了，听起来人都不错。其中有个家伙每次都会晕机，但没人打他的小报告。有一次，他把装满了的呕吐袋绑在照明弹上扔下了飞机，结果那东西又被风吹了上来，而且溅了所有人一脸。可就算是这样，也没有人吭声。他们最近一次飞行训练是在海上，所以他觉得自己应该很快就会出国了。"说到这儿，她动了动身子，跟玛丽安肩靠着肩，"他还说他们都处得不错，这点挺让人欣慰的。"

玛丽安对艾迪知之甚少，唯一的印象就是他在飞行员选拔中被淘汰了。"你担心他吗？"

"有一点儿。艾迪这人有时候让人捉摸不透。不过，你可别误会了，他是个很不错的人，可有时候……哎，我也说不清。"露丝在床上翻了个身，弹簧嘎吱作响，现在玛丽安背部感到的柔软来自她的胸部，"你身子可真暖，"露丝一边说，一边把胳膊滑到玛丽安的胳膊底下，然后把一只手伸到了玛丽安面前，指关节处有很多红色肿块，"你身上有冻疮吗？这东西真烦人，我脚上也有。"

"你可得把袜子和靴子给好好晾干。"玛丽安顺其自然地握住了露丝的手，把它塞到被子底下，然后放到自己胸骨的位置捂着。

"你的心跳得真快啊。"过了一会儿，露丝说道。

"没有吧。"

"就是很快。"她的声音像是要睡着了。

玛丽安没有应声。刚才露丝讲起艾迪时的语气似乎有些不同寻常。她隐约觉得，如果自己变成露丝的话，她会尝试寻根究底，会不露痕迹地把事情问得明明白白。她想趁露丝再次调整姿势前赶紧入睡，随后也如愿迅速地进入了梦乡。

英格兰

1942 年 11 至 12 月

不久后

杰米的信终于来了，日期显示的是九月。他在信上告知，他将以艺术家的身份加入海军：

> 谁能想到还会有这种差事呢？至少我是没想到，是莎拉·费伊写信告诉我的。刚开始我想直接应征入伍，但转念一想，也许这份差事更适合我。毕竟，他们需要艺术家，而我正是这样的人。我很快就会去圣迭戈（加州城市）参加集训，之后的安排还不清楚。我希望你别担心，至少别像我挂念你那样惦记我。

尘埃落定了。杰米也被卷入了这场战争。她感到的并不是担忧，也许该称这种心情为恐惧。想到他即将目睹的一切和因此而发生的转变，她已经提前感到了忧伤。凯莱布也参了军。但她什么都做不了，只能试图把心里的恐惧放在一边。

冬日临近，天气越来越糟糕，不再适合长途飞行。到了十一月初，虽然玛丽安只完成了十八次长途飞行（而要求是二十五次），队里却放宽要求让她通过了，还给了她四天假期。露丝还需要再飞几次才能达标，于是玛丽安独自一人去了伦敦。她发现，没有露丝的陪伴，这座城市最熟悉的地方也让她觉得战战兢兢，曾经妙趣横生的红十字会俱乐部现在变得令人生畏。在与他人交流时，她通常都需要露丝来牵线搭桥，仿佛两人是一对空中飞人表演者，每次都要由露丝来将她抛到另一位搭档身上。一位空军上尉在小吃店跟她搭讪，她勉强应付了几句后，就找了个机会悄悄地溜走了。

她忽然一下明白了：她这是爱上了露丝。

这是她到伦敦的第二天才终于、完全领悟到的。当时，她去奥斯汀·里德服装店试装，站在一面穿衣镜前看着自己，由着裁缝为她打理蓝色外套的袖口。她多么希望能说会道的露丝在身边化解这令人尴尬的沉默，而当她想起露丝时，她看到镜子里自己的脸上发生了变化。

她看见自己双颊潮红，面色惊恐，而此前她却迟迟未能认识到这副表情所暗示的内心情愫。她震惊于她所爱的竟是个女人（除了科尔多瓦的一夜情缘，她其实并没对女人有过什么特别的感觉），而更令她难以置信的是，在经历了巴克莱以后，在多年来试图让自己的内心被北方的冰雪冻硬、让寒风侵蚀殆尽之后，她竟还能对一个人产生这样的爱恋。

她该做些什么呢？她不该采取任何行动。露丝是个亲切而体贴的朋友，但她肯定会对玛丽安的感情大惑不解、避之不及，甚至惊慌失措。更何况她还是个有夫之妇。玛丽安曾想，消防值班那晚，露丝可能对两人之间的火花已有所觉察，但那一定是她自己想入非非了。露丝一定只是单纯地想要取暖而已，她的动机一定没有半点儿不纯……玛丽安不知该如何描述自己的目的。也许，她想将对方据为己有；至少，她渴望肌肤相亲。两人早已形影不离，但玛丽安想要迈出更重大的一步。她又不能冒险把心里的这些渴望跟露丝坦白。那样一来，露丝便会离她而去，而这又会让她无法承受——不过，话虽如此，玛丽安却并不完全认为露丝会狠心到与自己断绝来往。

露丝向来善解人意，她怎么会无法理解自己的心呢？

因为这是离经叛道、放诞无礼的感情，因为露丝会感到恐惧和背叛。退一万步来讲，就算露丝能理解自己，也并不代表她会报以同样的感情。这样的理解其实无异于厌恶，最终她还是会失去露丝。她是在两人初次相见时就不知不觉地对露丝一见钟情的吗？是在被露丝攘住下巴细细打量的那一刻暗生情愫的吗？当年在多莉之家，在巴克莱的凝视之下，她也坠入了情网。为什么她会对他人的盯视产生如此强烈的反应呢？

有一次，她和露丝在红十字会俱乐部听到了防空警报，但她们没去防空洞避难，而是来到了屋顶，踏入了满目疮痍的夜色中。所有人都说，这些时断时续的突袭跟闪电战中最激烈的交锋根本就无法相提并论，当时，排山倒海的粉色烟雾将天穹整个吞没。但是，她们眼前还是出现了一幅震慑人心的景象：德国轰炸机、烟雾弹和防空气球释放出的滚滚硝烟汇成一片火海，飞机在探照灯的光亮中投下飞蛾般的身影。炸弹的轰鸣使整座城市都战栗不已，高射炮弹在空中闪烁着刺眼的白光。在漫天狼烟的缝隙间，冷眼旁观的星空仍在一明一灭。

火势没有蔓延到俱乐部附近，玛丽安知道一定有人葬身火海，但她仍抱有一丝无人伤亡的天真希望。露丝直视着眼前的惨象，握住了玛丽安的手。那只小小的手给她带来了极大的慰藉，那温暖的掌心稳稳地抗衡着肆虐整座城市的烈火。

玛丽安提着一袋沉重的制服离开了服装店，不知今后该如何面对露丝，如何假装一切如初。曾经的安逸和舒心将荡然无存。今后，露丝的出现只会让她落入孤独和无望的期盼。她应该等着心中的情感自行消亡，毕竟，每个人都能从爱情中解脱，这是迟早的事。假若她能从这种心绪中抽身而退，那无果的相思也未尝不是件好事：她将不会再次为情所困，她不会再重蹈覆辙。

当她回到红十字会俱乐部时，就像是天意一样，新的指令已经在那里等待她了。她将不必返回卢顿，而是直接前往怀特·沃尔瑟姆开始驾驶二类机。这样她就能避开露丝了，暂时避开。

怀特·沃尔瑟姆基地位于一个叫作梅登黑德的宜人集镇（露丝对这个地名颇有微词①），这里是泰晤士河边一片相对僻静的区域，建筑以木筋房为主。玛丽安在离机场不远的小旅馆里订了间房，价格只比宿舍稍贵一些。她学到了更多的理论，了解到了增压器和汽化器等飞机组件的知识。上了两周理论课后，她再次开始了实操练习，这次是跟在蒙特利尔试飞时一样的"哈佛"教练机。跟此前长途飞行练习时驾驶的"虎蛾"和"导师"稍显逊色的动力相比，这种新机型的强大马力让她精神为之一振。

附近新开了一家美国人的俱乐部，里边有游泳池（冬季不开放）、露台，还有小吃吧。她时不时地会跟同行们去那儿喝鸡尾酒，但总是少言寡语。没有人像露丝那样试图打开她的话匣子。她一直以来都这么不善言辞吗？她已经不太记得自己在遇到巴克莱之前是什么样子，在去阿拉斯加之前又是什么样子了。

她买了辆摩托车，只要一有闲暇时间，而且攒了足够的加油券，她就会去乡村骑行。她去过亨利镇看人划船，还曾经过伊顿公学②，看着在球场上玩英式橄榄球的少年和在锯齿形屋顶的砖楼脚下晃悠的翩翩公子。她还曾路过经历战火后灿然一新的村落、被炮弹蹂躏成废墟的乡野，以及海边树林间一架 B–17 轰炸机的残骸。总的来说，她目之所及大多是草地、森林、石墙和羊群。

① 梅登黑德原文为 Maidenhead，这个词还有"童贞"的意思。
② 位于伦敦附近的温莎小镇的古老学府，由亨利六世于 1440 年创办。

一天下午，在驾驶"哈佛"进行了连续起降的练习后，她在办公室遇到了露丝。身穿蓝色制服的露丝咧嘴一笑，跟她打了声招呼："好久不见啊。"

　　玛丽安的第一反应是欣喜，但又马上感到一阵错愕。露丝往前迈出一步，正准备拥抱玛丽安，可又因对方表情的变化而迟疑了一下。两人最终拥抱的姿势稍显别扭，仿佛两个假人似的。

　　"我本来打算写信告诉你，我通过了考核，还领到了制服，"露丝边说边摆了个时尚模特的姿势，"我被派到拉特克利夫待了一阵子，现在的主要任务是接送其他飞行员。"接着，她指了指窗外的一架费尔柴尔德 24 号飞机，"那就是我的座驾。但后来我被派来了这儿，我就想着可能会在这儿碰到你，就不用写信了。"

　　"恭喜你啊。"玛丽安一边说着，一边转身研究起了墙上巨大的英国地图，上面每天都会标示出最新的防空气球和禁飞区的位置。

　　"你去了伦敦以后可就杳无音信了呢。"露丝说道。

　　"我这阵子挺忙的。"

　　见玛丽安没有继续往下说，露丝开口道："虽然你都没给我写信，不过我估计你已经想我了。"

　　玛丽安惊慌失措地低下头，看着自己的靴子。露丝向她走近了一步。"你怎么怪怪的？发生什么事儿了？是我做错什么了吗？"

　　"没什么，我就是不太舒服而已，"玛丽安把降落伞甩到了肩上，"我该走了。"

　　露丝没有叫住她，也没去追她。等骑摩托车回到旅馆时，玛丽安看到那架费尔柴尔德升入空中，然后消失在了视野中。

　　两周后，在十二月中旬一个万里晴空的日子里，玛丽安初次体验了"喷火"战斗机。她将一架"飓风"送去了索尔兹伯里，那里的军官给她派了这单新任务。

飞机静立在停机坪上，带孔的狭长引擎罩直指天空。这架用于照相侦察的飞机采用了伪装设计，除了黑色的螺旋桨、机身上的圆形标识和三色旗以外，浑身上下都被刷成浅蓝色，几乎与天空融为一体。飞机没有装配护甲和枪支，轻盈敏捷的机身能够迅速地升至超过四万英尺的极限高度；如果加满油，则可一口气从英国往返德国。

队里的女飞行员们一致认为，在不列颠之战①中立下赫赫战功、象征皇家空军英勇气概的"喷火"战斗机，其实是为女性量身打造的机型。其驾驶舱空间小巧，女飞行员坐进去的感觉就像手指钻进手套般顺畅；面板上的控制器反应灵敏，能很好地响应女性轻柔的触拨。她们还一致认为，男人粗蛮的举止配不上这架飞机的精致优雅。队里一个英国姑娘的未婚夫就是在驾驶"喷火"时出事的：当时，他执意要搭载一名空管员飞行，还让后者坐在自己腿上。结果两个大男人挤在狭小的驾驶舱里，发现根本就没有足够的空间往后拉驾驶杆。最后两人不幸殉命。

玛丽安爬进驾驶舱，浏览了须知手册，接着开始做起飞前的检查。她之前飞过好几次"飓风"战斗机——她喜欢的一款机型，跟眼前这架"喷火"也颇为相似，但眼前这架"喷火"仍让她感到新鲜又兴奋：驾驶舱紧裹着她的身体，控制器积极地响应着她的手指和脚下的动作。引擎先是剧烈地振动一番，随后又稳定下来，输出持续而有节奏的"嗡嗡"声。玛丽安知道如果在原地停放太久，"喷火"容易引擎过热，于是很快开始了滑行。她左右摇摆机头，四下打量着外面的环境。驾驶舱内温度不断地升高，她很快便浑身是汗。让这架飞机待在地上是种浪费。她在跑道上前推油门杆，泥泞的田野在两侧飞奔起来。飞机顺着轮辙弹跳了一下，随后挣脱了地面，飞入高空。

她的任务是把这架飞机送到威尔特郡的科勒恩，路程不远。她

---

① 1940 年至 1941 年纳粹德国对英国发动的大规模空战，是第二次世界大战中规模最大的空战。

故意放慢飞行速度，在空中尝试了滚翻和筋斗（特技动作在队里是被明令禁止的），让纤薄的椭圆形机翼划过天空，将地面甩过头顶。在有机玻璃形成的穹顶之下，她成了周遭一切的支点。她陡然飞至一万英尺的高空，紧接着进入平飞状态，这超过了她被允许飞行的最大高度。飞机内设有增压系统，但手册的指示是保持关闭状态，因为这套系统在高空时才有开启的需要。再说，她也不知道该怎么打开。

她决心再往高处飞一丁点儿，于是又推了一把油门杆，时速来到了三百英里。她想让这架蓝色的飞机成为蓝天的一部分。再高些——现在的高度已经达到了一万五千英尺。她得小心行事，不能忘乎所以，但目前的一切似乎尽在掌握中。往下看，英国这片土地镶嵌在弧线形的地表，地面的农田和树篱犹如肥皂泡表面浮现的彩虹。再高些——一万七千英尺，她得时刻警惕、准备下降了。她肺部的空气已所剩无几。这时，她想起了当年那架空中之旅的引擎在米苏拉上空发出的"咯嗒"声——那次她飞得太高了。为什么她总有一股想要试探极限的冲动？为什么她总控制不住要孤注一掷？此刻，恐惧漫上了她的心头，她身体的内脏先于体表开始被一阵寒意浸润。

在稀薄的空气中，她的飞行时速提至近四百英里。当前的状态维持不了多久，但她仍决定继续攀升，她非得去那高处一探究竟不可。她要离开脚下的尘世，离开露丝，离开这个将杰米卷入战争的世界。逼人的寒意向她袭来。她已经飞得太高了，但她坚信自己只差一点儿便能斩获关键的答案。引擎似乎沉寂了下来，但高度表上的箭头仍指向右侧。天空在她的视线边缘转为蓝黑色，黑暗向她席卷而来，仿佛要将她吞噬掉。

着陆并结束滑行后，玛丽安关闭了引擎，一动不动地在驾驶舱里静坐了许久。寒意还未从她体内消退，她的头涨痛不已。过了好一会儿，她才用颤抖的手打开了座舱盖。然后，她走进管理室，递上交接单，领取了新的任务书——将一架迈尔斯"大师"送到雷克瑟姆。

"你还好吧？"接过单据的军官问她，"你看起来好像不太对劲。"

"没事儿，我喝杯咖啡就能上路。"

她来到餐厅，看见露丝正坐在一张桌前读报纸。玛丽安觉得身边的一切瞬间缩小，聚焦到了露丝身上，就像刚才她失去意识之前，眼前只剩下最后一簇光亮透过螺旋桨叶片忽闪着。

听到玛丽安的脚步声后，露丝面无表情地抬起了头，然后起身向玛丽安走来。"你没事儿吧？"她问道，"你看起来跟掉了层皮似的。"餐厅里除了露丝只有两位男飞行员，两人都在埋头看报纸。

"就是头有点儿疼而已。"

"你什么时候变得这么脆弱了？是不是下次就该和我说你得癌病了？"

玛丽安看了一眼另两人。"我想，喝杯咖啡就能好些。"

"我帮你拿，"露丝说道，"到外边去呼吸一下新鲜空气，一会儿我出去找你。"

楼房的砖块硌着玛丽安的后背，传来丝丝凉意，但打在她脸上的阳光很温暖，灼烧着她的眼睛。她眯着眼接过了露丝给她送来的马克杯。咖啡滚烫又苦涩。"你这是怎么回事儿？"露丝问她，"你最近怎么总是奇奇怪怪的？"

"你怎么会来这儿？"玛丽安问而不答。

露丝似乎决定放弃追问。"送人啊，还能干吗？他们肯定觉得这活儿我干得不赖，毕竟别的什么都没让我干过。有一回，我破天荒开了趟'虎蛾'，可把我给激动坏了。少了一架破旧的飞机，对战争大局又会有什么影响呢？不过，下周我总算要回怀特·沃尔瑟姆了，这样咱俩就能团聚了。"最后这句话流露出了强装的喜悦。

"到时我可能已经不在了。"

露丝从口袋里掏出一根烟，把烟点燃："咱们这是渐行渐远了吧？"

玛丽安指了指停在机库边的飞机。"我可能很快就要被派驻出去了，我刚第一次飞了'喷火'。"

"蓝色那架吗？感觉怎么样？"

当她苏醒过来时，发现自己正在螺旋下降，旋转中的农田和树篱模糊成了一片。

"就像大家说的那样。"

"是不是特别震撼？"

"差不多。"

"那我可嫉妒死你了。"接着，两人沉默了好一会儿。热咖啡和充盈的氧气让玛丽安的头疼缓解了一些，不过露丝的烟却没帮上什么忙。露丝又说道："如果之前你给我写信的话，我就可以早些告诉你，艾迪也来这儿了，他这会儿正在博文顿集训。"

"是吗？"

"是啊。"她以冷淡的语气回敬了玛丽安。

"我真为你高兴。"玛丽安知道，自己的声音并未体现出一丝喜悦。一阵前所未有的嫉妒刺痛了她。

远方传来了低沉的引擎声，那架飞机不断地驶近，声音越来越大。出现在两人眼前的是又一架"喷火"，它对准跑道，然后完成了着陆。"我的乘客到了，"露丝说道，"我该走啦。"她把烟在砖墙上掐灭，接着将烟头放进了衣袋里，"格雷夫斯，有缘再会。"

望着露丝离去的背影，玛丽安叫了一声她的名字。露丝转过身来。玛丽安想要诉尽衷肠，却一句话都说不出口。"有缘再会。"

露丝面露萎靡，仿佛有一股悲伤从她身体里溢了出来。玛丽安没能读懂那背后的含义。"没问题。"露丝回应道。

在露丝抵达怀特·沃尔瑟姆之前，玛丽安就被派到了位于拉特克利夫的 6 号空运中心。她再次松了口气，但仍未提笔给露丝写信。

随欲而安

十六

"准备开拍！"巴特大喊道，"大家静一静！不要说话！请大家做好准备。录音准备，摄影机准备。镜头准备好了，我们就再来一遍。请大家进入状态。最后再确认一下妆容。主要演员和工作人员现在各就各位！"

跟喧哗吵嚷的现实世界相比，电影片场总是悄无声息。此刻，我们正在洛杉矶市中心的一处复古演艺场所进行拍摄，这个带阳台的大房间被改造成了第二次世界大战时期伦敦的夜总会。群众演员被安插进了房间的各个角落，让这地方看起来热闹非凡。他们做出谈笑风生的样子，在舞池旋转的彩灯间无声地穿梭着，身上的戏服都被汗水湿透——为了保持现场的安静，屋里没开空调。演员们在一片静谧中起舞，穿白色外套的摇摆乐乐团假装演奏着，长号的伸缩管一进一出。其实，乐队指挥戴的迷你耳机是全场唯一一发出了音乐声的地方。

阿列克谢之吻传遍了大街小巷，团队的人让我切勿发言。雪文与危机公关的人一致认为，最妥善的处理方式就是由我来发表一份声明，表明对本人私生活不予置评，对流言蜚语也无所畏惧的坚定立场。

在被太阳晒得滚烫的白色人行道上，穿黑 T 的工作人员推着咣当作响的推车走来走去，上面堆满了各色工具：胶带卷、线圈、三脚架、照明用具，还有橡胶地垫。货车和拖车把街道堵得水泄不通。化妆组的姑娘们忙前忙后，腰带上别着化妆刷、夹子、喷壶，还有大号尼龙口袋——就像驯兽师用来装奖励动物的食物那种。

眼下，我正跟扮演艾迪的演员一起随"音乐"翩翩起舞，周围是一对对跟我们一样正在跳舞的男男女女。如果真正的玛丽安·格雷夫斯当年也在这种俱乐部里跳过舞，那她身边的这些人应该都有着各自的生活要操心，而我身边的这些人都是工具人，唯一的作用就是点缀我的世界，增加一丝真实感。一台摄影机正围着我打转儿，一坨毛茸茸的黑色收音麦克风高高地架在我的头顶上方。按照剧本的设定，我即将爱上好友之夫。

"露丝是我的朋友。"我对艾迪说。

"可露丝又不在这儿，"他对我的犹豫不以为然，"明天我就要远赴德国，也许永远不会再回来了。所以，你说怎么样？"

从拉斯维加斯回来以后的第二个星期，我整个人都崩溃了，至少内心是垮了的。

最初，阿列克谢对我的短信和电话一概不理，也没发表什么公开声明。过了好几天，他给我回了封邮件，说他有很多事情要处理，要把心思放在家人身上，短期内不想再跟我联系。

我真想把整个人生都一笔抹杀，把所有认识的人都抛诸脑后，因为所有人都让我大失所望。我想要从头来过。我想要摆脱承载着我所有过去的那个系统，摆脱所有那些连锁反应。我想要从零开始。

但想归想，做归做。我采取的行动是拿上一瓶苏格兰威士忌去雨果爵士家串门。虽然我们两家的大门仅有几步之遥，却是 M.G. 开车送我去的，毕竟狗仔队就齐齐蹲守在我家门口争抢猛料。

"亲爱的，你就快变成有毒资产了，"雨果冷若冰霜地对我说，"我们没办法炒你鱿鱼，算你走运。"我站在他的厨房里，他往两个玻璃杯里倒满了酒。

"可上次你明明说我的人设更立体、生动了。"

"凡事都有个限度。这部电影需要女性观众,而广大女性对小三可没什么好感。我知道这对你不公平,我也知道一个巴掌拍不响,但事情就是这样。我们希望观众在你身上看到玛丽安·格雷夫斯,而不是一个动不动就管不住自己下半身的桃色新闻女主角。"他边说边跟我碰了一下杯,"Cin cin①。"

我饮了一口。"在阿列克谢这件事上,我其实别无选择。"就算我当初预见到一旦东窗事发,他老婆会颜面扫地,我俩会身败名裂,我也依然不会悬崖勒马。我曾在洛杉矶街头见过一辆车,保险杠上的贴纸写着"随**欲**而安"。这恐怕不是什么金玉良言。

"那你现在翻篇了吗?"

"我很矛盾。"

雨果的目光锋利无比。"你这是爱上阿列克谢·杨了吗?"

我放下酒杯,用双手捂住脸,点了点头。

"但这不应该是从拉斯维加斯才开始的吧?"雨果是个明白人。

我放下了手。"不是。"

"那你最好提醒自己,要是真跟他在一起了,你的爱很可能会大打折扣,因为人都是这样的。真修成正果就没什么意思了。"他打开橱柜,"这会儿我可不想让嘴闲着,你呢?"他拿着苏打饼干和芥末酱走出了厨房,"费弗公子怎么样呢?我还以为你俩擦出点儿火花来了呢。"

"我之前也觉得可能有戏,但又好像是我在自作多情。反正现在一手好牌已经被我给打烂了。"

雨果往一块饼干上抹了点儿芥末酱。"嗯……也许对这部电影来讲,这样反倒是件好事。"

---

① 意大利语:干杯。

我原以为这部电影会拯救我，用雨果当时的话来讲，这部电影会让我超越自我，让我改头换面。但现在看来，我正在成为这部电影的拖累。我问雨果："你觉得这能是一部好电影吗？"

"那就取决于很多因素了，包括你在内。但我希望如此。"

"那我能做些什么呢？"

"很遗憾，你能做的大概就只有好好演，"他回答道，"最好是拿出绝世演技。还有，看在老天爷的分上，你可别再到处留情了。"

"我是在好好演。"

"每日样片我都看了，还算可以。但我还是能看到你本人的影子。坦白讲，这是我最不希望看到的。"

"教教我怎样才能去掉我自己的痕迹，我真的很想知道。"

他举起一只手挥了挥。"这我教不了你。再说了，我根本就不相信你会丢弃个人特色。你太想被人看到了，这在你脸上可是写得清清楚楚。你生怕别人看不到你。"

"不是的，我想要消失，"我坚称，"我是说真的，我恨不得能找个地方藏起来。"

"胡说，"他咬了一大口饼干，"你可不是这么想的，你想要大家都好奇你去了哪里。"

那晚，可能是因为吸多了点儿大麻，我十分确信我的整个屋子都在监视我。我很清楚，屋里的每一处发光体、每一支笔和每一台电子设备里都隐藏着摄像头和监听器。于是，我走到了房子外边，以逃离监视。可是，游泳池边黑咕隆咚，也挺吓人的。刚巧，圣塔安娜风①正在大显神威，空气十分干燥，风声簌簌。

我不想继续陷在那种情绪里，于是给雷德乌打了个电话。之前我

---

① 一种典型的南加州季节性强风，起源于内陆，影响范围包括南加州沿海地区和墨西哥下加利福尼亚半岛北部地区。

在片场跟他打了个简短的照面。我们没提阿列克谢的事儿，也没提我在拉斯维加斯给他发的消息，我们其实什么都没聊。

电话接通后，他的语气中满是戒备。

"很抱歉这么大老晚还联系你，"我说道，"也许我根本就不该联系你，因为我知道现在的情况有点儿微妙，但我就快崩溃了。"我的声音又尖又细，听起来有些魂不附体，"我现在真的很难受，然后……"我到底想怎样？我打算对这个点头之交提什么要求？"我不知道该跟你说些什么才合适。"

我能听到他在电话那头深吸了一口气——从鼻子进，从嘴巴出，就像瑜伽老师教的那样。"我当时应该回你消息的，"他回答说，"我是准备回的，我只是得先思考一下。但第二天阿列克谢的事儿就闹得满城风雨，这让我很困惑。实际上我本来就已经搞不清状况了。"

"搞不清什么？"

他的声音很轻，似乎不想被人听到。"我挺喜欢你的，我也不想随意揣测你对我的感觉和你的意图，但我还是该小心一些……"他的话音渐渐落下，然后又响了起来，"比方说，你上一秒还在发消息说你想我，下一秒就跟阿列克谢·杨纠缠不清，这好像也太随便了一点儿。"

"虽然不知道跟你解释有没有意义，"我说道，"但我还是要说，他是我的上一段。"他没有应声，于是我继续说了下去，"我不知道他也会去拉斯维加斯。在那之前，我跟他已经结束了，早就是历史了。"

当他再次开口时，他的声音变得温柔了一些。"你倒是不必跟我解释这些，不过，我觉得被你这么一说，我确实感觉好了一些。"

"嗯，那就好。"

"所以你俩现在是什么情况？"

"没什么情况，现在又结束了。"

"是因为他，还是因为你？"

我想撒谎，但还是说了实话。"是因为他。"

"你倒还挺诚实。"

"你能过来吗？就跟我一起待会儿。"

他吞吞吐吐的。"不太行，莉安在我这儿。"

"哦，好吧，那我就不再占用你宝贵的时间了。"

他过了几秒钟才又开了口："我跟她是朋友。"

我也半天没说一句话，然后道："我在你那儿过夜的那天，你怎么那么正人君子呢？"

又是一段漫长的沉默。"我在尝试做到一件事情，"他回答道，"在跟一个女人上床之前，必须先了解她。"

"我们可是聊了一整天啊。"

"一天是不够的。"

我搞不清我跟他到底是谁不可理喻。"那你是单身吗？"

他沉默了一阵。"是的。"电话那头的背景里出现了她的声音，"但我现在得挂了。"

"等等，还有一件事儿。"我不希望他挂断电话。之前有阿列克谢在的时候，我根本都不会去想雷德乌，而当现在的我沦落到了无人问津的地步时，他却又成了我的救命稻草，这样想想也挺可怕的。"我在想，阿黛莱德·斯科特上次说，知道自己不想要什么很重要。我不想再到处搞破坏了，我想多跟喜欢的人在一起。"

"好的，"他轻声回答，"不过，我们还是下回再聊吧，我真得挂了。"

挂了电话以后，我差点儿发消息给特莱维斯·戴伊，叫他过来陪陪我，但我控制住了自己。这多少也算是个进步吧。是不是该给我发枚奖章呢？给我颁发个什么"不冲动"成就奖？黑夜不再显得那么可怕了。不就是风在吹嘛，不就是树叶在"嗖嗖"响嘛。我的屋子没在监视我，根本就没人在监视我。我就是个坐在黑咕隆咚的游泳池边的呆瓜，一边顾影自怜，一边又突然欣喜地发现，自己已经成功地藏形匿影了。

战争岁月（二）

阿拉斯加

1943 年 2 至 5 月

六周后

杰米的出征令中附有一封信，根据其内容，他的任务是"尽可能使用现实主义或象征性的手法来表达战争的精髓或要义"。至于战争的精髓或要义为何物，信中未做说明。

他选了阿拉斯加作为意向派驻点，并非因为那里最有可能体现战争之精髓，而是因为他很好奇，究竟是什么样的地方吸引了玛丽安。此外，他也希望能离最前线的战火远一些。

在旧金山开往科迪亚克岛的海军运输船上，杰米画了士兵们的各种场景——打牌，在甲板上晒日光浴，或是躺在船舱内的多层床位上，任由颓靡的灯光随着海浪颠簸把皮肤照成焦黄色。这艘船以前是用来运牛的，而在杰米看来，运人和运牛其实没什么两样。

他在船上同其他人一样要站岗。在新兵训练营时，行军、演习、射击和长跑，这些他也一样没落，他还开着捕鲸船绕圣迭戈港航行，在吊床上过过夜。夜里，一些士兵会偷偷地低声啜泣，另一些则把牙磨得咯吱响。

有一整个星期的时间，除了海，他什么都看不到。船身在海面留下 V 字形的尾流，天光昼夜变幻，冬日的太阳低垂在空中，但这艘船仍给人一种原地打转儿的感觉，似乎在一片空荡荡的大海中寸步难行。陆地遥不可及，整个世界与他再无瓜葛。他父亲就曾在大海的包围下消磨时日，这日复一日的空寂又会把一个人变成什么样子？

他努力地将看到的一切都变为画中之物：引擎舱里的"嚎叫"与噼啪声，扶栏上定格一瞬的白色飞沫，还有在汹涌的波涛中砥砺前行、乘风破浪的船首。各种色彩在他笔下交融：钛白、灰绿、靛蓝、蓝黑。有些人在他作画时胡搅蛮缠，也有人为他忧心忡忡。每当有人问他会不会开步枪时，他总是只回答一个"会"。其实，他在新兵训练营里是数一数二的神枪手，这得益于小时候他击碎过的无数锡罐。

到了科迪亚克岛，他根据指示向上尉报告。他出示了征兵令，说明自己是队里的画家。

"老天爷，现在的花样可真多，"上尉感叹道，"好吧，你需要什么？"

"我也不太确定，"杰米回答道，"我的任务是四处转转，把看到的东西画下来。"他不太想明说，他来这儿的目的其实是将所见所闻进行一番剖析。上尉看起来不像是个喜欢被剖析的人。

"那可真棒。有你在，他们马上就该投降了。那你就加油干吧。"

杰米寄出了他在船上完成的作品，随后便投入到新的创作中。这里的白天短暂且寒冷，他一天到晚都手指僵硬、脚趾麻木。科迪亚克港的腹地冰冷而平坦（钛白色），脆硬的边缘毗邻开阔的水面（马尔斯黑）。覆着新雪的碎冰掉落水中，随浪远去。虎鲸亮黑色的背鳍时而探出水面，犹如被海水半没的车轮不断地翻滚。野熊四处找着垃圾堆。成群的海狮（凡·戴克棕加一点威尼斯红）躺在码头和岩石上，或是咆哮，或是撕咬。母兽的个头比雄兽要小，颜色更偏棕黄，她们饱受同伴的欺凌，可怜巴巴的黑眼睛扑闪扑闪的。

杰米画下了污泥和雪原，营房、机库和仓库，吉普车和木材堆。他画下了跟潜水艇绑在一块儿的拖网渔船、船身被暴雪洗礼的驱逐舰，还有两架 P–38 "闪电"① 在雪山前的剪影。除了雪以外，天空和海洋有时也被他涂抹成白色。白色、灰色、蓝色和赭色的颜料就快不够用了，他还需要更多那不勒斯黄来描绘冬日的暖光。他重拾了生疏多年的水彩画，用画面的空白处代表皑皑白雪，并以淡淡的灰色线条和色块代表山峰。

空闲的时候，他总是心怀内疚，觉得自己在这儿格格不入。不过，在热火朝天的战场上，忘我地飞舞画笔显然更加不合时宜。他不断地提醒自己，这是海军交给他的任务。那封信上说：我们相信通过这个机会，您能带回对祖国有宝贵价值的记录。这是写信人的真心话吗？有时候他觉得那番话仿佛是对他的嘲笑。

别无选择之下，他不再抗拒吃肉，有时还会小酌一杯。

有几次，他正在创作的作品被风从画架上吹跑，在泥地里打上好几个滚儿，最后卡在机器的轮子上，或是撞上了房子，画布上的颜料全混成一团。因此，他吸取了教训，作画前会将画板和画布牢牢地固定。

营地随处可见女人的影像：圆拱形的营房里贴满了笑靥如花的电影明星和不知名模特的照片，就像教堂穹顶满是天使和教徒的画像一样。而那些现实中女伴的倩影则被放在衣袋里，或是被当作守护神一般贴在床头或是脸盆架上。总有士兵主动向杰米展示女友或妻子的照片，有的沾沾自喜，有的则忧心如焚。他们担心会被自己的女人抛弃，可自己在面对诱惑时却也总招架不住。那些男人坦言，他们实在渴望肌肤之亲，没必要为此悔恨交加。

护士们的宿舍里则贴满她们的男人身穿军装的照片。她们害怕这些男人会战死沙场，同时也担心他们会抵不住诱惑。

"家里有人在等你吗？"一个叫黛安的护士问杰米。她曾向他展示过两张照片，一张是她父母，另一张是身穿陆军妇女辅助部队制服的姐姐。

---

① 洛克希德 P–38 "闪电" 战斗机（Lockheed P-38 Lightning），最初为美国陆军航空队研制。

"没有，"他如实答道，"一个都没有。"

两人第一次外出约会时，他在一块大石头的背风处亲吻了她。第二次约会是去军官俱乐部跳舞，舞会结束后，在一辆推土机没上锁的驾驶室里，他把手顺着她的羊毛裤往下滑。接着，她抬起胯，好让他扯下她的内裤，而他则跨过各种推杆和旋钮才把身体对住了她的双膝之间。她轻轻地点头后，他便进入了她的身体。因为一连数月不近女色，他没能坚持多久，最后把精液射在了一块手帕上。末了，两人尴尬地道别，他又忧伤地想念起莎拉来。

上尉对杰米的作品表示满意，还用不容拒绝的语气让他私底下画一幅港口的画送给自己。从杰米手中拿过那幅画时，上尉问他还想去什么地方。杰米回答说想去观摩一下行动，尽管一想到这个词暗含着惨烈的死亡，他心里就一阵恶心。上尉答应会试着帮忙安排。

杰米上了一份目的地为荷兰港的乘客名单，交通工具是一架机头如铁锹的PBY"卡特琳娜"水上飞机[①]。一连五天，他们都因天气没能成行：其中三天根本就没起飞，另两天则是中途折返。到最后，他都懒得再去跟黛安告别了。第六天，他们总算是出发了。飞机飞在海面上空，窗外只见灰色的云层，不停颠簸的机身发出异响，杰米把装画具的盒子紧紧地抱在胸前，闭上了眼睛。白令海上几乎每天都会有飞机坠毁，恶劣的天气要比敌军的炮火更加凶险。此时此刻，他真希望是玛丽安在开这架飞机。

荷兰港在六个月前遭到日军轰炸，但已基本修缮完毕，他在这里完成并寄出了更多作品。在那些画上，飞机仿佛空中的污迹，一两笔就能画出一架。荷兰港并非杰米此行的终点，短暂停留后，他将沿千疮百孔的阿留申群岛继续西行，抵达最远端的阿图岛和基斯卡岛——这两座常年风雨交加的泥泞小岛曾在六月遭到日军入侵，也是日军飞

---

① 美国团结飞机公司研发的PBY"卡特琳娜"军用水上飞机（Consolidated PBY Catalina）。

往阿拉斯加内陆时的途经点。

前往埃达克岛的航班还算顺利。平安抵达本身已是幸事，他甚至还在飞机上遇到了云雾散开的时候，因而有机会欣赏脚下的岛屿：火山尖峰被冰雪覆盖，山口冒出缕缕青烟，陡然直下的峭壁尽头是惊涛拍岸。

他下榻于一间圆拱形宿舍，与战地记者们住在一起。门上的标志牌写有"埃达克新闻社"。

海军建设营的人把火山灰倒进潟湖里，还用带孔的钢板建成了一条飞机跑道。在暴风雨过后的积水天，执行轰炸任务归来的飞机在一路白色浪花中降落，螺旋桨搅起大片水雾，整架飞机只有机头和机翼边缘露出水面。

时而有日军飞机从小岛上空飞过，投下枪林弹雨，但杀伤力十分有限。那些子弹和炸弹都被冻原给吞噬了。"我们的杀伤力比他们要强吧？"在一次袭击过后，杰米这么跟队里的一个摄影师说。

那人望着几架离去的飞机，回答道："没错，他们地上挨的子弹肯定比我们要多得多。"

一天，杰米在营地的医院外头转悠，看到有人从吉普车上抬下一个被炸伤的士兵。那人的半个下巴都没了，军服被鲜血染红。摄影师赶忙跑上来，蹲地举起相机。那人抬起一只血淋淋的手，示意他离开。杰米后来凭记忆画出了伤者的样子，但内心却愧疚难当，觉得自己无比卑劣。那个残碎的躯体流露出无助的羞愧，似乎因自己濒死的状态感到窘迫。他在试图维护自己的隐私。

杰米在给玛丽安的一封信中附上了一张素描画，画上是一字排开的几架 P-40[①]，飞机引擎罩极似咆哮的虎口。

我真想跟你聊聊阿拉斯加，但我不知道你以前有没有来过这

---

① 柯蒂斯 P-40 "战鹰"战斗机（Curtiss P-40 Warhawk）。

些偏远岛屿，毕竟以前这里除了大雾，就是泥沼。现在，岛上修了港口和飞机跑道，还有很多居民暂时留宿在这儿。阿图岛和基斯卡岛以前也有人住，我觉得应该是传教士和气象站的人，但好像没人知道后来他们去了哪儿。

他想将埃达克岛空旷的海岸线在战争中的变化统统都告诉她。无穷无尽的船只带来了文明世界的所有要素，为一万人提供了食物、住所和娱乐活动。这里不仅有了宿舍、机库、冷库、餐厅和暗房，还建起了鱼雷车间、电影院、体育馆和手术室。形形色色的机械装备和修理用品运抵此处，还有不计其数的弹药和军需品、工具和零件。所谓战争的精髓，有时让人觉得似乎就是物资的堆积和运输。他想把这些东西全都列下来给玛丽安看，让她看看它们是何其众多、丰富又平淡无奇（想想一个开罐器飘洋过海的旅途吧），但无论他列得再怎样全面，也无法充分表述他的观点。也许，这零星点滴正是这场战争的缩影。

他将港口的船画成一幅水彩画寄给了莎拉，但没给她写一句话。

四月，美军对日的炮击频率大幅增加，日方随时可能入侵。军方判断，基斯卡岛会因位置原因而率先遭袭。杰米在飞机跑道上遇到了副司令，请求对方让自己加入抵御侵略的队伍。"你是想画交战的场面吗？"副司令一头雾水。

"我总不能光画物资运输和空中支援吧。"

"登陆部队会从别的地方过来，不在这儿停留，所以我没办法把你安插进去。而且这次行动不会持续多久。"

"那我能上轰炸机吗？"

海上，一团雾气正向他们徐徐逼近，副司令伸着大拇指往身后指了指。"这破天气，你看不到多少东西的。你真的不想回科迪亚克吗？要不去别的地方转转？"

杰米望着云海漫向岸边。雾气在战场上虽为中立方，却有着耽搁行程、吞没飞机的可怕威力。"我还在考虑，"他回答道，"不过应该快了。"

5月11日，消息来了：日军已发起进攻，袭击目标是阿图岛，而非基斯卡岛。他们预计行动将持续三天，敌军此行有五百人。

几天过去，军官们表情凝重。敌军人数远超想象。由于天气恶劣，他们的行动进展缓慢。

一个星期后，杰米随一架轰炸机出发了，但正如副司令所言，他什么都没看到。为了省油，他们把炸弹从灰蒙蒙的空中投了下去。导航员骂了句"该死的蠢货"，杰米不知他骂的是日本人、自己的指挥官，还是被浪费的炸弹。他忽然心生一念：在这片天空，他们和那些消失的飞机并无不同，唯一的差异就是他们最终回到了埃达克岛。在空中，你对他人来说就像不存在一样，整个世界只剩下你自己。也许玛丽安向往的正是这一点。但也许，她对此早就习以为常了。

一支大规模舰队集结了东京湾，其中有运输舰、战舰，还有驱逐舰。它们将向阿留申群岛进军，旨在把美军逼回到阿拉斯加内陆。到头来，这支一触即发的舰队并未出征。

两个星期后传来了新消息：步兵正临近日军早前撤离的港口。当杰米在港口附近创作时，经过他身边的副司令折了回来，军靴在泥地里嘎吱作响。"一会儿有艘船会在这里停靠，然后把物资运到阿图岛，"他对杰米说，"你要是还想去，我可以帮你安排，你也许能赶上最后一班船。怎么样？"

于是，杰米上了船。第二天早晨，他又上了一艘登陆艇，在低悬的雾气和银亮的水面间缓缓前进，呼吸着冷冽的空气。接着，他抵达了一片被炮击严重损毁的灰色沙滩。他的双肩包里背着睡袋、食物和替换的袜子，一侧肩膀背着一个小书包，里面放的是铅笔、本子和水彩颜料，另一侧肩膀则背着步枪和弹药。他帮忙把物资搬上了三台在沙滩上等待的拖拉机，然后跟随另外八人开始步行，一走就是好几个小时。早已远去的卡车和拖拉机留下了清晰可辨的车辙。中途，他曾停下创作，但被警告此处不宜停留，最好继续前进。

几个小时后，后方终于出现在他眼前：雪山下的峡谷缓坡上，密密麻麻的尖顶帐篷林立于污泥和苔藓之间。两侧的道路上，日本兵的尸体散落一地，有七扭八歪的四肢，还有头盔下一团团模糊的血肉。在营地，杰米找到了负责管理一队工程师的中尉，解释说自己是队里的画家（中尉说了句"真是每天都有惊喜"），想要去前线。他被告知，当前没什么地方可去，前线部队正在就地防御。"请自便，"中尉指了指四周的帐篷，"你可以先体验一把阿图岛上的乐趣。"

晚上，日本士兵在不远处大饮清酒。他们已在岛上驻扎一年，物资几乎耗尽。一度旷日持久的黑夜如今变成了无休无止的白昼、迷雾和终日不散的狂风。这支队伍的上校拒不投降。美军在谷地的防御并不严密，但在山腰处有榴弹炮兵连驻守。日军上校倘若能控制这些榴弹，就能反制美军——这是无异于天方夜谭的背水一战，但也将是英勇壮举。

还剩一千名日本兵。他们上蹿下跳，不断嘶吼，把脚踩得"咚咚"响。伤员接过手枪，按着指示射穿自己的头颅。无法开枪的人则接受了吗啡注射，其中一些还用手榴弹提前得到了解脱。他们越喝越多，也不管手里找到的是什么。

黎明时分，上校下令战士们向美军防线发起进攻。

杰米在一阵惨叫声中醒来。他附近有个人被刺刀刺死了，他却侥幸逃过一劫。他挣脱了睡袋，背上步枪往山上跑去，想要逃离杀戮。手榴弹接连爆炸，周围顿时沙土四溅。他的一只脚冷不丁踩进了散兵坑里，里面躺着一个早就咽了气的日本兵。

不远处，三个日本兵割断了医疗救援帐篷的营绳，床上的伤员在坍塌的帆布下剧烈扭动着身体。日本兵们高举刺刀，大开杀戒。事后，这一幕将让他回想起多年前那条被毯子盖着的惨遭虐行的小狗，但眼下，大脑一片空白的他举起了手里的步枪。第一枪射中了一个日本兵的后脑勺，对方的身子仿佛被绳索猛地一拉般向前扑倒。第二枪击中了另一人的肩膀，把他打翻在地。他刚弯下腰捂住伤口，胸口又中了杰米的致命一击。第三个士兵四下环顾了一番，站在原地一脸茫然。杰米看着他扔掉手里那把绑在木棍上的刺刀——他唯一的武器——一边将目光飘向高处。下一发子弹射穿了那人的前额。

杰米放下步枪，从胸前的口袋里掏出小本子和铅笔。他的手剧烈地颤抖着。

过了一会儿，日本兵们似乎失去了目标，也乱了阵脚，可怜巴巴地胡乱挥舞着手中的武器。有几个人抢过了死者身上的口粮，大口吞食起巧克力棒。还有人相互递烟，抽了起来。山上的交火声不绝于耳，但山谷里的士兵三两成群地呈闲散状。他们从腰带里拿出手榴弹，用头盔撞开击针引燃导火索，然后把手榴弹放到下巴底下，或是抱在肚子前。随着一声声爆炸，血肉四处飞溅。一团团烟雾渐渐消散，一个个刚才还完整鲜活的身体，有的没了脑袋，有的没了双手，还有的从中间被挖空。

杰米蹲在散兵坑里一刻不停地画着。过了好长时间，他才意识到，他画出来的尽是些乱七八糟的线条和形状，根本辨不出个所以然来。

英格兰莱斯特郡拉特克利夫庄园

1943 年 3 月

阿图岛战役爆发两个月前

一画，两画。一点加两画。

明天①。

玛丽安躺在床上，想象着在墙的另一侧，露丝也躺在一张相仿的床上，轻叩着一根手指。明天……伦敦……与艾德②共进晚餐……好吗？想让你……

敲击声停止了。露丝睡着了吗？还是忘了莫尔斯代码表？玛丽安将掌心按在冷冰冰的墙上，等了一会儿。然后，她用食指敲击起了墙面。

怎么？

回复：跟他认识一下。

一月，玛丽安刚到拉特克利夫庄园时，被告知这地方的叫法是"大房子"，而不是庄园或者宫殿。跟她一起被派驻到此地的还有另一个英国姑娘，以及三位男士——其中两人来自美国。庄园豪华的装潢

---

① 这里指的是莫尔斯电码表达的内容：一画代表字母 T，两画代表字母 M，一点加两画代表字母 W，三个字母组合成英文单词"明天"（tomorrow）的缩写。
② 艾迪的昵称。

和同伴们的侃侃而谈都让玛丽安感到无所适从，她便一直独来独往。车库上层有几个装有暖气和热水的房间，她分配到了其中一间。庄园里设有网球场，还有她以前从未见过的壁球场。飞行员的军靴有专人负责清洗。餐厅装有精致的木墙，晚餐会供应葡萄酒和麦芽啤酒。有时候，庄园的主人林赛·埃弗拉德爵士①那些声名显赫的友人连声招呼也不打，就会直接前来用餐。

　　林赛爵士继承了家族经营的酿酒业，还将自己在附近拥有的一座机场转让给了空运辅助部队。他是个飞行爱好者，除了收藏飞机以外，还与许多飞行员关系匪浅。这场战争让他见识了各种飞机，还结识了不少飞行员。

　　机场里出现过皇家空军驾驶的大多数机型。不过，玛丽安尚未取得所有机型的驾驶资格，她的主要任务是接送其他飞行员，还有将布罗米奇城堡的工厂生产的"喷火"送去别处。她偶尔也会去安斯蒂或者伍尔弗汉普顿，把那儿的"牛津"和"战斗者"②送到科茨沃尔德的维修站。

　　她飞得并不勤。由于工业污染的原因，英格兰中部终日被浓稠的晨雾笼罩，导致飞行员全都无所事事。布罗米奇城堡的"喷火"堆积成山，亟待转运，但有时他们一连三天都无法起飞。在顺利执飞的日子里，玛丽安如果能在天黑前完成任务，一般会搭同行的飞机或火车返回拉特克利夫，但有时她也得自行解决过夜问题，而这可不太容易。有好几次，她都拖着背包和降落伞，在户户大门紧闭的陌生小镇里狼狈地寻找落脚之处。

---

① 林赛·埃弗拉德爵士（Lindsay Everard，1891—1949），英国莱斯特郡酿酒商、政治家和慈善家，拉特克利夫机场创始人，同时也是一名飞行先驱，因第二次世界大战期间与英国空运辅助部队合作被授予爵位。
② 空速"牛津"双引擎单翼机（Airspeed Oxford），博尔顿·保罗"战斗者"截击机（Boulton Paul Defiant）。

二月的一天晚上，在将两架"喷火"先后送去布莱兹诺顿和科斯福德后，玛丽安灰头土脸地回到了拉特克利夫，发现隔壁的房门敞开着。她往里瞥了一眼，一个女人正在俯身收拾行李箱。玛丽安停下脚步，按捺不住喜悦之情地唤道："露丝！"

露丝直起身来，面无表情，手里拿着一条连衣裙。"他们说你住在隔壁，我问了，没有别的房间。这你只能怪部队了。"她还说，她并不想来拉特克利夫，而是选了汉布尔。之前那个英国女孩去开双引擎机了，她是来补位的，"别担心，我不会碍着你的。"

"你能来我很高兴。"玛丽安情不自禁地说。她都没意识到自己这阵子一直都闷闷不乐，而眼下，与露丝重逢的喜悦仿佛解药般让她如释重负。

"我都不知该说什么了，"露丝一边说，一边将连衣裙砰的一声挂到衣柜里，"当初可是你一心跟我断绝了往来。"

"我很抱歉，我真的很抱歉。"

"是吗？道歉倒是容易，但我觉得你欠我一个说法。"

玛丽安开不了口。她无法实话实说，但也不想撒谎。"具体原因我很难解释，你能不能就放我一马呢？之前确实是我不对，但我也有苦衷。咱们能不能就不计较过去的事情？"

露丝再次仔细地将她打量了一番，琢磨着这番话是否发自肺腑。"那就走着瞧吧。"

没过多久，两人就缓解了头几天尴尬的气氛，甚至比以前更加亲密无间了。露丝还向玛丽安坦白了自己的孤独。

露丝的到来为拉特克利夫的餐桌增色不少，她跟每个人都能谈笑风生。在她到这儿一周后的某一天，他们在餐桌上聊起了飞机装冰橇的事情（玛丽安怀疑露丝有意引导了对话），露丝对玛丽安说："玛丽安，跟大家讲讲你当年是怎么从泥地里起飞的。"

玛丽安只得讲了当年在瓦尔迪兹，她在那架老旧的贝兰卡飞机里怎样左右摇晃身体，好让冰橇从臭烘烘的污泥中挣脱出来的。

"既然没有雪，那你为什么要装冰橇呢？"林赛爵士表示好奇。

她解释道，自己在当时常去高山矿场运送物资，就算夏天也免不了得在冰上着陆。这显然引起了林赛爵士浓厚的兴趣，他不停地问这问那，勾出了她当年一桩又一桩逸事。她都没意识到自己在滔滔不绝，全桌人都听得如痴如醉。她还讲了自己被一阵狂风吹落冰川的惊险经历，把所有人都惊得瞠目结舌。然后，她马上住了嘴，一脸窘迫地切着餐盘里的肉。

林赛爵士转过身对露丝说："你可是融化了我们的冰公主啊，真有你的！"

在露丝隔着墙用莫尔斯电码邀请玛丽安与艾迪见面之前，玛丽安屡次"错过"了认识艾迪的机会，露丝虽未明确要求玛丽安赴约，但几次委婉的邀约都被玛丽安成功地化解了。在此之前，只要露丝一说艾迪会来伦敦，玛丽安就会请辞，独自骑上摩托车前往莱斯特、诺丁汉或者别的地方。但要是露丝说艾迪脱不开身，玛丽安就会跟她一起去城里，两人会去红十字会的俱乐部过夜，一切都跟以前一样：晚餐、电影或话剧、鸡尾酒、跳舞。

但玛丽安不能一直躲避下去，毕竟，身为轰炸机导航员的艾迪随时都有可能一去不复返。

她举起手指，然后敲出了"好"。

艾迪是在萨沃伊饭店跟她们见面的。玛丽安使劲地握了握他的手，一边直视着对方的眼睛。他个子很高，长着一张长方形的马脸，浓厚的眉毛下是一对柔和的眼睛。他又长又密的牙在咧嘴微笑时一览无遗。"我早就想跟你认识了，"他对玛丽安说，"露丝可很少把人捧到天上去。"

"你这么一说，她的屁股就要翘到天上了。"露丝把脸靠在了丈夫的胳膊上。

"在战前，"艾迪领两人走进了美国人的酒吧，"我连这里的门都不敢进，觉得自己太寒酸。但现在我觉得，既然我有飞到德国上空的本事，那我想去哪儿喝都行。"他指了指自己橄榄绿的外套和导航员专属的银翼徽章，"有了这身，就不愁没合适的衣服穿了。"

玛丽安点了点头。她自己的蓝色制服也像盔甲一样，让她走到哪儿都觉得问心无愧。

这时，露丝戳了戳她的后背。"玛丽安，今晚你可别一声不吭，不然艾迪会觉得我都在吹牛皮。"

"我明白你的意思。"玛丽安对艾迪说。她想起了杰姬在面试时批评自己穿飞行服的事情。"穿上军装会给人一种无可指摘的感觉，省去了很多麻烦。"

"无可指摘，说得没错！"艾迪说道，"老实跟你讲，我可喜欢伦敦了。这里的气氛真是热火朝天，是不是？简直令人振奋。你明白我的意思吗？我想，如果有人不断地在你耳边说你可能会死——必死无疑——那你就会更努力地活下来。你说对吗？"

三人点了鸡尾酒。艾迪给她们讲了一件趣事：一次在飞机上，他们组里的球形炮塔机枪手在飞机接近目标时睡着了，就那么蜷在B-17轰炸机机肚那个钢筒里呼呼大睡。"我真不知道一个人怎么挂在天上都能睡着，但那家伙在哪儿都能合眼。他是出了名的睡神。"

"玛丽安也是，在哪儿都能睡着。"露丝不甘示弱。

艾迪扬起了一边眉毛。"是吗？你有什么秘诀吗？我这人总睡不好。"

"你先把故事讲完吧。"玛丽安回答道。

"我们当时不知道他睡着了，只发现他一点儿动静都没有。他说他是被炮声吓醒的，然后他……"艾迪模仿了一个从梦中惊醒的动作，"他转了个身，一眨眼工夫就击落了一架梅塞施密特①。我们最终平安返回了，就是机身稍微挨了几枪而已。他说，他当时梦到自己打下了一架飞机，结果刚醒过来，梦境就变成了现实。"他前倾身体，一脸笑意地来回看着玛丽安和露丝，"是不是挺神奇的？那天去睡觉之前，我们几个都把自己想做的梦狠狠地在心里演绎了一遍，觉得美梦成真的好运也许会传染。"

"我希望你梦到的是在英格兰的某个空军基地里醒来。"露丝说道。

艾迪是个极具魅力的人。在玛丽安见过的人里，没几个有魅力的，至少很少有人能像艾迪这么有亲和力。露丝看艾迪的眼神里充满了爱意。

"玛丽安要是愿意，也能在球形炮塔里边睡着。"露丝又说。

艾迪问玛丽安："玛丽安，你在什么特别奇怪的地方睡过觉？"

玛丽安看了看满眼期待的露丝，意识到后者对自己寄予厚望。胜负已成定局。论魅力，她根本就不是艾迪的对手。不过，她不能让自己显得太乏味。

"有一回，"她开口了，"在阿拉斯加，我的飞机掉进了河里，驾驶舱里进了水。因为第二天早上才会有人来救援，于是我就在飞机顶上睡了一晚。"她耸起肩膀，语气越来越不自信，"不过当时是夏天，所以也没那么危险，只是蚊子多了点儿罢了。"

"还有那头熊。"露丝在一边附和道。

"对，我还看到了一头熊，"玛丽安无奈地说，"在捕鱼吃。"

"那可是头灰熊。"露丝强调说。

"你从小就这么勇敢吗？"艾迪问她，"你小时候是什么样的？"

玛丽安想了想，然后回答道："很天真，像个男孩儿，还很执着。"

艾迪大笑了起来。

---

① 梅塞施密特（Messerschmitt），第二次世界大战时期的知名德国战斗机制造商，常用以代指其生产的战斗机。

三人去了一家希腊餐厅吃晚餐。"那里美丽壮阔，景色令人震撼。"艾迪说起了格陵兰岛。他刚从美国来欧洲时，曾在一架全新的B-17上当导航员。"一眼望去是无边无际的冰面，地平线一片雪白。连我手上的地图都好像是空白的。"

玛丽安听闻后羡慕不已。她羡慕他拥有露丝，也羡慕他去过格陵兰。这让她想起了父亲书里的那些冰山和捕鲸船的蚀刻版画。

"有一次，"她对两人说，"我从阿拉斯加最北端的巴罗往北飞，飞越了浮冰群。我几乎都不愿往回飞，就感觉……"她不知该怎么形容。

"摄人心魄，"艾迪接过了话茬儿，"我觉得满眼望去都是白茫茫的那种感觉，实在是摄人心魄。"

"没错，"她回答道，"就是那种感觉。"

"玛丽安总爱铤而走险，"露丝插话道，"她就是控制不住自己。反正那么多冰对我来说可太吓人了，那种地方连人都没一个。"

"边缘地带还是有些人的，"艾迪对她说，"但肯定都是些生存能力很强的人。"

"可我就是被荒无人烟吸引的。"玛丽安义正词严地表示。

艾迪举起了酒杯。"那咱们敬无人区一杯吧。"

走出餐厅时，他们瞬间被黑暗包围，好像掉进了一个水底洞穴。置身于皮卡迪利广场，眼睛虽然看不见，但其他感官应接不暇：来往行人摩肩擦踵，男男女女的嬉笑声不绝于耳，像蝙蝠一般飞驰而过。

玛丽安牵着露丝的手，觉得周遭的噪声、骚动和欢闹如同另一种静态，一种等待中的状态。所有人都在等待。等待醉意来袭、亲吻或触碰，抑或等待黎明，等待入眠。等待回到各自的岗位，等待战争继续，然后终结——倘若它确实会有休止的那一天。所有人都在等待一切各就各位。

506

在艾迪的带领下，他们穿过一扇门和厚重的暗色丝绒窗帘，进入了一个与外界隔离的湿热世界。众多穿制服的身影在舞池中欢蹦乱跳，犹如随波逐流的海藻，被五彩的灯光照亮。烟雾缭绕的空气中酸甜交织，仿佛人体发酵的气味。舞台上，铜管乐器闪闪发亮，小提琴一起一伏，聚光灯下的歌者挑起一边眉毛，两只手紧紧地钳着麦克风，就像被一只看不见的爪子把歌声从嗓子里往外拉扯。三人上到了楼座，在一张长沙发上坐了下来。艾迪向两人说起在轰炸机驾驶舱透过玻璃机头看向外面的场景。"有时候，你觉得你面对的是教堂的玫瑰色窗户，"他努力地压过演奏声，"但有时候，你觉得那无异于地狱之门。"

在一片圆形的天穹和云彩间，是接连不断的黑色炮火。上百架轰炸机集结成群，一架架化作赤焰与飞烟。时而有飞机从高空坠落，熊熊燃烧着撞向另一架飞机。刺骨的寒流涌入机舱，他们的皮肤一触到仪表，就像被粘住一般。他们全身裹得严严实实，跟熊没什么两样。水面从他们脚下掠过，浅滩或泥岸率先进入视野，随后是农田、道路和屋顶。一看到这些有人居住的地方，他们就空投炸弹。在执行作战任务的当天，早餐会供应新鲜的鸡蛋——这可是难得的美味佳肴。

露丝坐在弧形沙发的中间，懒洋洋地靠着玛丽安的肩。玛丽安感到奇怪：露丝怎么不靠在艾迪身上？她想起很久以前的冬天，她曾跟凯莱布和杰米去过几次米苏拉附近的温泉，热水滋润着她的全身，寒风却刺痛了她的脸颊，让她热泪盈眶。这与眼下的感觉很相似：露丝紧贴着她的身体散发出融融暖意，但艾迪口中那寒峭的天空让她四肢冰凉。

"行了，我的事儿就说到这儿吧，"艾迪话锋一转，"玛丽安，我一直很好奇，你是怎么决定要开飞机的呢？"

"我就是想开，大多数人难道不都是吗？"

"肯定有什么东西激发了你吧？"

"特技飞行员。"露丝在一旁提醒道。

"哦,对,"玛丽安满不情愿地说,"我小时候确实遇到过几个特技飞行员。"

"而且就在林德伯格飞越大西洋那天,"露丝补充道,"这是命运。"话毕,她要求服务员再给他们倒些酒。

"后来呢?"艾迪很是好奇。

这是玛丽安通常会选择回避的话题。她的人生经历离奇到令她自己都有些难以启齿,里边有太多的羞耻和不堪,而且她还担心自己解释不清来龙去脉。但这一次,她不想再逃避了。跟这场战争相比,她的那些秘密实在是微不足道。

于是她说道:"还很小的时候,我就决定要挣钱成为飞行员,所以剪掉了长发,扮成男孩儿找活儿干。"

"有人被你糊弄住了吗?"

"确实有,还有人根本连看都没看我一眼,我觉得有些人是故意睁只眼、闭只眼的。不过,在蒙大拿,标新立异的人也不算少。"

她跟两人讲了自己捡瓶子、为斯坦利先生送货,还有华莱士喝酒赌博这些事。"后来出现了一个男人,要出钱资助我学开飞机。"

艾迪一脸困惑。"为什么呢?"

"后来我发现,他想娶我。"

"那你是怎么摆脱他的?"露丝问道。

玛丽安努力直视着露丝的眼睛。"我没有,最后我嫁给了他。"

"你嫁给了他?"露丝往后一退,满脸愤怒与错愕,"可你跟我说,你没结过婚,而且根本就没到谈婚论嫁的地步。"

"我撒谎了,"玛丽安回答,"我从不提他的事儿,他不是什么好人。"她望着下方的舞者。她跟巴克莱只跳过一次舞,是在他们度蜜月时去英格兰的船上。他平常很讨厌跳舞,但那晚,暴风雨势头减弱了,他在晚餐后主动领她去了舞厅。海浪颠簸,舞池在他们脚下起起伏伏，就好像有人在呼吸一样。"反正他现在也已经死了。"她对两人说。

"他是什么人？"露丝追问道。

玛丽安哑口无言。她要怎样描述巴克莱，才能把这个人说清楚呢？

艾迪用柔和、哀伤的目光看着玛丽安。"咱们就别再缠着玛丽安问下去了，还是跳舞吧。"他站起身后，向玛丽安伸出一只手。

"所以你们俩都准备抛弃我了？"露丝不满地说，"酒还没来呢。"

"露希①，根据我这么多年对你的了解，天下可没有你找不到的舞伴。"艾迪回嘴道。

重新进入夜色后，玛丽安与两人匆匆告别，不想眼睁睁地看着他们并肩离去。可不巧的是，一簇打火机的火苗照亮了拥抱中的两人。没有亲吻，只是一个紧紧的拥抱。随着打火机啪地一下合上，两人的身影被黑暗吞噬。然后，玛丽安听到露丝叫出了自己的名字。

"我在这儿。"玛丽应声道。

"哪儿呢？"

"就在这儿。"

露丝挽住了她的胳膊。"走吧，我讨厌告别。"

"你为什么不跟他走？"

"你想让我跟他走吗？"

"我不懂你为什么要这样。"

"我倒想问你，为什么要隐瞒自己结过婚的事儿？"

两人沿街往红十字会俱乐部的方向走去。"你难道不爱他吗？"玛丽安问露丝，"看起来你很爱他。"

"那当然了。他可是艾迪，有哪里不招人爱呢？你难道不爱你的丈夫吗？"

---

① 露丝的昵称。

云彩缓缓地被晨曦点亮，光影和形状变幻起来。"最后说来，我恨他。"

"但刚开始呢？"

"刚开始也许是爱的。"

"你不该对我撒谎，"露丝说道，"你也没必要装得高深莫测，好像自己有多与众不同似的。"

"我没觉得自己与众不同。"

露丝不屑地扑哧一笑。"得了吧。因为知道自己与众不同，你才会随意把人晾在一边，因为你知道他们会回来。不过你猜对了。这不，你打了个响指，我马上就开始围着你转了。"

"胡说八道。"

"那你说说，你究竟是怎么回事儿？"

"我刚才问了艾迪的事儿，你为什么不回答我？你们没睡在一起吗？"

"玛丽安，你为什么关心这事儿？啊！"在昏暗中，露丝被一个醉倒在人行道上的士兵伸出的腿给绊了一下，她往前一冲，随后扑倒在地。

玛丽安惊呼一声，在露丝旁边跪了下来。"你没事儿吧？"

露丝坐起身，抖了抖两只手。"没事儿，但有点儿疼。"那个醉汉纹丝不动，露丝戳了戳他的腿。他惊醒了，马上把腿缩了回去。"看来他还没咽气。"露丝说道。

"咱们赶紧起来吧，可别再被别人踢到。"玛丽安抓住露丝的胳膊把她拉了起来，然后两人坐在了花岗岩台阶上。玛丽安闻到了一股尿臊味，还有烟味和早晨的湿气。露丝的掌心擦破了，膝盖位置的长裤破洞处往外冒着血。玛丽安将露丝的手温柔地捧在掌心，翻了过来，接着吻了吻她的指关节。她觉得自己仿佛一架在地面上被压抑太久的"喷火"。她必须有所行动，不然就会崩溃。

"我和艾迪不是真正的夫妻，"露丝开口了，"我们确实相爱，但不是一路人。我们并非……我们之间没有男女之情。有时候，跟人结婚能少遭点儿罪，因为大家都会结婚。没人会对你问东问西，至少会少一点儿吧。你明白我的意思吗？"

"我明白。"经过最后的犹豫，玛丽安凑过身去吻了露丝，后者毫不犹豫地回应了她的吻。某种意义上，这是一个普通的亲吻——湿热的唇，盲目的黑夜。

这个吻被一记变调的口哨声给打破了。一个美国飞行员来到两人身边，用不怀好意的眼神直勾勾地看着她们。"能给我腾个位置不？"

"想得美，"露丝回答，"回你的家去吧。"

"美女们，拜托，友好一点儿嘛。"

玛丽安拉着露丝一道站起身，两人手牵手小跑起来。这时，露丝忽然倒抽了一口气，好像猛然想起什么事儿来。

"怎么了？"玛丽安问她。

露丝举起一直被玛丽安握着的手，亮出刚才摔跤留下的擦伤。"你弄痛我了。"

玛丽安都没意识到自己握得太用力了。"对不起。"她再次吻了吻露丝的指关节。

"天快亮了，"露丝轻轻地抽回了手，"会被人看见的。"

英格兰莱斯特郡拉特克利夫庄园

1943 年 4 月

玛丽安初识艾迪一个月后，阿图岛战役一个月前

　　"你听说过夜女巫吗？"在拉特克利夫庄园，露丝仰躺在床上问玛丽安。

　　玛丽安摇了摇头。她被夹在露丝和墙壁中间，用一边胳膊支撑着身体，另一只手则在被子底下轻抚露丝的腹部。

　　"指的是一群开古老双翼机的苏联姑娘，"露丝解释道，"有整整一个团。她们在夜晚飞越德军防线，徒手往下扔炸弹。然后关掉引擎在空中滑行，就好像扫帚一样在黑暗中发出"嗖嗖"的声响。当然了，她们这跟送死没什么区别。"

　　"至少她们起到了一点儿作用。"

　　"我们也是。"

　　"我们基本上就是闲坐着，眼巴巴地等天气转晴。"

　　"这也有作用，"露丝边说边把玛丽安的手往下推，"也许我们也是夜女巫。"

　　玛丽安笑了，重新将手移了回去。"在阿拉斯加的时候，别人开玩笑管我叫巫女，因为天气不好的时候我也能照飞不误。"不过，这

话又让她想起了巴克莱，当年她声称自己对子宫下了咒以后，他居然真的半信半疑。

"那只能说明他们怕你。"

"也许吧。"她将拇指扫过露丝的乳房下侧，露丝配合地挺起了肋骨，"你觉得队里还有没有别的姑娘也像我们这样？"

"应该有，嗯……我也不确定。不过我知道有一对肯定有这想法，但她们自己可能都没意识到。"露丝收起了脸上的笑容，"大家觉得女人理所当然地应该喜欢男人，所以大多数女孩都对此深信不疑。你应该就是这样的吧？"她的语气几乎是在恳求玛丽安赞同自己。露丝似乎一门心思想要玛丽安承认，她从未在男人身上获得过分毫愉悦，至少，她更享受与自己的交欢。

"算是吧。"玛丽安回答道。

"有很多像我们这样的女孩藏在暗处。"

"我其实不确定我是哪种女孩。"玛丽安又说道。"女孩"这个词让她觉得别扭，但用"女人"来形容自己感觉也不太恰当。好像只有拥有平底锅和珍珠项链，才能算得上是个女人。

"人们总爱先入为主地假设一番。我有没有跟你讲过我高中的名字？'圣母升天会'①。"

"讲过。"

"那里的修女只会教育我们，千万别让男孩子碰我们，否则就是罪大恶极。不过，她们可没提女孩也会做这种事。"她的语气掺杂着戏谑和怨恨。

"听起来，你从小对自己的了解，胜于大多数人一辈子的自我认知。"

"也许吧，"露丝回答道，"但有时候我也就是执拗罢了。"

露丝曾告诉玛丽安，她很小就意识到自己异于常人。她一边小心

---

① 原文是 Our Lady of the Assumption，其中 assumption 一语双关，有"假设"和"升天"的意思。

翼翼地守护着自己的秘密，一边又设法追随内心的欲望。所以，在密歇根州那个信仰天主教的保守小镇，她并未遭遇被扫地出门的下场。

"艾迪也一直都知道吗？"玛丽安总算理解了露丝婚姻的实质。

"我可不想替他回答这个问题。"随后是一阵沉默，"想想吧，要发生多少事情，老天爷才会让我俩相遇。"

"这个嘛，"玛丽安回答道，"必须先得有场战争才行。"

"哈，你倒是为这场战争找了个'站得住脚'的理由。"

露丝忘乎所以地大声嘻笑起来，玛丽安赶紧让她住嘴。两人一边对视，一边侧耳倾听，但车库上方的其他房间并未传出什么异响。

"就算他们听到我在这儿，也不会觉得有何不妥，"露丝悄声说，"就是两个姑娘晚上聊聊天罢了。"

确实如此。自从两人初吻那天的一个月以来，只要她们都在拉特克利夫，每晚都会同床共枕。但无论是在谁的房间，当晚的访客最终都要回到自己的房间——早上女仆会上门送茶——迄今为止，似乎没有人察觉到异样。

有一次，算是运气不错，她们在同一天晚上双双滞留洛西茅斯。她们找了家旅馆，被一脸凶相的女老板冷冰冰地告知"恐怕今晚你们只能在一间房里挤挤了"。

"要是没别的办法，"露丝答道，"那我们就只能将就一下了。"

在露丝的影响下，玛丽安开始为两人的深藏不露而暗自窃喜，也对这个想象力贫乏的世界嗤之以鼻。但她知道，对露丝而言，这种瞒天过海的日子也叫人苦涩。虽然两人毫无相像之处——露丝矮小又丰满、头发是深棕色，而瘦高的玛丽安则是一头金发——但总有人问她们是不是两姐妹。"他们发现我俩很亲密，"露丝说道，"但他们看不出我们的关系，所以只能得出他们唯一能想到的结论。"

"没错，"露丝总是这么回答这些人，"我们确实是姐妹。"

玛丽安也从没想过要向人炫耀这段关系。她无法想象写信给杰米宣布自己恋爱的消息，因为她不愿面对他的震惊。她并不认为他会斥责自己离经叛道——毕竟他是个阅历丰富的艺术家——但她猜想他会对此感到不适，而这又会加剧自己和弟弟之间的隔阂，让天各一方的两人渐行渐远。她担心他会不由自主地想象她跟露丝在一起的情景，而自己在他心中的形象会逐渐变得不堪入目。

她无法断定心中的天平是否已明显倾向女人，也不能确信自己仍然更爱男人。就目前而言，她爱露丝胜过其他人，但在内心深处，她还是隐隐惦念着和男人相处时那种固有的失衡感，眷恋着男性的威武、刚硬，还有那根专横跋扈的生殖器。她努力地不去想巴克莱。在离开他以后，当她跟别的男人，甚至是与凯莱布在一起时，他仍像一阵回声萦绕在她心头，那声音时而微弱，时而又如枪鸣响彻山谷。不过，这回声却未侵入她跟露丝的二人世界，跟露丝的相处让一切恢复了平衡。她恣意又莽撞地渴望着露丝，并惊讶地意识到，她对露丝的肉欲几乎超过了感情。

两人头几次交欢时，玛丽安并未用唇去接触露丝的身体。做此尝试后，她从那肌肤中捕获了一种咸涩、刺灼的感觉，一种她从未在男人身上体会过的粗拙感。她觉得自己的阴蒂奇丑无比，简直就跟火鸡额下的肉垂似的，但露丝显然对自己的这一部位十分满意，而对玛丽安的就更是痴迷不已。她将其奉为至宝，仿佛对待秘密神殿里的圣像那般满怀敬意。

要是时机合适，她们会跟艾迪一起去伦敦找乐子。钻进烟雾弥漫的拥挤房间，被吵闹的爵士乐和四处挥洒的酒精所包围，那种兴奋和猛烈让玛丽安想起了从前跟杰米和凯莱布一起的冒险时光：他们的三人组给各自带来了无尽的欢愉。玛丽安知道露丝一定将她们的关系告诉了艾迪，艾迪虽未明示，但举手投足间向玛丽安流露出了手足般的亲切。她觉得他一定也有自己的恋人。他日复一日地看着别的飞机燃烧坠毁——而他自己天天都坐在一模一样的飞机里——他认识的飞行员一个个死于沙场，怎么可能不需要享乐和宣泄呢？

"话说，玛丽安可是救过我一命。"五月的某天晚上，露丝夸张地扬起一侧眉毛，在喝鸡尾酒时说出了这句话。当时，三人正庆祝艾迪完成了第十五次战斗任务。如果他能成功地完成二十五次任务，就能回家了。

艾迪转向了玛丽安，眼里露出一丁点儿好奇——毕竟战争当前，英勇之举绝不罕见。"你是怎么做到的？"

"别看我啊，"玛丽安回答，"我都不知道她在说什么。"

"昨天，我把一架费尔柴尔德从怀特·沃尔瑟姆送去了普雷斯顿……"露丝停了下来，然后伸手摸了摸桌对面艾迪的胳膊，用小学老师般温柔的语气说道，"艾迪，你可能不知道，要到普雷斯顿，利物浦走廊是必经之路。你听说过吗？"

他忍俊不禁地回答："洗耳恭听。"

"就是利物浦和沃灵顿两个防空气球之间的空域，宽度是两英里半。话说，我进入那片区域后，冷不丁飞到了一片云里，完全猝不及防。上一秒还是万里晴空，下一秒就一片白茫茫了。后来我知道，这是因为露点①，一种奇怪的自然现象。"

"所以是玛丽安改变了露点吗？"艾迪打趣道，"难道她是气象女神不成？"

"差不多吧。"露丝回答。

"那玛丽安肯定是太阳了，她一来，就把云给烧没了。"

"那倒不是，不过她教过我怎么看仪表。"

"我还以为那时候你都没听进去呢！"玛丽安说完，又向艾迪解释道："她只有在酒吧的时候才让我教，而且总打岔。我基本什么

---

① 在空气中水汽含量不变，保持气压一定的情况下，使空气冷却达到饱和时的温度称露点温度，简称露点。当气温达到或接近露点温度时，空气中的水蒸气会凝结生成雾。

都没教成。"

"你教过我，要是飞到云里，就得马上拉直机身，重新回到航线上，稳步、缓慢地转到反方向，然后尝试俯冲。"

"谁都会这么教的。"

"但只有你愿意费这个心。所以我照着做了，但唯一的问题是，我下降到了五百英尺，雾却一点儿都没散。于是我就开始往上飞，但还是一直陷在云里。到了七千五百英尺的高度，都没能飞出去。"

"你应该跳伞的。"艾迪对她说。

"这我倒是想过，"露丝答道，"一般情况下我会的，但那天我因为怕赶不上回程的飞机，就没换长裤，身上穿的是制服短裙，还有——这你们就别往外传了——我所有的内裤前一天刚好都洗了，所以就'真空上阵'了。"她看了两人一眼，然后又接着说，"这下你们该明白我的难处了吧？"

"露丝，"艾迪又说，"如果要在送命和不慎走光之间选一个，你应该选后者才对。不过，你居然会主动放过丢人现眼的机会，这倒是让我很惊讶。"

"我自己也很惊讶，"露丝若有所思地回答，"回想起来，我应该是暗自觉得自己能行。反正，我就硬着头皮……一直往前开了，希望云里能破出个洞来。"

"这故事都听得我如坐针毡了，"艾迪评价道，"虽然结局肯定是生还了。"

"后来，我在云团里看到了一处缝隙，也许是我想象出来的吧。我压根儿就不知道自己身处何处。我下降的时候是有可能撞上气球或者山崖的。"她停下了。艾迪握住了她的手。

"你被吓到了。"艾迪对她说。

"是的，确实是这样，"露丝的声音颤抖起来，"说起来，在当时当刻，你的注意力完全集中在解决问题上，所以基本没什么感觉。但回过头想想，你就会感到后怕，就好像被冻着了一样，而且寒意始终都无法驱散。"

"玛丽安，给我也来点儿建议呗，"艾迪对玛丽安说，"什么都行，给我点儿运气。你有什么求生的秘诀没？"

"我告诉露丝的不过就是常识而已。"

"这可不算建议啊，拜托！"

玛丽安想了想，然后说道："我的第一位飞行老师告诉我，要摆脱自己的直觉，无论是想要抵抗，还是想要放弃，都要反直觉而行之。但他讲的其实也不是开飞机的道理，而且他在那之后不久就坠机遇难了。"

艾迪笑了起来。"强烈的直觉告诉我，应该无视这条糟糕的建议，但也许那又意味着我应该听从它。你可真是让我进退两难啊。"

一周后，传来了艾迪的飞机被击落的消息，他因此被列为了失踪人员。露丝躺在床上，把电报扔在了旁边的地板上。"这是他的第十七次任务，"她对轻抚自己后背的玛丽安说，"他们怎么就觉得有人能成功二十五次？简直惨无人道。你真该看看当时电报来的时候他们看我的眼神，就好像我流泪有多无礼似的。为什么这里都没人掉眼泪？"

"因为大家都害怕，哭了就会停不下来。"

几天后，露丝在运送一架"喷火"的途中绕道降落在了艾迪的基地，假装飞机出了机械故障。她找遍了机库和指挥室的每一个人，追问有关信息。她由此得知，有别的飞机上的人声称，曾在艾迪的飞机爆炸前看到三顶降落伞。但没人知道跳伞的人是谁。

太平洋

1943 年 6 月

几周后

一艘运兵船穿过金门大桥下方，向大海驶去。船上，杰米站在高处的扶栏边，俯视着下方甲板上密密麻麻的迷彩服。这些士兵并不知道自己的目的地是何方。夕阳西下，一道透亮的余晖洒向白浪，照耀着盘旋的海鸟和橙红色的桥塔——其中一座即将被笼罩在要塞上空的浓雾所吞噬。没过多久，整艘船就连同周围的碧海一起，都被雾给锁住了。杰米往下方走去。

这艘船原本是艘客运邮轮，但最初的装饰和陈设都已被拆除，取而代之的是像烤盘般堆叠起来的床铺。窗户和舷窗不是钉了木板，就是被涂成了黑色。一对对伴侣曾携手漫步过的甲板，如今却堆放着老朽的防空机枪以及用于防御的沙袋。这艘船的船龄不小，而且也不以速度见长——不如玛丽王后号和伊丽莎白王后号①——所以由一艘驱

① 玛丽王后号于 1936 年 5 月在英国建成下水，在其穿越大西洋的处女航程中刷新了速度纪录，并一直保持至 1952 年，二战期间曾用作运兵船。伊丽莎白王后号于 1938 年 9 月在英国建成下水，其后 56 年间一直是世界上最大的客运邮轮，第二次世界大战期间曾用作运兵船。

逐舰保驾护航。船体和上层建筑被刷成灰色，船头和船尾的名称均已被抹去。出发第二天，杰米看到几个士兵为了防止骰子滑走，拿来了一个老救生圈，这才知道了船的名字——玛丽亚·福特纳号。

关于约瑟芬娜·伊特纳号的这艘姐妹船的记忆早已封存多年，小时候，华莱士曾给他看过当年的船难剪报。在那些照片上，他和玛丽安如同一对襁褓中的小蚕蛹，由他们的父亲抱着走下 SS·玛瑙斯号的舷梯。那些新闻也捎带提及了劳欧公司旗下更新的邮轮——刚刚下水不久的玛丽亚·福特纳号。眼下，他绕着这艘船走了起来，试图想象它曾经的壮丽和辉煌。船上还有一些商船时期的海员，在甲板下方的过道上，他拦下了一个工程师。

"这船有艘姐妹船，之前沉了，是吧？"杰米问对方，"应该是叫……约瑟芬娜号？"

"没错，真是个悲剧。不过，那是我来这儿工作前发生的事儿了。"两边都有士兵和水手与他们擦肩而过。"咱们还是不要挡道了吧。"工程师说完便转身离去，消失在了人流中。

结束阿留申群岛之行后，杰米放了几天假，然后出发前往旧金山。从科迪亚克岛出发的运输机中途在西雅图加油——这是一次计划以外的停靠，他在冲动之下提前下了飞机。

当他在电话上说明身份时，莎拉·费伊——哦，不，是莎拉·斯科特——在电话那头咕哝了几句，声音听不真切。他问她："你收到我寄的水彩画了吗？"

她清了清嗓子，惜字如金地回答："收到了。"

没有下文。他接着又说："抱歉冒昧来电了，我刚好经过西雅图，所以就想到了你。那我还是不打搅你了吧。"

"好的，"她含糊地回应道，"好吧。"

他找了家士兵云集的酒吧，在喧嚣中痛饮了一番。一股似曾相识的郁结漫上心头，打破了他平静多时的心绪，让他百爪挠心。他为什么要打电话给她？为什么就不能善罢甘休？自从两人上次见面后，他应该充分意识到：对他而言，她是一个遥不可及的幻影，他们之间再无可能。与她再续前缘的想法简直是可笑至极。

他在埃达克岛的港口画那幅水彩画时，刚好是暴风雨间隙的黄金时刻：柠黄色的光斑点缀着靛蓝色的海平面，曼妙的光线如同神来之笔，将海岸线上那一堆堆丑陋的军用物品烘托出几分美感来。这一幕让他心头一紧。色彩流出笔尖，对莎拉的感激之情漫遍了他的全身——他的格局是因她的敦促才拓宽的。

他的感激并未因阿图岛的经历而被抹去，反倒变得更加复杂了，平添了一份黑暗与沉重。

第二天上午，他在旅馆房间的门缝底下发现了一张字条：斯科特夫人邀请他共进午餐。字条上注明了时间和地址（就在这条街的另一头）。经过回忆，他几乎确定自己并未向她透露下榻之处。

尽管他在内心反复劝阻自己，但最终还是选择了前往赴约。她把地点选在了一家不太干净的小餐厅，里面灯光晦暗。他到达时，她已在最深处的卡座里坐着，亮眼的蓝色套装和浅口鞋与环境格格不入。她的面色看起来有些凝重。

"咱们又见面了，这可真好，"他边说边坐下，打开菜单，"你已经选好了吗？"

她伸出手，碰了碰他放在桌上的手背，对他说："杰米，我很抱歉。"

他放下了菜单。"怎么了？"

"我要为那天我接电话时的反应道歉。我当时一下蒙了，而且我姐姐也在房间里，所以不方便说话。"

一个上了年纪的服务员出现在两人身边，他头戴一顶纸做的帽子，油迹斑斑的围裙包裹着肥硕的肚皮。他一手拿着菜单，一手拿着笔，问他们："二位要来些什么？"

"我们还没想好。"杰米回答道。于是那人把笔架到耳朵后边,走开了。

"你饿吗?我们也可以换个地方讲话,"莎拉提议道,"去你住的旅馆?"她脸红了,"我选这个地方纯粹是因为近。"他二话不说就站起身来。她向他伸出了手:"你得拉我一把,我的腿都在抖。"

"你是怎么找到我的?"她挽着他的胳膊走出了餐厅。

"我猜你会住在博物馆附近,所以就一家家打电话过去问了。"

"你问了多少家?"

"十七家。"

在两人开始叙旧之前,他脱去了她的蓝色套装和白色绸缎上衣,脱下了她的长裤,还将她的紧身衣、文胸和内裤一一褪下。他的动作慢条斯理、有条不紊,每次她想要帮着动手,都被他给打断了。她终于一丝不挂地躺在了床上,长发垂落到肩膀,他往后退了几步,细细地凝望着她的身体。她与他四目相对。接着,他闭上眼睛,在脑中刻下她的样子,并努力地记住这幅画面。

"我哥哥死了,"事后,她躺在他的臂弯对他说,"他死在了太平洋。收到你寄的水彩画时,最难过的那阵子刚刚过去。我之前就知道你去前线了,但厄文的死让我意识到,要不是因为我,你可能还在什么地方平平安安地生活着。其实我当时就是想羞辱你一下。整场闹剧之所以发生,也是这个道理,你说是吧?每个人都希望别人跟自己一样痛苦,还希望自己根本无法想象的灾难发生在别人身上。他们会做出自己都无法想象的事情。收到你那幅画时,我满脑子都在想,我当时怎么能那么做?"她抬起头看着他,"要不是因为我,你还会去吗?"

"会。你的意见确实影响了我,但我也不至于对你言听计从。所以你不用自责。"

她倚靠在他怀里。"要真这么简单就好了。"

"我也希望如此。"

"我丈夫在地中海。"她再次抬起头，目光如炬，"我是爱他的。"

"我并没因为今天的事儿往别的方向想。"

她低下头，轻轻地拽着他的胸毛。"真是金灿灿的，我没想到你的毛发会变得这么浓密。"

"我自己也很惊讶。"

"你知道你有幅阿拉斯加的画被《生活》杂志刊登了吗？"

"知道，有人告诉我了。"

"那你看过吗？"她毫无羞赧地赤身下了床，从手提包里拿出了那本杂志。两人并肩靠着床头板，她翻到了一篇介绍阿留申群岛的文章。他画的是埃达克岛上的一块停机坪：山雨欲来，一架飞机在降落时掀起了一片飞沫。

他仔细地看了看那幅影印版的作品。"我从没想过我会成为宣传画家。"

"他们是要求你宣传战争吗？"

"那倒没有，在符合海军行为规定的前提下，他们基本没有干涉我的自由，这我还挺惊讶的。"他把她揽入怀中，用下颌抵着她的头，"这让我想起当年你到阁楼上来跟我一起找画的情景，我觉得那是我俩在一起最贴近、私密的一刻。"

"那时候我们可是穿着衣服的。"

"我当时特别希望能跟你赤裸相见。"

"我也是。"

"真的吗？"

"有时候吧，当时我不确定自己想要什么。"她还在看那本杂志，"那些照片都是黑白的，所以你会习惯性地把战争也想象成黑白的。"

"嗯……"他想起了用手榴弹自尽的日本兵，"还是有颜色的。"

"你的这幅画跟摄影作品不太一样，因为你微微地扭曲了视角，它所传递的信息让人感觉有别于百分百的现实。"她正用一只脚抚弄他的小腿肚，"这跟你过去的作品是一脉相承的，还是你的一贯风格。"

他下了床，从背包里取出他带去阿图岛的素描本。他翻到其中一页，上面画有胡乱的形状和线条，然后把本子递给了她。"这是我在日本兵的一次进攻时画的，当时我觉得我画下了眼前所见。"

她翻了几页。"所以不是吗？"

"当我看着这张纸的时候，眼前就会浮现出现实中的景象，也许应该说是画面或场景。"她陷入了沉默。他又接着说："我打死了三个人。"这是他第一次坦白此事。跟阿留申岛上的人坦白多少有些不妥，别人会觉得他多此一举。他连日里坐立不安，但让他心有余悸的并不是那三个死在他手里的人，而是那些在医疗帐篷的帆布下绝望挣扎的躯体。

"毕竟是战争。"她安慰他说。

"你能帮我把这寄给我姐姐吗？"他指的是她手中的《生活》杂志，"我想让她看看，但怕出发前来不及寄出去，所以不如把她在英格兰的地址给你吧。"

"她在英格兰？"

于是，他将空运辅助部队、玛丽安在阿拉斯加的岁月，以及巴克莱的事情都一五一十地说了出来。

经过一番犹豫后，她告诉他："其实我母亲跟我讲过玛丽安来过的事儿，不是当时，是后来，在我上次见你之后。别担心，她绝对不会告诉我父亲的。她做的那些事情他都一概不知。"

"她做了件好事，不仅如此，她还让玛丽安获得了新生。"

"没错，我也这么觉得，现在我也理解了。上次你说玛丽安不想要孩子，我还大惊小怪的，真是丢人。"

"没事的，我那天也没好到哪儿去，而且根本不知道你这些年都是怎么过来的。现在，你能跟我讲讲你那些事吗？"

"我不知该从哪儿讲起。"

"从哪儿都行。"

她便讲起了两个儿子，她爱他们，但也体会到了身为人母的束缚。她还说，她爱她的丈夫，但又讨厌他想当然地认为她会绝对忠于家庭。她还讲了她的几个姐姐和她们各自的家庭，以及厄文在菲律宾巴丹半岛的阵亡。然后，他将自己这些年的经历一股脑儿地说了出来：一度沉迷酒精，被玛丽安送去温哥华，遇到朱迪丝·韦克斯勒和萨丽·鲇川，搬到山里然后又离开，还有华莱士去世。两人就这样度过了一个下午，阳光一点一点地从房间里流逝，但他们始终没有开灯。穿衣起身后，他们在房门口拥抱良久，知道一走出这扇门，就等于曲终人散。末了，他把她送到大堂，看着她长发飘飘的背影走入夜色中。

在出发搭乘前往旧金山的火车之前，他在旅馆前台留下一个纸包裹，并支付了将其寄往莎拉住址的邮费。他用旅馆的信纸写了一张字条，把它夹进了素描本里：

> 严格说来，这幅作品属于美国海军，我不应将其随意赠予他人。但我不想把它寄到华盛顿，也不想再带着它四处奔忙。你能代为保管吗？也许我想要留件东西给你，这样以后就有借口再见你一面——确实是这样的——但其实，我下次还会回来的真正原因是，我爱你，而我将一部分的自己也一并留下，且再也无意收回。

德国巴特附近的勒夫特一号战俘营

1943 年 6 月

约与杰米从旧金山出发的同一时间

到达战俘营一星期后，艾迪第一次见到了里奥。当时，里奥正站在舞台上，身穿一条用蓝手帕缝在一起的裙子，头戴一顶用红十字会包材随意制成的假发——两条用绳子绑住的麦秆麻花辫。他扮演的是《化石森林》[①]中的主人公加比，舞台由一堆红十字会的板条箱搭建而成，道具是从德国狱卒那里换来的，属于镇上一家话剧公司所有。数千名渴望娱乐消遣的犯人全神贯注地坐在台下，狱卒们则坐在观众席第一排。

"依我看，不少我认识的姑娘都能从这假婆娘身上学到个一招半式。"艾迪邻座的男子一边悄声说，一边目不转睛地看着台上的里奥。

假婆娘。里奥算个什么呢? 显然，他并非女人，但又让人觉得雌雄莫辨。有些男性变装表演者（艾迪得知，不仅是话剧里边有人男扮女装，营里那些煞有介事的舞会和茶会中也有）对待任务毫不马虎——不但刮了胳膊和腿上的毛，还自制了唇膏和腮红。但长着鹰钩

---

① 《化石森林》(The Petrified Forest) 是 1936 年的好莱坞影片，改编自 1935 年的同名百老汇话剧，剧情发生在亚利桑那州。

鼻、双臂毛茸茸的里奥只需扭扭腰身，翘翘兰花指，就能摇身一变，成为亚利桑那加油站餐厅里孤傲又倔强的女招待。看着他的表演，艾迪几乎能感受到沙漠的酷热，闻到炸锅油腻的气味。

演出那天以后，艾迪有意在营内寻找里奥的身影。某天在洗衣房里，里奥刚好就站在艾迪旁边，但除了那个显眼的鼻子以外，艾迪根本就没认出他来。"那天你演得可真好，"艾迪鼓起勇气对里奥说，"你之前就是演员吗？"

"不是，我是投弹手。"

"我指的是再以前的时候。"

"我明白你的意思。我只有在梦里才当过演员，高中的时候我连试镜都不敢去。但来了这儿，我想反正都落到这般田地了，干吗不找点儿乐子呢？"

"你真的很厉害。我旁边那家伙跟我说，真正的姑娘们都能从你身上学两招。"

里奥将嘴唇紧紧地抿在一起。"他们就爱那么说。"

"我觉得这也就是玩笑话。"艾迪小心翼翼地说。

里奥浅浅一笑。"也许吧。"

"看来是非常时期，容易走极端。"

"有些人是。"

艾迪的声音犹如耳语："那些该死的可怜虫。"

艾迪的飞机是被一架梅塞施密特击中的，引擎中弹后起了火。副机长和尾炮手当场毙命，机长指挥其他人跳伞。投弹手率先从炸弹舱跳了下去，无线电技师和艾迪也紧随其后。身体没了飞机的保护，在炮弹、火焰和引擎轰鸣声的包围中急速坠落，这种感觉十分怪异。艾迪在自由落体的过程中拉下了开伞索。

无线电技师在跳伞过程中被击毙，机长和另外几人下落不明。艾迪和投弹手被带到法兰克福进行了审讯，然后被关押进这座位于波罗的海的战俘营。当战俘们从火车走向营地大门时，路人聚集起来，模仿绞刑和行刑队的动作以示嘲讽。

"我真不懂我怎么就比女人还女人了。"相识一个月后，里奥这么对艾迪说。两人在里奥的营房里，里奥站在灶台附近，而艾迪则挤进了床铺中间的角落——这是屋里唯一能落脚的地方。每间营房长二十四英尺、宽十六英尺，内有十五名战俘。里奥托关系从洗衣房盛了满满一杯热水，还拿了一小块红十字会的肥皂，这会儿正在卸妆。"比赛结束后，那个叫博克还是博罗克斯的中尉——就是那个信教的、总说自己老家是匹兹堡的那个——他跟我说，当初要是有我在的话，伊甸园就没夏娃什么事儿了！当然了，要真是那样的话，原罪的性质也就变了。但我觉得有几件事情他没弄明白。"

刚刚过去的这个下午，里奥穿着短裙和撩到肋骨上方的上衣、戴着假发，举着一场拳击比赛的比分板走来走去。几百名战俘围着他高声叫嚣，口里还呼喊着污言秽语。

艾迪说道："我希望有人能给博罗克中尉普及一下，孩子是怎么生出来的。"

"那些男人打飞机的时候脑袋里想的是我，完了以后就想给这事儿找个冠冕堂皇的理由——毕竟'我比女人更像女人'！我简直就是个如假包换的美丽佳人。"

"我觉得他们大多数人就是太久没碰女人了。"

"好吧，但那可不关我的事儿。他们是不是都想帮我吹箫呢？我不觉得。但他们大多数人会不会拒绝让我用嘴帮他们解决一下生理需要呢？这个嘛……"他把脸探到艾迪面前，"我理解得对不对？"

艾迪用拇指蘸了点水，帮里奥擦了擦眼角。"这里没擦干净。"他把一只大手放到里奥的脑后，倾身吻住了他。

里奥一下缩回了头。"有人会进来的。"

"总会有人进来的。"

让艾迪惊讶的是，里奥对两人的关系一直遮遮掩掩。战俘营里还有一两对同性伴侣——真正的情侣——只要他们别太招摇过市，大家伙儿们对他们还算宽容。而在这么个人满为患的地方，这点儿要求也不算强人所难。营里也有其他类型的关系：休戚与共、无关欲念的纯洁男性情谊，以及仅限于食物共享的伙伴关系。当然也不乏纯粹的肉体关系，除了同性恋者相互抚慰，或服务于其他同僚的生理需要之外，也有异性恋者甘愿为彼此献身。战俘营中不乏各种各样的礼尚往来和爱人之心，也常有违世异俗的友情以迷惘、受伤或是交恶告终。

"等战争结束了，"艾迪对里奥说，"我想要做的第一件事，就是找个房间，一定得是个闻不到厕所味儿的干净房间……"

"现在的味道可是臭到极点了，是吧？"里奥插话道。

"……一个干净房间，干干净净的床单，还得有扇带锁的门，我想在里面跟你共度良宵。我想要脱光衣服，然后咱们再慢慢来。"

里奥拍了拍他的脸颊："听起来很不错啊。"

"不止一晚，还要两晚、三晚。"

英格兰汉布尔

1943 年 11 月

杰米从旧金山出发五个月后

　　玛丽安刚在汉布尔基地的餐厅坐下准备用午餐，另一位飞行员对她说："有个男的来找过你。"

　　玛丽安吃了一口卷心菜煎土豆。"什么男的？"九月，她去怀特·沃尔瑟姆训练了几周，升级到了四类机——重型双引擎机。在那之后，她未被派回拉特克利夫，而是来到了全部由女性组成的汉布尔15号空运中心。这里离南安普敦不远，附近的维克斯·超级马林工厂以母鸡下蛋的节奏源源不断地生产着"喷火"和双引擎轰炸机。这是座古色古香的宜人小镇，机场位于汉布尔河和南安普敦溺湾之间，常年被工业污染造成的雾霾所笼罩，四面八方都有防空气球。

　　"我不知道，"那女孩回答，"我没见到他，是南希看到的，她让我传话给你。"

　　"南希在哪儿？"

　　"她应该去贝尔法斯特了。那男的好像是今天上午来的。看来你男朋友还挺关心你的啊。"

　　"我没有男朋友。南希还说了什么吗？那人叫什么名字？"

"让我想想。"女孩抬眼看着天花板，绞尽脑汁地思考起来，"她没说别的，就这些。"

另一位飞行员跟她们打了声招呼，然后坐了下来。玛丽安边吃边沉浸在自己的思绪中，没去听两人的对话。如果露丝也在的话，她一定会强迫玛丽安去搭话。可是，露丝在玛丽安训练结束后才抵达了怀特·沃尔瑟姆，后来又被派回了拉特克利夫。这一次拆散两人的是距离，而她们应对分离的方式截然不同：露丝写了一封又一封长信诉尽相思，还控诉了玛丽安的冷淡；而玛丽安的回信则言简意赅，内容以陈述飞行任务为主。并不是说玛丽安不想念露丝，而是她将自己的思念之情封锁了起来。她选择向前看，把心思放到其他事情上。与此同时，露丝还在为艾迪提心吊胆。在得知他被送进德国战俘营后，她只收到过一张他寄来的红十字会明信片，上面的内容只有勒夫特一号战俘营这一地点。

午餐后，浓厚的云层遮蔽了天日，到了三点左右，气象局告知今天的飞行任务全部取消。于是，玛丽安骑上摩托车便离开了。汉布尔的大多数姑娘们都被安排住在附近的村舍，但玛丽安选择了七英里外的保利宫酒店。她不愿住得离空运中心太近，更想要拥有一些私人空间。

她往南安普敦的方向骑去，穿梭于绿色的吉普车和卡车之间——近来，美国士兵被一车车运抵英格兰。她心想，上午来找她的说不定是杰米。她以为他还在太平洋地区，不过她已经一个多月没有他的消息了。他的上一封信是从巴布亚新几内亚寄出的，那里的蚊虫和霉菌让他苦不堪言。他在信中无奈地叹道："原来这里也不是什么人间天堂啊。"他似乎能恣意地辗转于各个战场。也许海军决定把他派来欧洲战场，记录最终的大进攻。这些美国士兵大量拥入英国，南部的海岸线搭起了密密麻麻的帐篷，他们一定很快就会投入作战。

七月底，她收到了莎拉·斯科特寄来的《生活》杂志，杰米那幅画的位置夹着一张书签，信封里还有一张卡片，上面有一段简短的留言：

> 我们素未谋面，但我是你弟弟的老朋友。我听说过许多你的事情，希望我们也可以成为朋友。我很高兴上个月他经过西雅图时来找了我。他让我把这本杂志寄给你——里边有他的作品。这幅画已被几百万人欣赏过，但我想，你一眼就能认出这出自他手。我还要代我母亲向你问好，她称你为"力量的化身"，这是她对一个人的最高赞许。

玛丽安不明白杰米怎么没把重逢莎拉的事情告诉自己，或许是他的信寄丢了？她细细地看了看那幅画—— 一架 P-4① 降落在白令海的一座偏远岛屿上。画上的内容并非他惯常的主题，但他强烈的个人风格仍跃然纸上：视角微微扭曲，写意的笔触画出了茫茫云海、缭绕在火山顶的白烟和跑道上亮如镜面的积水。那架飞机画得恰到好处，精确却不烦琐。她并不羡慕这架飞机的飞行员。她在阿拉斯加那几年，阿留申群岛没几个能着陆的地方，更何况埃达克岛和阿图岛这两座偏远小岛，她也没必要去那儿。那里的气候极为恶劣，飞行员要面对的可是九死一生的险境。

她抵达南安普敦郊外时才刚四点，但已是日暮时分。她把摩托车停好，然后往保利宫酒店的旋转门走去。这时，有人从身后拉住了她的胳膊。

是一身军装的凯莱布。她一把抓住他："你上这儿干吗来了？"

"不知你听说没有，现在外面在打仗。"

她没好气地推了他一把。"我问的是这儿。原来上午来找我的人

---

① 此处指的应该是 PB4Y-2 "私掠船" 巡逻轰炸机（Consolidated PB4Y-2 Privateer），美国海军在第二次世界大战和朝鲜战争时期使用的机型。

是你啊。你怎么没留张字条？"

"我留了条消息。"

"收到消息那姑娘连你的名字都没记住，就让另一个人转告我'一个男的'来找过我。噢！"她突然惊叹道，"你的头发！"他剪掉辫子是很自然的事，但她竟从没想到过这一点。她摘掉他的军帽，伸手摸了摸他的一头短发，"我还在想上午那人是不是杰米。"

"这样啊。"他似乎平静地接受了她语气中隐含的失望，"他也在英格兰吗？"

"据我所知他在太平洋，之前在阿拉斯加。"她细细地将他打量了一番。除了剪短的头发和晒黑的肤色，凯莱布距离两人上一次见面时——在他小屋后的泥地上相拥的那次——真是一点儿都没变。她对他说："能再见到你，我可真高兴。"

"我不记得上次我们俩是谁生谁的气了，所以就决定来碰碰运气。"

"嗯……生气的可不是我。"

"也不是我。"

两人都笑了。空中响起了飞机的引擎声，她抬头看了看。一架"喷火"在渐暗的天色中隐约可辨。"你后来娶了那姑娘吗，那个老师？"

"没有。"

她点了点头，这回答没能给她带来彻底的解脱。"进来吧。"两人一边向酒店走去，她一边说："不知怎的，我预感到你会平安无事。跟我讲讲你都去了哪儿。"

"阿尔及利亚、突尼斯、西西里岛，现在来了这儿。"

"怪不得你晒得这么黑，原来你去了这么多地方啊？"

凯莱布问道："杰米怎么样？"

"他现在是随军艺术家。你听说过这差事吗？他负责给海军画画。"

穿过旋转门后，凯莱布领玛丽安走向一张皮沙发。"我们俩上次见面时他提过，山姆大叔找人画画这件事，倒让我看到了一丁点儿希望。"

"这你不介意吗？有时候我不跟别人提这事儿，怕别人觉得不公平。"

"公平还是不公平，这些都无关紧要了。"他凑近了她，让她心里泛起了涟漪，"在地中海的时候，我努力地告诉自己这个世界上没有其他地方，也不存在别的东西，那样感觉会好些。你懂我的意思吗？"

"懂。"

"但有时候，在刚醒来或者快睡着的时候，我会卸下防备，然后就会想起你来。我之前都已经忘了你，但现在……"他语塞了，一根手指的指背小心翼翼地抵着她的腿。

"什么？现在怎么样了？"

"我在这里中转，会停留三十六个小时，现在还剩二十四个小时。我想抓紧机会跟你在一起。"

她想坐到他的腿上，她想当场就剥去他的衣衫，感受他皮肤的温度。但是她开口道："让我换身衣服，我们一起去吃晚饭吧。"

"我能在你这儿过夜吗？"他的语气里没有嘲讽，也没有戏弄。他几乎是在恳求她。

她跟他过夜，露丝要是发现了的话，就会视其为背叛，从而大受打击，但玛丽安对此不觉羞耻。她并未因为爱上露丝而舍弃凯莱布，这两份爱如同两个不同的物种——麋鹿和蝴蝶、柳树和鳟鱼——不知不觉地在同一个世界中共存。无论哪一方都不会让另一方黯然失色。露丝赐予了她新生，比凯莱布更让她迷恋，但凯莱布是她的基石，就像身体里的器官一样，是她与生俱来的一部分。她对他说："我有人了。"

"那又如何？我是很严肃地在问这个问题。"

"我也在问自己这个问题。"

"我刚才说了，我经常假装别的什么都不存在。我希望今晚也能如此，我们可以忽略其他一切。"

"可其他东西、其他人并非不存在。"

他没有马上反驳。

接着，她搪塞了一句："明天一早我有任务。"

"早上我就会放你走的，这你不用担心。"

"有这么容易吗？"

"容不容易无所谓，只有做跟不做的区别。"

她沉默地站在那儿，久久都无法做出决定，最后说道："我不行。"

他一定是看出了她内心的矛盾，才会轻拍她的肩膀说："那就一起吃饭吧，也挺好。"

南太平洋

1943 年 8 月

三个月前

　　刚开始，杰米会询问那些岛的名字，但他得到的答案通常是，就算知道了也没什么用处。没错，严格说来，他确实不需要知道自己身在何方，反正他都已经在那儿了。但既然他都已经在那儿了，还有什么秘密可言呢？他能把这事儿讲给谁听呢？就算讲，也只能跟同一艘船上的其他人讲，而他们也都已经在那儿了，在同一个不知名的地点。

　　但后来他发现，即便他问出了那些岛的名字，他也不知其意，有时它们根本就没有名字。于是他便放弃了询问，在所有的画上都只标注"所罗门群岛"。

　　大多数岛屿都是水中凸起的石灰岩或玄武岩，上边丛林密布，四周围绕着礁石，常有鲨鱼出没，再远一些的地方是成片的红树林沼泽、潜伏水中的鳄鱼、刀刃般锋利的草丛，还有多到根本就无法想象的蚊虫。偶尔，他也会瞥见村落、划独木舟的人，以及沙滩上玩耍的孩童。有时候，他们会经过战舰的残骸，有些是从水面戳出的上层建筑，另一些则是如肿胀的动物尸体一般侧翻在水中的船体。有些所谓的岛屿，无非就是勉强冒出水面的沙堤罢了，上边长着一两棵棕榈树。他画了这样一座岛屿——一座老掉牙的世外桃源，还勾勒出了他所感到的荒凉和脆弱。画上的棕榈树叶乍一看犹如上吊者，像只破损的风筝一般无力地飘荡着。

有一晚，他们埋伏在一座死火山脚下，等待一队日本驱逐舰驶近，周围一片漆黑。当敌船进入视线后，杰米感到脚下的船身随着鱼雷的发射而震动起来。敌军没看到他们的船队，直到爆炸发生，都对水下的鱼雷浑然不觉。杰米想象出了这样一幅画面：满目的黑暗中，炸弹的黄白色火花照亮了驱逐舰下沉中的轮廓。但他该如何表达掉落水中的那几百个士兵，以及他们那令人毛骨悚然的静谧呢？几乎所有人都拒绝被救援，他们宁可去死。探照灯打在他们湿漉漉的脑袋上，那些表情有无声的恐惧，也有麻木不仁。

他已经不再怜悯敌人了，这个地方根本不讲慈悲。但他不禁想象，等战争结束了，恻隐之心会不会像鱼雷那样，对他造成出其不意的打击。

每次入港——比如停靠在凯恩斯（澳大利亚城市）和莫尔斯比港（巴布亚新几内亚首都）时——他都会把最新的作品寄到华盛顿。战争的素材总是源源不断，但与此同时，他开始失去辨别轻重的能力。有时候，他会对着一个油桶细细地雕琢数小时，再把这个锈迹斑斑的圆柱体跟一幅火光万丈的海战图归在一处，仿佛两者价值相当。他越来越不理解自己的任务：画出战争的精髓或要义。这东西倘若真的存在，那也是无法被画笔描绘出来的。就好比你画下燃烧的地核，或者是没有星星的夜空一隅，然后告诉别人：这就是地球，这就是天空。

他画出空无一物的海洋，整幅画只有一条蓝色的海平面，也给寄了出去。他从未获取到上级对这一系列战地云游手记的反馈，但也没收到什么调配的指令。

十月，杰米登陆了一座刚从日本人手中夺回的珊瑚礁岛，在那里的帐篷营地待了一阵子。他画了在滚烫的跑道上排成一列的"海盗"①，跑道的原材料是珊瑚石②，是渺小的海洋动物辛劳数百年后所成的产物。这些珊瑚石被碾压、捋平，形成了平整而坚硬的表面。在海里游泳时，他穿着用坠毁的日本飞机的机轮做的凉鞋，以免脚被那些海中生长的珊瑚礁给划伤。

十一月，他去了布里斯班，住在由帐篷和小屋组成的公园营地里，那里紫色的蓝花楹正在盛放，桉树香气浓郁。那段时间，他总无所事事地泡在电影院或酒吧。他一连收到了好几封玛丽安的信，都是夏天写的。他从那些信上得知，她交了个朋友，她喜欢伦敦，喜欢开飞机。她写道：

> 现在是我人生中最幸福的时刻，对此我很羞愧。我一直都在寻找目标，而现在我获得了无比明确的目标。人们是因为这个原因才打仗的吗？为了找点儿事情做？为了觉得自己已投身于某项事业？

他觉得自己最终会把在西雅图与莎拉的那场私会告诉玛丽安，但现在他想暂时保密，不想让她评判自己，也不想去解释这次重逢究竟意味着什么，又不意味着什么。他写不出有意义的回信。他能跟她说些什么呢？说他这个人被这场战争碾压、捋平、改头换面，变得平整而坚硬？如今的他眼睁睁地看着他人溺水而亡，却依然铁石心肠。他参与了自己人生的每一分、每一秒，到头来却发现并不了解自己。他本以为他可以置之度外地描绘这场战争。他天真地以为自己可以做个旁观者，但在这儿，没人能做旁观者。

他几次尝试提笔写信给莎拉，但都以失败告终。一天晚上，他光顾了一家妓院，挑选了一个红头发的小个子妓女。第二晚，他又故地重游，

---

① 沃特 F4U "海盗" 战斗机（Vought F4U Corsair）。
② 珊瑚虫能分泌出石灰质骨骼，并群集相互粘在一起呈树枝状，即人们所说的珊瑚石。

相中了一个丰腴的金发女郎。但那都无济于事，于是他没再继续风流。

他心想，等战争结束了，他就会知道自己想告诉玛丽安什么了。等战争结束了，他会再去见莎拉一面。

临近圣诞节的一个黎明，他在一艘运兵船上酣睡，船上挤满了即将展开登陆的海军陆战队队员。

六英里以外，一位日本潜艇舰长正通过潜望镜探视海面。他尾随杰米所在的这支美国船队已近整晚。镜中出现了一片暗淡的天空和深色的海水，还有船只的淡影。他瞄准了一艘驱逐舰，然后将其方位和角度通知给了一位军官。他的目标不是这艘船当前的位置，而是预计会到达的位置。在这片靛蓝色的海面上，目标驱逐舰和潜艇的航迹形成了两条线，不久之后，两者即将被优雅前进的鱼雷以猝不及防的方式连接起来。

当三枚鱼雷在水下全速飞奔时，天已经亮了，但夜色还未从海面上"褪去"。没有任何一枚命中驱逐舰（日本舰长在射程计算上出了些差错），其中两枚击中了杰米那艘船。最初的冲撞并未置他于死地，紧随其后的那记撕毁船身、掀起惊涛骇浪的爆炸也未一击毙命。爆炸发生后，他感到天崩地裂，海水滚滚袭来，把不知何人的身体冲到了他身上，一股巨大的压力挤压着他的肺部，刺破了他的耳膜。热流如狂风一般呼啸而过。他以为他在往上游，眼前那片荡漾的日光触手可及，他马上就能冲出水面、呼吸到空气。他确实看见了不断靠近的亮光，但那只是锅炉爆炸发射出的光芒。死亡来临时，他没怎么感到恐惧，他没那么多时间。不过，他也没有认命的念头，死得并不从容。他没时间想玛丽安、莎拉或是凯莱布，也没时间想他的那些画，还有米苏拉，不过但凡能再多坚持几秒，他也许就会想到这些。当他终于领悟到所谓的战争精髓时，他感到万念俱灰。弥留之际的他是那样茫然无措，跟当年约瑟芬娜号上的那个婴儿没什么两样。就这样，他一头扎进了满是火焰与海水、晦涩玄奥的世界里。

英格兰

1943 年 12 月

几天后

　　"你还跟那个人在一起吗？"一天晚上，凯莱布在舞池中问玛丽
安。两人这次在伦敦见面纯属机缘巧合。舞厅已经挂起了圣诞节的饰
品。

　　"对。"凯莱布到来后的这一个月，倘若玛丽安能正大光明地把
他介绍给露丝，那她会轻松许多。但她知道凯莱布会凭直觉猜到露丝
就是"那个人"，至于露丝，无论玛丽安再怎么安抚和保证，她肯定
会妒火中烧。于是这几个星期来，玛丽安在日程安排方面可没少动脑
筋：她既得在双方不起疑心的前提下游走于两人之间，还得提防队里
的闲言碎语。她的这一计划虽得益于本就行踪不定的工作性质和战时
的混乱状态，但还是数次濒临败露。凯莱布驻扎在多塞特郡，相比露
丝在拉特克利夫的驻地离她更近，所以她跟凯莱布见面更频繁一些。
但露丝偶尔会因为任务来汉布尔，或者把"喷火"开到附近的维修
点，给玛丽安一个"惊喜"。

　　只有在空中的时候，玛丽安才会完全放松下来。她属于驾驶舱，
属于天空。在飞行的时候，她不会被任何人打搅。

不过，她也惊讶地发现，在同一段时间内跟旧爱与新欢相处，让她对两人的爱意都有所加深。被两个人同时爱着有什么坏处呢？她过去一直都很缺爱，现在又为什么要拒绝爱的眷顾呢？况且，谁知道他们三个还能活多久？等盟军一开始进攻，凯莱布就将前往欧洲，再说，空运辅助部队飞行员的死亡率跟皇家空军一样不容乐观。

舞池中，凯莱布找到了一处空间，好腾出地方让玛丽安旋转。"既然他这么重要，我怎么就不能认识一下呢？"

前一支曲子结束了，乐队开始演奏管乐曲，舞池上方黄铜色的光泽有节奏地颤动着。人越来越多，周围空间越缩越小，两人开始在原地打转儿。

"你干吗这么积极？"她问他。

"我就是好奇。"

"才不是呢，你是想把你的竞争对手比下去，你觉得没人比得上你。"

她感受到他在自己的耳畔咧嘴微笑。"这也是原因之一啦。"

当这支曲子结束时，她开始往后撤步，但被他给拉了回去。虽然是他先做出了动作，但她主动吻了他。她被他紧紧搂在怀里，从他牢牢钳住自己的那双手中感到了欲求，脑海里突然闪过巴克莱的样子，想起了当年那种被禁锢、扼杀，并被狠狠地碾压的感觉。但与当时不同的是，凯莱布感到了她的惊惧，松开了手。她仓皇逃离，挤开人群往外冲了出去。凯莱布放走了她。

节礼日 ① 当天，玛丽安在空运中心的办公室接了通电话。她过了好一会儿才反应过来，对方是在通知她杰米阵亡的消息。她的第一反应是恐惧。杰米离开人世这个想法真是太可怕了。如此可怕的假设为什么会被描述成事实？如果这真的发生了，如果杰米真的阵亡了，那

① 每年的 12 月 26 日，圣诞节后第二天。

她将无法承受这一打击。这想法让她的心里一紧。

但电话里又响起了杰姬·科克伦从大西洋对岸传来的声音。"玛丽安？玛丽安？你听到我说的了吗？"

"你为什么这么说？"玛丽安答道，"那根本不可能，他是个画家，不是士兵，他是去画这场战争的。"

一阵长久的沉默。杰姬一定是在思考该为自己荒谬的说笑找什么借口，在准备道歉的说辞。"语言难以表达我的遗憾之情，"这句话让玛丽安暂时松了口气，但紧接着对方又说，"但这恐怕是真的，他坐的船沉了。"

玛丽安放下了听筒。

有人在敲电话亭的门，把玛丽安吓了一跳。是队里的一个飞行员。看到她的表情后，那人一脸吃惊地对她说："抱歉，我就想问问你打完没有。"

她觉得自己动了动嘴唇，但没发出任何声音。她推了一下门，但推不开，因为她的身体已经被抽干了力气。

"你没事吧？"男子打开门问她。

她从他身边走了过去，也许，她像个鬼魂那样从他身体中间穿了过去。

由于天气原因，整整一上午的飞行计划再次被搁置。但她还是去了准备室，穿上厚重的飞行服和毛边靴，拿起了背包和降落伞。她慢悠悠地走到准备送去科斯福德的那架"喷火"边，爬进驾驶舱，没做检查就起飞了。恍惚间，她注意到跑道尽头的指示灯不是绿色，而是红色。起飞后，她立刻被云团层层包围。在一片混沌中，有光圈在她眼前闪烁，就像闭上眼睛并按住眼皮时会看到的东西。此刻，她发现自己确实双眼紧闭。她又睁开了眼睛。空中还是灰蒙蒙的一片。她现在有没有上下颠倒呢？这还重要吗？她完全分辨不出自己的位置，也不在乎可能会撞到什么。又过了一会儿，她脱离了混沌，头顶着一片蓝色的穹宇，脚下是稠密而雪白的云层。

杰米死了。她在驾驶舱里嘶吼起来。飞机并未如她所愿从空中陡然坠落，也没有落回云中。不该是这样的，飞行本身应当是一种幻象才对。但这架飞机仍在向前航行，它的劳斯莱斯梅林引擎 [①] 无动于衷地轰鸣着。她猛地向西一转，使得机翼与云层形成垂直的角度，然后又恢复了平飞。接着，她推下油门杆，直到引擎的轰鸣声被一阵异响穿透。此刻，她身体里唯一的冲动是投向大海。从前，不管飞得多高、多远，她从未觉得自己可能会一命归西。但眼下，她觉得空中好像出现了一条界线，一旦越过，就将一去不返。

云中一点儿缝隙都没有，她无法分辨此刻她的脚下是地面，还是海水。但这也无所谓了，她总会飞到大西洋上空去的。往西飞似乎也在情理之中：蒙大拿和阿拉斯加都在西边。长眠于大西洋的杰米也在西边，恰恰就位于地球的另一端。不过，要是往东飞，最终也能到达这些地方。她希望无边无际的海洋能将自己吞噬。也许，她会坠落在离约瑟芬娜号不远的地方。一直以来，她和杰米都注定要一道葬身大海。

别。

引擎噪声仿佛一下消失了，她的耳边只剩下大气层的寂静。毫无疑问，那是杰米的声音。

回去。

"我不想。"她大声说。

掉头回去。

她再次来到了那道深渊的上空。她回到了那副躯壳里，沉重和恐惧在一瞬间袭来。此刻的她比山更沉，比全世界的海水都重。在巨大的阻力之下，她无比艰难地推动了驾驶杆，并奋力地用灌了铅的腿踩

---

① 劳斯莱斯梅林引擎（Rolls-Royce Merlin），第二次世界大战时期的主要航空发动机之一。

下了脚舵。飞机掉过了头。

　　但她还得找地方降落。当油量表显示接近于零时，棉花似的云团被扯出一道口子，一块深色的斑点出现在了北方的海平面上。她驶向了一片群山环绕的乡村，山腰处挂着薄薄的积雪。溪流和水塘在低垂的阳光下闪耀着，仿佛一片金箔被人胡乱撕去一半。一座平缓而空旷的农场映入她的眼帘，她降落到那里，然后关闭了引擎。当她打开座舱盖时，夜色涌了进来。尽管头顶只是冷冽的空气，但她感到了如同千尺海水的压力。

光芒

十七

阿黛莱德·斯科特终于来电了。看到陌生的来电号码时，我还以为是刚刚断线的雪文换了个号码重新拨的。没想到电话那头传来的却是个陌生的声音："我是阿黛莱德·斯科特。"我问她："谁？"

"我们在雷德乌·费弗家共进过晚餐，我是那个艺术家。看来你对我没什么印象了。"她接着说，她本来早就想联系我的，但又一直在犹豫，"但后来，我的助理跟我讲了你……就是你最近上新闻的事儿，所以我还是决定给你打个电话。"

"好吧。其实我之前就在好奇，你为什么想要我的号码。"

"我知道。那我就直说了：我有一些属于玛丽安·格雷夫斯的信件，有写给她的，也有她写的，我觉得你可能会对此感兴趣。"

那天，这位女艺术家自称了解玛丽安·格雷夫斯不为人知的故事，她的话确实引起了我的好奇心，但那已经恍如隔世了。于是我答道："说实话，我不太确定我知道了能有什么用，电影都已经基本定型了。"

"我想也是，"她回应道，"不过，我觉得那不是重点。我也说不清我怎么会想到要给你看那些信。你……你在我眼中代表了某种东西，我还不太确定具体是什么，我知道这听起来很怪。你好像是种替代品。但不是她的替代品，你代表的东西比较抽象，跟世人对她的看法有关。"

阿黛莱德在雷德乌家的盥洗室外向我攀谈的那晚，我回到家，从YouTube 上翻出一部画质模糊的老纪录片，拍的是她在 20 世纪 80 年代搞的一个雕塑品项目——"船形物体"。那是被放到水中的一批粗制滥造的木制品，有些是自己沉没了，有些是被她烧毁的。她在加州海边的不同地点把这些"船"放下水，然后每年都潜到水下寻找它们的下落，一连持续了十年。每艘"船"都只用一个罗马数字^①来标记，从 I 到 X。在视频里，年轻的阿黛莱德身穿防水服，背上氧气瓶，往嘴里插入呼吸器，然后倒退着游入水中。当年她还留着长发。年复一年，这些残骸被珊瑚和海绵掩埋，被微小的海洋生物覆盖。在VII号和IX号船的上方，细长的褐藻轻柔地飘动着，仿佛葬身海中的怪兽那瘫软的四肢。

我的父母已经化作白骨了吗，还是尸骨无存？他们的飞机是不是也被贻贝和海藻包裹着？在《游隼》的最后一个镜头里，我将坐在一架飞机的驾驶舱里沉入海底，同时抬头望着不断淡去的亮光。我将根据对父母生前的想象来演绎玛丽安生命中的最后一刻：没有恐惧，也没有挣扎。

"那些信里写了些什么？"我问阿黛莱德。

"横跨了几十年的各种内容。当初卡罗尔·费弗在准备写书的时候，我没给她看。至于原因嘛……卡罗尔当时似乎已经定好了故事的基调，也许我不想破坏她的思路，但也许，我是觉得信里的内容过于复杂，已经超过了她的理解极限。她是个完美主义者，但那些信里提到了一些盘根错节的关系……"她顿了顿，接着又说，"卡罗尔是个很不错的人，但她可不是普鲁斯特。"

---

① 阿拉伯数字 1 到 10，用罗马数字表示分别为：I、II、III、IV、V、VI、VII、VIII、IX、X。（编者注）

"我也不是普鲁斯特。"我对她说。

"所以你不想看那些信吗？"

我想看吗？还是说，我只是因为她的赏识而感到受宠若惊呢？我回答道："明天我要出发去阿拉斯加待五个星期。你能寄给我吗？扫描一下，或者什么的？"

"这恐怕不太方便。你今天能来我这儿一趟吗？"

"今天我忙不过来。"

"那就等你回来后再说吧，现在你有我的电话了。"她的语气仍旧不容辩驳，但又流露出了隐隐的失落，"你是去安克雷奇吗？"

"会去，但不是一直在那儿。"

"我有件作品在安克雷奇博物馆展出，你可以去看看。"

我刚准备敷衍了事地把电话挂了，同时也不打算去看她的作品并再次与她取得联络。但我偏偏又鬼使神差地问了一句："你怎么会有玛丽安的信？"

"她留给我不少东西，有油画，还有传家宝。在她失踪前，米苏拉的一个烘焙店老板帮她把一些东西存在了自己的地下室里，后来他按律师的吩咐把东西都寄给了我母亲。那些信也在那堆物品里面，但她可能是因为疏忽才把它们放进去的。"

我还是很疑惑。"但她为什么要把东西留给你呢？"

阿黛莱德很久都没开口，我只好又叫了她一声，想看看是不是电话断了。她总算又开口了："那我就实话实说吧，虽然也算不上是什么重大机密，但我还是希望你不要说出去：其实杰米·格雷夫斯是我的生父。"

战争岁月（三）

英格兰

1943 年 12 月

次日

  玛丽安降落的农场离惠特彻奇的 2 号空运中心仅有三十英里之遥。她觉得剩下的油应该够飞，大不了她再找片空地降落就是了。在农场主妻子满是猜疑的目光下，她在厨房冰凉的地板上睡了一夜。第二天早上，她成功起飞，途经惠特彻奇加油，然后把飞机送去了科斯福德。在科斯福德基地的办公室里，她声称是天气耽搁了自己的行程。因为飞机完好无损，队里以训斥和通报的形式对她小小惩戒了一番，她对此坦然接受。当她被一架"安森"①送回汉布尔时，太阳已经下山了。她木然地坐上自己的摩托车，在黑暗中摸索着点上了火。她想都没想就向凯莱布营地的方向出发了，脑海一片空白。骑出两公里后，摩托车没油了，于是她步行抵达了目的地。

  在军营门口，她冷静地重复了一遍又一遍，她要找凯莱布·比特鲁特。与她交涉的军警试图让她明白，她不能不请自来，营地已经关闭了，无论她跟这个叫比特鲁特的家伙有什么过节，那都与美国陆军

---

① 阿弗罗"安森"双引擎机（Avro Anson）。

无关。他还对她说:"小姐,您这是在擅闯军事禁区,可能会被起诉。"然而,他最终没能拗过她,只得让她在边上坐会儿,说他会想想办法。

时间的流逝十分怪异,她似乎从中脱离了出去,直到凯莱布来到门房并在她身边蹲下,她才重新回到了现实中。他一看到她的表情就明白发生了什么,她很庆幸自己不需要开口。她在他面前哭成了泪人。

过了一会儿,一个目测是队医的人出现在了她身边,给了她两片药和一杯水。

时间又开始走走停停,仿佛又一台燃料即将耗尽的机器。她的记忆中留下了闪烁的车大灯、黑黢黢的石墙、被月光染亮的农田,还有在路面投下阴影的参天古树。她还记得自己坐的吉普车一路上都颠簸个不停。她迷迷糊糊地指引司机开到她的摩托车旁边,司机和凯莱布把摩托车塞到了吉普车后面。她还记得保利宫酒店的旋转门、凯莱布用胳膊搂着她的肩、厚窗帘另一侧的大堂内黄色的灯光,穿着蓝色队服的露丝颓然地坐在靠背椅上,在他们面前站起身,问他们发生了什么,并要求凯莱布自报家门,还要求他们讲清楚到底是怎么回事儿。玛丽安心想,露丝怎能残忍到非得让她开口?她记得自己站在电梯里,两人各自扶着她的一侧。接着,露丝给她脱去衣服,凯莱布给她盖上了被子。她还记得,她用冷酷的声音要求露丝离开,让凯莱布一人留下。

当她醒来时,凯莱布在扶手椅上睡着了,而露丝已经走了。她的第一反应是,他怎么会在她的房间里?但马上她就都想起来了。她举起双臂,驱走了昨晚的记忆,然后呼唤他来到自己身边。

仙境之风

十八

　　我爬出驾驶舱，走向一个在机库边等着我的男人——巴克莱·麦昆，这个酒贩子有朝一日将会娶我为妻。我觉得自己无所不能，他妈的整片天空都任我驰骋。他对我说，他听说我会开飞机，而他刚好需要一个飞行员。

　　停机。

　　"哈德莉，咱们再来一遍吧。"

　　我们正在阿拉斯加拍摄，影片中蒙大拿的戏份也将在这里取景。这就好比舞台剧演员一人分饰多角，既省钱，又能显摆。

　　我爬出驾驶舱，走向一个在机库边等着我的男人。他对我说，他听说我会开飞机，而他刚好需要一个飞行员。他有一批——故意吊胃口的停顿——货在加拿大，需要人去取。

　　我知道此人将改变我的命运，我为此感到害怕。我的眼中流露出了恐惧。我们置身于群山环绕之中，秋意渐浓，霜林尽染。

　　我本以为，如果扮演了玛丽安·格雷夫斯，我就能成为一个无所畏惧的人。但现在我意识到，关键不是无所畏惧，而是成为一个不向恐惧俯首称臣的人。

　　电影的拍摄顺序并不由情节先后决定，所以我们仿佛是将玛丽安

550

的一生从高空抛下，然后每天捡起一部分碎片，让它们各自归位，铺成一条通往整个故事的起点兼终点的道路，也就是玛丽安的死亡。最后那场坠机戏放到最后拍摄，纯粹是因为巧合以及摄影棚档期的原因，但我还是很高兴。我想要一个货真价实的结局。有一点被巴特说对了：起点时常被人忽略，但终点通常更为醒目。

可是，随着我拼起的碎片越多，就越能强烈地感到另一侧有一大片未知地带——人们所以为的真相远非事实的全貌。杰米·格雷夫斯留下了一个女儿，对此玛丽安是知情的。这是个真相，却无人知晓。

一天晚上，雨果在看完每日样片后给我发来一条短信：亲爱的，你可真让人惊喜。现在我就算把眼睛眯起来，也几乎看不到你本人的影子了。

我找了个没有拍摄任务的上午去了趟安克雷奇博物馆。阿黛莱德·斯科特的装置艺术在那儿独占一间展厅。在一块注明"临时展品"的标志牌下方，列出了一串贡献者的名单，卡罗尔·费弗也位列其中。那间展厅铺着浅木色地板，带有一扇天窗，正中央立着一个目测高十英尺、直径为二十英尺的大号白色陶瓷圆柱体。陶瓷表面刻有成千上万道细细的黑色条纹，构成了一片由光线、海浪和海风组成的海洋。圆柱体接近顶部的位置是微微起伏的海平面，上面画着淡淡的云彩和飞鸟。

天花板上吊着一块塑料的珍珠白环形幕布，幕布将圆柱体包裹起来，上面刻着同样的条纹海洋。我钻进圆柱体和环形幕布之间的缝隙，围着这个圆环走了起来。我想退后几步，看看整件装置的全貌，却发现自己做不到，这件作品的意图就是要让观者被困在其中。

我和雷德乌坐在安克雷奇某酒店的顶楼酒吧里。室内的装修由木材、黄铜和窗户构成。窗外，崎岖不平的沥青路面汇入宽阔的河流，在河对岸一片隆起的植被后方，两百英里以外的德纳里山高耸入云，距离虽远，但那巍峨的白色山峦清晰可辨。

"阿黛莱德·斯科特给我打电话了。"我对雷德乌说。

"是吗？为什么？"

考虑再三后，我开口道："她说她那儿有些玛丽安写的信，我可能会感兴趣。"

他似乎受到了冒犯。"**你**可能感兴趣？她怎么会想到你？"

我自己当然也这么问过，但他的反应仍然让我不快。"那你得去问她本人。"

"里面写了什么？"

"我不知道，她没明说。"我摆弄起了插在酒杯里的一串橄榄。

"抱歉，我就是……你觉得那些信里会不会有什么影响剧本走向的内容？那天聚餐的时候，她一口咬定自己没什么有价值的信息，怎么现在又出尔反尔了？"

我本想讲出杰米·格雷夫斯是阿黛莱德生父的事，却发现自己开不了口。我这么做的话，无非就是为了凸显自己的重要性，加之给自己找点儿乐子，为了跟他建立一种你知我知的关系。但我要是说了，雷德乌肯定会告诉卡罗尔，那就等于尽人皆知了。我没道理守护一个与我毫无关联的秘密，但我又视其为己物。阿黛莱德并没有要我封口的意思，她说她已经厌倦了各种隐瞒，也不指望我会守口如瓶。她还说，她觉得把这事告诉我就像是盲赌一场，但也不算坏事儿。我理解她的顾虑，毕竟，我曾把一个存有不雅视频的 U 盘亲手交给格温多林。

"我觉得我母亲不知道阿黛莱德有那些信，"雷德乌略显焦躁，"还有别人知道吗？为了这部电影，她有义务告诉我们。她为什么要隐瞒？信的内容她真的一点儿都没透露吗？"

"那些信可能并不重要。"

"但也有可能相当重要。真要命。你能不能请她让我看看那些信？说实在的，她连我妈都没告诉，这我真不理解。万一里头真有什么，她会不会等电影拍完了才抖出来？她会这样做吗？我们能不能劝劝她？"

"你有什么想法，直接跟她说不就得了？"我说道。

"但很显然，她推心置腹的对象是你。"

我什么都不该跟他说的。听着他那急切的口吻，我简直想要带着这个小秘密甩身而去。这是我的，你没资格跟我抢。

我已经琢磨出了成为玛丽安的方法——成为玛丽安对我而言很重要——但随着拍摄一天天进行，我对这部电影开始看得越来越淡。我已经不在乎这部电影好不好了，也已经不再幻想自己手握奥斯卡奖的画面。这个小小的发现——玛丽安·格雷夫斯在失踪前曾去见过她的侄女——破坏了一切，让原本美好的构想化为泡影。这就好比戏剧性的动画片场景：整栋大楼轰然倒塌，摧毁万物，但主人公侥幸地死里逃生。我站在一片废墟里，觉得自己愚蠢透顶，但同时又感到如释重负。

"你知道电影拍的都是假的吧？"我问雷德乌。

"但观众会当真。"他回答道。

"我不知道会不会真有人在乎这些。《大天使》的观众明知电影纯属虚构，才想要假戏真做。这就像传话游戏一样，从玛丽安的真实经历到她自己的书、你妈的书，再到这部电影，以及之后可能出现的种种。"

"我就是想把事情都理顺而已，"他敲了敲太阳穴，"我需要把握事情的走向。"

"嗯，"我回答道，"我懂。"

"我觉得爱情也许不能用找的，"那个《名利场》的记者曾问我是不是在寻找爱情，当时我的回答是，"我觉得爱情是种信念。"

"你觉得爱情是种幻象？"

"我看过一段时间的心理咨询师，"我回答道，"咨询师建议我想象一头发光的老虎，它能把我所有的疑虑都吞掉。如果你真的相信，那它就真的会管用，就是这么神奇。但那就代表老虎是真的吗？还是说我的疑虑都是假的？"

然后我告诉她，有一次我在一个洞里，分不清萤火虫和星星。我还说，就小飞虫而言，它就是被星星给吞噬了。

她的回答是：真是神奇！我有预感，她会把我写成一个奇葩。

我接着说："如果你相信你不爱某个人，那便会成为事实。"

"要不咱俩就上一次床试试？"酒吧里，雷德乌对我说，他仍对阿黛莱德和信的事情耿耿于怀。他这是在化悲愤为胆量，仿佛觉得只要风月一场，就能重新把控大局。

"你的邀请还真是婉转。"我回应道。

"我不想拐弯抹角，"他理直气壮地说，"我喜欢直来直去。我喜欢你，也对你很感兴趣。我现在对你也有了足够多的了解，不会觉得自己是个对待感情很随便的人。不知该不该说，但其实我很紧张。"

"你的意思是'摇摆不定'吧？"

"你对我就不是摇摆不定了吗？"他问我，"我俩都有谨慎行事的理由，也都自认不是浪漫主义者。我们不如就直接、干脆地试一把？"

"这确实不怎么浪漫，这一点你倒是说对了。"

"但可能会产生浪漫的结果。一步到位这东西对我不管用，所以我想试试别的。"

白日将尽，德纳里山的白色雪冠变成了草莓冰激凌的粉色。酒吧里有些人假装在自拍，但其实是在偷拍我们。我想象自己邀请雷德乌跟我下楼，然后跟他在渐暗的光线中宽衣解带，兵戎相见。

"也许吧，"我回答道，"但今晚不行。"我指了指窗外，"星期六我没排戏，你想不想去那座山转转？"

"是不是觉得自己很渺小？"飞行员的声音透过引擎的轰鸣声，

断断续续地传到了我的耳机里。

这架红色的飞机有两个螺旋桨和一对冰橇。我和雷德乌坐在飞行员身后。在飞行员操纵面前的驾驶盘的同时，另一侧的驾驶盘也跟着动了起来，就像有个幽灵副驾驶一样。我们飞越了一条辫状河、成片的松林，还有一丛丛棉白杨，那亮橘色的秋叶让我的牙一阵酸涩。银装素裹的群山将我们重重包围，一切都是那么庞大而纯粹，眼前只有冰雪和岩石。峭壁与山脊、冰川的裂缝与褶皱，还有巨型的花岗岩山体，都让我们深深地感到自己的渺小。云雾盘踞在德纳里山的山尖。这里完全没有任何生命的迹象。

"你听说过玛丽安·格雷夫斯吗？"雷德乌对着耳机问道。

"没印象。"飞行员回答道。

"她是一个阿拉斯加的飞行员，"我对他说，"活跃于二战以前。"

"那可是世界上最棒的工作。"他说道。

"我爸以前也开飞机，算业余爱好。他有架塞斯纳。"

"是吗？"

"没错。"

"他现在不开了吗？"

"不开了，"我话锋一转，"我上过一次飞行课，当时感觉不太好。"

"为什么呢？"

"不喜欢那种感觉吧。"

"这可是世界上最美妙的感觉啊。"

"当时那个飞行员也是这么说的。"

他笑了。

我接着说："我当时觉得自己会搞砸。"

"不会的，"他对我说，"你得信任飞机，飞机有它的本事。"

飞机降落在一片群峰林立的冰川之上，我们仿佛置身于一座硕大无比的圆形剧场，飞行员说这比整个安克雷奇的面积还大。引擎关闭后，我们三人走入了一片寂静。眼前的景象宏大壮丽，如梦似幻。脚下的雪软绵绵的，我担心自己一不小心就会陷进去。就是这感觉，我想告诉那个飞行员，当时我在飞机上就是这种感觉。但他的回答肯定是让我信任冰川。

先前走开了的雷德乌又折返到我身边，向我伸出一只手。我握住了那只手。眼前的景象与阿黛莱德·斯科特的雕塑截然相反。在这里，你只能看到全貌，根本无法把它缩小到符合常理的尺寸。在如天空般浩瀚的寂静之下，两个渺小的颗粒无论如何都是微不足道的。于是，在雪中，我们终于吻在了一起，我闭上眼睛，在这无垠之境找到了藏身之地。

登陆日

英格兰

1944 年 6 月

鱼雷袭击发生六个月后

小宝：

考虑到我俩分开的方式，我猜你一定没想到我会给你写信。我写这封信不是想哭诉，也无意责骂。不过我得承认，之前退回你的信确实像是种挑衅，我就是觉得你会想留着它们。也许你已经听说了，我目前在█████████①协助炮击训练，开载机拖带靶标。科克伦把这说得跟什么绝密的特殊任务一样，但要论趣味，这活儿也就跟射飞碟差不多，而且还没那么潇洒。这里的停机线特别烂，放眼望去全是红线███████，既没有零件可以用来修理，也没那个█████████████████████时间。

我不知道那些练炮击的男孩对我们这群开飞机的姑娘有何看

---

① 信中的黑色长条表示信件经过审核，对军事敏感信息进行了涂黑处理。

法（看起来他们经常搞不清到底是要瞄准拖靶，还是飞机），但这里的飞行员都不怎么友好。这群意气风发的飞行学院科班生刚刚走出校园，满以为就要上场作战，结果却被泼了一头冷水。雪上加霜的是，我们这群女孩来了之后，跟他们干的是一模一样的活儿，我看他们肯定都气得牙痒痒。

别的姑娘都说，现在已经比刚开始的时候要好些了，主要是那些男孩子意识到，有我们帮他们分担任务，他们就能多打牌、少当成靶子了。反正我们也一贯很积极，想要证明自己。我还在试着跟机械师交朋友，我觉得拉拢了他们，就能在这儿多坚持一段时间。在我来这儿之前，有个叫梅宝的女孩坠机了。她本来是能生还的，但她的座舱盖卡住了，结果就被活活烧死了。其实在事故之前，已经有人在检查表上标出了座舱盖的拉栓问题，却没人采取措施。

还发生过一起坠机事故，开那架飞机的姑娘也殉职了，检查表显示油门杆有问题，但是█████████████████████杰姬本人亲自过来进行了调查，却一点儿结论都没透露。她费了好些力气才把我们弄到这儿，要是上面有人觉得我们是在惹麻烦，那我们肯定会被扫地出门。

这里有些家伙表现得过于殷勤了，有个男的一直在对我死缠烂打。我反复强调我已经结婚了，丈夫在战俘营关着，可他却说，你知道现在是战争时期吧？说得好像就因为在打仗，所以一个神似烂蘑菇的人都能把我迷得神魂颠倒似的。

也许你不会像我一样这么介意这种追求。我猜，你毕竟还是想念男人的。给你讲件好笑的事情吧：队里有几个姑娘在运输轰炸机的时候，因为天气影响降落在了一个偏僻小镇，最后居然被关进了看守所，原因是那里不允许女人天黑以后在外边晃悠。而且警长愣是不信她们几个是飞行员。哎，说到底，我看这件事其实并不好笑。如果我们跟男人一较高下，总有一天会伤到他们的自尊，暴露出他们自觉高我们一等的心理。这场战争是他们造成的，我最近一直在思考这一点。要是我们女人生气了，一点儿动静都不会有。但如果男人生气了，那整个世界都会炸锅。到了我们想贡献一份力量的时候，他们却千方百计地要让我们远离危险，就是不让我们女人为自己拿主意。他们最害怕的事情是，有一天，我们会跟他们一样主宰自己的命运。

瞧我，跟你絮叨了一大通。其实这些都是铺垫，我真正想说的是，你伤透了我的心，虽然我理解你当时的心情。我希望你选择依靠的是我，可你却选了他，所以我们之间的裂痕是很难弥合的。站在我的角度看，我因为离开你而过意不去，这似乎不太公平，但我确实心怀歉疚。你呢？如果知道你也感到内疚，那会让我好受许多。但是无论如何，我都想要告诉你：万一我们当中有谁遇到了不测，我想要你知道，我已经不生你的气了。我不确定这算不算是一笔勾销，但我已经差不多释怀了。经历了那件事以后，我无法继续留在你身边，但我依然想念你、爱着你。

你永远的露丝
1944 年 5 月 15 日

自从在保利宫酒店那晚选择了凯莱布以后，玛丽安就再也没见过露丝。这还是她第一次收到露丝的信。

数千艘船如灰色海藻般聚集在南部海岸，填满了港口。过去几周，玛丽安亲眼看着这片队伍不断地发展壮大。黑压压的船队把英吉利海峡挤得水泄不通。

凯莱布的军营为准备进攻已经封锁了。

她从汉布尔将一架伏尔梯"复仇者"送到了霍瓦登。接着，她还要将一架"惠灵顿"轰炸机①送去梅尔顿莫布雷，但她没来得及离开霍瓦登，狂风便开始大作。

她找了个酒吧楼上的房间住下。第二天早上，瓢泼大雨依旧没有停歇的意思，她打电话给汉布尔基地，被指示原地等待。第二天晚上，在电影院打发了一个白天以后，她和队里另一个被滞留此地的飞行员——一个因为超龄被皇家空军淘汰的英国人——在酒吧共酌。"我听说，"那人对她说，"进攻船队今早出发了，但因为这鬼天气又退了回去。"他不满地望了一眼窗外的大雨，接着说，"我可不羡慕那个负责预报天气的倒霉蛋。"

玛丽安点了点头。虽然知道进攻是结束战争的必然选择，但她对此仍提不起什么兴趣。她并不担心凯莱布的安危，杰米的死让她万念俱灰。如今，能让她心有波澜的事情，仅限于跟凯莱布缠绵，还有在空中凝望自然的壮美：雨水模糊了云层边缘，皓月取代了从天边隐去的粉霞，远处的云彩包裹着电闪雷鸣——这些事物亘古不变，不以战争和人类的存在为转移。过去的所有苦难都已时过境迁，而这场进攻也终将成为历史。

"我在上次大战中开过飞机，"她的同伴又说，"我从没想过这辈子会见证一场更厉害的战争。"

虽然知道对方只是在用"厉害"这个词来描述战争的规模，但玛丽安还是感到了一丝愤怒。

"你一定觉得我是个老家伙了吧。"他的语气含着无奈和挑逗。她瞥了一眼他的婚戒。

"那倒没有。"她回答道。年龄已不再重要。年轻人其实比年长者更接近死亡。

他把酒杯放在纸杯垫上转了一圈又一圈，似乎是在鼓起勇气邀请

---

① 维克斯"惠灵顿"双引擎中型长程轰炸机（Vickers Wellington）。

她一同回房间。战争当前，她不妨与他共度良宵，也许还能从他身上汲取到活着的感觉。"你想跟我一块儿上楼吗？"她问他。

他猛地抬起了头。"我好像没理由拒绝，就当庆祝一下这个日子吧。"

她立马感到厌倦和后悔，但这总比孤枕难眠要强。

第二天下午，乌云消散了。将那架"惠灵顿"送到目的地后，她搭一架费尔柴尔德回到了汉布尔。在向南行驶的途中，他们经过的每一块停机坪上都停满了飞机，机翼上的黑白条纹灿然一新。

成排的船只从海岸线驶出，沿英吉利海峡在海面上画出朝向法国的尾流。挤满道路的坦克、卡车和吉普车驶过舷梯，一辆辆上了船。

当晚，飞机的引擎声轰鸣了数小时之久。到了第二天清晨，一切都已消散。

星座

十九

阿黛莱德·斯科特住在马里布。她的居所并非海边豪宅，而是乡村的简奢房舍。沿太平洋海岸高速路一路往北，经过捕鱼码头和那家叫"月之影"的餐厅——梅尔·吉布森[①]就是在这里喝得酩酊大醉，然后冲着因为超速而把他拦下的交警大发了一通纳粹言论——再经过诺布餐厅和那几片有名的海滩，离开公路盘山而上，来到俯瞰浅蓝色海面的高度，就会抵达她的住所。这里的空气中飘着山艾树、尘土和海盐的味道。阿黛莱德打开门后，三条花色的杂交狗从屋里蹿了出来，冲我吠叫几声，随后在草丛里到处乱嗅。"开过来的路上还顺利吧？"她问我。

洛杉矶地区的招牌式寒暄总以行程和交通开场。

"我的工作室以前在圣莫尼卡，"她向我介绍说，"但通勤时间让人忍无可忍，所以我搬到了奥克斯纳德，那里的租金便宜得多，而且来这儿很方便。我的助理很不高兴，但我现在可是有了一整个仓库。"

房子内部铺满深绿色瓷砖和金红色木板，小格窗外是漫山遍野的灌木丛（这里一旦燃起野火，就大有燎原之势）。"我去泡茶。"她领

[①] 梅尔·吉布森（Mel Gibson, 1956—），美国演员、导演和制片人，曾凭 1995 年的作品《勇敢的心》（*Braveheart*）获得第 68 届奥斯卡金像奖最佳影片奖和最佳导演奖。

我走进屋子，几条狗跟在我们身后。"在这儿稍等一下，我受不了别人盯着我干活儿。"她招呼我走进偌大的起居室，天花板上有金红色的房梁。

在壁炉上方，一只奇怪的螺旋形动物角呈对角线斜放着，一端非常锋利，目测有七英尺长。

阿黛莱德斜躺在一张休闲椅上，双脚搭着脚凳。她脖子上挂着一副老花镜，旁边的地上放着一个文件盒，我猜里边是玛丽安的信。我在绿瓷砖壁炉和螺旋角对面的皮沙发上坐了下来。一条狗跳上沙发，然后立马陷入了梦乡，用屁股抵着我的大腿，显然对我大牌电影明星兼银幕偶像的身份一无所知。

"那是什么？"我指了指那只角。

"独角鲸的獠牙。"

"什么？"

"看来你不知道，那我给你看张照片吧。"她站起身，从书架上抽出一本野生动物摄影集，翻到其中一页：几只动物从一片半结冰的水中探出头来，看来这就是独角鲸了。"独角鲸是鲸鱼的一种。"她解释道。它们灰棕色的圆脑袋上长着斑点，表面十分光滑，长长的獠牙仿佛长矛般相互交错。它们看起来犹如独角兽和脏拇指的杂交物种。

"据我所知，"阿黛莱德告诉我，"玛丽安的父亲艾迪森·格雷夫斯在一次旅程中获得了这根獠牙。我这儿还有些奇奇怪怪的东西，我觉得也是他收集的纪念品，那堆旧书也是他的。还有那幅画……"她指了指其中一幅油画，画上是雾中的一座造船厂，"是玛丽安的叔叔华莱士的作品。我得到了杰米和华莱士的不少作品。杰米的佳作大多数都借给了博物馆。卡罗尔·费弗则对那些小玩意儿很感兴趣，但我不知道它们背后有什么故事。"

接着，她从文件盒里拿出一个小素描本，然后递给了我。"这可能会有点儿意思。"

封面和第一页中间夹着一张折叠起来的纸，我把它展开。严格说来，这幅作品属于美国海军……

阿黛莱德说："这字条是杰米写给我母亲的。"我继续读了下去。

……我下次还会回来的真正原因是，我爱你，而我将一部分的自己也一并留下，且再也无意收回。

我将这张纸重新叠好，开始翻看这个素描本。纸张泛黄、松脆，里面全是炭笔和铅笔画的素描，还有少量水彩。画的内容包括山脉和海洋、飞机和船只、士兵的手，还有雪谷里的帐篷。接下来是十几页非常抽象的素描画，尽是些乱七八糟的线条和形状。最后还有几页空白。

阿黛莱德正盯着我。"后面那几页是不是让人很不舒服？"

"上面画的是什么？"

她没有理会我的问题。"我对那天晚餐时你说的一些话还挺有兴趣的，你说等我们死了，所有的一切都会消失无踪。这好像是你的原话吧？这让我有所共鸣——我很注重共鸣这东西。"

我想起来自己确实说过这句话，但不知道还能再补充什么。"说实话，我当时觉得那个莉安让我很不爽，所以故意想表现得有深度一点儿。"

"妄自菲薄挺烦人的。"她厉声说。

"抱歉。"这话让我吃了一惊。

"不需要道歉，尤其因为你父母的事情，你也有同感。你当时并没胡说八道，你对这个话题其实深有体会。"她轻抚着腿上小狗的耳朵，莹亮的目光斜睨着我，"我算是有点儿名气，也有人写过我的事，然后就有人自以为看透了我这个人。我想你肯定经历过更糟糕的。很多人只要了解一丁点儿信息，就能自作聪明地形成一套理论。"

"说得正是！"我向她探过身子，"他们自说自话地对你断章取义，还以为都是真的呢。"

"没错，这跟星座解读是同样的道理。一个人在有生之年，是不可能把自己完全解释清楚的，而等你死了以后，就只能任由生者摆布了。"她指了指我腿上的素描本，继续说道，"我母亲说，杰米告诉她，最后那几页是他在一次战斗中画的，当时他以为把自己看到的东西都如实地画了下来，后来才发现纸上只是一堆胡乱的线条。"她啜了一口茶。杯身是绿色陶瓷，跟壁炉的瓷砖相仿。"我很高兴他画的不是他以为的东西，否则那就是谎言。艺术是对现实的扭曲，但这种扭曲也许能够澄清现实，就跟矫正镜片似的。"

"我没太明白。"

"我的意思就是，有些东西丢了反倒是件好事。这是很自然的事情。"

"但你还是想给我看这些，"我指了指文件盒，"而不想让它们被丢弃。"

"没……错。"她慢慢地吐出了这两个字，语气游移不定，"我不知道这些信是填补了空白，还是反而把空白给暴露了出来。"

"嗯……我在电话里也说了，这部电影如果要改，我是做不了主的，而且现在已经快拍完了。"

她举起一只手挥了挥。"这部电影不等于真相。真相本身值得被看到。"

"你说得对，"我感到了一种怪异的释然，"我花了很长时间才意识到这部电影并不重要，然后我就终于……怎么说呢……终于知道该怎么演了。"我稍作停顿，接着又说，"我得告诉你，我跟雷德乌讲了你有玛丽安的信，他也想看。"

"你想让他看吗？"

"不想。"

"那就没必要让他看。我选择把它们给你看，就你一个。正如我所言，我的目的并不是将这些信公之于众。"她似乎陷入了沉思，"我在想这算不算一种装置艺术。"然后，她又自嘲道，"也许这是我的行为艺术初体验。"

我不知该怎么回应，于是说："我没告诉雷德乌，杰米是你的父亲。"

"不是父亲，是生父。如果你告诉他了，那卡罗尔肯定早就找上我了。你为什么没说？"

现在轮到我陷入沉思了。结束德纳里山之行后，我跟雷德乌上床了。这件事本身感觉还不错，但那种忐忑不安感还是在我心里挥之不去，就像有什么东西会绷不住一样。"刚开始我觉得只是我的占有欲在作祟，"我回答道，"但后来我又觉得，也许是因为我尝过私生活被人公开的滋味——尽管可能是我自作自受——陌生人对你有多少了解，也许无关紧要吧。他们实际上一无所知。所以，《游隼》这部电影里有多少真相，其实已经不重要了，如果它就是一部简单而纯粹的电影，那样反而最好。"

"你们还剩哪些戏没拍？我就是好奇问一下。"

"剧组里的一小拨人还要去夏威夷拍几场实景戏，最后还有坠机的戏。"

"你来演飞机坠海的戏，感觉像是什么新式心理治疗，所谓的'直面阴影'。"

"也许可以算是行为艺术。"

"哈。话说回来，你要是去夏威夷，可以去找找凯莱布·比特鲁特的养子。他年纪跟我一般大，但我确定他还在瓦胡岛生活，住在玛丽安当年飞行途中住过的房子里。每年圣诞节我们都会互寄贺卡。"面前这个女人还会给人寄贺卡，这真令人难以想象。"他叫乔伊·卡玛卡，我去找凯莱布的时候见过他一次。"

我问了个愚蠢的问题："你去找凯莱布了？玛丽安的凯莱布吗？"

"我二十多岁时曾踏上过一场寻人之旅。我十四岁那年就知道自己另有生父了，但过了好些年才开始尝试面对这件事。"

当年，我在叔叔米奇死后从纽约回到家里，在卖房前处理遗物

566

时，找到了一沓我父亲写的信。他在我出生前曾这么描述我的母亲：我们让彼此痛苦，但比起波澜不惊的快乐，我们更愿意体会这种痛苦，以及和解时的喜悦。

有了我以后，我父亲意识到孩子并非婚姻的解药，信中所写的内容也变得越来越阴暗。我真不明白怎么会有人想靠孩子来减轻矛盾。读着他的文字——也算是第一次听到他的声音——我忍不住怀疑，我父亲当年是不是故意把飞机开到了湖里。后来，我找那个私家侦探调查事故原因时，问他有没有可能是自杀？他说当然，什么都有可能，但又说如果我父亲是自杀，那也会把我一起带上。他说："那种家伙一般都会拉着全家一起陪葬。"

我问阿黛莱德："你是怎么发现杰米是你的……"

"生父吗？是我父母告诉我的。当时我的两个哥哥已经去上大学了，他们找了个机会专门跟我讲了这件事。我爸是个医生，我妈怀上我的时候，他在欧洲当军医。这个故事也不算曲折。他们告诉我的是，战争期间，杰米路过西雅图，跟我母亲再续了前缘。我母亲发现怀孕以后，马上写信告诉了我父亲，向他坦白了一切。我父亲是个非常善解人意的人，也很爱我母亲。不过，我想我的出生还是影响到了他们的关系。我母亲给杰米也写了信，但他当时已经不在人世了。最后，她给玛丽安写了信，但那封信过了很久才寄到。"

我对她说："我看了你那个沉船项目的纪录片。"

"那叫船形物体。"

"那是为了纪念杰米吗？"

"当时我不愿这么想，我把这个项目叫作'海水的变幻'。你听过《暴风雨》里的那首诗吗？'五噚的水深处躺着你的父亲。'"

我没听过。

"他的骨骼已化成珊瑚，"她吟诵起来，"他的眼睛是耀眼的明珠；他消失的全身没有一处不曾受到海水神奇的变幻，化成瑰宝，富丽而珍怪。①"她露出了狡黠的笑容。"你会不由自主地被这首诗的意象所吸引。我觉得它描写的不是身体，而是我们的想象力如何努力与死亡对抗，并最终成为它的手下败将。"

我想象自己像抱着炸弹一样握着塞斯纳的驾驶盘。我想象自己开着一架假飞机坠入一片假的海洋，而后又化为乌有。我问她："凯莱布是个怎样的人？"

"很有魅力，就是有点儿嗜酒。我跟他只相处了短短几天。他这人可能上一秒还生龙活虎，下一秒就会阴沉下来。他显然很爱玛丽安，但并未表现出失去挚爱的悲恸。有时候他提她的口气就好像她还活着似的，让我疑惑他究竟明不明白她已经死了。但也许，他只是因为认识的大多数人都不在了才会这样。这我不是很清楚。我跟他聊得更多的是杰米，而不是玛丽安。不过，我还是想说，你应该去找找乔伊·卡玛卡，他可能了解更多情况。"

"但我还是不明白你为什么选了我。为什么你自己不去找他？为什么你觉得我应该去？"

"就我个人而言，我不喜欢通过拼凑信息的方式去寻找真相，这会让我抑郁。但这并不代表我不想了解真相。至于为什么选你，这我也说不上来，就是我脑子里冒出的一个想法。你扮演玛丽安，还有你父母的事故，这种联系吸引了我。"她将文件盒搬到脚凳上，打开了盖子，"你先看看吧。"

"我可能得先去趟洗手间，该往哪儿走？"

当时我想的是，去上个厕所，然后从前门逃之夭夭。不回头，不为了看完信该怎么办而苦思冥想，不继续在阿黛莱德的艺术装置中充当一枚棋子。但正当我走出洗手间，准备溜之大吉时，却迎上了对面墙壁上玛丽安·格雷夫斯的凝视——就是我在试装时看到的那幅影印

---

① 出自莎士比亚戏剧《暴风雨》（朱生豪译）。

版肖像画的原作。这件物品真实到让我难以置信，它竟然切切实实地出现在我眼前。她的弟弟亲笔画下了那些线条，在一张空白的画纸上勾勒出了她的脸庞。

我脑海中忽然灵光乍现：一定有更多的故事等待着我去发现，而我想要一探究竟。阿黛莱德的文件盒跟那片未知地带一定暗藏玄机。就像跟雷德乌接吻时我感到浩瀚冰雪的存在一般，此时此刻，我又有了这种风雨欲来的感觉。

于是，我走回了起居室。

我知道网上有个人每隔几年就会冒出来，自称在南极洲的卫星图片上发现了疑似游隼号的物体，或者是在遥远的亚南极岛屿找到了蛛丝马迹——残骸碎片、所谓玛丽安的旧唇膏管，或者是所谓疑似艾迪的遗骨——他还承诺如果拿到了足够的赞助，就会亲自到现场解开这个世纪之谜。他言之凿凿地说，他说到做到。

也许我正在变成这个人。也许我无非就是那种破案发烧友——在网上发布模糊不清的旧照片，声称上面是 20 世纪 50 年代的玛丽安和艾迪，或是在刚果被改装成 DC-3 货机的游隼号。也许我跟那些地平论者一样，觉得南极洲是把整个地球包围起来的一面冰壁，而游隼号的失踪是军方为阻止玛丽安发现这一惊世真相而一手策划的。这些人也没少异想天开。他们不顾一切地想要成为真相家，并对自己的突破和发现深信不疑。也许我就是个疯子，是个骗子，也许我就是想在这个早已落幕的迷案中掺和一脚。

又或许，过去会给我某种启示。

我坐在阿黛莱德的沙发上，一边想着这些，一边几乎不情愿地将手伸向那盒信。

飞行

> 该从哪儿开始呢？当然是从起点开始了。但起点在哪里呢？
> 我不知道该在过去的哪个位置插入"由此开始"的标记，来标明
> 我的行程起点。因为起点存在于记忆中，却无法在地图上识别。
>
> ——玛丽安·格雷夫斯[*]

纽约

40°45′N，73°58′W

1948 年 4 月 15 日

已飞行距离：0 海里

年近七旬、守寡已十年的玛蒂尔达·费弗在四十二街上轻快地走着。她一身肃穆黑装，并非是为彰显其孀妇的身份，只是出于个人喜好——黑色紧身裙、黑色收腰外套配上豹子图案的珐琅领针、黑色浅口鞋、银灰色波波头上戴着黑色的贝雷帽，再加一副大大的厚黑框圆眼镜。一只珠光宝气却又瘦骨嶙峋的手将一条毛茸茸的小白犬抱在胸前。

罗伊德死时不仅将全部家产留给了夫人，更是将整个生意都交由

---

[*] 引用自《海洋、天空与群鸟：玛丽安·格雷夫斯的遗失手记》。该书由纽约 D. 温塞斯拉斯父子出版社于 1959 年出版。

她全权掌管，任她处置。对此最为震惊的，无外乎玛蒂尔达本人。

得知父亲的这一遗愿后，平庸无能的次子克利福是唯一大吵大闹的人，这也许是因为他自知在四兄弟中最没有继承权。罗伊德在世时比她更讲情面，尽管未赋予克利福实权，却在名义上让他掌管着航运业务，尽管如此，这不成器的儿子还是错漏百出。她一上马就立刻罢免了克利福，但当然不至于让他沦落街头，而是给了他一笔可观的财产——并表示下不为例——鼓励他去国外享受较为阔绰的生活。她怀疑，罗伊德之所以让她独揽大权，在一定程度上是因为他知道她会大义灭亲。于是，克利福搬到了圣托马斯岛（美属维尔京群岛主岛），娶了个加勒比姑娘，还有了三个孩子。不过，玛蒂尔达可不会让自己轻易被儿子蒙羞。

四兄弟中最有头脑的是长子亨利，他在罗伊德去世前就已晋升为自由石油公司的副总裁。自由石油是当时费弗家规模最大的企业，她对其业务并不过问。亨利现年四十六岁，娶了个玛蒂尔达并不讨厌的女人，他也有四个儿子。

上帝保佑亨利。

老三罗伯特同样就职于自由石油公司。他虽能力平平，但从不让人操心，性格沉稳且低调。四十三岁的他至今未婚，她怀疑他可能有断袖之癖。

老四是当年死于白喉病的利安德，这个可怜的孩子没能长大成人。

然后是乔治，老幺乔治的出生弥补了利安德早夭带来的伤痛。罗伊德过世时，乔治年仅二十四岁，是四兄弟中唯一参过军的，目前在哥伦比亚大学攻读地质学博士学位，也已经成家。小儿媳是个不错的姑娘，还给玛蒂尔达又添了两个孙儿。乔治能从太平洋战场上平安归来，让玛蒂尔达不禁对上天感激涕零，因为她经受不了又一次的丧子之痛。而且她知道，罗伊德的死要归咎于这场战争。1939 年 9 月，在德国人侵波兰仅仅几天后，七十四岁的他在上班途中因心脏病突发离世。她觉得丈夫是因为痛恨自己父亲的祖国而暴毙的。

罗伊德的葬礼上出现了好几个披黑面纱的女人。玛蒂尔达刚开始还试图分辨哪些是丈夫生前的情妇，但最后还是因为悲恸和气愤而作罢了。

她花了几个月的时间整理罗伊德留下的各种财务报表，其间还扛住了竞争对手的轮番打击。在确立了自己的权力后，她将名下资产进行了变卖和重组，然后收购了经营困难的温塞斯拉斯父子出版社。

"您怎么会想到要买一家出版社呢？"亨利曾经问她，"为什么不搞慈善呢？光我知道的就有好几个董事会，他们都希望能得到您的资助。"

"因为我喜欢看书，"她回答道，"我才不在乎什么董事会。"再说了，她生了五个儿子，还在一个风流成性的丈夫身边守了近四十年，现在终于可以随心所欲了。也许这才是罗伊德让她管事儿的原因，也许他是在拐弯抹角地向她表达歉意。

"珍珠港事件"发生后，在她的策划下，温塞斯拉斯父子出版社印制了几千册廉价的平装旧书，并将其捐赠给了军队。这虽是无私的善举，但不出她所料的是，走下战场的年轻人们养成了看书的习惯，出版社的销量突飞猛进。曾被视如敝屣的平装书如今成了实惠和方便的象征，她对此功不可没。

今天，她是从位于布赖恩公园附近的自家公寓出发的。这会儿，她在四十二街上忽然转了个身，穿过了温塞斯拉斯父子出版社总部所在大楼的玻璃门。走出电梯后，她径直走向自己的办公室，一路上并未理睬秘书和文员们的一一问候——她们就像鸟儿们从鸟窝里叽叽喳喳地立起来似的。她将办公室选在了编辑部所在的五楼，而不是销售部和财务部所在的四楼。透过编辑们的办公室半开的门，她能瞥见他们的身影——他们不是在阅读，就是在边打电话边翻书。

"她没取消吧？"玛蒂尔达问跟着自己走进办公室的秘书雪莉，把贝雷帽甩到书架上，并把小狗皮珍随手扔在了地上。屋子里只要是平整的地方，都堆满了书籍和纸张：用绳子捆起来的手稿、封面样图、剪报，还有信件。

雪莉在皮珍面前放下一个盛着水的银碗，从书架上取下贝雷帽，又将其小心翼翼地搁在帽架上方。"目前还没有。"

罗伊德死后不久，玛蒂尔达好奇起了艾迪森·格雷夫斯的下落。她依稀记得罗伊德曾告诉她艾迪森被辛辛监狱释放了，但在那之后他便音信全无。

这事儿她不知该找谁去问。在劳欧公司干得最久的那几个员工对此一无所知，而那个叫切斯特·范恩的律师已不在人世。当年艾迪森入狱后，罗伊德渐渐不再提起这个人。在玛蒂尔达看来，两人友情的终结也是自然的，毕竟约瑟芬娜号的惨剧让人不堪回首，而事故责任的归咎也扑朔迷离。也许，罗伊德本可以更勇敢地为艾迪森发声，但他还得为整个公司和数千名员工的未来着想。可是，那些葬身火海的乘客和船员又该怎么办呢？毫无疑问，死难者家属需要一个……不能说是替罪羊，但正义必须得到伸张。艾迪森那个性格怪癖的娇妻也没能逃过一劫，这确实是个悲剧，但幸运的是，他的两个孩子都得救了。

"他都没告诉过你吗？"听母亲问起这位船长的下落，亨利一脸震惊。母子俩正在自由石油公司的办公室，在一张堆满文件和账本的桌边面对面坐着。

"告诉我什么？"

于是，亨利将父亲生前坦白的真相和盘托出：当年罗伊德偷偷地在那艘船上藏了成箱的弹药和火棉，几乎可以肯定的是，他才是沉船事故的罪魁祸首，而艾迪森却代他受过。"他也尝试过弥补过错，"亨利接着说，"但当众悔过根本就不可能，但这恐怕又是艾迪森·格雷夫斯唯一在乎的。运那批货是个愚蠢透顶的决定，明摆着对战争起不到任何作用，只是表表态度罢了。为了这件事，他羞愧了一辈子。"

玛蒂尔达怔怔地看着儿子。过了一会儿，她问道："那两个孩子后来怎么样了？他们是被送到怀俄明的叔叔那儿了吧？"

"我记得是明尼苏达。"

"我们有他们的地址吗？"

"应该是放在哪儿了，"他向母亲投来谨慎的一瞥，"怎么了？"

"我想为他们做些事情。"

"我们不一定找得到这两姐弟，毕竟他们早就成年了。"

"但我还是想试试。"

"都过去这么多年了，我们也许不该再蹚这浑水。"

"亨利，你怎么能这么想？"她声色俱厉地责备道。

等她终于找到华莱士·格雷夫斯位于蒙大拿州米苏拉的地址时，时间已经来到了1940年。德国攻占了丹麦、挪威、荷兰、比利时和法国。玛蒂尔达往那个地址寄了封信，但既没收到回音，也没收到退信。于是她又写了一封。在整个战争期间，她每隔几个月就会写一封信，每次的内容都大同小异：她在寻找艾迪森和安娜贝尔·格雷夫斯的子女，想要了解他们的下落，希望能偿还一笔债务。到了1945年，她不再写了。

但1947年，她终于收到了回音。

此时此刻，雪莉敲响了门，带进来一个瘦高的金发女人。女子身穿羊毛长裤，披着一件长长的棉大衣，眼神中流露出戒备。皮珍围着她又跳又叫。"嘘！"玛蒂尔达唬住了小狗，把它从地上抱了起来，然后向玛丽安伸出了一只手。

玛丽安的回握坚实有力。她比实际年龄显得老成些——她应该三十三四岁，比乔吉①略年长一些。她脸上纹路明显，看来平日里没少操心，而且习惯眯眼看东西，给人一种饱经风霜的感觉。她继承了父亲消瘦的脸庞，而发色和瞳仁却跟母亲一样浅得出奇，似乎是被阳光久晒的结果。

"您喝茶还是咖啡？"雪莉问玛丽安，"大衣交给我就好了。"

"我不打算脱，谢谢。"玛丽安回答道。

"你和我想象中的差不多。"玛蒂尔达说道。

"什么？"

"雪莉，请帮我们关下门。"玛蒂尔达吩咐道。门关上了，两人坐在办公桌两边。玛蒂尔达对玛丽安说："我们终于见面了。"

玛丽安四下张望一番，没有开口。玛蒂尔达并不惧怕沉默，一直耐心地等到玛丽安开口："我还从没坐过客机。"

"那感觉怎么样呢？"

"还好吧，就是有种变成货物的感觉，怪怪的。谢谢您给我买的票。"她调整了一下坐姿，交叉起了双腿。她的腿很长，玛蒂尔达不禁好奇她是在哪儿买到合身的裤子的。"其实没有那个必要。"

玛蒂尔达挥了挥手，手镯发出的响声引得一脸警惕、笨头笨脑的皮珍一阵狂吠。为了安抚小狗，她从抽屉里拿出一个开过的烟熏贻贝罐头，用叉子喂它吃了一块。

玛丽安的信都很简短，但玛蒂尔达还是从两人长期的信件来往中了解到了这些年发生的事情：杰米和华莱士都已过世，艾迪森多年以前曾去看望过他们，但马上又消失了。她觉得两人不必再讨论过去，不过也暗自决定，她会找个合适的时机向对方坦白当年约瑟芬娜号失事的真相。在最初的几封信中，她只是一味地提问。后来，她告诉玛丽安，自己发现他们费弗家欠了格雷夫斯家一大笔债（她对原因含糊

---

① 乔治的昵称。

其词，让玛丽安觉得她只是在可怜艾迪森的遭遇），并打算想办法偿还。她在信中说，因为原始债务不是金钱，所以无法一笔勾销，但她愿意提供经济补偿。

玛丽安回信表示，不，她不想要钱。我从亲身经历中得到的教训是，受惠于人是有风险的。

于是玛蒂尔达问道：那你想要什么呢？如果你能接受我的好意，我会感激不尽。如果你能帮我减轻自己的罪恶感，你将有恩于我。

过了一个月，她才收到了玛丽安的回信。我思考了您的问题，我的心愿是实现一次跨越南北极的环绕地球飞行。这将是史无前例的举措，必将充满艰险，甚至不可能完成。她确实需要钱来购买并改装一架合适的飞机，还要雇一位同行的导航员，除此之外还会有其他费用。她想，自由石油公司应该能提供她所需要的大量燃料，而她还需要这些油被运往偏远之处并进行储藏，她觉得公司也应该能到达这些地方。此外，她还得获取相关的许可和支持，在这方面也需要一定协助。

玛蒂尔达回复道：请来纽约一趟，我想与你当面详谈。

现在，玛丽安来到了她面前。难以想象，眼前这个神色警惕的女子，与当年的新闻照片上被艾迪森抱在怀里、走下救援船舷梯的婴儿，竟是同一人。

玛蒂尔达直入主题。"我决定帮你实现你的飞行梦，但我想先问个问题。"

玛丽安面露疑色。"请问。"

"别一副不情不愿的样子，回答一个问题不会掉块肉的。"

"可我记得您说是您欠我一个人情。"玛丽安的语气不算咄咄逼人，但也不像是在开玩笑。她的姿态很放松，但仍把大衣穿在身上，说明她随时都可能起身离开。

玛蒂尔达把皮珍放回地上，推开了罐头。"我们就不用一直计较是谁欠谁了吧？我更希望我们能成为合作伙伴。"

玛丽安稍稍歪了一下脑袋。玛蒂尔达决定把那当作是点头应允，然后说道："我想知道原因。"

　　"什么原因？"

　　"当然是要环球飞行的原因了，"玛蒂尔达边说，边轻轻晃动起了手指，"你自己刚才也说了，这次飞行会非常危险。所以，这么做也许根本就没有意义。南北极点都已经有人去过了，地图也被人绘制了出来，已经没什么未知之谜了。其实，这个想法可以说是荒唐至极。就算你奇迹般地生还了，也等于是买了张从起点回到起点的单程票，这又是何必呢？"她往后坐了坐，"所以，你这么做到底是为了什么呢？"

　　玛丽安面露愠色。"这个问题我根本不在乎。"

　　"你是说，你其实并不知道答案？"

　　"并不完全是。"

　　"你的意思是你不完全知道，还是那不完全是你的意思？"

　　"两者都有，主要是后者吧。"

　　"人们会想知道原因的。"

　　"什么人？"

　　"如果你成功了，我觉得你也许会写本书。"

　　玛丽安大笑了起来。"我可写不了书。"

　　"只要有适当的协助，谁都能写书。"

　　"那我也不知道该说些什么。"

　　玛蒂尔达从书架上抽出一摞精装书，把它们放了玛丽安面前。安托万·德·圣－埃克苏佩里①、柏瑞尔·马卡姆②、阿梅莉亚·埃尔哈特、查尔斯·林德伯格——林德伯格这本她拿得不太情愿，因为她还记得他曾仰慕纳粹。"这些书你都读过吗？"

---

① 安托万·德·圣－埃克苏佩里（Antoine de Saint-Exupéry，1900—1944），法国作家、飞行员，代表作有童话《小王子》。
② 柏瑞尔·马卡姆（Beryl Markham，1902—1986），英国飞行员、冒险家和作家。

玛丽安把头侧向一边，看了看几本书的标题。"都读过。"

"那你就知道该说些什么了。你要做的就是把你看到的、你心里想的，还有你身上发生的事情写下来，这不会特别复杂的。关键在于你的经历，还有你这个人，而不是地球上某条假想的线。如果书卖得好，后面还会有别的机会，比如举办巡回讲座，你的故事还有可能被拍成电影。"

玛丽安似乎被这话逗乐了，但警觉的神色仍挂在脸上。"我倒不是很想到处宣扬自己的事情。"

玛蒂尔达发出了不屑的扑哧一声。"可别假装自己有多与世无争了。如果你真想要默默无闻，又怎会有这种野心？"

玛丽安往后坐了坐。"我也想问你一个问题。"

"请说。"

"我也想问为什么。"

"我跟你说了，我想要赎罪。"

"赎什么罪？你说的这笔债到底是什么？"

坦白一切的时机来了。

于是，玛蒂尔达讲起了丈夫罗伊德，说他怎样将自己对父亲的憎恶转嫁到了德国这个国家身上，然后，她用冷静的语气转述了亨利告诉她的有关约瑟芬娜号上那些货箱的事情。"你父亲当年并不知情，"她说道，"至少没人跟他明说。我也被蒙在了鼓里，但我想我本该猜到的。事实上，我是故意未去探明真相。"

玛丽安那张专注的脸绷得紧紧的。玛蒂尔达能够想象她开飞机穿越暴风雨时，脸上也是这副表情。

"我不知道该怎么想才好，"玛丽安开口了，"能了解事情的真相，我好像觉得松了口气。"

"你不觉得气愤吗？我当时可是气坏了。"

"如果换作是以前，我会很气愤，但这事儿已经过去太久了。"

"可你的命运被这件事给改变了。"

"没错，但纠结这一点没有多大意义。"

一阵长久的沉默后，玛蒂尔达决定重回正题。"关于你的这次飞行，下一步有什么打算？"

"找架合适的飞机，"玛丽安露出了迫切的神情，还往前倾了倾身体，"我觉得希望最大的是'达科他'。这种机型产出了好几千架，几乎坚不可摧。它们在哪儿都能着陆，装冰橇也不难。在战争期间，一个机组一般有好几个人，但我觉得我只需要一个导航员就够了。如果多装几个油箱的话，就可以飞完全程了，当然，我也不敢打包票，而且还得在南极洲加两次油，这也许会是个问题。罗斯海这边有前人留下的燃料，但另一边……我还没想出办法。也许最好是在澳大利亚或者新西兰找架飞机，从那儿启程。我设想过各种场景，还得避开不适飞的季节，北极比南极要容易些。"她越说越激动，还用手比画出一张假想的地图，但马上又控制住了自己，略带消沉地说，"但还有很多问题没解决。"

又一阵沉默在两人之间缓缓地展开。然后，玛蒂尔达点了点头。"好吧。"

玛丽安一脸疑惑地看着她。

"那咱们就先找架飞机吧。"玛蒂尔达说。

她们又接着聊了整整一个小时，一起制订出了计划的第一阶段，还列出了一长串艰巨的任务。当玛丽安起身准备离开时，玛蒂尔达也站了起来，并将一本帆布封皮的本子交给了对方。

玛丽安翻开本子，每一页都是空白的，黄色的纸张上印有浅蓝色的边框。"这是什么？"

"是给你记录用的。"

"记录什么？"

"记录你的飞行。"

玛丽安合上了本子，想把它递回给玛蒂尔达。"我自己有飞行记录本。"

"你爱怎么叫它都行，手记也好，日记也好，或者就叫'万能玛丽安的神奇大事记'，这我不管。你不用太为这事纠结。你就把发生的事情写下来，然后该怎么处理，完全可以以后再做决定。"她伸手握住玛丽安的肩膀，轻轻地摇了摇，惊讶于自己的恳切之情，"你必须竭尽所能留下这次旅程的回忆，不仅要记住你所看到的，还要记住它对**你**而言的意义。"

我为什么要出发呢？唯一的答案就是：我确信这是我必须要做的事。

——玛丽安·格雷夫斯

加利福尼亚州长滩

33°47'N，118°07'W

1949 年 6 月 30 日

已飞行距离：0 海里

夜幕来临前短暂的黄金时刻，夕阳照耀着空旷的浅色沙滩、木制的过山车和栽着棕榈树的大道。绿树成荫，一排排整齐的房屋从海岸延伸至内陆。玛丽安·格雷夫斯四肢张开，仰躺在她所租住的平房前面的一片杂草中。她的腹部上放着一本朝下摊开的书，那是一年前玛蒂尔达·费弗送给她的空日记本。一阵微风拂过她柔软而细腻的短发，那浅到微微泛绿的发丝像极了洋蓟内侧的细毛。

她将手腕举到了脸的上方，手表显示六点十七分。艾迪说他会从佛罗里达开车过来，还表示自己对即将到来的旅行兴致高昂。你最好有这兴致，玛丽安在那通充斥着杂音的长途电话里这么对他讲。这次飞行全程预计将长达两万三千海里左右。

在三个星期前的一封信中，他告知自己将会在今天——6月30日——傍晚六点三十分抵达。考虑到他导航员的身份，她觉得他会说到做到。

她翻身侧卧在了草地上，把本子压平，拿起了笔。她偶尔才往本子上写东西，而且落笔十分谨慎，将零散的思绪如碎屑般播撒在纸页间。事实上，她没想到自己真的会提笔。她无法想象自己的信笔涂鸦（确实，她的字迹歪歪扭扭的）有朝一日能变成一本真正的书，但一股时有时无又不可名状的念头总能驱使她写下只言片语。

> 我曾思考过太多次，我是否有可能独自完成这次飞行。这个想法似乎是天方夜谭，但我仍这么问自己，直到理智来到我面前对我说，不，你做不到。
>
> 我并非不信任艾迪，而是无法对任何人敞开怀抱。我理应对单枪匹马的念头感到害怕，因为那意味着死路一条。但每当想象自己孤军奋战时，我却毫无恐惧，只感到强烈的渴望。难道这表示我渴望死亡吗？我并不这么认为。但人死时那种纯粹而彻底的孤独诱惑着我。我想在我看来，单人飞行是最纯粹的一种行为。可为什么呢？——又回到了玛蒂尔达问过我的那个问题。那原因就好像一颗你刚好够不着的石子儿，本身索然无味又无足轻重，只因其不可企及而引人思索。
>
> 但也许，真正的问题所在，是我心里只有艾迪这一个导航员的人选，而与此同时，我又完全不想面对他。

这时，三记短促而嘹亮的鸣笛声在她耳边响起。

那天，她在保利宫酒店对露丝说的最后一句话是什么呢？在那之前，凯莱布营地的军医让她服用了强力的镇静剂，所以她记不太清了。但她有种强烈的恐惧，那个词是"走开"。悲恸给了她一副铁石心肠，她当时是故意伤露丝的心，她要告诉露丝，凯莱布才是自己想要依靠的人，她要把她逼走。杰米的死似乎是上天给她的报应：她愚蠢又自私地享受着战争带给她的一方天地和翱翔自得，而露丝与这一切都脱不了干系。

玛丽安几经犹豫才终于给露丝回了信，但已经太晚了。信被退回了。1944年9月，露丝在北卡罗来纳州出了飞行事故，被一场起飞时的火灾带走了生命。洁璞在汉布尔把这个消息告诉了玛丽安：*她死了，我很遗憾，我知道你们很要好。*

玛丽安呆呆地望着洁璞，等待伤痛将自己淹没。但她只觉得沉重，随后便陷入了麻木。杰米的死是如此痛心切骨，击碎了她内心的磐石，掏空了她的一切悲喜。因此，露丝的死未能对她本就破碎的心灵造成进一步的打击。不过，她心中仍有悔恨。她发现自己无法再从飞行中获得慰藉，而自从她学会驾驶以来，还从未有过这样的感觉。完成飞机运输的任务对她来说变成了纯粹的机械动作，一想到自己这段时间的经历，她就会感到窒息。

凯莱布随进攻部队离开后，她开始莫名其妙地拼命存钱。她用公交车替代了摩托车，还从保利宫酒店搬到了更为廉价的住处。德军启动撤退后，她开始送飞机去欧洲，从此展开了自己的小型走私活动。如果目的地是比利时，她就会舍弃降落伞，在伞包里装上可可粉罐头——可可粉在英格兰不限量供应，对已经解放的比利时烘焙商们来说却供不应求。她用可可粉的收入购买了英格兰紧缺的糖、服装和皮革制品，然后放到英国的黑市上售卖。

露丝死后，她忽然明白了自己存钱的原因：她不想过原来的日子，但也无法想象新的生活。她之所以存这些钱，是为了换取一个过渡期。

她刚打开门，艾迪就一把抱起了她，把她像个大号钟摆那样晃来晃去。重新落地以后，她在阳光下眯起眼睛，想看看他变了没有。他们六年没见了。

他用温柔的大手摸了摸她的短发，对她说："瞧你，还是这副模样。"

"你早到了两分钟。"

"那一定是我的表快了。"

"那车是你的吗？"一辆品蓝色的敞篷凯迪拉克小轿车停在路边，顶篷被放了下来。车身闪闪发光，凹凸有致的线条就好像被风吹出来的一样。

"这是我送给自己平安回家的礼物，一个老朋友便宜卖给我的。我们出发前，我会把它处理掉。"

她察觉到了他脸上的一丝苦涩。"别啊！还是停在车库里吧。"

"不用了，我可不想让她在寂寞中等待。等等，我去拿我的包。"

进屋后，两人仿佛是在葬礼过后的聚会上碰面的亲友，打开了回忆的话匣子，好像一切就发生在昨天。他那张长方形的马脸和修长结实的胳膊都被晒得黝黑。他说，这一路上他故意开得慢慢悠悠，有时还会突发奇想绕个远路。他依旧魅力十足，但身上有一种无法形容，又十分彻底的变化，让她想起一尊被摔碎后又拼起来的雕像，形状如初的表面上细纹密布。

她告诉他，自己平时会开开货机，所以仍保持着不错的状态。她总被排在飞行员名单的末尾，她也没机会开客机，因为据说女飞行员会让乘客紧张。无论是她数千小时的飞行记录，她开过的数不胜数的"喷火"、"飓风"和"惠灵顿"，还是她在高原冰川、冻湖和狭窄沙堤上丰富的着陆经验，全都无济于事。不过到目前为止，她运过的那些货倒没因为她是个女人而叽叽歪歪，而她修过的引擎和液压泵也没发表过什么反对意见（她还取得了机械师执照）。他听说了吗？海伦·里奇在一月服药自杀了，据说是因为找不到开飞机的工作。

他没听说这件事，但他还记得露丝挺欣赏海伦的。

于是两人还是不经意地提起了露丝。

她把他领到了卧室，说这间房归他了，她自己则会睡沙发。她还对他的抗议充耳不闻。对此，她很坚持，说道："那沙发连你半个人都装不下。"

"我可不想鸠占鹊巢。"

可她已经顺着过道继续往前走了。"来参观一下作战室吧。"

她刚搬进来时，这是间次卧。她找来房东把里面的床一起搬到了车库里。

"万一你母亲来看你怎么办？"床垫另一头的房东一边倒退一边问，"或者来个朋友怎么办？"他人看起来不错，浓眉、宽下巴，身上的夏威夷衬衫上印有草裙舞女孩的图案。

"我没有母亲。"听她这么说，他未再发一言。

地图铺满了墙壁和她从房东那儿借的小餐桌。板条箱和废物篮里还竖放着一卷卷竹子似的地图。各种纸张堆积如小山：核对表、发货清单、航摄像片、风象和气象记录、存货清单、货品目录、发货通知单、救生手册、与海军联系人的往来信件、与挪威探险家和捕鲸者的往来信件、与挪英瑞三国联合南极探险队领队沟通燃料运送的信件、无线电站和灯塔清单、与自由石油公司的来往信件与合同、飞机零部件订单、各地联系人的地址和电话（合同签订和签证材料办理所需）、各种随手写下的字条……

"我的老天爷！"艾迪惊叹了一声。

"我这是乱中有序。"

"混乱可不能算是秩序。"

房间的角落里有个皮箱，她拿走了箱盖上的纸，然后把箱子打开给他看。里边放着一张棕色皮毛，乍一看仿佛一头野兽毛茸茸的背部。

"我俩这是要带一头死熊上飞机吗？"

她从箱子里取出一件连帽毛皮大衣，还有配套的毛裤和毛靴。"是驯鹿皮做的，最保暖了。等到了阿拉斯加，给你也置办一套。"

"两头北极熊要上天咯。话说，我最近都在研究高海拔的问题。我在打仗的时候认识了一个人，现在在费尔班克斯的侦察部队，他给我寄了一本手册和几张地图，还要我保证不卖给苏联人。"艾迪走到了墙上最大的一张地图边，这是张墨卡托投影[①]地图，太平洋位于中间，右侧是南北美洲，左侧则是其他几个大洲。玛丽安在上边用铅笔画出了拟定的航线。

"把线路确定下来之前，我想先跟你聊聊。"她也走到了地图边。

他发出了一声不置可否的咕哝，然后凑上前去研究起了那条航线，还有被它连接起来的陆地。接着，他指了指开普敦下方的空旷海洋，说道："他们都懒得把南极洲给画进去。"

"其实，我还真不知道这在平面地图上要怎么呈现。"

"有的地图上会有一道白色区域，用来表示南极洲的存在，不是吗？"

她从桌上的纸堆中抽出一张南极洲地图，上面几乎空空如也，只标注出了几处零落的高地和山峰。"还有这张。"她原地转了起来，观察着这个房间，"我还有张更好一点儿的地图，放在哪儿来着……"

"你刚才不是还说乱中有序吗？"

"有时候得多花点儿时间才能找到秩序。"

艾迪把那张地图拿在手里细细地看了一会儿。末了，他问道："你这儿有什么喝的没？"

---

① 墨卡托投影是一种正轴等角圆柱投影，由荷兰地图绘制师墨卡托（Gerardus Mercator）于 1569 年创拟，后来成为标准的地图投影法。

两人拿着两杯金汤力来到了草坪边，拂去椅子靠垫上的落叶。她从邻居家探过来的树枝上摘下一颗青柠，然后拿出一把小刀把它切成了几片。

两人碰了杯。"敬老友重逢。"

对饮时，最后一缕日光从天边消失了。她不知该说些什么，又要从哪儿说起。两人从未单独相处过，而露丝的缺席在他们之间形成了一片巨大的虚无。

"话说，"他开口了，"我其实有点儿紧张。你不觉得我们这样就跟新婚夫妻似的吗？还是别人介绍的那种。"

"见你之前我也很紧张，我不知道……"

"会不会还跟以前一样？不会的，我们回不到过去。但未来几个月你也甩不掉我了。对了，你那架飞机怎么样了？"

春天的时候，她去了趟奥克兰。她将六架排成一列的"达科他"比较了一番，那几架退役军机看起来似乎一模一样——向上扬起的机头和丛林绿机身——但她一眼就挑出了自己的座驾。

"有些磨损，"她回答道，"但没什么大问题，之前主要的飞行路线是在新几内亚岛。"

"你给它起好名字了吗？"

"我想等你来了再说，不过我在考虑游隼号这个名字，你觉得怎么样？"

他点了点头，表示满意。"这名字我喜欢。你瞧，我俩这包办婚姻刚开始一个小时，我们就为人父母了。"

让她欣慰的是，他仍能博得她的欢心，这感觉让她分外熟悉。其实，在这次重逢之前，她拿不准自己还会不会像当年那样对他青睐有加。"艾迪，"她对他说，"我想谢谢你。"

"为什么？"

"因为你接受了我的邀请。"

"你能问我，我挺受宠若惊的。"

"说真的，我很感激你。我没有其他可信赖的人。"

"那我希望你没信错人，老实讲，最近我可没怎么探索未知地带。"此前，他在佛罗里达州为国家航空公司当导航员，主要往返于迈阿密、杰克逊维尔、塔拉哈西、新奥尔良和哈瓦那，偶尔也会去纽约。

"我觉得我们俩会相互信任，"她接着说，"我们从没一起飞过，但我觉得你不会是那种想要接管主权，或者不把我当回事儿的人。"

"不会的，"他轻声说，"这你可以放心。"

平流雾正向他们飘近。她感到了一丝凉意，但还是搅了搅杯里的冰块，啜了一小口酒。"其实我没料到你会答应。"

"答应跟你一块儿飞吗？"

她点了点头。"你为什么要答应？"

"我也没什么更好的去处。"

"别开玩笑了。"

"我是说真的。刚开始，我试过回密歇根老家待着，然后又去了芝加哥和迈阿密。可无论在哪儿，我都觉得难受。"他又往两人的杯中加了些琴酒，"也许我这人就是没法儿消停下来。那你呢？可别说你一下子就适应了战后的生活。"

"那倒没有。"

从某种意义上而言，她当了逃兵。1945年夏天，欧洲胜利日两个月后，她把一架飞机送去了法国，但并未乘坐同行的飞机返回英国，而是搭顺风车去巴黎开启了自己的旅程。不过，空运辅助部队也不再需要她了。她带上了自己省吃俭用加上走私攒下来的积蓄，把钱藏在背包和随身物品里，漂泊到了德国。在那里，她一路步行加搭车，路遇千疮百孔的废墟和形容枯槁的人群，看到了无数辆被烧成焦炭的坦克和卡车，也经过了一些不见硝烟的村庄乃至城市。在她的目光所及之处，衣衫褴褛的士兵们垂头丧气地踽踽前行，流离失所的平民们携带着财物浪迹街头。趁占领区还未高筑屏障，她一路抵达了柏林，那里满街都是围着头巾的女人在清理遍地的残砖碎瓦。

然后，她从德国去了瑞士，见识了这个世外桃源般的中立国盛放的秋色。在意大利过完冬后，她又穿越了地中海。接着，她用一年时间纵穿了非洲大陆的沙漠和丛林，沿着宽阔而泥泞的河流一路南下。

她在贝专纳①结识了一个男人。一天晚上，在纳米布沙漠②里，两人看着一队沙漠象在一座沙丘边慢慢地走着，那些躯体和它们身后的天空在沙尘中泛着红色。她发现自己开始盼望跟这个男人安营扎寨、生火共酌，并享受鱼水之欢。身体里淌过的蜜流告诉她，她已经走出了战争的阴影。不过，她还没有获得彻底的解脱，那是永远不可能的。

抵达开普敦后，她坐上了前往纽约的船。起航时，她一边站在甲板上往南极洲的方向望去，一边在心里暗自惊叹：自己和那片大陆之间竟只有一海之隔。

"我花了很长时间才回到国内，"她对艾迪说，"不过那是另一回事了。总之，我回来以后，本想去米苏拉找一个朋友，却发现了玛蒂尔达的信。邮局的人一直留着这些信。"她还收到了西雅图的莎拉写来的一封信。当在凯莱布的小屋里从信上得知杰米有个遗腹女之后，她把信折了回去，然后一把推开了，这激烈的反应让她自己都感到震惊。凯莱布正是她口中的那个"朋友"，但他几个月前去了夏威夷，没人知道他还会不会回来。

"所以，你的身体虽然回来了，"艾迪说道，"但你的心灵已经再次逃跑了。"

---

① 英国在非洲南部建立的一个保护国，博茨瓦纳的前身。
② 位于纳米比亚和安哥拉境内的沙漠。

"我不知道这算不算逃跑。"

"那还能算啥？你为什么要飞这一趟？"

"所有人都想知道原因，但我自己也不知道。"

"拜托。"

如果他们一路福星高照，而且决策从始至终地英明，将有望完成目标。否则他们就会失败，或者是死亡——而死亡不同于失败。也许他们最终会撞上某座山，在坚硬的沙地或是开裂的冰川上坠毁，也完全有可能被暴戾的海浪彻底吞噬。有时，她觉得自己根本就是制订了一个迂回的自杀计划。但有时，她又觉得自己会获得永生。

她喝了口酒。"好吧，这么跟你说吧，当玛蒂尔达写信问我想要什么的时候，我脑子里最先想到的是飞越南北极点的画面。每次我只要一想到这个画面，就会感到血脉偾张，就好像摸到了一根带电的电线一样。但不瞒你说，当我写信表明我的想法时，根本没料到她会答应。所以现在我就骑虎难下了。要知道，这个秘密我不打算告诉除你以外的任何人。"

他用试探性的口吻说："有什么骑虎难下的？现在反悔还来得及。"

"不，我不能反悔。你可以反悔，我会理解的，真的。但我不能。"

"有何不可？大不了玛蒂尔达可以把飞机卖了。"

"我担心的不是玛蒂尔达，是那根一直在我心里并让我蠢蠢欲动的电线，或者说是一根驱使我的鞭子。我想飞这一趟，但又感到恐惧。我一直在思考这一路上可能会出什么问题，很多地方都可能会出岔子，而现在我又把你也卷了进来。"

"我是自己要来的，你也没有强迫我。"

"可是……"她不知道自己是希望得到他的宽恕，还是想要面对他的责骂，"露丝都已经……"

她想说如果他也遭遇不测，那她将无法承受这痛苦，可他的命运显然是跟她绑定在一起的。如果他真的出了事，那她也不会逃脱厄运。

他放下了杯子。"咱俩现在把话挑明，达成一致，然后就翻篇吧。我们不能让这件事一直悬着。玛丽安，露丝的死不怪你，这是事实。我这么说不是因为不想让你难过，这事儿我其实已经思考了很久。我甚至责怪过你，但那不是长久之计。"

"可要是她当初继续留在英格兰……"

"那她也可能会在另一架飞机上失事，还可能死于车祸或是飞弹。去年就有很多人是这么死的。你无法预见未来会发生的事。听着，她是个成年人，这是她自己的决定。如果你觉得只要一伤谁的心，那个人就会死，那你什么也不敢干了。战争中有多少人意外导致了朋友死亡，又有多少人因为不经意的选择而丧生，这你算得清吗？"她望着坑坑洼洼的草坪，周围还是一片雾气弥漫。艾迪接着说："如果你想让我当你的导航员，那在这件事上你就必须听我的。我也爱她，但我希望你能翻篇，好吗？你现在就答应我，以后我们就再也不提她了。"

玛丽安心里清楚，没有任何人能够宽恕她。但她还是答应了。

到头来，要开始，其实轻而易举。

——玛丽安·格雷夫斯

新西兰奥克兰弗努阿派机场至库克群岛 ① 艾图塔基岛

36°48' S，174°38' E 至 18°49' S，159°45' W

1949 年 12 月 31 日

已飞行距离：1752 海里

　　天还没全亮，燃料汩汩地流进了油箱，机身和驾驶舱检查相继完毕，两个引擎先后运转了起来。飞机在跑道上呼啸着前进，然后一下子加速并升到了空中。玛丽安在纵横交错的跑道和滑行道的上空旋转了一周，机翼左右摇摆了一番。玛蒂尔达·费弗站在机库边的停机坪上挥舞着双手，身边是一群她招呼来的报纸记者和摄影师。人群不断地缩小，最后消失在视线中。有一天，当玛丽安和艾迪结束试飞，降落在机场时，他们意外地看到了玛蒂尔达，后者带来摄像师记录下了这次降落，好为即将到来的飞行造势。两人站在飞机旁，在镜头前展

_____

① 南太平洋上由 15 个小岛组成的群岛国家。

露出不知所措的笑容，接着被玛蒂尔达带到了她在奥克兰下榻的酒店里共进晚餐。

当飞机升入高空后，城市的南侧尽收眼底。从空中俯瞰，北岛[1]北部的地形细长得就跟手指一般，海岸线凹凸不平。种满了赤杨和桉树的农田、低矮葱绿的山峦和浪花翻滚的海岸线逐一跃入了眼帘。接下来便是海水，无穷无尽的海水。

他们是在元月的第一天出发的，但在前往库克群岛的途中将会跨越日界线，回到1949年。为了尽可能地减少机身重量，两人各自只带了一个软壳小行李箱。艾迪的御寒用品将等到了阿拉斯加以后再添置，为南极洲准备的额外装备则已提前发往南非。机舱里，玛丽安的驯鹿皮套装被塞在了一个辅助油箱的后边。

这架飞机换上了一身银装——此前的丛林绿外漆被剥去，因此省下了五百磅的重量——原本的普通玻璃窗被换成了有机玻璃，人造橡胶填充物则被换成了耐低温的天然材料。除此之外，整架飞机都被修缮了一番。"这飞机看起来很时髦啊。"玛蒂尔达·费弗曾如是评价那银光闪闪的机身。

微风轻拂，碎云像爆米花一样散落在天空的各个角落。艾迪往返于他的工作台、驾驶舱和观星窗之间，进行着观测和计算，好像一个职业网球选手挑起高球时那样从容不迫。他用六分仪[2]瞄准太阳以计算经纬度，还将调整后的航路写在纸上递给玛丽安：在这片蓝色汪洋中，他们将依次经过诺福克岛[3]、斐济的楠迪，还有萨摩亚的阿皮亚。一片片形状各异的潟湖了然于目。这些太平洋上的岛屿星落云散，每一座的存在都让人惊异又困惑，甚至放心不下。这座岛是怎么

---

[1] 新西兰的两个主要岛屿之一（另一个为南岛）。

[2] 六分仪通常用于测量某一时刻太阳或其他天体与海平面或地平线的夹角，以便得出船只或飞机所在位置的经纬度。

[3] 位于太平洋西南部的澳大利亚岛屿。

孤零零地来到这儿的？它又将何去何从？

两人早先已前往库克群岛进行过一次试飞，所以他对这段海洋并不陌生，这里对他也不仅仅是地图上用铅笔画出的一条航线。无论是对这架飞机、刺耳的引擎声，还是臭烘烘的汽油味，他都了如指掌。每次抬头，他便能望见玛丽安从驾驶舱门的边缘露出的手肘和膝盖，并早已将其熟记于心。他写下一个又一个数字，不断地更新着已飞行的距离和预计抵达的时间。距离等于速度乘以时间，时间等于距离除以速度。他们飞越了一根根纬线，就好像在顺着梯子一级级地往上爬；他透过偏航仪观察着海面的白浪，计算出实际航向和原定航向之间的偏差——两者之间的夹角承载着他们的命运。

那家经销店就在罗利（北卡罗来纳州首府）市中心，很好找。店门口大大的旋转标志上写着"哈利迪－凯迪拉克"几个字。

"我想试试蓝色那辆轿车。"他对里奥说。

"没问题，先生，"里奥答道，"请您稍等，我去拿钥匙。"布鲁斯·哈利迪是里奥的岳父。

1945 年，勒夫特一号战俘营弹尽粮绝，战俘们靠着红十字会的零星物资才勉强活了下来。眼看从东面来的炮火不断地逼近，德军强迫他们挖了一条又一条的战壕和一个又一个的散兵坑。有谣言称，这些坑洞将成为他们的坟墓。

五月的某天清晨，一个美国人的声音从喇叭里传了出来：兄弟们，自由的感觉怎么样？当时，德军早已不知所终，而苏联军队离他们仅剩三英里之遥。所有人都冲出了营地。艾迪在一片混乱中找到了里奥，然后一把抱住了对方，还在他耳边倾诉了自己的爱意。但里奥似乎无动于衷。

俄国兵们酒气熏天，举止粗鲁，他们的货车上堆满了抢来的衣物、瓷器和银器。他们挨家挨户地翻箱倒柜，将值钱的东西收入囊中，还用枪托把希特勒的画像敲得粉碎。他们还带来了不少姑娘，给战俘们表演舞蹈。

"这下我可要失业了。"里奥边说边看着三个俄国女孩穿着超短裙站在简易的舞台上，伴着六角手风琴的演奏搔首弄姿。这几位风情万种的表演者们拍着手，引得台下的战俘们欢呼雀跃。

"可我倒是更有眼福了。"艾迪开玩笑地说。

里奥笑不由衷。"他们应该不会让我们这么继续下去吧？"

"什么'他们'？"

里奥似乎对艾迪的反应感到不解，伸手指了指远处——那是坍塌的围墙和被炸毁的瞭望塔背后的整个世界。

艾迪接着说："依我看，等我们从这儿出去以后，想干什么都行。"

"那不错啊。"里奥答道。就在那一刻，恐惧漫上了艾迪的心头。

后来，他们先是被空运到了法国勒阿弗尔郊外的中转营地。到了那儿以后，里奥开始故意回避艾迪，然后有一天彻底人间蒸发了——应该是搭船回了老家。没过不久，艾迪也被送回了国。

兄弟们，自由的感觉怎么样？

一年后，艾迪在纽约收到了一封信，里边是一张字条：里奥即将与高中时期的女友成婚，并为岳父工作。他很遗憾没有机会跟艾迪道别。

"你干吗要来这儿？"当两人开着蓝色轿车，驶出哈利迪－凯迪拉克经销店时，里奥问道。

"我就是路过而已，我在佛罗里达的一家航空公司找了份工作。"

"我的意思是，你想怎么样？在这儿左转。"

"你当初怎么就没老实跟我说，你的人生规划就是装模作样地过无聊的日子？"

"得了吧，你自己不也有老婆。"

"但她已经死了，她坠机了。我是回来以后才听说的。而且你知道，我的婚姻跟别人不一样。"

里奥摸了摸他的肩膀，但很快又收回了手。"这我很遗憾，艾迪，真的。"

"我们还是别聊这个了。"

"在这儿停车吧，没人会上这儿来。"

他们把车停在了一条林荫小道上。身材高大的艾迪好不容易才在狭窄的座位上转过身子，看着面前这个衣着朴素、戴着领带夹和婚戒，还留着大兵头的男人。"你老婆知道吗？"

里奥向车窗外的树林望去。"她是个好人，我们有两个小女儿。"然后，他侧过身，从后侧裤袋里掏出钱包并取出了一张相片，上面是两个穿着连衣裙和凉鞋的小娃娃。

"真是两个美丽的孩子。"艾迪边说边递回了照片。

"没错。"

"我觉得，我就是想再见你一面。"艾迪将一只手顺着座位往前滑，但在碰到里奥前停了下来，"你说得对，什么都没变，这世界没变成我所希望的样子。所有人都恨不得把五分钟前的自相残杀一股脑儿地忘掉，假装家庭和睦、天下太平。所以我们就都咽下这口气，继续幸福吧。"

"确实如此。"

"可这些你很快就都适应了，真让我羡慕。我真希望我从没有过那些幻想。"

里奥把一只手放到了艾迪头上。"谁会想到，我这辈子最有趣的日子居然是在德国战俘营里度过的呢？"

"你没办法走开是吗？如果就两三天呢？"

里奥面露犹豫。就在他似乎刚要开口时，一辆车恰好路过，于是他像惊弓之鸟般倏地抽回了手。然后，他问道："你这次来其实没打算买车，是吧？"

艾图塔基岛上的珊瑚礁跑道是在战争期间修的，跑道足够长，旁边还建有一座无线电灯塔。"简直小菜一碟，"两人降落后，艾迪说道，"也许这根本就不是什么冒险之旅。"

"可不会一路都像这样。"玛丽安答道。

"确实。"他表示同意。

两人在潟湖旁的一个茅草顶小客栈住了下来，试飞时他们也曾在此过夜。"今晚准备出去找找乐子吗？"客栈管理员问他们，"今天可是除夕夜，顺着这条路下去，有家酒吧。"此人在海军建设营服役时帮着修了那条跑道，在战后又重返了故地。他说，这里就是天堂，而且觉得不同意他的人都是有眼无珠。

艾迪没兴趣去酒吧。

日落时分，他在潟湖里游了个泳。湖水犹如镜面一般，映出了艳丽的粉紫色天空和初升的繁星。他望着远处的白色浪花拍打着礁石，听着大海发出慢半拍的沉闷咆哮。湖底的细沙上布满了死珊瑚和黑海参，每踩一脚都会嘎吱作响。

他把那辆蓝色轿车卖给了一个能言善辩的加州律师，此人目前正在长岛展开一场漫无目的的疗伤之旅。

他站在齐腰深的水中，闭上了眼睛。下水前，他喝了点儿朗姆酒。此刻，他能感受到天地在旋转。海洋的浩瀚让他惴惴不安，他不敢让玛丽安知道这一点——在战争期间，他最害怕的事情不是死于烈火，也不是降落伞失灵，而是溺死水中。

他目视东方，在脑海中努力地搜寻距离这个方向最近的陆地。也许会是一座极小的岛屿，但更有可能是数千英里以外的南美洲。

陆军航空队手册中有这么一句话：航空导航员的职责是指引飞机在地球表面的上空飞行，这是一门叫作航空导航的艺术。他喜欢这句话中被突出强调的"艺术"这个词，也为自己能够指引飞机而骄傲。当年，他因为落选了飞行员才无奈地选择了导航员这个职业，却学到了许多他喜欢的概念：天文观测、航位推测法、偏航，还有航向。

　　地图上布满了各种各样的标志：城市、机场、铁路和废弃铁路、湖泊和已干涸的湖泊；椭圆形代表赛马场，小钻油塔的标志代表钻油塔，红星则代表闪烁的灯塔——这些标志都简单明了。在他的轰炸机被击落之前，他对自己所从事的这门艺术深信不疑，相信真实的三维空间和平面地图之间有着确凿的关联，认为自己永远都能准确地分辨出自己所处的位置。可是战争结束后，无论走得多远，他始终都感到孤立无援、身不由己。一定还有一条他尚未发现的轨迹，一定还有他没掌握的计算公式。在这个可以用地图丈量的世界底下，一定还藏着另一个深不可测的维度。

我们总免不了忽略绝大多数的东西。比如，在飞越非洲大陆时，飞机只能覆盖与其翼展同宽的轨迹，而我们只能看到极小一部分地平线。这一路上，我们无法遥望东方的阿拉伯世界、印度和中国，也无法纵览苏联这个横跨欧亚大陆的庞然大物。无论是南美洲、澳大利亚和格陵兰岛，还是缅甸、蒙古、墨西哥和印度尼西亚，这些地方都将无迹可寻。我们大部分时间看到的将会是覆盖了地球大多数表面的海水，满目皆是流淌或冻结的海洋。

——玛丽安·格雷夫斯

夏威夷州瓦胡岛

21°19′N，157°55′W

1950 年 1 月 3 日

已飞行距离：4141 海里

　　凯莱布又把头发留长了，但他不再编发，而是梳了一个低马尾。他开着卡车迎风行驶在海岸线上，嘴里轻轻地哼唱着，几缕发丝被风吹到了脸上。玛丽安辨认不出他所唱的歌词。车窗外，杂乱无章的火山石被海水浸没，将白色的浪花劈得四分五裂。风从她探出车窗外的

599

掌心底下拂过,触感如同猫咪隆起的后背。在凯莱布那侧的车窗外,一面崎岖的绿色石墙巍然耸立着,那是岛上的主峰。

Mauka——向着山峰,Makai——向着海洋。这是凯莱布教给她的两个夏威夷词语。

她跟艾迪原本打算从艾图塔基一口气飞到夏威夷,但最终还是决定中途在莱恩群岛①中的圣诞岛停靠。那是一片丁字形环礁,除了椰树、寥寥几片村落和战时建造的飞机跑道以外,几乎是个不毛之地,而且遍地都是陆蟹。两人在那儿过了一夜,天还没亮就又启程了。相比之下,瓦胡岛生机勃勃又绿意盎然,让她很是欣喜。

凯莱布正带她前往自己打工的牧场,他在那儿当牛仔。他刚到夏威夷的时候在一个芋头种植园干过,但还是更喜欢现在这份工作。在他住的房子里,她见过一张他的照片,照片上的他骑在马背上,戴着一顶镶有粉色花环的帽子。

他在一扇栅门前停下了车,她下车打开了那扇门,等车开进去以后又把门给关上了。当她回到车里时,他说:"艾迪这人看着还挺靠谱。"

先前,艾迪说自己想打个盹儿,于是就独自留在了凯莱布家里——一栋紧挨海边的蓝色小吊脚楼。玛丽安觉得他这么做一来是出于周到,好让自己跟凯莱布独处,但二来,他可能也没什么兴趣跟这个打败露丝的情敌打交道。

玛丽安答道:"如果没有他,我就会变成无头苍蝇,失魂落魄。"说完,她自鸣得意地笑了笑。

"能把导航员的作用拔高到这种境界,你倒是挺机灵啊。"这时,一个骑着马的男子正穿过他们前方的土路,还举起了一只手。他那块小而平整的马鞍上垫了一块羊毛毯,"那人参加过犹他海滩②的登陆,"

---

① 莱恩群岛又译"线岛群岛",位于太平洋中部,由11座分属基里巴斯和美国的岛礁组成,沿西北至东南方向延伸2600公里,是太平洋群岛中距离最长的群岛之一。
② 犹他海滩(Utah Beach)是诺曼底登陆中最西侧的登陆海滩的军事代号。

凯莱布告诉玛丽安，"你看，他的帽子是不是戴得很奇怪？那是因为他的耳朵被打掉了。"他还说，除了自己以外，其他牛仔都是夏威夷本地人，但看在他擅长照料马的分上，而且考虑到他的一半非白人血统和参军经历，大家还是接纳了他。

农场的主宅低矮又狭长，墙体由珊瑚石砌成，屋顶盖着红砖。房子背靠群山，坐落于一片高低起伏的葱绿草坪上。一棵棵硕大的雨树形似穹顶。

凯莱布驶过房屋，沿着狭窄的山谷在迷宫般的小围场中蜿蜒前进，然后在一个马棚前停下了车。

凯莱布给马套上了马缰，但没放马鞍。他上马前脱下了靴子，还要求玛丽安也把靴子脱了。后来她才明白这是为什么：两人朝着来时的方向骑去——makai，沿着道路来到了海滩边，他直接把马骑进了海里。玛丽安的座驾是匹矮小的杂色母马，马的肩部在她膝盖前方肆意地摇动着，她的双脚则垂在马肚底下。突然，这匹马加速小跑起来，嘶鸣着，紧跟着凯莱布的那匹马踩进了水里。自从离开巴克莱以后，她就再没骑过马了。她在马背上失去了平衡，但很快又重新稳住了自己。母马蹚过浅浪，奋力地逆水前进着，用前胸顶开白色的浪花。当水深到达玛丽安的腰部时，她感到母马在水中浮了起来。接着，她自己的下半身也漂在了水中，在马背上舒展了开来。缰绳松开了，她只好抓住亮棕色的鬃毛。母马的头部高高地探出水面，鼻子发着轻轻的哼唧声，那节奏跟四肢的摆动高度吻合。

"她游起来了！"玛丽安冲凯莱布兴奋地大喊了一声。

他转过身来。帽子底下还是那副忍俊不禁的熟悉表情，那副对她的爱意了然于心的样子。他打趣道："天机怎么就泄露了呢？"

触到这匹母马的肋骨和肌肉，还有那颗跳动的心脏，让她回到了小时候。她仿佛又变成了当年那个小姑娘，骑着如今已故的亲爱的老菲德勒翻山越岭，有时她单枪匹马，有时则用身体紧紧地贴着弟弟，感受他的阵阵心跳和一呼一吸。此时此刻，还有另一个她，这个她被太平洋冰凉的海水淹没，轻柔却执着地推搡着，将她从马背上抬起，把她从那匹正拼命游动四肢的母马身上撬开。这匹马想要去哪儿呢？她在步步紧跟凯莱布的那匹马。他们的游向与海岸线相平行。很快，凯莱布就会掉头回来。

不同的方向在她身体里交汇起来：海洋和山峰的方向、天空的方向、马的方向，还有那个男人的方向。

凯莱布的卧室在顶楼，房顶呈尖状，房椽暴露在外。屋外，棕榈树又长又沉的树叶耷拉了下来，海浪沙沙地拍打着礁石。黑暗在这栋蓝色岛屿小屋的四周弥散开来。

"你有没有觉得我变温柔了？"凯莱布问道。

玛丽安侧身横躺在床上，挨着枕头，夜风透过百叶窗轻拂着她那裸露的身体。他把头枕在她的腰窝上。她答道："经过了战争的磨砺，一切都更温柔了。"

他在枪林弹雨中度过了三年人生——先后辗转于北非、意大利、诺曼底、法国和德国——最后竟然毫发无伤。这神奇的好运逐渐变成了沉重的诅咒：新来的战士们都会把他当成吉祥物摸个一两下，希望能得到不死女神的眷顾，结果好几个都一战而亡，还有的就倒在他身边。他告诉她，他为自己的"金刚不坏之身"感到羞愧。他但凡要是能中一枪，或是被炸伤，无论是死是活，这一切就能停下来。但他一次次地走向战场，却连个战壕足①都没得上，只能听天由命，等待一切画上句号。就算他鲁莽行事，也还是无济于事。那场战争拒绝将他吞噬，但也不愿放他一马。

---

① 长时间站立于潮湿寒冷的战壕内引起的一种足部损伤。

她接着又说："我觉得温柔没什么不好。"

"有时候我会想念战争，这让我觉得自己很可恨。"

"很多人都会想念战争的某些方面。"

"你也是吗？"

"我有时也会。"

他对她讲，要是战争没有发生的话，他很可能一辈子都在蒙大拿以打猎为生，也不会想到要去别处生活。但等他打完仗回来以后，发现自己已经厌倦了漫步山野，也不想再过风餐露宿、忍饥挨冻或是靠猎枪为生的日子了。这种日子他已经过够了，而且有时候他还会犯糊涂。

"我上一秒还在猎鹿，下一秒就会找个地方蹲下，想要躲开德国佬。我把过去和现在搞混了。"

"所以你决定去 makai 了。"

他笑了。"瞧你，都快成本地人了。你说得没错，我当时应该确实是那么想的。我跟你说过我为什么要来这儿吗？"

"没有。"

"当时我整天喝酒，一副吊儿郎当的样子，不过也因为无所事事的关系看了不少书。我偶然从图书馆借了本书，里面有很多岛屿的风景画，于是我突然就决定要去夏威夷，一定要去。"他的手指在她的脚踝上游走着，"于是我就收拾好行囊，上了火车，然后又上了船。我就这么来了。"

"我真羡慕你，"玛丽安说道，"能找到个安身立命的地方，然后过幸福的生活。"

"不，你并不羡慕我。如果真的羡慕，你自己也会找个这样的地方。这种未来你可从来就没考虑过。"

她听出他话中有话，他口中的"地方"并不仅仅是指地理位置而已。"也许终有一天我也会跟你一样吧。"她回答说。

极光在一瞬间就能填满整个天空。一道突如其来的弧形光线在地平线上展开，与星空交辉相映，随后又转瞬即逝。你仿佛接收到了来自不明发送方的消息，其含义不可获知，但威信毋庸置疑。

——玛丽安·格雷夫斯

阿拉斯加巴罗至斯瓦尔巴群岛 [①] 朗伊尔城
71°17′N，156°46′W 至 78°12′N，15°34′E
1950 年 1 月 31 日至 2 月 1 日
已飞行距离：9102 海里

他们在巴罗滞留了四天。终于等来晴好的天气预报后，他们于晚间出发，以便在次日中午抵达斯瓦尔巴群岛。届时，微蓝的北极日光将出现在南面的天空。太阳还得过两个星期才会升起，但至少他们不必摸黑降落了。他们的行程已严重滞后——先前在夏威夷停留的时间从原定的两天增加到了十六天——不过幸运的是，北极地区比半个月前有了更多的亮光。但从另一方面考虑，他们到达南极洲的时间将会

---

① 位于北极圈内，主权归属于挪威的群岛。

推迟至南半球的夏末（假设他们能顺利抵达的话），这一点又让玛丽安担心不已。

将挪英瑞三国联合探险队（以及游隼号的燃料补给）运往南极洲东部毛德皇后地的诺塞尔号轮船出现延误，导致了至少两个星期的耽搁。玛丽安当时在火奴鲁鲁机场收到了一封电报，得知自己可以延后出发。

她跟艾迪一致决定按兵不动，两人假装不情不愿，却暗中窃喜。艾迪在火奴鲁鲁找了个住处，不再继续打搅凯莱布。在夏威夷多待一阵，等北极的极夜状态稍有缓解以后再出发，是他的主意。由于斯瓦尔巴群岛没有像样的停机坪，助航设施也屈指可数，所以他们预计很可能要一口气从巴罗飞到挪威主陆，而这几乎是游隼号不间断飞行的极限距离。但如果天气理想，再加上一点点亮光，他们还是有希望的。与凯莱布难舍难分的她欣然接受了艾迪的提议，她告诉自己，她别无选择，只能暂时留下。

装满汽油的游隼号从巴罗起飞，笨重地升上了天空。底下是一片银装素裹的世界，陆地的尽头和海洋的起点难以分辨。北方的暗夜缀着星星点点，绿色的极光犹如穿过流水的光影。

极寒的天气本就少云，但即便如此，他们仍堪称幸运：全程大部分时间都碧空如洗，甚至纤尘不染。当他们途经北极点时，黑色的夜空熠熠生辉，繁星和月牙点亮了冰封的海洋，那铂金似的表面坑坑坎坎，阴影在一道道沟壑间涟漪起伏。起落的潮汐将冰面撕裂，裸露的海水吐出雾气，随后又重新冻结成冰。玛丽安还从未见过如此静谧、单调而又空洞的景象。

在长滩标记地图的那些日子恍如隔世。她真不敢相信彼时那个傻乎乎的自己，同现在正飞过这片无穷黑暗的自己竟是一个人。当时的那张地图跟这地方又怎么能联系在一块儿呢？

如果他们坠机了，将毫无生还的可能，而除此之外，还有其他的危险。在这极北之境，罗盘会失灵。地球上的一根根经线如同铁丝聚拢在鸟笼顶端。要把握方向感，必须得摒弃真北①的概念，放弃他们之前采用的定位方式。他们必须移开鸟笼，使用平面网格式的地图来进行导航，并将经线想象成相互平行的垂直线。

他们在科迪亚克给飞机安上了冰橇，又在费尔班克斯给艾迪添置了一件驯鹿皮大衣。她坐在驾驶舱里回过头，看到一个毛茸茸的棕色身影趴在工作台上，恍惚间觉得在这场北极寒夜的梦境中，自己唯一的旅伴摇身一变，成了一头野兽。他眼部仍残留着瘀青，那是离开夏威夷时留下的。那半个月的休整期内发生的一切都显得遥远而虚幻。她不知道他是怎么受的伤。费尔班克斯有几个开侦察机的小伙儿曾在两人临行前给艾迪传授了高纬度飞行的经验，但他听得漫不经心，一脸不以为意。对于飞越北极的潜在风险和隐患，他似乎满不在乎。此刻，他从容不迫地操持着地图、表格和天文罗盘，冷静得就像准备圣餐仪式的牧师。

他们即将抵达斯瓦尔巴群岛。漆黑又蜿蜒的洋流破冰而出，银色的碎冰如拼图般漂浮在水面。天气依然理想。时间临近正午，南面的地平线被一道狭长的微光点亮。一座座岛屿的暗影映入了眼帘。

在夏威夷时的一个下午，在凯莱布的央求下，玛丽安开飞机带他去了大岛。他的朋友霍尼——一个上过太平洋战场的年轻牛仔——到科纳机场去接了他们，然后驾着一条锈迹斑斑的小船带两人出海游玩。天黑以后，三人在船上喝着啤酒，霍尼递给他们一人一套面罩和潜水呼吸管，这是他从海军那儿偷来的。

"他们喜欢这地方。"霍尼指了指黑漆漆的海水。她忍住没问他们指的是谁，爽快地跳入了水中。

---

① 沿地球表面朝向地理北极的方向。

水下什么都没有，钴蓝色的海水十分幽暗。凯莱布紧紧地抓住了她的手腕。一注亮光斜射了下来，那是霍尼在用一个大手电筒吸引浮游生物。海底有银色的小鱼像井底硬币似的发着光。远处，一条若隐若现的蝠鲼摆动着身体向她游来，鱼嘴张开，鱼鳃一鼓一鼓，腹部白到发光。那条鱼在她身边拱起了身体，水流好像风一般在他们之间"嗖嗖"刮过。接着，它展翼而去，短暂消失后又翻了个筋斗，再次向她游来。在斜射的亮光下，这条鱼游了一圈又一圈，吞食着水中的小鱼。时光倒流，她仿佛再次回到了那架斯蒂尔曼双翼机里，在米苏拉的上空翻着一个又一个筋斗，在失重的状态下感到欣喜若狂。

这时，艾迪递给她一张字条。也许能接收到伊斯峡湾无线电站的信号，我会尝试连接。

先前，她在巴罗用无线电发出了飞行计划，斯瓦尔巴方面承诺将提供力所能及的协助。此刻，无线电站操作员通知艾迪说，天气很理想，巴伦支堡和朗伊尔城的所有居民都为他们打开了灯。

纳粹曾为夺取岛上的气象站两次攻占斯瓦尔巴群岛。当年，"解放挪威"武装部队滑着雪橇穿越冰原，追逐着捉摸不定的无线电信号，成功地剿杀了部分德国士兵。不过，敌军仍然不断地拥入，潜水艇在水下威胁着这片北方的岛屿。入侵斯瓦尔巴的德军是整个第二次世界大战期间最晚投降的一批，在欧洲胜利日四个月后才最终缴械。主要原因是，这里离欧洲战场实在太远，没人愿意千里迢迢地来这儿擒敌。

玛丽安从西面驶向群岛，低空掠过海面，穿过了冻结成冰的伊斯峡湾，平缓的雪山在两侧徐徐展开。他们飞越了巴伦支堡亮着灯的苏联矿场。峡湾处的积雪深浅不一，冰面闪着不均匀的亮光。他们将顺着朗伊尔城一侧的山谷往上，尝试在阿德文特达伦降落，纳粹德国空军曾在这里建了一条飞机跑道。

凯莱布送给她几条蝠鲼，这是他表达爱意的方式。他总能知道如何打动她。1 月 20 日，她得知诺塞尔号终于进入了南极圈，即将抵达大陆，于是便跟艾迪出发了。她前往机场的时候，凯莱布还在农场干活儿。她当然没有跟他告别。他们虽然相爱，但一切仍将照旧。他们的人生轨迹也依然如故。

此刻，她转入了伊斯峡湾上的一个小缺口，驶过了朗伊尔城的黄色灯火、老旧木房和矿车缆绳。刚才这一路上，她穿越了北极点，目睹了繁星、极光和冰天雪地，这一切才刚刚过去，却已然变成一个缥缈而又怪诞的梦境。

狭长的山谷中雾气弥漫。矿区内残火未烬，曾有炮弹从一艘德国战舰射出并击中了这里。他们降落在了由燃烧的火盆围出的雪地跑道上。不远处正等着一群前来迎接他们降落的人。

当你真正感到害怕时，你会迫切地想要从自己的身体中脱离出去。你想要逃离那具即将被痛苦和恐惧折磨的躯壳，可你就是那具躯壳。这就好比你坐的船正在下沉，而你就是那艘船。但是，飞行容不得恐惧。身心合一是你唯一的希望，除此之外，还要让飞机成为身体的一部分。

            ——玛丽安·格雷夫斯

瑞典马尔默

55° 32' N，13° 22' E

1950 年 2 月 2 日

已飞行距离：10471 海里

  在昏暗的旅馆房间里，艾迪躺在床上，身上盖着白色的鹅绒被。他安然无恙，暖和又舒适，这也算是个奇迹了。窗外的小广场上积着一层厚厚的雪，在路灯下被映成了奶黄色。一排排瘦长的楼房有着清一色的尖顶和整齐的窗户，窗台也被落雪覆满。

  他们原本打算降落在奥斯陆，却被一场暴风雪打乱了计划。"还有别的选择吗？"玛丽安的叫声几乎被机身的咣当声淹没。他拿出地图，将指尖落在了瑞典最南端的马尔默。至少他们的下方不是海水。如果他们不幸坠机的话，他希望脚下是陆地。在无线电传来的静电波之间，他听懂了断断续续的信息：马尔默的天气并不理想，但也没那么可怕。幸运的是，他找到了机场的位置，玛丽安也成功地降落了。抵达布尔托夫塔机场时，他想起自己曾听说过，在战争期间，一些损毁的轰炸机没能一路飞回英格兰，而是迫降在了这里。

在路灯的光芒下，缓缓飘落的雪花和冰晶表面纤柔而纯净，但它们其实是暴君派来的密使。当前的宁静只是一种假象，整齐的屋顶和肃穆的钟楼仍笼罩在狂风骤雨的威胁下。先前，他看到飘雪洋洋洒洒地落在飞机周围，仿佛一种不祥之兆。而现在，它们静静地飘落在了广场上，看起来只不过是渺小的尘埃。

这场风暴在他体内留下了驱之不散的寒意，也让他觉得后怕。他在滚烫的浴池中坐了整整一个小时，仍感到冰冷刺骨。严寒和炙热怎么可能会接踵而至？他身边的一切——床褥、热水、电灯开关和取暖器——精心地营造出了一种表面真实、实则虚幻的安全感。

在火奴鲁鲁的那段时间，他在唐人街边缘找了家便宜的旅馆。在那里，文身店的窗户上贴着船锚和草裙舞女孩的褪色画报，杂货店和香料店里摆放着扭曲的根状物和不明粉末，上面贴着外文标签。潮热的空气中总飘着一股恶臭，那气味来自腐烂的水果和污浊的河流。

一个酒保告诉他，他真该看看战时这地方是什么样子：酒吧里挤满了水手，整条街上人满为患，每家妓院都门庭若市，所有人都在光天化日之下尽情地放纵。"因为晚上停电，所以大家只能在白天享乐了，"酒保对他说，"不过，那些妓院后来都倒闭了。现在外头有拉皮条的，我觉得他们也没强到哪儿去，不过你要是有兴趣，我倒是能给你介绍个不错的姑娘。"

"不了，谢谢，"艾迪直视着酒保的眼睛，"姑娘不合我的胃口。"

酒保压低嗓门儿，凑到他的耳边说："如果你有特别的需要，可以去'椰树酒吧'转转。"

第二次去那家被客人称为"椰吧"的酒吧后，他从那儿带了个男人一道回旅馆。那人叫安迪，在登陆日那天失去了左手，即将以公费生的身份进入夏威夷大学就读。他主动提出要带艾迪到处走走。两人一起在白色的沙滩上休憩，爬上红色的土丘俯瞰战时的碉堡，还品尝了夏威夷果仁煎饼配百香果酱。

"你为什么要绕着地球飞一圈？"当安迪问出这个问题时，两人正躺在一座碉堡顶上晒太阳，赤裸的背部紧贴着滚烫的混凝土。看到安迪把胳膊伸过头顶，左侧的残肢仍会时不时地让艾迪心里"咯噔"一下。

"她需要一个导航员，而我刚好无所事事。"

"要是无所事事，你可以去看电影啊。那你自己想做这件事吗？"

他们的脚下是漫无边际的海水。科迪亚克、挪威、南极洲，最后是新西兰——这次飞行还剩下一大半路程，其中大部分时间都将在海上度过。一想到这里，他就觉得心惊肉跳。

海鸟能够平安地飞越千里汪洋，而人类却缺乏完成跨洋旅程所需的第六感。这是陆军航空队手册里的第一句话。但有时，他在内心深处觉得自己也许拥有这种稀缺的直觉。在空中，他总是十分确信自己身在何处，虽然他无法证明，也不知该如何解释自己的判断。

"我想要干一件有挑战的事情，"他对安迪说，"不过是技术层面，而不是心理层面的挑战。我们置身于世上，我需要弄明白此处为何处。世上存在一个你想要达到的地方，而我想找到这个地方。"

一天晚上，两人在"椰树酒吧"外遭到了一群水手的尾随。艾迪叮嘱安迪不要回头。安迪照做了，却被其中一人扔出的酒瓶砸中了后背，艾迪没忍住转了身，安迪却落荒而逃。艾迪并不怪他。

艾迪挥出了漂亮的几拳——至少从他后来红肿的指关节来看是这

样的——但其中一个水手抡起重物把他打昏了过去。醒来后他发现自己躺在一条肮脏的巷子里，两侧分别是一家中国书店和一个鱼铺。他睁开肿胀的眼皮，眼前出现了绿色的一团模糊，良久才看清，那是一片腥臭的小池塘中一只霓虹鹦鹉的倒影。不过，他的脑子里当时反应不出来"鹦鹉"这个词，也闹不明白那东西怎么会在地上发光。

从斯瓦尔巴群岛来马尔默的途中，飞机遭遇了一场风暴，当时他很害怕。但他觉得，在唐人街的那条巷子里一片茫然地醒来，永远都会是他一生中最可怕的阴影。在风暴当中，他始终能准确地追踪地球的经线和纬线；但在那条巷子里，他却晕头转向，仿佛被人五花大绑地扔进了漆黑的水里，彻底迷失了方向。就算那场风暴夺去了他的生命，也不会像当时那条巷子那样让他失魂落魄。

他渐渐失去了意识，不一会儿又从一场泛着绿光的梦中惊醒过来。他梦到的也许是极光，也许是那只霓虹鹦鹉。

明天早晨，他会洗个澡，喝杯咖啡，琢磨该往吐司上抹哪种瑞典果酱。他将依稀回忆起，冰晶是如何像一件紧身衣似的在机身上蔓延开来，游隼号是怎样变得愈发迟钝而沉重，引擎又是如何吃力地运转。当时，他们的处境危在旦夕，就好像只要再有一片雪花落到机身上，他们就将坠入万劫不复的深渊。但最终他们绝处逢生，降落在了布尔托夫塔机场。在他剩下的记忆中，他能想起的就是温暖的旅馆房间、白色的床褥和纯净的飘雪了。

在火奴鲁鲁那个破旧的旅馆房间休养了一个星期后，他才又跟玛丽安见了面，当时他的伤势已经好多了，不过一只眼睛周围仍有瘀青，还伴随着时不时就发作的头疼。她看到他时面露忧色，问候了几句，此后就没有再过问详情。他想，她是把心思都放在了凯莱布身上。至于他自己，没有再回"椰吧"，也没再见到安迪。

他们将从马尔默飞赴罗马，然后再前往黎波里。接着他们将继续南行，驶入潮热的赤道区域，见证白昼一天天变长。

我的前方是地平线，往回望，身后也是地平线。过去的早已
烟消云散。眼下的我，未来也将化作云烟。

——玛丽安·格雷夫斯

南非开普敦至南极洲毛德皇后地莫德海姆基地
33°54' S，18°31' E 至 71°03' S，10°56' W
1950 年 2 月 13 日
已飞行距离：18331 海里

电话是凌晨两点三十分打来的。玛丽安的房间位于温菲尔德机场
附近一家小旅馆的二楼，但从楼下传来的电话铃声足以将她唤醒。就
连在睡梦中，她也在等待着。当夜班服务员敲响房门时，她已经着装
完毕。窗外的夏夜清朗而寂静。

"机场的那个男人打来了电话，"服务员告诉她，"他说……"他
扫了一眼手里的字条，"他说，莫塞尔在无线电上说，天气转好了。"
他抬起头，继续说道，"这是他的原话，但愿你能明白是什么意思。"

"是诺塞尔。他还说别的了吗？"

"他说，莫塞尔说据他们判断，好天气似乎会持续，但他希望我

南极洲

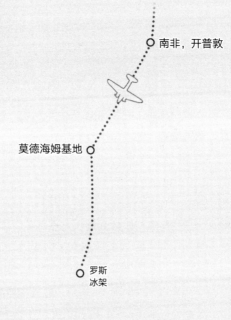

南非，开普敦

莫德海姆基地

罗斯
冰架

新西兰，奥克兰

告诉你，天气不好。如果你还是想去，他们建议你尽快出发。不过他还说，他个人建议你还是不要去为好。"

"请给他回电，"玛丽安答道，"就说我们已经出发了。让他尽量联系去南边的船，了解一下相关情况。"

服务员吐吐舌，记下笔记，然后往楼下走去。艾迪的房间在隔壁，玛丽安把耳朵贴到墙上，想听听有没有动静。他一定已经醒了，但什么声音都没有。拜托了，她几乎在心中祈祷起来，请你一定要在。

两人在 2 月 9 日抵达了开普敦。次日，在多次被浮冰区阻碍后，挪英瑞三国联合探险队终于登陆了南极洲。在此之前，在罗马、的黎波里、利伯维尔①和温得和克②，艾迪开始玩起失踪。她猜测他是因为斯瓦尔巴的那场风暴而改变的，但也许，在火奴鲁鲁导致他眼睛负伤的那场意外才是他性情大变的起源。他在阿拉斯加的时候还好好的，飞越北极点时更是状态极佳。但从马尔默开始，他动不动就会离开两人的下榻之处，有时甚至彻夜不归。每次她都不太确定他还会不会再回来。

她尝试与他详细探讨有关南极洲的行程计划，并在自己反复计算飞机负载（新装上的冰橇给他们增加了未知隐患）和燃料储备时积极寻求他的意见，但他的回答总是那么敷衍、冷淡，甚至生硬，就好像她在唠叨什么无关紧要的琐碎事务一样。他似乎不想再跟她这个人，还有她的那些地图和线路有什么瓜葛。到了开普敦后，她终于决定跟他挑明，他不能再继续这么不着调了。夏季已经过半，他们必须得做好随时出发的准备。

她敲响了他的门。"请进。"他立刻回应道。她打开门后，看到他穿戴整齐地坐在床上，床并没有被人睡过的痕迹。

---

① 非洲中部西海岸国家加蓬共和国的首都。

② 非洲南部西海岸国家纳米比亚共和国的首都。

"你睡了吗？"她站在门口问他。

"我也不知道，应该没有，最近我都没怎么合过眼。今晚我突然有种预感。我们该出发了吗？"

"天气变好了。"

他低头看地，两只大手绞在了一起。"那也只是现在而已。我们出发大概要三个小时，也许还要在天上飞十三个小时。等到了那儿以后，可能什么都看不见。什么情况都有可能发生。"

她努力控制自己的情绪。难道他觉得她对这些都一无所知吗？"可我们迟早都得采取行动。"

他抬起头，用央求的目光看着她。"我不确定我能不能办到。"

"你是说你不想去了吗？"她感到震惊。

他摇了摇头。"我是说，我不确定我能不能找到方向。"

她走进房间，在他身边坐了下来。"如果说有谁能做到，那个人一定是你。"

"可这也不是打包票的事。"

"当然不是。我们谁都不可能万无一失，这我们心里都清楚。"

"最近我遇到了一点儿挫折。"

"是因为上次的风暴吗？"

"除了那个之外，还有别的事情。我本以为我会慢慢地习惯长时间在海上飞行，但并没有。"他用指尖轻轻地抵着太阳穴，脸上浮现出了痛苦的神情。

"你还好吗？"

"就是有点儿头疼，会过去的。"他从口袋里拿出一瓶阿司匹林，吞了两颗。

"你到斯瓦尔巴之前不都还好好的吗？"她的语气就好像在安抚一个不听劝的孩子。

"那时候的情况不一样。"

这她无法否认。在接近北极点时，导航的规则虽然有所变化，但他们仍有完备的地图和许多前人的建议，还能收到来自巴罗和图勒基地的无线电信号，在朗伊尔城还有人等候。此外，他们运气也不错，碰到了大好的天气，艾迪还能根据明晰可辨的星星来判断方位。然而，南极圈的地图信息量却很有限，那里没有灯塔，也没有星星，只有太阳。再说，那里的气候恶劣多变，很可能意味着在大多数时间，他连太阳都看不到。

他接着又说："我一直在思考所有可能发生的差错。但我也在想，如果一切顺利，我们又会怎么样。你会考虑这些吗？"

"我更倾向于一天一天地来，只考虑每一程、每一次降落。"她预感到艾迪或许已在崩溃边缘，但判断不了问题的严重性，就像一架结构有瑕疵的飞机并不一定会失事，而要取决于外部的压力一样。他身体前倾，手肘架在膝盖上，大大的脑袋埋在一双大手中间。她问他："是我把你硬拉来了吗？"

"不是的，"他摇了摇头，"不，这是我自己选的。我需要……我觉得我需要某种东西，我以为也许这次旅程能满足我。"

"我们都已经飞了这么远了，"她轻声恳求道，"接下来要做的也就是再坚持一段。不会出现什么意想不到的东西的，无非就是陆地、海洋，还有冰块。"

当然，这是谎言。在前方等待着他们的，将会是令人难以想象的险境。对此，他心里跟她一样清楚——但她不在乎。她已炼成了一副铁石心肠，飞行是她唯一在乎的事。

她知道他看破了她的谎言，可他却回答道："你说得对。"

她恨不得马上就出发去机场。"你准备好了吗？"

他抬起头，面露疲惫。"不能更好了。"

黎明时分，他们向南起飞了，最后瞥了一眼沐浴在第一缕粉色阳光下的桌山①。层层白浪翻滚在海面上。游隼号在风中弹跳起来。当他们升至一定高度时，穿着羊毛衣的玛丽安感到浑身燥热。副驾驶座上堆着她的驯鹿皮大衣、鹿皮靴，还有厚袜子。她简直无法想象自己需要穿上这些衣物，但她很快就将无法离开它们。

两个小时后，飞机下方形成了一层断断续续的薄雾。在他们前方，灰色的稠云像堵墙似的升了起来，密不透风，且无法逾越。于是，他们进入了白茫茫的云雾中。

艾迪时不时地给玛丽安递上字条，上面标出了路线的调整。她参不透他脸上木然的表情。她试图将自己的信念传递给他，并表明自己相信他的方向感。也许等他们飞完了这个大圆，他心中的那个伤口就会弥合。

飞行了五个多小时后，他们上方的云开始变薄。接着，随着机身的一阵抖动，他们破云而出，进入了辽阔的天空，机肚从云层上边擦了过去。艾迪又递来了一张字条。不归点 –30②。再过三十分钟，他们就无法回头了。

他并非是在提议两人返航，只是按照惯例提醒她这一关键信息。但她在心里早就越过了那个点。对她而言，两人的起点与终点都在前方。

云完全散了。不归点已被他们抛在了身后。下方是波澜起伏的蓝色深海。机舱内的温度在不断地下降。玛丽安在座位上感到百无聊赖，再次遁入了高空飞行时的恍惚状态。她看着面前的仪表和控制器，按照艾迪的指示切换着油箱。她能做的也就这么多了。

第一座冰山出现在了前方，那是座平顶小岛，大小与城市中的一片街区相仿，两侧被海浪凿出了蓝色的洞穴。白色的鸟儿正围着岛屿

---

① 位于南非境内的一座顶部平坦的砂岩山。（编者注）
② 不归点即 PNR, Point of No Return 的缩写，表示飞机行驶至此，由于燃料等原因将无法返程，必须寻找下一个降落点。（编者注）

展翅翱翔。隐隐的亮光透过海水往上映了出来。毫无疑问，这座冰山的绝大部分位于水面之下。

在地球的最南端，罗盘开始失准。游隼号上的暖气已无力抗衡寒冷的空气。于是他们穿上了厚毛衣。飞行十个小时后，海平面上出现了大片刺眼的白色：那是一道冰映光，是多云的天空将还未进入他们视线的冰原反射了出来。此刻的海水犹如黑曜石般乌亮，一大群浮冰随之映入眼帘，泥浆、碎冰和冰山混杂在了一起。水面漂着星星点点的半透明浮冰，犹如密集的海蜇。一群海豹躺在一大块浮冰上扭动着身体，循着飞机的噪声抬头望去。还有一块冰上聚集着罂粟籽似的企鹅。

云层压低，迫使他们降到了四百英尺。艾迪一声不吭地在桌前坐着，不停地计算。落在机翼上的冰晶被风吹成了一块一块，于是玛丽安开启了机翼上的除霜装置。这时，他们已经飞行了十二个半小时。

在黑色的海面和白色的云层之间，一根银色长条惊现在了漆黑的海面上，仿佛被扯开的胶缝那样露出一道道竖丝，无论玛丽安往哪个方向，都看不到它的尽头。玛丽安叫了艾迪一声，还在他上前来看时捶了捶他的肩。那是冰架。他的眼神发直，眼眶湿润，好像在见证什么神圣的奇迹。她心想，他这一路上都在潜心计算飞行路线，眼前震撼的景象一定让他始料未及。

他们沿着冰架边缘继续低空前行。二十分钟过后，经过艾迪的反复尝试，他们终于与莫德海姆基地的探险队取得了联系。探险队已经用旗帜标示出了降落跑道。四十分钟后，他们看到一艘船停靠在岸边，从船上卸下的货物和一支狗队在冰面上画出一条轨迹，通向了内陆的一片基地——一座座正在搭建的小屋，蚂蚁般的人影挥舞着双臂。旗帜和风向袋围出了一块平坦的雪地。玛丽安在空中盘旋，继而放下了冰橇。

风的声音成了我所以为的寂静。而真正的寂静是我的耳膜所遭受的、如同深埋地下的沉重压迫。

——玛丽安·格雷夫斯

毛德皇后地莫德海姆基地至罗斯冰架"小美洲"三号科考基地
71° 03' S，10° 56' W 至 78° 28' S，163° 51' W
1950 年 2 月 13 日至 3 月 4 日
已飞行距离：20123 海里

　　玛丽安和艾迪被邀请在诺塞尔号上过夜，但船上弥漫着鲸鱼肉的怪味，还有狗和人的体臭，于是他们在晚餐后下了船，在飞机边上支起了帐篷。飞机被缆绳锚定在地面，冰橇上积了厚厚的雪。1929 年，在理查德·伯德首次出征南极期间，曾有一架福克飞机在强风的冲击下脱离了绳索，最终损毁。要是这种事情在他们离开莫德海姆以后发生，玛丽安觉得他们也只能在雪地里躺下等死了。她从没考虑过救援的可能性，因为那纯属天方夜谭。为了尽量减轻机身重量，他们只携带了勉强够支撑一两段长时间恶劣天气的食物。

　　飞机的引擎早已不再运转，但它的骨骼仍隐隐振动着。在入睡前，她又望了望外边。虽然已经入夜，但天色依然大亮。云已经散了，笼罩在机身上的一层冰晶微微颤动着。南极洲对她而言曾遥不可及，而现在，这里却成了唯一的现实，剩下的世界仿佛一场五光十色的梦，正不断地离她远去。

夜里，他们被一阵枪鸣似的声音惊醒。一瞬间的紧张过后，艾迪对她说："只不过是冰在移动罢了。"晚餐时，他表现得神采飞扬，恍如她在伦敦初识的那个神采奕奕的男青年。这让她感到不安，甚至恐惧。几个来过南极洲的飞行员曾警告她，她可能会在这儿看到海市蜃楼——山脉或冰山幽灵般地悬空在地平线之上，地面上的某些物体会被成倍放大。她不禁想，现在的这个艾迪，莫非也是某种幻象？

第二天早上，云层低垂，太阳不见了踪影。气象学家建议他们先按兵不动。

两人尽其所能地帮忙建造莫德海姆基地。板条箱、设备和自由石油公司的油罐被探险队队员们用绞车从船上卸下来，再放到装有履带的两栖运输车上，在冰原上缓慢前进，最终被运抵一英里半以外的基地。队员们建起冰基，搭起木架；他们凿出一个个储物或做工用的冰洞，并用板条箱和防水布搭出一条条走廊；他们还把油桶堆叠起来，竖起了一道道防风墙。可只要来一场风雪，就会让这些用辛勤汗水换来的成果付诸东流。几十条雪橇犬被拴在基地的各个角落，吠叫声此起彼伏。

探险队队长告诉玛丽安，这些狗在着陆时表现出了前所未有的兴奋。在船上，它们一直被关在甲板上的狗窝中，没精打采地浸泡在海水、鲸鱼肉淌出的血水和它们自己的排泄物里。它们来到冰面上以后仿佛重获新生，在雪地里洗净了身体，还叫唤个不停。这么说来，也许现在这个艾迪并非幻象，他只是因为这里的纯净而容光焕发。

云雾缭绕了一天一夜后，天终于放晴了。探险队的人运来了油罐，游隼号的油箱被重新填满了。他们用帆布罩裹住引擎进行了解冻，还往里头灌满了温热的机油。

虽然机身沉重，油门杆因为低温而变得僵硬不堪，冰橇却轻松地挣脱了紧实的雪地。玛丽安掉转机头，离开了招手的人们和吠叫的狗儿，离开了海岸，驶向虚无。

一个小时后，他们飞越了一片在地图上未被标出的山峰——也许从未有人见过这些破冰而出的黑色峭壁和孤绝石峰。

接下来，他们看到的是无边无际的白色，令人叹为观止。

冰面如同海洋一般变幻莫测。玛丽安觉得，每一块冰就是一片独立的千尺汪洋。起伏的纹理好似被冻结的海浪，冰缝如同洋流从海面翻滚而过。即便戴着雪镜，那刺目的反光仍让她头晕眼花。飞行了四个小时后，空中形成了一层薄雾，而且变得愈发稠密。这虽然缓解了强烈的光线，却引发了其他问题。冰霜悄无声息地爬上了机翼。她冲破雾层，上升到了一万两千英尺的高空，但由于极点附近地势增高，飞机距离底下的山峰仅有三千英尺之遥。阳光在云纱之上投下的机身阴影被彩虹所环绕——人们称其为圣光。按道理，他们现在应该开始补充氧气了，但她仍想再坚持一阵。毕竟，谁知道这阵雾还会持续多久，他们还得再往上飞多少。

过了一会儿，艾迪递来一张字条，上面写着：已到南极点，不归点 –30。他微笑的脸上满是热忱，表情亢奋。在雾层下方，大地若隐若现，视线内雪白一片，也没有任何痕迹，什么都分辨不清。玛丽安心无波澜地望着那片白色。她心中只有一个目的地，那便是继续向前，远走高飞。她开始渐渐明白，这广袤无垠而毫无生机的地方，也许就是死亡本身。

油压表显示油量不足，但引擎还在运作，也许是仪表因为低温失灵了。暖气也停了，机舱内的金属表面冰得能冻伤皮肤。

她开始犹豫，满脑子想的都是不归点。但她又有什么可顾虑的呢？一切都还好好的。

她向艾迪喊道："你觉得我们该怎么办？"

他面无表情地回喊道："什么怎么办？"

"我们还要继续飞吗？"

他用那双藏在大衣帽檐下的眼睛瞥了她一眼。"干吗不继续？"

"我就是跟你确认一下。"

他扬起嘴角，竖起了大拇指。"都好着呢。"

开普敦旅馆里的那个男人曾一脸惊惧地看着她，仿佛就要被她押去断头台——这段回忆会不会只是她的梦？她很难相信他就是面前这个坦然无畏、慷慨激昂的人。不过，他的决定也合乎情理：就目前而言，掉头并不比继续前进更加明智。能见度并不完美，但他们也遇到过更糟糕的情况，飞机本身倒也没出什么问题。要是他们掉头返回，就算能顺利回到莫德海姆，燃料也会所剩无几。他们将只能依靠探险队的物资和盛情就地扎营，等待下一班遥遥无期的船接他们离开南极。

她必须再次放手一搏。特劳曾告诫过她，要摆脱自己的直觉。她也曾在伦敦建议艾迪，无论是想要抵抗，还是想要放弃，都要反直觉而行之。于是，她决定继续向前飞。

天空和冰原融为一体，难解难分。有些飞行员会说，这就跟在一碗牛奶里开飞机似的。地平线已经消失不见了。飞机的上下左右都被开阔的空间所包围，她无从判断何时能驶出去。高度表显示为一万一千英尺，但那是海拔，她不知道脚下的冰层有多高。也许他们离冰面仅有一千英尺之隔。但除了眼前一团模糊的飞雪，她什么都看不见。艾迪倾身到她旁边，往外望去。

在阿拉斯加的时候，她曾把一个男人送往铜矿，他是从旧金山来实地勘察的企业高管。当时，他们被困在了云雾里，无论往高处还是低处飞，总也摆脱不了云团，于是只能硬着头皮往前飞。过了一会儿，她发现那名乘客在用两只手指反复捏着耳垂。她问他是耳朵疼吗，他低声坦言自己有种极其怪异的感觉，觉得他们也许已经坠机丧生了，而这无形的云团就是炼狱。捏耳朵可以让他觉得自己还活着。

现在，她理解了那人的感受。何为生与死的边界？又有谁能分辨得清呢？

她稍微转了个弯儿，希望能见度会有所改善。她似乎透过云层瞥到了冰面，但那一眼转瞬即逝。他们得在尽量控制油耗的前提下尽快着陆。在能见度几乎为零的环境中，她把速度降到最低，并下降了飞行高度。风声簌簌，引擎不断地嘶鸣着。一阵疾风吹过，她一下子就看到了近在咫尺的冰面，然后赶紧拉起了驾驶盘。机身猛烈地摇晃起来，几乎要侧翻过去。

他们的帐篷在一片虚无中飘摇着。狂风呼啸个不停，随时都有可能将这晃晃悠悠的帐篷撕裂。玛丽安觉得这风毫无悲悯之情。可在这地方，谈何悲悯？

外边，漫天的飞雪让人睁不开眼，几乎要窒息。眼前一片白茫茫。她仿佛悬浮在半空，无法区分脚下的雪地与周围的空气。她看不到先前被他们固定在雪地里的飞机，只能在心里祈祷它没被刮走。她也没法去找它——只要她往那片白色中走个几步，就再也别想回到帐篷里了。

他们能安全着陆简直是万幸，螺旋桨叶只折了一瓣，冰橇也只损坏了一只。她在阿拉斯加曾折弯过无数桨叶，早就掌握了用锤子把叶片敲直的技能，还知道该怎样把裂了的冰橇用胶带黏合或是用线绑住。更加幸运的是，风力在他们降落时还未达到顶点，两人得以费了九牛二虎之力固定好飞机，支起了帐篷，并点燃了火炉。接下来要做的，就是烘烤冻僵的手脚，并咬牙忍受那钻心的疼痛。

钻进驯鹿皮睡袋后，他们忽睡忽醒，而醒着的时候也基本不发一言。过了两天，风力终于有所减弱。一心惦记着飞机的玛丽安蹑手蹑脚地爬出帐篷，她不想吵醒艾迪。在飞机停放的地方，只能看到一团隐隐约约的雪球。她踩着沉重的靴子开始奔跑，每迈出不到十步，右脚底下就会感到异样。

她出于本能将身体的重心移到了左侧，双膝跪在了雪地里，然后才明白到底发生了什么。

她的脚在雪地里踩出了一处凹陷，这个脚掌大小的洞眼仿佛从这个白色的世界打穿到了一个地下空间。几尺深的冰从洞口往外发出荧荧蓝光，再往下则是似曾相识的黑暗。原来，这黑暗从她第一次飞去加拿大以后就一直尾随着她，也许甚至可以追溯到约瑟芬娜号沉没的那天。她正身处黑白两个世界之间细入毫芒的临界点。这两个世界犹如球体的两半，一半没有色彩，另一半则没有光亮。

她匍匐着回到了帐篷里，不小心惊醒了艾迪，后者咕哝着说风变小了。她只能用喉咙发出一记声音，希望他以为自己是在表示同意。那道深渊在外边等待着，像鳄鱼般潜伏着。就算飞机还在原地，那也很可能是在悬崖边上。他们的帐篷下方也许是一座随时都可能坍塌的雪桥。一想到雪地里的那个小黑洞，她便魂飞魄散。但同时，她又可怜自己的身体——它笨拙又弱小，还那么重。眼下，她什么都做不了了。风又变大了。她再次睡着了。

茫茫大雪盖没了帐篷，他们陷入了孤立无援的境地。为了不被大雪封住出路，他们每隔几个小时就会把帐篷门口的雪铲掉一些。玛丽安把自己发现的那道冰缝告诉了艾迪，但后者面不改色，延续了他来到南极洲之后的冷静表现。他说，他们现在只能小心行事，希望等暴风雪减弱后，能迎来好消息。如果飞机真的不在了，那他们也无力回天。但他猜测飞机还在老地方，只不过是被雪埋了。

玛丽安在心中忐忑地自我安慰道：天气一定会转好的，不管这里的气候怎样恶劣，他们一定能够拨云见日。她又想到了阿拉斯加那个捏耳垂的乘客。她和艾迪是不是已经死了呢？什么都有可能，但满眼的雪白和刺骨的寒冷似乎又抹杀了其他可能性。她又想，不，另一个世界应当是一尘不染的，可他们却带来了瑕疵，污染了这里的纯净。所以，他们一定还活着。

食物和柴油仍有剩余，但被困一个星期后，死亡悄然临近。玛丽安的手和脚都冻得生疼，身体最后的防线濒临崩溃。麻木并非感觉的消失，反倒成了一种消失的感觉。只要他们在外面待得久一点，脸就会被冻得惨白，仿佛戴上了死亡的面具。他们拼命地搓揉脸颊、鼻翼和脚趾，忍受着与死亡抗争的痛苦。

他们呼出的气息在睡袋和帐篷内壁上结成了霜，每过两天就得清除一次。有一回，艾迪将一只潮湿的袜子扔在了帐篷的地上，等他过了一会儿再去拿时，那袜子就像巧克力似的被掰碎了。

寒冷终于抵达了她的核心，怎么都无法驱散。她的鼻子上和脸颊两侧长满了冻疮，脑袋里迷迷糊糊的——死亡潜伏在她体内，随时都可能发起致命一击。她开始做狂乱而多彩的梦，却怎么都无法冲破虚无的牢笼。

有时候，她会萌生等这次飞行完成后就去看望杰米的念头。而当她想起杰米已经去世的事实时，心中就会漾起一阵悲伤。

"也不知道是为什么，"她躺在睡袋里对艾迪说，"但有时候，我弟弟的死会给我勇气。我会想，如果他能忍受死亡，那我也能。但很显然，我其实别无选择，死亡也不是可以用来忍受的。事实上，这恰恰相反。"

"任何能让你找到勇气的想法都是好的，"艾迪答道，"这能有什么坏处呢？"

她对艾迪感激不尽，但有时也希望他能从身边消失。直觉告诉她，她必须独自探寻南极洲的精髓。但也许，那精髓宏大而又缥缈，没有任何人能够捕捉得了，再艰辛的努力也注定成为徒劳。也许这就是南极洲的魅力，是其让人痴心不已的原因。她想起了杰米，他明知自己的画笔无法呈现出无垠的空间，却还是竭尽全力地去描绘它。

风力减弱后，他们走出了帐篷。艾迪背对着她，望着整片白色的冰原，似乎没有听到她在说话。

在帐篷里，他说他喜欢南极洲，因为这里未被战火触及，也不需要重建。"重建几乎跟毁灭一样让我感到抑郁，"他对她说，"至少，废墟是真实的。"

这话让她想起了轰炸过后的残砖碎瓦和断壁残垣。她觉得他的意思是，无论和平的承诺再怎样诚恳，战后的重建再怎样彻底，都不会让死者复生。重回原样是不可能的，人们只能创造一个全新的世界。但创造新世界似乎是件乏味而费力的事。

天放晴了，他们将暗淡的银色机身从雪里刨了出来，一侧机翼和大半个机尾露出了雪面。机舱内也已经积满了雪。他们的手隔着手套都冻僵了，但还是得继续挖下去。在仔细审视了那道冰缝并用帐篷杆测量了一番后，艾迪画出了一条安全的路径。他认为飞机前方的冰足够结实。他们一刻不停地挖着雪，希望好天气能保持下去。

云来了又散，然后又压了下来。他们挖了整整一天，汗湿的衣服被冻得冰硬。他们把机身整个挖了出来，铲掉了机舱内的雪，掰直了螺旋桨叶片并补好了冰橇。

除完引擎罩上的雪后，他们惶恐地等待引擎重新燃烧起来。他们最想做的事情就是回去睡觉，可是，谁又能保证不会再来一场暴风雪，让他们前功尽弃？

螺旋桨无力地转了几圈，随后便停下了。在玛丽安拨弄了一下助推器后，输油管里有了动静，引擎开始轰鸣，螺旋桨连续转动起来。

接着，她抓住时机猛加油门，让冰橇从雪中挣脱了出来，这让她疲惫的胳膊酸痛无比。驾驶舱的机窗外，雪地开始加速掠过。机身向前弹跳着，她乞求它能避开沟壑和冰缝。然后，他们颤颤巍巍地离开了地面，腾入了空中。那块一度将他们困住的冰原和那条看不见的冰缝稍纵即逝，与周围的白色交融在了一起。

艾迪仔细观察了一番周围的情况，并拿来一张地图，指出了两人刚才起飞的地方。那是地图上成千上万的空白点之一。飞行的状态让她渐渐地感到了安逸，困意随之而来。她的脑袋刚一往下耷拉，立马就又竖了起来。

前方，横贯南极山脉①傲然挺立：金字塔状的尖峰、锯齿形的黑色岩脊和成片的蓝色碎冰逐一映入眼帘。玛丽安飞行在一万三千英尺的高空，飞越了一个又一个垭口。她想打开氧气让自己保持清醒，但阀门被冻住了。她又提醒自己说，查尔斯·林德伯格在飞越大西洋时连续飞行了五十多个小时。不过，话又说回来，当年他可不需要把飞机从雪地里刨出来。

油量在迅速地下降。环顾一番后，她发现机翼正往外洒出乳白色的液体。她刚才一直昏昏欲睡，没发现漏油是从什么时候开始的，但现在除了希望情况不会进一步恶化，她无能为力。停下修理是绝对不可能的。也许是他们上一次着陆时速度过大，从而导致某条管线松脱了，也有可能是某个部件因为低温而开裂了。

他们来到了阿克塞尔·海伯格冰川的上空。在他们脚下，一片云彩延伸至远处的地平线。她在警觉中打起了精神。这时，艾迪递来了新调整的航路，两人交换了一个严峻的眼色。还能怎么办呢？在云层之下，在垂直落差超过九千英尺的那面冰川脚下，是罗斯冰架，这片在海上漂浮着的冰陆比西班牙还要大。他们唯一能看见的，是低垂在

---

① 横贯南极山脉是南极大陆的三座主要山脉之一。（编者注）

空中的一块灰幕。

眼下的上策是飞越冰脊。他们不停地向前飞着，几乎耗尽了燃料，最后来到了一片开阔的海域上空。接着，在艾迪的指示下，她降到了云里，在这片白雾中越飞越低。终于，一片深色迅速地升了上来，他们再次置身于净空，雾气弥漫的黑色海面就在他们脚下。在离他们不远的地方，一大座冰山拔地而起，直指云端。她转了个向，来到冰架的边缘，向那面蔚为壮观的蓝色冰墙飞去。最终，在艾迪的引导下，他们不偏不倚地抵达了目的地。

就是在这里，罗阿尔德·阿蒙森建起了他的弗雷门海姆基地，然后滑雪向南极点进军。也正是在这里，理查德·伯德的"小美洲"一号至四号基地被掩埋雪底，这片地下迷宫划分为生活区、实验室和工作区，还储存着燃料和物资。玛丽安曾致信参加过南极探险的队员，而艾迪则制作了一张基地相对位置的地图。两人早先猜测了一番，基地的哪些部分可能还露在雪面上，他们应该寻找什么东西。

在这片冰原上，腹地的冰体不断地往外扩散，近岸的冰随时都有可能断裂，并消失在大海里。在靠近冰缘的地方，她看到了"小美洲"四号基地，距离近到她能清晰地看到建于1947年的成片营房（当时这里容纳了一支四千七百人的海军队伍，还有十三艘舰船和十七架飞机）。不过，她将方向对准了东北方向几英里以外的一堆管道和桅杆——那是"小美洲"三号基地的位置。

温暖的感觉令人一下难以适应。发电机竟意料之外地启动了，他们从恐惧中一下回过神来，喜极而泣，然后精疲力竭地瘫倒在了一个冰洞里。先前，艾迪在摇动手柄时几乎没抱任何希望，但现在看来，伯德上将的手下准是在机器里留了些煤油，因为它在一阵咆哮中启动并运转了起来。发电机将暖风吹进了双层地板间的空隙，很快就驱散了寒意。在上一站扎营时，只要寒冷稍微有一丁点儿减退，玛丽安就会觉得身子变暖和了。但在这里，在床上睡了冗长的一觉后，她感到了切切实实的温暖和安稳。

稍早前，他们选了个地方固定飞机，把引擎盖好，又商量了应该从哪里刨雪，她觉得自己已经气若游丝。她真希望这辈子再也不用刨雪了，她的双手简直成了两块刚刚被解冻的滴血牛肉。伯德探险队的老兵曾交给她一张基地的手绘平面图，他们根据地图挖出了被掩埋在雪下的屋子和冰洞，找到了发电机，把雪融化成了水，随后又找到了床铺，瘫倒在了各自的睡袋里。

她在一片黑暗中醒来，浑身麻木。过了一会儿，她先是感到胳膊和背部剧烈的酸痛以及双手的刺痛，接下来便是口渴和膀胱充盈，然后是一丝极其微弱的震动感：那是漂浮在海上的冰架在轻轻地晃动。她点亮了一盏煤油灯。她的手表显示四点，但她不知道现在是夜里，还是白天。"下午好啊。"艾迪的声音在附近响起。

"现在是下午吗？我们是什么时候开始睡的？"

"我觉得是昨天晚上。"他答道。

他们身处的房间摆满了床铺，物资和装备胡乱地堆放着，满地都是毛织品和旧靴子——这是三十三个男人留下的物品。摊开的书本仍停留在十年前的那一页，墙和柱子上刻满了姓名和暗号，海报上的女郎微笑地踮着脚尖。这里没发生过什么灾难，却笼罩着一种不祥的感觉。寒冷凝固了一切，延缓了衰败的进程。这里没有霉变，没有虫害，也没有腐化，完全看不到岁月流逝的痕迹。除了一条坍毁的走廊和略有些塌陷的屋顶，这地方看起来就好像昨天还有人住着似的。

她上到地面，头一回因为看到低垂的云层而高兴。他俩都太累了，动身离开将需要极大的毅力。

地下冰洞通往户外的几间小屋。他们找到了设备间、滑雪储物间和无线电室。在宰杀房，案板上还堆放着去了内脏的海豹。走廊一边摆放着一箱箱食物和煤油罐。在狗的专用通道里，玛丽安的煤油灯照亮了冰冻的狗粪，她乍一看还以为那是些亮棕色的蟾蜍。

他们找到了一大堆冷冻食材，做了一顿火腿配玉米（包装上显示后者种植于 1938 年）。艾迪在走廊各处搜寻了一番，带回了意想不到的宝物。他找到一支雪茄烟，还有一台手摇留声机，播放了本尼·古德曼①和平·克劳斯贝②的曲目。那旋律回荡在房梁和墙壁间，响彻冰雪，还传进了从冰面下游过的海豹的耳朵里。

天气一直都不见起色。她多次爬到地面上观察天空，云雾经久不散，有时还会飘雪。对此，她既失望，又庆幸。他们开始习惯地底下安逸的日子，渐渐地把尚未完成的任务抛在了脑后。然而，听到冰碎裂的声音时，她会意识到，他们仍须尽快启程。

他们用找来的油桶给飞机加了油。每一天，他们都把落到飞机上的雪刨开。他们检查了每一根管道、每一处阀门和垫圈，基本能保证没有裂口。但玛丽安仍心怀疑虑。与此同时，艾迪的举止又变得怪异起来。他在地面上待的时间比她更长，而且总是在沉思中来回踱步。但回到地下后，他却会忙这忙那，把小屋收拾得井井有条，并频繁地检查剩余物资。

南极洲是个诡计多端的地方。在某种光线下，看似一英里之遥的山峰竟是五十英尺开外与肩同高的雪堆。眼看有几十个高大的黑影从雾中不断地逼近，结果那其实只是五只刚及膝盖的阿德利企鹅。大气光学造成的错觉放大了这些动物的身影和数量，让它们看起来仿佛是在隐形的地平线上一字排开的军队。

艾迪在游隼号内告诉她，他决定不再随她飞行。当时天已放晴，他们也再次把吹进机身缝隙的积雪从机舱里铲了出去。她没怎么注意

---

① 本尼·古德曼（Benny Goodman，1909—1986），美国单簧管演奏家、爵士乐音乐家。
② 平·克劳斯贝（Bing Crosby，1903—1977），美国歌手、演员。

听他的话，而是专注地思考着起飞前的每一项准备和检查。

"我觉得，"他用轻描淡写的语气说，"就算我去了，我们也不会成功的，但我又不想淹死。战争唯一让我庆幸的地方，就是没被淹死。"

她心不在焉，还以为他开了个奇怪的玩笑。"你说什么？"

"我就打算留在这儿了。"他又说了一遍。

这话让她难以置信。她回答说，他绝对不能留下，她需要他，他们会成功的。他们没有理由不成功。裂缝都已经补好了，而且他们都已经飞了这么远了。

"不行，"他平静地坚持道，"我觉得我们会失败。对我来说，冒这个险不值得。"

"是因为你有不祥的预感吗？"

"你可以这么说。"

她依然抱有一丝希望，觉得他也许只是在开玩笑。她问他，既然他不准备走了，那为什么还要白费力气把雪从飞机里铲出来？他的语气依然冷静：那是因为他觉得她仍会想要一个人试试。

"但你觉得我会失败，你觉得我会被淹死。"

"你也可以留在这儿。"

"这怎么可能？你在说什么呢？你是想待在这里，想办法找艘船来救我们不成？现在这个季节已经太晚了，我们还得再等上一年。而且，我们根本就没有任何留在这儿的理由。"

"不是这样的。我知道你会继续飞，但我不想走了。留在这儿会有什么下场，我心里很清楚。"

她感到震惊、愤怒，又恐惧。"你会被冻死或者饿死，或者你会掉到冰缝里，然后被冻死或者饿死。"

"也许吧，"他又说，"或者我一直等到冬天，然后找个没有云的晚上出去，躺在极光底下。"

她冲他嚷嚷起来，说他丧失了理智，打破了自己的承诺，还说他这是把她逼上了死路。他静静地听她说完，接着对她说，他不喜欢这个乌七八糟的世界，不想再与这俗世有任何瓜葛。

"你这是在报复我吗？"她问他，"因为露丝的事？"

"请你不要侮辱我。"他轻声回答。

她努力地平复下来，重新组织了语言："等这次结束后，还有大好的人生在等着你。你会找到幸福的。留在南极洲并不会减少你的孤独。"

"但我在这里并不孤独，这就是关键所在。回去的话，我反而没有人生了。"他指了指大海和陆地北部的方向，"没有我想要的人生。我努力过，真的，可我已经完全迷失了。"

"你能做到，你可是个导航员。"

"导航员就是份工作，一项任务而已。"

她又对他说，她不可能兼顾飞行和导航，至少在这种状况下是做不到的。如果没有他，她一定会失败。"你想让我失败吗？"她问他。

"我想怎样已经无关紧要了。"

"你怎么能说这种话？"

"我们是不会成功的，结局是不会改变的。但我不想死在水里。"

"我们会成功的，我们必须得试试。你为什么就不能先把这件事完成了，再考虑将来的事儿呢？如果想要与世隔绝，你也可以在哪儿找块地，安安静静过日子。"

他用怜悯的目光看着她。"不会有什么将来的。玛丽安，我很抱歉，我知道你无法接受这种想法，但我希望自行选择离开这个世界的方式。你也可以这样做。我想要体验在这里孤身一人的感觉，我渴望极了。"

她理解这一点——事实上，他也是在让她如愿以偿，让她独自完成飞行——但她说："这是我听过最自私的话。"

"也许吧。"他回答道。但南极洲让他觉得自己把命运掌握在了手中，因为这里什么都没有。或者应该说，等玛丽安走了，这里就真的什么都不再有了。他已经为她画好了路线，她一个人也能找到方向。但正如他已经说过的，他认为两人已到了穷途末路，她最终的归宿不是南极洲，就是南冰洋。"你怎么选是你的事，"他对她说，"但我已经选好了。"

她要求他告诉自己，既然他早就决定要抛弃她、破坏她的行程，那当初为什么还要答应与她同行？

他回答，因为之前的一路上，他都相信两人会成功，但同时心里也很害怕。而现在，他意识到他们注定将失败，恐惧便也随之消失了。走到现在这一步，所发生的一切都是注定的。他之前的胆怯是必然的，这样他才会发现自己已经不再恐惧。

她又对他说，他这份迷信的固执把她害死，他的临终遗愿是他的事儿，但不该把她也搅进来。她还说，露丝是不会想看到他这样的。最后，她用颤抖的声音说，他不能就这么抛弃她。

"不，"他反驳道，"是我会被你抛弃。"

她费力地呼吸着，在飞行记录本上歪歪扭扭地写下了最后一条记录。我曾对自己许下诺言：我不会在绝望的坠落中结束一生，而会像果决的塘鹅般，孤注一掷地冲向深海。如果她成功地抵达新西兰，却把艾迪一个人遗弃在南极洲，她将不会对这圆满的旅程发表任何言论。因为在她看来，一个能犯下这种可耻行径的人所说的话，是没有资格被载入历史的。

她企图说服自己，是他让她别无选择，但又担心自己之所以没能说服他，是因为缺乏与人沟通的能力。她在本子上又写道：我无怨无悔，至少现在不该怅恨。我只顾得上我的飞机、风，以及千里之外的海岸。

不过，如果她不幸罹难，她希望这个故事可以留存下来，哪怕她的记录支离破碎，又残缺不全，哪怕这只言片语能被人找到的可能性微乎其微。我们已尽最大努力处理了漏油问题。然后，她犹豫了一番，最终写下了"我"这个字，而不是"我们"——我马上就要起飞。

这片冰很可能会断裂，带着"小美洲"基地和她的记录本一同漂向大海。

我的行为固然愚蠢，但我别无选择。

但本子也可能会被雪深深地掩埋起来，再也不会被人找到。

以上的话不应公之于世。我的人生是我唯一的财产。

应该是这样吧。

话虽如此……

她合上本子，用艾迪的救生衣裹好，把它留在了"小美洲"三号基地的宿舍里。

直到她死的那一刻，她都会反复追问自己，她是否本可以说服他继续与她同行。直到她死的那一刻，她都会反复回想起冰面上艾迪那渺小的黑影，还有他与盘旋在空中的她作别时扬起的双臂。她的余生都将被一种隐忧所折磨：在她飞远以后，那告别的手势也许变成了呼唤她返回的乞求。

灰熊水中蹲

二十

我敲了敲那栋蓝色小楼的大门。乔伊·卡玛卡打开门后，冲我开怀大笑起来，笑得前仰后合。"还真是你啊，"稍作平复后，他对我说，"我还觉得肯定是有人在逗我玩儿呢。"

他年约六十，身材精壮，穿 T 恤和肥短裤，赤着一双脚，灰白的头发扎了一个短短的马尾。他背后站着一个年约八岁的小女孩，也扎着马尾辫，正用胳膊搂着他的腰，探出头来用一双怯生生的大眼睛看着我。

"这是我孙女，她叫卡拉妮，"他向我介绍道，"她只看过《大天使》第一部，因为后面几部都太恐怖了，但她有《凯蒂·麦基》的全套影碟。她可迷凯蒂·麦基了。"

他招呼我入内，于是我把自己的夹脚凉拖留在了门边的一堆鞋当中，赤脚进了屋。房子虽不大，但很敞亮，墙面和天花板铺着刷成白色的木板，地板的颜色则显得老旧一些。这还是我第一次走进一个我知道玛丽安·格雷夫斯曾经待过的房间，之前的那些不是片场，就是仿冒品。起居室的地上铺着一块编织地毯，到处都散落着玩具，还有一张松垮的沙发，对着一台大平板电视机。其中一扇门的后边是浴室，另一扇门背后则是一团乱糟糟的粉色和紫色，我估计那是卡拉妮的房间。一段楼梯通往天花板上的一处开口，墙上的一幅风景画挂得略微有些歪斜，画上的内容是几座树影斑驳的陡峭山峰。我走到那幅画跟前，想仔细瞧瞧。

"这画应该是……"我开口问道。

"没错，是杰米·格雷夫斯画的，"乔伊答道，"是凯莱布带到夏威夷来的。我知道这画很值钱，也许我应该把它卖了或者至少装个防盗系统什么的，但它就是一直那样在这儿挂着。我至今都觉得那画属于凯莱布，不归我。"

前一晚，在勘景组的人找到的一处比这儿更大、更豪华的房子里，我拍了这么一场戏：在玛丽安和艾迪留宿凯莱布家的其中一晚，外面风雨交加，玛丽安背着艾迪与凯莱布偷欢，在两人云雨之时，艾迪就在他们楼下的房间里装睡。于是乎，我跟扮演凯莱布的演员在隐私部位贴着肤色的胶布，在满屋子工作人员的注视之下（外加收音麦克风和打光板），上演了一场干柴烈火的情欲戏，还有一位床戏指导在一边对我说，哈德莉，如果让他把手从你的胯部移到腰部，你觉得可以吗？巴特则在一旁叽叽歪歪地表示，我要是能露出酥胸，那会让这场戏的效果更好、更真实。我本以为习惯了曲意逢迎的自己会一口答应，但张口回复的是："巴特，玛丽安可没必要露胸。"后来他也没再坚持。

幸亏我在电影快拍完以后才读了阿黛莱德·斯科特的那盒信，否则我的表演可就有难度了，因为我发现了一个惊人的真相——其实艾迪是个同性恋，而玛丽安的爱人竟然是他的妻子——这意味着，我在镜头前必须得装作自己不知道这回事儿。

在阿黛莱德的起居室里读信的那天，我先是将所有的信像拼拼图那样在地板上铺开，然后一封又一封地读到了深夜，最后在她的沙发上睡着了。这些信里有别人写给玛丽安的，也有她本人写的。

我觉得这是个天大的陷阱。我告诉过他，我很难想象自己会生孩子，更别提婚后马上就生，我觉得当时他是清楚这一点的，其实现在他心里也清清楚楚。但问题是，他并不在乎，他就是要我掉进他的陷阱里。

请继续给我写信，虽说我日后的回复可能也像这封信一样，只有寥寥几句。这阵子我就像变了一个人似的。

医生说我状态不错，而且我已经一个月滴酒不沾了。我知道这没什么了不起的，但还是希望我这个小小的成就不至于一无是处。

我知道你和凯莱布有过一段过去，不过我猜，你毕竟还是想念男人的。

我写这封信的原因是：我最近了解到，先夫罗伊德·费弗曾让令尊蒙受过一场不白之冤。

乔伊领我走进了布局紧凑的厨房，里边有胶合板碗柜和一台陈旧的米白色冰箱。"让我先弄好卡拉妮的午餐，"他对我说，"然后我俩再好好聊聊。你想来点儿什么吗？"他对着冰箱弯下了腰，"我这儿有水、果汁、牛奶和啤酒。"

"我倒是很喜欢在大白天喝啤酒。"我回答道。他以为我是在开玩笑，于是一边大笑，一边递给了我一罐啤酒，并给自己也开了一罐。他似乎随时都会迸发出笑声。卡拉妮的塑料分格餐盘里装着对角切开的三明治、几根小胡萝卜，还有一坨紫色的不明食物。乔伊把餐盘递给孙女，接着领我走出了厨房。

院子里放着藤条桌椅，靠垫上是褪了色的大片绿叶图案。吊扇在我们头顶上懒洋洋地转动着。这个枝繁叶茂的小院子由爬满藤蔓的铁丝网围了起来，一辆白色轮胎的粉色儿童自行车倚靠在铁丝网的一侧，旁边是一座浅粉色塑料玩具屋。院子角落的木槿丛上搭着一件防水服。远处是一片黑石滩，海浪并不汹涌，海水一望无际。

"对了，我老婆觉得我肯定是被人耍了，所以她这会儿去超市了。她说她可不想亲眼看着我丢人现眼。"乔伊嗤笑了起来，那笑声仿佛火山爆发的前奏。然后，他在一张双人沙发上坐了下来。"但愿她能在你走之前回来，不然她打死都不会相信你真的来过。"

卡拉妮站在门口，两只手里抓着餐盘，还在用她那交织着渴望和恐惧的眼神注视我，好像在观察一件神奇又危险的宝物。乔伊拍了拍身边的靠垫，对孙女说："卡拉妮，来爷爷这儿坐会儿，哈德莉不会咬你的。"接着，他又对我说："我们家一般不会有电影明星光顾。"

我伸出手向卡拉妮轻轻地招了招，没想到她一下子蹿进了屋里，把盘里的小胡萝卜撒了一地。这下乔伊可是笑岔了气，过了好一阵子才缓了过来。他随即说道："我的老天爷……看到自己的偶像转身就跑，可真是好样的。"

"她跟你住？"

"暂时是这样，"他的表情严肃了起来，"她父母最近出了些问题。"

"抱歉。"

"哎，家家有本难念的经。话说，你是演了部玛丽安·格雷夫斯的电影，是吧？"

"凯莱布可从没成过家，"乔伊对我说，"他不是那种向往家庭的类型。不过，他倒是交过几个不错的女朋友，其中有一个叫谢丽尔，是个嬉皮士，她是我妈的一个朋友。我念高二那年，我妈跟一个男的私奔去了亚利桑那，后来我就学坏了——当时应该是 1970 到 1971 年的样子——多亏凯莱布和谢丽尔收留了我，我才改邪归正。他们没过几年就分手了，谢丽尔搬走了，但我留了下来。我从小就没有爸爸，所以我跟凯莱布的关系难免有些磕磕碰碰，但我们从没翻过脸，你知道吗？我一直到结婚以后才从他家搬了出去。后来，凯莱布病了以后，我跟老婆孩子又搬回去跟他一起住，好在他身边照顾。当然，他对我的恩情我是永远报答不完的。"他指了指那片海，继续说道，"我把他的骨灰就撒在了那儿。"

"你一定很想念他吧？"我说道。

"嗯，虽然他过世已经二十一年了，但我时不时就会想他。有些人离开以后会让你念念不忘，这要经历过才能明白。你懂我的意思吗？"

这话让我想到了米奇。"我懂。"

这时，他换上了一副好奇的目光。"话说，阿黛莱德·斯科特说了她跟杰米·格雷夫斯的关系，对吧？"

我点了点头。"她还说她来过这儿一次。"

"没错，那是很久以前了。当时她来这儿寻找自己的身世之谜，想要找到一些问题的答案。"

"什么问题？"

"我猜无非就是重新审视自己的身份，考虑未来该何去何咯。当时我还很年轻，不擅长跟别人交心，所以也没对她刨根问底。还有啊，当年的她可是个冷艳的美人儿，我疯狂迷恋了她一阵子。那时的她在我眼里非常成熟，不过其实年纪应该也就二十来岁。她后来很成功是吧？好像还成了个大艺术家？其实她跟凯莱布更常联系，而不是我。话说回来，我跟她能有多少共同点呢，你说是吧？"

我想不出该问他些什么，于是只能小口抿着啤酒，好掩饰自己的尴尬。在阿黛莱德家读那些信时，我感到激动万分、茅塞顿开，就好像自己的欲望得到了满足。我那想要一探究竟的念头也许确实可以算作一种欲望。可到了现在，有关玛丽安的真相却犹如镜花水月，超出了我所能领悟的范围。她就仿佛一片零散的废墟，一堆无法拼凑起来的碎片。

乔伊似乎并未注意到我的失语。他接着说道："不过，凯莱布真的是个非常不错的人。他认真起来绝不马虎，也从不掩饰自己的情绪。他是个体面的人，而且值得信赖。不过他的生活倒是有些放纵，依我看，他是觉得自己既然挨过了战争，那就可以任意妄为了。他年轻时一直在一个牧场工作，老了以后又在附近的小图书馆干了一阵子，他很喜欢看书。他没怎么跟我提过战争时期的经历，但说他是那时候喜欢上看书的。他病了以后，整天都坐在外边看书。再后来，他病得连书都看不了了，就把书放在腿上，坐在那儿看海。他收留我的时候估计就是我现在这个年纪，所以已经不年轻了。"说到这儿，他往屋里看了看，也就是刚才卡拉妮离开的方向，然后又说，"不过，人这一生总是充满了意外。"

"他会经常提玛丽安·格雷夫斯吗？"

"要说起来，他这人话不算多。他不怎么跟人掏心窝子。不过他确实偶尔会提到玛丽安，说她很勇敢，是个优秀的飞行员。我看过一部讲玛丽安的纪录片，还试过读她那本书，但我读不进去。凯莱布很鼓励我看书，可我就是不怎么爱看。玛丽安把自己的东西留给了阿黛莱德·斯科特，却把积蓄都留给了凯莱布——不过总共也没多少钱——后来她的书在南极点还是哪儿被人找到以后，凯莱布还拿到了那本书的版税。他把那些钱攒了起来，直到他死后我才知道有那么大一笔财富。当我在他的遗嘱里看到这些钱的时候，还寻思着钱是打哪儿来的。后来律师告诉我那是书的收入，想必当年这本书是火了一把。这笔钱可真是一场及时雨，因为我儿子当时刚好要念大学，接着我们又有了卡拉妮。"

"凯莱布有没有提过他跟玛丽安……有过一段？"我话锋一转，"就是相爱的关系？"

他鼓起腮，望着天花板思考起来。"我觉得没有，不过要真有的话，我也不会奇怪。你怎么会这么问？他俩确实在一起过吗？"

于是我跟他讲了阿黛莱德那些信里的大致内容。里边没有几封凯莱布写的信，更别提情书了，但我知道他去阿拉斯加看望过玛丽安，而且露丝曾在一封信里提到过，有个男人插足到了自己和玛丽安的恋情中。卡罗尔·费弗把玛丽安和凯莱布写成了一对情侣，戴伊兄弟也就顺势而为了，但那看起来纯属猜测。就在我讲这些话的同时，卡拉妮又出现了，她爬到了乔伊身边，但眼睛没有看我，而是抚弄起了一个塑料美人鱼娃娃。

"真想不到啊，"听我说完，乔伊回应道，还发出了一记笑声，"那个老家伙，要说起来……他似乎从没想找个固定伴侣。他的每段恋情基本都没撑过一两年，云淡风轻又轰轰烈烈，最后都会以分手告终。结束之后，他会过一阵单身日子，然后要是看对眼了，又会找个新女朋友。他的女人缘一直到死都没断过，这些女朋友会过来陪他，给他做饭。所以，可能他跟玛丽安的关系也是类似的，也许他们确实在一起过，那也挺好，毕竟是青梅竹马嘛。"他把卡拉妮抱到了腿上，接着说，"但也许，她是他的真命天女。也许他之所以漂泊不定，是因为没有人能够取代她在他心中的位置。"

"为了一个死了几十年的人等待一生，感觉挺不可理喻的。"

"也许他一直都在想念她。但我确实很疑惑他为什么不安定下来。"

"你没问过他吗？"

"这还真没有。就算我问了，他也会用玩笑话搪塞过去。我能告诉你的恐怕也就这么多了。不过，我这儿还留着一些凯莱布生前的物品，有兴趣的话你可以看看。收到你的邮件以后，我就把它们给找出来了。"话毕，他把卡拉妮抱到地上，起身走进屋里，小姑娘紧紧地跟在他的身后。过了一会儿，他拿来一个打开的纸箱。

纸箱最上层是一堆杂乱无章的照片。我把那些照片一张张拿了出来，并整理成了一沓。他坐在我身边，指了指其中一张黑白照片，上面是一个深色头发、面孔偏亚裔的男子，身穿军装坐在一堵石墙上。"这就是凯莱布。"他向我介绍道。

我把照片翻了过来，背面写有"西西里"三个字。

"卡拉妮，去玩吧。"乔伊边说，边轻轻地推了孙女一把，示意她到院子里去。小女孩如脱缰的野马般冲了出去。

箱子里有些是彩色照片，其中一部分褪了色：凯莱布坐在一匹马上，戴着一顶饰有花环的帽子；凯莱布跟一名女子在沙滩上，跟另一名女子在一个貌似婚宴的场合，然后跟第三名女子一起坐在半山腰的水泥墩上，四条腿悬在半空。"这是我刚才提到的谢丽尔，"乔伊指出了最后那名女子，她留着金色的长鬈发，"那是战争时期留下的一个瞭望站，直到现在都还立在那儿。"下一张照片是骑着马站在齐胸深的海里的凯莱布。紧接着，我又看到了一张带银色相框的古老黑白肖像照，上面的女孩脸色苍白，深色的头发梳成盘发，穿一条雷丝领连衣裙。因为年代久远，这个褪色人像显得十分鬼魅。"那应该是他母亲，"乔伊说道，"关于他母亲，他只说过她嗜酒成性，而且时运不济。"接下来是三个穿着背带裤坐在篱笆上的孩子，那是凯莱布和格雷夫斯姐弟，照片背面没有写字。再往后的一张照片上，少年乔伊穿着条纹 T 恤，面带微笑地在一个冒烟的烧烤架前忙活，凯莱布则站在一边看着他，手里拿着一瓶啤酒。接着又是一张凯莱布穿军装的黑白相片，他一手夹着烟，仰靠在一张皮沙发上，面前的鸡尾酒杯在闪光灯下熠熠发亮。玛丽安·格雷夫斯身穿空运辅助部队的蓝色制服坐在他身边，眼睛望着别处。这张照片的背面写着"伦敦，1944 年"。

这堆照片下面是一捆用鞋带绑得整整齐齐的信件。乔伊一边面露窘迫地向那捆信伸出手去，一边说："那是我写的信，当时我跟花子去大陆开车旅行。虽然只去了一个月，但我每天都会给他写信。"

那捆信下面是一个破旧而柔软的纸质文件夹，里边是关于玛丽安飞行的各种剪报，包括她失踪以前和之后的，叠得乱七八糟。"这些都是凯莱布收集的，"乔伊说道，"我找到这些剪报时还挺惊讶，因为他没什么收藏的习惯。"

我将那些松脆的纸片一一展开，说道："我想，有时候人们会希望，如果攒的碎片足够多，就能看清整件事的来龙去脉。"

"这就是你正在做的事情吗？"

"我也不知道自己想做什么。"我回答道。

这些剪报中很多都刊登了同一张照片：即将从奥克兰启程的玛丽安和艾迪站在游隼号的一侧，露出腼腆的微笑，并双双将胳膊交叠在胸前。在那之后，记者们挖掘了玛丽安的过去，还刊登了艾迪森·格雷夫斯抱着一对儿女走下 SS·玛瑙斯号舷梯的那张旧相片。另一张剪报上是身穿空运辅助部队制服的玛丽安爬进一架"喷火"，还有一张则是介绍她"多彩"人生的一篇小道新闻，配图是她的那张婚礼照片。

我合上了文件夹。箱子里还有凯莱布工作过的图书馆颁发的一张荣誉证书，以及他本人的悼念仪式流程说明。此外，我还找到了一本杂志，里面夹着纸的那页上刊登了一篇文章，内容是他生前工作的农场，文章选用了凯莱布在海里骑马的那张照片。

在箱子的最底部，有一个收信人为凯莱布的白色信封，上面贴着好几张外国邮票。寄信人的地址是新西兰的某个邮筒。"这我能不能……"

"随便看吧，"他回答道，"这封信的意思我始终没弄明白。但他把那跟自己的出生证明和重要文件一起放在了保险箱里。我都不知道我为什么要保留它。"

信封里只有一页叠成豆腐块的小纸片——又一张泛黄的新闻剪报。我顺着边缘揭开纸片，将它压平整，剪报边缘处的纸屑飞扬了起来。这是一张照片，刊登在了一份叫作《皇后镇信使报》的报纸上，日期为 1954 年 4 月 28 日。照片上有四名戴着帽子的男子坐在山坡上，各自手里拿着一瓶啤酒，身后有羊群在远处吃草。图注的文字是"高山牧羊人在赶拢羊群后享受闲适一刻"。有人用黑色钢笔画了个箭头，指向其中一个牧羊人，还在报纸的空白处写了几个字。那字迹非常潦草，但又自成一派，看起来特别眼熟，让我觉得仿佛有一口刚下肚的苏打水在滋滋作响。我眯起眼睛仔细地辨认了一番，终于看清写的是灰熊水中蹲。当我把纸放下后，它就像苏醒了一般，沿着折痕缓缓地蜷曲起来。然后，我又将它重新展平。

"灰熊水中蹲，"我问乔伊，"你明白这几个字是什么意思吗？"

"毫无头绪，"他回答道，"我在网上查过一次，唯一查到的内容是一个女扮男装的印第安女人。具体我已经记不太清了。"

照片上，箭头所指的那名男子用一侧胳膊肘支撑着身体，细长的双腿舒展开来，他的脸从镜头面前别开，藏在了帽檐投下的阴影中。我感到犹豫，不知是否要与乔伊分享自己的发现，但最终还是忍不住拿出了手机，找到了我曾拍下的一封玛丽安写给露丝的信，然后把照片放大。我把手机上玛丽安那一行行歪歪扭扭的字迹与剪报上的那行字对齐，一边对乔伊说："你来看看这个。"

乔伊走到我身后，倾下身来看着我的手机问道："这是什么？"

"是玛丽安·格雷夫斯的一封亲笔信。"

"怎么可能，"他明白了，"这怎么可能？"

"字迹是一样的吧？"我问他，"这不是我想象出来的吧？"

"看起来真的很像。"

"他还有没有收到过别的从新西兰寄来的信？这你知道吗？"

"天啊，他去过那儿！他还去过很多次！我之前没跟你提，是因为我以为他就是喜欢新西兰那地方，毕竟很多人都对那儿很痴迷。"乔伊猛地靠在了沙发背上，用两只手抓住了脑袋，"但这怎么可能！"他又惊呼了一声。

我感到胃里的那股激流开始扩散，整个人仿佛由内而外地沸腾了起来。"他是什么时候去的？"

"具体日期我记不得了，但他好像总是在分手后去那儿。但也不是每次分手都会去，好像每隔五年左右吧。我知道他在收留我之前就去过几次。他从没带别人一起去过，说他想要享受独处的时光。至于信嘛，他确实还收到过一些，但都没保留下来。我觉得他可能把它们都烧了。我还记得，我在他用来当烟灰缸的咖啡罐里看到过那些碎纸片，当时还觉得他有点儿小题大做，毕竟也不是所有的信他都会烧掉。"

"那你有没有问过他，那些信是谁写的，或者他为什么总去新西兰？"

"他说他在那儿有个战场上认识的哥们儿。"

"你还记得别的什么吗？他有没有带过照片回来？"

"没有，他没带过照片回来。等会儿，让我再想想。"他闭上了眼睛，我等待着。此刻，海面闪耀着白色的日光，卡拉妮正透过玩具屋的窗户偷瞄我，但当我回敬目光时，她又马上躲开了。终于，乔伊睁开眼，摇了摇头说："抱歉，我实在想不起别的什么了。他过世的时候，我把遗物都整理了一遍，所有被我保存下来的东西你刚才基本都看过了。不管怎么说，那都是二十多年前的事儿了。你真觉得他当年去新西兰是去看她吗？"

我又掌握了些什么呢？一张六十年前的照片上一个看不清脸的牧羊人，一行潦草的字迹，也许暗指一位可能根本子虚乌有的传奇原住民。玛丽安曾在飞行记录本的最后写道：我马上就要起飞。这句话的主语是我。我之前从没思考过主语为何是"我"，而不是"我们"。那么艾迪和那架飞机又怎样了呢？玛丽安怎么可能在神不知鬼不觉的情况下就抵达了新西兰？乔装成男人生活难道不离谱吗？阿黛莱德·斯科特又该如何解释？要是玛丽安真的生还了，那就说明她主动选择了不与亲侄女相见。

"我不知该如何是好。"我说道。

被微风吹动的棕榈叶窸窣作响，海浪轻柔地拍打着碎石滩。

"你打算怎么办？"乔伊问我。

"你觉得我该怎么办？"

"这可真不好说。如果你到处宣扬，说你发现她当年居然生还了，那又能怎样呢？就算你猜对了，她确实没坠机，但很显然她不想让任何人知道她还活着。但如果你猜错了，那别人就会觉得你不是在装疯卖傻，就是想博人眼球。我的直觉告诉我，还是不要自寻烦恼为好。"

这时，卡拉妮突然从玩具屋里冲了出来，跑向了一个头发灰白的小个子女人，后者戴一顶宽边遮阳帽，一只胳膊底下夹着一大罐椒盐卷饼，另一只胳膊夹着一大盒冷冻华夫饼。"乔伊，"她喊了一声，"来给我搭把手好吗？"

"好嘞，"他回喊道，"不过咱家这会儿可是来客人了呢。"

她抬起头看到了我。从她张得大大的嘴中，我能看出她不敢相信我会出现在她家门口。可我确实站在了她眼前。这时，我的耳畔又响起了乔伊发自肺腑的笑声。

飞行（二）

> 我们的航线始终逆着阳光及其日行轨迹。赤日将西方的天空照亮，像个顽皮的孩子那样从我们面前跑开，企图引诱我们跟上前去。可是，我们必须向北行驶，把那光芒抛在身后。
>
> ——玛丽安·格雷夫斯

罗斯冰架"小美洲"三号基地至坎贝尔岛 ①
78°28' S，163°51' W 至 52°34' S，169°14' E
1950 年 3 月 4 日
已飞行距离：21785 海里

在头几个小时里，一想到自己有望抵达新西兰，她便会感到痛苦万分。她一直都飞行在无云的碧空中。出发前，艾迪给了她几张地图，他在上面标出了用于六分仪的方位和角度信息。临别时，他紧紧地拥抱了她，还在她脸颊上留下了重重一吻，然后又跟她握了手，将她送向了他所认为的鬼门关。他还要她向自己保证，即便她最终克服万难着了陆，也不会联系任何人来搜救他。他表示，救援是没有意义

---

① 新西兰岛屿。

的，她不如就骗别人说他掉到了冰缝里。她想象着他躺在静夜的雪地里，渐渐地停止了呼吸。她又想到了巴克莱，想起他在跟自己相遇那晚几乎葬身于冰雪，还想到了年少时曾在暴风雪中迷失方向的凯莱布。他们都曾在寒冷中濒临绝境，一度失去了求生的意志，可到头来都改变了主意。她希望艾迪不会变卦，希望他会在满天的繁星和极光下安然入眠。也许，她之所以留下自己的飞行记录本，就是为了将真相与艾迪一道遗弃。

驶过不归点后，她发现油量开始迅速地下降。左侧机翼下方还喷出了源源不断的蒸汽。起初，她只觉得释然：艾迪将会逃过他最担心的下场。

像果决的塘鹅般，孤注一掷地冲向深海。她突然想起了自己写下的这句话。她望着不断下降的油量，决心兑现自己的诺言。尽管如此，她仍在继续往前行驶。此时此刻的她有没有意识到她是渴望活下去的呢？这段回忆日后将变成空白一片，让她无法将真相从中挖掘出来。有一天，她将认识到，自己有许多自相矛盾的念头：她想要活下来，但又想死去；她想让生命重新来过以焕然一新，又希望生活原封不动地延续下去。

不知过了多久，她终于下定了决心。她毫不犹豫地将驾驶盘往下一推，开始了俯冲。引擎啸叫了起来。海水扑面而来。

她曾决意将一架"喷火"驶入海中，但那一次，她赴死的决心被杰米的灵魂阻挠了。她听从了他的阻拦，才从战争中幸存了下来。她曾见过断壁残垣、滔滔河水，还有红色沙丘上前进的象群；也曾见过蝠鲼和极地冰冠。她曾在瓦胡岛上与凯莱布同床共枕，聆听"簌簌"吹过的信风。可现在，除了引擎的嘎吱和风的呼啸以外，她的耳畔寂静无声。但她还是拉起了驾驶盘，抢在机身触到海浪之前恢复了平飞姿态。海鸟和信天翁在空中展翅翱翔。她并非它们中的一员。于是，她拉升了高度，重新回到了高空。接着，她伸出颤抖的手把地图拿了过来，并放到了腿上。

虽然她改变了心意，但油量表的指针仍在无情地垂落，蒸汽还在从机翼往外冒。她在蓝色的网格地图上搜寻艾迪用铅笔做的记号，渴望找到一条秘密的生还通道。她最先看到的是麦夸里岛[①]，这座二十英里长的小岛几乎呈正南北向。她知道岛上有座气象站，里边常年有人值守。但它的位置在西面，这意味着她必须得逆风行驶，而所剩的油量是不够的。再往北、往东一些的地方还有另一个小点——坎贝尔岛。

她的罗盘仍然指着南方，环绕着她的依然是漫无止境的海洋。就算她对导航没那么生疏，找到这座岛也绝非易事。也许会以失败告终，但她决心放手一搏。

在接下来的几个小时中，这些记忆将留在她的脑海里——她通过六分仪测量着太阳的角度，在纸上写下各种算式，内心争论不休。她用认真和专注驱散了此前的恐惧。而这部分记忆将消失无踪——她做出了决定，她必须将这架飞机抛弃，让它下落不明，她必须尽可能地隐瞒自己的下落，只有开启全新的人生，她才愿继续活在这个世上。这些决定最终将成为她过往经历中理所应当的事实，她转变航向时的坐标点。她曾感到的犹豫不定，还有她内心的那些博弈，将烟消云散，被已经铸成的结局化为乌有。

岛屿的剪影在高耸的云层下破海而出，她脱下了毛皮大衣，穿上了降落伞和救生衣。那座岛离她越来越近。她努力地控制住驾驶盘。她只需要飞机在接下来的几分钟内保持足够的平稳就够了。当地面出现在飞机下方时，她迅速地走到了机身后侧，往上推开舱门，然后纵身一跃。

她还没跳过伞。她曾骄傲地对自己说，在别的飞行员选择跳伞的

---

① 澳大利亚岛屿，位于太平洋西南边陲。

情况下，她却能让飞机成功着陆。可现在，随着身体在空中飞速地下落，她却后悔自己缺乏练习。没过多久，她拉下了开伞索，降落伞猛地一下打开了。

没了飞行员的游隼号继续前行，尚未意识到自己迎来了前所未有的"独立"，旋即坠入了大海。她别过头，不忍目睹那残酷的一幕。低头看去，她的双脚间出现了一座茂草遍布的高山。

在这里，有必要挑明一个真相：她宁愿隐姓埋名，永远告别玛丽安·格雷夫斯这个身份，也不愿面对她对艾迪做出的事情。她的环飞之旅并未完成，但她已经不在乎了，对此也毫无羞愧之意。不过，她开始相信，自己会给身边的人带来厄运。她在启程前曾去西雅图看望了杰米的遗腹子，还一度以为在完成这趟飞行后，自己会时不时地再去探望侄女，看着她慢慢地长大成人。可现在，她确信自己只会给小家伙带去不幸。那就让阿黛莱德过上一种完全不同的人生吧，绝不能让她成为格雷夫斯家的一员。

玛丽安在风中飘着，脚下是一片狭长的黑色海湾。一只信天翁嗖的一声飞过了她，还扭过头来观察。在她下降的过程中，她曾看到一群信天翁在刚才那个山头歇息：那几只白得刺眼的硕鸟仿佛残雪一般停落在随风飘摇的草丛里。她的双脚间仍是油黑的海水。她扯了扯伞绳，想要控制方向，但风固执地带她飘向与海岸相反的方向。眼看一片碎石嶙峋的沙滩即将从眼前滑过，她生怕会被吹到离海岸更远的地方，于是便打开脱离锁，重重地落了下去。

冰凉的海水冲击着她的身体。她到底还是实现了塘鹅式的俯冲，可却是脚朝下落进水里的。她栽进了一团模糊的昏暗中，视线的顶部有一道狭长的银光。她像一条被棍棒打晕了的鱼似的，呆滞地望着那道光慢慢地隐去，然后才反应过来，自己必须拉下救生衣上的拉索才能漂浮起来。

她将会记住空气和海浪、身上湿重的靴子和衣物、让她浑身麻木的寒冷，还有不远处一只因为受惊而跃出海面的小企鹅。巨浪拍向海岸。当她被冲到岩石上时，消防软管粗细的黑色海藻在浪花里猛烈地扭动着——但对于这一过程，后来她唯一能想起来的只有一片水花和一记重锤。她的救生衣被戳破了，满脸都是擦伤，鼻梁也被撞断了。被海浪卷着翻滚了几圈之后，她的指尖终于触到了粗糙的砂砾。

　　她奋力地爬上了岸，浑身湿透地在沙滩上躺了一小会儿，"咯咯"打战的牙齿让她意识到自己必须得走动起来。粗硬的灌木丛磨蹭着她的脚踝，湿泥吸吮着她的军靴。其实，她很幸运地遇到了涨潮。后来，在岛上待了一阵子后，她又回来寻找当初自己落脚的海岸，发现沙滩被峭石取而代之。她走得跌跌撞撞，因为体力不支而不得不频繁停下歇息，还冷得要命。终于，她看到了一座信号塔、旋转的测风仪，还有一根冒烟的烟囱——那是一栋小屋。然后，她使出身体里的最后一丝力气，敲响了那扇门。

纵身一跃

二十一

回到洛杉矶后，我又上了一次飞行课，目的是为片尾那场坠机戏的拍摄做准备。这次教我的是个女飞行员，她看起来利索又干练，穿一条威格牌牛仔裤，橘色的波波头打理得一丝不苟，还戴着一副飞行员款式的墨镜。"我之前已经上过一次课了，"当她带我绕着飞机讲解时，我对她说，"但轮到我飞的时候，我怯场了。"

"什么叫怯场？"她问我。

"就是不想开了。我松开了手，就像这样。"我举起双手，就好像被人用枪指着一样。

"那你这次还想开吗？"

"可能还是不想，"我答道，"但我想试试。"

"不错。"她对我说。

我这次是在下午飞的，所以没有平流雾，只有乌烟瘴气的天空。卡特琳娜岛的边缘浸没在海水中，海平面柔和而又朦胧。放眼四周，城市一望无际。一架架喷气式客机从洛杉矶机场起飞，机头直指高空，让我们这架勇敢又倔强的小塞斯纳显得挺没面子。"好了，"当我们铆足力气往马里布飞去时，我的老师对我说，"现在你来操纵驾驶盘吧，悠着点儿飞，让机身保持平稳就好了。"

在夏威夷时，我告别乔伊·卡玛卡后回到了酒店，然后一头扑倒在床上，号啕大哭了起来。我的泪水是为玛丽安·格雷夫斯而流的，因为她没被淹死，而且有一个人知道她的下落；我被乔伊的善良感动到流泪，还因为卡拉妮拥有正常的童年而流下了嫉妒的泪水；而可悲到竟然去嫉妒一个没有父母陪伴的孩子这件事本身，也值得我哭一场；想到米奇和我父母，我更是悲从中来。总之，我一哭不可收，有时候人就该这么发泄一通。

窗外，在威基基海滩的远处，在太平洋的中间，夕阳正徐徐下落。有人在海里冲浪，还有儿童在浅滩上玩耍。如果这是部电影，此刻我应该冲向沙滩，猛地扎进海里。随后，一个焕然一新的我将会浮出水面，向天空展露出欣慰的笑容。

而现实中，我也没有什么更好的选择。于是，我穿上泳衣，搭乘镜面电梯来到充满热带风情的酒店大堂，脚踩人字拖跑到了沙滩上，又踩着细滑的沙子费力地向海边走去。最后，我脱掉了酒店的浴袍，走进水中，然后潜了下去。

在水中，我闭着眼，任由海浪轻推着身体。我想象着这片沙滩沉入到了一片黑暗的世界里，延伸至水底的沙漠、峡谷和山峦，然后又向上升起，与所有陆地的边缘相交会。我想象着船只、飞机和人骨在水中一点一点地被锈蚀、啃噬，直至完全消失，我想象着它们被珊瑚和海绵缠绕，被海蟹凿穿。我想起了游隼号，想着它一直长眠于海底，人们再也找不到它，也无处可找。当我钻出水面时，一股海浪把我带了起来，将我推向了岸边。但我马上又游了出去。我望着摇曳的红日越沉越低，最终像是被海面给吸了进去。这时我才想起来，那太阳其实是火焰，是熔岩。

海水变暗，云彩被染得金红。我不知道等电影拍完以后该干点儿什么好。我曾萌生过去新西兰或者南极洲继续解谜的念头，但继而又意识到，我没必要去探究事情的原委。没有哪个故事是完整的。我在网上搜索了"灰熊水中蹲"的典故，了解到此人被切去了一块心脏后便一命呜呼，但他的身体却并未腐烂，就好像如果心脏不完整了，他就没办法再变形了，也无法化成灰烬。我希望玛丽安保留了完整的心脏。

我把两只手放到了驾驶盘上。塑料被阳光晒得温热，还将引擎的振动传导到了我手上。老师教了我要看哪些仪表，还告诉我地平线和机翼该怎么辨认和对齐。接着，她问我："现在怎么样，你还行吧？"

"应该还行。"我回答道。

"要是你往后稍稍拉一点儿，"她接着说，"机头就会向上扬起。"

我照做了。于是在我眼前，天空一点一点地填满了挡风玻璃。

洛杉矶，2015 年

二十二

当飞机入水时，声音瞬间被切断，只剩下一阵微弱的"嗡嗡"声。在此之前，除了风声和引擎的运转声以外，还有我那被放大的呼吸声。可就在飞机触水的那一刻，所有声音都戛然而止。从观众席上看到的，是一架飞机重重地栽进了海里，但没发出任何声音。接下来，机身在海浪中翻滚，机头率先消失在了海面上，而飞机的其他部分也随之沉没。片刻以后，海面又恢复了平静，硕大的白鸟在浪花上方飞过。与此同时，你能听到持续不断的高频嗡鸣，简直就像是出现了幻觉。然后，镜头来到了海面以下，对准了驾驶舱内的我和艾迪。我的鼻孔往外冒着气泡，玛丽安的那头短发在我脑袋上漂浮起来。艾迪失去了意识，前额鲜血淋漓。我前倾身体，抬头望着不断远去的水面，满脸忧伤，但去意已决。我闭上了眼睛。下一个镜头切到了从空中俯拍的游隼号——仿佛不忍心将我溺死的过程公之于众似的——它淹没在水中，随后慢慢地沉入了深不见底的海里。

我以为接下来画面会慢慢地暗下去，但恰恰相反的是，黑色的屏幕居然一点点地被光吞噬了。"用白色是巴特的主意。"雷德乌在我耳边低语道——可放映室里只有我们俩。最后，片尾字幕在音乐声中缓缓升起。

脸上反着亮光的他突然伸手指了指银幕说："快看！"原来是他的名字在银幕上一闪而过。

而我并没有去找自己的名字。我对他说："那我们走吧？"接着，我俩站起身来，推开了一扇边门，走入了午后炫目的阳光下。

在驾驶那架塞斯纳时，我没有怯场，还学会了控制高度和方向，不过这也没什么大不了的。当时我的感觉大抵是解脱，还怀有一丝惊异。然后，我一定是再次钻进了玛丽安·格雷夫斯的身体里，因为有那么一瞬间，我感到了自由。

尾声

如今，她已像命中注定的那样沉入了大海。她身体的一大部分散落并长眠在南冰洋冰冷的海底，还有少量碎片化作了漂浮的尘埃，至今仍随波漂流着。有极小一部分的她被鱼儿们所吞食，其中的一条鱼被一只企鹅吃掉，又被反刍出来喂给了企鹅的幼崽。还有那么一丁点的她回到了南极洲，掺进了某个鹅卵石堆上的海鸟粪里，不过随后又被一场暴风雨重新冲入了洋流。

她经历了两次死亡，其间相隔了四十六年。前一次，她死在了南冰洋里。而后一次，她是在新西兰峡湾区的一个羊场上与世长辞的。

在坎贝尔岛上为玛丽安打开小屋门的人名叫哈罗德，后来他轻描淡写地说，当他看到门外有个浑身湿透的女人不省人事地倒在自己脚下时，他多少有点儿惊讶。从她一连串口齿不清的嘀咕当中，他费了半天劲才听清，她是在恳求他不要向任何人透露她的行踪。可来者又是何人呢？他一边问，一边把她搀扶进了屋里。但那个时候，她已经连一句完整的话都说不出来了。

哈罗德有一个同伴叫约翰，陪伴他们的还有一条名叫速速的边境牧羊犬。这栋小屋所身处的建筑群是战时建起来的，当时驻扎在这里的是一支海岸观察队，他们最终没能向主岛提供什么像样的军情，但其气象观察活动的价值非同一般，于是这里就作为气象站被保留了下

658

来。有本事在这座气象站值守一年的人可不多——这份工作需要耐心细致、能够离群索居的人，他们甘愿日复一日地重复同样的工作，进行千篇一律的测量，记录下一成不变的数据，然后把这些数据转译成莫尔斯电码，发送给与自己素未谋面的人，供一些他们永远见不到，也无意相见的人使用。

哈罗德和约翰正是这样的人，而这也成了玛丽安人生中一个至关重要的航路点。

她连日高烧不退，而且神志不清。在刚刚重获知觉时，她对身边这两个一声不吭、胡子拉碴的大汉感到惴惴不安，毕竟，天晓得两个与世隔绝了好几个月的男人会对一个女人做出什么事情来。不过，哈罗德和约翰很守规矩，至多只是用手探探她额头的温度，替她那张被岩石擦伤的脸更换纱布，或是托住她的脖颈喂她喝汤。她行动不便，所以他们还不得不帮她尿在床边的一个桶里，但即便在这个时候也从未逾越雷池半步。两人在克赖斯特彻奇①都有妻儿，但根据她长时间的观察，他们似乎更喜欢岛上的隐居生活，醉心于摆弄他们的气压计、测风仪和气象气球。等身体恢复了一些以后，她一点点地讲出了自己的事情，直至和盘托出，因为她觉得完整的故事会让两个知情人更愿意帮她守护这些秘密。不过，她隐瞒了自己把艾迪遗弃的事情，谎称她的导航员掉进了冰缝里，从此于心难安。

两人表情严肃地听她把话讲完，其间未置一词，然后走到外面交谈了一番。他们回到屋里后告诉她，他们曾在她来这儿的一周前收到过无线电警报，被告知要留意一架失踪了的"达科他"C-47飞机。接着，他们又问，有没有亲人会牵挂她。她回答说："我无亲无故，孑然一身。"凯莱布会原谅这个谎言的。她还补充说，她既没成家，也没有孩子，双亲和弟弟都已不在人世。于是他们表示会尊重她的愿

---

① 新西兰第三大城市。

望，替她保密，但同时也告诉她，把他们送来的那艘船要等到明年一月才会再来，也就是说她还要等上将近十个月。在此之前，她随时可以改变主意。不过就目前而言，他们并不介意她留在这里。

她觉得愧对两人，因为她侵入了他们与世无争的生活，打破了原本的宁静。她承诺会让自己派上用场，那两人只是表情淡漠地点了点头。关于食物，他们表示应该够三个人吃，就算不够，他们还能杀鸟取蛋，或者吃自种的卷心菜。除此之外，这里还有因为政府失败的农业租赁项目而留下的羊群。他们表示，她没给他们带来什么麻烦。

他们对她隐姓埋名的决定有什么看法吗？在与同伴交换了一个不明所以的眼神后，哈罗德如是说："我们觉得那是你自个儿的事。"然后她又问，但是等船来了以后又该怎么办呢？届时他们总得解释她出现的原因，她会被人发现的，那一切辛苦就全都白费了。他们回答说，这事儿以后再考虑也不迟，毕竟来日方长。

坎贝尔岛形似一片被昆虫蚕食得千疮百孔的橡树叶，海岸线上遍布着大大小小的海湾，以及两条狭长的港口：毅力湾（玛丽安跳伞降落的地方）和东北港。岛上的地势较为平缓，但杂草丛生、满是泥泞，还长着一种灌木（对植物颇有研究的约翰告诉她，这东西的学名叫作"长叶龙血石南"），因此不适合步行。除了两个大胡子（这是她心里对哈罗德和约翰的称呼）、小狗速速和她自己以外，这座偏远的岛屿上物种繁多：绵羊、老鼠、流浪猫、海狮、海狗、海象、豹海豹（较为罕见）、好几种信天翁、其他属种的海鸟和陆禽，外加两种小蓝企鹅——数量众多、居住在岩石间的跳岩企鹅，以及行踪隐秘、以树丛为家的黄眼企鹅，后者通常会悄无声息地在海滩上飞速穿行。

她不禁好奇，艾迪会不会已经改变了想法？如果他想要求生，说不定还能靠"小美洲"基地的物资支撑一段时间，还有海豹和企鹅可以捕来充当食物。他会不会终究还是希望她能找到救兵？他是不是真的笃信她无望生还？又或者，他是不是已经去了另一个世界？

她对自己将给玛蒂尔达和凯莱布带去的悲恸感到遗憾，也许杰米的爱人莎拉也会为她而难过。不过，还是由他们去哀思吧，因为对他们而言，她确实已经离开了这个世界。

哈罗德告诉她，雄海狮已经离开了小岛，年内将不再返回。不过，母海狮却迁徙至内陆繁衍，她也总能遇到这些动物。它们会把自己的幼崽藏在树丛间，然后咆哮着蹿出来，或是用肚皮贴着泥泞的山坡滑向大海。玛丽安跟着哈罗德一道去勘测了南方皇家信天翁，其间她清点了鸟巢和幼崽的数量，还将硕大的鸟儿们抱在怀中，用一只手紧紧地裹住鸟喙，好让哈罗德将足环绑在它们毛糙的粉色脚踝上。

顶着凛冽的寒风，两人的足迹遍布整座岛屿。就这样，他们在哈罗德的本子上总共记录下了九百三十八只鸟。鸟儿们在陆地上走得十分笨拙，因此很容易捕捉。那些成年的鸟浑身雪白，瞪着温和的黑眼睛，探出粉色的大鸟喙，翼展足足有成年男子身高的两倍长。

当她初抵此处时，鸟妈妈们还在孵化它们的幼崽。这些小鸟渐渐长成了嗷嗷待哺的白色毛团，家长们则放心地将儿女留在巢中，独自前往海边觅食。长出羽毛后，小鸟们学会了站立，也能在微风中展开双翅。而到了玛丽安离开的时候，第一批小鸟已经开始趔趔趄趄地迎风起飞了。哈罗德告诉她，小鸟们会飞以后，一连几年都不会再落地。它们会绕着南极洲环飞，有朝一日还会回到坎贝尔岛，繁衍下一代。

养羊成了玛丽安的主业。在战前，由于岛上的畜牧业无以为继，所以政府便将这里的绵羊放归野外。善于生存的那些羊存活下来并繁育了后代。玛丽安发现自己还挺喜欢养羊的。小狗速速对羊群也很感兴趣，还跟玛丽安一起磕磕绊绊地摸索起了该如何赶拢羊群——不为别的，只是单纯想试试。

她在一个废弃的农场里找到了几把老旧的剪毛刀。她还修好了一个羊圈的畜栏，然后跟速速折腾了好几天，才总算把一只羊给赶了进去。约翰年轻时曾照料过羊，所以经过时会给她提些建议，但基本没怎么指手画脚。修理羊毛可不容易，她剪坏了好几只羊的毛，才掌握了要领。坎贝尔岛上的羊都野惯了，其实没必要把它们给捯饬干净，但她认为，如果想要获得一个全新的身份，那就得掌握除了开飞机以外的技能。

在她上岛六个月后，两个大胡子向她吐露，他们也许有办法能把她悄悄地送去主岛。"其实我们早该告诉你的，"约翰坦言，"但刚开始我们没法完全信任你，还请见谅。"原来，哈罗德的弟弟是个帆船爱好者，他曾提过初夏打算开帆船来岛上——也就是说，会早于一月带人来换岗的那班船抵达。要是这位弟弟好说话，说不定她能坐他的帆船一起离开。他们不想冒险通过无线电商讨这桩秘事，决定到时当面征求他的意见（前提是他真的来了）。如果他不愿这么干，或者她觉得不合适，那他们可以再想想别的办法。末了，哈罗德又问她："不过，你还是确定你想要换个新身份吗？"

她的回答是肯定的，而那位弟弟（他甚至比哈罗德还要少言寡语）来了岛上以后，对此也不予反对。于是，1951 年 1 月，在与两个大胡子沉默地握手言别后，她离开了坎贝尔岛，并乘坐帆船抵达了因弗卡吉尔 [①]。

玛丽安一连十个月都穿着跟大胡子们借来的男装，因此，继续女扮男装也就成了顺理成章的事儿。她觉得自己又变回了儿时那个假小子，穿着背带裤小心翼翼地走在米苏拉的街头，为了蒙混过关，把帽檐拉得很低。不过，她如今的乔装比当年要更难识破——被撞断的鼻梁和常年风吹日晒的皮肤十分有迷惑性，剪羊毛的工作还给了她粗糙

[①] 新西兰南岛最南部的沿海城市，也是南地大区的首府。

的双手和敦实的肩膀。

她北上来到了库克山附近的乡村，当起了山区牧羊人。她很容易就做到了独来独往，一个人住在山脚下的小屋里，看管着一群难以驯服的美利奴羊。这群羊没有坎贝尔岛上的那群那么易惊和难驯，但也绝对不好对付。她掌握了怎么调教牧羊犬，剪起羊毛来也愈发熟练了，但一直都不够麻利。她沉默寡言，从不怨天尤人，酒量还不错，所以得到了周围人的尊重。她还跟大胡子们学会了新西兰口音的英语，发音还算过得去，渐渐也就成了习惯。不过，要是有人对她的口音提出疑问，她就会解释说自己的母亲是个美国人——而这确实也是实情。日后，有些人将会斗胆对她的性别提出质疑，但就当时而言，这种声音还暂未出现，至少没人对此直言不讳。诚然，也曾有人拿她瘦小的身材打趣——跟她一起剪羊毛的那些人管她叫"豆芽"——但无论是她的断鼻梁，开飞机养成的眯眼习惯，还是脸上的冻疮和旧擦伤，都让她显得颇为粗悍。她的胸部本来就不丰满，只要缠上硬实的裹胸带，再多穿一件衬衣，就能将女性特征完全藏住。她给自己起名叫马丁·华莱士。

她深信自己理应与世隔绝、隐姓埋名，孤独是对她最好的惩罚。可随着时间的推移，她的决心有所松懈，她的自责也不再严苛如初。成为牧羊人三年后，她的一张照片（脸被阴影挡住了）被刊登在了皇后镇的一份报纸上。于是她突然心血来潮，把这张照片从报纸上剪了下来，寄给了凯莱布。她在照片旁边写下了"灰熊水中蹲"几个字，心想他也许还记得自己曾给她讲的那个故事。她实在做不到直接坦白真相，而是想让命运来决定一切。从某种程度上而言，她已经开始辨不清真假：她产生了艾迪跌入冰缝的印象，可这并未真正发生过。但也许，在两人分别后，这确实成了事实。她实际所记得的，是她自己一脚踩入雪中的情景，当时她整个人被夹在了一黑一白的两片虚无之间。

1954 年圣诞节，凯莱布的到来在她的双面人生之间凿出了一个小孔。她去奥克兰接他下船，而这是继她与艾迪一道启程前往艾图塔基岛之后，她首次重返这座城市——于是，在距离出发整整五年后，她的大圆最终还是悄无声息地闭合了。在她与凯莱布共度的那两周里，她回到了自己原本的身体里。毫无疑问，他是不可能在她身边留下的，但同样毋庸置疑的是，他还会再来见她。

　　在夏威夷时，她曾对他讲，她很羡慕他找到了一个能安身立命的地方。她从前并不觉得自己也能找到这般归宿，可新西兰却成了她的一方净土。也许只有陆地才能让她心神宁静，也许她只是筋疲力尽了而已。她渴望再次飞入空中，但并不想念遥望地平线的感觉。她认为自己必须做出牺牲，才能洗清抛下艾迪独自生还的罪孽。所以，她决意不再飞行，也不会再去打扰杰米的女儿。

　　谁能料到，她的书架上竟会出现自己当年写的书？这可真是个讽刺的玩笑。她当初其实无意写下这本书，可它却套着芥黄色的封套出现在了她眼前。假若当年她成功了，假若一切都按计划完成，他们如愿以偿地回到了奥克兰，那她是绝不会允许这本书就这样被出版的。她当初之所以把书留在了南极洲，既是想表达反叛，也是想留下个人存在的印记。可到了最后，她既没能凯旋，也并未离开这个世界。

　　在飞行记录本被人找到前的那些年里，她极少想起它来。直到有一天，它突然出现在了 1958 年的一份报纸上，被一个研究"小美洲"三号基地的冰川学家戴着手套拿在手里。她对此深感震惊，也很担心这本书会被人大肆炒作，而自己的照片会被反复印刷，担心所有人都会想起从前的那个玛丽安·格雷夫斯。多年来，她还一直很害怕会被人认出来，幸好这并未发生。毕竟她的容貌大变，再说，在她目前所身处的这方角落，一个失踪的美国女飞行员算不得什么引人关注的事情。

当那本书被找到时，她心想，艾迪是不是也会被人发现。她不禁开始奢望他在过了八年后仍有一线生机。可就算他没被饿死或冻死，也肯定挺不过孤独和极寒。不过，这个问题本就无关紧要——他当初是一心赴死的。

他是怎么度过最后的日子的？在她离开后，他又坚持了多少天？他有没有活到那年冬天？他会不会最终还是掉进了冰缝里？他的尸体并不在"小美洲"基地，不然应该会被那些科学家找到的。如果换作是她，她会兑现当年他为自己描述的结局：等到某个冬天的晚上，从营地走到遥远的雪地里，然后躺在繁星和极光之下。但也许，她会退缩——她还没有忘记，她曾两度在死亡边缘临阵脱逃。她曾在飞行记录本里写过，她的人生是她唯一的财产。她始终没有放弃自己的生命，她是想要活下去的。

1963 年，在罗斯冰架三百英里以外的海面上，一艘海军破冰船上的船员们将会看到一座大冰山，中间夹着几栋楼房——那是"小美洲"三号基地的残骸。那些床铺、那台手摇留声机、那些被冻住的狗粪和玉米棒，全都漂到了大海里。

无论艾迪身在何方，他最终也会被包裹在一座冰山里，来到南冰洋之上。这艘冰葬船将载着他随波北上，他的遗体不会被烈火吞噬，而会从融化的冰川中掉落。他终究还是免不了葬身大海，但他当初一定预料到了这个结局。

凯莱布第二次来新西兰时，两人因为钱的事情起了争执：他想让她收下书的所有版税。但最后她说服他跟自己四六分成。凭借这笔并不算可观的收入，她又换了个新身份：她去北岛待了大半年时间，变回了女儿身，从奥克兰的一个文件伪造商那里获取了假的身份证明，化名为爱丽丝·鲁特。又过了一阵子，她回到南岛买下了她曾经工作的农场，将其经营得颇为成功。她在农场上训练马和牧羊犬，并雇用了几名得力干将。她还首创性地使用了直升机来赶拢畜群，从而化解了地形崎岖所带来的难题——原本要步行数天才能完成的工作，换成直升机便能轻松完成。而且，她还放任自己学习了直升机驾驶，并乐在其中。

刚开始，她偶尔会碰到自己当牧羊人时的旧相识，这些人通常认不出她，即便有所怀疑，也不敢贸然开口。不过，还是有人会说她长得很像一个叫马丁·华莱士的男人。对此，她会大大方方地承认，她确实曾女扮男装，因为当时她需要那份工作，而且也想要学习养羊。得知真相后，有些人愤怒不已，但也有人在震惊之余夸她勇敢。这件奇闻在养羊的圈子里渐渐流传了开来，最终变得尽人皆知。尽管有一小拨保守人士拒绝跟她做生意，还费尽心机散布恶意谣言，但彼时，她已功成名就，不需要看别人的眼色过活，所以也没受什么影响。话说回来，历史上曾有过不少士兵、水手，甚至海盗其实都是女儿身，一个孤独的女牧羊人又有什么可让人大惊小怪的呢？

羊羔们出生，被送去屠宰场，绵羊被剪毛，羊毛被售出。20世纪60年代末，前往坎贝尔岛的探险邮轮之旅问世，她跟凯莱布在1974年体验了一次。当邮轮驶入毅力湾时，她指出了她曾经着陆的那片岩石——她当年就是从这里往山上走去，最终找到两个大胡子的。凯莱布还看到了海豹和企鹅。那个时候岛上还有绵羊，不过到了80年代，绝大多数羊都将被宰杀，只有为数不多的幸存者被带回了主岛，并献身于基因研究事业。这些羊有着无比顽强的生命力。她跟凯莱布一起坐在草丛里，置身于穿着厚外套的游客中间，看着年幼的皇家信天翁梳理着羽毛，张开翅膀展示身姿，伸出粉喙仰天长啸。

那一年，她六十岁了。

她给凯莱布指了指她最后一次看到游隼号飞行的方向——当年，这架飞机飞过了那处海平面，然后就在不知何处坠入了大海。她便这样回到了另一个起点，画完了又一个圆。

到了晚年，没有子嗣的她了无牵挂，感到一身轻松。她的血脉虽未得到传承，但这个世界还是会照常运转。听说了互联网的搜索功能以后，她在电脑上输入了阿黛莱德·斯科特的名字，得知她成了个艺术家。她觉得，杰米如果在世，会感到欣慰的。

在她七十五岁那年，凯莱布来探望了她最后一次。又过了几年，他来信告知自己身体抱恙，但不打算前来与她告别。

她的心脏开始扑通直跳，一身骨头也老化了。地心引力似乎得寸进尺地想要把她掀翻在地。最终，她的身体坚持不住了。她写了份遗嘱，将遗产留给了替她经营农场的女人——后者在她手下工作的时间是所有人当中最长的。这位继承人一直想去南极洲看看，而玛丽安将留给她一笔前往罗斯海的旅费，并请求她将自己的骨灰从船上撒在坎贝尔岛南部的某个地方。

玛丽安想象着，她的尘埃乘着西风来到了南冰洋上，牙齿和骨骼的碎块立刻沉入了水中，接着，一层灰纱落在了海面上，随即又被海浪给搅散了。但她不知道自己肉身以外的部分将会迎来怎样的结局。在她的一生中，她曾多次与死亡擦肩而过，却没怎么想过人在死后会怎样。而现在，她思考起了这个问题。她想，应该不会有什么特别之处吧，每个人在死亡的那一刻都会将这个世界毁灭——一旦我们闭上眼，所有曾经存在的一切，还有未来即将上演的，一瞬间就全都灰飞烟灭了。

但如果可以选的话，她希望自己能高高升起。她想从自己的躯壳当中飘离出去，就像她第一次跟特劳一起飞向天空时那样，感到自己获得了腾云驾雾的本领，感到一切都将被自己收入眼底。

致谢

这是我与克诺夫出版社的编辑乔丹·帕弗林共同完成的第三部长篇小说。从我们首次合作到现在，我对她的直言不讳和敏锐严谨愈发感到赞叹和钦佩。将原本长达千页的冗长原稿大幅精简是个颇费心力的过程，而我在这期间所得到的陪伴与指引是弥足珍贵的。

我要对我的经纪人丽贝卡·格拉丁格表示无尽的感激，多年来，她给予我的支持和包容对我的工作与生活而言均必不可少。我还要感谢弗莱彻文学经纪公司的团队：以雷厉风行而广受尊重的格兰尼·福克斯，以及梅丽莎·钦奇罗、克里斯蒂·弗莱彻、维罗妮卡·高斯特因、丽兹·雷斯尼克和布莱娜·拉夫。此外，我还要感谢创新艺人经纪公司的米歇尔·韦纳。

感谢我的母亲——本书的第一位，也是最忠实的读者——是你的信念支撑我度过了最艰难的时刻。感谢我的哥哥马修，虽然他已不再执飞飞机，但他仍是且始终都是一名飞行员。不到七年前，他跟我一起研究了一份地图，为一场设定于1950年、跨越南北极的环绕地球飞行制定了路线，并建议我选择C-47。感谢我的父亲，他为我而自豪，还罗列出了我手稿当中的低级错误。我还要感谢叔叔史蒂夫对阅读书稿的热切，以及他最终对玛丽安这个人物发自内心的接受。

在已故的传奇总编索尼·梅塔执掌克诺夫出版社期间，我有幸与该社结下了不解之缘。而后，我又见证了他当之无愧的接班人丽根·阿瑟所开启的新时代，对此我也心怀感激。我还要感谢保罗·博加兹、艾米丽·里尔顿、莎拉·伊戈尔、露丝·列布曼、卡梅隆·亚克罗伊德、尼古拉斯·汤姆逊、卡桑德拉·帕帕斯、克里斯汀·法斯勒和艾伦·菲尔德曼。凯丽·布莱尔设计出了让所有人都一见倾心的封套，实在令人惊叹。对负责本书校对和排印工作的卡拉·伊奥弗、安妮特·斯拉赫塔－麦金和苏珊·范奥梅伦，在羞愧致歉的同时，我也要向她们表达由衷的感谢。

我还要感谢：英国道布尔戴出版社的简·罗森，她的热情、能量和见地都让我印象深刻；环球出版社的比尔·斯科特－凯尔，他对我深信不疑；塔碧莎·佩利、艾拉·霍恩和劳拉·里切蒂；乔·汤姆逊的封面设计堪称杰作。

我非常荣幸能有机会与多位杰出的杂志编辑共事，他们为我提供了大量写作上的指导，还使得我有机会探访偏远地区，这在很大程度上拓宽了我的眼界，并且影响了这部小说的创作。为此，我要感谢以下这些人：杰西·艾什洛克、丽拉·巴蒂斯、杰弗里斯·布莱克比、艾琳·弗洛里奥、迪尔德丽·弗利－门德尔松，杰奎·吉福德，皮拉尔·古兹曼、亚历克斯·霍伊特、克里斯·凯斯、塞萨利·拉弗斯、米歇尔·莱格罗、彼得·乔恩·林德伯格、内森·伦普、亚历克斯·波斯曼、朱利安·桑克顿，梅琳达·史蒂文斯，弗洛拉·斯塔布斯、约翰·沃根和柳原汉雅。

在本书的创作期间，我有幸得到了国家艺术基金会的赏识，同时还以作家身份担任了田纳西大学的客座讲师。此外，我更是得到了在灌木溪农场、布莱德洛夫和北极圈等地旅居的机会。这些经历与这部作品的完成都是不可分割的。同样幸运的是，某个下午，我在参观米苏拉机场的山区飞行博物馆时偶遇了两名男性友人，在他们的邀请下，我成了一架 1929 年生产的"空中之旅 6000"的乘客。遗憾的是，我忘记了两人的名字，但对这趟机缘巧合下的灵感之旅，我心怀无限感激。

我还想要感谢斯坦福大学的胡佛研究所，该机构将众多第二次世界大战时期女飞行员的资料保留至今，其中包括安·伍德－凯利、罗伯塔·桑多兹和简·斯宾瑟等曾效力于空运辅助部队的美国飞行员。阅读她们生前的信件让我受益匪浅。我的背景研究还得益于蒙大拿州历史回顾项目，以及布莱恩·兰克为美国公共电视网拍摄的纪录片《二战之火》——我在其中首次见到了威廉·F.德雷珀在第二次世界大战时期所作的阿留申群岛的画作。此外，我还参考了大量书籍及资源，其中较为重要的包括：《升空：关于飞行体验的思考》（威廉·朗格维舍著）、《第二次世界大战期间的喷火女斗士》（吉尔斯·惠特尔著）、《飞翔的北方》（珍·波特著）、《"小美洲"与孤独》（理查德·E.伯德著）、《开飞机的伟大女性》（萨利·范·瓦格纳·基尔著）、《张开翅膀》（戴安娜·巴尔纳托·沃克著）、《夜星》（杰奎琳·科克伦著）、《林德伯格》（A.斯科特·伯格著）、《把最大的家伙飞回来》（史蒂夫·史密斯著）和《南极洲》（大卫·戴著）。如果本书中有任何错误，责任基本全部在我。

另外，请允许我将 Scrivener 列入这份感谢名单，这一写作工具成了我的得力助手，助我最终逾越了这项复杂而又艰巨的挑战。

过去这些年来，与其他作家的交流和切磋，也是助我成长的重要因素。曼努埃尔·冈萨雷斯、玛格丽特·拉扎勒斯·迪安和泰德·汤普森是与我交流最为密切的三位，他们的智慧和洞见成了我的定海神针。阿贾·加贝尔、艾玛·拉斯波恩、乔·韦克特和艾丽卡·利佩兹是我在洛杉矶不可或缺的同伴，我也在此对他们献上谢意。另外，我还要感谢科斯汀·瓦尔德兹·奎德和詹妮弗·杜波依斯这两位一生的挚友。

最后，我还要对罗德尼·拉斯说一声深深的感谢，是你给了我南极洲。

图书在版编目（CIP）数据

大圆 / （美）玛吉·希普斯特德著；蔡丹青译 . —
北京：北京联合出版公司，2024.4
ISBN 978-7-5596-7307-7

Ⅰ . ①大… Ⅱ . ①玛… ②蔡… Ⅲ . ①长篇小说－美
国－现代 Ⅳ . ① I712.45

中国国家版本馆 CIP 数据核字 (2023) 第 241389 号

北京市版权局著作权合同登记 图字：01-2023-5225 号

Copyright © 2021 by Maggie Shipstead
This edition arranged with C. Fletcher & Company, LLC
through Andrew Nurnberg Associates International Limited

大圆
GREAT CIRCLE

作　　者：[美]玛吉·希普斯特德
译　　者：蔡丹青
出 品 人：赵红仕
策划编辑：李秋玥
责任编辑：龚　将
特约监制：上官小倍
出版统筹：马海宽　慕云五

北京联合出版公司出版
（北京市西城区德外大街 83 号楼 9 层　100088）
北京联合天畅文化传播公司发行
文畅阁印刷有限公司　新华书店经销
字数 550 千字　880 毫米 ×1230 毫米　1/32　21.25 印张
2024 年 4 月第 1 版　2024 年 4 月第 1 次印刷
ISBN 978-7-5596-7307-7
定价：98.00 元
